KB020461

태양을 너에게 줄게

I'LL GIVE YOU THE SUN by Jandy Nelson

Copyright © 2014 by Jandy Nelson
Originally published by Dial Books for Young Readers, The Penguin Group (USA) Inc.
Published by arrangement with Pippin Properties, Inc. through Rights People, London.

이 책은 Rights People 에이전시를 통한 저작권자와의 독점 계약으로 도서출판 밝은세상에서 출간되었습니다.
저작권법에 의해 보호를 받는 저작물이므로 무단 전재와 복제를 금합니다.

태양을 너에게 줄게

초판 1쇄 인쇄일 2022년 7월 27일 | **초판 1쇄 발행일** 2022년 8월 16일
글 잰디 넬슨 | **옮긴이** 이민희 | **펴낸이** 김석원 | **펴낸곳** 도서출판 밝은세상
출판등록 1990. 10. 5 (제 10 - 427호) | **주소** (10881) 경기노 파주시 문발로 119, 202호
전화 031-955-8101 | **팩스** 031-955-8110 | **메일** wsesang@hanmail.net
블로그 blog.naver.com/balgunsesang8101 | **인스타그램** www.instagram.com/wsesang
ISBN 978-89-8437-449-2 (03840) | **값** 17,000원 | 잘못된 책은 구입한 곳에서 교환해 드립니다.

태양을 너에게 줄게

잰디 넬슨 장편소설

이민희 옮김

밝은세상

아버지 그리고 캐롤에게

차례

일러두기
각주는 모두 옮긴이 주입니다.

보이지 않는 미술관

노아

열셋

사연인즉 이러하다.

나는 쫓기고 있었다. 동네 소시오패스들의 우두머리 제퍼와 프라이에게. 바람과 나무숲, 눈앞이 하얗게 번지는 공포를 뚫고 내달렸다. 발밑의 땅이 통째로 흔들렸다.

"그러다 죽는다, 쪼다야!" 프라이가 소리쳤다.

그때 제퍼가 나를 덮치더니 양팔을 잡아 등 뒤로 틀었다. 프라이가 내 스케치북을 움켜쥐었다. 다급히 손을 뻗었으나 양팔이 붙들린 채로는 소용없었다. 나는 몸부림치며 제퍼에게서 벗어나려 했다. 역시 소용없었다. 눈을 감았다 뜨면 놈들이 나방 따위로 변하지 않을까? 아니, 놈들은 그대로였다. 나처럼 살아 숨 쉬는 열세 살짜리

인간을 재미 삼아 절벽 아래로 떠미는 거구의 10학년 얼간이들.

제퍼가 헤드록을 걸어 날 꼼짝 못 하게 했다. 놈의 가슴이 내 등을, 내 등이 놈의 가슴을 파고들었다. 우리 둘 다 땀투성이였다. 프라이가 스케치북을 한 장씩 넘겼다.

"뭘 그리고 있었냐, 또라이?"

나는 놈이 트럭에 치이는 장면을 머릿속으로 그렸다. 프라이는 스케치 한 장을 펼쳐 들었다.

"제퍼, 이 벗은 형씨들 좀 봐."

몸 안에 돌던 피가 뚝 멈췄다.

"형씨들이 아니라 *다비드*거든." 내가 간신히 내뱉었다. 쥐새끼가 우는 소리처럼 들리지 않길 속으로 빌었다. 마지막에 그린 크로키로 넘어가지 않길 빌었다. 바로 오늘, 몰래 훔쳐보며 그린, 물 밖으로 솟아오르는 두 *남자*의 모습. 서프보드를 옆구리에 끼고, 수영복도 없이, 완전히 나체로, 물기에 반짝이며, 그리고 음, 서로 손을 잡은 채. 시적 허용이라고 들어봤는가? 그러니까 그걸 보면…… 놈들은 나를 두 번 죽일 것이다. 세상이 핑그르르 돌기 시작했다. 나는 프라이에게 미끼를 던졌다.

"알아? 미켈란젤로? 들어는 봤어?"

평소의 나처럼 행동하면 안 된다. *강하게 행동하면 강해진다.* 아빠가 나를 고장 난 우산 취급하며 거듭 강조한 말이다.

"그럼, 들어봤지." 프라이는 그 크고 불룩한 주둥이로 말했다. 세상에서 가장 드넓은 이마 아래 투실투실한 이목구비와 조화를 이뤄서 하마로 착각하기 십상이다. 프라이는 다비드를 스케치북에서 북 뜯어냈다. "*게이*라던데."

미켈란젤로는(엄마가 그에 관한 책 한 권을 써냈지만) 프라이가 생각하는 그런 부류가 아니었다. 프라이는 누구나 다 게이라고 부른다. 호모나 쪼다라고 부르지 않는다면. 그리고 나는 호모와 쪼다에다가 *또라이*다.

제퍼는 악마처럼 음산하게 웃었다. 등골이 오싹했다.

프라이는 다음 장을 펼쳐 들었다. 또 다른 *다비드*. 하체 중심. 세밀화. 피가 식었다.

둘은 박장대소했다. 웃음소리가 온 숲에 울려 퍼졌다. 새들이 화답했다.

나는 프라이의 손에서 스케치북을 탈환하기 위해 다시 한번 몸부림쳤다. 하지만 제퍼는 날 더 강하게 옥죌 뿐이었다. 제퍼는 빌어먹을 토르였다. 한쪽 팔로 내 목을 감고 다른 팔로 내 몸통을 안전띠처럼 두르고 있었다. 해변에서 곧장 와서 맨가슴의 열기가 내 티셔츠를 뚫고 전해졌다. 선탠로션의 코코넛 향이 내 코를, 내 머릿속을 채웠다. 등에 지고 온 것 같은 강렬한 바다 냄새도. 바닷물을 담요처럼 질질 끌고 오는 제퍼라…… 괜찮다. *그럴싸*하다. **인물화 〈바다를 훔친 소년〉** 아니, 노아, 지금은 아니야. 머릿속으로 이 머저리를 그리고 있을 때가 **결코** 아니라고. 나는 정신을 차리고 혀로 짭짤한 입술을 축이며 내가 곧 죽을 위기에 처했음을 상기했다.

미역처럼 길고 축축한 제퍼의 머리카락이 내 목과 어깨에 드리워졌다. 어느새 우리는 무겁고 탁한 숨을 동시에 헐떡이고 있었다. 나는 엇박자로 호흡하려고 애썼다. 중력의 법칙을 거슬러 떠오르려고 애썼다. 둘 다 소용없었다. 어떤 짓도 소용없었다. 프라이가 스케치북을 한 장 한 장 뜯을 때마다 내 그림들은 바람에 휘날려 갔다. 아직은 대부분 가족 그림이었다. 프라이는 나와 주드 사이를 찢어, 내 부분만 뜯어냈다.

눈앞에서 내가 훨훨 날아갔다.

프라이가 날 두 번 죽일 그림들에 점점 가까워지고 있었다.

귀에서 맥박이 쿵쿵 울렸다.

그때 제퍼가 입을 열었다. "찢어버리진 마, 프라이. 애 누나 말로는 얘가 그림 좀 그린다더라."

왜, 너도 주드한테 반했냐? 요즘은 아닌 놈들이 없었다. 그야 주드는 누구보다 거친 파도를 타고, 높은 절벽에서 뛰어내리고, 그 무엇도 겁내지 않으니까. 심지어 백상아리나 아빠까지도. 그 머리카락도 한몫할 것이다. 그걸 그리느라 내가 가진 노란색을 다 써버렸다. 하도 길어서 북부 캘리포니아 사람들은 죄다 휘감을 지경이다. 특히 꼬마들과 여자애들, 이제 꼴통 서퍼들까지.

게다가 이제 *가슴*도 있지. 야간배달로 온 게 틀림없다. 하루아침에 생겼으니까.

놀랍게도 프라이는 제퍼의 말에 순순히 스케치북을 떨궜다.

그림 속 주드가 날 보고 다 안다는 듯 해맑게 웃었다. *고마워.* 나는 마음속으로 전했다. 주드는 언제나 나를 구하러 온다. 보통은 민망하지만, 지금은 아니다. 아주 적절했다.

인물화, 자화상 〈쌍둥이: 거울을 보는 노아, 그 안에 비친 주드〉

"우리가 뭐 할지 알지?" 제퍼가 예정된 살인 계획으로 되돌아가, 내 귀에 거칠게 속삭였다. 입김에 제퍼가 진득하게 묻어나왔다. 내 몸에 제퍼가 끈적하게 달라붙었다.

"제발 놔줘." 내가 빌었다.

"제발 놔줘." 프라이가 말투를 배배 꼬아 따라 했다.

속이 울렁거렸다. 데블스드롭. 이 산에서 두 번째로 높은 점프 지점이자 곧 놈들이 날 던져버릴 곳은 괜히 악마의 추락이라고 불리는 게 아니다. 그 밑에는 들쭉날쭉한 바위들과 사악한 소용돌이가 펼쳐져 있다. 산산이 조각난 내 뼈들을 지하세계로 끌고 들어갈 소용돌이가.

나는 제퍼의 품에서 벗어나려고 발버둥 쳤다. 또다시.

"프라이, 이 녀석 다리 잡아!"

3000킬로그램에 달하는 하마가 내 발목을 잡으려고 몸을 던졌다. 미안하지만, 네 놈 뜻대로는 안 될 거다. 그냥 안 되니까. 나는 물이 싫다. 그대로 꼬르륵 가라앉아 아시아로 흘러 들어갈 가능성이 크다. 무엇보다 내 두개골은 온전해야 한다. 내 두개골을 부수는 것은 어떤 은밀한 미술관을 레킹 볼로 부숴버리는 것이나 다름없다. 그 안에 뭐가 들었는지 엿본 이 하나 없이.

그래서 나는 몸집을 불렸다. 불리고 또 불려서 하늘에 닿을 때까지. 그리고 속으로 셋을 센 다음 *미친 듯이* 날뛰었다. 이 순간만큼은 아빠에게 감사했다. 그동안 무수히 내게 시도한 레슬링, 그 모든 데스 매치 덕을 보고 있었다. 아빠는 한쪽 팔만 사용하고도 온몸으로 발악하는 날 쉽게 제압했다. 그야 아빠는 키가 10미터쯤 되고 전신이 트럭 부품으로 만들어졌으니까.

하지만 나는 그의 아들이다. *그의 거대한 아들.* 나는야 태풍을 몸에 휘두르고 거침없이 몰아치는 골리앗이다. 내가 온몸을 비틀며 마구 몸부림치자 놈들이 비웃으며 힘으로 억누르려고 했다.

"이러다 놓치겠어. 이 새끼 완전 뱀장어야."

내 착각이 아니라면 제퍼의 목소리에는 감탄까지 서려있었다. 그러자 힘이 더 불끈 솟았다. 나는 뱀장어를 사랑한다. *전기를 뿜어내니까.* 나를 살아있는 전선이라고 생각했다. 나만의 전류로 완충한 채, 이리저리 마구 후려치는 전선. 녀석들의 몸뚱이가 나를 휘감았다. 후끈하고 미끈거리는 몸이, 나를 옭아매고 또 옭아맸다. 빠져나오려고 온몸을 비틀었다. 각자의 사지가 전부 엉켜들었다. 제퍼는 내 가슴팍을 머리로 밀어붙이고 프라이는 등 뒤에서 수백 개의 팔로 날 감쌌다. 온갖 몸부림과 발버둥 속에 나는 헤매고 또 헤매고 또 헤매다…… 감지하고 말았다. 나의 단단히 선, 불가사의하게 딱딱해진 일부가, 제퍼의 배를 찌르고 있음을. 터질 듯한 공포가 온몸을 관통했다. 황급히 피와 살이 튀는 칼부림 대학살 장면(발기를 잠재우는 나만의 특효약)을 떠올렸지만, 이미 늦었다. 제퍼는 순간 멈칫하더니 내게서 펄쩍 떨어져 나갔다.

"미친!"

태양을 너에게 줄게

"왜 그래?" 프라이가 무릎을 짚고 서서 제퍼를 향해 숨을 거칠게 몰아쉬었다.

나는 휘청거리며 그대로 바닥에 주저앉아, 양 무릎을 가슴팍으로 끌어당겼다. 불룩한 앞섶을 들킬까 봐 당장은 일어날 수 없었다. 울컥하는 감정을 억누르려고 안간힘을 썼다. 싸한 느낌이 페럿처럼 온몸 구석구석 파고들었다. 나는 마지막 숨을 몰아쉬었다. 지금 여기서 이놈들에게 죽지 않더라도 방금 벌어진 일은 내일 해가 뜨기도 전에 이 동네 전체에 퍼질 것이다. 차라리 심지에 불붙인 다이너마이트를 삼키거나 데블스드롭에서 투신하는 편이 나을지도 모른다. 이 상황은 그깟 그림 좀 들키는 것보다 훨씬, 훨씬 심각했다.

자화상 〈숲속의 장례식〉

그런데 제퍼는 그 해적 같은 생김새가 무색하게, 아무 말 없이, 그저 고장 난 얼굴로 서있을 뿐이었다. 뭐지?

설마 내가 정신감응으로 놈을 무력화했나?

그럴 리가. 제퍼는 턱짓으로 바다 쪽을 가리키며 프라이에게 말했다. "집어치우고 보드 챙겨서 돌아가자."

안도감이 나를 통째로 집어삼켰다. 설마 못 느꼈나? 아니, 그건 아니다. 느꼈으니까 놀라서 펄쩍 뛰었겠지. 여전히 기겁한 눈치고. 그런데 왜 갑자기 날 쪼다호모또라이 취급하지 않는 거지? 주드를 좋아해서?

프라이는 손가락으로 귀를 긁적이며 제퍼에게 다 잡은 고기를 놔줄 거냐고 투덜거리더니, 나한테 "뒤통수 조심해라, 또라이 새끼야"라고 지껄이고서 솥뚜껑 같은 손으로 데블스드롭에서 낙하하는 내 모습을 표현했다.

끝났다. 둘은 해변으로 향했다.

두 네안데르탈인의 마음이 바뀌기 전에 나는 얼른 스케치북을 주워 겨드랑이 밑에 끼고서 뒤도 안 돌아보고 나무 사이로 빠르게 걸어 들어갔다. 심장이 하나도 안 떨리는 것처럼, 눈물이 차오르지 않는 것처럼, 죽었다 겨우 살아난 사람이 아닌 것처럼.

탁 트인 길이 나오자마자, 나는 살갗을 뚫고 나갈 기세로 달렸다. 3초 만에 시속 120킬로미터의 속력을 내는 치타처럼. 못 할 것도 없다. 나는 우리 학년 중에서 네 번째로 빠르니까. 나는 공기를 가르고 그 안으로 사라질 수 있다. 그래서 그렇게 했다. 놈들에게서, 방금 있었던 일에서 멀리멀리 벗어날 때까지. 적어도 내가 하루살이가 아니라 다행이다. 수컷 하루살이는 신경 써야 할 것이 두 개나 달려있다. 나는 샤워하면서 내 것 하나 신경 쓰느라 이미 인생의 절반을 보냈다. 떠올려서는 안 될 것들을 떠올리면서. 왜냐고? 난 그것들을 떠올리는 게 너무, 너무, *너무* 좋으니까. 하.

계곡이 나오자 바위들을 넘고 넘어 적당한 동굴을 찾았다. 이곳이라면 앞으로 백 년간 태양이 물장구치는 걸 구경할 수 있으리라. 신을 깨울 경적이나 거대 심벌즈 같은 게 있으면 좋으련만. 지금 당장 신에게 한마디 하고 싶으니까. 정확히는 두 음절. **씨발!!**

잠시 뒤, 평소처럼 아무 응답도 듣지 못한 나는 뒷주머니에서 목탄들을 꺼냈다. 뜻밖에 그 난리 통에서 멀쩡히 살아남았다. 바닥에

태양을 너에게 줄게

앉아 스케치북을 펼쳤다. 한 장 전체를 까맣게 채웠다. 다음 장, 그 다음 장도. 너무 세게 눌러서 목탄이 뚝뚝 부러지다가 나중에는 아예 뭉그러졌다. 마치 검댕이가 내 손가락에서, 내 안에서 흘러나와 스케치북 전체를 물들이는 것 같았다. 그렇게 남은 스케치북 전부를 채웠다. 몇 시간이 걸렸다. **연작 〈어둠의 상자 안에 있는 소년〉**

*

다음 날 저녁 식사 때, 엄마가 말했다. 오후에 운전하고 있는데 할머니가 나타나 주드와 나를 위한 전언을 남겼다고.

이미 죽은 할머니가.

"드디어! 나랑 약속했거든!" 주드가 자기 의자에 털썩 앉으며 외쳤다.

석 달 전, 잠결에 세상을 떠나기 전에 할머니는 주드에게 "네가 간절히 원한다면 불쑥 찾아오마" 하고 약속했다. 주드는 할머니가 가장 예뻐하던 손주다.

엄마는 주드를 보고 웃으며 식탁 위에 손을 올렸다. 나도 무심코 손을 식탁 위로 올리다가 엄마를 따라 했다는 걸 깨닫고 다시 무릎 위로 감췄다. 엄마는 전염성이 있는 사람이다.

그리고 초능력자다. 엄마도 다른 세계에서 온 사람 중 하나다. 나는 몇 년에 걸쳐 그 증거를 수집해 왔다. 이 얘기는 차차 하겠다.

일단 지금, 이야기의 막을 여는 엄마의 얼굴은 환하고 생기 넘쳤다. 엄마는 차 안이 갑자기 할머니의 향수 냄새로 가득 찼다고 했다.

"알지? 너희 할머니가 방에 들어서기 전에 꼭 향기가 먼저 걸어 들어오던 거."

엄마는 부엌 가득 할머니의 짙은 꽃향기가 들어차기라도 한 듯 숨을 극적으로 들이마셨다. 나도 따라 했다. 주드도 따라 했다. 캘리포니아주, 미국, 지구의 모든 이가 숨을 극적으로 들이마셨다.

아빠만 빼고. 아빠는 헛기침했다.

믿지 않는 것이다. 그야 아빠는 아티초크니까. 이는 아빠의 엄마인 할머니 스위트와인의 표현을 빌린 것으로, 자신이 어떻게 이런 엉겅퀴 머리를 낳아 길렀는지 모르겠다고 했다. 동감이다.

'기생충'을 연구하는 엉겅퀴 머리. 긴말은 생략하겠다.

나는 아빠를 흘깃했다. 수상 구조요원처럼 구릿빛으로 그을린 우락부락한 몸과 야광처럼 빛나는 치아를 보자마자 오금이 저렸다. 만약 아빠가 알게 된다면 어떻게 될까?

제퍼는 아직 한마디도 떠벌리지 않았다. 혹시 그거 아는가? 이 세상에 오직 나만 알고 있다고 자부하는 사실이 하나 있는데, 원래 돌대가리(Dork)는 고래 거시기를 뜻하는 말이었다. 그렇다면 대왕고래의 돌대가리는? 무려 250센티미터에 달한다. 반복하겠다. **이백오오오오오오오십!** 어제 그 일이 벌어진 후 내 심정은 다음과 같다.

자화상 〈콘크리트 대가리〉

그렇다.

하지만 가끔은 아빠가 뭔가 아는 것 같다.

주드가 식탁 밑에서 내 다리를 툭 쳤다. 그제야 내가 줄곧 소금통을 바라보고 있었다는 걸 깨달았다. 주드는 턱짓으로 엄마를 가리켰다. 엄마는 눈을 감은 채 두 손을 가슴 위에 포개 놓고 있었다. 주드가 이어서 아빠를 가리켰다. 아빠는 마치 엄마의 눈썹이 턱밑까지 내려오기라도 한 것처럼 엄마 얼굴을 심각하게 바라보고 있었다. 우리는 서로를 향해 눈을 부릅떴다. 나는 볼 안쪽을 깨물어 웃음을 참았다. 주드도 마찬가지였다. 주드와 나는 웃음 버튼을 공유한다. 우리는 식탁 밑에서 서로의 발을 꾹 눌렀다.

가족화 〈저녁 식사 자리에서 망자와 교감하는 엄마〉

"그래서 전언은?" 주드가 부추겼다.

엄마는 눈을 뜨고 우릴 향해 윙크했다가 다시 감고서 심령술사처럼 으스스한 말투로 이야기를 이어갔다.

"그래서 그 향기를 훅 들이키는데 갑자기 뭔가 가물가물한 빛이……."

엄마는 두 팔을 휘저으며 그 순간을 짜내려고 애썼다. 괜히 해마다 올해의 교수상을 받는 게 아니다. 누구나 엄마가 만들어내는 영화에 출연하길 원한다. 우리는 '저승에서 온 메시지'가 궁금해서 다음 말을 기다리는데, 아빠가 끼어들어 지루함을 듬뿍 끼얹었다.

참고로 아빠는 올해의 교수상을 받은 적이 없다. 단 한 번도. 역시 긴말은 생략하겠다.

"여보, 먼저 애들한테 당신이 은유적으로 말하고 있다는 걸 알려 줘야지." 아빠가 허리를 꼿꼿이 세우고 말했다. 정수리가 천장에 닿을 기세였다. 아빠는 너무 커서 스케치북 한 면에 다 들어가지도 않는다. 그래서 할 수 없이 목까지만 그린다.

엄마가 눈을 번쩍 떴다. 흥이 말끔히 가신 얼굴이었다.

"은유적으로 말하는 게 아니거든, 벤저민."

한때 아빠는 엄마의 눈을 반짝이게 했다. 지금은 이를 갈게 한다. 이유는 모른다.

"내 말은 말 그대로, 죽어서 떠난 할머니 스위트와인 본인이 내 차 옆좌석에 앉아 있었다는 거야." 엄마는 이를 악물고 말하더니 주드를 향해 미소 지었다. "실은 〈떠오르는 드레스〉 중 하나를 아주 멋들어지게 차려입고 계셨지."

"헐! 어느 거? 파란색?"

잔뜩 흥분한 듯한 주드의 말투에 가슴이 욱신거렸다.

"아니, 그 있잖아. 작은 주황색 꽃들이 박힌 거."

"역시. 완벽한 유령 복장이야! 할머니랑 내세에 입을 옷에 대해 의논했었거든." 주드가 말했다.

나는 문득 이게 다 할머니를 몹시 그리워하는 주드를 위해 엄마가 지어낸 얘기인가 싶었다. 주드는 할머니의 침상을 끝까지 떠나지 않았다. 그날 아침 엄마가 둘을 발견했을 때 한 명은 잠든 채, 한 명은 죽은 채로 서로 손을 맞잡고 있었다. 나는 지극히 오싹하다고 생각했지만 속으로만 삼켰다.

"그래서…… 전언은?" 주드가 한쪽 눈썹을 치켜올렸다.

"내가 알고 싶은 건 뭔지 알아?" 아빠가 씩씩대며 끼어들었다. 우리가 그 망할 전언을 듣지 못하도록. "과연 우리가 언제쯤 이 허무맹랑 시대에 종식을 고하느냐, 이거야."

또 시작이군. 아빠가 말하는 '시대'는 할머니와 함께 살면서부터 막이 올랐다.

자칭 '실증주의자'인 아빠는 우리더러 할머니 입에서 나오는 미신은 모두 허풍이니 걸러 들으라고 했다. 할머니는 할머니대로 자신의 아티초크 아들이 하는 말을 무시하고 악령이 들러붙지 않도록 왼쪽 어깨 너머로 소금이나 뿌리라고 했다. 그러고서 할머니는 자신의 '경전', 즉 온갖 헛된 믿음(일명 허풍)으로 채워진 거대한 가죽 장정 책을 꺼내 복음을 전파하곤 했다. 대부분 주드에게.

아빠가 접시에서 피자 한 조각을 들어 올렸다. 가장자리에서 치즈가 흘러내렸다. 아빠는 나를 보고 말했다. "어떠냐, 노아? 솔직히 할머니의 주문이 깃든 스튜를 먹지 않아도 되니 한시름 놓았지?"

나는 굳이 입을 열어 아빠를 거들지 않았다. 난 원래 피자를 *사랑*한다. 그 말은 한창 피자를 먹고 있을 때도 피자가 먹고 싶다는 뜻이다. 그래도 아빠가 몰고 가는 기차에 올라탈 생각은 없었다. 행여 그 기차에 미켈란젤로가 타고 있다 해도. 아빠와 나는 그리 친한 사이가 아니다. 아빠는 그 사실을 자주 깜빡하는 눈치지만 나는 한 번도 잊은 적 없다. 아빠가 내 뒤에 대고 같이 풋볼 경기나 뭘가 때려 부수는 영화를 보자거나 흐느적거리는 재즈를 듣자고 쩌렁쩌렁 외칠 때마다 나는 내 방 창문을 열고 뛰어내려 숲으로 달려가고 싶다.

가끔 집에 아무도 없을 때 나는 아빠 서재에 가서 연필을 부러뜨린다. 언젠가 나를 유독 심하게 고장 난 우산 취급한 뒤에 아빠는 만약 주드와 내가 쌍둥이가 아니었다면 나는 단성 생식(알아보니 정자 없이 난자를 수정하는 일이었다)으로 태어났을 거라고 웃으며 덧붙였다. 그날 밤 나는 모두가 잠든 사이에 차고로 가서 아빠 차를 긁었다.

나는 인물화를 그릴 때 그 사람의 영혼을 볼 수 있다. 예를 들어 엄마가 품은 영혼은 거대한 해바라기다. 너무 거대해서 장기들이 들어갈 공간이 없을 정도다. 주드와 나는 하나의 영혼을 나눠 가졌다. 잎사귀가 활활 타오르는 나무. 한편 아빠의 영혼은 구더기 한 접시다.

"과연 할머니가 자기 요리를 홍보하는 걸 못 들었을까?" 주드가 아빠에게 말했다.

"못 들었다마다." 가볍게 대답한 아빠가 피자를 흡입했다. 입 주위가 기름기에 온통 번들거렸다. 주드가 벌떡 일어섰다. 머리카락이 빛처럼 쏟아졌다. 주드는 천장을 쳐다보며 중얼거렸다. "*나는 할머니가 해준 음식이 늘 좋았어.*"

엄마가 손을 뻗어 주드의 손을 꼭 쥐더니 천장을 향해 말했다. "나도요, 카산드라◉."

주드가 활짝 웃었다.

아빠는 손가락으로 자기 머리를 쏘는 시늉을 했다.

엄마가 오만상을 찌푸렸다. 그러자 백 살 노인처럼 보였다.

"불가사의를 받아들이세요, 교수님." 엄마가 말했다. 툭하면 아

◉ 그리스신화에 나오는 예언자. 트로이의 공주였으며, 트로이의 멸망을 막기 위해 여러 번 예언했지만 아무도 믿지 않았다고 한다.

빠에게 하는 말이다. 하지만 말투가 달라졌다. 예전에는 어서 들어오라며 문을 열어주는 느낌이었다면 지금은 눈앞에서 쾅 닫는 느낌이랄까.

"불가사의랑 결혼하신걸요, 교수님." 아빠가 평소처럼 대꾸했다. 이 역시 예전에는 칭찬처럼 들렸던 말이다.

우리는 모두 피자를 먹었다. 분위기가 무거웠다. 엄마의 생각과 아빠의 생각이 허공을 검게 물들이고 있었다. 잠자코 내가 씹는 소리에 집중하는데, 주드가 식탁 아래에서 다시 내 발을 찾았다. 나는 주드의 발등을 꾹 눌렀다.

"그래서 할머니가 남긴 전언이 뭔데?" 주드가 긴장 상태를 끊고 기대에 찬 표정을 지었다.

아빠의 눈이 주드를 보고 한층 부드러워졌다. 주드는 아빠가 가장 예뻐하는 자식이기도 하다. 엄마는 그런 게 없다. 그 자리가 아직 공석이라는 얘기다.

이제 엄마의 목소리는 평상시로 돌아왔다. 동굴이 말을 거는 듯한 허스키한 목소리.

"아무튼, 오후에 차를 몰고 CSA, 그 예술고등학교를 지나가는데, 갑자기 너희 할머니가 쓱 나타나더니 이 학교가 너희에게 딱이겠다는 거야." 엄마는 고개를 절레절레했다. 얼굴이 슬슬 펴더니 제 나이로 돌아왔다. "듣고 보니 정말 그렇더라고. 아, 왜 이제껏 그 생각을 못 했나 몰라. 안 그래도 피카소가 한 말이 계속 맴돌았거든. '모든 아이는 예술가다. 문제는 어떻게 어른이 되어서도 예술가로 남는가이다.'"

엄마는 간혹 미술관에서 보여주는 몽롱한 표정을 지었다. 그대로 작품을 들고 튈 것 같은 표정.

"이건, 이건 일생일대의 기회야, 애들아. 난 너희의 예술혼이 짓눌리는 걸 원치 않아. 마치……." 엄마는 말을 흐리며 손가락으로 머리칼을 빗어 내렸다. 나처럼 폭탄 맞은 듯한 검은 머리칼을. 그러더니 아빠를 똑바로 보고 말했다. "애들 꼭 거기 보내주고 싶어, 벤저민. 물론 학비가 만만치 않겠지만, 얼마나 좋은 기회—."

"그게 다야?" 주드가 끼어들었다. "할머니가 얘기한 게 그게 다라고? 그게 *내세로부터의* 메시지라고? 무슨 *학교* 따위가?" 주드는 당장 울음을 터뜨릴 것 같았다.

나는 아니었다. 예술고등학교? 상상도 못 했다. 루스벨트 고등학교, 그 얼간이 학교에 가지 않아도 된다는 것은 내 상상 밖의 일이었다. 모르긴 몰라도 내 몸 안의 피가 막 빛나기 시작했을 것이다.

자화상 〈가슴에 활짝 열린 창〉

엄마의 표정이 다시 몽롱해졌다. "그냥 학교가 아니야, 주드. 고등학교 4년◎ 내내 옥상에서 소리 지를 수 있는 학교지. 너희 둘은 옥상에서 소리 지르고 싶지 않니?"

"무슨 소리를 질러?" 주드가 물었다.

그러자 아빠가 쿡쿡 웃었다. 엉겅퀴 가시로 찌르는 듯한 웃음이었다. "글쎄, 다이에나. 너무 독단적인 생각 아니야? 당신 빼고 우

◎ 미국의 고등학교는 4년제가 보편적이다.

리에게 미술은 그저 미술이지, 종교가 아니라고." 엄마는 나이프를 집어 들고 아빠의 배를 찔러 비트는 시늉을 했다. 아빠는 아랑곳하지 않고 말을 이었다. "어쨌거나 얘들은 겨우 7학년이잖아. 고등학교는 아직 멀었다고."

"전 가고 싶어요! 예술혼이 짓눌리는 건 싫어요!" 내가 폭발하듯 외쳤다. 내뱉고 보니 식사 내내 한마디도 안 하다가 처음 머리 밖으로 꺼낸 말이었다. 엄마가 날 향해 눈을 번뜩였다. 아빠가 엄마를 단념시키게 둘 순 없다. 분명 그 학교에는 꼴통 서퍼들이 없을 것이다. 빛나는 피를 지닌 자들만 모여있을 것이다. 오직 혁명가들만.

엄마가 아빠에게 말했다. "준비하는 데만 1년 정도 걸릴 거야. 전국에서 가장 우수한 예술고등학교 중 하나니까. 교사진도 일류 수준이고. 그건 걱정할 것 없어. 게다가 위치가 바로 우리 집 뒷마당이잖아!"

엄마의 흥분이 나를 더욱 부채질했다. 나도 모르게 두 팔을 퍼덕거리기 시작했다.

"물론 들어가기 쉽지 않을 거야. 하지만 너희는 재능이 있어. 타고난 실력도 그렇지만 이미 아는 것도 많잖아." 마치 식탁 위로 해가 떠오르듯이 엄마가 우릴 향해 자랑스럽게 웃었다.

괜히 하는 말은 아니다. 다른 애들이 동화책을 볼 때 우린 미술책을 봤으니까.

"이번 주말부터 미술관이랑 갤러리 순회를 시작하자. 아주 멋질 거야. 둘이서 그림 겨루기도 하고."

주드가 식탁 너머로 새파란 야광 방귀를 뀌어냈지만 그걸 눈치챈 사람은 나뿐이었다. 그림이라면 주드도 썩 잘 그리는 편이지만, 나는 다르다. 학교가 더 이상 매일 여덟 시간의 맹장 수술이 아니게 된 것은 아이들이 내게 시비를 걸거나 주먹을 날리는 대신 자기를 그려 달라고 할 때부터였다. 주드에게는 아무도 주먹을 날리고 싶어 하지 않는다. 주드는 해맑고 재밌고 평범(혁명적이 아니라는 뜻)하며 모두와 스스럼없이 대화하는 애니까. 나는 나와 대화한다. 주드랑도 대화하긴 하지만 우린 보통 말없이 대화한다. 그게 우리만의 소통방식이다. 그리고 엄마. 그야 이 세계 사람이 아니니까. (이쯤에서 빠르게 짚고 넘어가겠다. 아직 엄마가 벽을 통과하거나 염력으로 집을 옮기거나 시간을 멈추거나 하는 건 못 봤지만, 그래도 무시 못 할 증거들이 있다. 예를 들어 엄마는 얼마 전 아침에 평소처럼 집 뒤편 덱에서 차를 마시다가 내가 가까이 다가가자 공중으로 두둥실 떠올랐다. 적어도 내게는 그렇게 보였다. 결정적으로 엄마는 부모님이 없다. 무려 업둥이! 갓난아기 때 네바다주 리노에 있는 어떤 교회 앞에 버려졌다고 한다. 감이 오는가? 그들에게 버려진 것이다!) 아, 그리고 나는 길 건넛집 라스칼이랑도 대화한다. 라스칼은 어느 모로 보나 사람이 아니지만, 아무튼.

참고로 또라이란 별명도 그래서 붙었다.

나는 정말로, 어떨 때만 빼고 항상, 내가 인질처럼 느껴진다.

아빠가 식탁에 팔꿈치를 올렸다.

"다이애나, 조금 거리를 두고 생각해 봐. 내 생각엔 당신이 우리

태양을 너에게 줄게

애들한테 자신을 투영하고 있는 것 같아. 물론 옛꿈은 쉽게 사라지지—."

아빠는 한 마디도 더 뱉지 못했다. 엄마가 턱이 덜덜 떨릴 정도로 이를 갈고 있었다. 욕 폭탄이나 핵폭탄을 억누르는 것처럼 보였다.

"노아와주드, 자기 접시 들고 방으로 가. 어른들끼리 할 얘기가 있으니까."

우리는 꼼짝도 하지 않았다.

"노아와주드, 당장."

"주드, 노아." 아빠가 거들었다.

나는 내 접시를 움켜쥐고 먼저 일어난 주드의 발뒤꿈치에 따라붙었다. 주드가 등 뒤로 한 손을 뻗자 나는 그 손을 잡았다. 이제 보니 주드가 입은 원피스는 흰동가리 물고기처럼 화려했다. 주드는 할머니에게서 옷 짓는 법도 배웠다. 앗! 열린 창문으로 옆집의 새로운 앵무새, 프로핏의 목소리가 들렸다.

"랠프는 어딨어? 랠프는 어딨어?" 프로핏이 꽥꽥거렸다. 녀석이 하는 말은 그것뿐이다. 하루 24시간 내내. 대체 랠프가 누군지, 어디 숨었는지 아무도 모른다.

"저놈의 꼴통 앵무새!" 아빠가 버럭 지르는 고함에 우리 머리칼이 뒤로 흩날렸다.

"진심으로 한 말은 아닐 거야, 프로핏." 머릿속으로 말한 줄 알았는데 입 밖으로 내뱉었다는 걸 한 박자 늦게 깨달았다. 가끔 단어들이 내 입에서 개구리처럼 튀어 나갈 때가 있다. 앵무새에게 한 말이라고 해명하려다가 잘될 리 없기에 멈췄다. 그 대신 내 입에서는 염소 울음 같은 소리가 흘러나왔다. 다들 날 이상하게 쳐다봤다. 주드만 빼고. 우리는 부엌에서 뛰쳐나갔다.

주드와 나는 거실 소파에 앉았다. 엄마 아빠의 대화를 엿들으려고 텔레비전은 일부러 켜지 않았다. 그러나 두 사람이 주고받는 성난 속삭임은 해독 불가였다. 주드가 자기 접시를 챙겨오지 않아 내 피자를 한 입씩 나눠 먹었다.

"나는 할머니가 아주 굉장한 말을 해줬을 줄 알았어. 천국에도 바다가 있다든지 말이야." 주드가 말했다. 나는 소파에 등을 파묻었다. 주드와 단둘이 있는 것만으로도 안심이었다. 주드와 함께 있으면 인질이 된 기분 따위는 들지 않는다.

"아, 맞아. 천국에도 바다가 있어. 다만 보라색이지. 모래는 파란색이고 하늘은 끝내주는 초록색."

내 말에 주드가 씩 웃으며 잠시 생각했다.

"밤이면 각자 꽃으로 기어들어서 잠들어. 낮에는 다들 소리 대신 색깔로 이야기하고. 그래서 완전 조용해." 주드는 눈을 감고 이어서 천천히 말했다. "사랑에 빠진 사람들은 불꽃처럼 타오르지."

주드는 이 상상 놀이를 좋아했다. 할머니가 가장 좋아하는 놀이이기도 했다. 꼬마였을 때 우리가 이 놀이를 하면 할머니는 "날 데려가!" 혹은 "여기서 당장 날 꺼내다오, 얘들아!"라고 외쳤다.

눈을 뜨는 순간 주드의 얼굴에서 모든 마법이 사라졌다. 주드는 한숨을 쉬었다.

"왜 그래?" 내가 물었다.

"난 그 학교 안 갈 거야. 외계인들만 가는 데니까."

"외계인?"

"별종들 말이야. CSA는 캘리포니아 외계인 학교(California School of Aliens)의 약자라고 사람들이 그랬어."

와, 이런, 와, 이런, 할머니 감사합니다. 아빠는 반드시 뜻을 굽혀야 할 것이다. 난 거기 들어가야 하니까. 예술을 만드는 별종! 나는 너무 기뻐서 트램펄린에서 뛰어오르는 것 같았다. 아쉬운 대로 내 속에서 방방 뛰어다녔다.

주드는 아니었다. 주드는 이제 완전히 침울해졌다. 나는 주드의 기분을 띄워주려고 말했다. "할머니가 네 *하늘을 나는 모래 여자*들을 본 거 아닐까? 그래서 우리가 그 학교에 가길 원하는 걸지도 몰라."

해안선을 따라 세 번째 만에서 주드가 젖은 모래로 만들어내는 작품이 있다. 평소에 주드가 아무도 안 볼 때 으깬 감자나 아빠의 면도 크림 따위로 만드는 것과 비슷하다. 나는 해안 절벽에서 주드가 모래로 훨씬 큰 작품을 만들어내는 과정을 지켜보곤 한다. 주드가 할머니와 소통하려고 애쓰고 있다는 것도 안다. 나는 예전부터 주드의 머릿속에 뭐가 있는지 알았다. 하지만 주드가 내 머릿속에 뭐가 있는지 알기는 쉽지 않다. 내 머릿속에는 셔터가 있어서 필요할 때마다 닫을 수 있으니까. 요즘처럼.

자화상 〈소년 안에 숨어있는 소년 안에 숨어있는 소년〉

"그건 예술이 아니야. 그건……." 주드는 말을 맺지 않았다. "다

너 때문이야, 노아. 이제 해변에 따라오지 마. 내가 누구랑 키스하고 있으면 어쩔래?"

"누구랑?" 나는 주드보다 고작 2시간 37분 13초 늦게 태어났지만, 주드는 항상 나를 막냇동생 취급한다. 나는 그게 싫다. "누구랑 키스할 건데? 해봤어?"

"어제 일 말하면 나도 말해줄게. 뭔가 있었으니까 오늘 아침에 나 두고 먼저 등교한 거잖아."

제퍼나 프라이를 마주치고 싶지 않아서였다. 하필 우리 학교와 걔네 학교가 나란히 붙어있다. 나는 놈들을 두 번 다시 보고 싶지 않다. 주드가 손을 뻗어 내 팔을 만졌다.

"누가 너한테 뭔 짓이나 뭔 말을 했다면, 말해줘."

주드가 내 머릿속에 들어오려고 해서 나는 얼른 셔터를 닫았다. 힘껏 내리쳐서 주드와 나 사이를 벽처럼 가로막았다. 이건 여타의 불행한 사고와 다르다. 작년에 주드는 바위 인간 마이클 스타인의 얼굴에 주먹을 꽂았다. 녀석이 축구 시합 도중에 근사한 개미총에 정신이 팔린 나를 저능아라고 불렀기 때문이다. 그런가 하면 나는 바다에서 이안류에 휩쓸렸다가 주드와 아빠에게 구조된 적도 있다. 두 사람에게 붙들려 겨우 뭍으로 나오니 꼴통 서퍼들이 잔뜩 모여 구경하고 있었다. 이번에는 다르다. 이 비밀은 꼭 뜨거운 석탄 위를 맨발로 딛고 견디는 것 같다. 나는 텔레파시의 영향권에서 벗어나기 위해 소파에서 일어났다. 그때 고함이 들렸다.

집이 두 동강 날만큼 큰 소리였다. 요즘 여느 때처럼.

다시 소파에 풀썩 주저앉았다. 주드가 나와 눈을 맞췄다. 주드의 눈동자는 시리도록 밝은 하늘색이다. 나는 그것들을 그릴 때 흰색을 많이 섞는다. 평소에는 폭신폭신한 구름이 떠오르고 하프 소리가 들리는 듯한 눈동자다. 하지만 지금은 그저 겁에 질린 것처럼 보였다. 그 밖에는 전부 지워졌다.

인물화 〈머리가 찻주전자로 변해 요란하게 김을 뿜는 엄마와 아빠〉

주드의 입에서 어릴 적 목소리가 흘러나왔다. 반짝이 장식으로 만든 목소리. "정말 그래서 할머니가 우릴 그 학교에 보내고 싶어 하는 걸까? *하늘을 나는 모래 여자들을 보고?*"

"난 그렇게 생각해." 거짓말이다. 나는 아까 주드가 한 말이 진실이라고 생각한다. 다 나 때문이라는 말.

주드가 내 옆을 파고들어서 나와 어깨를 나란히 했다. 이게 우리다. 우리의 공식 자세. 일명 한 덩어리. 엄마 배 속에서 찍힌 초음파 사진에서도 이 자세였고, 어제 프라이가 찢어버린 그림에서도 이 자세였다. 지구상 흔한 동기간과 달리 우리는 첫 세포부터 함께였고 이 세상에 나올 때도 함께였다. 그래서 남들은 우리 둘이 할 말을 주드가 대표로 한다는 사실을 딱히 눈치채지 못한다. 우리가 피아노를 칠 때 두 손이 아닌 네 손으로만 칠 수 있으며, 가위바위보를 할 때 13년을 통틀어 한 번도 다른 걸 낸 적 없다는 사실도. 언제나 바위 둘, 보 둘, 가위 둘이다. 나는 우리를 이 자세로 그리지 않으면 아예 반반 인간으로 그린다.

한 덩어리의 침묵이 나를 채웠다. 주드가 숨을 들이켜자 내가 따라 했다. 이제 이러고 놀 나이는 지났는지도 모르지만, 뭐 어때. 고개를 돌리지 않아도 주드의 미소가 보였다. 우리는 함께 숨을 내쉬고, 함께 들이마셨다. 내쉬고, 들이마시고, 마시고 내쉬고, 내쉬고 마셨다. 어제 숲에서 있었던 일을 나무들이 다 잊어버릴 때까지, 엄마 아빠의 목소리가 굉음에서 음악으로 바뀔 때까지, 우리가 쌍둥이가 아니라 하나의 온전한 사람이 될 때까지.

*

그리고 일주일 뒤, 모든 게 변했다.

그날은 토요일, 엄마와 주드와 나는 미술관 옥상 카페에 앉아있었다. 왜냐면 논쟁에서 엄마가 이겼고 우리 둘 다 1년 뒤에 CSA에 지원할 예정이기 때문이다.

테이블 너머에서 주드가 엄마에게 말을 걸면서 내게 무언의 살해 협박을 보냈다. 내 그림이 자기보다 낫다고 생각해서 저러는 것이다. 우리는 그림 경연을 펼치는 중이었다. 물론 심사위원은 엄마다. 그래, 어쩌면 주드의 그림을 고쳐주려고 하지 말았어야 했다. 주드는 내가 자기 그림을 망치려 한다고 확신했다. 할 말이 없다.

주드는 내 속셈을 다 알고 있다는 듯 눈알을 부라렸다. 리히터 규모 6.3의 동공 지진이다. 나는 테이블 밑으로 발을 내줄까 하다가 참았다. 그 대신 나는 내 왼쪽 테이블에 앉은 남자들을 몰래 훔쳐봤다.

참고로 내 2.5미터 콘크리트 대가리 사건에 관해서는 아직 여파가 없다. 내 머릿속만 빼고. **자화상 〈불개미 떼에게 조각조각 뜯어 먹히는 소년〉** 어쩌면 제퍼는 정말 아무에게도 말하지 않을지도 모른다.

옆 테이블 남자들은 모두 귓불과 눈썹에 고무마개 같은 피어싱을 하고 수달처럼 장난을 치고 있었다. 어쩌면 CSA에 다니는 학생들일지도 모른다. 그렇게 생각하자 온몸이 두근거렸다. 그중 한 명은 얼굴이 달처럼 둥글고 파란 눈이 왕방울만 하며 입술이 무진장 붉었다. 르누아르 그림처럼. 나는 그 입술을 *사랑*한다. 테이블 아래서 손가락으로 허벅지에다 그 형의 얼굴을 빠르게 스케치했다. 순간 그 형이 자길 쳐다보는 나를 포착했다. 그런데 눈총을 쏘아 날 밀랍으로 만드는 대신, 윙크했다. 착각할 수도 없게 천천히. 그러고서 자기 친구에게 눈을 돌렸다. 내가 고체에서 액체 덩어리로 변하는 동안.

나에게 윙크했다. 마치 *아는* 것처럼. 하지만 기분 나쁘지 않았다. 전혀. 실은, 입꼬리가 자꾸 올라갔다. 그리고, 와우, 그 형도 다시 나를 보며 미소 짓고 있었다. 내 얼굴은 끓어오르기 시작했다.

나는 엄마와 주드에게 집중하려고 노력했다. 둘은 할머니의 허풍 경전에 관해 이야기하고 있었다. 또. 엄마는 그것이 별난 믿음의 잡학사전 같은 거라고 했다. 할머니가 여기저기서, 이 사람 저 사람에게서 얻은 아이디어를 집대성한 거라고. 심지어 할머니는 그 경전을 자기 옷가게 계산대 위에 펼쳐놓고 손님들이 자기만의 시시한 허풍을 끄적일 수 있게 했다.

"맨 마지막 장에 쓰여있어. 본인이 때아닌 죽음을 맞이할 경우,

주드 너한테 물려주라고." 엄마가 주드에게 말했다.

"나한테?" 주드가 날 향해 잔뜩 거만한 표정을 지었다. "*나한테만* *말이지?*" 주드는 이제 포장된 선물처럼 반짝였다.

그러든지 말든지. 그따위 경전 누가 갖고 싶댔나.

"정확히 인용하자면, '이 유익한 책은 스위트와인가의 축복을 마지막으로 보유한 내 손녀 주드 스위트와인에게 남긴다.'"

나는 테이블 위로 밝은 녹색 방귀를 뿡뿡 뀌었다.

어느 날 할머니는 주드가 꽃의 언어를 할 수 있다는 걸 발견하고서 주드가 스위트와인가의 축복인 육감을 타고났다고 선언했다. 우리는 네 살이었다. 그 후 주드와 나는 거울 앞에서 며칠을 보냈다. 주드는 손가락으로 내 혓바닥을 쉴 새 없이 누르면서 나를 가르치려고 애썼다. 나도 스위트와인가의 축복을 가질 수 있도록. 그러나 소용없었다. 나는 혀를 말거나 뒤집을 수는 있어도 꽃을 피울 수는 없었다.

나는 수달 테이블을 힐끗했다. 그들은 떠나려고 짐을 챙기고 있었다. 윙크하는 달덩이가 배낭을 어깨에 둘러메고 내게 입 모양으로 '안녕'이라고 말했다.

나는 마른침을 삼키고 눈을 내리깔며 화르르 타올랐다.

그리고 머릿속으로 그 형을 그리기 시작했다.

몇 분 뒤 현실로 돌아왔을 때, 엄마는 주드에게 자신은 할머니처럼 차 안에 잠깐 들르거나 하지 않고 대놓고 우리를 따라다닐 거라고 말하고 있었다.

"사사건건 끈질기게 훼방하는 그런 유령이 될 거야." 엄마는 특유의 걸걸한 웃음과 함께 손을 빙빙 휘저었다. "난 통제광이니까. 너희는 날 절대 벗어날 수 없을걸! 절대!" 엄마는 껄껄거렸다.

그 순간 이상하게도 엄마가 폭풍 한가운데 있는 것처럼 보였다. 머리카락이 바람에 휘날리고 원피스가 살짝 부풀어 올랐다. 혹시 테이블 아래 통풍구 같은 게 있나 확인해 봤더니 없었다. 내가 뭐랬나? 다른 엄마들은 자기만의 날씨를 두르고 다니지 않는다. 엄마는 우릴 향해 마냥 포근하게 웃었다. 마치 강아지들을 보듯이. 그때 뭔가 가슴에 걸렸다.

엄마가 과연 어떤 유령이 될지 둘이 좀 더 구체적으로 얘기하는 동안 나는 잠시 셔터를 닫았다. 엄마가 죽으면? 태양이 궤도를 이탈할 것이다. 끝.

그 대신 나는 오늘 관람을 떠올렸다.

나는 이 그림에서 저 그림으로 옮겨갈 때마다 제발 날 가지라고 호소했고, 한 작품도 빠짐없이 내 요청을 받아들였다.

관람 내내 내 살가죽이 어떻게 한 번도 발목까지 흘러내리거나 내 머리를 납작하게 우그러뜨리지 않고 멀쩡히 붙어있는지 신기했다.

엄마가 드럼 치듯 테이블을 두드리는 소리에 나는 다시 현실로 돌아왔다.

"자, 그럼 어디 스케치북을 확인해 볼까?" 엄마가 잔뜩 신나서 말했다.

나는 유명 화가들의 작품을 파스텔로 네 장 그렸다. 샤갈 한 장, 프란츠 마르크 한 장, 피카소 두 장. 그 작품들을 고른 이유는 내가 바라보는 만큼 강렬하게 그 그림들도 나를 바라보았기 때문이다. 엄마는 꼭 완벽하게 모사할 필요는 없다고 했다. 나는 전혀 모사하지 않았다. 원작을 머릿속에서 흔들어 섞고 나를 잔뜩 묻혀 내보냈다.

"나 먼저."

내가 스케치북을 엄마의 손에 밀어 넣으며 말했다. 주드의 동공이 리히터 규모 7.2로 흔들렸다. 건물 전체가 진동했다. 상관없다. 더는 못 기다리니까. 오늘 그림을 그릴 때 뭔가 달랐다. 내 눈을 좀 더 좋은 눈으로 갈아 끼운 것 같았다. 나는 엄마가 그걸 알아봐 주었으면 했다.

엄마는 그림을 한 장 한 장 천천히 넘겼다. 그러고서 목에 걸고 있던 동그란 금테 안경을 끼고 처음부터 다시 훑어봤다. *그리고 또 다시.* 중간에 고개를 한 번 들어 날 별코두더지 보듯 쳐다보더니 다시 그림으로 돌아갔다.

카페의 모든 소음, 에스프레소 기계가 윙윙거리는 소리, 접시와 유리잔이 달그락거리는 소리는 엄마의 검지가 스케치북의 각 페이지 위를 맴도는 동안 고요해졌다. 나는 엄마의 눈을 들여다보며 알 수 있었다. 내가 잘 그렸다는 걸. 로켓이 발사되는 기분이었다. 난 CSA에 갈 거야! 게다가 준비할 시간이 아직 1년이나 남았다. 이미 미술 담당 그래디 선생님에게 방과 후에 기름 섞는 법을 가르쳐 달라고 부탁해 둔 상태였다. 이제 다 살펴봤나 싶으면 엄마는 다시 첫 장으로 돌아갔다. 멈출 수 없는 것이다! 엄마의 얼굴이 기쁨으로 가득 찼다. 나는 앉은 자리에서 휘청거렸다.

하지만 그것도 잠시, 사지가 결박되고 말았다. 주드가 내뿜는 심리적 공습이었다. **인물화 〈질투의 초록〉** 피부는 라임 색, 머리카락은 연녹색, 눈동자는 숲 색. 온몸이 초록 일색이었다. 주드는 설탕한 봉지를 까서 테이블에 약간 쏟은 다음 손가락으로 쿡 찍어 자기 스케치북 표지에 지그시 눌렀다. 할머니 경전에 나오는 행운의 주문이었다. 속이 울렁거리기 시작했다. 엄마 손에서 얼른 내 스케치북을 뺏어야 하는데 그렇게 하지 않았다. 할 수 없었다.

할머니는 주드와 내 손을 펼쳐 손금을 보면서 우리가 질투 때문에 인생을 열 번 망칠 거라고 했다. 이 점만큼은 할머니가 옳았다. 나는 주드와 나를 속이 비치는 버전으로 그릴 때마다 배 안에 방울뱀을 그려 넣었다. 다만 내 안에는 두세 마리뿐이고 주드는 최근 집계로 총 열일곱 마리였다.

마침내 엄마가 스케치북을 덮고 나에게 돌려주었다.

"경연은 무슨. 앞으로는 토요일마다 미술 관람하고 공예를 배우는 데 집중하자. 어때, 좋지, 얘들아?" 엄마는 주드의 스케치북을 펴보기도 전에 그렇게 말했다. 핫초코 잔을 집어 들었지만 마시지는 않았다. "말도 안 돼." 엄마가 고개를 설레설레 저으며 말했다. 설마 주드의 스케치북을 까맣게 잊어버린 걸까? "고갱의 색채로 샤갈의 감성을 표현했더구나. 하지만 그러면서도 네 시각은 고스란히 드러냈어. 네 나이가 지금 몇인데. 이건 비범한 거야, 노아. 비범하다고밖에 표현할 수 없어."

자화상 〈빛의 호수로 뛰어드는 소년〉

"정말?" 내가 속삭이듯 물었다.

"정말로. 놀랐어." 엄마는 진지하게 말했다. 얼굴이 뭔가 달랐다. 마치 커튼이 중간에서 쓱 갈라져 열린 듯했다. 나는 주드를 힐끔 봤다. 주드는 제 몸 한구석에 잔뜩 웅크리고 있었다. 비상시에 내가 그러듯이. 내 안에는 나 말고 아무도 들어올 수 없는 참호가 있다. 나는 그게 주드에게도 있는지 미처 몰랐다.

엄마는 눈치채지 못했다. 평소에 엄마는 무엇이든 눈치챈다. 하지만 지금은 그 무엇도 알아차리지 못한 채 멍하니 앉아있었다. 꼭 우리 앞에서 꿈을 꾸는 것처럼.

마침내 엄마가 퍼뜩 돌아왔다. 하지만 이미 늦었다. "주드, 이제 네 스케치북 보자. 우리 딸이 어떤 작품을 그렸을지 기대되는걸."

"난 됐어." 주드가 퉁명스레 대꾸했다. 스케치북은 이미 가방 깊숙이 파묻혔다.

주드와 나는 양자택일 놀이를 자주 한다. 주드가 가장 좋아하는 주제는 '어떻게 죽을래?'다. 주드: 얼어 죽기, 나: 타 죽기. '물에 빠지면'도 있다. 만약 엄마 아빠가 물에 빠지면 누굴 먼저 구할 것인가? 나: 물론 엄마, 주드: 그날 기분에 따라. 이 주제에는 변형 질문도 있다. 만약 우리 둘이 물에 빠지면 아빠는 누굴 먼저 구할까? 주드. 한편 엄마는 13년 동안 우릴 쩔쩔매게 했다. 엄마가 과연 누굴 먼저 물으로 끌고 나올지 우리는 감도 잡을 수 없었다.

지금까지는.

눈빛 한번 주고받지 않고도, 우린 그 답을 알았다.

행운의 역사

주드

열여섯

나는 여기 서있다.

CSA 스튜디오, 내 작품 옆에. 주머니 속 네 잎 클로버와 함께.

오전 내내 학교 밖 클로버 군락지를 네발로 기어 다니며 뒤졌으나 허탕이었다. 이미 다 뽑힌 거다. 그때 번뜩, 이거다! 싶어 나는 흔해 빠진 세 잎 클로버에 강력 접착제로 네 번째 잎을 이어 붙였다. 그걸 셀로판지로 고이 싸서 양파가 들어있는 윗옷 주머니에 넣었다.

나는 약간 성서 신봉자다. 기독교인들에게 성경이 있다면 나에게는 할머니한테 물려받은 경전이 있다. 맛보기 구절은 다음과 같다.

네 잎 클로버를 지니고 있으면 사악한 기운을 물리칠 수 있다.

(예술학교는 사악한 기운투성이다. 특히 오늘 같은 날은 더더욱. 내 비평의 날인 데다가 지도교사 상담이 있는 날이라, 어쩌면 퇴학당할지도 모른다.)

심각한 질병을 피하려거든 양파를 주머니에 넣고 다녀라.

(체크. 조심해서 나쁠 것 없다.)

남자가 여자에게 오렌지를 주면 여자의 연심은 배로 늘어난다.

(판단하기에는 이르다. 아직 남자에게 오렌지를 받아본 적 없다.)

유령은 발이 땅에 닿지 않는다.

(조만간 설명하겠다.)

종이 울렸다.

다들 스튜디오에 모여들었다. 10학년 점토 공예반 학생들, 한 명도 빠짐없이 나를 베개로 질식시키려고. 크흠, 내 말은, 내 작품을 보고 어이없는 표정을 지으려고. 이번 과제 역시 '나'였다. 나는 추상을 택했다. 즉 덩어리로. 드가에게 발레리나가 있었다면 나에게는 덩어리가 있다. 깨지고 이어붙인 덩어리. 이번 작품은 내 여덟 번째 연작이다.

"이 작품이 말하고자 하는 바는 뭘까?" 도자기 명인이자 점토 공예 강사이자 내 지도교사인 샌디 엘리스가 물었다. 비평의 포문을 여는 샌디 선생님만의 방식이다.

아무도 입을 열지 않았다. 전통적인 '캘리포니아 외계인 학교'식 비평 잔치는 칭찬으로 시작해서 칭찬으로 끝난다. 그리고 그 사이에 본심을 담은 잔혹한 평가를 끼워 넣는다.

나는 눈동자로만 스튜디오를 둘러봤다. 10학년 점토 공예반은 CSA의 꽤 훌륭한 표본 집단이다. 난다 긴다 하는 온갖 괴짜들이 북적이는 무리에서는 나처럼 평범하디 평범한 애들이 오히려 튄다. (물론 나의 한두 가지 무해한 기벽을 제외하면 말이다. 안 그런 사람이 어딨겠는가?)

나도 안다. 이 학교에 있어야 할 사람은 내가 아니라 노아란 걸.

샌디 선생님은 동그란 색안경 너머로 학생들을 응시했다.

평소에는 너나 할 것 없이 마구 뛰어들더니, 지금 스튜디오에서 들리는 소리라고는 형광등이 윙윙대는 소음뿐이다. 나는 손목에서 째깍거리는 엄마의 낡은 시계로 시간을 확인했다. 2년 전, 차가 절벽 아래로 추락할 당시 엄마가 차고 있던 시계다.

12월의 비는 갑작스러운 장례식을 부른다.

(엄마가 죽기 전에도 12월은 대부분 비가 내렸다.)

"자, 어서. 〈깨진 나—덩어리 제8번〉에 대해 긍정적인 인상을 받은 사람?"

선생님이 제멋대로 자란 수염을 느리게 쓸어내렸다. 만약 세상

사람 모두가 자신을 닮은 동물로 변한다면(어릴 때 노아의 고집으로 자주 했던 놀이다), 샌디 선생님은 필시 숫염소로 변하리라.

"이제껏 다양한 관점들을 나눠왔잖니. 어디 MJ의 것도 한번 얘기해 볼까?"

MJ, 즉 비운의 주드(Misfortunate Jude)는 내 악명 높은 '불운' 덕분에 전교생에게 불리게 된 이름이다. 작품이 가마에 들어가는 족족 깨져서만이 아니다. 작년 도자기 작업실에서는 내가 만든 그릇들이 밤중에 진열대에서 뛰어내렸다고 한다. 드나든 이는 아무도 없었고 창문은 꽁꽁 잠겨 있었으며 지진이 발생한 가장 가까운 곳은 인도네시아였다. 야간 관리인은 영문을 몰랐다.

모두가 영문을 몰랐다. 나만 빼고.

케일럽 카트라이트가 양손을 들었다. 시그니처 룩인 검정 터틀넥, 검정 스키니진, 검정 아이라이너, 검정 중절모에 이어 본인의 개성을 드러내는 제스처였다. 나름대로 치명적인 예술가 병에 걸린 듯한 매력이 있지만, 딱히 눈이 간다는 건 아니다. 나의 '보이 보이 콧'은 순조롭게 진행 중이다. 남자애들의 시야에서 걸러질 외관도 완벽히 갖췄다.

투명 인간이 되고 싶다면: 탱글탱글한 곱슬을 1미터쯤 잘라내고 남은 머리카락은 검정 비니 안에 쑤셔 넣는다. 타투는 아무도 볼 수 없게 꼭꼭 숨긴다. 오버사이즈 후드 집업, 오버사이즈 바지, 스니커즈만 착용한다. 되도록 입을 열지 않는다.

(가끔은 내가 지은 구절을 경전에 추가하기도 한다.)

케일럽은 좌중을 쓱 훑었다. "모두를 위해 객관적으로만 말할게요." 그리고는 잠시 뜸을 들이면서 나를 배 밖으로 떠밀 완벽한 말을 골랐다. "사실상 MJ의 작품을 비평하기란 불가능해요. 늘 이런 식으로 덕지덕지 붙여놓은 꼴이니까요. 그러니까, 우리는 매번 망친 작품을 두고 진지하게 떠드는 셈이라고요."

나는 푸른 초원 한가운데 서있는 나를 상상했다. 학교 상담사가 멘탈이 흔들릴 때마다 시도해 보라던 방법이다. 아니면 할머니가 일러준 대로 머릿속 버튼을 몇 개 줄이든가. 아무튼, 누가 궁금해할진 모르겠지만, 자체 제작한 네 잎 클로버는 아무 효험이 없다.

"흠. 작품 자체는 어떤 말을 하지?"

선생님이 반 전체에 물었다. 랜들 *악의는 없지만* 브라운이 주둥이를 열었다. 이 명실상부한 X놈은 '악의는 없지만'이라는 말로만 시작하면 상상 가능한 모든 악의적인 말을 내뱉어도 된다고 믿는 놈이다. 나는 놈에게 마취총을 쏘고 싶었다.

"의도적으로 만든 작품이라면 훨씬 많은 말을 하겠죠."

놈이 날 바라봤다. 이제 나온다.

"그러니까 내 말은 MJ, *악의는 없지만* 네가 근본적으로 부주의하다는 건 분명해. 작품이 가마 안에서 자꾸 깨지는 건 네가 점토를 충분히 반죽하지 않았거나 조형하고 나서 골고루 말리지 않았다는 뜻이야. 그것 말고는 논리적으로 설명이 안 되니까."

빙고. 딩동댕. 내 말이 그 말이야.

논리적으로 설명이 안 될 때도 있거든.

핑계나 변명이 아니다. 만약 비평 시 피평가자는 입을 열 수 없다는 규칙이 없다면, 그리고 저 위의 누군가, 가령 신에게 공증을 받을 수 있다면, 나는 이렇게 말할 것이다. "너희는 너희를 끔찍이 미워해서 무덤에서 나와 작품을 부숴버리는 죽은 엄마 없니?" 그러면 다들 내 상황을 이해할 것이다.

"랜들이 좋은 지적을 했다. 과연 의도성이 예술에 대한 우리의 경험과 감상에 크게 중요할까? 만약 MJ가 작품을 조각난 상태로 완성했다면 처음에 의도한 온전한 형태가 의미가 있을까? 말하자면 여정이냐, 목적지냐 하는 문제지."

이에 반 전체가 행복한 벌집처럼 웅성거렸다. 거기다가 선생님은 과연 예술작품을 예술가와 분리해서 봐야 하느냐 하는 문제를 쏘아 올렸다.

나는 차라리 피클을 생각했다.

"피클 좋지. 이왕이면 통 피클. 크고 두툼하고 아삭아삭한 걸로. 음. 음. 음." 할머니가 머릿속에서 속삭였다.

할머니는 엄마처럼 죽은 사람이지만, 뭘 부수기만 하는 엄마와 달리 목소리도 들리고 가끔은 눈에 보이기도 한다. 할머니가 내 영적 세계의 당근이라면 엄마는 채찍이다. 나는 할머니가 떠드는 동안 무표정을 유지하려고 애썼다.

"흐아암, 지루해라. 근데 넌 왜 하필 저런 괴상한 걸 만들었니?

게다가 왜들 저렇게 쓸데없이 변죽을 울리는 거야? 그냥 다음에는 행운을 빈다고 말하고 다음 희생자로 넘어가면 안 되나? 저기 머리에 바나나를 주렁주렁 달고 있는 녀석이라든지."

"저건 레게머리야, 할머니." 나는 입을 벙긋하지 않도록 주의하며 머릿속으로 속삭였다.

"그냥 여기서 뛰쳐나가지 그러니."

"그럴까."

아까 내가 무해한 기벽이라고 했나? 그래, 그리 무해하지 않다.

하지만 공식 집계에 따르면 전 세계 인구의 22퍼센트가 유령을 본다. 이는 무려 15억 명이 넘는 수다. (참고로 교수를 부모로 두면 학술 조사가 일상이다.)

이론적 말장난이 끝없이 이어지는 동안 나는 혼자 양자택일 놀이를 즐겼다. 어떻게 죽을래? 나는 이 주제의 챔피언이다. 생각보다 간단하지 않다. 왜냐면 선택지를 어느 한쪽에 치우침 없이 끔찍하게 만드는 데 고도의 기술이 필요하기 때문이다. 예를 들면 깨진 유리를 한 주먹씩 연달아 삼키는 것과—.

생각이 뚝 멎었다. 나뿐만 아니라 다른 이들도 마찬가지였다. 피시(성은 없다)가 손을 들었기 때문이다. 피시는 나만큼 말이 없는 애다. 그러니 이건 예삿일이 아니다.

"MJ는 손끝이 야무져요." 피시의 혀가 반짝였다. 마치 입 안에서 별 하나가 빛나듯이. "제 생각엔 유령이 MJ의 작품을 망치는 것 같아요."

샌디 선생님을 포함한 모두가 하하하 하고 딱딱하게 웃었다. 나는 어안이 벙벙했다. 피시는 농담한 게 아니었다. 나는 알 수 있었다. 나와 눈을 마주치자 피시가 손목을 들어 살짝 흔들어 보였다. 아주 독특한 팔찌가 손목을 감고 있었다. 보라색 머리, 양팔의 타투, 냉소적인 태도로 이뤄진 전체적인 외양과 아주 잘 어울리는 팔찌였다. 자세히 보니 눈에 익은 부적들이 달려있었다. 심홍색 바다 유리 세 조각, 플라스틱 네 잎 클로버 두 개, 그리고 방패연잎성게 조각 여러 개가 투박한 검정 가죽띠에 주렁주렁 매달려 있었다. 이크. 내가 피시의 가방과 작업복 주머니에 저렇게 많은 행운을 찔러 넣었나? 피시는 송장 같은 화장과 더불어 늘 우울해 보였다. 근데 나라는 걸 어떻게 알았지? 설마 다른 애들도 아나? 혹시 저쪽의 신경과민증 전학생도?

하지만 피시의 폭탄 발언과 팔찌는 고독한 불꽃처럼 사그라들었다. 남은 시간 내내 나머지 애들은 한 명씩 돌아가며 나의 〈깨진 나—덩어리 제8번〉을 물어뜯었고, 그럴수록 맞잡은 내 두 손에 자꾸 힘이 들어갔다. 문득 손이 가려웠다. 아주 많이. 결국 나는 손을 풀고 들여다보았다. 벌레에 물리거나 두드러기가 난 흔적은 없었다. 혹시 수상한 붉은 반점이 있나 샅샅이 살펴보았다. 흔히 육식성 질환이라고 불리는 괴사성 근막염일 수도 있기 때문이다. 아빠의 의학 학술지에서 *꼼꼼히* 읽어봤는데…….

좋아, 떠올랐다. 어떻게 죽을래? 깨진 유리를 한 주먹씩 연달아 삼키는 것과 괴사성 근막염으로 온몸이 썩어 들어가는 것 중에서?

펄리시티 스타일스의 목소리(끝이 가까웠다는 신호다!)가 이 뇌를 쥐어짜는 난제에서 나를 꺼냈다. 유리를 먹는 쪽으로 기울고 있을 때였다.

"제가 마무리해도 될까요, 선생님?"

펄리시티가 평소처럼 물었다. 늘 화려한 남부 캐롤라이나 억양을 써서 비평의 대미를 장식하는 애였다. 꼭 말하는 꽃 같았다. 복음주의 수선화랄까. 피시가 은밀히 제 가슴에 단검을 찔러넣는 시늉을 했다. 나는 피시에게 미소를 보내고 마음의 준비를 했다.

"저는 그냥 이 작품이 슬퍼 보여요." 펄리시티는 잠시 멈춰 자신이 공간을 장악할 때까지 기다렸다. 1초도 안 걸렸다. 왜냐면 펄리시티가 말뿐 아니라 표정과 행동까지 합쳐서 한 떨기 수선화로 변신했기 때문이다. 그 주위에서 우리는 그저 탄식하는 인간들이었다. 펄리시티가 손을 들어 내 덩어리를 가리켰다. "이 작품에서는 *오오오온 세상*의 아픔이 느껴져요."

그 *오오오온 세상*을 내뱉으려고 펄리시티는 말 그대로 온 세상을 한 바퀴 돌았다.

"우리는 모두 망가졌으니까요. 다들 그렇지 않나요? 저는 그래요. *오오오온 세상*이 그렇죠. 우리가 아무리 애써도 매번 반복되는 현실이잖아요. 그게 MJ의 작품이 제게 하는 말이에요. 그래서 너무너무 서글픈 느낌이 들어요." 펄리시티가 날 똑바로 바라봤다. "난 MJ 네가 얼마나 불행한지 이해해. 진심으로."

거대한 펄리시티의 눈이 날 집어삼킬 것 같았다. 아, 역시 예술학교는 끔찍해.

펄리시티는 주먹을 움켜쥐고 제 가슴을 세 번 두드렸다.

"난, 널, 이해해."

더는 버틸 재간이 없었다. 나는 펄리시티가 다스리는 꽃 나라 백성이 되어 고개를 끄덕였다. 그 순간, 〈깨진 나─덩어리 제8번〉이 놓인 테이블이 기우뚱하고 쓰러졌다. 내 작품은 바닥에 곤두박질치며 산산이 조각났다. 또다시.

나는 머릿속으로 엄마에게 말했다. *가차 없네.*

"유령의 짓이라니까요." 피시가 단언했다.

이번에는 아무도 하하하 하고 웃지 않았다.

"말도 안 돼." 케일럽이 고개를 흔들었다.

"이게 무슨?" 랜들이 중얼거렸다.

내 말이. 꼬마 유령 캐스퍼나 할머니 스위트와인과 달리 우리 엄마는 그리 다정한 유령이 아니라고.

샌디 선생님이 테이블 밑을 확인했다. "나사가 풀렸어." 선생님은 믿기지 않는다는 듯이 말했다.

내가 얼마나 운이 없는지 다들 떠들어대는 동안 나는 이런 경우를 위해 내 자리에 비치해 둔 빗자루를 들고 〈깨진 나─덩어리 제8번〉을 묵묵히 쓸어 담았다. 그리고 쓰레기통으로 가서 쏟아 버리고, 짝퉁 네 잎 클로버를 던져 넣었다.

어쩌면 선생님이 나를 불쌍히 여겨 내일부터 시작인 2주 남짓의 겨울방학 이후로 상담을 연기해 줄지도 몰라. 그렇게 생각할 때 선생님이 날 향해 *내 사무실로*라고 입 모양으로 말하며 손짓했다. 나는 선생님을 따라 스튜디오를 나섰다.

재앙은 왼쪽에서 다가오니 항상 오른발을 먼저 내딛어라.

선생님 책상 맞은편의 거대한 가죽 안락의자에 몸을 파묻었다.

샌디 선생님은 나사 풀린 테이블에 대해 사과하더니 어쩌면 피시의 말이 맞을지도 모른다고 우스갯소리처럼 말했다. "진짜 유령 아니야, MJ?"

이럴 땐 맞장구치며 웃어주는 게 예의다.

선생님의 손가락이 책상 위를 피아노 건반처럼 두드렸다. 우리 둘 다 말이 없었다. 나는 딱히 개의치 않았다.

선생님의 왼쪽 벽에 미켈란젤로의 〈다비드〉 실물 크기 인쇄물이 붙어있었다. 미묘한 오후의 빛을 머금어 너무나 생생했다. 당장이라도 가슴이 부풀어 오르며 첫 숨을 터뜨릴 것만 같았다. 샌디 선생님이 내 시선을 따라 고개를 돌려 그 아름다운 돌 인간을 바라보았다.

"기막힌 전기였지. 너희 어머니가 쓰신 책." 선생님이 정적을 깨며 말했다. "미켈란젤로의 성적 지향을 과감하게 탐구하셨지. 극찬을 받을 만했어."

선생님이 안경을 벗어 책상에 놓았다.

"말해보렴, MJ."

나는 창밖을 내다봤다. 길게 뻗은 해안이 안개 속에 파묻혔다.

"화이트아웃◎이 오고 있어요." 내가 말했다. 일명 잃어버린 만, 로스트코브는 자주 사라지는 것으로 유명하다. "그거 아세요? 이곳 토착민들은 안개가 구천을 떠도는 영혼들을 품고 있다고 믿는대요." 출처는 할머니의 경전이다.

"정말이니?" 선생님은 수염을 쓸어내렸다. 손에 남은 점토 부스러기가 수염으로 옮겨붙었다. "그것 참 흥미롭구나. 그런데 우린 지금 너에 관해 이야기해야 해. 상황이 생각보다 심각하거든."

나에 관해 이야기하고 있었는데.

또다시 정적이 흐르고…… 나는 깨진 유리를 먹기로 했다. 최종 결정.

선생님은 한숨을 쉬었다. 혹시 내가 불편하게 했나? 나는 사람들을 불편하게 한다. 최근에 알았다. 예전에는 안 그랬다.

"MJ, 그동안 네가 얼마나 힘들었을지 알아." 선생님은 다정한 염소 눈으로 내 얼굴을 샅샅이 훑었다. 최악이다. "그래서 우리는 내내 네게 면제권을 줬지. 비극적인 상황이었으니까."

선생님은 예의 그 '엄마 없이 가엾은 것' 표정을 하고 있었다. 어른들이 내게 말을 걸 때 한 번쯤 짓는 표정이다. 마치 낙하산도 없이 비행기에서 떠밀린 사람을 보듯이. 그야 엄마라는 존재가 곧 낙하산이니까. 나는 눈을 내리깔다가 선생님 팔에서 치사성 흑색종을 발견했다. 눈앞에서 선생님의 명운이 지나가는 찰나, 그 얼룩이 전

◎ 눈이나 안개, 햇빛의 난반사로 방향 감각을 잃게 만드는 기상 상태를 말한다.

토 부스러기라는 걸 깨닫고 몰래 가슴을 쓸어내렸다.

"하지만 CSA는 엄격한 곳이야." 선생님의 목소리가 한층 단호해 졌다. "실기를 통과하지 못하는 건 퇴학 사유에 해당해. 그래서 우린 네게 유예 기간을 주기로 했어." 선생님은 몸을 앞으로 숙였다. "가마 안에서 파손되는 게 다가 아니야. 그런 일은 종종 일어나. 하지만 너에게는 유독 자주 일어나는 것 같구나. 이쯤 되면 네 기술이나 집중력을 의심할 수밖에 없어. 하지만 우리가 정말 걱정하는 건네가 널 스스로 고립하고 전력투구하지 않는다는 거야. 너도 알겠지만 지금 이 순간에도 전국의 젊은 예술가들이 우리 학교에 한자리를 얻으려고 문을 두드리고 있어. 바로 *네* 자리를 말이야."

노아는 충분히 내 자리를 차지할 자격이 있다. 죽은 엄마가 내 작품을 부서뜨리면서 전하고자 하는 말이 그거 아닐까?

틀림없다.

나는 숨을 들이쉬고 입을 열었다. "그럼 제 자리를 양보할게요. 정말로요. 그 사람들이 저보다는 자격이 있을 거예요. 여긴 제 자리가 아니에요." 고개를 들자 선생님의 당황한 눈이 보였다.

"그렇구나. 흠. 너는 그렇게 느낄지 모르겠다만 CSA 교사진의 생각은 다르다. 내 생각도 그렇고." 선생님은 안경을 집어 들고 점토가 묻은 셔츠 자락에 닦기 시작했다. 안경은 더 더러워졌다. "그모래로 빚은 여자들, 그러니까 네가 입학 포트폴리오에 첨부한 그 작품에는 아주 특별한 게 있었어."

뭐?

선생님은 먼 곳에서 들려오는 음악을 감상하듯 잠시 눈을 감았다. "아주 유쾌하고 기발했지. 넘치는 생동감. 넘치는 감수성."

지금 무슨 얘길 하는 거지?

"선생님, 전 그때 제가 만든 드레스들과 드레스 도안을 제출했는데요. 모래 조소에 관한 이야기는 지원서에만 썼고요."

"그래. 그 지원서 기억나. 그 드레스들도. 사랑스러웠지. 다만 아쉽게도 우리 학교는 패션 디자인 쪽에 집중하지 않아. 솔직히 말해서 네가 지금 이 자리에 앉아있는 건 그 멋진 조소 작품을 찍은 사진들 덕분이야."

그 조소 작품을 찍은 사진은 없다.

잠깐만. 나는 약간 어지러웠다. 이게 무슨 「환상특급」 시리즈 같은 상황이지?

그도 그럴 것이 나는 그걸 아무에게도 보여준 적 없다. 확인 사살까지 했다. 매번 해변을 따라 멀리 떨어진 외딴 만에 가서 파도에 쓸려가는 것까지 확인했는데……. 그러고 보니 노아가 한 번, 아니, 두 번 따라와서 내가 작업하는 걸 봤다고 했다. 설마 그때 사진을 찍은 걸까? 그 사진들을 CSA에 보냈고? 내가 보기엔 둘 다 가능성이 없었다.

자기는 떨어지고 나만 붙었다는 사실을 알았을 때 노아는 자기가 그린 것들을 모두 망가뜨렸다. 낙서 한 장조차 남기지 않았다. 그 뒤로 연필, 파스텔, 목탄, 붓을 한 번도 잡지 않았다.

나는 선생님을 힐끗 올려다봤다. 선생님은 손가락 관절로 책상 위를 두드리고 있었다. 가만, 방금 선생님이 내 모래 조소가 멋지다고 하지 않았나? 그랬던 것 같은데. 내가 다시 집중한다 싶었는지 선생님은 책상 두드리기를 멈추고 말을 이었다.

"지난 2년간 우리가 정신없이 몰아붙인 거 알아. 하지만 다시 기본으로 돌아가 보자. 한 가지 간단한 질문이야, MJ. 더 이상 만들고 싶은 게 없니? 넌 어린 나이에 많은 걸 겪었잖아. 하고 싶은 말 없니? *해야 할 말 없어?*" 선생님의 목소리는 매우 진지하고 엄숙했다. "왜냐면 그게 전부이기 때문이야. 다른 건 아무것도 중요치 않아. 우리는 우리의 두 손으로 소원을 빌어야 해. 그게 우리 예술가들이 하는 일이니까."

그 말에 내 속의 무언가가 헐거워지고 있었다. 기분이 좋지 않았다.

"생각해보렴." 선생님이 좀 더 부드럽게 말했다. "다시 물으마. 이 세상에 네 두 손만이 만들어낼 수 있는 것이 있니?"

가슴에 타는 듯한 통증이 느껴졌다.

"있어? MJ?" 선생님이 채근했다.

있다. 하지만 그건 금단의 영역이다. 나는 다시 푸른 초원을 떠올렸다.

"아니요."

선생님이 얼굴을 찌푸렸다.

"못 믿겠는걸."

"없어요. 정말. 전혀. 끝."

나는 무릎에 놓인 두 손을 꽉 움켜쥐었다. 선생님이 고개를 가로저었다. 실망한 얼굴로.

"그래, 알았다."

나는 *다비드*를 쳐다봤다……

"MJ, 듣고 있니?"

"네. 죄송해요."

나는 다시 선생님에게 집중했다. 샌디 선생님은 눈에 띄게 속상해 보였다. 왜지? 왜 그렇게까지 신경 쓰지? 본인 말대로 전국 곳곳에 젊은 예술가들이 내 자리를 얻으려고 기를 쓰고 있는데.

"너희 아버지와 상의해 보마." 선생님이 말했다. "넌 일생일대의 기회를 포기하는 거야. 이게 정말 네가 원하는 거니?"

내 시선이 자꾸 *다비드*에게 향했다. 마치 빛으로 만들어진 작품 같았다. 내가 원하는 것? 그건 오직……

그때 문득 *다비드*가 벽에서 뛰쳐나와 그 거대한 돌덩이 팔로 날 껴안고 내 귀에 속삭이는 듯한 느낌이 들었다.

미켈란젤로가 그를 조각해 낸 건 *500년*도 더 된 일이다.

"정말 그만둘 생각이야?"

"아니요!"

내 격렬한 외침에 우리 둘 다 놀랐다.

"돌로 작업해야겠어요."

나는 *다비드*를 가리켰다. 한 가지 생각이 내 안에서 폭발하고 있었다. 숨을 헐떡일 때처럼 가슴이 벅찼다.

"만들고 싶은 게 있어요. 정말로, 간절히."

태양을 너에게 줄게

실은 이 학교에 왔을 때부터 만들고 싶었는데, 엄마가 그마저 부숴버릴까 봐 엄두도 못 냈다. 그것만큼은 견딜 수 없었다.

"더없이 반가운 얘기구나." 선생님이 두 손을 맞잡으며 말했다.

"하지만 점토로는 못 만들어요. 가마도 필요 없어요. 반드시 돌이어야 해요."

"내구성이 더 좋지." 선생님이 미소 지으며 말했다. 내 말을 이해한 것이다. 뭐, 다는 아니지만.

"그러니까요."

그래, 돌이라면 엄마도 쉽게 깨뜨리지 못할 것이다! 그리고 더 중요한 건, 그럴 마음조차 품지 못하리라는 거다. *내가* 엄마를 현혹할 것이다. 엄마와 소통할 것이다. 그 방법이 이거다. 엄마가 내 귀에 대고 '정말 미안해, 주드. 네 안에 그게 있는 줄 몰랐어'라고 속삭이도록 만들 것이다.

그리고 어쩌면 엄마가 나를 용서해 줄지도 모른다.

내 안에 모녀 화해의 음악이 차오르는 동안 샌디 선생님은 계속 말을 하고 있었다. 나는 다시 집중하려고 노력했다.

"문제는 올해 아이반 선생님이 이탈리아에 가서서, 학교에 널 지도해 줄 사람이 없다는 거야. 만약 점토로 빚어서 청동으로 주조하고 싶다면 내가—."

"아니요, 꼭 돌이어야 해요. 단단할수록 좋아요. 화강암이면 더 좋고요."

천재적이다.

선생님은 다시 들판에서 풀을 뜯는 염소로 돌아가 다감하게 웃었다. "어쩌면, 그래, 어쩌면……. 학교 밖에서 지도받는 것도 괜찮겠니?"

"네."

장난해? 보너스다.

샌디 선생님은 수염을 쓰다듬으며 생각했다.

계속 생각했다.

"왜 그러세요?" 내가 물었다.

"그게, 한 명 있긴 해." 선생님은 눈썹을 치켜올렸다. "석공예 명인. 아마도 몇 안 남은 사람 중 하나일 거야. 그런데, 아니, 아마 안 될 거야." 선생님은 손을 들어 그 생각을 멀리 밀어버렸다. "이제 더이상 가르치지 않거든. 전시도 안 하고. 무슨 일이 있었나 봐. 그게 뭔지 아는 사람은 아무도 없지만. 사실 그전에도 그렇게……, 흠, 뭐라고 표현해야 할까?" 선생님은 천장을 올려다보며 적당한 말을 찾았다. "인간 같지 않았어." 선생님은 피식 웃으며 책상 위에 쌓인 잡지를 뒤적거리기 시작했다. "비범한 조각가이자 기막힌 웅변가. 내가 대학원에 있을 때 들었는데, 장난 아니야, 그 사람은―."

"인간이 아니라면 뭔데요?" 흥미를 느낀 내가 끼어들었다.

"사실……." 선생님이 날 보고 빙그레 웃었다. "내 생각엔 네 어머니가 가장 잘 표현하셨어."

"우리 엄마요?" 그 순간 나는 스위트와인가의 육감도 없이 이게 어떤 계시라는 걸 단박에 알았다.

"그래. 네 어머니가 「아트 투모로우」에 그 사람에 관해 쓰신 적이 있어. 신기하네. 바로 며칠 전에 우연히 그 인터뷰를 읽었거든."

선생님은 잡지 몇 권을 획획 넘기며 뒤적였다. 하지만 찾는 부분이 좀처럼 나오지 않는 모양이었다.

"이런." 결국 선생님은 찾기를 포기하고 의자에 등을 기댔다. "그러니까…… 뭐라고 했더라? 아, 그래, 그래, 네 어머니는 이렇게 표현하셨어. '방에 들어서면 사방의 벽이 무너져 내리는 것 같은 사람'이다."

방에 들어서면 사방의 벽이 무너져 내리는 사람?

"그분 이름이 뭔데요?" 왠지 숨이 조금 가빴다.

선생님은 한동안 입을 다물고 나를 지그시 바라보다가 결심한 듯 입을 열었다. "일단 내가 전화를 해볼게. 만약 승낙하면 방학 끝나고 한번 찾아가 보렴." 선생님이 종이에 이름과 주소를 써서 내게 건넸다.

"난 경고했다." 웃으며 선생님이 덧붙였다.

*

할머니와 나는 망각 속에 길을 잃었다. 땅 구름을 뚫고 안개 속을 헤치며 로스트코브 내륙의 주택가 데이스트리트에 있는 기예르모 가르시아의 스튜디오로 향하는 동안. 그게 샌디 선생님이 종이에 적어 알려준 조각가의 이름이었다. 승낙인지 거절인지 *기다리고 싶*

지 않았다. 그냥 *부딪치고* 싶었다.

학교를 나서기 전에 나는 신탁의 도움을 구했다. 즉, 구글링. 인터넷 검색은 찻잎점이나 타로점보다 낫다. 일단 궁금한 것을 검색창에 적어 넣는다. *나는 나쁜 사람인가요? 이 두통이 수술 불가능한 뇌종양의 증상인가요? 왜 죽은 엄마가 내게 말을 걸지 않을까요? 노아를 어떻게 해야 할까요?* 그러고 나서 검색 결과를 살펴보고 점괘를 해석한다.

내가 기예르모 가르시아의 제자가 될 수 있을까요? 그렇게 물었을 때, 알림창에 링크와 함께 「인터뷰 매거진」 표지가 떴다. 클릭했다. 형형한 녹색 눈의 음침한 남자가 로댕의 로맨틱한 걸작, 〈키스〉에 야구방망이를 휘두르는 사진이 떴다. 캡션은 다음과 같았다. **기예르모 가르시아: 조각계의 록스타.** 무려 「인터뷰 매거진」의 표지를 장식하다니! 나는 심장이 벌렁거려서 잠시 숨을 골랐다.

"네 차림새가 꼭 건달 같구나." 한쪽 발이 성치 않은 할머니가 나를 스치듯 앞서 나가며 말했다. 할머니는 이 음산한 날씨에 진분홍색 양산을 빙글빙글 돌리고 있었다. 언제나처럼 우아하게 차려입고서. 물결치는 일몰과 닮은 화려한 색상의 〈떠오르는 드레스〉를 입고 영화배우처럼 큼직한 거북딱지 테 선글라스도 꼈다. 그리고 맨발이었다. 이승을 떠돌면 딱히 신발이 필요 없다. 할머니로서는 마침 잘된 일이다.

저승에서 건너올 때 발을 거꾸로 하고 오는 망자도 있다.

(상상만 해도 끔찍하다. 다행히 할머니의 발은 온전한 방향이다.)

할머니는 이어서 말했다. "그 친구 닮았다. 그 누구냐, 엠앤엠인가."

"에미넴?" 내가 씩 웃으며 대꾸했다. 안개가 너무 짙어서 우체통이나 전봇대나 나무에 부딪히지 않으려면 팔을 쭉 내밀고 걸어야 했다.

"그래!" 할머니는 양산 꼭지로 보도를 툭툭 쳤다. "난 무슨 과자 이름인 줄 알았다." 이번에는 양산 꼭지가 나를 향했다. "네가 만든 드레스들은 죄다 방에 처박아 놓고 말이야. 그건 비극이야." 할머니는 한숨을 푹 쉬었다. "너 좋다는 남자애는 없니, 주드?"

"없어, 할머니."

"내 말이 그 말이다." 할머니는 자신의 재치에 감탄하며 깔깔 웃었다.

로스트코브식 화이트아웃의 흔한 현상인 안개 사슬, 일명 '속박' 속에서 한 여자가 두 아이를 데리고 우리 곁을 지나갔다.

나는 내 투명 인간 복장을 내려다봤다. 할머니는 여전히 이해를 못 한다.

"나한테 남자랑 어울리는 건 귀뚜라미를 죽이거나 집 안에서 새를 날리는 것보다 위험하다니까. 다 알면서."

그 어떤 죽음의 징조들보다 위험하다.

"헛소리. 네 손금에는 남부럽지 않은 연애운이 있어. 네 동생처럼. 하지만 운명도 가끔은 도움닫기가 필요해. 일단은 그렇게 사람 크기의 순무처럼 입지 않는 게 좋겠구나. 그리고 다시 머리 길러라, 제발."

"너무 피상적이시네, 할머니."

할머니가 못마땅한 듯 헛기침했다.

나는 헛기침을 되돌려주었다. 그리고 반격했다. "놀라게 하고 싶지는 않지만, 할머니 발이 점점 엉뚱한 쪽으로 돌아가는 것 같아. 알잖아. 아무리 우아하게 차려입어도 발이 거꾸로 달려있으면 말짱 꽝이라는 거."

할머니가 헉 하며 밑을 내려다봤다.

"죽은 늙은이한테 심장 마비를 일으킬 작정이냐!"

데이스트리트에 이르렀을 때쯤 온몸이 축축하고 으슬으슬했다.

블록 끄트머리에 작은 교회가 눈에 들어왔다. 옷을 좀 말리고 몸도 녹이면서 기예르모 가르시아를 설득할 계획을 세우기에 적당한 장소였다.

"난 밖에서 기다리마. 천천히 볼일 보렴. 이 춥고 눅눅한 안개 속에 혼자 있을 나는 걱정하지 말고. 무일푼에 신발도 없는 망자 따위." 할머니가 양 발가락을 꼼지락거리며 말했다.

"알겠어." 나는 교회로 이어지는 길에 들어섰다.

이윽고 둥근 문고리를 잡아당길 때 할머니가 뒤에서 불렀다.

"클라크 게이블에게 안부 전해다오."

지금 할머니는 1930년대에 할리우드의 제왕이라 불리던 배우를 말한 게 아니다. 클라크 게이블은 할머니가 신을 부르는 애칭이다.

교회에 발을 들여놓는 순간 따스한 빛이 나를 덮치듯 감싸 안았다. 엄마는 교회 마니아였다. 늘 노아와 나를 끌고 다녔다. 다만 예배 중이 아닐 때만. 엄마는 그저 성스러운 공간에 앉아있는 게 좋다고 했다. 이제 나도 그렇다.

신의 도움이 필요하다면 예배당에서 조그만 단지를 열어두었다가 떠나면서 닫아라.

(우리에게 들려준 어린 시절 이야기에 따르면 엄마는 위탁 가정의 양육 '환경'을 피해 근처 교회에 숨어들곤 했다. 엄마는 그 시절에 대해 좀처럼 입을 열지 않았지만, 아마 그 당시 엄마에게는 조그만 단지 이상의 도움이 필요했을 것이다.)

이 교회의 예배당은 한 척의 아름다운 배 같았다. 어두운 목재와 선명한 스테인드글라스 창으로 이루어진, 그래, 노아의 방주. 방주를 만드는 노아, 승선하는 동물들에게 인사하는 노아, 노아, 노아, 노아. 나는 한숨을 내쉬었다.

모든 쌍둥이의 한쪽은 천사, 다른 한쪽은 악마다.

나는 두 번째 줄에 앉았다. 몸을 녹이려고 팔을 마구 문지르면서 기예르모 가르시아에게 무슨 말을 해야 할지 생각했다. 〈깨진 나─

덩어리 제8번〉이 *조각계의 록스타*, 방에 들어서면 벽이 다 무너지는 사람에게 뭐라고 해야 할까? 날 가르치는 게 얼마나 고역일지 알아듣게 설명할 수 있을까? 그 작품을 만들어내는 게—.

요란한 덜커덕 소리에 내 생각과 내가 앉은 자리와 내 살가죽이 한꺼번에 날아갔다.

"제기랄, 깜짝이야!"

낮고 굵은, 속삭이는 듯한 영국 억양이, 제단 위에 몸을 구부리고 방금 자기가 넘어뜨린 촛대를 집어 드는 남자에게서 터져 나왔다.

"지랄! 신성한 교회에서 *제기랄*이라니. 거기다 *지랄*이란다, 망할!"

몸을 일으킨 그가 성찬대에 촛대를 바로 세우고 씩 웃었다. 내가 본 것 중에서 가장 비틀린 미소였다. 피카소가 그린 듯했다.

"이미 망한 듯."

번개 모양 상처가 왼쪽 뺨에, 그리고 인중에도 하나 있었다.

"알 게 뭐야. 어차피 천국 따위 개소린데." 남자는 다 들리는 혼잣말을 이어갔다. "그 터무니없는 뭉게구름, 지루하기 짝이 없는 흰색 일색, 털어서 먼지 한 톨 안 나온다는 성자들." 비틀린 미소가 곧 온 얼굴을 뒤덮었다. 성마른, 앞뒤 재지 않는, 앞니 깨진 미소가 어딘가 비뚤어진 얼굴에 걸려있었다. 몹시 거칠고, 매력적이었다. '규범 따위 집어치워' 식으로. 딱히 눈이 간다는 건 아니고.

얼굴에 두드러진 특성은 그와 비슷한 기질의 특성을 암시한다.

(흠.)

태양을 너에게 줄게

게다가 어디에서 온 거지? 그래, 영국에서 온 것 같기는 한데, 방금 혼잣말하다가 내 앞으로 순간 이동한 건가?

"미안." 남자가 혼잣말에 날 초대하며 말했다.

그제야 내가 아직 한 손을 가슴에 얹고 입을 벌리고 있다는 사실을 깨달았다. 나는 얼른 자세를 고쳤다.

"놀라게 할 생각은 아니었어. 누가 있으리라곤 생각도 못 했거든. 여긴 워낙 인적이 드문 곳이라." 그가 속삭이듯 덧붙였다.

이 교회에 자주 오나? 아마도 회개하러? 지은 죄가 많아 보이긴 했다. 대단히 흥미로운 종류로.

남자가 제단 뒤쪽에 난 문을 가리켰다. "난 그냥 조용히 들어와서 사진 좀 찍고 있었어." 말을 멈춘 남자가 고개를 기울이고 호기심 어린 눈으로 나를 살폈다. 목 언저리에 푸른 타투가 약간 보였다. "저기 있잖아, 너 입 뚜껑 좀 닫아야겠다. 세상에 어느 남자가 너 같은 수다쟁이한테 말 한마디 걸 수 있겠어."

보이콧 강령에 따라 저항했으나 내 얼굴에 슬그머니 미소가 차오르는 게 느껴졌다. 매력적인 사람이었다. 그래서 눈이 간다는 건 아니지만. 매력은 화를 부른다. 또한 나는 죄 많은 그가 똑똑해 보인다는 것도, 키가 꽤 크다는 것도, 검은 곱슬머리가 한쪽 눈 위로 보기 좋게 떨어진다는 것도, 낡은 검정 가죽 재킷이 어처구니없을 만큼 잘 어울린다는 것도 딱히 눈여겨보지 않았다. 한쪽 어깨에 멘 낡은 메신저백 안에는 책이 가득했다. 대학생인가? 아마도. 고등학생이라면 분명 졸업반일 것이다. 목에는 카메라가 걸려 있었는데

다음 순간 그걸 날 향해 들이댔다.

"안 돼!"

나는 교회 지붕을 날려버릴 만큼 크게 소리 지르며 앞 좌석 등받이 뒤에 숨었다. 분명 찬물 세례를 받은 페릿처럼 보였을 것이다. 난 그가 찬물에 얻어맞은 페릿 같은 내 모습을 사진에 담지 않았으면 했다. 사실 쪽팔린 건 둘째치고 문제가 있다.

사진이 찍힐 때마다 영혼이 닳고 수명이 단축된다.

"흠, 그래. 너도 카메라가 영혼을 훔쳐 갈까 봐 두려워하는 그런 부류구나."

나는 남자를 향해 눈을 치켜떴다. 그런 부류에 대해 잘 아나?

"어쨌든 목소리는 좀 낮춰 줘. 아무래도 여긴 교회니까." 그가 다시 혼돈의 미소를 지었다. 그리고 카메라를 들어 나무 천장을 찰칵 찍었다. 가만 보니 내가 눈여겨보지 않은 점이 또 있었다. 왠지 낯이 익었다. 어디서 본 적 있는 것처럼. 하지만 어디서 봤는지 전혀 기억나지 않았다.

나는 비니를 벗고 방치되어 단단히 엉킨 머리카락을 손가락으로 빗어 내리기 시작했다……. 남자 전용 눈가리개 따위 없는 것처럼! '내가 지금 무슨 생각을 하는 거지? 저 남자는 다른 모든 생물처럼 서서히 부패하고 있어!' 나는 융통성 없는 성서 신봉자에 건강염려증에 걸린 〈깨진 나—덩어리 제8번〉이며 친구라고는 상상 속에서 만들어낸 존재뿐이다(미안, 할머니). 저 남자는 아마도 전 세계의 모든 검은 고양이와 깨진 거울을 합친 것보다 더 불길한 존재일 것이다. 어떤 여자애들은 그저 누군가와 함께할 자격이 없다.

다시 비니를 쓰려는데, 딱히 귀를 잡아끈다는 건 아니지만, 남자가 볼륨이 조금 높아진, 꽤 굵직하고 부드러운 원래 목소리로 말했다. "마음 바꾼 거야? 제발 그렇다고 해. 떼쓰고 싶지는 않거든." 그가 다시 날 향해 렌즈를 겨누었다.

나는 고개를 가로저어 마음이 바뀔 리 없다는 뜻을 내비쳤다. 그대로 비니를 푹 눌러썼다. 거의 눈을 가릴 정도로. 그러다가 나도 모르게 입술에 검지를 대며 **쉿**, 했다. 누가 봤다면 끼를 부린다고 오해했을지도 모르지만, 다행히 이곳에는 우리 둘뿐이었다. 누가 봤대도 어쩔 수 없지 뭐. 다시 볼 것도 아닌데.

"맞다, 여기가 어딘지 깜빡했어." 남자가 다시 목소리를 낮추며 웃었다. 그러더니 불안할 만큼 날 뚫어지게 바라봤다. 마치 스포트라이트를 받는 것 같았다.

사람을 이렇게 빤히 보는 건 불법 아닌가? 가슴이 흥얼거리기 시작했다.

"안 찍겠다니 아쉽네. 어떻게 들릴지 모르겠지만, 너 거기 앉아 있으니 꼭 천사처럼 보이거든. 변장한 천사. 떨어져서 어떤 인간의 옷을 빌려 입은 거지." 남자가 입술을 말아 물고 미간을 좁혔다.

내가 뭐라고 대꾸하겠는가? 가슴의 콧노래가 전기드릴로 변해 버렸는데.

"아무튼, 천상계를 벗어나고자 하는 걸 비난할 수는 없지." 남자는 싱글벙글 웃고 나는 빙글빙글 돌았다. "아까 말했듯이, 나처럼 망한 인간들과 어울리는 게 더 재밌을지도 모르니까." 과연 말재간이 상당했다. 나도 그랬다. 한때는. 이제 아무도 모를 것이다. 이 사람만 해도 내 턱이 철문처럼 닫혀있다고 생각할 게 뻔했다.

아, 이런. 그가 또다시 그런 식으로 나를 보고 있었다. 살갗 아래 속내를 들여다보려는 듯이.

"딱 한 번." 남자가 렌즈를 조정하며 말했다. 부탁이라기보다 선언에 가까웠다. 그의 목소리에, 시선 속에, 온몸과 마음에, 뭔가 굶주리고 고집부리는 게 있었다. 그게 나를 괴롭혔다.

믿을 수 없게도, 나는 고개를 끄덕였다. 체면과 영혼, 수명 따위는 나 몰라라 하고.

"그래. 딱 한 번만." 내 목소리는 이상하게 갈라졌다. 그가 내게 최면을 걸었는지도 모른다. 불가능한 일은 아니다. 이 세상에는 최면술사라는 직업도 있으니까. 경전에도 나온다.

남자는 앞줄 좌석에 쪼그리고 앉아 뷰파인더를 들여다보면서 렌즈를 몇 번 돌렸다. "오, 그래, 좋아. 완벽해. 빌어먹게 완벽해." 약속과 달리 한 백 장쯤 찍고 있었지만, 이제 나는 개의치 않았다. 남자는 연신 찰칵대며 중얼거렸다. *그래, 고마워, 완전 끝내줘, 완벽해, 아주 좋아, 빌어먹게 좋아, 맙소사, 멋져.* 마치 우리가 키스라도, 어쩌면 키스보다 더한 걸 하듯이. 난 내 얼굴이 어떨지 상상할 수도 없었다.

태양을 너에게 줄게

"넌 그 사람이야. 확실해." 남자가 마침내 렌즈에 덮개를 씌우며 말했다.

"누구?" 내가 물었다. 하지만 그는 대답하지 않고 그저 한가하고 나른한, 여름이 떠오르는 걸음걸이로 통로를 걸어 내게 다가왔다. 이제 남자는 완전히 풀어져 있었다. 초고속으로 달리다가 렌즈를 덮는 순간 기어를 확 내린 것 같았다. 가까워지자, 나는 그의 눈이 한쪽은 녹색이고 한쪽은 갈색이란 걸 알았다. 마치 한 몸 안에 두 사람이 있는 것처럼. 매우 열정적인 두 사람이.

"글쎄." 남자가 내 옆에 서서 뭔가 이어서 말할 것처럼 잠시 뜸을 들였다. 바라건대 '넌 그 사람이야' 다음에 이어질 말을. 하지만 그는 그저 "상상에 맡길게"라고 덧붙이고는 저 위의 클라크 게이블을 가리켰다.

가까운 거리에서 보니 더욱 확신이 들었다. 나는 이 믿을 수 없는 남자를 오늘 처음 본 게 아니다.

그래, 빌어먹게 눈이 간다.

악수를 청하거나 어깨라도 두드릴 것 같았는데 남자는 그대로 통로를 계속 걸어갔다. 나는 돌아서서 그의 뒷모습을 바라보았다. 건초 한 가닥이라도 입에 물고 있을 것처럼 여유 넘치는 걸음걸이였다. 그는 내가 들어올 때 미처 보지 못한 삼각대를 집어 어깨 위에 걸쳤다. 문을 나서면서도 돌아보지 않고 그저 자유로운 손을 들어 살짝 흔들었다. 다 안다는 듯이.

내가 자기를 쳐다보고 있다는 걸.

*

잠시 후, 몸에 찬기와 습기가 대충 사라지자 나는 교회에서 나왔다. 왠지 모르게 간신히 탈출한 듯한 기분이 들었다.

조각가의 스튜디오를 찾아 거리로 나섰다.

정확히 말해 아까 같은 남자들은 내게 크립토나이트다. 슈퍼맨마저 죽게 만드는 독성 물질. 그런 남자를 못 만나봤다는 뜻이 아니다. 보고만 있어도 키스하는 것처럼 느끼게 하는, 아니, *몸을 섞는 것처럼* 느끼게 하는 남자. 그 사람은 내가 철벽을 친 것도 눈치채지 못한 듯했다. 흠, 나는 지금도 그렇고 앞으로도 그럴 것이다. 방심할 수는 없다. 결국 엄마가 옳았다. 난 *그런* 애가 되고 싶지 않다. 될 수 없다.

누군가가 죽기 전에 나에게 한 말은 현실이 될 것이다.
(파티에 가기 전 거울에 비친 내 모습을 가리키며 엄마가 "너 정말 그런 애가 되고 싶어?"라고 말했다. 엄마가 죽기 전날 밤이었다.)

엄마가 그렇게 말한 게 처음은 아니었다. *너 정말 그런 애가 되고 싶어, 주드?*

솔직히, 그래, 되고 싶었다. 왜냐면 그런 애는 엄마의 관심을 받으니까. 그런 애는 모두의 관심을 받으니까.

특히 언덕 위에 사는 고등학생들. 그중에서도 마이클 레이븐스,

일명 제퍼. 나는 걔가 말을 걸 때마다, 새치기해서 파도를 먼저 타게 해줄 때마다, 밤에 문자나 음성 메시지를 보낼 때마다, 대화 중에 무심코 날 건드릴 때마다 현기증이 났다. 무엇보다 그때, 내 비키니 하의의 플라스틱 고리에 손가락을 걸고 자기한테 끌어당기며 내 귀에 이렇게 속삭였을 때. *가자.*

갔다.

제퍼가 말했다. *싫으면 싫다고 해.*

제퍼의 숨결은 거칠었고 큼직한 손은 내 온몸을 더듬었으며 손가락은 내 안에 파고들었다. 모래에 닿은 등이 뜨거웠다. 아기 천사 타투를 갓 새긴 배가 뜨거웠다. 태양이 하늘을 벌겋게 태웠다. *싫으면 안 해, 주드.* 하지만 그 말에 담긴 뜻은 정반대인 듯했다. 제퍼는 바다만큼 무거웠다. 어느새 내 비키니 하의는 그의 손안에 뭉쳐져 있었다. 마치 그냥 지나가 주길 바랐던 파도가 기어코 나를 집어삼키는 것 같았다. 내 몸을 끌어내리고, 호흡을 뺏고, 균형과 방향 감각을 잃게 해서 영영 수면 위로 떠오를 수 없게 하는 파도. *싫으면 싫다고 해.* 그 말은 제퍼와 나 사이에 우렁우렁 울렸다. 왜 나는 싫다고 하지 않았을까? 마치 입 안에 모래가 들어찬 것 같았다. 온 세상이 들어찬 것 같았다. 나는 한마디도 하지 않았다. 적어도 소리 내어서는.

모든 게 너무 빨리 일어났다. 제퍼와 나는 사람들이 모인 곳에서 한두 만쯤 떨어진 바위투성이 해변에 숨어있었다. 불과 몇 분 전까지만 해도 서핑에 관해, 나에게 타투를 새겨준 제퍼의 친구에 관해,

전날 밤 함께 참석했던 파티에 관해 이야기를 나누고 있었다. 그 파티에서 나는 제퍼의 무릎에 앉아 내 인생 첫 맥주를 마셨다. 이제 막 열네 살이 되었을 무렵이었다. 제퍼는 나보다 거의 네 살 위였다.

대화가 멈췄을 때 제퍼가 나에게 키스했다. 우리의 첫 키스였다.

나는 기꺼이 응했다. 그의 입술에서는 짠맛이, 몸에서는 코코넛 선탠로션 향이 났다. 그는 키스 사이사이 내 이름을 부르기 시작했다. 마치 입 안에서 몹시 뜨거운 걸 내뱉듯이. 그러고는 내 노란 비키니 상의를 옆으로 끌어내리더니 날 바라보며 마른침을 삼켰다. 나는 비키니를 다시 끌어 올렸다. 그렇게 빤히 바라보는 게 싫어서가 아니라, 오히려 내심 좋았다는 게 민망해서였다. 브래지어 따위를 걸치지 않은 맨몸을 남자에게 보여주는 것은 처음이었다. 두 뺨이 화끈거렸다. 제퍼는 미소 지었다. 모래 위에 나를 눕히고 다시 비키니 상의를 천천히 끌어내리면서 크고 검은 눈동자가 한층 짙어졌다. 이번에는 가만히 있었다. 날 바라보도록 내버려 뒀다. 내 두 뺨이 화끈거리도록 내버려 뒀다. 내 몸에서 그의 숨소리가 났다. 그가 내 가슴에 입을 맞추기 시작했다. 좋은 느낌인지는 알 수 없었다. 그러다 그가 내 입을 집어삼키는 바람에 숨이 가빴다. 그때부터 제퍼의 두 눈이 초점을 잃고, 여섯 손이 동시에 내 온몸을 더듬기 시작했다. 싫으면 말하라고 하기 시작한 것도 그때부터였다. 나는 싫다고 말하지 않았다. 그러자 그가 온몸으로 나를 뜨거운 모래 속에 밀어 넣었다. 나는 머릿속으로 연신 중얼거렸다. 괜찮아, 별거 아니야. 아니고말고. 괜찮아, 괜찮아, 괜찮아. 하지만 괜찮지 않았다. 괜찮을 리 없었다.

사람이 자신의 침묵 속에 묻힐 수 있는 줄 몰랐다.

행위가 끝났다.

그리고 모든 것이 끝났다.

그게 다가 아니지만, 일단 여기까지 하겠다. 분명한 건 내가 거의 1미터 길이의 머리카락을 자르고 또래 남자들을 영원히 배척하기로 맹세했다는 것이다. 왜냐하면 제퍼와 그 일이 있고 나서 엄마가 죽었기 때문이다. 그 일 직후에. 나 때문이다. 내가 우리에게 불행을 몰고 온 것이다.

보이콧은 충동적인 결정이 아니었다. 남자들은 내게 더 이상 비누나 샴푸 냄새, 축구 연습 후의 땀 냄새나 갓 깎은 잔디 냄새, 선탠로션이나 몇 시간 동안 푸른 파도를 탄 후의 바다 냄새를 풍기지 않았다. 죽음의 냄새를 풍겼다.

나는 숨을 내쉬고 빠른 발걸음으로 그 모든 상념을 떨쳐버렸다. 살아 움직이는 습기를 깊이 들이마시며 기예르모 가르시아의 스튜디오를 찾아 나섰다. 지금은 엄마를 생각할 때다. 그걸 만들어 내는 데 집중할 때다. 내 두 손으로 소원을 빌 것이다. 반드시.

잠시 후 나는 벽돌로 지은 커다란 창고형 건물 앞에 섰다. 데이스트리트 225번지.

좀처럼 안개가 걷히지 않아 세상이 온통 묵직하게 가라앉은 느낌이었다. 사방이 고요했다.

문 옆에는 초인종이 없었다. 아니, 있었는데, 들짐승에게 물어뜯

기기라도 했는지 전선 다발만 지저분하게 튀어나와 있었다. 정겨운 동네군. 샌디 선생님의 경고는 농담이 아니었다. 나는 왼손 검지와 중지를 꼬아 행운을 빌며 오른손으로 문을 두드렸다.

반응이 없었다.

할머니가 근처에 있나 두리번거렸다. 할머니가 본인의 일과를 프린트해서 주면 얼마나 좋을까. 나는 다시 문을 두드렸다.

세 번째 두드릴 때는 좀 더 머뭇거렸다. 어쩌면 이건 좋은 생각이 아닐지도 모른다. 샌디 선생님도 이 조각가가 인간 같지 않다고 했는데. 흠. 과연 그건 무슨 의미일까? 그리고 엄마가 썼다는 벽들이 어쩌고 하는 표현은 다 뭘까? 아무래도 그다지, 뭐랄까, 안전하게 들리지는 않았다. 적어도 샌디 선생님이 그의 정신에 이상이 없는지 확인해 줄 때까지 기다렸어야 했다. 대체 난 무슨 생각으로 이렇게 불쑥 찾아왔을까? 이 싸늘하고 불길한 안개까지 뚫고. 망설임 끝에 입구 계단에서 뛰어내려 안개 속으로 사라지려던 그때, 문이 끼익하고 열렸다.

공포 영화 효과음처럼.

수백 년 동안 문간에 박제되어 잠들어 있던 것 같은 커다란 남자가 모습을 드러냈다.

'이고르.' 나는 속으로 중얼거렸다.

만약 그에게 이름이 있다면, 이고르일 것이다. 사자 갈기처럼 제멋대로 자란 머리털이, 사방으로 뻗친 검고 뻣뻣한 수염으로 이어졌다.

얼굴에 털이 많은 사람은 다스릴 수 없는 기질을 타고났다.

(의문의 여지가 없다.)

그의 손바닥은 굳은살이 박여 거의 파랬다. 평생 손으로 걸어 다녔다고 해도 믿을 만큼. 이 사람이 사진 속 그 남자일 리 없다. 이게 *조각계의 록스타, 기예르모 가르시아*일 리 없다.

"죄송해요. 방해할 뜻은 없었어요." 나는 서둘러 말했다.

당장 여기서 벗어나야 해. 이자가 누구든, *악의는 없지만*, 강아지를 잡아먹는 부류야.

그가 눈을 덮은 머리털을 쓸어올리자 색채가 튀어나왔다. 야광에 가까운 선명한 녹색 눈동자는 사진에서 본 그대로였다. *그다.* 모든 지표가 내게 뒤돌아 뛰라고 말하고 있었지만 나는 왠지 고개조차 돌리기 힘들었다. 그리고 아까 그 영국 남자처럼, 아무도 이고르에게 사람을 그렇게 빤히 응시하면 안 된다고 가르쳐 주지 않은 모양이었다. 그와 나는 교착 상태였다. 맞붙은 시선이 떨어질 줄 몰랐다. 돌연 그가 아무 이유 없이 휘청하더니 문짝을 잡고 겨우 몸을 지탱했다. 취했나? 나는 코로 숨을 깊이 들이마셨다. 맞다. 희미하게 들큼하고 쌉싸름한 술 냄새가 났다.

그러고 보니 샌디 선생님이 그랬다. *무슨 일이 있었나 봐. 그게 뭔지 아는 사람은 아무도 없지만.*

"괜찮으세요?" 내 목소리는 들릴 듯 말 듯했다.

그는 마치 시간의 흐름에서 벗어난 것 같았다.

"아니. 안 괜찮다." 그가 단호하게 대답했다. 스페인어 억양이 짙게 묻어나왔다.

그의 대답에 놀랐다. 나도 모르게 속으로 중얼거렸다. *나도요. 나도 전혀 안 괜찮아요. 백만 년 전부터요.* 왠지 이 미친 남자에게 소리 내어 말하고 싶었다. 아마도 그를 따라 시간의 흐름에서 벗어난 걸지도 몰랐다.

그가 나를 안팎으로 탐색하듯이 훑어봤다. 샌디 선생님과 엄마가 옳았다. 이 사람은 정상적인 인간이 아니다. 그의 시선이 다시 내 눈에 안착했다. 척추까지 전류가 흐르는 느낌이었다.

"가." 그가 온 블록에 울릴 만큼 크고 단호한 목소리로 말했다. "네가 누군지, 뭘 원하는지 모르겠지만, 다신 여기 오지 마." 비틀거리며 돌아선 남자는 문고리를 잡고 몸을 가누며 문을 닫았다.

나는 그 자리에 오래도록 서있었다. 안개가 서서히 걷히는 게 느껴질 만큼.

그리고 다시 문을 두드렸다. 세차게. 안 갈 것이다. 못 간다. 나는 그걸 만들어야 한다.

"그렇지. 잘한다, 내 새끼." 할머니가 머릿속에서 속삭였다.

그러나 이번에 문을 연 사람은 이고르가 아니라, 교회에서 본 영국 남자였다.

이런 젠장.

날 알아본 그의 짝눈동자가 번뜩였다. 건물 내부에서 쿵쾅거리고 덜커덩대며 부서지는 소리가 들렸다. 마치 초능력자들끼리 가구 던지기 대회를 펼치는 것 같았다.

"지금은 때가 안 좋아." 남자가 말했다. 그때 안쪽에서 이고르가 스페인어로 괴성을 질렀다. 자동차를 들어 던지면서. 적어도 내 귀엔 그렇게 들렸다. 영국 남자는 힐끗 뒤를 돌아봤다가 다시 나와 눈을 맞췄다. 그의 야성적인 얼굴은 이제 걱정으로 가득했다. 그 모든 거만함, 쾌활함, 경박함은 다 사라지고 없었다. "정말 미안해." 그가 영화 속 영국 신사처럼 정중하게 사과하더니 다른 말 없이 내 눈앞에서 문을 닫았다.

*

30분 뒤인 현재, 할머니와 나는 해변 끝자락 잡목림에서 잠복 중이다. 필요할 경우 노아의 생명을 구하기 위해. 만취한 이고르의 본거지에서 집으로 돌아가는 길이었다. 일찌감치 재방문 계획을 세우던 중, 내 정보원인 헤더로부터 긴급 문자메시지를 받았다.

노아, 데블스드롭, 15분 뒤.

나는 노아와 바다에 관해서라면 모험을 하지 않는다. 내가 마지막으로 바닷물에 발을 들인 것은 노아를 끌어내기 위해서였다. 2년 전, 엄마가 죽은 지 2주 뒤 노아는 바로 그 데블스드롭에서 뛰어내렸다가 이안류에 휩쓸려 그대로 익사할 뻔했다. 간신히 내 체구의 두 배인 노아를(가슴은 돌처럼 싸늘하고 눈을 까뒤집고 있었다) 뭍으로 끌고 나와 살려냈을 때, 나는 머리끝까지 화가 나서 노아를 다시 파도 속으로 굴려버릴 뻔했다.

쌍둥이가 갈라서면 그들의 영혼은 서로를 찾기 위해 몰래 달아난다.

안개는 거의 증발해 사라졌다. 삼면이 바다고 나머지는 숲으로 둘러싸인 로스트코브는 세상에서 떨어지지 않고 갈 수 있는 가장 먼 서쪽, 최후의 땅이다. 나는 절벽을 눈으로 훑으며 빨간 집을 찾았다. 우리 집은 대륙의 가장자리에 매달려 쓰러져 가는 낡은 집 중 하나다. 예전에 나는 해안 절벽에 사는 게 좋았다. 수영과 서핑도 무척 좋아해서 물 밖에 나와서도 계류된 보트처럼 발밑에서 땅이 흔들린다고 착각할 정도였다.

절벽에서 튀어나온 바위를 다시 한번 확인했다. 아직 노아는 없다.

할머니는 선글라스 너머로 날 응시했다. "아주 끼리끼리더구나, 그 두 외국 남자. 나이 지긋한 쪽은 머릿속 버튼이 하나도 안 남았어."

"동감이야." 나는 차가운 모래에 손가락을 꽂아 넣으며 말했다. 어떻게 내가 그 털북숭이 술고래, 가구 던지기 선수인 무시무시한 이고르를 설득해 나를 가르치게 할 수 있을까? 만약 그렇게 된다 해도 내가 그 밋밋한 얼굴, 따분한 성격을 지닌 평범하디평범한 영국 남자를 요령껏 피할 수 있을까? 단 몇 분 만에 내 철벽을 녹여 곤죽으로 만들어버린 남자를. 그것도 교회 안에서!

갈매기 떼가 날개를 활짝 펴고 끼룩거리며 커다란 파도를 향해 급강하했다.

자꾸만 공연한 후회가 들었다. 만취한 이고르에게 나 역시 괜찮지 않다고 말할걸, 하고.

할머니가 양산을 허공에 날려 보냈다. 나는 고개를 들어 검푸른 하늘로 솟구치며 날아가는 분홍색 원반을 바라보았다. 아름다웠다. 예전의 노아가 그랬을 법한 풍경이었다.

"뭔가 수를 써야 해. 너도 알잖니. 걔는 차세대 샤갈이 될 애야. 차세대 도어 스톱이 아니라. 넌 네 아우를 지키는 자잖니."

할머니가 입버릇처럼 하는 말이었다. 할머니의 음성은 내 양심의 소리와 같다. 어쨌거나 그게 할머니와 엄마 유령에 대한 학교 상담사의 소견이었다. 내가 거의 말을 하지 않은 걸 고려하면 꽤 예리한 지적이었다.

한번은 그 상담사에 이끌려 명상 요법을 시도해 봤다. 숲속을 걷는 나를 상상하고 그 안에서 본 것을 말해야 했다. 무성한 나무들 사이를 걷는데 어느새 집 하나가 나타났다. 그런데 들어갈 방법이 없었다. 문도 없고 창문도 없었다. 지독히 으스스했다. 상담사는 그 집이 나라고 했다. 죄책감이라는 감옥이라고. 나는 그날로 상담을 그만두었다.

나도 모르게 손바닥을 들어 서서히 진행되는 병변이 있나 살폈다. 이를테면 피부유충이행증. 할머니가 못마땅하다는 듯 눈알을 굴렸다. 보기만 해도 어지러웠다. 내 눈알 굴리기 기술은 할머니에게 전수받은 게 분명하다.

"구충일지도 몰라." 내가 꿍얼거렸다.

"제발 부탁이다, 이 음침한 것아. 네 아빠 의학지 좀 그만 들여다봐."

할머니는 죽은 지 3년이 넘었지만 2년 전까지만 해도 나를 이렇게 찾아오지 않았다. 엄마가 죽은 지 며칠 뒤, 벽장에서 할머니의 재봉틀을 끄집어냈을 때였다. 스위치를 켜자 익숙한 벌새 심장 박동 소리가 내 방을 채웠다. 그 순간 할머니가 내 방 의자에 앉아있었다. 언제나처럼 입을 일자로 하고 말했다. "지그재그 박음질이 대세야. 정말 매력적인 감치기지. 두고 봐라."

우리는 재봉 파트너였다. 그리고 행운 사냥 파트너였다. 네 잎 클로버, 방패연잎성게, 붉은 바다 유리, 하트 모양 구름, 봄의 첫 수선화, 무당벌레, 커다란 모자를 쓴 숙녀들까지. 할머니는 *뭐든 많이 걸수록 좋아*라고 말했다. *지금이야, 소원을 빌어*라고 말했다. 나는 그 말대로 걸고, 그 말대로 빌었다. 나는 할머니의 수제자였다. 지금도 그렇고.

"왔다." 할머니에게 말했다. 점프에 대한 기대로 심장이 가슴 안에서 쿵쿵거렸다.

노아와 헤더는 바위 위에 서서 흰 파도를 내려다보고 있었다. 노아는 수영복, 헤더는 길고 파란 코트 차림이었다. 헤더는 훌륭한 정보원이다. 늘 노아의 지척에 있으니까. 헤더는 마치 노아의 상징 동물처럼 온화하면서도 독특한, 요정 같은 존재다. 분명 몸 어딘가에 요정 가루를 숨기고 있을 것이다. 헤더와 나는 임시로 노아 익사

예방협정을 맺은 상태다. 유일한 문제는 정보원이 구조요원을 겸하지 않는다는 것이다. 헤더는 물에 발도 들이지 않는다.

잠시 후, 노아는 십자가에 매달린 것처럼 양팔을 뻗고 허공으로 도약했다. 내 안에 아드레날린이 솟구쳤다.

그리고 어김없이 똑같은 상황이 펼쳐졌다. *노아가 낙하 속도를 줄인다.* 설명할 수는 없지만, 수면에 부딪히기까지 영겁 같은 시간이 흐른다. 밧줄에 매달린 듯 공중에 떠있는 노아를 향해 나는 눈을 깜빡였다. 언제부턴가 노아가 중력을 다루는 법을 터득했거나 내 머릿속 버튼이 상당수 고장 났다고 결론지었다. 불안이 시공간 감각을 크게 왜곡할 수 있다는 이야기를 어디선가 읽었다. 보통 노아는 해변이 아닌 수평선을 바라보며 점프하기 때문에 나는 내 동생이 허공을 가르며 떨어지는 모습을 전면에서 제대로 본 적이 없다. 노아가 목을 젖히고 가슴을 쑥 내밀었다. 그러자 이렇게 멀리 떨어진 곳에서도 나는 알 수 있었다. 노아의 얼굴이 예전처럼 활짝 피어있다는 걸. 이제 노아는 손끝으로 음울한 하늘을 통째로 떠받치려는 듯이 팔을 번쩍 치뻗었다.

"저기 봐라." 할머니 목소리에 놀라움이 묻어 나왔다. "드디어 내 손주가 돌아왔구나. 하늘을 날고 있잖아."

"예전에 자기가 그렸던 그림 같아." 내가 속삭였다.

그래서 툭하면 뛰어내리는 건가? 잠깐이라도 예전의 자신으로 돌아가려고? 왜냐면 노아에게 일어날 수 있는 최악의 사태가 일어났기 때문이다. 노아는 평범해졌다. 이제 노아는 고만고만한 머릿속 버튼을 지니고 있다.

이것만 빼고. 데블스드롭에서 뛰어내리는 것에 대한 병적인 집착.

마침내 노아가 수면을 때렸다. 물보라도 일지 않았다. 떨어지면서 가속도도 붙지 않은 것처럼, 친절한 거인이 물 위에 사뿐히 떨군 것처럼. 이제 노아는 물속에 완전히 잠겼다. 나는 노아에게 말했다. *어서 나와.* 하지만 우리의 쌍둥이 텔레파시는 사라진 지 오래다. 엄마가 죽었을 때 노아가 끊었다. 그리고 현재, 그 모든 일 때문에 우리는 서로를 피한다. 아니, 서로 밀어낸다.

노아의 두 팔이 한차례 허우적거렸다. 힘든가? 물은 얼음장처럼 차가울 게 뻔했다. 노아는 내가 액막이 약초를 꿰매 넣은 수영복도 입지 않았다. 옳지. 노아는 열심히 헤엄쳤다. 절벽 주위를 마구 휘도는 해류를 뚫고……, 드디어 위험에서 벗어났다. 나는 숨을 크게 내쉬었다. 그제야 내가 여태 숨을 참고 있었다는 걸 깨달았다.

해변으로 기어 나온 노아는 다시 절벽으로 향했다. 고개를 숙이고 어깨를 움츠린 채. 무슨 생각을 하는지는 클라크 게이블도 모를 것이다. 방금 내가 노아의 얼굴에서 포착한 진짜 노아는 흔적도 없이 사라졌다. 노아의 영혼은 다시 참호 속으로 기어들어 갔다.

내가 원하는 건 바로 이거다. 나는 내 동생의 손을 잡고 시간을 역행하여 우리의 어깨에 코트처럼 걸쳐진 세월을 떨쳐버리고 싶다.

하지만 세상일은 원하는 대로 풀리지 않는다.

운명을 되돌리고 싶다면, 들판에 서서 바람 부는 방향을 향해 칼을 겨눠라.

태양을 너에게 줄게

보이지 않는 미술관

노아

열셋 그리고 조금 더

동네 테러 위험 수준이 눈에 띄게 줄었다. 내가 아빠의 쌍안경을 들고 우리 집 앞쪽 숲과 거리, 뒤쪽 절벽과 바다까지 두루 감시한 덕분이다. 나는 최고의 정찰 장소인 옥상에 있고 프라이와 제퍼는 서프보드 위에서 파도를 가르며 패들링하고 있다. 한눈에 놈들임을 알아볼 수 있는 이유는 머리통 위에 네온사인이 번쩍이기 때문이다. *뇌에 잔뜩 물집 잡힌 꼴사나운 얼간이 소시오패스들.* 좋아. 나는 한 시간 뒤에 언덕 아래 CSA에 있어야 한다. 이번에는 숲을 가로지르지 않고 큰길을 이용할 생각이다. 프라이를 따돌리기 위해서. 제퍼는 무슨 이유에선지(주드에게 반해서? 콘크리트 대가리?) 이제 나를 귀찮게 하지 않지만 프라이는 내가 가는 곳마다 고기 냄새를 맡은 미친개처럼 나타났다. 데블스드롭에서 나를 떠미는 일이 올여름 프라이가 가장 집착하는 일이다.

나는 정신계 능력으로 굶주린 백상아리 떼를 놈들에게 보낸 뒤, 해변에 있는 주드를 찾아 줌을 당겼다. 주드는 봄부터 지금까지 나 대신 어울리는 여자애들에게 둘러싸여 있었다. 태닝한 몸에 수 킬로미터 밖에서도 눈에 띄는 밝은색 비키니를 걸친 예쁘장한 말벌 같은 여자애들이다. 난 말벌에 관해 모르는 게 없다. 한 마리가 조난 신호를 보내면 벌집 전체의 공격을 받을 수 있다. 나 같은 사람은 죽을지도 모른다.

엄마는 요즘 주드가 이상하게 구는 게 호르몬 때문이라고 했지만, 나는 주드가 나를 싫어하기 때문이라는 걸 안다. 주드는 한참 전부터 우리와 함께 미술관에 가지 않는다. 아마 그편이 나을지도 모른다. 왜냐면 함께 갈 때마다 주드의 그림자가 내 그림자를 목 졸라 죽이려고 했기 때문이다. 나는 미술관 벽이나 바닥에서 그 일이 벌어지는 걸 몇 번이나 목격했다. 얼마 전에는 주드의 그림자가 한밤중에 내 침대로 기어 올라와 내 머릿속에서 꿈들을 끄집어내려는 걸 포착하기도 했다. 하지만 나는 주드가 미술관 말고 어딜 가는지 잘 알고 있다. 지금까지 세 번, 주드의 목에서 키스 마크를 발견했다. 주드는 벌레가 물었다고 했다. 아무렴. 나는 주드와 코트니 배럿이 주말마다 자전거를 타고 해변 판자 산책로에 가서 누가 더 많은 남자애와 키스하는지 내기하는 걸 엿들었다.

인물화 〈줄줄이 낚은 남자들로 머리를 땋는 주드〉

사실 주드는 내게 그림자 자객을 보낼 필요가 없다. 엄마를 해변에 데려가 모래 위에 빚은 *하늘을 나는 여자*를 바닷물이 쓸어가기전에 보여주면 된다. 그럼 모든 게 바뀔 테니까. 내가 원하는 바는아니지만.

전혀.

며칠 전, 나는 주드가 작업하는 걸 절벽 위에서 지켜보고 있었다. 언제나처럼 해안을 따라 세 번째 만이었다. 이번에는 몸집이크고 둥그스름한 여자였다. 평소처럼 살짝 도드라지게 빚어냈는데, 놀랍게도 중간쯤에서 한 마리 새로 변했다. 너무 환상적이어서두개골이 진동했다. 나는 얼른 아빠의 카메라로 사진을 찍었다. 하지만 그 순간, 뭔가 끔찍하고 구더기 같은 느낌이 나를 덮쳤다. 주드가 자리를 뜨고 내 시야와 가청 거리에서 벗어났을 때, 나는 온절벽을 미끄러지듯 내려가 모래사장으로 뛰어들었다. 환상적인 날개를 단 새-여인을 맞닥뜨린 고함원숭이처럼 나는 주드의 작품을온몸으로 뭉개고 걷어차며 울부짖었다. 바닷물이 쓸어갈 때까지 기다릴 수도 없었다. 어느새 나는 눈과 귀, 목구멍까지 온통 모래투성이였다. 며칠이 지난 뒤에도 침대 안에서, 옷 속에서, 손톱 밑에서 모래가 계속 나왔다. 하지만 그때 나는 그렇게 해야만 했다. 그작품은 너무 뛰어났다.

만약 엄마가 산책하러 나갔다가 보기라도 하면?

만약 재능이 있는 쪽이 주드라면? 왜 그럴 수도 있다는 생각을 못했지? 주드는 집채만 한 파도를 타고 아무 데서나 뛰어내릴 수 있는 애다. 살가죽이 멀쩡히 붙어있고 친구들과 아빠와 스위트와인가의 축복을 독차지했으며 아가미와 지느러미가 폐와 발에 추가로 달린 애다.

주드는 빛을 발산하는 애다. 나는 어둠을 발산하는 애고.

인물화, 자화상 〈쌍둥이: 빛을 뿜는 손전등과 어둠을 뿜는 손전등〉

생각할수록 온몸이 수건을 짜듯 조여들었다.

모든 색채가 휘돌아 빠져나갔다.

자화상 〈회색 잔디에서 회색 사과를 먹는 회색 노아〉

다시 무채색 동네로 감시망을 돌렸다. 한 집 건너 무채색 집 앞에 무채색 이삿짐 트럭이 서있었다.

"랠프는 어딨어? 랠프는 어딨어?" 옆집의 프로핏이 꽥꽥거렸다.

"글쎄. 아무도 모르는 것 같은데." 나는 숨죽여 말하며 이삿짐 나르는 일꾼들에게 초점을 맞췄다. 땀 흘리는 두 남자였다. 둘은 무채색이 *아니*었다. 오우, 전혀. 둘은 한 쌍의 말이었다. 하나는 불그스름한 털의 적다마, 하나는 갈기와 꼬리만 흰 팔로미노. 둘은 낑낑거리며 검은 피아노를 집 안으로 옮기고 있었다. 나는 줌을 당겼다. 붉게 상기된 이마에 송골송골한 땀이 턱 끝에서 뚝뚝 떨어져 흰 셔츠를 군데군데 투명하게 적셨다. 옷감이 몸에 피부처럼 달라붙었……. 이 쌍안경 정말 끝내주잖아? 적다마가 팔을 들어 올릴 때마다 매끈한 구릿빛 복근이 비쳤다. 심지어 *다비드*보다 뚜렷했다. 나는 구부린 무릎 위에 팔꿈치를 얹고 하염없이 지켜보았다.

뭔가 어질어질하고 목마른 느낌이 밀려들었다. 이제 그들은 소파를 들고 현관 앞 계단으로…….

순간 나는 쌍안경을 홱 내렸다. 내가 염탐하는 바로 그 집 옥상에서 어떤 남자애가 날 *향해* 망원경을 들이대고 있었기 때문이다. 언제부터 저 자리에 있었던 거지? 나는 앞머리 사이로 그 애를 훔쳐봤다. 이상한 모자를 쓰고 있었다. 옛날 갱스터 영화에 나오던 모자. 그 아래 서퍼들 특유의 백금발이 여기저기 삐져나와 있었다. 훌륭하군. 또 하나의 꼴통 서퍼라니. 쌍안경 없이도 날 향해 미소 짓는 게 보였다. 날 비웃는 건가? 벌써? 내가 저 남자들을 지켜보고 있었다는 걸 알까? 혹시 날 ……라고 생각할까? 맞다. 확실하다. 나는 바짝 긴장했다. 목구멍에서 겁이 올라왔다. 아니, 어쩌면 아닐 수도 있다. 그저 '안녕, 만나서 반가워' 식의 미소였을지도 모른다. 내가 피아노를 눈여겨보고 있었다고 생각할지도 모른다. 그리고 꼴통 놈들은 대체로 망원경을 가지고 있지 않다. 안 그런가? 저런 모자는 더더욱.

내가 일어서자 그 애가 주머니에서 무언가를 꺼내더니 팔을 뒤로 감았다가 힘껏 던졌다. 그게 우리 사이의 집 상공을 갈랐다. 헉. 손을 뻗자마자 뭔가가 손바닥 중앙을 냅다 갈겼다. 뭔지 몰라도 내 손바닥에 구멍을 내고 손목을 부러뜨린 것 같았다. 하지만 난 용케 움찔하지 않았다.

"나이스 캐치!" 그 애가 외쳤다.

하! 내 인생에서 누가 그런 말을 한 건 처음이었다. 아빠가 들었어야 했는데. 「로스트코브 일보」 기자가 들었어야 했는데. 나는 무언가를 잡거나 던지거나 차거나 굴리는 데 알레르기가 있다. *노아는 팀플레이에 약해. 왜겠는가. 혁명가는 원래 팀플레이어가 아니다.*

나는 손안의 반질반질한 검은 돌을 살폈다. 동전만 한 크기에 곳곳에 금이 가 있었다. 내가 이걸로 뭘 해야 하지? 나는 고개를 들었다. 그 애는 망원경 렌즈를 하늘로 돌리고 있었다. 상징 동물이 뭔지 감이 안 왔다. 머리 색으로 보아 흰 벵골 호랑이?

그리고 대체 뭘 보고 있는 거지? 나는 대낮에도 별이 빛나고 있다는 걸 딱히 의식해 본 적 없다. 그 애는 이제 내 쪽으로 눈길을 돌리지 않았다. 나는 돌을 주머니에 집어넣었다.

"랠프는 어딨어?" 집 벽에 설치된 사다리를 타고 황급히 내려가는데 프로핏이 지껄였다. 어쩌면 *그 애*가 랠프일지도 모른다. 드디어 알았다. *그럴싸하다.*

언덕 아래 CSA에 가기 위해 결국 집 건너편 숲으로 들어섰다. 그 애 앞을 지나기 민망해서였다. 게다가 색채들이 도로 제자리를 찾으니 숲속에 있는 게 새삼 신비하고 놀라웠다.

인간은 자신들이 세상의 주인이라고 생각하지만, 틀렸다. 나무들이다.

나는 달리기 시작했다. 공기로 변하기 시작했다. 하늘색이 하늘에서 이탈해 날 뒤쫓아왔다. 내가 초록색 녹음 속으로 파고들면 파고들수록 내 주위를 휘돌며 노란색, 광란의 노란색으로 변하더니 펑크스타일 머리를 한 루핀꽃의 자주색과 정면충돌했다. 오색찬란했다. 나는 그 모든 색채를 게걸스럽게 빨아들였다. 비로소 목 끝까지 포만감이 들었다. 마치 천 개의 생명을 내 하찮은 생명 안에 쑤셔 넣은 것처럼. **자화상 〈환상적인 수류탄으로 자폭하는 소년〉** 어느새 나는 CSA에 다다랐다.

나는 여름방학이 시작된 2주 전부터 정찰 범위를 이곳까지 넓혀, 주변에 아무도 없을 때 창문으로 스튜디오 안을 훔쳐보기 시작했다. 이곳 학생들이 나보다 나은지 파악해서 내게도 가망이 있는지 확인해야 했다. 지난 6개월간 나는 거의 매일 방과 후에 그래디 선생님과 함께 유화를 그렸다. 선생님은 거의 엄마와 나만큼이나 내가 CSA에 입학하길 바라는 눈치였다.

그런데 학생들의 작품은 어딘가에 따로 숨겨져 있는 게 분명했다. 염탐 내내 그림 한 점 못 봤기 때문이다. 그러다가 본관에서 떨어진 한 스튜디오 건물에서 크로키 수업을 하는 걸 우연히 발견했다. 그 건물은 한 면 전체가 빽빽한 고목들에 덮여있었다. 초대박이었다. 내가 이 수업을 듣지 못하도록 막는 게 뭐가 있을까? 그야 물론, 열린 창문 밖에서 은밀하게 봐야 하겠지만.

그래서 내가 지금 여기 있는 것이다. 지금까지 엿본 두 번의 수업 모두, 단상 위에 미사일 같은 맨가슴을 드러낸 여자가 앉아있었다. 우리는 여자를 3분마다 빠르게 그려냈다. 끝내줬다. 비록 내 경우에는 깨금발로 보고서 쪼그려 앉아 그려야 했지만, 아무럼 어때? 중요한 건 내가 교실 안의 교사가 하는 말을 들을 수 있고, 목탄을 쥐는 법부터 완전히 새로 배운 덕분에 손에 모터를 단 것처럼 그릴 수 있게 됐다는 것이다.

오늘은 내가 제일 먼저 도착해서 따뜻한 건물 벽에 등을 기댄 채 수업이 시작되길 기다렸다. 나무 사이로 들어온 햇살에 숨이 막혔다. 나는 주머니에서 검은 돌을 꺼냈다. 옥상의 그 애는 왜 나에게 이걸 줬을까? 왜 날 보며 그렇게 웃었을까? 심술궂게 보이지는 않았다. 정말로. 오히려……. 그 순간 어떤 소리가 내 생각에 파고들었다. 분명 인기척이었다. 나무 검불이 바스락대는, 즉 발소리.

잽싸게 숲으로 돌아가려는 그때, 시야에 뭔가 움직임이 걸렸다. 건물 모퉁이였다. 아까처럼 바스락 소리를 내며 발소리가 멀어졌다. 아무것도 없던 맨땅에 갈색 봉투가 덩그러니 놓여있었다. 나는 조금 기다렸다가 살금살금 건물을 따라 모퉁이를 돌아보았다. 아무도 없었다. 나는 갈색 봉투로 다가갔다. 나에게 투시 능력이 있다면 좋으련만. 쭈그리고 앉아 봉투를 잡고 흔들어 벌려 보았다. 유리병이 들어있었다. 꺼내 보니, 반쯤 남은 진이었다. 누군가가 숨겨둔 것이다. 나는 얼른 봉투 안에 도로 술병을 넣고 땅에 내려놓은 뒤 원래 있던 자리로 돌아갔다. 왜냐고? 그야 재수 없게 누명을 쓰고 CSA 입학 거부 명단에 오를 순 없으니까.

창문을 들여다보니 어느새 다들 모여있었다. 흰 수염을 기른, 늘 손으로 자신의 풍선 같은 배를 받치고 말하는 교사가 한 학생과 함께 문 근처에 서있었다. 나머지 학생들은 각자 이젤에 스케치북을 올렸다. 내가 또 한 번 옳았다. 이 학교에는 전등이 필요 없다. 전교생이 빛나는 피를 지니고 있으니까. 모두 혁명가였다. 또라이 군단이었다. 얼간이도, 꼴통 서퍼도, 말벌도 없었다.

모델 탈의 구역의 벽걸이 천을 걷고 푸른색 가운을 입은 키 큰 남자가 걸어 나왔다. *남자*가. 그는 가운을 벗어 벽 고리에 걸고 나체로 단상에 올랐다. 풀쩍 뛰어오르다가 고꾸라질 뻔했는데, 뭐라고 농담을 던졌는지 전원이 웃음을 터뜨렸다. 내가 그 말을 듣지 못한 것은 내 몸 안의 열이 폭풍처럼 휘몰아쳤기 때문이다. 그는 *심하게* 나체였다. 여자 모델보다 훨씬 더. 게다가 앙상한 두 팔로 자신의 일부를 가리고 앉아있던 여자 모델과 달리 허리춤을 짚고 대담하게 서있었다. 맙소사. 숨쉬기가 곤란했다. 그때 누군가가 뭐라고 말하자 남자가 씩 웃는데, 그 순간 그의 이목구비가 서로 밀치며 이동하더니 이제껏 내가 본 가장 무질서한 얼굴로 변했다. 깨진 거울 속 얼굴. 와우.

나는 벽에다 스케치북을 대고 오른손과 무릎으로 단단히 고정했다. 겨우 왼손의 떨림이 멎자 스케치를 시작했다. 그리는 동안 내 눈은 남자에게서 잠시도 떨어지지 않았다. 그의 선과 굴곡, 근육과 뼈를 느끼며, 그의 온몸을 내 두 눈과 손가락으로 낱낱이 훑으며 그렸다. 교사의 음성은 해안에 부서지는 파도 같았다. 아무것도 들리지 않았…… 모델이 말하기 전까지는. 나는 10분이 흘렀는지 한 시간이 흘렀는지 가늠할 수 없었다.

"그럼 잠시 쉴까요?"

나는 남자의 말에서 영국 억양을 포착했다. 그는 팔다리를 흔들어 털었다. 나도 똑같이 했다. 그제야 내가 얼마나 오래 웅크리고 있었는지 깨달았다. 오른팔은 아예 감각이 없고, 한 다리로 선 채 벽에 짓누르고 있던 무릎이 얼얼했다. 모델은 탈의 구역으로 향하며 약간 비틀거렸다. 그때 눈치챘다. 그가 갈색 봉투의 주인이라는 걸.

잠시 후 모델은 가운을 입은 채 교실을 느릿느릿 가로질러 문으로 향했다. 끈끈이처럼 움직이는 사람이었다. 이 근처 대학교에 다니는 사람인가? 저번에 엿들으니 여자 모델은 그랬는데. 남자는 여자 모델보다 좀 더 어려 보였다. 그가 갈색 봉투를 가지러 오겠다고 생각한 순간 담배 냄새와 함께 발소리가 다가왔다. 숲속으로 내빼야 하는데 두 발이 말을 듣지 않았다.

모퉁이를 돌아 나온 그가 벽에 등을 기대더니 미끄러지듯 주저앉았다. 몇 발짝 떨어진 곳에 서있는 나를 보지도 못한 눈치였다. 남자가 입은 푸른 가운이 햇살을 받아 왕의 용포처럼 빛났다. 그는 담배꽁초를 흙 위에 비벼 끄고 나서 두 손에 고개를 떨궜다. 어라, 뭐지? 순간 깨달았다. 이게 진짜 포즈다. 머리를 감싸 쥔 슬픔이 그에게서 뛰어내려 나에게 들이닥쳤다.

인물화 〈먼지 속으로 흩어지는 소년〉

남자는 봉투에 손을 뻗어 병을 꺼냈다. 뚜껑을 열고 눈을 감은 채 들이켜기 시작했다. 상식적으로 술을 이런 식으로, 그러니까 오렌지주스처럼 마시면 안 된다. 그를 지켜봐서는 안 되는 것도, 이곳이 통행 금지 구역이란 것도 알지만, 나는 꼼짝도 하지 않았다. 그가 내 존재를 감지하고 당황할까 봐. 몇 초가 지나도록 남자는 얼굴을 병에 파묻고 있었다. 눈은 여전히 감은 채였다. 햇살에 비친 남자는 선택받은 자처럼 보였다. 한 모금 더 마신 그가 눈을 게슴츠레 뜨더니 고개를 내 쪽으로 돌렸다. 내 팔이 얼굴 위로 날아올라 그의 시선을 막아냈다.

"망할! 대체 어디서 튀어나온 거야?" 남자가 벽에 등을 붙이고 소리쳤다.

나는 아무 말도 찾지 못했다.

그는 금세 평정심을 되찾았다.

"깜짝 놀랐잖아, 친구." 남자가 딸꾹질하며 웃었다. 날 보던 시선이 벽에 기댄 스케치북, 즉 얼굴 없는 나체 그림으로 옮겨갔다. 그가 병뚜껑을 닫았다. "고양이가 혀를 물어 갔어? 아 참, 너희 미국인들은 이런 말 안 쓰나?"

나는 고개를 끄덕였다.

"그렇구나. 하나 배웠네. 여기 온 지 얼마 안 됐거든." 그가 벽을 짚고 몸을 일으켰다. "그럼, 어디 한번 볼까."

비틀거리며 다가온 그가 가운 주머니를 더듬어 담뱃갑을 꺼냈다. 슬픔은 순식간에 증발한 듯했다. 그때 뭔가 굉장한 것을 포착했다.

"양쪽 눈 색깔이 달라요!" 내가 불쑥 말했다. 시베리아허스키처럼!

"좋아, 말할 줄 아네!" 그가 씩 웃으며 다시 얼굴에 폭동을 일으켰다. 담배에 불을 붙이고 깊게 빨더니 코로 연기를 용처럼 내뿜었다.

"홍채 이색증이야. 옛날이라면 마녀로 몰려 화형당했겠지."

나는 그게 얼마나 끝내주게 멋진지 말하고 싶었지만 물론 참았다. 이제 내 머릿속엔 내가 그의 알몸을 봤다는 사실만 떠올랐다.

그의 *전부*를. 지금 내 볼이 체감온도만큼 붉지 않기만 바랐다.

"봐도 될까?"

남자가 내 스케치북을 향해 턱짓했다. 나는 걱정스러운 마음에 망설였다.

"보여줘." 그가 노래하듯 말하며 손짓했다.

나는 스케치북을 건네주었다. 뭐라고 덧붙이고 싶었다. 이젤이 없어서 벽에 문어처럼 달라붙어야 했다고. 스케치를 확인해 가며 그린 것도 아니라고. 내 실력은 형편없다고. 내 피는 전혀 빛나지 않는다고. 나는 그 모든 말을 속으로 삼켰다.

"잘했네! 아주 잘 그렸어, 너."

남자가 감탄하며 말했다. 진심인 듯했다.

"여름학기 학비가 모자랐던 거야?" 그가 물었다.

"저 여기 학생 아니에요."

"그 실력으로?"

남자의 반응에 내 뜨끈한 볼이 더욱 달아올랐다. 그가 건물 벽에 담배를 휙 튕기자 빨간 불꽃이 터졌다. 여기 출신은 분명 아니다. 지금은 화재가 빈발하는 계절이다. 모든 게 기다렸다는 듯이 치솟는 계절.

"다음 쉬는 시간에 기회를 봐서 이젤 하나 **빼돌려** 볼게." 남자가 봉투를 바위 옆에 감췄다. 그리고 손을 들어 내게 검지를 겨누었다. "네가 말 안 하면 나도 안 해."

그는 마치 이제 우리가 동맹이라는 듯이 말했다. 나는 웃으며 고개

를 끄덕였다. 영국 사람들은 얼간이가 완전 아니다! 나는 영국에 이
민 갈 것이다. 시인 윌리엄 블레이크도 영국인이었고, 프랜시스 *끝
내주게 환상적인* 베이컨도 영국인이었다. 나는 나무늘보 수준의 속
도로 느릿느릿 떠나는 남자의 뒷모습을 바라보았다. 뭔가 더 말하고
싶은데 그게 뭔지 몰랐다. 그가 모퉁이를 돌기 전에 하나 떠올랐다.

"형도 예술가예요?"

"나는 엉망이지. 그게 나야." 남자가 벽에 손을 짚고 몸을 가누며
말했다. "엉망진창. 예술가는 너지."

그리고 사라졌다.

나는 스케치북을 들어 내가 그린 남자를 보았다. 넓은 어깨, 가
는 허리, 긴 다리, 배꼽에서 아래로, 아래로, 아래로 이어지는 털.

"난 엉망진창이야." 그의 보글거리는 억양을 흉내 내어 말해봤
다. 가슴이 벅찼다. "나는 엉망진창 예술가야, 친구. 엉망진창." 몇
번 더 말했다. 반복할수록 열정을 실어 좀 더 크게. 문득 내가 한
무리의 나무들에게 영국식 억양으로 말하고 있다는 걸 깨닫고 내
자리로 돌아갔다.

이어지는 수업에서 두어 번쯤, 남자는 창문 너머로 내게 윙크를
보냈다. 그야 이제 우린 공모자니까! 그리고 다음 쉬는 시간에 정
말로 이젤을 가져다주었다. 게다가 내가 깨금발을 하지 않아도 되
도록 발 받침대까지 챙겨주었다. 완벽해. 장비를 설치한 나는 그가
술병을 홀짝이며 담배를 피우는 동안 옆자리에 앉아 벽에 등을 기
댔다. 왠지 우쭐했다. 마치 선글라스를 쓰고 있는 것처럼. 우린 동

지다. *친구*다. 다만 이번에 남자는 아무 말도 하지 않았다. 한마디도. 눈도 점점 흐리고 침침해졌다. 마치 자신이라는 웅덩이에 녹아드는 것처럼.

"괜찮아요?" 내가 물었다.

"아니. 안 괜찮아. 전혀."

그렇게 대답한 남자는 불붙은 담배를 마른 풀밭에 던져버리고 일어나서 비틀거리며 떠났다. 뒤돌아보지도, 작별 인사를 하지도 않았다. 나는 그가 낸 불을 발로 비벼 껐다. 기분이 아까 차오른 만큼 가라앉았다. 발 받침대에 올라서니 학생들의 발까지 보였다. 그래서 다음에 벌어지는 일을 고스란히 목격했다. 교사가 문 앞에서 남자를 만나 복도로 데리고 나갔다. 잠시 후 다시 돌아온 남자는 고개를 숙인 채 교실을 가로질러 탈의 구역으로 향했다. 옷을 입고 나온 그는 저번 쉬는 시간 때보다 훨씬 더 정신없어 보였다. 문밖으로 나서면서 학생들이나 내 쪽으로 눈길 한 번 주지 않았다.

교사는 그가 CSA에서 더 이상 모델 일을 하지 않을 것이라고 했다. CSA의 규정이 어쩌고저쩌고. 그리고 각자 그리던 것을 기억으로 완성하라고 했다. 나는 그 자리에서 좀 더 기다렸다. 혹시 남자가 돌아오지 않을까 하고. 술병을 위해서라도. 하지만 그는 돌아오지 않았다. 나는 다음 주 수업을 위해 덤불 뒤에 이젤과 발 받침대를 숨겨놓고 집을 향해 숲으로 들어섰다.

*

몇 걸음 못 가서였다. 내 눈앞에 아까 옥상에서 본 남자애가 있었다. 나무에 기댄 채 아까와 똑같은 미소를 띠고, 아까와 똑같은 암녹색 모자를 한 손으로 빙빙 돌리고 있었다. 머리가 하얗게 타오르는 모닥불 같았다.

나는 눈을 깜빡였다. 가끔 남들이 못 보는 걸 보기 때문이다.

계속 깜빡였다. 그러자 그 애가 자신의 존재를 증명하기라도 하듯 말을 걸었다.

"수업은 어땠어?"

그 애는 마치 자기가 이곳에 있는 게 세상에서 가장 자연스러운 일이라는 듯이 말했다. 내가 교실 안이 아니라 밖에서 그림을 그리는 것도, 나와 잘 아는 사이인 것처럼 미소 짓는 것도, 무엇보다 자기가 날 미행했다는 것도. 그야 그게 아니라면 지금 내 앞에 있을리 없으니까. 그 애는 내 생각을 엿듣기라도 한 것처럼 덧붙였다.

"그래, 맞아. 널 따라왔어. 숲 좀 구경하고 싶어서. 근데 나도 나름대로 바빴어."

그 애는 활짝 열린 여행가방을 가리켰다. 그 안에는 돌이 가득했다. 돌을 수집하나? 그것도 바퀴 달린 여행가방에?

"내 운석 가방은 이미 꽉 차서 말이야." 그 애가 말했다.

나는 그제야 조금 이해가 가서 고개를 끄덕였다. 그런데 운석은 땅이 아니라 하늘에 있지 않나? 나는 상대를 좀 더 자세히 살폈다. 나보다 나이가 많을까? 어쨌거나 나보다 키와 덩치가 약간 더 컸다. 가만 보니 저 애의 두 눈을 그리기 위해 어떤 색을 써야 좋을지 몰랐다. 전혀. 오늘은 진기한 눈을 가진 사람들만 만나는 날이 분명했다. 눈동자는 아주 밝은 갈색, 거의 노란색, 어쩌면 구리색에다가 틈틈이 녹색이 섞여있었다. 하지만 제대로 보지 않으면 포착하기 어려웠다. 눈을 찡그리는 게 습관인 듯했다. 그런데 얼굴과 썩 잘 어울렸다. 어쩌면 뱅골 호랑이가 아니라……

"다 쳐다봤어?" 그 애가 말했다.

나는 민망해서 시선을 떨궜다. 이 대왕고래 돌대가리. 목덜미가 화끈거렸다. 나는 발끝으로 솔잎들을 쓸어 모아 피라미드를 만들었다.

"흠, 오늘 그 술 취한 남자를 계속 쳐다보느라 버릇 들었나 봐?"

나는 고개를 들었다. 여태 날 염탐한 거야? 그 애가 호기심 어린 눈으로 내 스케치북을 힐끔했다.

"나체였어?" 그 애가 숨을 들이켜면서 말했다.

가슴이 쿵 내려앉았다. 나는 애써 표정을 관리했다. 생각해 보니 아까도 내가 이삿짐 나르는 남자들을 훔쳐보는 걸 지켜보고 있었다. 그리고 여기까지 날 따라왔다. 그 애가 다시 내 스케치북을 힐끔거렸다. 설마 그 영국 남자의 나체화를 보여주길 원하는 건가? 그런 것 같았다. 그리고 나도 그러고 싶었다. 이건 좋지 않아. 내 안에 아까보다 더 강렬한 열 폭풍이 휘몰아쳤다. 나는 지금 납치되어 뇌를 통제하는 능력을 빼앗겼다. 이게 다 저 이상하게 찡그린 구리색 눈 때문이다. 눈동자가 나에게 최면을 거는 것이다. 그 순간 그 애가 입을 반쯤 벌리고 웃었다. 앞니 사이가 살짝 벌어져 있었다. 그 또한 얼굴과 기가 막히게 잘 어울렸다.

"저기, 나 집에 어떻게 가는지 도저히 모르겠거든. 자꾸 이쪽으로 돌아오게 되더라고. 그래서 네가 안내해 주길 기다리고 있었어." 그 애가 웃음 섞인 말투로 말하고는 모자를 썼다.

나는 우리가 가야 할 방향을 가리키고 포로가 된 몸을 움직이기 시작했다. 그 애는 돌만 가득 든 여행 가방에 무려 자물쇠를 채우더니(저기요?) 손잡이를 잡아 들고 따라나섰다. 나는 걷는 동안 그 애를 쳐다보지 않으려고 애썼다. 최대한 멀찍이 떨어지고 싶었다. 나는 나무들에 시선을 고정했다. 나무는 안전하다.

그리고 조용하다.

그리고 내가 그린 나체화들을 보고 싶어 하지도 않는다!

꽤 먼 길인 데다 대부분 오르막길이었다. 걸을수록 나무 사이로 더 많은 햇빛이 새어 들었다. 내 옆의 모자 쓴 남자애는 돌덩이로 가득 찬 여행 가방을 들고(양손에 번갈아 가며 드는 걸 보니 무거운 게 분명한데) 발에 스프링이라도 달린 것처럼 경쾌하게 걸었다.

나무들 덕분에 어느새 내 살가죽이 도로 올라붙었다.

혹은 옆 사람 덕분이거나.

함께 걷는 것은 의외로 그리 나쁘지 않았다.

어쩌면 이 남자애는 손가락에서 '평안의 기운'을 뿜어내 몸에 두르고 다니는 능력자일지도 모른다. 왜냐면, 그래, 나는 지금 평온함을 느끼기 때문이다. 그러니까, 초자연적인 평온함. 먹다 남은 버터가 된 것 같은 느낌. 희한하다.

그 애는 자꾸 멈춰서 돌을 주워들고 살펴본 다음 뒤로 휙 던지거나 상의 주머니에 쑤셔 넣었다. 주머니는 돌이 무게로 인해 잔뜩 쳐졌다. 나는 그럴 때마다 대체 뭘 찾는 거냐고 묻고 싶었다. 왜 날 따라온 거냐고 묻고 싶었다. 낮에도 망원경으로 별을 볼 수 있냐고 묻고 싶었다. 어디서 왔는지, 이름이 뭔지, 파도를 탈 줄 아는지, 몇 살인지, 다음 학기에 갈 학교가 어딘지 묻고 싶었다. 몇 번은 최대한 무심하고 평범하게 들리도록 머릿속에서 질문을 완성했지만 번번이 목 언저리에서 걸려 나오지 않았다. 결국 나는 질문하기를 포기하고, 보이지 않는 붓을 꺼내 머릿속에 그림을 그리기 시작했다. 그때 문득 생각했다. 어쩌면 저 애는 돌의 무게로 겨우 공중에 떠오르지 않고 버티는 거 아닐까…….

어스름한 잿빛 황혼 속에서 우리는 걷고 또 걸었다. 숲이 잠들기 시작했다. 나무들이 나란히 눕고, 개울물이 멎고, 식물들이 다시 땅속으로 가라앉고, 동물들이 그림자와 몸을 바꿨다. 우리도 마찬가지였다.

숲을 벗어나 동네로 접어들자 그 애가 몸을 휙 틀었다.

"미친! 내 인생에서 가장 긴 정적이었어! 꼭 숨 참는 것 같더라! 완전히 자신과의 싸움이었어. 너 원래 이래?"

"내가 뭘?" 잔뜩 쉰 목소리가 튀어나왔다.

"야!" 그 애가 울화통을 터뜨렸다. "그게 네가 처음 한 말인 거 알아?"

몰랐다.

"너 부처나 뭐 그런 거 아니야? 우리 엄마가 불교 신자인데, 묵언

수행하러 절에 다니거든? 거기 가지 말고 그냥 너랑 놀면 되겠다. 아, 아, 물론 아니시겠지. '난 엉망진창 예술가야. 엉망진창이라고, 친구.'" 그 애가 마지막 부분에 영국 억양을 잔뜩 실어 말하고서 폭소했다.

그걸 듣다니! 나무들에게 한 말을! 온몸의 피가 머리 쪽으로 솟구쳐서 목이 터질 것 같았다. 숲에서의 침묵이 그 애의 안에서 부글부글 터져 나왔다. 그러고 보니 무척 잘 웃는 애였다. 웃음에 쉽게 사로잡히고, 쉽게 환해지는 애였다. 그리고 비록 날 비웃고 있지만, 기분이 나쁘지 않았다. 그럴 만하다는 생각까지 들었다. 어느새 내 안에서도 살짝 보글거리면서 웃음기가 일었다. 아니, 진짜 웃겼다. 혼자 영국 억양으로 그렇게 지껄이다니. 그러다 그 애가 다시 과장스러운 억양으로 "난 엉망진창 예술가야"라고 말했을 때 나는 덩달아 "엉망진창이라고, 친구"라고 맞받아쳤다. 그러자 뭔가 후련해지면서 나는 아예 대놓고 웃기 시작했다. 그 애가 또 던지면 내가 또 받아쳤다. 우리 둘 다 배꼽이 빠지도록 웃어 젖혔다. 웃음이 잦아들기까지는 아주 오래 걸렸다. 왜냐면 진정하려고 할 때마다 누가 먼저랄 것 없이 "난 엉망진창이야, 친구"를 외쳤기 때문이다. 그러면 처음부터 다시 시작이었다.

마침내 정신을 추슬렀을 때, 나는 대체 내게 무슨 일이 일어난 건지 어안이 벙벙했다. 내 평생 이런 적은 한 번도 없었다. 그냥 잠시 하늘을 난 것 같았다.

그 애가 내 스케치북을 가리켰다.

"그럼 평소에 거기다가 말하는 거야?"

"거의."

우리는 가로등 아래 서있었다. 그 애를 빤히 보지 않으려고 애쓰는데 쉽지 않았다. 세상이 시계처럼 멈춰버렸으면 했다. 내가 원하는 만큼 그 애의 얼굴을 뜯어볼 수 있도록. 지금 그 얼굴에서 무슨 일이 벌어지고 있었다. 뭔가 아주 밝은 것이 새어 나오려고 했다. 어떤 댐이 빛을 가로막고 있었다. 어쩌면 이 남자애의 영혼은 태양일지도 모른다. 태양을 영혼으로 가진 사람은 이제껏 한 번도 본 적 없다.

뭔가 더 말을 해서 붙잡아 두고 싶었다. 기분이 *너무* 좋았다. 푸른 잎이 **빽빽**한 느낌이었다.

"나는 머릿속으로 그림을 그려. 쭉 그랬어." 이제껏 한 번도 해본 적 없는 말이었다. 심지어 주드에게도. 그런데 왜 지금 말하는지 알 수 없었다. 나는 이제껏 나의 '보이지 않는 미술관'에 아무도 초대한 적 없다.

"뭘 그리는데?"

"너."

그 애의 눈이 놀라서 크게 벌어졌다. 말하지 말걸. 일부러 말한 게 아니라 그냥 튀어나왔다. 공기가 쩍쩍 갈라지고 미소가 사라졌다. 그리 멀지 않은 곳에 우리 집이 등대처럼 서있었다. 그 순간 나도 모르게 쏜살같이 달렸다. 속이 메스꺼웠다. 내가 또 모든 걸 망친 듯했다. 마지막 붓놀림이 *매번* 그림을 망치듯이. 아마 내일 프라이와 함께 나를 데블스드롭에서 떠밀려고 할 것이다. 아마 그 돌들을 가지고……

막 현관 계단을 밟았을 때였다.

"그림 속 나는 어때?" 목소리에 호기심이 묻어나왔다. 얼간이의 기미는 없었다.

뒤돌아봤다. 그 애는 빛을 등지고 있었다. 길 위에 그늘진 형태만 보였다. 그림 속 네가 어떠냐고? 잠든 숲 위에 높이 떠있어. 녹색 모자는 머리 위로 몇 미터 떨어져서 빙글빙글 돌아가고, 들고 있는 여행 가방에서 온 하늘의 별들이 쏟아져 나와.

그러나 말할 수는 없었다. (어떻게 말하겠는가?) 나는 등을 돌려 계단을 뛰어올라 현관문을 열고 안으로 들어갔다.

*

다음 날 아침, 주드가 복도에서 내 이름을 불렀다. 이는 몇 초 후 내 방에 쳐들어온다는 뜻이다. 나는 스케치북을 앞장으로 넘겼다. 한창 그리던 것을 보여주고 싶지 않았다. 돌을 수집하고 별을 관찰하며 발작하듯 웃는 구리색 눈의 새 이웃이 암녹색 모자와 별이 가득한 여행 가방을 들고 하늘을 나는 모습을 그린 세 번째 연작. 마침내 나는 완벽한 색감을 얻었다. 찡그림도 제대로 표현했다. 그림 속 두 눈을 바라보면 꼭 어제처럼 납치된 기분이 들었다. 해냈을 때는 너무 흥분해서 의자 주위를 50번 정도 왕복하고서야 겨우 진정

할 수 있었다.

　나는 파스텔을 집어 들고 어젯밤에 끝낸 벌거벗은 영국 남자의 초상화를 마무리하는 척했다. 입체주의로 그려 남자의 얼굴은 더욱 박살 난 거울에 비친 것처럼 보였다. 손바닥만 한 파란색 원피스를 입고 하이힐을 신은 주드가 비틀거리며 방 안에 들어왔다. 요즘 엄마와 주드는 걸핏하면 옥신각신한다. 주드가 입겠다는 옷들 때문인데, 옷이라 할 것도 없었다. 주드의 머리카락이 뱀처럼 꾸불거렸다. 이렇게 젖었을 때는 폭신폭신하고 동화 같은 분위기가 사라져 좀 더 평범한 우리네 인간들처럼 보이는데, 오늘은 아니었다. 온 얼굴에 화장까지 한 상태였다. 이 또한 모녀간 언쟁의 원인이다. 이 밖에도 통금을 어기고, 말대꾸하고, 방문을 쾅 닫고, 학교 친구가 아닌 남자애들과 메시지를 주고받고, 연상의 꼴통 서퍼들과 서핑하고, 데드맨즈다이브(절벽에서 가장 높고 무서운 점프 지점)에서 뛰어내리고, 말벌 동료의 집에서 거의 매일 밤 자고, 용돈을 '끓는점'이라는 이름의 립스틱 따위를 사는 데 쓰고, 창문을 넘어 방을 몰래 빠져나가는 등, 따지고 보면 하나부터 열까지 다 문제였다. 물어보는 사람은 아무도 없지만, 내 생각에 지금 주드가 악마의 화신이 되어 로스트코브의 모든 남자와 키스하고 싶어 하는 건, 미술관에 간 첫날 엄마가 주드의 스케치북을 열어보는 걸 잊어버렸기 때문이다.

　게다가 우리가 주드를 두고 왔기 때문이다. 잭슨 폴록 전시를 보러 갔을 때였다. 엄마와 나는 그 작품, 〈하나: 넘버31(One: Number 31)〉 앞을 떠나지 못했다. 그야, 빌어먹게 끝내줬으니까! 미술관을 나와서도 우리는 여전히 폴록이 캔버스에 역동적으로 흩뿌린 거미다리 물감에서 헤어나오지 못했다. 보도 위의 사람들, 건물들도 마찬가지였다. 우리는 달리는 차 안에서 폴록의 회화 기법에 대해 끊임없이 떠들었다. 그리고 다리를 반쯤 지나서야 주드가 없다는 걸 깨달았다.

엄마가 "젠장, 젠장, 젠장" 하고 중얼거리며 왔던 길을 전속력으로 되돌아갔다. 장기들이 몸 밖으로 튀어나올 것 같았다. 이윽고 미술관 앞에 끼익 섰을 때, 몸을 말고 보도에 앉아있는 주드를 발견했다. 꼭 구겨진 종이 뭉치처럼 보였다.

진실을 말하자면, 셋이 있을 때 엄마와 나는 종종 주드의 존재를 잊곤 한다.

주드는 들고 온 상자를 침대 위에 내려놓고, 책상으로 다가와 내 어깨 너머로 그림을 구경했다. 축축한 머리카락이 목덜미에 닿았다. 나는 그것을 휙 치워냈다.

벌거벗은 영국 남자의 얼굴이 우리를 지그시 쳐다봤다. 나는 그가 불행에 치이기 전에 정신이 오락가락하던 모습을 살리고 싶었기에 평소보다 훨씬 추상적으로 그렸다. 아마 본인조차 자신을 몰라볼 것이다. 하지만 내가 표현하고자 한 바는 잘 드러났다.

"누구야?" 주드가 물었다.

"아무도 아니야."

"아무도 아니긴, 누군데?"

"그냥 상상해 낸 사람이야." 나는 또 한 번 젖은 다람쥐 꼬리 같은 주드의 머리를 내 목에서 치워냈다.

"뻥 치시네. 이 사람은 진짜야. 누굴 속여."

"뻥 아니야, 주드. 맹세코." 나는 주드에게 사실을 말하고 싶지 않았다. 어떤 실마리도 주고 싶지 않았다. 만약 주드도 CSA의 수업을 몰래 듣기 시작한다면?

주드는 그림을 좀 더 자세히 살피기 위해 내 옆으로 왔다. "진짜였으면 좋겠다. *되게* 멋있게 생겼어. 뭐랄까……, 뭔가……."

이상하다. 주드가 내 그림을 보고 이런 식으로 반응하는 것은 이제 옛일이다. 요즘에는 입에 똥을 물고 있는 것 같았다. 주드는 가슴 앞에 팔짱을 꼈다. 어느새 꽉 찬 가슴은 꼭 두 거인이 한판 붙은 것 같았다.

"나 주면 안 돼?"

놀랐다. 주드는 한 번도 내게 그림을 달라고 한 적이 없다. 내가 질색했기 때문이다.

"태양, 별, 바다, 그리고 모든 나무를 넘긴다면 생각해 볼게."

나는 일부러 주드가 동의할 리 없는 조건을 제시했다. 내가 태양과 나무를 얼마나 열렬히 원하는지 주드는 안다. 우리는 다섯 살 때부터 온 세상을 나눠 가졌다. 나는 엉덩이가 들썩거렸다. 우주 지배권을 눈앞에 둔 것은 처음이었다.

"장난해?" 주드가 상체를 벌떡 세웠다. 볼 때마다 키가 자라있어서 짜증이 났다. 밤마다 누가 쭉쭉 늘려놓는 모양이다. "그럼 남는 건 꽃밖에 없잖아, 노아."

그렇지. 동의할 리 없다. 협상 결렬인가 했더니 그렇지 않았다. 주드는 손을 뻗어 스케치북을 받쳐 들고 초상화를 응시했다. 마치 그 영국 남자가 말을 걸어주길 바라는 것처럼.

"좋아. 나무, 별, 바다. 알았어." 주드가 말했다.

"태양은?"

"아, 그래. 태양도."

말도 안 돼.

"그건 거의 다잖아. 미쳤어!" 내가 소리 질렀다.

"하지만 나에겐 *이 사람*이 있잖아." 주드는 벌거벗은 영국 남자를 내 스케치북에서 조심스럽게 떼어 갔다. 다행히 그 아래 그려진 건 보지 못했다. 주드는 그림을 들고 침대로 가 앉았다.

"너 이번에 이사 온 애 봤어? 걔 완전 별종이더라." 주드가 말했다. 나는 스케치북을 내려다봤다. 그 별종이 폭발하여 온 방을 색채로 물들였다. "이상한 깃털 달린 녹색 모자 쓰고 다녀. 완전 구려." 주드는 듣기 싫게 윙윙거리며 웃었다. "심지어 너보다 이상해." 주드가 잠시 말을 멈췄다.

나는 주드가 다시 내 쌍둥이 누나로, 예전 모습으로 돌아가길 기대했다. 이 낯선 말벌 버전이 아니라.

"흠, 너보다 이상한 건 아닐지도."

나는 뒤돌아봤다.

주드의 이마에 난 더듬이가 앞뒤로 흔들렸다. 날 쏘아 죽이러 온 것이다. "너보다 이상한 사람은 *없어*."

언젠가 텔레비전에서 말레이시아개미가 적의 위협을 받아 자폭하는 걸 본 적 있다. 그 개미들은 적(이를테면 말벌)들이 충분히 접근할 때까지 기다렸다가 맹독 폭탄으로 변해 터진다.

"그러니까, 노아. 윙 윙 윙."

주드는 공격을 이어갔다. 나는 폭발 카운트다운에 돌입했다. 10, 9, 8, 7……

"그렇게 꼭 윙 윙 윙 굴어야겠어? *너무 너잖아*, 한두 번도 아니고 매번. 그래서…….'

주드는 말꼬리를 흐렸다.

"그래서?" 내가 파스텔을 뚝 부러뜨리며 물었다. 모가지를 결딴내듯이.

주드가 두 손을 들어 올렸다. "*쪽팔린다고*, 어?"

"적어도 난 여전히 나잖아."

"그게 무슨 뜻이야? 내가 뭘 어쨌다고? 너 말고 딴 애들이랑 놀아서 그래?" 주드는 방어적으로 쏘아붙였다.

"나도 친구 있거든." 나는 스케치북을 힐끔 내려다보며 말했다.

"아, 그래? 누구? 상상의 친구는 안 쳐줘. 네가 그리는 것들도."

6, 5, 4…… 가만, 그럼 말레이시아개미들은 적을 죽이기 위해 자살하는 건가?

"일단은, 이사 온 애." 내가 대답했다. 주머니에 손을 넣어 그 애가 준 돌에 손가락을 감았다. "그리고 걔 안 이상해." 이상하긴 하지만. 여행 가방에 돌을 모으는걸!

"걔가 네 친구라고? 그렇구나. 그 친구 이름은 뭔데?"

음, 이건 아닌데.

"그럼 그렇지." 주드가 코웃음을 쳤다. 더는 못 참아. 이제 내게는 주드 *알레르기*가 생겼다. 나는 벽에 붙은 샤갈 그림을 주시했다. 그 소용돌이치는 꿈속으로 뛰어들고 싶었다. 현실 폭행. 그것에도 나는 알레르기가 있다. 이사 온 애와 함께 웃는 건 현실처럼 느껴지지 않았다. 조금도. 주드와 함께 있는 것도 전에는 현실처럼 느껴지지 않았다. 지금은 더할 나위 없이 끔찍한 현실이 되어 내 목을 조른다. 변기를 핥는 느낌으로. 잠시 후 입을 열고 나온 주드의 목소리는 날카롭고 팽팽했다.

"그래서 나더러 어쩌라고? 난 다른 친구를 만들어야 했어. 넌 엄마랑 그 바보 같은 학교에 집착하면서 혼자 시시한 그림이나 그리고 있잖아."

시시한 그림?

좋아, 간다. 3, 2, 1. 나는 내가 가진 단 하나의 폭탄을 터뜨렸다.

"넌 그냥 질투하는 거야 주드. 넌 항상 그랬어."

나는 스케치북의 새 페이지를 펼치고 연필을 쥐었다. **인물화 〈내 말벌 누나〉, 아니, 인물화 〈내 거미 누나〉** 그래. 독을 가득 품고 털 난 여덟 다리로 어둠 속에서 빨빨거리는 거미.

침묵에 귀가 찢어질 때쯤 나는 주드를 돌아봤다. 주드의 커다란 푸른 눈이 나를 비추고 있었다. 몸에서 말벌 군단이 윙윙거리며 흘러나오고 있었다. 역시 거미는 아니었다.

나는 연필을 내려놨다.

주드의 목소리는 너무 조용해서 겨우 알아들을 수 있었다.

"우리 엄마잖아. 왜 독차지하려고 해?"

죄책감이 가슴에 내리꽂혔다. 나는 샤갈 그림으로 눈길을 돌려 부디 날 빨아들여 달라고 애걸했다. 그때 아빠가 문간에 가득 들어 찼다. 수건을 두른 목 아래는 햇볕에 그을린 맨가슴이었다. 머리도 젖어있었다. 분명 주드와 함께 수영했을 것이다. 이제 둘은 모든 걸 함께한다.

아빠는 방 안에 흩어진 신체 부위와 벌레 내장들이 눈에 보이는 것처럼 수상한 눈초리로 고개를 갸우뚱했다. "별일 없니?"

우리는 고개를 끄덕였다. 양 문틀을 잡고 섰을 뿐인데 아빠는 문 간 전체를 메웠다. 미대륙 전체를 메웠다. 어떻게 아빠를 미워하면 서 동시에 닮고 싶을 수 있을까?

처음부터 아빠가 건물에 깔리는 모습을 상상했던 건 아니다. 어 렸을 때 주드와 나는 두 마리 새끼 오리, *아빠의* 새끼 오리들이었 다. 나란히 모래사장에 앉아 기다리고 있으면 아빠가 수영을 마치 고 포세이돈처럼 하얀 물거품을 일으키며 솟아올랐다. 우리 앞에 선 아빠는 너무 거대해서 태양을 다 가렸고, 머리를 털면 물방울이 짠 비처럼 쏟아졌다. 아빠는 나에게 먼저 손을 뻗어 한쪽 어깨에 앉 히고 다른 쪽 어깨에 주드를 앉혔다. 그대로 절벽으로 향하면 부실 한 아빠를 둔 다른 애들이 우릴 향해 질투 어린 시선을 보냈다.

하지만 그것도 아빠가 내가 나라는 걸 깨닫기 전까지였다. 해변에서 곧장 절벽으로 향하지 않고 유턴한 날이었다. 우리를 어깨에 얹은 아빠는 다시 바다로 들어갔다. 들어가면 들어갈수록 물은 사나워지고 사방에서 흰 파도가 몰아쳤다. 나는 아빠의 목에 꼭 매달렸다. 아빠의 팔이 날 안전띠처럼 두르고 있었다. 든든했다. 아빠는 우리의 보호자였고, 한 손으로 아침 해를 떠올리고 지는 해를 끌어 내리는 사람이었다.

아빠가 우리더러 뛰어들라고 말했다.

잘못 들었다고 생각한 순간, 주드가 꺅, 하고 비명을 지르며 아빠의 어깨 위에서 펄쩍 뛰어내렸다. 바다가 집어삼킬 때까지 온 얼굴로 웃더니, 수면을 부수며 올라와서도 함박웃음이었다. 주드는 행복한 사과처럼 둥둥 떠서 자맥질했다. 수영 강습 때 배운 그대로. 그와 반면에 나는 아빠의 팔이 느슨히 풀리는 걸 느끼며 아빠의 머리를, 머리카락을, 귀를, 미끄럽고 가파른 등을 마구 부여잡았다. 하지만 그 어디도 거머쥘 수 없었다.

"세상은 가라앉거나 헤엄치거나 둘 중 하나야, 노아." 아빠가 진지하게 말했다. 그리고 안전띠였던 아빠의 팔이 투석기로 변해 날 물속으로 던졌다.

나는 가라앉았다.

그

대

로

쭉.

자화상 〈노아와 해삼들〉

그날 밤 첫 '고장 난 우산 설교'가 열렸다. 두려워도 용기를 내야지. 남자가 된다는 건 그런 거야. 아빠의 설교는 그 후로도 이어졌다. 강하게 행동해야 해. 자세를 바로 하고, 등을 꼿꼿이 세우고, 치열하게 싸워. 구기 종목을 배워. 내 눈을 똑바로 봐. 말하기 전에 생각해. 주드가 네 쌍둥이가 아니었다면 너는 단성 어쩌고로 태어났을 거야. 주드가 없었다면 넌 축구장에서 말린 과일 신세가 되었을 거야. 주드가 없었다면. 주드가 없었다면. 여자애가 너 대신 싸워줘도 괜찮아? 모든 팀에서 꼴찌로 뽑혀도 상관없어? 늘 혼자 겉도는 게 싫지 않아? 신경 쓰이지 않아, 노아? 안 그래? 안 그래?

알아들었으니까 좀 닥쳐! 나도 신경 쓰인다고.

꼭 그렇게 매번 너처럼 굴어야 해, 노아?

이제 주드와 아빠가 한 팀이다. 주드와 내가 아니라. 내가 왜 엄마를 공유해야 해?

"오늘 오후, 알겠어." 주드가 아빠에게 말하고 있었다. 아빠는 무지개를 보는 얼굴로 미소 짓더니 먹이를 노리는 맹수처럼 다가와 애정 어린 손길로 내 머리를 툭툭 치며 뇌진탕을 일으켰다.

밖에서 프로핏이 꽥꽥거렸다. "랠프는 어딨어? 랠프는 어딨어?"

아빠는 맨손으로 프로핏의 목을 조르는 시늉을 했다.

"머리 좀 자르지 그러니? 시커멓고 치렁치렁한 게 꼭 라파엘전파 화폭에서 튀어나온 것 같구나."

엄마의 전염성 때문에 아빠조차도 예술에 대해 좀 아는 편이다.

적어도 나를 모욕할 만큼은.

"전 라파엘전파 화풍 좋아하는데요." 내가 중얼거렸다.

"그들을 좋아하는 거랑 그들의 모델처럼 보이는 거랑 같나요, 선생님?"

또 한 번 툭, 또 한 번 뇌진탕.

아빠가 자리를 뜨자 주드가 말했다. "난 네 머리 긴 게 좋아."

어쩐지 그 말이 우리 사이의 모든 껄끄러움을 빨아들였다. 내 모든 바퀴벌레처럼 몹쓸 생각들도. 주드가 일부러 좀 더 밝은 목소리로 물었다. "놀래?"

나는 몸을 돌렸다. 새삼 우리가 함께 만들어졌다는 사실이 떠올랐다. 우리는 같은 세포를 나눠 가졌고, 눈과 손이 없을 때부터 함께했다. 영혼을 지니기 전부터.

주드는 가져온 상자에서 웬 나무판을 꺼냈다.

"그게 뭐야?" 내가 물었다.

"랠프는 어딨어? 랠프는 어딨어?" 프로핏이 다시 시끄럽게 물었다. 주드는 침대 옆 창문 밖으로 몸을 내밀고 외쳤다. "미안, 프로핏, 아무도 몰라!"

주드도 프로핏과 대화하는 줄 몰랐다. 나는 빙그레 웃었다.

"위자보드. 할머니 방에서 찾았어. 전에 할머니랑 같이 한번 해봤거든. 궁금한 걸 물어보면 이게 대답을 보여줘."

"누구의 대답을?" 영화에서 본 듯하지만 그래도 물어봤다.

"알잖아. 영혼들." 주드가 씩 웃으며 과장스럽게 눈썹을 위아래로 꿈틀했다. 나도 저절로 입꼬리가 올라갔다. 다시 주드와 한 팀이 되고 싶었다! 예전의 우리로 돌아가고 싶었다.

"그래, 알지." 내 말에 주드 얼굴이 확 밝아졌다.

"이리 와봐."

그렇게 그 모든 끔찍하고 찜찜하고 멍청한 대화는 없던 일이 되었다. 산산이 부서졌던 우리는 온데간데없었다. 어떻게 모든 게 이렇게 순식간에 뒤바뀔 수 있을까?

주드가 어떻게 하는지 알려주었다. 포인터에 손을 아주 살짝 얹어두면 영혼이 우리 손을 움직여 말판에 적힌 알파벳이나 '그렇다'와 '아니다'를 가리키도록 하는 것이다.

"이제 질문하겠습니다." 주드가 눈을 감고 십자가에 매달린 듯 양팔을 뻗었다.

나는 웃음이 터졌다. "이러고도 내가 이상한 쪽이라고? 진심으로?"

주드가 한쪽 눈을 떴다. "이렇게 해야 해. 진짜야. 할머니가 그랬어." 주드가 다시 눈을 감았다. "좋아요, 영혼님들. 이게 제 질문입니다. M이 절 사랑하나요?"

"M이 누구야?"

"있어."

"마이클 스타인?"

"헐, 죽을래?"

"설마 맥스 프랙커?"

"미쳤냐!"

"그럼 누구야?"

"노아, 자꾸 방해하면 영혼이 안 온다고. 누군지 말해 줄 생각도 없어."

"알았어."

주드는 다시 두 팔을 벌리고 영혼에 질문한 다음 포인터 위에 손을 올렸다.

나도 내 손을 올렸다. 포인터는 '아니다'로 향했다. 나는 내가 움직였다고 거의 확신했다.

"수 쓰지 마!" 주드가 버럭 외쳤다.

다음번에는 수를 쓰지 않았으나 포인터는 여전히 '아니다'를 가리켰다.

주드는 눈에 띄게 당황했다. "다시 해보자."

이번에는 주드가 '그렇다'로 움직이는 게 느껴졌다.

"이제 네가 수 쓰네."

"알았어, 한 번만 더."

포인터는 '아니다'를 가리켰다.

"마지막."

포인터는 '아니다'를 가리켰다.

주드는 한숨을 쉬었다. "좋아, 이제 네가 질문해."

나는 눈을 감고 마음속으로 물었다. 제가 내년에 CSA에 들어갈까요?

"소리 내어 말해." 주드가 짜증을 냈다.

"왜?"

"그야 영혼은 네 마음의 소리를 못 들으니까."

"그걸 네가 어떻게 알아?"

"그냥 알아. 이제 내뱉어. 팔 잊지 말고."

"알았어." 나는 십자가처럼 팔을 벌리고 물었다. "제가 내년에 CSA에 들어갈까요?"

"그걸 질문이라고 해? 당연히 들어가겠지."

"확실히 알고 싶어."

열 번 넘게 해봤지만, 포인터는 매번 '아니다'로 향했다. 마침내 주드는 나무판을 뒤집었다.

"이거 순 엉터리네." 주드가 투덜거렸다.

하지만 그렇게 믿지 않는다는 걸 나는 안다. M은 주드를 사랑하지 않고 나는 CSA에 못 들어갈 것이다.

"네가 들어갈 수 있나 물어보자."

"멍청한 질문이야. 내가 거길 왜 들어가. 누가 지원한대? 난 다른 애들처럼 루스벨트에 갈 거야. 거긴 수영팀도 있어."

"얼른." 내가 재촉했다.

포인터는 '그렇다'로 향했다.

또다시.

또다시.

또다시.

*

1분도 더는 침대에 누워있기 힘들었다. 나는 옷을 꿰입고 옥상으로 올라갔다. 왠지 이사 온 애도 나와있을 것 같아서. 착각이었다. 하긴 아침 6시도 안 된 이른 시간이었다. 조금 전까지도 나는 침대 위에서 그물에 걸린 고기처럼 뒤척이면서 혹시 그 애도 깨어있을까, 혹시 옥상에서 손가락으로 번개를 쏴 내 방 천장을 뚫고 날 감전시킬까, 하는 생각을 떨칠 수 없었다. 그래서 잠을 설쳤다. 하지만 내가 틀렸다. 옥상에서 날 맞이한 건 희미해져 가는 뚱뚱한 달과 새벽 콘서트를 위해 로스트코브에 몰려들어 목청껏 끼룩대는 갈매기들뿐이었다. 이렇게 일찍 밖에 나와있는 건 처음인데, 이렇게 시끄러운 줄 몰랐다. 그리고 너무 음산했다. 옹기종기 모인 나무들은 백발노인들이 변장한 모습 같았다.

옥상에 앉아 스케치북의 빈 페이지를 펼쳐 그림을 그리기 시작했지만 도저히 집중이 안 됐다. 선 하나 제대로 긋지 못했다. 이게 다 위자보드 탓이다. 만약 그것이 옳아서 주드 혼자 CSA에 가고 나는 못 간다면? 더럽게 끔찍한 프랭클린 프라이의 복제 인간이 3000명쯤 모인 루스벨트 고등학교에 가야 한다면? 내가 그림에 재능이 없다면? 엄마와 그레디 선생님이 날 측은해한다면? 주드 말대로, 그리고 아빠의 생각대로, 내가 그들을 *쪽팔리게* 한다면? 나는 두 손에 얼굴을 묻고 손바닥으로 뺨의 열기를 느꼈다. 지난겨울 프라이와 제퍼와 숲에서 있었던 일이 다시금 떠올랐다.

자화상, 연작 〈고장 난 우산 제88번〉

나는 고개를 들고 다시 새 이웃집 옥상을 훑어보았다. 만약 그 애도 내가 나라는 걸 알게 되면 어떡하지? 찬바람이 날 빈방처럼 휩쓸고 지나갔다. 불현듯 다 망했다는 예감이 들었다. 나뿐만 아니라 이 우울한 잿빛 세상 전체가.

옥상에 등을 대고 누워 팔을 최대한 벌리고 "도와줘" 하고 속삭였다.

그렇게 얼마나 지났을까, 차고 문이 열리는 소리에 번쩍 눈을 떴다. 팔꿈치를 짚고 상체를 일으켰다. 하늘이 파랬다. 담청색. 바다는 더 파랬다. 심청색. 숲은 지구상의 모든 완전 쩌는 녹색으로 소용돌이치고 노른자처럼 밝고 진한 노란색이 만물 위로 쏟아지고 있었다. 끝내준다. 멸망은 확실히 아니다.

풍경화 〈신이 온 세상을 물들일 때〉

나는 일어나 앉았다. 어느 집 차고가 열렸는지 알아차렸다. 그 애 집이다.

몇 년 같은 몇 초 후, 그 애가 마당으로 나섰다. 가슴을 가로지른 검정 더플백이 눈에 띄었다. 운석 가방인가? 그 애는 운석을 담는 가방이 있다. 은하의 조각들을 가방에 가지고 다닌다. 헐. 나는 속에서 두둥실 떠오르는 풍선을 찔러 터뜨리려고 했다. 단 하루 만난 남자애를 보고 이렇게 흥분하면 안 되지. 비록 은하를 가방에 넣고 다니는 애라고 해도!

자화상 〈풍선이 되어 태평양 상공을 날아가는 소년의 마지막 모습〉

그 애는 길 건너 오솔길 어귀에서 멈춰 섰다. 우리가 함께 폭소를 터뜨렸던 그 자리에서. 그리고 잠시 망설이는가 싶더니 뒤돌아 나를 똑바로 응시했다. 마치 내가 줄곧 여기 있었다는 걸, 새벽부터 자신을 기다렸다는 걸 진작 알고 있었다는 듯이. 시선이 얽히자 전기가 척추를 타고 올라왔다. 분명 텔레파시를 이용해 나더러 따라오라고 말하는 것이었다. 그렇게 주드랑만 해본 종류의 정신 감응을 1분쯤 나눴을까, 그 애가 돌아서서 숲으로 들어갔다.

따라가고 싶었다. 매우, 몹시, 무진장. 그런데 그럴 수 없었다. 발이 옥상 바닥에 박혀 떨어지지 않았다. 왜? 뭐가 문제야? 저 애는 어제 나를 따라 CSA까지 왔어! 사람들은 쉽게 친구가 돼. 누구나 친구를 만들어. 나도 할 수 있어. 아니, 우린 이미 친구야. 함께 하이에나처럼 웃기도 했잖아. 좋아. 가자. 나는 스케치북을 배낭에 쑤셔 넣고 사다리를 내려와 오솔길로 달려갔다.

오솔길 어디에도 그 애는 없었다. 발소리를 잡으려고 귀를 기울였더니 내 맥박이 고동치는 소리만 들렸다. 나는 계속 숲길을 내려갔다. 그렇게 첫 굽잇길을 통과했을 때 그 애가 보였다. 무릎을 꿇고 땅에 엎드린 채 손에 든 무언가를 돋보기로 살펴보고 있었다. 내가 왜 따라왔을까? 나는 뭐라고 말을 건네야 할지 몰랐다. 손을 어디에다 둬야 할지 몰랐다. 집에 돌아가야 해, 당장. 슬금슬금 뒷걸음치는데 그 애가 고개를 돌려 날 쳐다봤다.

"아, 안녕."

그 애가 손에 든 것을 땅에 떨어뜨리고 무심하게 인사했다. 사람들은 보통 다시 만날 때 기억 속 모습보다 덜 빛나 보이기 마련이다. 그 애는 아니었다. 내 머릿속에서와 똑같이 반짝였다. 빛의 쇼였다. 그 애가 걸어서 내게 다가왔다.

"내가 숲을 잘 몰라서, 내심⋯⋯." 그 애는 말을 잇지 않고 반쯤 미소 지었다. 이 남자애는 무조건 얼간이가 아니다. "그건 그렇고, 네 이름은 뭐야?"

그 애가 손 뻗으면 닿을 정도로 가까이 다가왔다. 주근깨를 셀 수 있을 정도로. 나는 손을 어쩌지 못해 당황했다. 대체 사람들은 자기 손들을 어떻게 하는 거지? 그래, 주머니가 있었지. 주머니. 주머니 최고! 나는 손을 안전지대로 쓱 밀어 넣으며 그 애의 눈을 피했다. 아무래도 그 두 눈에 뭔가 있었다. 꼭 어딘가를 봐야 한다면 입을 보기로 했다.

그 애의 시선이 내게 머물렀다. 입에 초점을 맞추고 있어도 느껴졌다. 방금 나한테 뭐 물어보지 않았나? 그랬던 것 같은데. 아이큐가 곤두박질치고 있었다.

"내가 한번 맞춰볼까? 혹시 밴 아니야? 아니다, 마일스, 그래. 너 완전 마일스처럼 생겼어."

"노아." 내가 불쑥 말했다. 내 귀에도 자기 이름을 방금 알아챘다는 듯이 들렸다. "노아야. 노아 스위트와인." 오우, 주여. 난 돌대가리야.

"정말?"

"어, 확실히."

내 목소리는 이상할 정도로 명랑했다. 내 손은 완전히 갇혀있었다. 주머니는 손 감옥이었다. 일단 석방하긴 했는데 두 손은 이제 심벌즈처럼 맞부딪쳤다. 맙소사.

"아, 네 이름은 뭐야?"

나는 그 애의 입에게 물었다. 아이큐가 식물 수준에 가까워지고 있었지만 그 애도 이름이 있을 거란 생각이 간신히 들었다.

"브라이언."

그게 다였다. 그야 브라이언은 뇌 기능이 정상이니까.

입을 보고 있는 것도 좋은 생각이 아니었다. 특히 말하고 있을 때는. 벌어진 앞니 사이를 혀가 오락가락했다. 차라리 저 나무를 보자.

"몇 살이야?" 나는 나무에게 물었다.

"열네 살. 넌?"

"나도." 오우, 이런.

브라이언은 순순히 고개를 끄덕였다. 그야 내가 구태여 거짓말할 이유가 없으니까!

"나는 동부의 기숙학교에 다녀. 이번 가을에 10학년◎이 돼."

내가 나무에게 짓는 혼란스러운 표정을 봤는지 브라이언이 덧붙였다.

"유치원 과정을 건너뛰었거든."

"난 캘리포니아 예술고등학교에 다녀." 그 말은 내 동의도 없이 입에서 튀어나왔다.

◎ 10학년은 15~16세에 해당한다.

나는 브라이언을 힐끔 봤다. 잔뜩 찌푸린 미간을 보고서야 떠올 랐다. 브라이언은 '캘리포니아 예술고등학교'란 글자가 거의 사방에 적혀있는 곳에서 날 목격했다. 그것도 건물 안이 아니라 밖에 숨어 있는 모습을. 어쩌면 내가 그 영국 남자에게 이 학교 학생이 아니라 고 한 말도 들었을 것이다.

나에게는 두 가지 선택지가 있었다. 이대로 집에 뛰어가서 두 달 동안 틀어박힌 채 브라이언이 기숙학교로 떠나는 날까지 나오지 않 거나…….

"나 사실 거기 안 다녀." 나는 나무에게 고백했다. 이제 정말로 브 라이언을 보기 두려웠다. "아직은. 그냥 희망 사항이야. 너무너무 가 고 싶은데, 난 아직 열세 살이거든. 거의 열네 살. 그러니까, 오 개월 후에. 11월 21일. 그날은 화가 마그리트의 생일이기도 해. 왜, 어떤 남자 얼굴 한가운데 초록 사과가 명중하는 그림 있잖아, 그거 그린 화가야. 아마 너도 봤을걸? 그리고 몸통이 새장으로 된 남자 그림도. 완전 멋지고 기발해. 아, 그리고 어떤 그림에는 새가 하늘을 나는데, 구름이 그 새 안에 있어. 밖이 아니라. 진짜 끝내줘……." 나는 말 을 멈췄다. 왜냐면, 멈추지 않으면 계속할 것 같았다. 이 참나무에 게 내가 아는 그림들을 하나도 빠짐없이 자세히 설명하고 싶었다.

나는 천천히 시선을 옮겼다. 브라이언이 눈을 가늘게 뜨고 날 빤 히 바라보고 있었다. 왜 아무 말이 없지? 내가 이 세상 말을 다 썼 나? 어쩌면 내가 거짓말을 했다가 말을 뒤집고 뜬금없이 미술사 수 업을 시작해서 당황했는지도 모른다. 왜 나는 옥상에서 내려왔을까? 일단 어디 좀 앉아야겠어. 친구 사귀기는 감정 소모가 너무 크다. 나는 마른침을 백 번쯤 삼켰다.

마침내 브라이언이 어깨를 으쓱했다.

"멋지네." 브라이언의 입꼬리가 반쯤 말려 올라갔다. "정말이지 넌 *엉망진창*이야." 브라이언이 영국 억양으로 말했다.

"그렇다니까."

그 순간 눈이 마주치자 우리는 같은 공기로 만들어진 사람들처럼 빵 터졌다.

그제야 한발 물러나 있던 숲이 끼어들었다. 나는 솔잎과 유칼립투스 향을 들이마시고, 티티새와 갈매기의 울음소리, 멀리서 철썩이는 파도 소리를 들었다. 운석 가방을 뒤지는 브라이언의 등 뒤로 고작 몇 미터 떨어진 곳에서 사슴 세 마리가 나뭇잎을 우적거리고 있었다.

"이 숲에는 퓨마도 있어. 나무 틈에서 자."

"대박. 본 적 있어?" 브라이언은 운석 가방을 계속 뒤적이며 말했다.

"아니. 살쾡이는 봤어. 두 번."

"난 곰 본 적 있어." 브라이언은 아예 가방 안에 고개를 파묻고 말했다. 대체 뭘 찾는 거지?

"곰! 와우. 나 곰 완전 좋아하는데! 불곰? 흑곰?"

"흑곰. 어미랑 새끼 두 마리. 요세미티 국립공원에서 봤어."

그 목격담을 낱낱이 듣고 싶었다. 질문이 쏟아져 나오기 직전이었다. 혹시 자연 다큐멘터리도 좋아하나? 그때 브라이언은 찾던 것을 찾은 모양이었다. 내게 불쑥 내민 것은 평범한 돌이었다. 표정만 보면 목도리도마뱀이나 나무 이파리처럼 생긴 해룡을 보여주는 것 같았다. 흔해 빠진 돌덩어리가 아니라.

"자." 브라이언이 그것을 내 손 위에 올렸다. 너무 무거워서 손목이 꺾였다. 나는 두 손으로 돌을 받쳐 들었다. "이건 틀림없어. 자화(磁化)된 니켈. 폭발한 별이지." 브라이언은 내 백팩에서 살짝 튀어나온 스케치북을 가리키며 덧붙였다. "한번 그려봐."

나는 내 손 위의 검정 덩어리를 주시했다. 이게 별이라고? 순간 지구상에 이것보다 더 그리고 싶은 것은 없었다.

"그래." 나는 애써 침착하게 대답했다. "좋아."

브라이언은 돌아섰다. 내가 별을 손에 든 채 어쩔 줄 모르고 서있자 브라이언이 다시 뒤돌아서 말했다.

"안 올 거야? 너 주려고 돋보기 하나 더 챙겼어."

그 말에 땅이 기우뚱했다. 브라이언은 집을 나서기 전부터 내가 자기를 따라올 것을 알았다. 그래, 브라이언은 알았다. 나도 알았다. 우리는 *알았다.*

자화상 〈나는 내 머리로 서있다!〉

브라이언은 뒷주머니에서 여분의 돋보기를 꺼내 내밀었다.

"멋지네." 나는 돋보기의 손잡이를 쥐고 브라이언을 따라나섰다.

"그 스케치북에 검색표를 그려도 괜찮겠다. 우리가 찾은 걸 그리거나. 그럼 진짜 끝내주겠는데?" 브라이언이 말했다.

"우리가 찾는 게 뭔데?"

"우주 쓰레기. 하늘은 매일 무너지거든. 매일매일. 곧 알게 될 거야. 사람들은 전혀 몰라."

맞아. 사람들은 모른다. 우리 같은 혁명가가 아니기에.

그러나 우리는 몇 시간 내내 운석을 하나도 찾아내지 못했다. 하늘의 부스러기 하나 못 건졌다. 하지만 아무래도 좋았다. 나는 검색표인지 뭔지를 그리는 대신 돋보기로 민달팽이와 딱정벌레를 관찰하며 브라이언이 떠들어대는 외계어로 머릿속을 채웠다. 브라이언은 자석 갈퀴로 내 주위를 샅샅이 뒤지며 돌아다녔다. 그래, 자석 갈퀴. 무려 브라이언이 직접 만든 물건이다. 브라이언은 내가 아는 사람 중에 최고로 멋졌다.

브라이언도 다른 세계에서 온 게 틀림없다. 다만 엄마처럼 다른 차원에서 온 게 아니라, 태양이 여섯 개인 6중성계(방금 배웠다)에서 온 거다. 그리고 보니 딱딱 들어맞았다. 그 망원경, 제 고향 흔적을 미친 듯이 찾는 행위, 적색 거성이니 백색 왜성이니 황색 왜성이니(!!!!) 하는 별나라 이야기들. 나는 그 모든 걸 즉시 머릿속으로 그리기 시작했다. 최면을 거는 두 눈은 물론이고 날 빵 터뜨리는 방식까지. 그렇게 웃다 보면 나는 내가 마치 살가죽이 제대로 붙어있고 친구가 엄청 많으며 말할 때마다 *야*나 *새끼*를 적절히 섞을 줄 아는 애처럼 느껴졌다. 게다가 그 '평안의 기운'도 착각이 아니었다. 벌새가 브라이언의 주변을 한가로이 맴돌았다. 브라이언이 손바닥을 펼치면 나무에서 열매가 저절로 떨어졌다. 기분 탓인지 모르겠지만 축 처진 삼나무들도 고개를 드는 것 같았다. 나도 예외는 아니었다. 이렇게 여유로운 기분은 내 평생 처음이었다. 나는 번번이 내 몸을 까먹었다가 다시 데려와야 했다.

인물화, 자화상 〈세상에 최면을 거는 소년을 지켜보는 소년〉

우리는 개울가의 비탈진 바위 위에 앉았다. 물이 느긋이 흘러가는 모습을 바라보고 있자니 꼭 함께 바위 보트에 탄 것 같았다. 나는 브라이언에게 내 가설을 공유했다.

"그들이 널 제대로 훈련했나 봐. 정말 감쪽같이 지구인 같아." 내가 말했다.

브라이언이 반쪽 미소를 지었다. 볼 위쪽으로 전에는 눈치채지 못한 보조개가 눈에 띄었다.

"맞아. 그들이 철저히 준비시켰지. 심지어 난 야구도 해." 브라이언이 개울에 조약돌을 던졌다. 돌은 천천히 가라앉았다. 브라이언이 눈썹을 치켜올렸다. "반면에 너는……."

나는 조약돌을 집어 아까 브라이언의 돌이 사라진 바로 그 자리에 던졌다.

"맞아. 준비 따위 없이 그냥 밀어 넣었지. 그래서 내가 그렇게 눈치가 없나 봐."

농담으로 한 말인데 왠지 심각하게 들렸다. 진실처럼 들렸다. 아마 진실이기 때문이겠지. 지구인이 되기 위한 필수 자료를 나눠 주는 날 나만 수업에 빠진 게 분명했다. 브라이언은 아랫입술을 핥을 뿐 말이 없었다.

영문을 알 수 없이 분위기가 바뀌었다.

나는 앞머리 틈새로 브라이언을 살폈다. 인물화를 그리면서 터득했는데, 대상을 아주 오래 바라봐야 대상의 숨은 얼굴, 즉 가면 아래 숨은 감정을 볼 수 있다. 그렇게 본 얼굴을 그려내면 대상은 그림이 자신과 너무 닮아서 기겁하곤 한다.

브라이언의 가면 아래 숨은 감정은 걱정이었다.

"그럼, 그 그림……."

브라이언이 망설이다가 다시 아랫입술을 핥았다. 긴장했나? 갑자기 그런 것 같았다. 이제껏 그게 가능한 일인 줄 몰랐다. 브라이언이 긴장했다고 생각하니 나도 덩달아 불안해졌다. 브라이언은 또다시 혀로 아랫입술을 쓸었다. 긴장하면 나타나는 버릇인가? 나는 마른침을 삼켰다. 이제는 브라이언이 혀를 내밀길 기대하기에 이르렀다. 지금 브라이언도 내 입을 바라보고 있나? 그래도 못 참겠다. 나도 혀로 아랫입술을 축였다.

브라이언이 몸을 틀더니 조약돌 몇 알을 연달아 빠르게 던졌다. 그 기계적인 손목 놀림에 돌멩이들이 수면을 통통 스치며 날아갔다. 나는 브라이언의 목에서 맥박이 뛰는 걸 지켜봤다. 브라이언이 산소를 이산화탄소로 바꾸는 걸 지켜봤다. 브라이언이 살아 숨 쉬는 걸 지켜보고 또 지켜봤다. 브라이언이 문장을 완성하긴 할까? 과연? 몇 세기의 정적이 더 흘렀다. 공기가 좀 더 팽팽하고 활기를 띠었다. 아까 브라이언이 잠재운 분자들이 한꺼번에 깨어나는 듯했다. 불현듯 브라이언이 말하는 그림이 어제 본 나체화를 뜻하는 건가 싶었다. 그거였나? 생각이 쏜살같이 달려 나갔다.

"그 영국 남자 그림?" 으악, 꼭 어린애가 앙앙대는 것 같잖아. 왜 자꾸 새된 소리가 튀어 나가는 거야?

브라이언이 목울대를 꿀렁이더니 날 향해 고개를 돌렸다.

"아니, 네가 머릿속에 그리는 그림을 종이에도 옮기나 궁금해서."

"가끔." 내가 대답했다.

"그럼, 그것도 옮겼어?" 브라이언의 두 눈이 내 허를 찌르고 어떤 그물에 포박했다. 갑자기 그의 이름을 부르고 싶었다.

"어떤 거?" 나는 머뭇거리며 물었다. 가슴이 콩닥콩닥했다. 나는 브라이언이 무슨 그림을 말하는지 알았다.

"그 있잖아……."

브라이언이 아랫입술을 핥았다.

"나."

나는 홀린 듯이 스케치북을 꺼내 들고 페이지를 휙휙 넘겨 그를 찾았다. 마지막 버전. 그것을 브라이언의 손에 쥐여주고서 두 눈이 위아래로, 아래위로 움직이는 걸 지켜봤다. 맘에 드는지 아닌지 가려내려고 열을 올렸다. 알 수 없었다. 그래서 브라이언의 동공을 통해 그림을 보는데 불현듯 '오우, 안 돼. 그냥 죽여줘' 하는 느낌이 밀려들었다. 내가 그려낸 브라이언은 전속력으로 마법의 벽에 충돌하고 있었다. 학교 애들에게 그려주는 인물화와는 전혀 달랐다. 아무도 친구를 그런 식으로 그리지 않는다는 걸 공포와 함께 깨달았다. 현기증이 났다. 그림 속 모든 선과 각도와 색채는 내가 그 애를 얼마나 좋아하는지 외치고 있었다. 비닐에 둘둘 싸인 듯 숨이 막혔다. 그리고 브라이언은 여전히 아무 말이 없었다. 한마디도!

나는 차라리 내가 말이었으면 했다.

"억지로 좋아할 필요는 없어." 마침내 내가 스케치북을 향해 손을 뻗으며 말했다. 머리가 터질 것 같았다. "별거 아니야. 난 아무나 다 그리거든." 말을 멈출 수 없었다. "아무거나 다 그려. 쇠똥구리, 감자, 물에 떠내려가는 나무, 흙더미, 삼나무 그루터기……."

"장난해?" 브라이언이 내 말을 끊으며 스케치북을 움켜쥐었다. 이번에는 브라이언의 얼굴이 달아오를 차례였다. "완전 맘에 들어."

브라이언은 말을 멈추었다. 숨 쉬는 속도가 빨랐다.

"나 완전 쩌는 북극광처럼 보여."

그게 뭔지는 모르겠지만, 목소리로 보아 아주 멋진 것 같았다.

내 가슴 속 회로에 불이 들어왔다. 있는 줄도 몰랐던 회로였다.

"내가 말이 아니라서 다행이야!" 나도 모르게 소리 내어 말했다.

"뭐라고?"

"아니야. 아무것도." 나는 침착하려 애썼다. 미소 지으려 애썼다. 그나저나 하늘이 원래 이렇게 다홍빛이었나?

브라이언은 어제처럼 웃음을 터뜨렸다.

"넌 지금껏 내가 본 사람 중에 가장 이상해. 방금 정말 말이 아니라서 다행이라고 한 거야?"

"아니." 나는 웃지 않으려고 애쓰다가 실패했다. "나는—." 한마디도 더 못 꺼내서 어떤 목소리가 이 완벽한 순간을 깨부쉈다.

"와, 그림 좋네!"

나는 얼어붙었다. 그 조롱 섞인 말이 어떤 하마 주둥이에서 나오는지 단박에 알아차렸다. 나는 저놈이 나한테 추적 장치를 달았다고 장담한다. 그게 아니면 설명이 안 되니까.

게다가 유인원과 함께였다. 일명 빅풋. 적어도 제퍼는 없었다.

"퐁당할 준비됐어, 또라이?" 프라이가 말했다.

그 말은 내게 세상 반대편까지 내달려야 한다는 신호였다.

나는 **도망쳐야 해**, 하고 브라이언에게 텔레파시를 보냈다.

그러나 힐끗 옆을 보니 브라이언의 얼굴은 단단히 굳어있었고, 나는 도망치는 게 그 애의 방식이 아니라는 걸 알 수 있었다. *진심* 낭패였다. 나는 마른침을 삼켰다.

나는 "꺼져, 이 지지리 끔찍한 소시오패스들아!"라고 외쳤으나 현실에선 완벽한 침묵으로 나왔다. 그래서 이번에는 산 전체를 들썩여 봤다. 놈들은 꼼짝도 하지 않았다.

내 온몸과 마음은 한 가지 소원에 집중했다. *부디 브라이언 앞에서 굴욕당하지 않기를.*

프라이의 관심이 나를 떠나 브라이언에게 향했다. 놈이 씩 웃었다.

"멋진 모자네."

"고마워." 브라이언은 북반구의 대기를 몸에 두른 사람처럼 차갑게 대꾸했다. 브라이언은 고장 난 우산이 아니다. 그건 분명하다. 이 쓰레기 중의 상쓰레기들을 조금도 두려워하지 않는 눈치였다.

프라이가 눈썹을 치켜올리자 기름기 가득한 거대한 이마가 울퉁

불퉁한 지형도로 바뀌었다. 놈의 사이코패스적 흥미가 브라이언을 향한 것이다. 좋아. 나는 빅풋을 살폈다. 놈은 자이언츠 야구모자를 쓴 콘크리트 덩어리였다. 상의 주머니 깊숙이 밀어 넣은 손은 옷감 아래 수류탄처럼 보였다. 오른 손목의 두께가 상당했다. 아마 주먹은 내 얼굴만 할 것이다. 이제껏 실제로 주먹에 맞아본 적은 없다. 그저 어깨를 떠밀릴 뿐이었다. 상상해 봤다. 충격으로 두개골과 함께 폭발하는 그림들을.

자화상 〈퍽〉

"그래서, 너희 호모들 오붓하게 소풍 온 거냐?" 프라이가 브라이언에게 물었다. 내 온몸의 근육이 바싹 조여들었다.

브라이언은 천천히 일어났다.

"사과할 기회를 줄게."

목소리는 차갑게 가라앉았는데 두 눈은 정반대였다. 브라이언은 바위 보트의 경사면 덕분에 우리 모두를 내려다봤다. 운석 가방이 옆구리에 묵직하게 매달려 있었다. 나도 일어서야 하는데 두 다리를 찾을 수 없었다.

"뭘 사과해? 호모를 호모라고 부른 거?" 프라이가 말했다.

빅풋이 웃음을 터뜨렸다. 땅이 울렸다. 바다 건너 타이베이까지.

내 눈에 프라이의 흥분이 보였다. 이 근방에서 놈에게 시비를 거는 사람은 아무도 없었다. 특히 나처럼 귀가 달렸을 때부터 놈에게 호모와 쪼다와 기타 등등으로 불린 어린 찌질이들은 더욱.

"너한텐 그게 재밌나 보지? 난 아니거든."

브라이언이 한 발짝 뒤로 물러나 좀 더 고지에 섰다. 뭔가 다른 존재로 변하고 있었다. 다스 베이더? 어느새 '평안의 기운'이 검지로 빨려 들어가고 이제 브라이언은 사람의 간을 먹는 존재처럼 보였다. 그것도 눈알과 발가락을 곁들여 볶아 먹는 무시무시한 존재.

증오가 브라이언 주위를 파도처럼 너울댔다.

나도 새로운 뭔가를 시도하고 싶었으나 심호흡하고 팔짱을 끼는 게 고작이었다. 지난 몇 초간 내 팔뚝은 더 가늘어지고 가슴은 한층 쪼그라들었다. 그래도 최대한 위협적으로 보이려고 애쓰면서 용기를 끌어모으고자 악어와 상어와 검은 피라냐를 떠올렸다. 소용없었다. 그래서 벌꿀오소리를 떠올렸다. 체급을 막론하고 지구상에서 가장 괴팍한 생명체! 작고 복슬복슬한 반전의 살인마. 나는 미간을 찌푸리고 입을 꾹 다물었다.

그때 최악의 일이 벌어졌다. 프라이와 빅풋이 날 보고 웃기 시작한 것이다.

"오오오오, 무섭잖아, 또라이." 프라이가 조롱했다. 빅풋은 팔짱을 끼며 내 흉내를 냈다. 프라이도 그게 우스운지 냉큼 따라했다. 나는 이대로 쓰러져 영영 못 일어날까 봐 숨을 참았다.

"이제 둘이 사과하고 갈 길 갈 때가 된 것 같은데." 등 뒤에서 브라이언의 목소리가 들렸다. "안 그러면 나도 다음 일을 책임질 수 없어."

나는 몸을 휙 돌렸다.

미친 건가? 설마 자기 몸집이 프라이의 절반, 빅풋의 삼 분의 일이라는 걸 눈치 못 챘나? 내가 나라는 건? 혹시 남몰래 기관총이라도 갖고 다니나?

그러나 바위 위에 아슬아슬하게 서서 우릴 내려다보는 브라이언은 무심해 보였다. 이 손에서 저 손으로 돌을 던지고 받았다. 여전히 내 주머니에 있는 것과 비슷한 돌이었다. 우리는 모두 그 돌이 두 손바닥 사이를 오르락내리락하는 걸 지켜봤다. 손은 거의 움직이지도 않아서 꼭 염력으로 튕기는 것 같았다.

"그래서 안 가겠다는 거지?"

브라이언이 자기 두 손에게 말하더니 고개를 들어 프라이와 빅풋을 보았다. 그 와중에도 돌이 오락가락하는 리듬은 깨지지 않았다. 굉장했다.

"한 가지만 알고 싶어."

브라이언은 느리고 신중하게 미소 지었다. 하지만 목의 힘줄은 사납게 펄떡여서 그 입에서 나오는 다음 말이 우릴 죽일 것만 같았다.

프라이가 빅풋을 힐끗 쳐다봤다. 둘은 짧은 시선 교환으로 브라이언과 나의 시체를 어떻게 처리할 것인지 암묵적으로 합의했다.

나는 다시 숨을 참았다. 나를 포함한 세 사람은 춤추는 돌에 시선을 빼앗긴 채 브라이언이 말하길 기다리고 있었다. 다가올 폭력의 전조로 공기가 지글지글 끓었다. 진짜 폭력 말이다. 병원 침대에 붕대를 칭칭 감고 누워 빨대로 음식을 먹어야 하는 종류의 폭력, 텔레비전 화면으로만 봐도 속이 메스껍고 머리가 지끈거리는, 하지만 아빠가 옆에 있다면 음 소거도 못 하고 그저 견딜 수밖에 없는 종류의 폭력. 나는 그래디 선생님이 미술실에 있는 내 그림들을 엄마에게 전해줬으면 했다. 내 장례식에 전시할 수 있게. 내 처음이자 마지막 미술 전시회.

인물화, 자화상 〈브라이언과 노아가 여기 나란히 잠들다〉

일단 주먹을 말아 쥐는데 엄지를 넣고 쥐어야 하는지 그냥 빼 둬야 하는지 기억이 안 났다. 아빠는 왜 나한테 레슬링을 가르친 거야? 레슬링 따위를 누가 한다고? 주먹 쥐는 법이나 가르쳐 줄 것이지. 그보다 손가락은 괜찮을까? 이 상황이 끝나면 다시 그림을 그릴 수 있을까? 피카소도 살면서 한두 번쯤 주먹다짐을 해봤을 거야. 고흐와 고갱은 서로 치고받고 싸웠잖아. 괜찮을 거야. 괜찮고말고. 멍든 눈도 어떻게 보면 멋져. 알록달록하고.

그 순간 브라이언이 춤추는 돌멩이를 공중에서 휙 잡아채며 시간을 멈췄다.

"내가 알고 싶은 건……." 브라이언은 한 마디 한 마디 끄집어내듯 말했다. "도대체 누가 너희를 우리에서 풀어놓은 거야?"

"들었냐?" 프라이가 빅풋에게 말했다. 빅풋은 알아들을 수 없는 빅풋어를 내뱉었다. 놈들이 달려들었다.

내가 할머니 스위트와인에게 곧 뵙겠다고 중얼거릴 때였다. 브라이언의 팔이 채찍처럼 움직이는가 싶더니 곧 프라이가 손을 귀에 냅다 올려붙이며 울부짖었다.

"뭐야, 씨발?"

이번에는 빅풋이 꽥 악을 쓰며 머리를 감쌌다. 나는 획 뒤를 돌았다. 브라이언의 손은 가방 안에 있었다. 프라이가 확 쭈그려 앉자 빅풋이 뒤를 이었다. 운석이 날아들었기 때문이다. 비처럼 퍼붓고, 우박처럼 쏟아졌기 때문이다. 운석들은 놈들의 두개골을 향해 음속, 아니, 광속으로 쉭쉭 날아갔다. 매번 머리카락을 스칠 정도로 가까웠다. 살짝만 어긋나도 뇌 활동을 영구적으로 멈출 수 있을 만큼.

"그만!"

빅풋이 비명을 질렀다. 하늘의 부스러기가 초고속으로 허공을 가르는 동안 둘 다 몸을 배배 꼬고 깡충깡충 뛰며 팔로 머리를 감쌌다. 브라이언은 기계였다. 기관총이었다. 한 번에 두 개, 세 개, 네 개를 언더핸드로, 오버핸드로, 양손으로 던졌다. 팔이 안 보일 정도였다. 각 돌, 각 별은 겨우 스칠 정도로 프라이와 빅풋의 대가리에 빗맞았다. 어느새 둘 다 머리를 감싸고 땅바닥에 웅크린 채 "제발, 그만해"라고 외쳤다.

"미안한데, 사과를 아직 못 들었거든." 돌 하나가 프라이의 머리를 아슬아슬하게 빗나가자 나도 모르게 눈살을 찌푸렸다. 그러고도 몇 발 더 이어졌다. "실은 두 번 해야 해. 하나는 노아한테, 하나는 나한테. 진심으로."

"미안. 이제 그만해." 프라이가 완전히 넋이 나가서 말했다. 하나쯤 명중했을지도.

"진심이 안 느껴지는데." 그러자 운석 따발총이 시속 10억 킬로미터로 놈들의 두개골을 향해 날아갔다.

"미안해, 노아. 미안해, 누군진 모르지만."

"브라이언."

"미안, 브라이언!"

"어때, 사과를 받아줄 거야, 노아?"

나는 고개를 끄덕였다. 이로써 신과 그의 아들은 브라이언의 뒷 순위로 밀렸다.

"그럼 이제 썩 꺼져. 이제부터는 그 두꺼운 두개골들을 일부러 빗 맞히지 않을 테니까."

그렇게 팔을 헬멧 삼아 유성우를 막으며, 놈들이 우리에게서 도 망쳤다.

"투수야?" 내가 스케치북을 집어 들며 물었다.

브라이언이 고개를 끄덕였다. 나는 그의 얼굴 벽을 뚫고 새어 나 오는 반쪽 미소를 포착했다. 브라이언은 바위에서 폴짝 뛰어내려 운석을 주워 가방에 담기 시작했다. 나는 한쪽에 검처럼 세워져 있 던 자석 갈퀴를 집어 들었다. 이 남자애는 누구보다 마술적 힘을 지 녔다. 피카소나 폴록이나 엄마보다 더. 우리는 함께 도랑을 건너뛰 고 나무 사이를 헤치며 집 반대 방향으로 달리기 시작했다. 브라이 언은 나만큼 빨랐다. 점보제트기와 혜성을 따라잡을 수 있을 만큼.

"우린 이제 죽은 목숨이야, 알아?" 내가 놈들의 보복을 예상하며 소리쳤다.

"아닐걸." 브라이언이 받아쳤다.

그래, 맞아. 우리는 천하무적이야.

빛의 속도로 질주하자 어느새 땅이 물러나며 우리는 마치 계단을 뛰어오르듯 공중으로 솟구쳤다.

*

나는 스케치를 포기하고 눈을 감은 채 책상 의자에 기대어 앉았다. 머릿속으로 그릴 수 있었다. 번개처럼 달리는 브라이언을.

"뭐야? 이제 명상이라도 해? 스와미◉ 스위트와인이라니 입에 짝짝 붙네."

나는 눈을 번쩍 떴다.

"저리 가, 주드."

"이번 주 내내 어디 갔었어?"

"아무 데도 안 갔어."

"그럼 뭐 했는데?"

"아무것도 안 했어."

브라이언이 프라이와 빅풋에게 운석 세례를 퍼부은 그날부터 매일 아침, 그러니까 이제껏 다섯 번의 아침, 나는 완전히 넋이 빠진 채로 옥상에서 목을 몇 미터나 빼 들고 브라이언의 집 차고가 열리기를 기다렸다가 그와 함께 숲속으로 뛰어들어 비현실이 되었다. 더 정확히 묘사할 방법이 없다.

인물화, 자화상 〈펄쩍 뛰어오른 채로 멈춘 두 소년〉

"그래서 브라이언은 착해?"

◉ 힌두교 지도자와 학자를 통칭하는 말. 미국에서는 요가 수행자를 지칭하는 말로도 쓰인다.

나는 눈을 떴다. 이제 주드도 그 이름을 안다. 이제 *완전 별종*이 아니라는 건가? 주드는 연두색 파자마 바지와 쨍한 분홍색 탱크톱 차림으로 문틀에 기대어 있었다. 해변 판자 산책로에서 파는 회오리 무늬 막대 사탕처럼 보였다. 평소에도 흐린 눈으로 보면 많은 여자애들이 막대 사탕을 닮았다.

주드는 손을 들어 자신의 반짝이는 보라색 손톱 다섯 개를 살폈다. "다들 걔 얘길 하더라고. 야구 신이라는 둥 메이저 리그에 진출할 거라는 둥. 프라이 사촌이 여름방학 동안 여기 와있는데 걔 동생이 동부에서 브라이언이랑 같은 학교에 다닌대. 거기서 브라이언 별명이 '도끼'라나 뭐라나."

나는 웃음을 터뜨렸다. 도끼. 브라이언이 도끼라고 불린다니! 나는 페이지를 넘겨 그것을 그리기 시작했다.

그래서 보복이 없었나? 며칠 전 프라이는 내가 라스칼과 대화하고 있을 때 날 지나쳤다. 그런데 내가 오리건주까지 도망칠 생각을 하기도 전에 날 쏘아보며 "또라이 새끼"라고 한 게 끝이었다.

"그래서?" 주드가 다시 물었다. 오늘 밤 주드의 머리카락은 유독 피에 굶주려 보였다. 방 여기저기를 쿵쿵대고, 가구를 들쑤시고, 의자 다리를 덩굴처럼 타고 올라가 벽 위로 마구 뻗쳤다. 다음 차례는 나였다.

"뭐가 그래서야?"

"착하냐고. 브라이언, 네 새 절친, 착해?"

"적당히. 남들만큼." 나는 대충 대꾸했다.

"넌 남들 안 좋아하잖아. 그럼 상징 동물은 뭔데?" 이제 주드의 목소리에 질투가 묻어나왔다. 검지로 머리카락 몇 가닥을 빙빙 돌리는데 얼마나 팽팽하게 감았는지 손가락 끝이 붉게 부풀어 올라 터질 것 같았다.

"햄스터." 내가 대답했다.

주드가 피식 웃었다.

"암, 그러시겠지. 도끼가 햄스터라니."

주드를 브라이언에게서 떨어뜨려 놔야 한다. 셔터 따위는 집어치워. 브라이언과 내 주위에 만리장성을 세울 수 있다면 당장 그렇게할 것이다.

"그래서 M은 누구야?" 나는 얼간이 위자보드가 떠올라서 물었다.

"아무도 아니야."

그렇다면야. 나는 '도끼' 그림으로 돌아갔다.

"어떻게 죽을래? 휘발유를 마시고 불붙은 성냥을 삼키는 거랑 산 채로 매장되는 것 중에서?"

"폭발. 뻔하잖아."

나는 입가에 떠오른 미소를 숨기려고 애썼다. 몇 달 동안 날 무시하더니 은근히 치근덕대는 게 고소했다.

"그래, 연습용이었어. 안 한 지 꽤 됐잖아. 그렇다면—."

창문 두드리는 소리가 났다.

"걔야? 창가에?" 주드의 목소리에 깃든 흥분이 거슬렸다. 근데, 정말? 이 밤에? 나는 브라이언에게 어느 방이 내 방인지, 즉 창문이 대로 쪽으로 나있어서 얼마나 쉽게 접근할 수 있는 방인지 수십 번쯤 지나가듯이 말했다. 왜냐하면, 글쎄, 그런 게 있다. 책상에서 일어나 창가로 가서 블라인드를 살짝 걷어 보았다. *정말 브라이언이었다. 실체이고 진짜인.* 가끔 나는 내가 모든 걸 꾸며낸 게 아닌지, 숲 한복판에서 혼자 떠들고 웃는 나를 누군가가 저 위에서 내려다보고 있는 건 아닌지 궁금했다.

방에서 나오는 불빛으로 테를 두른 브라이언은 마치 발가락을 전기 콘센트에 꽂은 것처럼 보였다. 모자를 쓰지 않아서 머리털이 온통 헝클어져 있었다. 두 눈에도 불꽃이 튀었다. 나는 창문을 열었다.

"나도 만나보고 싶어." 등 뒤에서 주드가 말했다.

싫다. 완전. 나는 주드가 깊은 구덩이에 빠졌으면 했다.

나는 창밖으로 머리와 어깨만 내밀고 창틀에 납작 엎드렸다. 주드가 바깥을 보거나 브라이언이 안을 볼 수 없도록. 찬 공기가 얼굴을 부드럽게 스쳤다.

"어이." 나는 브라이언이 밤마다 내 창문을 두드린다는 양 심드렁하게 인사했다. 하지만 내 안에서는 총기 난사가 벌어지고 있었다.

"옥상으로 가자. 지금. 드디어 맑게 갰어. 달도 없고. 은하계 대축제나 다름없다고."

진심으로, 누가 내게 '다빈치가 〈모나리자〉를 그리는 동안 그의 작업실에서 놀래, 아니면 브라이언과 함께 옥상에서 밤하늘을 볼래?' 하고 묻는다면 나는 옥상을 택할 것이다. 요전 날 브라이언이 외계인의 지구 침공을 다룬 영화를 보러 가자고 했을 때 나는 하마

터면 정신을 잃을 뻔했다. 어두운 극장에서 두 시간가량 브라이언 옆에 앉아있을 수 있다면 잭슨 폴록과의 벽화 그리기 파티도 포기할 것이다. 온종일 숲에서 단둘이 있는 것의 유일한 단점은 공간이 너무 크다는 것이다. 차라리 차 트렁크가 낫다. 아니면 골무나.

창문을 독차지하려는 노력에도 불구하고 어느새 나는 내 옆에 머리를 비집고 어깨까지 내민 주드에게 떠밀리고 있었다. 우리는 머리가 두 개인 히드라가 되었다. 주드를 보자마자 환해지는 브라이언의 얼굴을 보니 뱃멀미가 났다.

인물화 〈몸이 묶인 채 사지가 찢기는 주드〉

"안녕, 브라이언 코넬리." 끼 부리는 듯한 말투에 내 체온이 몇 도쯤 떨어졌다. 어디서 저런 말투를 배웠지?

"와, 너희 둘 진짜 안 닮았다." 브라이언이 감탄했다. "뭐 하나쯤 빼면 노아랑 판박이일 거라고 상상했는데―."

"가슴?" 주드가 끼어들었다. 브라이언에게 *가슴*이라고 말하다니! 그 전에 브라이언은 왜 주드의 생김새를 상상한 거지?

브라이언이 그 반쪽 미소를 지었다. 머리 위로 가방이라도 던져야 했다. 눈을 찡그리고 주드에게 마법을 걸기 전에. 남성용 부르카◎를 사다 씌울까? 적어도 아직 입술은 핥지 않은 것 같았다.

"음, 그래, 그거. 나라면 좀 다르게 표현했겠지만." 브라이언이 입술을 핥았다.

끝이다. 브라이언은 이제 눈까지 찡그렸다. 주드는 막대 사탕이

◎ 이슬람교도 여성이 얼굴을 비롯하여 온몸을 휘감는 데 쓰는 천이다.

다. 막대 사탕을 누가 싫어하겠는가. 그리고 내 머리는 양배추로 교체되었다.

"너도 올라와. 마침 네 동생에게 쌍둥이자리를 보여주려고 했거든. 완벽하지." 브라이언이 주드에게 말했다. *네 동생?* 난 이제 주드의 동생이야?

인물화 〈팀북투®의 새집에 있는 주드〉

주드가 '멋져!' 혹은 '끝내준다!' 혹은 '사랑해!'를 외치기 전에 나는 팔꿈치로 주드를 찔렀다. 그게 유일하게 현실적인 해결책이었다. 주드가 내 갈비뼈에 반격을 가했다. 우리는 걸핏하면 식탁 밑에서 남몰래 투덕거렸기 때문에 브라이언이 못 보게 치고받는 것쯤은 눈 감고도 할 수 있었다. 그러다가 내가 불쑥 선수를 쳤다.

"주드는 못 가. 소도지오코아 때문에 우부다소에 가야 해."

아무 음절을 모아 만든 소리를 던졌다. 브라이언의 머리에 부딪혀 그럴싸한 의미로 둔갑하길 바라며. 그리고 발작하듯 단번에 창턱으로 뛰어올라 창밖으로 개구리처럼 펄쩍 뛰어내렸다. 가까스로 브라이언을 들이받지 않고 제 발로 착지했다. 태연하게 일어나 눈을 가린 머리카락을 쓸어 넘기는데 이마가 축축했다. 곧바로 뒤돌아 창문 하단을 잡고 끌어 내렸다. 그대로 내 누나의 목을 치고 싶은 생각을 막판에 고쳐먹었다. 정말 기발한 생각이긴 했지만. 그 대신 어깨를 잡고 그 뱀 같은 노란 머리와 보라색 손톱과 반짝이는 푸른 눈망울과 탱탱볼 같은 가슴을 안으로 밀어 넣었다.

◉ 서아프리카 말리의 도시 이름. 영어권에서는 사람의 발길이 미치지 않을 만큼 먼 곳을 뜻하는 관용적 표현으로 쓰인다.

"아오, 노아. 알아들었다고. 만나서 반가워!" 주드는 내가 창문을 쾅 닫기 전에 외쳤다.

"나도." 브라이언이 손가락 관절로 유리창을 똑똑 두드리며 말했다. 주드는 다 안다는 듯 자신만만한 노크를 되돌려 주었다. 다 안다는 듯 자신만만한 미소와 함께. 마치 둘은 평생 노크로 둘만의 특별한 교신을 주고받아 온 것 같았다. 벵골 호랑이와 막대 사탕 간의 모스 부호.

브라이언과 나는 말없이 길을 걸었다. 온몸이 땀으로 흠뻑 젖었다. 느낌이 꼭 꿈에서 깬 직후 같았다. 학교 식당에서 벌거벗고 있는데 몸뚱이를 가릴만한 게 얇디얇은 냅킨밖에 없는 꿈.

브라이언이 방금 있었던 일을 한마디로 요약했다.

"넌 돌았어."

"고마워, 아인슈타인." 나는 한숨을 쉬며 웅얼거렸다.

놀랍고도 다행스럽게, 브라이언이 웃기 시작했다. 분수처럼, 산더미처럼.

"완전 돌았어." 브라이언이 손날로 허공을 내리치는 시늉을 했다. "진짜로, 난 네가 걔를 창문으로 두 동강 내는 줄 알았잖아!"

브라이언은 자기 말에 빵 터졌다. 나도 덩달아 웃음을 터뜨렸다. 멀리서 프로핏이 기름을 부었다. "랠프는 어딨어? 랠프는 어딨어?"

"맙소사. 저 망할 새. 어서 랠프를 찾아내야 해. 당장. 국가 비상사태야." 브라이언이 두 손으로 머리를 감싸며 말했다.

주드가 함께 오지 않은 것을 조금도 아쉬워하지 않는 눈치였다.

혹시 다 내가 상상한 것 아닐까? 주드를 보자마자 얼굴이 밝아진 게 아니라면? 주드의 가슴 발언에 얼굴을 붉힌 게 아니라면? 애초에 막대 사탕을 좋아하지도 않는다면?

"그나저나, 도끼?" 한결 마음이 가뿐해진 내가 물었다.

"이런. 소문도 빠르네." 투덜거리는 목소리에 당혹감과 자부심이 섞여있었다. 브라이언이 오른팔을 들었다. "누구도 감히 도끼를 건드리지 않지."

그 도끼가 내 어깨를 툭 밀쳤다. 환한 가로등 아래였다. 부디 이 접촉으로 인해 내 안에서 벌어지는 일이 얼굴에 드러나지 않길 바랐다. 브라이언이 날 만진 것은 처음이었다.

나는 브라이언을 따라 옥상으로 올라갔다. 어깨가 아직도 찌릿찌릿했다. 사다리가 하늘까지 이어졌으면 했다. **인물화, 자화상 〈두 소년에서 탈피하는 두 소년〉** 나는 올라가는 동안 식물들이 자라는 소리를 들을 수 있었다. 내 안에서 질주하는 피를 느낄 수 있었다.

그리고 야래향 꽃향기가 우리를 에워쌌다.

할머니 스위트와인은 야래향 향기를 들이마시면 자기도 모르게 비밀을 몽땅 털어놓게 된다고 했다. 피의자에게 거짓말 탐지기를 연결하느니 야래향 한 다발을 쥐여주는 게 범인 색출에 더 유리할 거라면서. 나는 이 작은 허풍만큼은 진실이었으면 했다. 브라이언의 비밀을 알고 싶었다.

옥상에 도착하자 브라이언이 주머니에서 손전등을 꺼내 망원경이 놓인 곳까지 가는 길을 비췄다. 빛이 흰색이 아니라 붉은색이라

야간 활동에 제격이라고 했다. 우리의 야간 활동!

브라이언이 망원경 발치에 놓인 가방 위로 몸을 수그리고 있는 동안 나는 우렁찬 바닷소리에 귀를 기울였다. 그 끝없고 차디찬 어둠 속에서 헤엄치는 모든 물고기를 상상하면서.

"난 물고기는 못 될 거야." 내가 말했다.

"나도 그래." 브라이언이 대답했다. 양손으로 가방을 뒤지느라 손전등을 입에 물고 있어서 말이 다소 어눌하게 나왔다.

"뱀장어라면 모를까. 전기를 뿜어내는 신체 부위가 있다면 멋질 텐데. 안 그래? 네 머리카락처럼." 내가 평소처럼 혼잣말하듯이 소리 내어 말하고 있다는 사실에 뒤늦게 흠칫 놀랐다.

손전등 사이로 억눌린 듯한 웃음소리가 행복탄처럼 날아와 내 심장에 박혔다. 어쩌면 내가 늘 말수 없는 애였던 건 모든 걸 말할 수 있는 유일한 사람을 이제야 만났기 때문일지도 모른다. 브라이언은 가방에서 책을 한 권 꺼내고 일어나서 책장을 휙휙 넘겼다. 펼쳐진 책을 내게 내밀더니 그 위에 손전등을 비추기 위해 아주 바짝 다가왔다.

"여기. 쌍둥이자리." 브라이언의 머리카락이 내 뺨, 내 목에 닿았다.

울기 직전과 같은 느낌이 들었다.

"저 별은 카스토르야. 그 옆은 폴룩스. 쌍둥이자리의 우두머리들이지." 브라이언은 밤하늘을 가리키더니 주머니에서 펜을 꺼내 책 위에 표시하기 시작했다. 야광 펜이었다. 멋져. 별과 별 사이를 이으니 엇비슷한 두 개의 막대처럼 보였다.

브라이언의 샴푸 냄새와 땀 냄새가 느껴졌다. 나는 숨을 깊이, 소리 없이 들이마셨다.

"그리스신화에서 둘은 쌍둥이 형제야. 카스토르는 인간이고 폴룩스는 불사신이지."

남자 둘이 이렇게 가까이 서있기도 하나? 평소에 좀 유심히 봐둘걸. 나도 모르게 손가락이 떨리고 있었다. 그 손가락이 허공을 가로질러 브라이언의 손목이나 목을 만지지 않으리라고 100퍼센트 장담할 수 없기에 안전을 위해 손을 감옥으로 미끄러뜨렸다. 브라이언이 준 돌에 손가락을 감았다.

"카스트로가 죽었을 때, 폴룩스는 그가 너무 그리워서 불사의 몸은 필요 없으니 카스토르와 함께하게 해달라고 제우스에게 빌었어. 그래서 둘이 밤하늘에 나란히 오르게 된 거야."

"나라도 그럴 거야. 미련 없이."

"그래? 쌍둥이만의 그런 건가. 아까 창문 다루던 걸 보면 결코 모를 일이지만." 브라이언이 말했다.

나는 얼굴이 달아올랐다. 그야, 내가 의미한 건 주드가 아니었으니까. 나는 브라이언과 내 불멸을 공유할 것이다. *너한테 한 말이야*, 라고 외치고 싶었다.

브라이언이 망원경 위로 몸을 숙여 뭔가를 조정했다. "쌍둥이별은 항해자의 수호신이야. 옛날 선원들 눈에 '세인트 엘모의 불'로 보였던 거지. 그게 뭔지 알아?" 브라이언은 대답을 기다리지 않고 아인슈타인 모드로 말을 이었다. "기상 현상이야. 전하 입자가 분리되어 전기장을 만들면 발광 플라스마가 생성되는데, 이는 결국 코로나 방전을 일으켜서—."

"와우."

내 반응에 브라이언이 씩 웃더니 이해할 수 없는 말들을 계속했다. 요점은 알아들었다. 쌍둥이는 주변이 불길에 휩싸이게 한다. 브라이언이 돌아서서 내 얼굴에 손전등을 비추었다.

"그런 일이 일어나다니 말이 안 되지. 근데 일어나. 항상."

브라이언은 여러 자아가 담긴 자루 같았다. 아인슈타인 버전, 대담한 운석 날리기의 신, 미친 듯이 웃는 남자, 그리고 도끼! 그게 다가 아니다. 나는 안다. 감춰진 것들, 더욱 진실한 것들이 있다. 그게 아니라면 숨겨진 얼굴이 그리 걱정스러워 보일 리 없지 않은가?

나는 손전등을 뺏어 들고 브라이언의 얼굴에 비추었다. 바람이 불어와 브라이언이 입은 셔츠의 가슴께가 파르르 떨렸다. 그 잔물결을 내 손으로 눌러 펴고 싶었다. 너무나 그러고 싶어서 입 안이 바짝 말랐다.

이제 빤히 바라보는 건 나뿐만이 아니었다.

"야래향 향기를 맡으면 누구나 비밀을 털어놓게 된대." 나는 속삭이듯 말했다.

"이게 야래향이야?" 브라이언이 향기를 일으키듯 손을 휘저으며 물었다.

나는 고개를 끄덕였다. 손전등 빛이 브라이언의 얼굴을 밝혔다.

이건 심문이다.

"왜 내게 비밀이 있다고 생각하는데?" 브라이언이 팔짱을 꼈다.

"비밀 없는 사람도 있어?"

"그럼 너 먼저 하나 말해 봐."

나는 적당히 무해하면서 브라이언에게서 쏠쏠한 것을 끄집어낼 만한 비밀을 골랐다.

"난 사람들을 염탐해."

"누구?"

"음, 아무나. 그림을 안 그릴 때는 나무나 덤불 틈이나 옥상에서 쌍안경으로 사람들을 엿보지."

"걸린 적 없어?"

"있어. 두 번. 둘 다 너한테."

브라이언이 살짝 웃었다.

"그럼…… 날 염탐한 적은?"

그 질문에 숨이 턱 막혔다. 실은 면밀한 조사 끝에 브라이언의 방은 염탐 불가라는 사실을 확인했다.

"없어. 네 차례야."

"좋아. 난 수영을 못 해." 브라이언이 바다 쪽을 가리켰다.

"정말?"

"어. 물이 싫어. 생각만 해도 싫어. 목욕탕도 무섭고 상어도 무서워. 여기 사는 것도 무서워. 이제 네 차례."

"난 스포츠가 싫어."

"하지만 넌 빠르잖아."

나는 어깨를 으쓱했다. "네 차례."

"좋아." 브라이언이 아랫입술을 핥고서 천천히 말을 내뱉었다. "난 밀실 공포증이 있어. 이제 우주비행사는 완전 물 건너갔어."

"원래는 없었어?"

"어."

브라이언이 시선을 돌린 아주 잠깐 사이 나는 그의 내면을 다시 포착했다.

"네 차례야."

나는 손전등을 껐다.

내 차례. 내 차례. 내 차례. *내 두 손을 네 가슴에 대고 싶어. 너와 골무 속에 있고 싶어.*

"난 아빠 차를 긁은 적 있어." 내가 말했다.

"난 학교에서 망원경을 훔쳤어."

손전등을 끄니 훨씬 쉬웠다. 사과가 나무에서 떨어지듯이 말들이 어둠 속에서 툭툭 떨어졌다.

"난 길 건너 사는 라스칼이랑 대화해. 라스칼은 갈기가 멋진 말이야."

어둠 속에서 브라이언의 미소가 잠시 스쳤다.

"우리 아빠는 집을 나갔어."

나는 멈칫했다.

"난 우리 아빠도 그랬으면 좋겠어."

"아니, 아닐걸. 진짜 엿 같아. 우리 엄마는 온종일 '로스트커넥션 닷컴'이라는 사람 찾는 웹사이트에 글 쓰느라 바빠. 완전 한심해." 브라이언의 목소리는 진지했다.

잠시 정적이 흘렀다.

"아, 또 내 차롄가? 난 항상 머릿속으로 수학 문제를 풀어. 마운드에 섰을 때도."

"지금도?"

"지금도."

"내가 머릿속으로 그림을 그리듯이?"

"어, 비슷하겠다."

"난 내 실력이 구릴까 봐 겁나."

내 말에 브라이언이 피식 웃었다.

"나도."

"더럽게 구릴까 봐."

"마찬가지야." 브라이언이 맞장구쳤다.

우리는 잠시 침묵을 지켰다. 바다가 우리 밑에서 우르릉거렸다. 나는 눈을 감고 심호흡했다.

"난 키스해 본 적 없어."

"한 번도? 그러니까, 아무랑도?"

그 말이 그 말 아닌가?

"아무랑도."

그 순간이 이어지고 이어지고 이어지다…… 툭 끊겼다.

"우리 엄마 친구가 나한테 들이댄 적 있어."

헐. 나는 손전등을 다시 그의 얼굴로 돌렸다. 브라이언은 당황스러운 기색으로 눈을 깜빡였다.

"그 사람 몇 살인데? 얼마나 가까이 들이댔는데?" 실제로 묻고 싶은 말은 따로 있었다. 그 사람이 여자야, 남자야?

"엄마 또래는 아니야. 충분히 가까이 들이댔지. 딱 한 번이었어. 별거 아냐." 브라이언은 내 손에서 손전등을 뺏어 들고 다시 망원경으로 돌아갔다. 대화 종료였다. 별거 아니라니. 나는 아직 *충분히 가까이*에 대해 궁금한 점이 산더미인데. 질문들을 속으로 삭였다.

브라이언의 몸이 머물렀던 찬 공기 속에서 얼마간 기다렸다.

"좋아, 다 준비됐어."

나는 망원경에 다가가 접안렌즈를 들여다봤다. 밤하늘의 모든 별이 내 머리 위로 쏟아졌다. 마치 우주에서 샤워하는 것 같았다. 숨이 막혔다.

"놀랄 줄 알았어." 브라이언이 말했다.

"맙소사. 가엾은 반 고흐. 〈별이 빛나는 밤〉은 훨씬 더 멋질 수 있었는데."

"그럴 줄 알았다니까! 내가 예술가였다면 완전 돌아버렸을 거야."

붙잡을 게 필요했다. 브라이언 말고. 나는 망원경의 한쪽 다리를 잡았다. 이제껏 나에게 무언가를 보여주려고 이렇게까지 흥분한 사람은 없었다. 엄마도 이 정도는 아니었다. 게다가 방금 한 말은 나를 예술가라고 부른 거나 다름없었다.

자화상 〈공기 속으로 공기를 한 아름 내던지다〉

브라이언이 내 뒤로 다가왔다.

"좋아, 이제 이걸 봐. 정신 단단히 붙들어 매고."

브라이언이 내 어깨 위로 몸을 기대며 어떤 레버를 끌어내리자 별들이 더욱 가까이 몰려왔다. 브라이언의 말은 괜한 우려가 아니었다. 나는 정신을 잃어가고 있었다. 별들 때문은 아니었다.

"쌍둥이 보여? 우측 상단에 있어."

아무것도 보이지 않았다. 눈을 감았으니까. 내가 우주에 대해 알고 싶은 모든 것은 이 옥상에서 일어나고 있었다. 뭐라고 대답해야 브라이언이 레버에서 손을 떼지 않을까? 내게 이만큼, 숨결이 목덜미에 느껴질 만큼 가까이 머물게 할 수 있을까? 보인다고 하면 뒤로 물러설 테고, 안 보인다고 하면 아마 망원경을 재조정하느라 이대로 1분쯤 더 있을 수 있을 것이다.

"안 보이는 것 같은데." 내 목소리는 거칠고 떨렸다.

정답이었다. 브라이언이 "그래? 잠깐만" 하며 레버를 재조정하자 별들뿐 아니라 숨결도 더 가까워졌다.

심장이 멎었다.

내 등 뒤에 브라이언의 가슴이 있었다. 뒤로 살짝만 기대면 품에 안길 수 있을 것이다. 이게 영화라면(한 번도 본 적 없는 영화도 쳐준다면), 브라이언의 두 팔이 내 몸을 뒤덮을 것이다. 분명 그럴 것이다. 그 상태에서 내가 몸을 틀면 우리는 뜨거운 왁스처럼 함께 녹아내릴 것이다. 그 장면이 머릿속에 생생히 벌어졌다. 나는 꼼짝도 하지 않았다.

"어때?" 브라이언이 말을 숨처럼 내뱉었다. 나는 그 순간 브라이언도 그걸 느낀다는 걸 깨달았다. 하늘에 올라 별이 된 두 남자가 배를 난파시키고 불길에 휩싸이게 하듯, 아무런 경고도 없이 그렇게. 문득 브라이언이 한 말이 떠올랐다. *그런 일이 일어나다니 말이 안 되지. 근데 일어나.*

근데 일어나.

지금 우리에게도.

"가야겠어." 나는 무력하게 말했다.

온몸의 모든 세포가 마음과 정반대의 말을 하게 만드는 것은 과연 뭘까?

"그래, 알았어." 브라이언이 대답했다.

*

다음 날 오후, 브라이언과 내가 숲에서 막 나왔을 때 말벌들, 즉 코트니 배럿, 클레멘타인 코헨, 룰루 멘데스, 헤더 아무개 등이 오솔길 어귀의 큰 바위 위에 옹기종기 모여있었다. 우리를 발견하자마자 코트니가 상석에서 뛰어내려 양손을 허리께에 얹고 섰다. 이 분홍 비키니 차림의 인간 바리케이드 때문에 나는 사람들이 심해어인 블로브피시를 오해하고 있다는 얘기를 중단해야 했다. 세발가락나무늘보에 가려져 빛을 못 볼 뿐이지 세상에서 가장 쓸모없는 동물이라는 얘기였다. 그에 앞서 브라이언은 인터넷에서 읽은 크로아티아의 자석소년 이야기를 들려주었다. 가족과 친구들이 소년에게 동전을 던지면 그대로 몸에 달라붙는다고 했다. 심지어 프라이팬까지. 브라이언은 그것이 어떻게 가능한지 외계어로 설명했고 나는 설명을 제대로 따라가지 못했다.

"안녕." 코트니가 말했다. 다른 말벌들보다 한 살 많아서 내년에 고등학교에 들어가는 코트니는, 따라서 브라이언과 동갑이다. 코트니의 미소는 새빨간 입술과 하얗게 빛나는 치아, 그리고 불길함의 삼위일체였다. 머리에 달린 더듬이가 브라이언을 곧장 겨누었다.

"와우! 그 시시한 모자 밑에 *그런* 눈을 숨기고 있었어?" 코트니의 비키니 상의, 즉 천 두 조각과 끈 하나로 이루어진 물건은 상체를 극히 일부만 가리고 있었다. 코트니는 목둘레의 끈을 잡아당겨 그 아래 감춰져 있던 흰 선을 드러냈다. 그리고 그 끈을 기타 줄 퉁기듯 퉁겼다.

나는 그것을 지켜보는 브라이언을 지켜봤다. 그리고 코트니가 브라이언의 넓은 가슴 위로 물처럼 흐르는 티셔츠, 햇볕에 그을린 투수 팔뚝, 아주 멋지게 벌어진 앞니, 그리고 말벌 머리로는 도저히 표현할 수 없는 오묘한 색깔의 눈동자를 차례로 훑는 것을 지켜봤다.

"내 행운의 모자를 대신해 기분 나빠해도 될까?" 브라이언의 매끄럽지도, 평온하지도 않은 목소리가 내 고막을 찔렀다. 또 다른 브라이언이 등장하려 하고 있었다. 직감상 내가 좋아하지 않을 만한 버전이 분명했다.

생각해 보니 주드도 가끔 이랬다. 누구와 함께 있느냐에 따라 자아가 바뀌었다. 두꺼비가 피부색을 바꾸듯이. 어째서 나는 항상 나일까?

코트니는 가식적으로 입을 삐쭉였다. "기분 나쁘게 할 생각은 없었어."

코트니는 비키니 끈을 놓고 긴 손가락 두 개로 브라이언의 모자 테두리를 살짝 튕겼다. 손톱이 주드와 같은 보라색이었다.

"왜 행운의 모자야?" 코트니가 고개를 갸우뚱하고 물었다. 세상 만물이 자기 쪽으로 기울도록. 의심의 여지가 없다. 이 여자애가 주드에게 끼 부리는 법을 전수한 것이다. 가만, 주드는 어딨지? 이 매복 공격에 동참하지 않고?

"이걸 쓰면 좋은 일이 생기기 때문이지."

브라이언이 이 말을 할 때 10억분의 1초라도 나를 봤을까? 하지만 그럴 가능성은 극히 희박했다. 세계 평화나 한여름의 눈보라나 파란색 민들레나 어젯밤 옥상에서 일어난 일처럼. 혹시 나 혼자 상상한 건 아닐까? 나는 어젯밤을 떠올릴 때마다, 그러니까 온종일 10초에 한 번꼴로 속으로 기절했다.

바위 위에서 CSA의 여자 모델과 비슷한 포즈를 한 클레멘타인이 코트니와 똑같은 말벌 사투리를 쏟아냈다. "LA에서 온 프라이의 사촌이 뭐라고 한 줄 알아? 네가 던진 돌에 제대로 맞았다면 나중에 네가 메이저리그에 진출했을 때 사람들에게 그 흉터를 자랑했을 거라더라." 클레멘타인은 그 얘기를 처음부터 끝까지 자신의 보라색 손톱에 대고 말했다. 맙소사. 도끼의 투석기 팔에 얼마나 호되게 혼났으면 프라이와 빅풋이 이런 말벌 떼에게 자신들의 패배를 순순히 인정했을까.

"반가운 얘기네. 다음에 또 쓰레기처럼 굴면 아예 불구로 만들어 줄 생각이거든."

브라이언의 말에 경외의 물결이 이 말벌에서 저 말벌로 퍼져나갔다. 웰, 웰, 웰. 뭔가 걱정스러운 상황이 벌어지고 있었다. 주드가 이 보라색 매니큐어 숭배 집단에 가입했다는 사실보다 좀 더 걱정스러운 상황이. 바로 브라이언이 잘나간다는 것이다. 브라이언의 외계 혈통은 브라이언을 지구인처럼 훈련했을 뿐 아니라 지구인을 능가하도록 만들었다. 아마 브라이언은 그 기숙학교에서 초월적 인기를 누릴 것이다. *운동 선수에다가 인기인!* 내가 어떻게 여태껏 눈치채지 못했지? 은하 중심부를 공전하는 구상성단에 대해 우주광처럼 열변을 토하는 모습에 속아 넘어간 게 분명하다. 참고로 그 모습은 현재 꽁꽁 감춰져 있다. 브라이언은 인기 있는 애들이 불꽃을 내지 못한다는 걸 모르나? 인기 있는 애들이 혁명가가 아니라는 걸 모르나?

그대로 브라이언의 손목을 잡고 다시 숲으로 돌아가고 싶었다. 미안한데 애를 먼저 발견한 건 나라고 말벌들에게 외치고 싶었다. 아니, 아니지. 브라이언이 먼저 날 발견했다. 벵골 호랑이처럼 날 추적했다. 나는 브라이언이 그 자아를 선택해서 정착했으면 했다.

클레멘타인은 여전히 자기 손톱에 대고 말했다. "우리도 도끼라고 부를까? 오오오오오. 좋은데." 혹멧돼지 멱따는 소리 같았다.

"그냥 브라이언이라고 불러줘. 시즌이 아니니까."

"좋아, *브라이언*." 코트니는 마치 그 이름을 자기가 지은 것처럼 말했다. "우리 아지트 가서 같이 놀자. 주드도 오거든." 코트니가 날 보고 덧붙였다.

날 포함하다니 충격이었다. 내 양배추 머리가 내 동의 없이 *끄덕*거렸다.

코트니는 날 향해 미소 지었다. 쏘아볼 때처럼 자연스럽게. "주드 말로는 네가 그림 신동이라던데. 언제 내가 포즈 한번 잡아줄까?" 코트니가 비키니 끈을 잡아당기며 말했다.

브라이언이 가슴 앞에 팔짱을 꼈다. "그건 아니지. 언제 한번 노아가 네 포즈를 봐준다면 *너야말로* 영광일걸."

내 키가 몇 천 배쯤 커졌다.

하지만 코트니는 뜬금없이 브라이언을 향해 아양을 떨었다. "치, 그래. 알았어."

좋아, 동네에 불을 지를 때가 됐다. 최악인 건, 코트니의 꼴값잖음이 브라이언의 반쪽 미소를 자아냈다는 사실이다. 이에 코트니는 자신의 빛나는 건치 미소로 화답했다.

자화상 〈비닐봉지 속에서 질식하는 소년〉

도요새 몇 마리가 라스칼이 있는 마구간 쪽으로 미끄러지듯 날아갔다. 진심으로 내가 말이었으면 했다.

잠시 후 룰루가 바위에서 미끄러져 내려와 코트니 옆에 섰다. 이어서 클레멘타인이 합류했다. 눈앞에 말벌들이 우글거렸다. 헤더만 바위 위에 남았다.

"너 서핑해?" 룰루가 브라이언에게 물었다.

"바다를 별로 안 좋아해서." 브라이언이 대답했다.

"바다를 안 좋아한다고?" 룰루와 코트니가 동시에 믿을 수 없다는 듯이 외쳤다. 하지만 그것도 클레멘타인의 다음 말에 묻혔다. "네 모자 써봐도 돼?"

"아니, 나 먼저." 코트니가 끼어들었다.

"나도!" 룰루가 덧붙였다.

나는 눈알을 굴렸다. 그때 말벌 소리와 전혀 다른 웃음소리가 들렸다. 바위 위의 헤더가 이해한다는 표정으로 나를 보고 있었다. 마치 내 목에 달린 양배추가 보인다는 듯이. 나는 헤더를 거의 의식하지도 못했다. 어쩌면 이제껏 단 한 번도. 심지어 여기서 나와 같은 공립중학교에 다니는 건 그 애뿐인데도. 나와 비슷한 검은 곱슬머리가 작은 얼굴 주변에 제멋대로 늘어져 있었다. 더듬이는 없었다. 게다가 막대 사탕보다는 개구리를 닮았다. 왕눈이 청개구리. 한번 그려보고 싶었다. 참나무 가지에 숨어있는 모습으로. 나는 헤더의 손톱을 확인했다. 하늘색이었다.

"흠." 브라이언이 모자를 벗어 들었다.

"네가 선택해." 코트니가 자신만만하게 말했다.

"너무 어려운데." 브라이언이 손가락으로 모자를 빙글빙글 돌리며 말했다. "꼭 선택해야 한다면⋯⋯." 브라이언이 손목을 휙 꺾더니, 모자를 내 머리에 씌웠다. 나는 다시 치솟았다. 아까 속으로 한 말은 몽땅 취소다. 브라이언은 혁명가다.

하지만 그것도 잠시, 다들, 브라이언을 포함해, 깔깔 웃었다. 마치 그것이 세상에서 가장 우스운 일이라는 듯이.

"장난치지 말고. 자, 선택해." 코트니는 내가 모자걸이라도 되는 양 내 머리에서 모자를 빼 들고 브라이언에게 내밀었다.

브라이언이 앞니 사이 공간을 내보이며 활짝 웃었다. 그리고 코트니의 예상대로, 모자를 코트니의 눈썹 위로 비뚜름하게 씌웠다. 코트니는 누가 봐도 임무를 완수한 표정이었다.

브라이언은 몸을 뒤로 젖혀 코트니를 지그시 바라봤다. "잘 어울리네." 나는 브라이언의 머리를 발로 차고 싶었다.

그 대신 등 뒤에서 불어오는 바람에 몸을 맡겼다. 이대로 떠밀려 벼랑 너머 바다에 빠질 때까지.

"먼저 뜰게." 내가 불쑥 내뱉었다. 잘은 기억나지 않는데, 누가 언젠가 어디선가 누군가에게 했던 말이다. 학교에서, 혹은 드라마나 영화에서 들었을 수도 있다. 요즘은 아무도 이런 말을 안 쓸지도 모른다. 아무래도 좋다. 내가 아는 건 이대로 증발하거나 찌부러지거나 울음을 터뜨리기 전에 이 자리를 벗어나야 한다는 것뿐이니까. 나는 길을 건너며 아주 잠시나마 브라이언이 따라올지도 모른다는 기대를 품었다. 하지만 뒤따른 것은 그저 "또 봐"라는 말뿐이었다.

심장이 내 몸을 떠났다. 히치하이크로 북쪽에 가서 나룻배를 타고 베링해를 가로질러 북극곰과 야생 염소와 순록이 사는 시베리아에 정착해 조그마한 빙하로 변했다.

역시 내가 상상한 것이다. 어젯밤에 일어난 일? 브라이언은 망원경을 조정했다. 그게 전부다. 마침 내가 앞에 서있었을 뿐이다. 열어보는 족족 노아는 *상상력이 지나친 아이입니다*라고 적힌 학교 성적표대로. 엄마는 그 문장을 볼 때마다 빙그레 웃으며 "표범은 얼룩을 바꿀 수 없지"라고 말하곤 했다.

집 안에 들어오자마자 대로변 쪽으로 난 창문으로 그들을 지켜봤다. 하늘은 오렌지색 구름으로 넘실거렸고 어쩌다 구름이 하나씩 내려오면 브라이언이 풍선처럼 도로 올려 보냈다. 나는 브라이언이 나무의 열매, 하늘의 구름, 그리고 나에게 했던 것처럼 여자애들에게 주술을 거는 모습을 지켜봤다. 오직 헤더만이 영향을 받지 않는 듯했다. 브라이언 쪽으로 눈길도 주지 않고 그저 바위에 드러누워 오렌지색 천국을 바라보고 있었다.

나는 속으로 중얼거렸다. 브라이언은 날 발견한 게 아니야. 추적한 게 아니야. 벵골 호랑이도 아니야. 그저 자기 또래의 누군가를 만나 실수로 어울렸는데 곧 잘나가는 애들이 다가와 구해준 거야.

현실이 와락 덮쳤다. 세상은 엉뚱한 사이즈의 신발이다. 다들 어떻게 견디는 거지?

자화상 〈꺼져〉

엄마 발소리가 들리는가 싶더니 곧 따뜻한 손이 내 어깨를 지그시 눌렀다.

"아름다운 하늘이지?"

나는 엄마 냄새를 들이마셨다. 최근에 바꾼 향수는 숲 향기가 났다. 나무와 흙에 엄마 냄새가 섞인 듯했다. 나는 눈을 감았다. 엄마 손길이 내 안의 울먹임을 끌어 올리는 느낌이었다. 나는 그것을 내리누르려고 말했다. "원서 접수일까지 6개월밖에 안 남았어."

엄마가 내 어깨를 꽉 쥐었다. "정말 대견해." 엄마 목소리는 차분하고 든든했다. "엄마가 자랑스러워하는 거 알지?"

안다. 다른 건 모른다. 내가 고개를 끄덕이자 엄마는 나를 두 팔로 감싸 안았다.

"넌 나에게 영감을 주는 존재야."

우리는 함께 공중으로 떠올랐다. 엄마는 나의 진짜 눈이 되었다. 마치 이제껏 엄마의 눈으로 보고 그리거나 칠해왔던 것처럼, 엄마가 지금과 같은 표정으로 "넌 세상을 재창조하고 있어, 노아. 그리고 또 그리면서"라고 말하자 비로소 세상이 보이는 것처럼. 나는 엄마에게 브라이언을 그린 그림을 보여주고 싶었다. 간절히. 다만 그럴 수 없었다. 그 순간 내 생각을 들은 것처럼 브라이언이 내가 있는 쪽으로 고개를 돌렸다. 그 노을 속 실루엣은 한 폭의 그림이었다. 너무 완벽해서 손가락이 옆구리 근처에서 움찔했다. 나는 이제 브라이언을 그리지 않을 것이다.

"아름다움에는 중독되어도 괜찮아. 시인 랠프 에머슨도 '아름다움은 신의 필치'라고 했지." 엄마가 이렇게 꿈꾸는 듯한 목소리로 예술가에 대해 얘기할 때면 내 가슴에 하늘이 들어찼다. "나도 중독자야. 예술가 대부분이 그렇지."

"하지만 엄마는 예술가가 아니잖아." 내가 속삭이듯 말했다.

엄마가 대답 없이 살짝 굳었다. 이유는 모른다.

"랠프는 어딨어? 랠프는 어딨어?"

엄마가 몸의 긴장을 풀고 웃음을 터뜨렸다.

"랠프가 오고 있다는 느낌이 들어. 랠프의 재림이 목전에 다가왔지." 엄마는 내 뒤통수에 입 맞췄다. "모든 게 잘될 거야, 노아."

엄마는 인간 수리공이라서 내가 오작동을 일으킬 때마다 척척 알아챈다. 방금 한 말도 그래서라고 생각했는데, 엄마가 덧붙였다.

"우리 다 괜찮을 거야. 약속해."

함께 바닥에 착지하기도 전에 엄마는 사라졌다. 나는 어둠이 공간을 가득 채울 때까지 창밖을 응시했다. 그 다섯 명이 아지트 쪽으로 걸어서 사라질 때까지. 그때까지도 브라이언의 행운의 모자는 코트니의 행운의 머리에 얹혀있었다.

헤더는 몇 걸음 뒤에서 여전히 하늘을 보며 미끄러지듯 걸었다. 두 팔을 펼치듯 들어 올렸다가 내리는 모습이 백조 같았다. 그럼 그렇지. 개구리는 무슨. 내가 틀렸다.

전부 다.

*

다음 날 아침, 나는 눈뜨자마자 옥상으로 올라가지 않았다. 브라이언이 여기서 수천 킬로미터 떨어진 기숙학교로 돌아갈 때까지 내 방을 떠나지 않기로 했으니까. 겨우 7주밖에 안 남았다. 목이 마르면 저장해 둔 물을 마실 것이다. 나는 침대에 누워 천장에 붙은 뭉크의 〈절규〉를 바라봤다. 끝내주는 그림이지만, 나는 절규가 아닌 격노하는 남자를 그리고 싶었다.

나처럼.

벽 너머에서 주드와 엄마가 티격태격했다. 점점 언성이 높아졌다. 주드는 이제 엄마를 나보다 더 미워하는 것 같다.

"스물다섯이 되면 실컷 스물다섯 행세를 해, 주드."

"립스틱만 바른 거야."

"네 나이에 바를 립스틱이 아니야. 잔소리하는 김에 말하자면, 그 치마도 너무 짧아."

"맘에 들어? 내가 만들었어."

"좀 더 길게 만들지 그랬니. 거울 좀 보렴. 너 정말 *그런 애*가 되고 싶어?"

"그럼 달리 누가 되겠어? 저 거울에 비친 여자애가 바로 *나*라고!"

"네가 이렇게 막 나갈 줄 몰랐다. 내가 알던 딸이 아닌 것 같아."

"엄마도 내가 알던 엄마가 아니야."

엄마가 요즘 좀 이상해지긴 했다. 나도 눈치챘다. 신호가 파란불로 바뀌었는데도 멍하니 있다가 뒤에서 경적을 울려대면 그제야 액셀을 밟는다든지, 서재에서 일한다고 했는데 막상 염탐해 보면 다락방에서 끌고 내려온 오래된 사진 상자를 뒤적거리고 있다든지.

게다가 엄마 안에서는 말들이 질주했다. 내게는 그 소리가 들렸다.

오늘 엄마와 주드는 모녀의 날을 맞아 모처럼 시내에 나가 둘만의 시간을 보내기로 했다. 보아하니 시작부터 삐걱거렸다. 아빠는 원래 이럴 때마다 날 구기 경기에 데려가려고 했었는데 이제 포기했다. 풋볼 경기 때 내가 냅킨에다 관중들 얼굴을 스케치하는 걸 본 후부터였다. 아니, 야구 경기였나?

야구. 도끼. 도끼 자식.

주드가 속사포처럼 내 방문을 두드리더니 내가 들어오라고 하기도 전에 문을 열어젖혔다. 엄마가 이겼는지 주드는 립스틱을 지우고 무릎까지 오는 화려한 민소매 원피스를 입고 있었다. 할머니가 디자인한 옷인데 꼭 공작 꼬리처럼 보였다. 머리카락은 차분해서 잔잔한 노란빛 호수를 두른 것 같았다.

"웬일로 집에 있네." 주드는 날 보고 진심으로 기뻐하는 표정으로 문간에 기대섰다. "브라이언과 내가 물에 빠지면 누굴 먼저 구할 거야?"

"너." 어제 물어보지 않아서 다행이었다.

"아빠, 나?"

"제발 좀. 너."

"엄마, 나?"

나는 잠시 멈칫했다.

"너."

"왜 망설여?"

"안 망설였어."

"완전 망설였거든. 뭐, 상관없어. 난 그래도 싸. 이제 네가 물어봐."

"엄마, 나?"

"너. 언제나 널 먼저 구할 거야, 노아." 주드의 눈은 맑고 푸른 하늘이었다. "비록 그저께 내 목을 댕강할 뻔했지만, 괜찮아. 인정해. 그동안 내가 좀 재수 없게 굴었지?"

"제대로 맛이 갔었지."

주드가 눈을 부라리며 이성 잃은 표정을 짓자 나는 우울했던 기분도 잊고 웃음을 터뜨렸다.

"사실 그 여자애들이랑 노는 것도 나쁘지 않은데, 너무 *평범*해. 따분할 정도로."

주드는 엉터리 발레리나처럼 폴짝거리며 다가와 침대에 앉더니 내 옆에 어깨를 나란히 하고 누웠다. 나는 눈을 감았다.

"오랜만이다." 주드가 속삭였다.

"진짜."

우리는 가만히 함께 호흡했다. 주드가 내 손을 잡자 문득 물 위에 떠서 자는 수달들이 떠올랐다. 수달들은 한밤중에 서로 떨어질까 봐 이렇게 손을 꼭 붙잡고 잔다. 잠시 후 주드가 주먹을 들어 올렸다. 나도 따라 올렸다.

"하나, 둘, 셋." 우리는 동시에 말했다.

바위/바위

가위/가위

바위/바위

보/보

가위/가위

"그렇지! 역시 아직 우린 죽지 않았어. 그렇고말고!" 주드가 외치고는 벌떡 일어났다. "오늘 같이 자연 다큐멘터리 보자. 아니면 영화 볼래? 네가 골라."

"그래."

"나는 다시……."

"나도." 나는 주드가 무슨 말을 하려는지 알고 대답했다. 나도 다시 우리가 되고 싶었다.

인물화, 자화상 〈눈을 가린 채 시소를 타는 우리〉

주드가 웃으며 내 팔을 만지작거렸다. "너무 슬퍼하지 마." 그 말은 너무 따뜻해서 공기의 색깔을 바꿨다. "어젯밤에 벽을 뚫고 들어오더라."

이 현상은 우리가 어렸을 때 더 심했다. 한 명이 울면 다른 한 명도 울었다. 각자의 방이 로스트코브의 서로 다른 방향을 보고 있었지만. 이제 더는 그런 일이 없을 줄 알았다.

"난 괜찮아." 내 말에 주드는 고개를 끄덕였다.

"그럼 이따가 저녁에 봐. 엄마랑 내가 서로 죽이지 않는다면." 주드는 거수경례를 하고 방을 나갔다.

설명할 수는 없지만 가능한 일이다. 한 점의 그림도 볼 때마다 전혀 다르게 느껴질 수 있는 것처럼. 요즘 주드와 나 사이는 그런 식이다.

*

얼마 지나지 않아 오늘이 목요일이라는 사실이 기억났다. 이는 CSA에서 크로키 수업이 있다는 뜻이고, 따라서 내가 자체 가택 연금을 종료한다는 뜻이다. 하긴 내가 왜 갇혀있어야 해? 브라이언이 코트니 배럿처럼 징그러운 말벌 여자애들을 좋아하는, 불꽃도 내지 못하는 잘나가는 도끼 자식이라는 이유만으로?

이젤과 발 받침대는 지난주에 숨겨둔 곳에 그대로 있었다. 나는 그것들을 설치하며 속으로 중얼거렸다. 이제 내가 신경 쓸 일은 CSA에 들어가는 거랑 남은 여름을 주드와 함께 보내는 것뿐이야. 라스칼이랑 대화하기와 엄마랑 미술관 탐방하기도 있지. 브라이언은 필요 없어.

수업이 시작됐다. 오늘은 다른 여자 모델이었다. 교사는 여백 그리기에 관해 설명했다. 대상을 둘러싼 공간을 그려 대상의 형태를 드러내는 기법이었다. 이제껏 시도해 본 적 없는 기법이라 나는 금세 빠져들었다. 모델 외의 것을 그리면서 모델을 찾아가는 데 집중했다.

그러나 다음 교시 중간부터 나는 벽에 등을 기대고 앉아 여백 그리기 기법으로 브라이언을 그리기 시작했다. 다시는 안 그리겠다는 다짐이 무색하게, 손이 멋대로 움직였다. 내 안에 있는 브라이언을 내보내야 했다. 나는 그리고 또 그렸다.

너무 집중한 나머지 눈앞이 어두워질 때까지 누가 다가오는 줄도 몰랐다. 내 앞에 선 사람이 그 *애*라는 걸, 브라이언이라는 걸 인지

하자마자 나는 펄쩍 뛰며 괴상한 소리를 내뱉었다. 가만 보니 운석 가방도, 자석 갈퀴도 없었다. 그러니까, 날 찾으러 여기까지 온 것이다. *또다시*. 나는 기쁨을 드러내지 않고 얼굴 아래 감췄다.

"아침에 기다렸어."

브라이언이 아랫입술을 핥았다. 긴장한 기색이 역력해서, 완벽해서, 가슴 한구석이 욱신거렸다. 브라이언이 내 스케치북을 힐끗 봤다. 그 안의 자기를 알아볼까 봐, 나는 황급히 스케치북을 덮고 일어났다. 건물 안 사람들에게 들키지 않도록 숲으로 가자고 손짓했다. 이젤과 발 받침대를 숨기면서 다리에 힘이 풀려 주저앉거나 개다리춤을 추지 않으려고 애썼다.

브라이언은 지난번과 같은 나무 옆에서 기다리고 있었다.

"그때 그 영국 남자, 오늘도 왔어?" 발걸음을 떼며 브라이언이 물었다.

내가 남의 목소리에서 읽어낼 수 있는 게 하나 있다면, 주드 덕분인데, 바로 질투다. 나는 행복에 겨운 숨을 내뱉었다.

"지난주에 해고당했어."

"술 때문에?"

"어."

바스락대는 발소리와 나무 사이 어딘가에서 도요새가 지저귀는 소리를 제외하면, 숲은 고요했다.

"노아."

나는 숨을 들이켰다. 어떻게 이름만 불러도 이런 기분이 들 수 있을까?

"응?"

브라이언의 얼굴에 많은 감정이 맴돌았다. 어떤 종류의 감정인지는 알 수 없었다. 그 대신 나는 내 스니커즈에 집중했다.

시간이 천천히 흘렀다.

브라이언이 걸음을 멈추더니 참나무 줄기의 껍질을 벗기며 마침내 입을 열었다.

"말하자면 이런 거야. 수많은 행성이 원래 속했던 행성계에서 쫓겨나 우주를 홀로 떠돌아다녀. 태양도 없이, 외롭게 우주 공간을 부유하는 거야. 영원히……."

브라이언은 내게 무언가를 이해해달라고 두 눈으로 호소하고 있었다. 방금 한 말을 곱씹어 봤다. 전에도 비슷한 이야기를 한 적이 있었다. 태양도 없이 외로이 표류하는 행성들. 그래서 어쩌라고? 나 같은 외톨이가 되고 싶지 않다는 건가? 뭐, 그렇다면야. 나는 뒤돌아섰다.

"아니." 브라이언이 내 옷소매를 잡았다. *브라이언이 내 옷소매를 잡았다.*

지구가 자전을 멈췄다.

"아, 젠장. 그냥." 브라이언이 입술을 핥더니 간절한 눈으로 날 바라봤다. "그냥……."

지금 말을 더듬는 거야?

"그냥 뭐?" 내가 물었다.

"걱정하지 말라고, 응?"

그 말은 브라이언 입에서 날아와 내 심장을 휘돌더니 가슴 밖으로 튀어 나갔다. 나는 브라이언이 무슨 말을 하는지 알아들었다.

"무슨 걱정?" 하지만 괴롭히고 싶었다.

브라이언이 반쪽 미소를 지었다.

"소행성에 머리를 맞을까 봐. 그럴 가능성은 극히 희박하거든."

"알았어, 안 할게."

그렇게, 나는 걱정을 그만두었다.

몇 초 뒤 브라이언이 활짝 웃으며 "아까 뭐 그리고 있었는지 다 봤어"라고 말했을 때도 걱정하지 않았다.

그날 저녁 주드를 바람맞히고 그런 날들이 계속 이어져도 걱정하지 않았다. 어느 날 집에 돌아온 주드가 덱에서 브라이언과 말벌들이 날 위해 잡지 모델처럼 포즈를 취하고 있는 걸 발견했을 때도 걱정하지 않았다. 그날 주드가 "엄마로는 부족해? 이제 내 *친구*들도 다 빼앗을 셈이야?"라고 말해도 걱정하지 않았다.

그 말을 끝으로 주드가 여름 내내 날 본체만체해도 걱정하지 않았다.

내가 덩달아 잘나가는 애가 되어버린 것 같아도 걱정하지 않았다. 바로 *내가!* 아지트에서 수많은 꼴통 서퍼와 얼간이와 말벌들과 함께 있어도, 브라이언이 만든 평온의 영역에 둘러싸인 덕분에 인질이 된 느낌이 들지 않아도, 내 두 손이 갈 곳을 몰라 헤매지 않아도, 아무도 날 절벽에서 떠밀려고 하지 않아도, 모두가 날 피카소라고 불러도, 그게 얼간이 중의 상얼간이 프랭클린 프라이가 붙인 별명이어도 걱정하지 않았다.

남들처럼 행동하는 게, 두꺼비처럼 피부색을 바꾸는 게 생각보다 어렵지 않아도 걱정하지 않았다. 불빛을 아주 조금밖에 못 내도 걱정하지 않았다.

브라이언과 단둘이 숲속이나 옥상에 있거나 거실에서 야구(인가 뭔가)를 볼 때 브라이언이 우리 사이에 전기 울타리를 세워도, 비록 죽음을 무릅쓰고 그것을 건드리는 일은 단 한 번도 없었지만 아지트 같은 공공장소에서는 그 울타리가 사라져 서로 어설픈 자석이 되어 부딪치고 손, 팔, 다리, 어깨를 스치고, 등을 두드리고, 가끔 아무 이유 없이 다리가 맞닿아도, 다만 그럴 때마다 번개를 삼키는 기분이 들어도 걱정하지 않았다.

외계인 지구 침공을 다룬 영화를 보는 내내 우리의 다리가 미세하게 움직여도, 브라이언의 다리가 오른쪽, 오른쪽, 오른쪽으로, 내 다리가 왼쪽, 왼쪽, 왼쪽으로, 그러다 중간에서 만나 1, 2, 3, 4, 5, 6, 7, 8초의 아찔한 시간 동안 서로 지그시 눌러도, 그러다 폭발할 것만 같아서 화장실로 달려갔다가 다시 제자리에 돌아와 똑같은 짓을 반복해도, 이번에는 서로의 다리가 즉시 맞닿아도, 브라이언이 의자 팔걸이 아래로 내 손을 꼭 쥐어서 함께 감전사해도 걱정하지 않았다.

그 모자 사건 때 내 앞에 헤더가, 브라이언 앞에 코트니가 있었어도 걱정하지 않았다.

코트니가 끝내 브라이언에게 모자를 돌려주지 않았어도, 헤더가 화석 같은 회색 눈을 내게서 떼지 않았어도 걱정하지 않았다.

단 한 번도 브라이언과 키스한 적 없어도 걱정하지 않았다. 비록 브라이언의 정신을 조종하려 기를 쓰고 신에게, 나무에게, 나를 스치는 모든 분자들에게 애걸하긴 했지만.

무엇보다, 나는 걱정하지 않았다. 어느 날 부엌 식탁에서 주드가 엄마에게 남긴, 모래로 만든 작품을 보러 해변으로 와달라는 쪽지를 발견했을 때도, 내가 그 쪽지를 쓰레기통 깊숙이 묻어버렸을 때도 걱정하지 않았다. 정말로. 비록 내가 그런 짓을 할 수 있고 실제로 했다는 사실에 뱃속이, 아니 영혼이 욱신거렸지만.

나는 걱정해야 했다.

아주 많이 걱정해야 했다.

*

브라이언은 가을 학기를 위해 내일 아침 기숙학교로 돌아간다. 그리고 지금 나는 지하세계에서 브라이언을 찾고 있다. 파티는 난생처음이라서 이렇게 악마들이 눈에 불을 켜고 돌아다니는 지옥 같을 줄 몰랐다. 하지만 여기 있는 누구도 날 의식하지 못할 게 뻔했다. 아마 내가 너무 어리거나 깡말랐거나 해서. 코트니는 부모님이 집을 비운 틈에 자기 언니가 연 파티를 브라이언을 위한 송별회로 이용했다. 나는 브라이언을 떠나보내는 파티에 있고 싶지 않았다.

브라이언과 *함께* 떠나고 싶었다. 함께 세렝게티로 향하는 비행기 안에서 누 떼가 이주하는 광경을 보고 싶었다.

연기 자욱한 복도를 따라 걷는데 사람들이 벽에 석고상처럼 달라붙어 있었다. 얼굴들이 죄다 흐물흐물했다. 옆 방에선 몸들이 그랬다. 사람들은 춤을 추고 있었다. 나는 브라이언이 아직 안 왔다는 걸 확인하고서 벽에 기대 주위를 둘러봤다. 땀과 피어싱과 화려한 옷으로 번득이는 사람들이 팔을 빙빙 돌리고, 뛰고, 흔들고, 솟구쳤다. 나는 그들을 멍하니 응시했다. 음악에 먹히고, 새로운 눈을 뜰 때까지. 그 순간 누군가의 손이, 아니, 독수리 발톱이 내 어깨를 거머쥐었다. 고개를 돌리니 처음 보는 여자였다. 탱글탱글한 붉은 머리에 반짝이는 갈색 미니 원피스를 입고 키가 나보다 훨씬 컸다. 새빨간 불을 내뿜는 멋진 용 문신이 팔뚝을 휘감고 있었다.

"길 잃었니?" 그 여자는 마치 다섯 살 꼬마에게 말하는 것처럼 음악을 뚫고 큰 소리로 물었다.

어쨌든 내가 투명 인간은 아닌 모양이었다. 여자는 온 얼굴이 반짝거렸다. 특히 얼음같이 푸른 눈 주위를 감싼 에메랄드색 날개가 돋보였다. 하지만 그 안의 동공은 박쥐가 사는 거대한 검은 동굴이었다.

"너 정말 귀엽다." 여자가 내 귀에 대고 소리쳤다. 드라큘라처럼 기묘한 말투였다. 클림트 그림 속 여자 중 하나처럼 보였다. "네 머리칼." 그가 내 곱슬머리를 조금 잡아 팽팽하게 당겼다. 악마의 소행이라서일까, 눈을 뗄 수 없었다. "이렇게 크고, 어둡고, 그윽한 눈이라니." 한마디 한마디가 소스를 졸이듯 끈적했다. 음악 소리가 줄어들자 다행히 목소리도 잠잠해졌다. "여자애들한테 인기 많겠는데."

나는 고개를 가로저었다.

"조만간 그럴 거야. 믿어도 좋아." 여자가 웃자 한쪽 송곳니에 빨간 립스틱 자국이 보였다. "여자랑 키스해 본 적 있어?"

나는 다시 고개를 가로저었다. 도저히 거짓말을 하거나 마력을 거스를 수 없을 것 같았다. 그 순간 예고도 없이 메마른 입술이 부딪쳐 왔다. 내 입술을 가르고 혀가 들어왔다. 담배 향과 함께 뙤약볕에 물러터진 오렌지처럼 너무 달아 역겨운 맛이 났다. 나는 눈을 떴다. 거미 다리 같은 속눈썹이 볼 위에 늘어져 있었다. 진짜로 나한테 키스하고 있다! 어째서? 여자는 한 발짝 물러나 눈을 뜨더니 내 표정을 보고 씩 웃었다. 독수리 발톱 손을 다시 내 어깨에 얹고서 몸을 기울여 내 귀에 속삭였다. "몇 년 뒤에 보자." 그러고는 돌아서서 긴 맨다리로 성큼성큼 걸어갔다. 악마 꼬리가 앞뒤로 흔들렸다. 불 뿜는 용 문신이 어깻죽지를 타고 올라가 목을 감쌌다.

정말 나한테 일어난 일이 맞나? 내가 상상한 건가? 음, 아닌 듯했다. 내 상상이라면 분명 저 여자를 선택하지 않았을 테니까. 나는 손을 입가로 가져가 입술을 닦았다. 손가락에 빨간색 립스틱이 묻어 나왔다. 실제로 일어난 일이 맞다. 사람들은 다 상한 오렌지 맛이 나나? 나도? 브라이언도?

브라이언.

나는 현관 쪽으로 향했다. 밖에서 기다리다가 브라이언을 만나 옥상에서 마지막 밤을 보내자고 설득할 생각이었다. 어쨌거나 그게 내 바람이었다. 모든 별이 우리 머리 위에 마지막으로 쏟아질 수 있도록, 어쩌면 여름 내내 일어나지 않았던 일이 마침내 일어날 수 있도록. 하지만 현관 복도에 막 들어섰을 때, 코트니를 따라 인파를 헤치고 나아가는 브라이언을 발견했다. 남자애들에게는 고개를 끄덕이고 여자애들에게는 미소를 돌려주며 계단을 오르고 있었다. 마치 원래 이곳에 속한 사람처럼. 어떻게 어딜 가나 저렇게 자연스럽지?

인물화 〈세상 모든 곳의 열쇠를 가진 소년〉

계단 꼭대기에 이르자 브라이언이 돌아섰다. 난간 위에 손을 얹고 몸을 내밀어 아래층을 살폈다. 나를 찾고 있는 건가? 맞다. 그렇다고 확신하자마자 나는 폭포로 변했다. 이런 느낌 때문에 죽을 수도 있을까? 가능할 것 같았다. 한번 그 느낌이 들면 더 이상 그리거나 색칠할 수도 없다. 요즘 들어 늘 그렇듯이, 그저 벌렁 누워 떠내려가는 수밖에 없다.

코트니가 브라이언의 팔을 잡아당겼다. 브라이언은 나를 발견하지 못한 채 코트니의 뒤를 따라 가버렸다. 나는 다시 인간으로 돌아왔다.

고개를 숙인 채 두 사람을 쫓아 계단을 비집고 올라갔다. 아무하고도 눈을 마주치기 싫었다. 누가 내게 말을 걸지 않았으면 했다. 키스는 더더욱! 사람들은 파티에서 아무 이유 없이 아무에게나 키스하는 걸까? 나는 아는 바가 없었다. 계단 꼭대기에 거의 다다랐는데 누군가가 내 팔을 잡았다. 두 번은 안 당해. 돌아보니 음산한

다람쥐처럼 생긴 작은 여자가 맥주로 가득 찬 플라스틱 컵을 건넸다.

"자." 여자가 빙긋 웃었다. "필요해 보여서."

나는 고맙다고 하고 발걸음을 옮겼다. 어쩌면 정말 필요할지도 모른다. 그때 뒤에서 그 여자가 "쟤 좀 매력 있지 않아?" 하자 누군가가 "아직 아기잖아"라고 받아쳤다. 맙소사. 차고에서 몰래 아빠 역기를 드는 것도 다 부질없는 짓이었다. 이곳에 있는 모두가 날 유치원생으로 본다. 하지만 내가 매력적이라고? 그게 가능해? 나는 이제껏 여자애들이 날 쳐다보는 이유가 내가 이상해서라고 생각했다. 매력적이라서가 아니라. 엄마는 내가 아주 잘생기고 사랑스럽고 멋지다고 입버릇처럼 말했지만, 그게 엄마가 하는 일이다. 스스로가 매력 있다는 건 어떻게 알까? 그러고 보니 빨간 머리 키스 악마가 내 눈이 그윽하다고 했다.

브라이언도 내가 매력적이라고 생각할까?

그 생각에 곧장 사타구니가 찌릿했다. *브라이언은 영화관 의자 팔걸이 밑으로 내 손을 잡았다.* 찌릿한 정도가 아니었다. 나는 우뚝 서서 숨을 고르고 맥주를 한 모금 마셨다. 아니, 벌컥 들이켰다. 그리 끔찍한 맛은 아니었다. 나는 계단을 마저 올라갔다.

2층은 1층과 정반대였다. 말하자면 천국과 비슷했다.

흰 카펫과 흰 벽이 구름처럼 이어진 긴 복도 양쪽에 닫힌 문들이 잔뜩 달려있었다.

브라이언과 코트니는 어느 방에 들어갔지? 단둘이 있으면 어떡하지? 키스하고 있으면? 그보다 심각한 상황이면? 어쩌면 코트니는 이미 티셔츠를 벗었을지도 몰라. 나는 맥주를 한 모금 더 들이켰다. 만약 브라이언이 코트니의 가슴을 핥고 있다면? 남자애들은 가슴에 환장한다. *걱정하지 말라고 했어. 걱정하지 말라고 했어. 걱정하지 말라고 했어.* 그건 우리만의 암호였어, 그렇지? *난 코트니 배럿의 가슴을 핥지 않을 거야*라는 암호, 맞지? 나는 맥주를 벌컥 들이켰다. 무진장 걱정하면서.

영화에서 끔찍한 일들은 항상 마지막 밤에 일어난다.

복도를 따라 왼쪽으로 가니 몇몇 문들이 조금씩 열려있었다. 벽면이 우묵하게 들어간 좁은 공간에서 한 커플이 미친 듯이 열렬하게 키스하고 있었다. 나는 지나가는 척하며 둘을 힐끗했다. 남자는 등이 엄청나게 넓은데 청바지를 입은 하체는 늘씬했다. 여자는 남자의 몸과 벽 사이에 샌드위치처럼 끼어있었다. 남자의 고개가 난폭하리만치 사납게 움직였다. 서둘러 지나치려는데 뭔가가 내 눈을 잡아끌었다. 남자의 등을 맴도는 여자의 손은 여자의 손이 아니었다. 전혀. 눈을 씻고 봐도 다른 남자의 손이었다. 가슴이 벌렁거렸다. 나는 벽에 바짝 붙어 불빛에 번득이는 두 얼굴을 훔쳐봤다. 선명하게 굵은 두 옆선, 초승달처럼 감긴 두 눈, 뭉개진 두 코, 으스러질 듯한 두 입술. 두 몸은 서로를 타고 오르며 동시에 무너져 내렸다. 다리를 시작으로 내 몸의 모든 부위가 후들후들 떨렸다. **자화상 〈지진〉** 실제로 두 남자가 이렇게, 세상의 종말을 앞둔 사람들처럼 키스하는 건 처음 봤다. 근데, 내 상상보다 훨씬 좋았다. 비교도 안 될 만큼. 두 사람은 서로를 애타게 갈구하고 있었다.

나는 한 발짝 뒤로 물러나 벽과 한 몸이 되었다.

슬프지 않은데, 전혀 슬프지 않은데, 어째서 눈물이 터져 나오는지 알 수 없었다.

그때 복도 저편에서 문이 삐걱 열리는 소리가 났다. 나는 손등으로 얼굴을 훔치고 소리 난 방향으로 고개를 돌렸다. 헤더가 방에서 걸어 나왔다. 내 안의 모든 게 싸늘히 가라앉았다. 고약한 기분이었다. 끝내주는 영화에서 걸어 나와 지긋지긋한 오후로 되돌아가는 듯한 기분.

"아!" 헤더가 얼굴을 빛내며 외쳤다. "너 찾으러 가는 참인데!"

나는 머리카락을 흔들어서 얼굴을 최대한 가렸다. 헤더가 날 향해 걸어왔다. 우리 셋을 향해 점점 가까워지고 있었다. 나는 얼른 벽에서 몸을 떼 헤더에게 돌진했다. 헤더가 입꼬리를 끌어올리며 더욱 환하게 웃었다. 자길 보고 반가워서 달려오는 줄 안 것이다. 나는 그저 키스하는 남자들을 헤더로부터, 온 세상으로부터 보호하고 싶었을 뿐인데.

인물화 〈에덴동산의 아담과 아담〉

나는 헤더 앞에 서서 미소 지으려고 애썼다. 쉽지 않았다. 등 뒤에서 숨죽인 웃음소리와 낮은 목소리들이 들렸다. 헤더가 내 어깨너머를 기웃거렸다.

"다들 어딨어?" 나는 헤더의 주의를 돌리려고 물었다. 아직도 몸이 떨렸다. 난 맥주를 들지 않은 손을 주머니 속 깊이 찔러넣었다.

"너 괜찮아? 좀 이상해 보이는데." 헤더의 흔들림 없는 회색 눈이 날 살폈다. "확실히 평소와 달라."

헤더가 포근하게 웃자 나는 조금 긴장을 풀었다. 헤더와 나는 비밀이 있다. 그게 뭔지는 나도 모르겠지만.

방금 나에게 무슨 일이 있었는지 헤더한테 털어놓고 싶었다. 비록 내가 그 키스의 당사자는 아니지만, 꼭 나에게 일어난 일 같았기 때문이다. 그에 반해 아래층에서 악마와 한 키스는 실제로 일어난 일인데도 그런 느낌이 들지 않았다. 하지만 어떻게 설명하겠는가? 말 대신 그림으로 표현한다면 나를 투명 인간으로 처리해서 그 안의 모든 동물이 우리에서 탈출하는 장면으로 그려낼 것이다.

"맥주 때문인가 봐." 내가 말했다.

헤더가 빨간 플라스틱 컵을 들어 내 컵에 부딪혔다.

"나도."

헤더가 키득키득 웃자 나는 당황했다. 평소에 헤더는 키득거리지 않는다. 그 반대다. 헤더와 함께 있으면 텅 빈 교회 안에 앉아있는 느낌이다. 그래서 좋다. 헤더는 조용하고 진지하며 바람과 소통하는 천 살 먹은 존재 같다. 나는 헤더를 그릴 때마다 곧 날아오를 것처럼 두 팔을 펼치거나 기도하듯 두 손을 모은 모습으로 그린다. 헤더는 전혀 키득거리는 애가 아니다.

"가자. 다들 와있어." 헤더가 방문을 가리키며 말했다. "다들 널 기다리고 있었어. 적어도 나는."

헤더가 다시 키득거리더니 몸 안에서 온천수가 터지듯 얼굴을 붉했다. 나는 몹시 불길한 느낌이 들었다.

우리는 소굴 같은 방에 들어섰다. 안쪽에서 코트니와 얘기하는 브라이언이 바로 눈에 띄었다. 내 소원은 오직 아까 벽감에 있던 두 남자의 몸에 브라이언과 함께 빙의하는 것뿐이었다. 혹시 몰라 눈을 감았다 떠봤다. 그 대가로 손가락을 잃는다면 나는 과연 몇 개나 포기할 것인가? 일곱 개, 아니, 여덟 개까지 가능하다. 두 손에 엄지 하나씩만 있다면 두 손가락으로도 충분히 그림을 그릴 수 있다.

주위를 둘러봤다. 아지트 단골 멤버인 말벌들과 꼴통 서퍼 패거리가 모여있었다. 프라이와 제퍼, 빅풋 같은 고등학생들만 빼고. 놈들은 아래층에 있는 것 같았다. 어느새 나는 이 무리가 익숙했다. 무리도 내가 익숙한 듯했다. 다른 한편에는 코트니와 같은 사립학교에 다니는 듯한 애들도 있었다. 다들 뭔가를 기다리듯이 어정쩡하게 서성거렸다. 공기 중에 숨결이 가득했다. 주드도 가득했다. 주드는 창턱에 걸터앉아 오백 명쯤 되는 남자애들과 한꺼번에 이야기를 나누고 있었다. 엄마가 외출 금지 옷으로 지정한, 직접 만든 빨간 초미니 주름 원피스 차림이었다. 나는 주드를 보고 놀랐다. 주드는 여름 내내 나를 거들떠보지 않았고 내가 여기 온다는 것도 알고 있었다. 엄마한테는 뭐라고 말했을까? 나는 브라이언에게 작별 인사를 할 거라고만 말했다. 이런 파티인 줄 알았다면 엄마는 절대 우리를 안 보내줬을 것이다.

헤더를 따라 안쪽으로 들어가는데 주드와 눈이 마주쳤다. 그 눈이 내게 이렇게 말했다. *절대, 빛이 비처럼 내린다 해도, 보라색 눈*

이 내린다 해도, 개구리가 말을 한다 해도, 노을이 1년 내내 이어진다 해도 네가 지구상 최악의 엄마 도둑, 친구 약탈자 쌍둥이 동생이란 사실은 변하지 않을 거야. 말을 마친 주드는 고개를 돌려 자신의 추종자들과 대화를 재개했다.

불길한 느낌이 점점 심해졌다.

브라이언은 여전히 책장에 기댄 채 코트니와 대화하고 있었다. 대체 무슨 이야기길래? 가까이 다가가 들어보려는데 언제부터였는지 헤더가 나에게 말하고 있었다.

"완전 유치하다니까. 5학년 때 졸업한 게임인데. 뭐, 어떻게 보면 운명을 갖고 논다고 할 수도 있지, 안 그래?"

언제부터 말하고 있었지?

"무슨 게임?" 내가 물었다.

우리 목소리에 코트니가 돌아봤다.

"와, 잘됐네." 코트니가 헤더 옆구리를 쿡 찌르며 말했다. 헤더는 다시 키득거렸다.

"피카소, 행운의 밤이야. 게임 좋아해?" 코트니가 내게 물었다.

"별로. 아니, 전혀."

"이건 맘에 들 거야. 내가 장담해. 추억의 게임이지. 요전 날 헤더랑 주드랑 얘기하다가 예전에 파티에서 하던 게임을 해보자고 했거든. 규칙은 간단해. 남녀 둘을 벽장 안에 7분 동안 가둬놓고 무슨 일이 일어나나 보는 거지."

브라이언은 나와 눈을 맞추지 않았다.

"걱정 마, 피카소. 미리 다 손 써 놨으니까."

헤더의 귓바퀴가 새빨개졌다. 헤더와 코트니는 서로 팔짱을 끼고 웃음을 터뜨렸다. 뱃속이 흐물흐물해졌다.

"마음의 준비나 해. 취기를 빌리든지." 코트니가 말했다.

뭐든 빌리긴 해야 했다.

주드의 머리카락이 뱀 군단처럼 내 쪽으로 스르르 기어 왔기 때문이다. 코트니는 주드와 얘기했다고 했다. 그렇다면 주드가 하자고 한 게임일까? 엄마에게 남긴 쪽지를 내가 버린 걸 알고? 내가 브라이언을 어떻게 생각하는지 알고?

인물화, 자화상 〈쌍둥이: 머리카락이 방울뱀인 주드, 두 팔이 방울뱀인 노아〉

입 안에서 금속 맛이 났다. 브라이언은 당장 쪽지 시험이라도 앞둔 것처럼 책장 속 책등에 박힌 제목들을 훑어보고 있었다.

나는 '사랑해'라고 말했지만, 실제로는 이렇게 나왔다.

"어이."

브라이언은 '나도 사랑해'라고 말했지만, 실제로는 이렇게 나왔다.

"왔냐."

브라이언은 여전히 내 눈을 보지 않았다.

코트니는 작은 테이블에 놓인 브라이언의 모자를 집어 들었다. 그 안에는 접힌 종이 쪼가리가 가득했다.

"너를 포함해 모든 남자애 이름이 다 적혀있어." 코트니가 나에게 말했다. "여자애들이 고를 거야."

코트니와 헤더가 모자를 들고 자리를 떴다. 충분히 멀어졌다 싶을 때 나는 브라이언에게 말했다.

"가자."

브라이언은 대답이 없었다. 나는 다시 말했다.

"여기서 나가자. 이 창문으로."

가까운 창문 밖을 확인하니 과연 타고 내려갈 만한 나무가 있었다. 우리에겐 쉬운 일이다.

"어서, 브라이언."

"난 그냥 있을래. 그냥 유치한 게임이잖아. 별거 아냐."

나는 브라이언의 표정을 살폈다. 그 게임을 하고 싶나? 맞다. 틀림없다.

코트니와 벽장에 들어가고 싶은 것이다. 그야 코트니가 미리 손을 썼다면 틀림없이 그렇게 될 테니까. 그래서 나와 눈을 안 마주치는 것이다. 실상을 파악하자 몸 안의 피가 다 빠져나가는 듯했다. 그런데 나한테는 왜 걱정하지 말라고 했어? 왜 내 손을 잡았어? 그 모든 건 다 뭐였어?

텅 빈 우리들이 내 안에서 덜컹거렸다.

나는 이 꼴사나운 베이지색 방 한가운데 있는 꼴사나운 베이지색 의자로 비틀거리며 걸어갔다. 그대로 털썩 주저앉았다. 쿠션이 돌처럼 딱딱해서 척추가 두 동강 났다. 그렇게 반으로 쪼개진 채로 앉아서 남은 맥주를 오렌지주스처럼 들이켰다. 그날 진을 마시던 영국 남자를 떠올리며. 그리고 누군가가 두고 간 컵을 집어 그 안에

든 정체 모를 음료도 벌컥벌컥 마셨다. 아래층이 지옥이고 복도가 천국이라면 이곳은 연옥일까? 그래, 맞다. 연옥에서는 무슨 일이 벌어지지? 분명 성화에서 봤는데 기억나지 않았다. 머리가 띵했다. 나 취한 건가?

전등이 깜빡거리기 시작했다. 코트니가 스위치 옆에 있었다. 헤더도 함께였다.

"자자 여러분, 기다리던 순간이 왔어요."

클레멘타인이 먼저 손을 뻗어 상대를 뽑았다. 덱스터라는 키 큰 남자애였다. 시원스레 깎은 머리 모양에 자기 체구보다 열 배쯤 큰 옷을 입었다. 두 사람이 '이런 건 애들 장난이지' 하는 표정으로 벽장에 들어가자 다들 야유하고 환호했다. 식상한 반응이었다. 코트니는 달걀 모양 타이머를 테이블 위에 올렸다. 나는 코트니가 끔찍하게 싫다는 생각밖에 안 들었다. 브라이언과 함께 벽장에 들어가기 전에 화난 악어거북 떼에게 실컷 짓밟혔으면 했다.

나는 의자 팔걸이를 짚고 일어났다. 주드의 금발 덤불을 겨우겨우 헤치고 화장실로 가서 얼굴에 찬물을 끼얹었다. 맥주는 구리다. 나는 고개를 들었다. 거울에 비친 건 여전히 나다. 내 안에 있는 건 여전히 나다. 그렇지? 그런가? 확실히 매력적이지는 않다. 그것만은 분명했다. 거울 속 나는 아빠 어깨에서조차 뛰어내리지 못하고 벌벌 떠는 깡마른 겁쟁이로 보였다. *세상은 가라앉거나 헤엄치거나 둘 중 하나야, 노아.*

방으로 돌아가자마자 기습공격을 당했다.

"피카소, 너 선택받았어. 헤더가 널 뽑았어. 네 차례야."

나는 침을 꿀꺽 삼켰다. 헤더가 개에게 억지로 목줄을 채우듯 내 손을 잡고 나를 벽장으로 이끄는 동안, 브라이언은 여전히 등을 돌린 채 책 제목들을 외우고 있었다.

벽장 안에는 어두운 양복들이 사방에 떼지어 걸려있었다. 장례식 추모 행렬처럼 보였다.

헤더는 불을 끄고 다정하게, 수줍게 말했다.

"나 놓치지 마, 알았지?"

양복들 틈에 숨어 타이머가 꺼질 때까지 추모객들과 함께할까 고민하는데, 헤더가 내게 부딪치더니 킥킥 웃었다. 헤더의 두 손이 내 양팔을 살포시 잡았다. 나뭇잎 두 장이 내려앉은 듯 미약한 손길이었다.

"안 해도 돼." 헤더가 속삭였다. 그러고는 덧붙였다. "하고 싶어?"

얼굴 근처에 헤더의 숨결이 느껴졌다. 헤더의 머리카락은 슬픈 꽃향기가 났다.

"그래." 나는 대답해 놓고 꿈쩍도 하지 않았다.

시간이 흘렀다. 무진장 많이 흘러서 이 벽장을 나갔을 때는 대학 갈 나이이거나 죽을 때가 됐을 것만 같았다. 다만 머릿속으로 초를 세고 있었기 때문에 실제로는 7분 중에 고작 7초도 지나지 않았다는 걸 알았다. 7분이 몇 초나 되나 계산하는데, 헤더의 작고 시원한 손이 내 팔을 떠나 내 뺨에 착지했다. 이내 헤더의 입술이 내 입술을 스쳤다. 그리고 다시. 두 번째에는 그대로 머물렀다. 깃털 같은 키스였다. 아니, 그보다 보드라웠다. 꽃잎. 너무 부드러웠다. 지나치게 부드러웠다. 우리는 꽃잎 인간들이다. 아까의 지진 키스를 떠올리자 다시 울고 싶어졌다. 이번에는 *정말*로 슬퍼서였다. 그리고 무서웠다. 살가죽이 이렇게까지 형편없이 너덜거린 적은 처음이었다.

자화상 〈믹서에 든 소년〉

문득 내 양팔이 축 늘어져 있다는 걸 깨달았다. 이것들로 뭔가 해야겠지, 아마도? 나는 한 손을 헤더의 허리에 얹었다. 완전히 엉뚱한 곳인 것 같았다. 그래서 등으로 옮겼다. 역시 완전히 잘못 짚은 듯했다. 다시 손을 옮기려는 순간, 헤더가 입을 빠끔 벌렸다. 덩달아 내 입술도 벌어졌다. 역겹지 않았다. 물러터진 오렌지가 아니라 상쾌한 맛이었다. 방금 민트 캔디를 먹은 듯했다. 나는 무슨 맛일까? 그때 헤더의 혀가 내 입 속으로 미끄러져 들어왔다. 너무 축축하고 따뜻해서 놀랐다. 그리고 유연했다. 내 혀는 미동도 하지 않았다. 내 머리는 어서 헤더의 입 속에 들어가 움직이라고 말하는데 혀는 그 말을 듣지 않았다. 그 대신 알아냈다. 7분은 420초다. 아마 20초쯤 지났을 테니 400초쯤 남았다. 오 씨발, 씨발.

그때였다. 내 마음 깊은 곳에서 브라이언이 일어나 영화관에서처럼 내 손을 잡고 나를 자기에게 끌어당겼다. 브라이언의 땀 냄새와 목소리가 느껴졌다. *노아.* 뼈까지 녹아내릴 것 같은 그 목소리에 내 두 손이 헤더의 머리카락 속으로 파고들었다. 나는 헤더에게 몸을 바짝 붙이고 내게 좀 더 가까이 끌어당겼다. 헤더의 입 속 깊이 내 혀를 밀어 넣었다…….

우리 둘 다 타이머의 '핑' 소리를 듣지 못한 게 분명했다. 별안간 불이 켜지고 추모객 무리가 다시 우릴 둘러쌌다. 코트니가 벽장 문간에 서서 손목에 찬 투명 시계를 두드렸다.

"자, 닭살 커플. 시간 다 됐어."

나는 빛의 공습에 눈을 백 번쯤 깜빡였다. 진실의 공습에. 헤더는 몽롱해 보였다. 100퍼센트 헤더처럼 보였다. 나는 몹쓸 짓을 했다. 헤더에게, 나에게, 그리고 브라이언에게. 물론 브라이언은 신경 쓰지 않겠지만, 내 마음은 그랬다. 어쩌면 아래층 여자가 그 키스로 나를 자기와 같은 악마로 변하게 했는지도 모른다.

"와, 난 한 번도……, 누구와도……, 와우. 굉장했어." 헤더가 속삭였다.

헤더는 제대로 걷지도 못했다. 나는 시선을 내려 바지에 텐트를 치지 않았다는 걸 확인했다. 헤더가 내 손을 잡고 벽장 밖으로 이끌었다. 우리는 굴에서 겨울잠을 자다 나온 두 마리 새끼 짐승 같았다. 다들 휘파람을 불며 "침실은 복도 끝이야" 따위의 헛소리를 내뱉었다.

나는 눈으로 브라이언을 찾았다. 여전히 책등을 연구하고 있을 줄 알았는데, 아니었다. 내가 딱 한 번 본 얼굴을 하고 있었다. 분노로 딱딱히 굳은 얼굴. 당장 내 머리에 운석을 날릴 기세였다. 일부러 빗맞힐 생각도 없어 보였다.

왜?

헤더는 말벌 무리로 달려갔다. 주드의 머리카락이 방 전체를, 온 우주를 에워쌌다. 나는 눈앞에 보이는 안락의자에 털썩 주저앉았다. 이해가 안 됐다. 브라이언은 아까 이렇게 말했다. *그냥 유치한 게임이잖아. 별거 아냐.* 그러고 보니 브라이언은 엄마 친구(남자 친구?)가 들이댔던 얘기를 할 때도 그랬다. *별거 아냐.* 하지만 별거처럼 보였다. 어쩌면 '별거 아냐'는 암호일지도 모른다. '핵 망했어'라는 뜻의 암호. 나는 머릿속으로 브라이언에게 속삭였다. *미안해. 사실 너였어. 너한테 키스한 거야.*

나는 두 손에 고개를 떨궜다. 본의 아니게 내 뒤에 있는 남자애들의 대화를 엿들었는데 그들은 마치 누가 더 '게이'라는 말을 많이 하나 경쟁하는 것 같았다. 그때 누군가가 내 어깨를 건드렸다. 헤더였다.

나는 헤더에게 고개를 까딱이고서 머리를 푹 숙이며 그냥 가라고 속으로 중얼거렸다. 이를테면 아마존으로……. 헤더가 뻣뻣하게 굴었다. 어떻게 그런 키스 후에 자신을 만 킬로미터나 떨어진 정글로 보낼 수 있냐는 듯이. 나도 헤더에게 이렇게 굴기는 싫지만 달리 어찌해야 좋을지 몰랐다. 잠시 후 머리카락 사이로 살짝 눈을 들어 보니 헤더는 없었다. 나는 숨을 참고 있던 것도 몰랐다. 숨을 길게 내쉬는데 브라이언이 벽장 안으로 들어가고 있었다. 코트니가 아니라, *내 누나에게* 이끌려.

내 누나에게.

*

이게 어떻게 된 일이지? 이럴 순 없어. 나는 눈을 깜빡이고 또 깜빡였다. 하지만 현실은 변하지 않았다. 나는 코트니를 쳐다봤다. 코트니는 한 손으로 모자 안의 종이들을 펼쳐 뭐가 잘못됐나 살피고 있었다. 잘못된 것은 주드였다. 주드가 이렇게까지 할 줄은 몰랐다.

나는 뭐라도 해야 했다.

의자에서 벌떡 일어나며 "아니! 안 돼!" 하고 소리쳤다.

실제로는 그러지 않았다.

테이블로 달려가 달걀 타이머를 낚아채 띵, 띵, 띵 울렸다.

실제로는 그러지 않았다.

아무것도 하지 않았다.

아무것도 할 수 없었다.

뱃속이 파헤쳐져서.

자화상 〈내장을 발라낸 생선〉

브라이언과 주드는 키스할 것이다.

아마 지금 이 순간 서로 키스하고 있을 것이다.

간신히 의자에서 일어나, 방을 벗어나, 계단을 내려가, 현관문 밖으로 나갔다. 포치를 가로지르는데 걸음을 뗄 때마다 발이 떨어져 나갈 것 같았다. 앞마당에는 흐릿한 사람들이 흐릿하게 돌아다니고 있었다. 나는 비틀거리며 그들 사이를 뚫고 검고 음흉한 공기를 헤치며 대로로 나섰다. 얼떨떨한 상태로 아까 벽감에서 키스하던 사랑에 미친 남자들을 찾아봤지만, 그들은 어디에도 없었다. 내가 상상한 것이다.

그들은 애초에 존재하지 않았다.

눈을 들어 숲을 보니 나무들이 와르르 쓰러졌다.

군상화 〈산산이 부서지는 유리소년들〉

그때, 등 뒤에서 혀 꼬부라진 영국 억양이 들렸다.

"은밀한 예술가 아니신가."

돌아보니 그때 그 벌거벗은 영국 남자였다. 다만 알몸이 아니라 가죽 재킷에 청바지와 부츠 차림이었다. 그때처럼 미친 얼굴에 그때처럼 미친 미소를 걸치고 있었다. 그리고 그때 그 짝눈. 내가 이 사람을 그린 그림을 가지려고 주드는 태양과 별과 바다를 포기했다. 나는 그것을 주드에게서 다시 빼앗을 것이다. 모든 걸 빼앗을 것이다.

만약 주드가 물에 빠지면, 머리를 더 깊이 처넣을 것이다.

"난 네가 누군지 알아, 친구." 남자가 불안정하게 서서 웬 술병으로 날 가리키며 말했다.

"아니요. 아무도 몰라요."

그의 눈이 스치듯 또렷해졌다.

"그럴지도 모르지."

우리는 아무 말 없이 서로 응시했다. 그의 벗은 몸이 떠올랐지만 아무렇지도 않았다. 난 이미 죽었으니까. 이대로 땅 밑에서 두더지들과 흙냄새나 들이마셔야지.

"아무튼, 넌 뭐라고 불려?" 남자가 물었다.

뭐라고 불리냐고? 이상한 질문이다. 또라이? 염병할 또라이 새끼로 불리지.

"피카소." 내가 대답했다.

남자의 눈썹이 치켜 올라갔다.

"진심?"

무슨 의미야?

남자는 허공에 대고 마구 지껄이기 시작했다. "거참, 기준치를 낮게도 잡으셨네. 기대에 미치는 건 식은 죽 먹기나 다름없겠어. 셰익스피어라고 불리는 애처럼. 너희 부모님은 대체 무슨 생각이셨대?" 그가 술병을 들어 꿀꺽꿀꺽 들이켰다.

나는 쓰러진 나무들에게 빌었다. 부디 브라이언이 창문으로 내가 이 벌거벗은 영국 남자와 함께 있는 걸 보게 해달라고. 주드도.

"형은 영화에 나오는 사람 같아요." 나는 생각과 말을 동시에 내뱉었다.

남자가 웃자 얼굴이 만화경처럼 어지럽게 변했다.

"그렇다면 순 형편 없는 영화겠지. 몇 주째 공원에서 노숙했거든. 물론 철창 안에서 잔 날은 빼고."

철창? 범법자인가? 그렇게 보이긴 했다.

"왜요?" 내가 물었다.

"술 취해 난동 부려서. 평화를 어지럽혔다고. 풍기문란죄라고 들어봤어?"

나는 그의 혀 꼬인 말을 해독하려고 애썼다.

"넌 선량한 시민이니, 피카소? 그런 사람 본 적 있어?"

내가 고개를 젓자 그가 고개를 끄덕였다.

"내 말이 그 말이야. 이 세상에 어지럽힐 평화가 어딨다고. 나도 경찰한테 계속 말했지. 어지럽힐, 평화가, 어딨냐고요."

남자는 담배 두 개비를 입에 물고 하나씩 불을 붙이더니 동시에 빨았다. 나는 담배를 한꺼번에 두 개비씩 피우는 사람을 처음 봤다. 코와 입에서 동시에 희뿌연 연기가 뿜어져 나왔다. 그가 그중 한 개비를 건네기에 순순히 받아 들었다. 그럼 달리 내가 뭘 하겠는가?

"네가 안 다니는 그 콧대 높은 학교에서 쫓겨났어." 남자는 몸을 가누려고 내 어깨에 손을 짚었다. "상관없어. 어차피 아직 열여덟이 안 된 걸 들켰어도 쫓겨났을 테니까."

그가 너무 휘청거려서 나는 두 발에 힘을 줘야 했다. 그러다가 손에 든 담배가 생각나 입으로 가져갔다. 하지만 빨아들이자마자 바로 기침했다. 그는 눈치채지 못했다. 아무래도 전봇대에 시비 거는 사람들만큼 엉망으로 취한 것 같았다. 어쩌면 내가 전봇대인지도 모른다. 나는 술병을 빼앗아 쏟아 버리고 싶었다.

"가볼게요." 내가 말했다. 브라이언과 주드가 어둠 속에서 서로를 만지는 장면이 머릿속에 떠오르기 시작했기 때문이다. 온몸 구석구석. 상상을 멈출 수 없었다.

"그래, 그래." 남자가 나를 보지 않고 말했다.

"형도 집에 가요." 그렇게 말하자마자 공원과 철창이 떠올랐다.

그가 절망이 빼곡히 달라붙은 얼굴로 고개를 끄덕였다.

나는 담배부터 팽개치고 걷기 시작했다. 몇 걸음 안 가서 "피카소"하는 부름에 뒤를 돌았다. 남자가 나를 향해 병을 겨누었다.

"내가 몇 번 모델을 섰던 미치광이 조각가가 있거든. 기예르모 가르시아라고. 그 사람한테 배우는 학생이 꽤 많아. 오후 아무 때나 와도 그 사람은 눈치 못 챌 거야. 너도 모델이랑 같은 방 안에 있을 수 있어. 피카소 그 양반처럼."

"거기가 어딘데요?" 나는 그가 말해 준 주소를 잊어버릴까 봐 머릿속으로 몇 번이나 되풀이했다. 꼭 가겠다는 건 아니다. 아마 나는 내 쌍둥이 누나를 살해한 죄로 감옥에 갈 테니까.

다 주드가 계획한 일이다. 확실하다. 틀림없이 주드의 아이디어였다. 엄마 때문에, 말벌들 때문에 나한테 오랫동안 앙심을 품어왔으니까. 그리고 엄마한테 쓴 쪽지를 쓰레기통에서 발견했을 것이다. 그러니까 이건 주드의 복수다. 아까도 브라이언의 이름이 적힌 종이를 미리 손에 쥐고 있었을 것이다.

말벌들조차 모르게, 나에게 집단 공격을 가한 것이다.

나는 집으로 향하는 내리막길을 걸었다. 브라이언과 주드의 잔상들로 융단폭격을 맞으며. 상상 속 브라이언은 주드의 머리카락과 해맑음과 평범함에 휘감겨 있다. 그게 브라이언이 원하던 것들이다. 그래서 우리 사이에 울타리를 세운 거다. 거기다 전기까지 둘러서 자신을 이중으로 보호했다. 찌질이 별종인 나로부터. 문득 내가 헤더에게 얼마나 넋 놓고 키스했는지 떠올랐다. 오우, 맙소사. 브라이언도 주드에게 그런 식으로 키스할까? 아니면 주드가 브라이언에게? 발광하는 괴물처럼 괴상한 소리가 내 입에서 터져 나왔다. 그러자 역겨운 밤 전체가 내게서 튀어나오려고 날뛰었다. 나는 길가로 달려가 맥주를 마지막 한 방울까지 토해냈다. 그 고약한 담배 한 모금, 그 모든 거짓말, 그 혐오스러운 키스까지, 탈탈 토해냈다. 삐거덕대는 뼈 한 자루만 남을 때까지.

집에 다다르자 거실에 불이 켜져있었다. 그래서 창문을 넘어 내 방에 들어갔다. 늘 약간 열어둔 창문이었다. 언젠가 한밤중에 브라이언이 몰래 들어올지도 모르니까. 내가 이번 여름 내내 잠들기 전에 상상했던 대로. 나는 스스로에 몸서리쳤다. 내가 기대했던 바에 몸서리쳤다.

풍경화 〈무너진 세계〉

갓등을 켜고 아빠의 카메라부터 찾았다. 하지만 침대 밑 항상 두는 자리에 없었다. 눈으로 샅샅이 방 안을 뒤졌다. 책상 위에 있는 것을 발견하고서야 숨을 내쉬었다. 카메라가 살아있는 폭탄처럼 보였다. 누가 옮겼지? 대체 누가? 내가 그랬나? 모르겠다. 아무래도 좋다. 나는 카메라를 켜 사진첩을 불러왔다. 처음 나온 것은 작년 할머니가 돌아가셨을 무렵에 찍은 사진이었다. 하늘을 향해 곧 날아오를 것처럼 팔을 벌린 채 활짝 웃는 크고 둥그스름한 모래 여자. 빌어먹게 끝내줬다. 나는 삭제 버튼에 손가락을 대고 세게, 잔인하게 눌렀다. 사진은 다음으로 넘어갈수록 더 끝내주고 더 기이하고 더 멋졌다. 나는 그것들을 지웠다. 하나씩 하나씩, 내 누나의 재능이 이 세상에서 흔적 없이 사라지고 오로지 나의 재능만 남을 때까지.

그리고 나서 거실을 살금살금 지나(엄마 아빠는 어떤 전쟁 영화 앞에서 잠들어 있었다), 주드의 방에 들어가 벽에서 벌거벗은 영국 남자의 초상화를 떼어 내 갈기갈기 찢은 뒤 온 바닥에 꽃잎처럼 뿌렸다. 그다음에 내 방으로 돌아와 브라이언을 그린 그림을 찢기 시작했다. 너무 많아서 한참 걸렸다. 겨우 다 찢고 나서 브라이언의 잔해를 검은 비닐봉지 세 봉에 채워 침대 밑에 처박았다. 내일 데블스드롭에서 마지막 한 조각까지 던져버릴 것이다.

그야 브라이언은 수영을 못하니까.

그때까지도, 주드는 집에 오지 않았다. 여름방학 통금 시간이 한 시간이나 지났는데! 나는 상상만 할 뿐이었다. 상상을 멈춰야 했다. 주머니 속 돌을 쥐고 브라이언이 창가로 다가오길 기도하는 짓 따위도.

이제 부질없는 짓이니까.

행운의 역사

주드
열여섯

샌디 선생님 말대로, 내 두 손으로 소원을 빌 것이다.

신탁을 이용해서.

여기 내 책상에 앉아 신탁의 힘을 빌려 기예르모 가르시아, 일명 술 취한 이고르, 조각계의 록스타에 대해 알아낼 수 있는 걸 모두 알아낼 것이다. 나는 그 작품을 만들어야 하고, 꼭 돌로 만들어야 하며, 그 사람만이 나를 도와줄 수 있다. 그게 엄마와 소통할 수 있는 유일한 길이다. 느낌이 온다.

하지만 그 전에 이 레몬을 빠는 생지옥을 통과해야 한다. 사랑을 불러일으키는 요망한 오렌지의 유일한 맞수, 레몬.

혀끝의 레몬은 마음속 연심을 마비시킨다.

왜냐하면 나는 이것의 싹을 *잘라야* 하기 때문이다.

할머니가 끼어들었다. "아 그래, 그래. 그 청년 말이지? 그 무슨 건방진…… 위험한…… 영국…… 늑대?" 할머니는 뽑아낼 수 있는 표현을 다 뽑아냈다.

"어떻게 생겼는지 기억도 안 나." 머릿속으로 할머니에게 말했다.

"*머리부터 발끝까지*만 빼고, 하." 머리 밖으로 할머니에게 말했다.

갑자기 울컥했다. 나는 한껏 영국 억양을 끌어내 덧붙였다. "*세상에 어느 남자가 너 같은 수다쟁이한테 말 한마디 걸 수 있겠어.*" 교회에서는 애써 참았던 미소가 얼굴을 잠식하더니 나는 어느새 벽을 보며 활짝 웃고 있었다.

아, 클라크 게이블이시여.

나는 반쯤 남은 레몬을 입 안에 쑤셔 넣고 할머니를 밀어냈다. 아마도 그 영국 청년은 선열, 구강 발진, 충치를 앓고 있을 것이다. 키스 불가 증상의 삼단 콤보. 로스트코브의 모든 남자들처럼.

유해균. 병원균. 영국발 세균 덩어리.

레몬의 신맛에 머리 전체가 오그라들었다. 보이 보이콧이 재가동되자 나는 노트북을 켜 검색창에 '기예르모 가르시아'와 '아트 투모로우'를 입력했다. 엄마의 인터뷰를 찾아보려고 했는데 소용없었다. 그 잡지는 온라인 서비스를 제공하지 않았다. 나는 다시 조각가의 이름을 입력하고 이미지 검색을 클릭했다.

그야말로 '화강암 거인들의 습격'이었다.

거대한 암석 덩어리. 걸어 다니는 산. 폭발하는 표현력. 나는 즉시 마음을 빼앗겼다. 이고르는 자신이 괜찮지 않다고 했다. 이제 보니 그의 작품도 마찬가지였다. 나는 작품 해설과 사진들을 북마크한 뒤, 보자마자 심장이 가라앉고 동시에 부풀어 오르는 한 작품을 화면보호기로 설정했다. 그리고 책꽂이에서 조소 교과서를 꺼내 살펴봤다. 역시 있었다. 그렇게 놀라운 작품들이 없을 리가 없다.

기예르모 가르시아는 비범했다. 나는 교과서에 실린 그에 대한 광기 어린 전기를 두 번이나 정독했다. 교과서가 아니라 할머니의 경전에 실릴 법한 이야기였다. 그래서 나는 그 페이지를 뜯어내서 이미 터질 듯한 가죽 장정 경전에 끼워 넣었다. 그때 현관문이 열리고 왁자지껄한 말소리와 요란한 발소리가 복도를 울렸다.

노아.

방문부터 닫을걸. 침대 아래로 다이빙할까? 내가 행동을 취하기도 전에 그들은 날 서커스단의 '수염 난 여자' 보듯 쳐다보며 우르르 지나갔다. 그 활기차게 웅성거리는 운동부, 비현실적으로 평범한 10대들 틈바구니에 내 동생이 있었다.

놀라기엔 아직 이르다.

노아는 루스벨트 고등학교의 스포츠팀에 가입했다.

그래, 좋다. 풋볼팀이 아니라 크로스컨트리팀이니까. 헤더도 같은 팀이다. 하지만 그래도. 노아는 *패거리*의 일원인 것이다.

잠시 후 놀랍게도 노아가 발걸음을 돌려 내 방에 들어왔다. 일순간 눈앞에 엄마가 서있는 것 같았다. 드문 일은 아니다. 나는 아빠처럼 눈과 머리 색이 옅고 노아는 엄마처럼 짙다. 다만 노아가 엄마를 닮았다는 사실은 점점 으스스해져서, 방금처럼 한 번씩 가슴을 철렁 내려앉게 한다. 나는 엄마와 닮은 구석이 하나도 없다. 우리 모녀를 따로 본 사람들은 분명 내가 입양아인 줄 알았을 것이다.

어색하다. 노아가 내 방에 있다니. 명치 끝이 조여들었다. 노아 옆에서 이렇게 긴장하게 되는 게 싫었다. 게다가…… 오늘 샌디 선생님이 한 말. 내가 모르는 사이에 누가 내 모래 여자들을 사진으로 찍어 CSA에 보냈다는 사실. 노아가 아닐 리 없다. 그 뜻은 다음과 같다. 노아가 날 CSA에 보내고 자기는 루스벨트에 갔다.

나는 레몬의 신맛을 뚫고 올라오는 죄책감을 음미했다.

"저기 있잖아."

노아가 진흙투성이 육상화를 앞뒤로 질질 끌며 말했다. 내 하얀 벨벳 카펫이 점점 더러워졌다. 나는 불평하지 않았다. 노아가 내 귀를 잘라버린대도 불평하지 않을 것이다. 노아의 얼굴은 아까 하늘을 날 때처럼 활짝 핀 얼굴이 아니었다. 맹꽁이자물쇠로 단단히 잠겨있었다.

"이번 주에 아빠 집 비우는 거 알지? 우린……." 노아는 자기 방을 턱짓했다. 음악과 웃음소리와 획일성이 울려 퍼지는 곳. "우리는 여기서 파티를 열까 하는데, 괜찮지?"

나는 노아를 물끄러미 바라봤다. 외계인이든 클라크 게이블이든, 영혼을 납치하는 존재에게 내 동생을 돌려달라고 속으로 빌며.

왜냐하면 이제 노아는 패거리와 몰려다니고 파티를 여는 것 외에도 여자애들과 데이트하고, 머리를 단정히 깎고, 아지트에서 놀고, 아빠와 스포츠 중계방송을 시청하기 때문이다. 다른 열여섯 살 남자애들에겐 괜찮다. 그러나 노아에게 그 모든 것은 단 하나, 영혼의 죽음을 의미한다. 잘못된 이야기가 담긴 책이다. 내 동생, 본인의 용어에 따르면 혁명적인 별종은, 이제 불꽃을 내지 못한다. 물론 아빠는 좋아한다. 노아와 헤더가 사귀는 줄 아는데, 사실이 아니다. 상황이 얼마나 심각한지 아는 사람은 나밖에 없다.

"음, 주드, 너 레몬 껍질 물고 있는 거 알아?"

"당연히 알지." 대답해 놓고 보니 방어적으로 들렸을 것 같았다. 아, 이거다! 나는 뜻밖의 언어 장벽을 이용해 노아를 똑바로 바라보며 덧붙였다. "내 동생에게 무슨 짓을 한 거야? 걔 보면 내가 그리워한다고 전해줘. 내가―."

"저기요? 네 주술용 레몬 때문에 뭐라고 하는지 모르겠어." 노아가 아빠처럼 탐탁지 않다는 표정으로 고개를 절레절레하더니 잔소리할 태세를 취했다. 내 취미가 거슬리는 것이다. 어떻게 보면 우린 하는 짓이 똑같다.

"있잖아, 며칠 전에 네 노트북 잠깐 빌려 썼거든. 숙제해야 하는데 헤더가 내 걸 쓰고 있어서. 일부러 본 건 아닌데, 검색 기록이 뜨더라고."

아, 이런.

"맙소사, 주드. 어떻게 하룻밤 새 그 많은 병에 걸렸다고 의심할 수 있어? 그 사망 기사들은 또 어떻고……. 캘리포니아 전 지역의 부고란을 다 뒤졌더라."

지금이야말로 초원을 떠올리기 딱 좋은 때다. 노아는 내 무릎 위에 펼쳐진 경전을 가리켰다.

"그 멍청한 책 좀 내버려 두고 밖에 좀 나가. 사람들하고 대화 좀 해. 죽은 할머니 말고. 죽는 것 말고 다른 생각 좀 해. 진짜—."

나는 레몬 껍질을 뱉었다. "뭐, *쪽팔려*?" 나도 노아에게 같은 말을 한 적 있다. 쪽팔린다고. 나는 과거의 나에게 몸서리쳤다.

우리가 성격을 바꿔치기할 수도 있나? 3학년 미술 수업 때 마이클스 선생님이 자화상을 그리라고 한 적 있다. 우리는 멀리 떨어져 앉아 있었는데 서로 눈길 한 번 나누지 않고도 나는 노아를, 노아는 나를 그렸다. 가끔, 지금, 그런 느낌이다.

"그렇게 말하려던 거 아니야." 노아는 한 손으로 머리를 쓸어넘기려다가, 딱히 쓸어넘길 게 없다는 걸 깨닫고 그 대신 목덜미를 주물렀다.

"맞잖아."

"그래, 맞아. 왜냐면 *진짜* 쪽팔리니까. 오늘 점심값 내려다가 이것들을 내밀었어." 노아는 호주머니에서 액막이 콩과 씨앗들을 꺼내 보였다.

"난 그저 널 보호하려는 거야, 노아. 비록 네가 꽉 막힌 아티초크라 해도."

"넌 정신 나갔어, 주드."

"진짜 정신 나간 게 뭔 줄 알아? 자기 엄마 기일에 파티를 여는 짓이지."

노아의 얼굴에 균열이 가나 싶더니 금세 봉합되었다. '너 거기 있는 거 다 알아!' 하고 소리치고 싶었다. 진짜다. 난 안다. 그 증거는 다음과 같다.

하나. 데블스드롭에서 뛰어내리는 것에 대한 병적인 집착과 오늘 하늘을 날면서 지은 활짝 핀 표정.

둘. 이따금 의자에 털썩 앉거나 침대에 벌렁 드러눕거나 소파에 몸을 말고 웅크리는데 내가 얼굴 앞에 손을 대고 흔들어도 눈도 깜빡이지 않는다. 마치 눈이 먼 사람처럼. 그동안 노아는 어디에 가 있는 걸까? 거기서 뭘 하고 있을까? 나는 노아가 머릿속으로 그림을 그리고 있다고, 평범으로 무장한 불가침 요새 안에 끝내주는 미술관이 있다고 짐작한다.

셋. 가장 뚜렷한 증거. 웬만해서는 온라인에 접속하지 않는, 아마도 미국에서 유일하게 가상 현실과 소셜 미디어에 전혀 무관심한 10대인 노아가 '로스트커넥션닷컴'이라는 사이트에 거의 매주 똑같은 글을 올린다는 사실(검색 기록 염탐은 쌍방 과실이다).

확인해 보니 응답받은 기록은 없었다. 하지만 틀림없이 브라이언에게 보내는 메시지였다. 브라이언은 엄마의 장례식 이후로 한 번도 본 적 없다. 이사 간 후로 로스트코브에는 다시 온 적 없는 것으로 안다.

참고로, 나는 브라이언과 노아의 관계를 알았다. 나 말고는 아무도 몰랐지만. 그 여름 내내 브라이언과 놀다가 저녁에 돌아오면 노아는 손가락이 벌겋게 부르트도록 '노아와브라이언'을 그렸다. 어느 날은 그리다 말고 냉장고로 달려가 얼음 쟁반에 손을 집어넣기도 했다. 내가 복도에서 지켜보는 줄도 몰랐다. 노아는 차가운 냉장고 문에 이마를 기대고 미끄러지듯 주저앉아 눈을 감았다. 노아의 꿈들이 몸 밖으로 흘러나왔다.

아침에 노아가 집을 나서면, 나는 노아가 침대 밑에 감춰둔 비밀 스케치북을 살펴봤다. 노아는 완전히 새로운 색 스펙트럼을 발견한 것 같았다. 또 다른 은하계의 이미지를 찾아낸 것 같았다. 나를 대체한 것 같았다.

솔직히 말하면, 그 무엇보다도, 나는 브라이언과 벽장 안에 들어갔던 과거를 바꾸고 싶다. 하지만 그 둘의 이야기는 그날 밤에 끝난 게 아니다.

그때 내가 한 짓들을 전부 돌이킬 수 있다면 좋을 텐데.

차라리 브라이언과 벽장에 들어간 게 최악이었다면 좋을 텐데.

오른손잡이 쌍둥이는 진실을 말하고 왼손잡이 쌍둥이는 거짓말을 한다.
(노아와 나는 둘 다 왼손잡이다.)

노아는 자기 발을 내려다보고 있었다. 뚫어지게. 무슨 생각을 하는지 알 수 없었다. 그러자 뼛속이 텅 비는 느낌이 들었다. 노아가 고개를 들었다. "파티 여는 거, 기일 아니야. 그 전날이야." 노아가 나직하게 말했다. 검은 두 눈이 부드러웠다. 엄마처럼.

"마음대로 해."

비록 이 동네, 하이드어웨이힐에 사는 제퍼 레이븐스 같은 서퍼 들과 조금도 마주치고 싶지 않았지만. 내 입에 아직 주술용 레몬이 있다면 이렇게 말했을 것이다. *미안해. 전부 다.*

"너도 올래? 저런 거 입고?" 노아가 벽을 가리켰다. 나와 다르게, 내 방은 소녀 감성이 넘친다. 내가 만든 드레스들이 사방에 걸려있 다. '떠오르는' 것도 있고 평범한 것도 있다. 마치 친구들과 함께 있 는 것 같다.

나는 어깨를 으쓱했다. "사교 활동 안 해. 드레스도 안 입고."

"예전에는 했잖아."

나는 '넌 예전에 그림을 그리고 남자애들을 좋아하고 말과 대화하 고 내 생일 선물로 달을 창가에 끌어와 줬잖아'라고 받아치지 않았다.

엄마가 돌아온다면 우리를 알아볼 수 있을까?

아니면 마침 내 방 문간에 나타난 아빠를. *그날 이후의 벤저민 스위 트와인*은 피부가 회색 도기 점토의 색과 질감을 띤다. 바지는 헐렁하 고 벨트도 헐거워서 꼭 허수아비처럼 보인다. 누가 벨트를 잡아당기 면 짚더미로 변할 것만 같다. 이건 내 잘못일지도 모르겠다. 엄마가 떠난 뒤 할머니와 나는 경전을 요리책 삼아 부엌을 거의 점령했다.

슬픔에 잠긴 가족에게 기쁨을 되찾아 주려면 끼니마다 달걀 껍데기 세 큰술을 뿌려라.

태양을 너에게 줄게

요즘 아빠는 늘 이런 식으로 나타난다. 어떤 기척도, 발소리도 없이. 나는 시선을 아빠의 신발로 옮겼다. 두 발이 바닥에 제대로 붙어있고 올바른 방향을 가리키고 있다. 다행히. 이제 누가 집안의 망령인지, 왜 죽은 부모의 존재감이 산 부모보다 더 뚜렷한지 모르겠다. 평소에 나는 아빠가 집에 있다는 걸 변기 물 내려가는 소리와 텔레비전 켜는 소리로만 안다. 아빠는 더 이상 재즈를 듣거나 수영을 하지 않는다. 대개 혼란스러운 표정으로 먼 곳을 멍하니 응시한다. 마치 지독히 난해한 수학 방정식을 풀듯이.

그리고 산책을 한다.

장례식 다음 날 엄마의 친구와 동료들이 집을 가득 채웠을 때부터였다. "바람 좀 쐬고 오마"라며 날 두고(노아는 어디 갔는지 코빼기도 보이지 않았다) 뒷문으로 사라진 아빠는 모두가 떠난 후에야 집으로 돌아왔다. 다음 날도 마찬가지였다. "바람 좀 쐬고 오마." 그렇게 시작된 산책은 며칠, 몇 주, 몇 달, 몇 년째 이어졌다. 사람들은 가끔 내게 여기서 20킬로미터 이상 떨어진 올드마인로드나 그보다 더 먼 밴디트비치에서 아빠를 봤다고 했다. 나는 가끔 아빠가 차에 치이거나 성난 파도에 휩쓸리거나 퓨마에게 공격당하는 상상을 한다. 아빠가 영영 돌아오지 않는 상상을 한다. 몇 번은 문 앞에서 기다리고 있다가 같이 가도 되냐고 물었는데 그때마다 아빠는 "생각할 시간이 좀 필요해"라며 거절했다.

그렇게 아빠가 생각하는 동안 나는 사고 소식을 전하는 전화가 오길 기다렸다.

수화기 너머로 이렇게 말하겠지. *사고가 있었습니다.*

엄마는 아빠를 만나러 가는 길이었다. 둘은 별거한 지 한 달째였고 아빠는 호텔에 머물고 있었다. 엄마는 그날 오후 집을 나서면서 노아에게 아빠를 데리고 올 테니 예전의 우리 가족으로 돌아가자고 말했다.

그 대신 엄마는 죽었다.

머릿속을 환기하려고 내가 물었다. "아빠, 살이 석화되는 병 있지 않아? 돌로 된 감옥처럼 자기 몸에 갇혀 서서히 죽어가는 병? 분명 아빠 의학지에서 읽은 것 같은데."

아빠와 노아는 그들만의 '눈빛'을 주고받았다. 뱉고 보니 내 말은 자폭이나 다름없었다. 아, 클라크 게이블이시여.

"진행성 골화 섬유 이형성증이라고 하지. 아주 드문 증상이야, 주드. 아주아주 드물어."

"아, 내가 그런 것 같다는 게 아니라."

어쨌든 말 그대로는 아니다. 우리 셋이 은유적으로 그런 것 같다는 생각은 굳이 입 밖에 내지 않았다. 우리의 진짜 자아는 이 겉껍데기 속 깊이 파묻혀 있다. 어쩌면 아빠의 의학지는 할머니의 경전만큼 계시적일지도 모른다.

"랠프는 어딨어? 랠프는 어딨어?"

가족 간 유대감이 반짝이는 순간이다! 우리는 일제히 할머니 스위트와인식으로 과장스럽게 눈을 굴렸다. 하지만 그때 아빠가 이맛살을 찌푸렸다.

"딸, 네 주머니에 커다란 양파가 들어있는 이유를 알 수 있을까?"

나는 내 스웨트셔츠 주머니에서 빼꼼히 고개를 내민 질병 퇴치 부적을 내려다보았다. 잊고 있었다. 혹시 그 영국 남자도 봤을까? 이런.

"주드, 너 정말—."

분명 아빠가 나의 경전 엄수 경향이나 할머니와의 초월적 관계에 대해(엄마에 대해서는 모른다) 아티초크식 일장 연설을 늘어놓겠거니 했는데, 아빠는 별안간 전기총에 맞은 것처럼 말을 멈췄다.

"아빠?"

아빠 얼굴이 창백해졌다. 정확히 말하면 좀 더 창백해졌다.

"아빠?"

나는 되풀이하며 아빠의 흔들리는 눈빛을 따라 컴퓨터 화면을 돌아봤다. 혹시 〈유가족〉 때문인가? 기예르모 가르시아의 작품 중에서 가장 마음에 드는 작품이었다. 가장 괴롭기도 하지만. 비탄에 빠진 거대한 세 석조 거인들은 꼭 우리 세 사람 같았다. 엄마의 무덤 앞에서 곧 쓰러질 듯한 얼굴로 서있는 아빠와 노아와 나. 아빠도 분명 그렇게 느꼈으리라.

노아도 별반 다르지 않았다. 화면을 뚫어지게 응시하고 있었다. 맹꽁이자물쇠는 사라지고 없었다. 붉은빛 감정이 노아의 얼굴과 목, 심지어 손까지 물들였다. 어쩌면 좋은 징조인지도 모른다. 노아는 확실히 예술에 반응하고 있었다.

"아, 이거. 놀라운 작품이지?" 내가 말했다.

둘 다 대답이 없었다. 아예 내 말을 못 들었는지도 모른다.

그때 아빠가 퉁명스럽게 말했다. "바람 좀 쐬고 오마."

노아도 덩달아 퉁명스럽게 말했다. "애들 기다리겠다."

두 사람은 문간에서 사라졌다.

이러고도 나만 정신이 나갔다고?

적어도 난 내가 어긋났다는 걸 안다. 매일 머릿속 버튼이 사방으로 튕겨 나가는 게 보인다. 하지만 아빠와 노아는 자기가 괜찮다고 생각하는 눈치다. 나는 그게 걱정이다.

창가로 가 창문을 열었다. 으스스한 물새 울음소리와 우레 같은 겨울 파도 소리가 밀려 들어왔다. *그 눈부신 파도.* 잠시 나는 보드 위에서 부서지는 파도를 뚫고 차갑고 짭짤한 공기를 폐로 들이마시는 상상을 했다. 그러나 이내 2년 전 그날, 노아를 뭍으로 끌고 나오던 그 순간으로 되돌아갔다. 노아의 체중 때문에 자맥질할수록 자꾸만 물속으로 가라앉던 그때로. 안 돼.

안 돼.

나는 창문을 닫고 블라인드를 휙 잡아당겼다.

쌍둥이 중 하나가 다치면 다른 하나가 피를 흘린다.

그날 밤 늦게 기예르모 가르시아에 대해 더 자세히 알아보려고 컴퓨터를 켰는데, 내가 저장한 북마크들이 삭제되어 있었다.

〈유가족〉 화면보호기는 보라색 튤립 한 송이로 바뀌어 있었다.

노아에게 물어보니 자기는 모르는 일이라고 했다. 나는 그 말을
믿지 않는다.

*

노아가 연 파티가 온 집 안을 쩌렁쩌렁 울렸다. 아빠는 기생충 학
회로 일주일간 집을 비웠다. 크리스마스는 우울하게 지나갔다. 그
래서 나는 새해 결심을 미리 했다. 아니, 새해 *혁명*이다. 오늘 밤
기예르모 가르시아의 스튜디오에 가서 나를 제자로 받아달라고 할
것이다. 겨울방학이 시작된 후로 지금까지 줄곧 겁이 나서 망설였
다. 그가 거절하면 어쩌지? 승낙하면 어쩌지? 조각끌로 날 위협하
면? 그 영국 남자가 있으면? 없으면? *그 영국 남자가 조각끌로 날*
위협하면? 엄마가 도자기처럼 손쉽게 돌을 깨뜨리면? 내 팔에 난
이 두드러기가 나병이라면?

기타 등등.

조금 전 인터넷에 그 모든 질문을 입력했고, 결과는 한결같았다.
지금보다 더 좋은 때는 없다. 게다가 노아의 파티 일행(제퍼 포함)이 계
속 내 방문을 두드리며 내 결심을 부추겼다. 물론 문은 굳게 잠그고
그 앞에 서랍장까지 옮겨놓았다. 나는 창문으로 방을 빠져나가면서
창틀에 늘어놓은 방패연잎성게 열두 조각을 윗옷 주머니에 쓸어 담
았다. 네 잎 클로버나 붉은 바다 유리만큼 효험이 좋지는 않지만 없
는 것보다는 나을 것이다.

나는 도로 중앙의 노란 반사경을 따라 언덕을 내려갔다. 지나가는 차량이나 연쇄살인마를 주의하면서. 하필 또 화이트아웃이었다. 너무 으스스했다. 생각이 짧았다. 하지만 이제 와서 결심을 돌이킬 수는 없었다. 나는 차갑고 축축한 공허를 뚫고 달렸다. 부디 기예르모 가르시아가 여자애를 살해하는 놈이 아닌 적당히 미친놈이기를 클라크 게이블에게 빌었다. 그리고 영국 남자가 거기 있을까 궁금해하지 않으려고 애썼다. 그 짝눈, 그 조각난 듯한 강렬한 인상이 왜 그리 낯이 익은지 생각하지 않으려고 애썼다. 날 타락 천사라 부르며 "넌 그 사람이야"라고 말하던 모습을 떠올리지 않으려고 애썼다. 그렇게 애써 머리를 비우다 보니 어느새 스튜디오 앞이었다. 문틈 사이로 빛이 뿜어져 나왔다.

술 취한 이고르가 있을 것이다. 기름진 머리카락과 검고 뻣뻣한 수염과 푸르스름하게 굳은살 박인 손가락이 머릿속을 가득 채웠다. 온몸이 근질거리는 이미지였다. 그는 아마 이가 있을 것이다. 그러니까, 내가 이라면 그의 몸을 서식지로 삼을 것이다. 그 모든 털. *악의는 없지만*, 으으.

몇 걸음 물러서서 올려다보니 건물 옆벽에 일렬로 늘어선 창문에 모두 불이 켜져있었다. 작업 공간은 저 안에 있을 것이다. 생각이 형태를 갖추기 시작했다. 좋은 생각이. 어쩌면 아무에게도 들키지 않고 작업실을 몰래 들여다볼 수 있을지도 모른다……. 그래, 저기 저 화재 대피용 비상계단을 통해. 석조 거인들이 보고 싶었다. 술 취한 이고르도 보고 싶었다. 유리창 너머로 보는 게 안성맞춤일 것 같았다. 정말이지 기발하다. 어느새 나는 울타리를 넘어 칠흑같이 어두운 통로로 숨어들었다. 여자애들이 조각끌로 얻어맞는 통로.

코방아를 찧으면 무척 재수가 없다.

(의심의 여지가 없는 구절이다. 할머니의 경전 속 지혜는 끝이 없다.)

비상계단에 (멀쩡히) 도착해 쥐새끼처럼 살금살금 창문의 불빛을 향해 올라갔다.

내가 지금 뭐 하는 거지?

뭐, 이미 늦었다. 층계참에 이르러 쪼그리고 앉아 게걸음으로 창문 아래를 지났다. 그리고 다시 일어나 벽을 안고서 환히 빛나는 드넓은 공간을 들여다보았다.

그들이 거기 있었다. 거인들. *거대한* 거인들. 하지만 사진에서 본 것들과는 달랐다. 모두 한 쌍이었다. 가장 안쪽에 마치 무대 위에서 포옹하는 듯한 거대한 석조 연인들이 있었다. 춤추는 도중에 얼어붙은 것 같았다. 아니, 포옹이 아니다. 아직은. 각 '여자'와 '남자'가 서로를 향해 열렬하게, *필사적*으로 몸을 내던지는데 서로의 품에 안기기 직전에 시간이 멈춘 듯했다.

아드레날린이 솟구쳤다. 「인터뷰 매거진」이 그에게 로댕의 〈키스〉에 야구방망이를 갈기라고 한 것은 당연하다. 그의 작품에 비하면 너무 정중하고, 뭐랄까, 따분하니까…….

꼬리를 물고 이어지던 생각이 뚝 끊겼다. 술 취한 이고르가 솟구치는 피를 감당할 수 없다는 듯이 그 넓은 공간으로 뛰쳐 들어왔기 때문이다. 다만, 완전히 딴사람 같았다. 면도하고 머리를 감고 작업복을 걸친 모습이었다. 작업복에는 군데군데 점토가 튀어있고 입가에 가져가는 생수병에도 마찬가지였다. 그의 전기 어디에도 점토 작품에 관한 얘기는 없었는데. 그는 방금까지 모세와 광야를 헤매다 온 사람처럼 물을 꿀꺽꿀꺽 들이켜더니 물병이 바닥을 드러내자 쓰레기통에 던져버렸다.

누군가가 그를 연결시켰다.

원자로에.

친애하는 여러분, 조각계의 록스타를 소개합니다.

그는 몇 걸음 떨어진, 방 한가운데 있는 미완성 점토 조형물로 이동하더니, 먹이를 노리는 포식자처럼 그 주위를 천천히 돌기 시작했다. 뭔가를 중얼거리는 낮고 굵은 음성이 창문을 통해 전해졌다. 나는 문 쪽을 힐끗했다. 누군가가 그를 따라 들어올 것 같았다. 대화의 상대가. 이를테면 그 영국 남자. 설레는 마음으로 짐작했지만 아무도 모습을 드러내지 않았다. 그가 하는 말은 한 단어도 알아들을 수 없었다. 스페인어 같았다.

어쩌면 유령과 대화하는 걸지도 모른다. 좋아, 그렇다면 공통점이다.

별안간 그가 조형물을 부여잡았다. 그 돌발적인 동작에 숨이 멎었다. 땅에 떨어지는 송전선 같은 몸짓이었다. 이제 그는 전력이 끊긴 상태로 조형물의 배에 이마를 묻고 있었다. (또다시) 악의는 없지만, 정말이지 별종이다. 커다란 손바닥으로 조형물의 양 옆구리를 잡고 그대로 꼼짝도 하지 않았다. 기도하거나 맥박을 재는 게 아니라면 아예 정신을 놓은 듯했다. *그 순간 그의 손이 천천히 위아래로 움직이기 시작하더니, 조형물의 표면을 가로지르며 점토를 조금씩 끌어다 몇 움큼 떼어내 바닥에 떨궜다. 그동안 그는 한 번도 고개를 들어 자기가 뭘 하는지 확인하지 않았다. 그는 보지 않고 조형하고 있었다.* 와우.

노아가 이걸 보면 좋았을 텐데. 엄마도.

마침내 그가 비틀거리며 몇 발짝 뒤로 물러섰다. 마치 무아지경에서 벗어나려는 듯이. 작업복 주머니에서 담배를 꺼내 물고 불을 붙이고서 근처 테이블에 기대 연기를 내뿜으며 조형물을 응시했다. 고개를 좌우로 기울여가며. 나는 그의 광기 어린 이야기를 떠올렸다. 전기에 따르면 그는 콜롬비아에서 대대로 묘비를 제작하는 집안에서 태어나 다섯 살에 조각을 시작했다. 그가 만든 천사는 아름답기로 유명했으며, 그가 만든 석상들이 지키는 묘지 근처에 사는 사람들은 한밤중에 석상들이 노래하는 걸 들었다고 증언했다. 그 천상의 목소리가 자신의 집 안으로, 침대 위로, 꿈속으로 흘러들어 왔다고. 항간에는 그 소년 조각가가 마법에 걸렸거나 악마에게 홀렸다는 소문까지 돌았다.

난 후자에 건다.

방에 들어서면 사방의 벽이 무너져 내리는 것 같은 사람이다.

동의해요, 엄마. 그러고 보니 다시 원점이다. 어떻게 *이 사람*에게 날 가르쳐달라고 하지? 이 사람은 이고르보다 훨씬 더 무섭다. 그는 담배꽁초를 바닥에 휙 튕겨 끄고 테이블 위에 있던 유리잔의 물을 길게 한 모금 들이키더니, 그대로 점토에 내뿜었다. 웩, 역겨워! 그리고는 질척해진 부분을 손가락으로 마구 주물렀다. 이제 그는 자신이 뭘 하는지 제대로 보고 있었다. 그 속에서 길을 잃었다. 들이켜고 내뿜고 주무르고, 들이켜고 내뿜고 주물렀다. 원하는 무언가를 점토에서 끄집어내려는 것처럼. 시간이 얼마나 흘렀을까, 내 눈앞에서 남자와 여자가 형태를 갖추기 시작했다. 두 몸은 서로 나뭇가지처럼 얽혀있었다.

이게 바로 자기 손으로 소원을 비는 행위다.

나는 거대한 돌 연인 몇 쌍과 함께 시간 가는 줄도 모르고 그의 작업을 지켜봤다. 손가락 갈퀴로 진흙을 긁어내고 머리를 쓸어 넘기는 행위가 끊임없이 이어지다 보니 이제 그가 작품을 만들어 내는지, 작품이 그를 만들어 내는지 알 수 없었다.

*

동이 트자 나는 다시 기예르모 가르시아의 화재 대피용 계단에 숨어들었다.

층계참에서 창틀 아래로 기어가 어젯밤과 같은 지점에 서서 작업실 안을 들여다보니…… 그는 여전히 그곳에 있었다. 어쩐지 그럴 것 같았다. 나를 등지고 단상에 걸터앉아 고개를 숙인 채 팔다리를 늘어뜨리고 있었다. 어젯밤과 같은 차림새로. 잠도 안 잔 걸까? 그 옆의 점토 조형물은 이제 완성된 듯했다. 밤새 작업한 게 틀림없었다. 하지만 내가 떠날 때와는 전혀 다른 형태였다. 연인은 더 이상 서로 얽혀있지 않았다. 남자 형상은 이제 바닥에 등을 대고 누워있고 여자 형상은 그의 가슴에 두 손을 짚고 몸을 떨치듯 벗어나고 있었다.

끔찍했다.

가만 보니 기예르모 가르시아의 어깨가 들썩이고 있었다. 설마 우나? 불현듯 알 수 없는 감정이 삼투압처럼 내 안에 부풀어 올랐다. 나는 침을 꿀꺽 삼키고 어깨를 움츠렸다. 하지만 절대 울지는 않았다.

애도의 눈물은 한데 모아 영혼을 치유하는 데 써야 한다.

(나는 엄마가 죽었을 때 한 번도 울지 않았다. 장례식에서도 가짜로 울었다. 번번이 화장실에 달려가 볼을 꼬집고 눈을 비벼서 그럴듯한 얼굴을 만들어냈다. 진짜로 울면, 눈물 한 방울이라도 흘리면 돌이킬 수 없이 무너질 게 뻔했다. 노아는 나와 반대였다. 몇 달 내내 장마 지역에서 사는 느낌이었다.)

창문 너머로 조각가의 소리가 들렸다. 허공에서 공기를 빨아들이는 듯한 깊고 어두운 신음. 여길 벗어나야 해. 떠나려고 몸을 웅크리는데 어젯밤부터 주머니에 있던 행운의 방패연잎성게들이 떠올랐다. 그에게 필요할 것이다. 그것들을 창턱에 줄지어 세우는데,

시야 한구석에 날쌘 움직임이 걸렸다. 그의 팔이 채찍처럼 뒤로 휙
뻗었다가 앞으로—.

"안 돼!"

나도 모르게 손바닥으로 창문을 쾅 쳐서 그의 손을 저지했다. 그
손이 그대로 고통에 찬 연인을 떠밀어 죽이지 않도록.

계단을 뛰어 내려가기 직전에 그와 눈이 마주쳤다. 그의 얼굴이
충격에서 분노로 물들었다.

*

울타리를 반쯤 넘었을 때였다. 지난번과 같은 공포 영화 효과음
을 내며 문이 끼익 열렸다. 시야 끝에 그의 거대한 체구가 들어왔
다. 나에게는 두 가지 선택지가 있었다. 왔던 길로 후퇴하여 숨기
와 보도로 뛰어들어 도망치기. 둘 다 썩 좋은 선택은 아니었다. 자
포자기한 심정으로 일단 두 발로 착지하고 휴, 하는 순간 중심을 잃
었다. 그대로 엄청나게 재수 없는 코방아를 찧으려는 찰나, 눈앞에
커다란 손이 불쑥 나타나 내 팔을 꽉 붙들어 세웠다.

"감사합니다."

뭐? 감사합니다?

"큰일 날 뻔했네요." 나는 그의 발을 보며 재빨리 덧붙였다. "넘
어져서 뇌 손상을 입는 경우가 꽤 많거든요. 손상 부위가 전두엽이
라면, 말도 마세요. 그날부로 자기 인격과는 안녕이니까요. 아무려

면 머리 좀 찧었다고 다른 사람이 되어버리는 게 무슨 사람인가요?
안 그래요?"

후······. 발동이 걸린 나는 이 땅에 태어난 유일한 목적이 그의 턱
없이 큰 진흙투성이 신발에 대고 혼잣말하는 것인 양 계속 지껄였
다. 있는 줄도 몰랐던 기어까지 바꿔 속도를 올렸다.

"만약 저한테 권한이 있다면, 물론 죽었다가 깨어나도 없지만,
그리고 미관상 너무 난해하지만 않다면, 저는 사람이 태어나서 죽
을 때까지 티타늄 헬멧을 쓰게 할 거예요. 그러니까 제 말은, 언제
든 뭐든 머리 위로 떨어질 수 있잖아요. 그런 생각 안 해보셨어요?
예를 들면 실외기요. 별생각 없이 시내에 베이글을 사러 가다가 2층
에서 떨어지는 실외기에 머리통이 박살 날 수 있잖아요." 나는 심호
흡했다. "아니면 벽돌이라든지요. 물론 창문을 뚫고 날아오는 벽돌
도 조심해야 하지만요."

"날아오는 벽돌?"

"네, 날아오는 벽돌."

"날아오는 벽돌이라고?"

뭐야, 설마 바본가?

"네. 아니면 코코넛이요. 열대 지방에 산다면 특히 더 조심해야
겠죠."

"너 미쳤구나."

"미친 건 *선생님*이죠." 나는 작게 말했다. 여전히 고개를 숙인
채. 그게 최선인 듯했다.

그의 입에서 스페인어가 쏟아져 나왔다. 나는 *로카*®라는 단어를 몇 번인가 알아들었다. 1에서 10까지 분노 척도를 매긴다면 그는 10이었다. 그의 몸 냄새는 아주 강렬했다. 악의는 없지만, 땀에 전 유인원 같았다. 적어도 술 냄새는 안 났다. 이고르는 사라지고 미친 록스타만 남았다.

'신발바라기' 전략에 몰두하고 있어서 확신할 수는 없지만, 아마 그는 스페인어를 쏟아내면서 내 팔을 잡았던 손을 마구 휘두르는 것 같았다. 그게 아니라면 지금 내 머리 위를 휙휙 날아다니는 건 새일 터였다. 어느덧 성난 움직임과 스페인어가 잦아들자 나는 용기를 내 눈을 들어 눈앞의 상대를 힐끔했다. 좋지 않았다. 그는 초고층 건물이었다. 가슴 앞에 팔짱을 낀 자세는 말도 못 하게 위압적이었다. 그 상태로 날 낯선 생명체를 보듯 주시하는데, 그건 내 쪽도 피차 마찬가지였다. 왜냐하면, 와우, 가까이서 보니 그는 모래 구덩이나 늪 같은 데서 막 빠져나온 사람 같았다. 온통 진흙투성이였다. 양 볼의 눈물 자국과 날 뚫어질 듯 노려보는 지옥에서 온 녹안만 빼면.

"그래서?" 그는 내가 질문에 대답하지 않았다는 듯이 다그쳤다.

나는 마른침을 삼켰다. "죄송해요. 일부러 그런 게 아니라⋯⋯." 음, 뭐라고 해야 하지? 일부러 울타리를 넘고 비상계단을 올라 당신이 신경쇠약에 시달리는 걸 지켜본 건 아니었다고?

나는 말을 고쳤다. "어젯밤에 왔다가―."

® Loca, 스페인어로 '미친 사람'이라는 뜻이다.

"밤새 저기서 날 훔쳐봤다는 거냐? 분명 얼마 전에 그냥 가라고 했는데, 다시 돌아와 날 밤새 훔쳐봤다고?" 그가 고함쳤다.

강아지뿐이 아니다. 이자는 해맑고 사랑스러운 아기들까지 잡아 먹는 부류다.

"아뇨, *밤새*는 아니고요…….." 나도 모르게 또 발동이 걸렸다. "절 가르쳐주실 수 있는지 여쭤보려고 했어요. 문하생처럼 일도 할 게요. 뭐든지요. 청소든 뭐든요. 왜냐면, 제가 어떤 조각을 만들어 야 하거든요." 나는 그와 시선을 마주쳤다. "꼭 만들어야 하고 반드 시 돌이어야 해요. 이유는 여러 가진데 어차피 못 믿으실 거예요. 저 희 선생님, 샌디 선생님 말로는 선생님이 몇 안 남은 석공에 명인 중 하나라고 했거든요. 그러니까, 거의 전 세계에서요." 잠깐 희미하게 나마 웃은 것 같은데? "그런데 저번에 왔을 때 선생님이 너무……, 모르겠어요. 물론 그때 저보고 가라고 하셔서 가긴 했어요. 그러다 어젯밤에 다시 여쭤보러 왔는데, 더럭 겁이 나서, 그러니까, 뭐랄 까, 선생님이 좀 무서워서요. 솔직히……, *완전* 무서워요……."

그가 눈썹을 치켜올리자 이마 위 굳은 점토에 금이 갔다.

"그런데 어젯밤에, 작품을 안 보고 빚으시는 걸 봤는데, 그 게……." 어땠는지 설명하고 싶은데, 도무지 적당한 말이 떠오르지 않았다. "그냥 믿어지지 않았어요. *믿을 수가 없었어요.* 그러다 생 각한 게, 선생님이 어쩌면, 뭐랄까, 마력 같은 게 있다고 생각했어 요. 왜냐면 제 조소 교과서에 나오거든요. 선생님이 어렸을 때 조 각한 천사들이 어땠고, 그래서 마법에 걸렸다거나 심지어 악마한테 홀렸다는 소문까지 돌았다고요. 나쁜 뜻으로 하는 말은 아니고요. 그리고 제가 만들어야 하는 그 조각은, 음, 도움이 필요해요. *그런 도움이요.* 왜냐면, 제 생각엔, 제가 뭔가를 바로잡을 수 있을 것 같거든요. 그러니까 제가 그걸 만들면, 누군가가 끝내 뭔가를 이해해 줄 거라고요. 그건 저한테 무지 중요한 일이에요. 무지무지무지요. 왜냐하면, 그 사람은 절 한 번도 이해해 주지 않았거든요, 진정으로요. 제가 한 짓에 엄청 화가 나서……." 나는 숨을 들이켜고서 덧붙였다. "그리고 저도 슬퍼요. 저도 안 괜찮아요. 전혀요. 저번에 왔을 때도 그렇게 말하고 싶었어요. 샌디 선생님이 보내서 학교 상담실에도 갔었는데, 상담사는 저더러 그냥 초원을 떠올리라고……."
나는 해야 할 말을 진작 다 했다는 걸 깨닫고 입을 다물었다. 이러고 있으면 곧 누군가가 구속복을 들고 와서 날 제압하겠지.

지난 2년을 전부 합친 것보다 더 많이 말했다.

그는 한 손으로 입가를 쓸며 날 뜯어보기 시작했다. 이번에는 외계 생명체가 아니라 어젯밤 조형물을 보듯이. 마침내 그의 입에서 나온 말은 뜻밖에도, 그리고 다행스럽게도, '병원에 연락하마'가 아닌 "커피 한잔할래? 나도 좀 쉬게"였다.

*

나는 기예르모 가르시아를 따라 닫힌 문이 늘어선 어둡고 칙칙한 복도를 걸었다. 그 문 안에 다른 열여섯 살 미술 학도들이 묶여있을

지 누가 알겠는가. 그러고 보니 내가 여기 있는 걸 아무도 모르는데. 갑자기 묘비 제작자 집안 얘기가 꺼림칙하게 다가왔다.

용기를 얻으려면 주먹 쥔 손에 대고 자기 이름을 세 번 말해라.
(호신용 후추 스프레이는 어때, 할머니?)

나는 주먹에 대고 내 이름을 세 번 말했다. 아니, 여섯 번. 아니, 아홉 번……

그가 돌아서서 씩 웃으며 손가락으로 허공을 가리켰다.

"기예르모 가르시아만큼 커피를 잘 만드는 사람은 없지."

나는 빙그레 웃었다. 그 말에 딱히 살의는 없어 보였다. 하지만 날 안심시켜서 은신처로 꾀려는 수작인지도 모른다. 동화 '헨젤과 그레텔'의 마녀처럼.

안전 경보: 마스크를 쓰시오. 두 개의 높은 창문을 통해 내리쬐는 두꺼운 햇살에 분진이 그득히 드러났다. 바닥을 내려다보니, 맙소사, 발자국이 찍힐 만큼 먼지투성이였다. 그 많은 먼지를 일으키느니 차라리 할머니처럼 허공을 떠돌고 싶었다. 게다가 이렇게 컴컴하다면…… 유독성 검은 곰팡이 포자들이 시멘트벽 전체에 그득할 것이다.

우리는 탁 트인 공간에 들어섰다.

"우편물실." 기예르모가 말했다.

농담이 아니었다. 몇 달, 혹은 몇 년 치 우편물이 모두 미개봉 상태로 탁자, 의자, 소파에서 흘러넘쳐 바닥까지 쌓여있었다. 내 오른쪽에는 식중독균이 바글거릴 부엌 공간, 아마 손발이 묶이고 재갈이 물린 인질들이 있을 또 다른 닫힌 문, 다락으로 이어지는 계단(얼핏 정돈되지 않은 침대가 보였다)이 있고, 내 왼쪽에는, 아, 클라크 게이블이시여, 내게 이런 축복을 주시다니, 실물 크기의 천사 석상이 있었다. 이곳으로 오기 전에 긴 세월을 야외에서 보낸 듯했다.

그들 중 하나다. 틀림없어. 대박! 그의 전기에 따르면 콜롬비아에서는 오늘날까지 기예르모 가르시아표 천사의 차가운 귀에 소원을 속삭이기 위해 멀리서 찾아오는 사람들이 있다고 했다. 이 천사는 키가 나만큼 크고, 허리까지 길게 내려오는 머리카락은 꼭 돌이 아닌 비단으로 이루어진 것 같았다. 넓적하면서도 턱이 좁은 얼굴은 마치 어린아이를 내려다보듯 자애롭고, 등에서 뻗어 나온 날개는 자유 그 자체였다. 샌디 선생님 사무실에서 본 *다비드*처럼 당장이라도 숨을 터뜨릴 것 같았다. 나는 천사를 덥석 껴안거나 꺅 소리를 지르고 싶었지만, 그 대신 조용히 이렇게 물었다.

"이 천사가 선생님에게도 밤에 노래를 불러주나요?"

"안타깝지만, 어떤 천사도 내게 노래를 불러주지 않아."

"그렇군요. 저도요." 내 말에 그가 뒤돌아보며 뜻 모를 미소를 지었다. 그가 다시 등을 돌리자마자 나는 왼쪽으로 확 꺾어 발끝으로 살금살금 이동했다. 어쩔 수 없다. 당장 천사의 귀에 내 소원을 빌어야 했다.

그가 한쪽 팔을 들어 흔들었다. "그래, 그래. 다들 그러더라. 효과가 있다면야."

나는 그 회의적인 말투를 무시하고 천사의 조개껍데기 같은 완벽한 귀에 내 소원을 털어놓았다. *뭐든 많이 걸수록 좋아.* 그제야 천사 뒤의 벽을 채운 스케치들이 눈에 들어왔다. 대부분 인체로, 연인들이었다. 얼굴 없는 남자와 여자가 포옹하는, 아니, 서로의 품에서 폭발하는 모습이었다. 습작인가? 다른 방 거인들을 위한? 우편물실을 다시 둘러보니 사방의 벽이 대부분 스케치로 도배되어 있었다. 벽화의 유일한 빈틈이라고 할 수 있는 곳에는 커다란 유화가 액자 없이 걸려있었다. 한 여자와 한 남자가 바닷가 절벽 위에서 키스하는데, 주변 세상이 온갖 색으로 토네이도처럼 소용돌이쳤다. 칸딘스키나 엄마가 가장 좋아하는 마르크처럼 색채가 과감하고 선명했다.

기예르모 가르시아가 회화도 하는 줄은 몰랐는데.

나는 캔버스로 다가갔다. 어쩌면 캔버스가 내게 다가오는지도 몰랐다. 다른 그림들은 벽에 그대로 남아있는데, 이 그림은 아니었다. 2차원에서 색채가 쏟아져 나와 나를 덮치고, 키스 한복판에 처박았다. 그 키스에 부딪혀 나는 어떤 여자로 변했다. 보이콧을 내팽개치고 어떤 영국 남자의 행방을 궁금해하는⋯⋯.

"종이도 아낄 겸."

기예르모 가르시아가 말했다. 나도 모르게 그 유화 근처의 벽 스케치를 쓰다듬고 있었다. 그는 커다란 개수대에 기대어 날 바라봤다.

"난 나무들을 굉장히 좋아하거든."

"나무들은 멋지죠." 나는 내 주위의 모든 알몸, 사랑, 정욕에 약간 압도된 채로 중얼거렸다. "하지만 나무들은 제 동생 거예요." 무심결에 덧붙였다.

그의 손을 힐끗 봤다. 역시 결혼반지는 없다. 게다가 이곳은 일평생 여자가 드나든 적 없는 공간 같았다. 하지만 그 거인 연인들은 뭘까? 어젯밤 그가 만든 조형물은? 남자의 몸을 떨치듯 벗어나는 여자는? 이 키스 그림은? 이 모든 끈적한 동굴 벽화들은? 술 취한 이고르는? 그 흐느낌은? 샌디 선생님은 그에게 무슨 일이 있었다고 했다. 그게 뭐지? 대체 뭘까? 이곳에는 분명 뭔가 심각하게 어긋났다는 분위기가 감돌았다.

그의 이마 위 굳은 점토에 주름이 졌다. 그제야 방금 내가 나무에 대해 뭐라고 지껄였는지 떠올랐다.

"아, 제 동생이랑 저는 어릴 때 세상을 나눠 가졌거든요. 걔가 그린 어떤 끝내주는 입체파 초상화를 너무 갖고 싶어서 나무랑 태양이랑 다 넘기고 얻어냈죠."

그 초상화의 잔해가 아직 내 침대 밑 비닐봉지에 있다. 그날 밤, 브라이언의 송별 파티에서 돌아와 보니 노아가 내 방 전체에 흩뿌려 놓았었다. 그때 생각했다. 맞아, 난 사랑받을 자격이 없어. 더이상은. 나 같은 여자애한테 사랑 이야기는 가당치 않아. 자기 동생에게 그런 짓을 하는, 검은 심장을 지닌 애한테는.

하지만 나는 그 남자를 한 조각도 버리지 않고 모아두었다. 다시 이어 붙이려고 여러 번 시도했으나 번번이 실패했다. 이제는 어떻게 생겼는지 기억도 안 나지만, 노아의 스케치북에서 처음 봤을 때의 느낌은 결코 잊을 수 없다. 그를 *가져야* 했다. 진짜 태양까지 포기할 정도였으니 가상의 태양을 주는 일쯤이야 아무것도 아니었다.

"그렇구나. 그 거래는 언제까지 이어졌니? 세상 나눠 갖기?" 기예르모 가르시아가 물었다.

"아직 진행 중이에요."

그가 다시 팔짱을 꼈다. 선호하는 자세인 듯했다.

"엄청난 힘을 지녔구나. 너와 네 동생 말이다. 신들처럼. 그런데 솔직히 수지맞는 거래는 아닌 것 같다. 네가 아까 슬프다고 했잖니. 내가 보기엔 그래서 그런 거야. 태양도 없고 나무도 없어서."

"별과 바다도 잃었죠."

"끔찍하군." 석고 마스크 사이로 그의 눈이 크게 벌어졌다. "넌 형편없는 협상가야. 다음번엔 꼭 변호사를 대동해." 그의 목소리에 웃음기가 묻어났다.

나는 미소 지었다. "그래도 꽃은 사수했어요."

"그것참 다행이구나."

뭔가 기묘한 일이 벌어지고 있었다. 믿을 수 없이 기묘한 일이. 마음이 편안했다. 다른 데도 아니고 이곳에서, 그와 단둘이 있는데.

헉, 하필 그때 고양이, 그것도 *검은* 고양이가 나타났다. 기예르모는 몸을 숙여 그 검은 불행 덩어리를 품에 안았다. 게다가 녀석의 목에 얼굴을 파묻고 스페인어를 속삭였다. 연쇄살인마는 대부분 동물애호가다. 어디선가 읽었다.

"애는 프리다 칼로다. 칼로 아니?" 그가 날 향해 돌아섰다.

"알죠."

엄마는 프리다 칼로와 디에고 리베라의 공동 전기를 쓰기도 했다. 나는 『헤아려 볼게요』라는 그 책을 처음부터 끝까지 정독했다.

"경이로운 예술가였지⋯⋯. 몹시 고통받은." 그는 고양이를 들어 올려 마주 보고 말했다. "너처럼 말이야." 그리고 녀석을 바닥에 내려놓았다.

고양이는 아쉬운 듯이 그의 다리에 몸을 비비적댔다. 자기 종이 인간들에게 끼친 불행의 역사는 아랑곳하지 않고.

"톡소플라스마증과 캄필로박터증이 고양이 배설물을 통해 사람에게 옮는 병인 거 아세요?" 내가 그에게 물었다.

그가 양미간을 찌푸리자 이마의 점토가 쩍 갈라졌다.

"아니, 모른다. 알고 싶지도 않고." 그는 진흙투성이 얼굴을 두 손과 함께 내저었다. "이미 머릿속에서 지웠다. 삭제. 펑. 너도 그렇게 해라. 날아오는 벽돌에 이어, 뭐? 그런 것들은 평생 들어본 적도 없다."

"시력을 잃거나 더 심각할 수도 있어요. 실제로 일어나는 일이에요. 반려동물이 얼마나 위험한지 사람들은 잘 몰라요."

"너 정말 그렇게 생각하니? 작은 새끼 고양이를 기르는 게 그렇게 위험하다고?"

"사실이에요. 게다가 검은 녀석이잖아요. 그 점에 대해서는 모르는 게 정신 건강에 나아요."

"그래. 네 생각이 그렇다면, 내 생각에는 네가 미친 것 같다." 그가 고개를 젖히고 웃음을 터뜨렸다. 그러자 온 세상 분위기가 누그러졌다. "완전 *로카*."

그가 돌아서서 클라크 게이블도 모를 스페인어를 쏟아내며 작업복을 벗어 벽 고리에 걸었다. 그 아래는 평범한 사람처럼 청바지에 검정 티셔츠 차림이었다. 그는 벗은 작업복 앞주머니에서 수첩을 꺼내 청바지 뒷주머니에 쑤셔 넣었다. 아이디어 수첩인가? CSA에서는 아이디어 수첩을 항상 몸에 지니고 다니라고 한다. 내 수첩은 새것이나 다름없다. 그는 수도꼭지를 양쪽 다 콸콸 틀어 놓고 공업용 비누로 양팔을 번갈아 가며 북북 씻었다. 갈색 물줄기가 탁류처럼 흘러내렸다. 이어서 그는 머리 전체를 수도꼭지 아래 들이밀었다. 아무래도 시간이 좀 걸릴 듯했다.

나는 기예르모의 발치를 빙빙 돌고 있는 불운의 프리다와 친해지려고 쭈그리고 앉았다. 적을 가까이 두라는 말도 있지 않은가. 이상한 점은 프리다와 톡소플라스마증과 여러모로 무시무시한 이 남자를 곁에 두고도 내가 오랫동안 어느 곳에서도 느끼지 못한 편안함을 느낀다는 것이었다. 나는 고양이의 주의를 끌려고 손가락으로 바닥을 두드렸다.

"프리다." 나는 부드럽게 불렀다.

엄마가 쓴 칼로와 리베라 전기의 제목, '헤아려 볼게요'는 엄마가 제일 좋아하는 엘리자베스 브라우닝의 시에 나오는 구절이다. 언젠가 엄마에게 그 시를 외웠냐고 물은 적 있다. 드물게 단둘이 숲속을 거닐던 때였다.

"물론이지." 엄마는 즐거운 듯 깡충깡충 뛰며 날 끌어당겼다. 그 행복한 들썩임이 내 몸 구석구석 전해졌다. "당신을 얼마나 사랑하냐고요?" 엄마의 크고 검은 눈동자가 날 비췄다. 우리 머리카락이 바람에 한데 섞이고 감기면서 휘날렸다. 연애시라는 걸 알았지만 그 순간만큼은 우리 둘만의 것, 모녀간의 속삭임처럼 느껴졌다.

"헤아려 볼게요."

엄마가 시를 읊었다……. 아니, *지금* 읊고 있다!

"내 영혼이 닿을 수 있는 깊이와 폭과 높이만큼—."

엄마다. 여기, 지금, 엄마가 깊고 걸걸한 목소리로 내게 그 시를 읊어주고 있다!

"당신을 사랑합니다. 내 삶의 모든 숨결과 미소와 눈물을 바쳐서. 그리고 만약 신이 허락하신다면, 이 목숨이 다한 후에도 더더욱 당신을 사랑하겠습니다."

"엄마, 나 듣고 있어." 내가 속삭였다.

매일 밤 잠들기 전에 나는 이 시를 엄마에게 소리 내어 읽어줬다. 바로 이런 상황을 바라며.

"거기 괜찮니?" 고개를 드니 석고 마스크를 벗은 기예르모 가르시아가 보였다. 그는 이제 바다에서 막 나온 사람 같았다. 뒤로 쓸어 넘긴 검은 머리에서 물이 뚝뚝 떨어지고 어깨에 수건을 두르고 있었다.

"멀쩡해요." 그렇게 말했지만, 전혀 멀쩡하지 않았다. 죽은 엄마가 내게 말을 걸었다! 시 구절을 되돌려 주었다. 날 사랑한다고 말해주었다. 여전히.

나는 일어섰다. 방금 내 모습이 어땠을까? 고양이는 온데간데없이, 혼자 바닥에 쪼그리고 앉아 넋이 빠진 채로 죽은 엄마에게 속삭이고 있었다.

기예르모의 얼굴은 이제야 내가 온라인에서 본 사진들과 흡사했다. 자기주장이 뚜렷한 이목구비는 모아 보니 완전히 전쟁터였다. 코와 입과 부리부리한 눈의 영역 싸움이었다. 괴기스러운지 잘생겼는지 나로서는 판단이 안 섰다.

그 역시 나를 관찰하고 있었다.

"네 뼈대." 그가 자기 볼을 쓰다듬으며 말했다. "굉장히 가늘구나. 새처럼." 그의 눈이 내 가슴을 지나 내 몸 중간쯤 머물렀다. 심상찮은 시선을 따라 나도 눈을 내렸다. 양파라든지, 오늘의 운수를 위해 챙겼다가 잊고 있던 무언가가 시야에 걸리길 예상하면서. 하지만 아무것도 없었다. 그 대신 지퍼를 채우지 않은 후드 집업 아래받쳐 입은 티셔츠가 살짝 올라가 있었다. 그는 살짝 드러난 내 배를, 내 타투를 응시하고 있었다. 그가 한 발짝 가까이 다가섰다. 그러더니 물어보지도 않고 내 티셔츠를 끌어올렸다. 아, 이런, 이런 이런이런. 그의 손이 내 옷자락을 쥐고 있었다. 그 손끝의 열기가 셔츠를 뚫고 배 위로 느껴졌다. 심장 박동이 빨라졌다. 이거 부적절한 거 맞지? 그러니까, 그는 나이 지긋한 남자다. 아빠뻘 되는. 전혀 아빠처럼 보이지는 않지만.

다시 고개를 드니, 그는 내 배를 화폭처럼 보고 있었다. 내 타투에 매료된 것이다. 내가 아니라. 안심은 된다만.

그는 나와 눈을 맞추고 인정한다는 듯이 고개를 끄덕였다.

"배에 새긴 라파엘로라. 아주 멋지구나."

나는 미소 짓지 않을 수 없었다. 그도 씩 웃었다. 엄마가 죽기 일주일 전에 저축한 돈을 다 털어 새긴 타투다. 미성년자에게도 시술해 주는 사람을 제퍼가 소개해 줬다. 라파엘로의 두 아기 천사를 고른 이유는 보자마자 '노아와주드'가 떠올랐기 때문이다. 둘보다 하나에 가까운. 게다가 그들은 날 수도 있다. 돌이켜 보면 엄마를 열받게 하려고 새긴 타투인데 정작 엄마에게 한 번도 보여주지 못했다……. 어떻게 싸우던 상대가 죽어버릴 수 있지? 상대를 미워하는 도중에 이런 식으로 뒤통수를 맞을 수 있지? 화해고 뭐고 아무것도 못 했는데?

가족과 화해하려면 떨어지는 빗물을 한 그릇 받아 동이 트는 순간에 마셔라.
(엄마가 죽기 몇 달 전, 엄마와 나는 모녀의 날을 맞아 관계 개선을 위해 단둘이 시내에 갔다. 점심을 먹으면서 엄마는 마음속으로 늘 자신을 버린 엄마를 찾아 헤매는 기분이라고 말했다. 나는 엄마한테 나도 그렇다고 대꾸하고 싶었다.)

기예르모는 나에게 따라오라고 손짓하고서 거대한 작업실 입구에서 멈췄다. 다른 곳과 달리 햇볕이 잘 들고 제법 단정했다. 그는 손을 들어 거인들이 가득한 안쪽을 가리켰다.

"내 바위들. 이미 만났겠지만."

만나긴 했는데 이런 식으로는 아니었다. 그들은 실로 거인처럼 우릴 굽어봤다.

"제가 정말 작게 느껴져요." 내가 말했다.

"나도다. 개미가 된 것 같지."

"선생님은 이들의 조물주잖아요."

"글쎄다. 모르겠다. 누가 알겠니⋯⋯." 그는 내가 알아듣지 못할 말을 중얼거리더니 두 손으로 웬 교향곡을 지휘하며 한 작업대로 걸어갔다. 그 위에는 버너와 주전자가 있었다.

"앨리스 증후군인지도 몰라요!" 문득 떠오른 생각에 이거다 싶어 소리쳤다. 그가 돌아봤다. "완전 멋진 신경계 질환인데요, 머릿속에서 사물의 크기가 왜곡되어 보이는 현상이에요. 그 질환을 앓는 사람들은 보통 미니어처 인간들이 성냥갑만 한 차를 타고 다니는 것처럼 만물이 조그맣게 보인다고 하는데, 그 반대 경험도 할 수 있대요." 나는 내 진단의 증거로 거인들을 가리켰다.

그는 자신이 앨리스 증후군이라고 생각하지 않는 눈치였다. 찬장을 뒤지면서 또다시 로카투성이 스페인어를 쏟아내기 시작했다. 다만 이번에는 좀 더 다정한 구석이 있었다. 어쩌면 내가 그를 즐겁게 하는지도 모른다는 생각이 들었다. 그가 툴툴거리며 커피를 만드는 동안, 나는 한 쌍의 연인 주위를 천천히 돌았다. 손가락으로 그들의 우둘투둘한 살갗을 쓸다가 그들 사이에 서서 두 손을 위로 뻗어

보았다. 사랑에 번민하는 그들의 거대한 몸을 타고 오르고 싶었다.

어쩌면 그가 앓고 있는 것은 다른 증후군인지도 모른다. 상사병. 이곳을 둘러싼 반복적인 모티브가 어떤 징조라면 그렇게 볼 수도 있으리라.

나는 새 진단을 속으로 삼키고 그가 있는 작업대로 갔다. 그는 두 머그잔에 씌운 필터 위로 주전자의 뜨거운 물을 붓고 스페인어로 노래를 흥얼거리기 시작했다. 어떤 낯선 느낌이 내 안에 밀려들었다. 안온함. 이제 편안함을 넘어 진정한 안온함이 날 채웠다. 어쩌면 그도 같은 경험을 하고 있는지 모른다. 노래도 그렇고.

내가 여기로 이사 올 수 있을까? 재봉틀만 챙겨 오면 되는데. 그 영국 남자만 요령껏 피하면……. 어쩌면 그는 기예르모의 아들일지도 모른다. 최근에야 존재를 알게 된 사생아. 영국에서 자랐고. 맞아!

그리고…… 여기 어디 레몬 하나 없나?

"약속한 대로, 신의 음료다." 그가 김이 폴폴 나는 두 머그잔을 테이블 위에 올려놓았다. 나는 그 옆 빨간 소파에 앉았다.

"이제 얘기 좀 해볼까?"

그가 맞은편에 앉자, 유인원 땀내도 뒤따라왔다. 상관없다. 몇 년 안에 태양이 소멸한다 해도(실은 50억 년 후겠지만), 그래서 모든 생명체가 자취를 감춘다 해도, 난 신경 안 쓴다. 이 안온함을 누릴 수 있다면.

그가 테이블에 있는 설탕통을 집어 들고 자기 머그잔에 설탕을 1톤쯤 부었다. 흘리는 양도 그쯤 됐다.

"그건 길조예요."

"뭐가 말이냐?"

"설탕 흘리는 거요. 소금을 흘리면 복이 달아나는데, 설탕은……."

"그건 들어본 적 있다. 자." 그가 씩 웃더니 손등으로 설탕통을 툭 쳐서 넘어뜨렸다. 내용물이 바닥에 쏟아졌다.

내 안에 기쁨이 솟구쳤다.

"일부러 한 건 소용없을걸요."

"그런 게 어딨냐." 그가 테이블 위에 둔 구겨진 담뱃갑을 툭툭 쳐 담배 한 개비를 꺼냈다. 그 옆에는 아까 본 것과 같은 수첩이 있었다. 그가 소파에 등을 기대며 담배에 불을 붙이고 깊이 빨아들였다. 연기가 공기 중에 감겨들었다.

그가 다시 날 뜯어보았다.

"네가 밖에서 뭐라고 떠들고 다니든 내 귀에 들어온다는 걸 명심해라. 이쪽 문제에 대해서 말이야."

그는 자기 가슴에 한 손을 얹었다.

"네가 솔직히 말했으니 나도 솔직히 말하마."

그가 내 눈을 들여다봤다. 어지러웠다.

"네가 저번에 왔을 때, 난 상태가 좋지 않았어. 가끔 그런 상태가 되지……. 너한테 가라고 한 건 기억 나는데, 그밖에는 뭐라고 했는지 모르겠다. 그 주 내내…… 기억이 흐릿해." 그가 담배를 허공에 휘저었다. "하지만 정말로, 이제 가르치는 일은 안 해. 네가 필요한 그런 건 이제 나한테 없다. 그냥 없어졌어." 그는 담배를 한 모금 빨아 회색 연기를 길게 내뿜고는 거인들을 향해 손짓했다. "저 것들과 비슷해. 날마다 생각하는 일이지. 마침내 내가 스스로 조각 한 돌덩이가 되어버리는 게 아닐까 하고."

"저도요." 내가 불쑥 외쳤다. "저도 돌이에요. 며칠 전에 딱 그렇 게 생각했어요. 우리 가족 모두 그렇다고요. 진행성 골화 섬유 이 형성증이란 병이 있는데요—."

"아니, 아니, 아니, 넌 돌이 아니야." 그가 끼어들었다. "진행성 골화 섬유 이형성증도 없어. 그 어떤 병도." 그는 딱딱한 손가락으 로 내 볼을 조심스레 어루만지며 말했다. "날 믿어라. 그것만큼은 내가 분명히 안다." 그의 눈빛이 부드러워졌다. 나는 그 안에서 헤 엄쳤다.

마음이 급격히 차분하게 가라앉았다.

내가 고개를 끄덕이자 그가 미소 지으며 손을 뗐다. 나는 그의 손 이 머물던 곳을 더듬었다. 영문을 모르겠다. 왜 그리 아쉬운지. 왜 그가 내 뺨을 쓸며 몇 번이고 괜찮다고 말해줬으면 하는지.

그가 담배를 비벼 껐다. "하지만 나는 달라. 몇 년째 가르치지 않 았어. 앞으로도 그럴 거야. 아마 평생. 그러니……."

아. 나는 팔짱을 끼고 몸을 움츠렸다. 심하게 착각했다. 커피 마 시자고 했을 때 이미 승낙한 거라고, 그가 나를 도와주리라고 생각 했다. 폐가 쪼그라드는 것 같았다.

"지금은 작업에 전념하고 싶어." 그의 얼굴에 그늘이 졌다. "그게 내가 가진 전부야. 그렇게 해야만……." 그는 말끝을 흐리며 거인들을 응시했다. "그냥 저것들만 생각하고 신경 쓰고 싶다. 이해하니? 그뿐이다."

목소리가 엄숙했다.

나는 내 손들을 내려다봤다. 실망감이 차올랐다. 검고 걸쭉하고 가망 없는 감정.

"그래서 말인데, 아까 샌디를 언급한 걸 보니 넌 CSA 학생이구나, 그렇지?"

난 고개를 끄덕였다.

"거기 누구 있지 않니? 아이반이던가. 석공예 전공자인데, 그 사람이 분명 네 작품을 도와줄 수 있을 거다."

"그분은 지금 이탈리아에 계세요." 목소리가 갈라졌다. 아, 안돼. 어쩜 이래? 아아, 지금은 아니야, 제발. 하지만 지금이었다. 2년 만에 처음으로 눈물이 볼을 타고 흘러내렸다. 나는 그것을 재빨리 닦아냈다. 연거푸.

"이해해요." 나는 일어나며 말했다. "정말로요. 괜찮아요. 제가 막무가내였죠. 커피 잘 마셨어요."

여기서 벗어나야 해. 울음을 멈춰야 해. 울먹임이 홍수처럼 불어나 내 새처럼 가는 뼈를 뚫고 나올 것 같았다. 와르르 무너지기 일보 직전이었다. 나는 두 팔로 갈비뼈를 감싸고, 후들거리는 다리를 끌고, 햇살 가득한 작업실을 가로질러, 우편물실을 지나, 어둑어둑한 곰팡이투성이 복도로 나갔다. 빛이 있다가 없으니 눈앞이 캄캄했다. 그때 중저음 목소리가 날 멈춰 세웠다.

"그렇게 울 정도로 그 작품을 만들어야 하니?"

돌아보니 그 키스 그림 근처에서 그가 팔짱을 끼고 벽에 기대어 서있었다.

"네." 나는 헐떡이며 내뱉었다가 다시 대답했다. "네."

마음을 바꾸는 건가? 울먹임이 서서히 잦아들었다.

그가 턱을 쓸었다. 표정이 한결 부드러워졌다.

"그토록 간절하단 말이지? 병균을 옮기는 고양이와 한 공간을 써서 요절할 위험을 무릅쓸 정도로?"

"네, 완전히요, 제발요."

"따뜻하고 촉촉한 흙의 숨결을 버리고 정녕 차갑고 단호한 돌의 영속성을 취하겠다는 거지?"

"확실히요."

"내일 오후에 다시 와라. 포트폴리오와 스케치북 가지고. 그리고 네 동생에게 태양, 나무, 별 좀 돌려달라고 해. 필요해 보인다."

"승낙하시는 거예요?"

"그래. 나도 이유는 모르겠지만."

나는 당장 달려가 그를 껴안으려고 했다.

"오, 안 돼." 그가 내 앞에서 검지를 흔들었다. "너무 기뻐하지 마라. 미리 말해두는데, 내 제자들은 다 날 싫어한다."

*

나는 스튜디오 문을 닫고서 그 앞에 잠시 등을 기댔다. 방금 내게 무슨 일이 일어났는지 정확히 알 수 없었다. 영화관을 나서거나 막 꿈에서 깼을 때처럼 어리벙벙했다. 내 소원을 들어준 천사 석상에게 감사하다고 중얼거렸다. 문제는 내 포트폴리오가 깨진 그릇과 덩어리들로 채워져 있다는 점이다. 그리고 스케치북을 가져오라고 했는데 내가 스케치에 영 소질이 없다는 문제도 있었다. 나는 작년에 크로키 수업에서 C를 받았다. 그림은 노아의 특기다.

상관없다. 그가 이미 승낙했으니.

나는 주위를 둘러보며 데이스트리트를 눈에 담았다. 가로수가 늘어선 널따란 거리에는 주로 대학생들이 사는 빅토리아 시대풍의 낡은 주택 단지, 창고들, 가끔 문을 여는 상점, 그리고 그 교회가 있었다.

올겨울 처음 보는 환한 태양이 뼛속 깊이 스며들었다. 그때 앞쪽에서 오토바이가 시끄럽게 노면을 긁었다. 웬 아드레날린 넘치는 운전자가 액션 영화 추격신도 아니거늘 오토바이 옆면이 땅에 닿을 만큼 극단적인 각도로 유턴하고 있었다. 미친. *악의는 없지만*, 저 얼마나 무모한 멍청이인가.

액션 배우가 한 번 더 끼익 소리를 냈다. 하지만 이번에는 전방 5미터가 아니라 내 앞에서 멈추는 소리였다.

아.

왜 아니겠어.

이번에는 선글라스까지. 누가 구급 헬리콥터 좀.

"아니, 이게 누구지. 타락 천사가 돌아왔네."

말이 아니라 노랫가락 같았다. 말들이 새처럼 날아갔다. 왜 영국인들 말은 우리보다 더 지적으로 들리는 걸까? 간단한 인사말로도 노벨상을 받을 것처럼? 나는 후드 집업 지퍼를 목까지 끌어 올렸다.

그러나 아무래도 투명 인간이 되지는 못한 모양이었다.

그가 무모한 멍청이란 건 변함이 없다. 하지만, 젠장, 이 화창한 겨울날 오토바이에 걸터앉은 모습이, 썩 보기 좋았다. 이런 남자가 오토바이를 타고 다니는 건 정말 반칙이다. 스카이콩콩을 타고 뛰어다녀야 한다. 아니다, 히피티 홉이 낫겠다. 어쨌거나 영국 억양을 쓰는 잘빠진 남자가 *오토바이까지* 몰게 해서는 안 된다.

가죽 재킷과 선글라스는 또 어떻고. 저런 남자들은 상하의 일체형 잠옷을 입혀야 한다.

아, 그래, 보이콧, 보이콧.

그래도 이번에는 내가 실어증에 걸렸다고 생각하지 않도록 한마디 하고 싶었다.

"아니, 이게 누구지." *억양까지 그대로* 따라 해버렸잖아! 어떡해. 얼굴이 달아올랐다. 나는 억양을 버리고 얼른 덧붙였다. "아주 과감한 턴이었어."

"아아. 난 충동 조절에 문제가 있거든. 뭐, 그렇다고들 하더라."

좋아. 180센티미터짜리 불행 덩어리에 충동 조절 문제까지. 나는 기예르모처럼 팔짱을 꼈다.

"아마 전두엽 문제일 거야. 그게 자제력을 담당하는 부위거든."

그가 웃음을 터뜨리자 이목구비가 사방으로 흩어졌다.

"의학적 소견 고마워. 대단히 감사해."

그가 내 말에 웃는 게 좋았다. 기분 좋은 웃음이었다. 친근하면서도, 사랑스러웠다. 딱히 눈이 간다는 건 아니고. 솔직히 *나*도 충동 조절 문제가 있다고 생각한다. 아니, 있었다. 지금은 충동을 꽤 잘 다스리는 편이다.

"어떤 충동을 자제하기 어려운데?"

"꼭 하나만 짚을 수 없어. 그게 문제지."

문제 맞다. 이 남자는 심장 고문에 특화된 인간이다. 적어도 열여덟 살 이상으로, 파티에서 홀로 벽에 기대어 서서 술잔을 비우고 있으면 빨간 미니 드레스를 입은 긴 다리 여자들이 슬그머니 다가오겠지. 인정한다. 파티는 안 다닌 지 오래지만 영화에서 숱하게 봤다. 이 남자는 그런 남자다. 무법자. 외톨이. 가는 곳마다 여자들을, 자신의 인정받지 못한 삶을 파멸로 몰고 가는 허리케인 심장을 지닌 남자. 예술학교에 다니는 타투와 피어싱과 신탁기금과 프랑스산 담배로 무장한 가짜들과는 차원이 다른 진짜배기 나쁜 남자.

분명 출소한 지 얼마 안 됐을 거다.

나는 남자의 '상태'를 좀 더 알아보기로 했다. 그에게 끌리거나 뭐 어쩌자는 게 아니라, 순전히 의학 연구 차원에서.

"버튼 있는 방에 들어갔다고 상상해 봐. *세계 종말 핵폭탄 버튼* 말이야. 방 안에는 달랑 그 버튼 하나뿐이야. 그럼 그거 누를 거야?"

내 말에 남자가 또다시 근사하고 친근하게 웃었다.

"콰앙." 그가 두 손으로 핵폭발을 묘사하며 말했다.

그야말로 '콰앙'이다.

남자가 오토바이 뒷면에 헬멧을 걸어 잠그고 핸들에 걸려있던 카메라 가방을 빼냈다. 카메라를 보자마자 나는 파블로프의 개처럼 반응했다. 교회 안에서 그가 렌즈 너머로 날 주시하던 그때의 기분이 되살아났다. 나는 시선을 땅에 떨궜다. 내 창백한 얼굴이 너무 쉽게 빨개지지 않길 바라며.

"그래서, 록스타한테는 무슨 볼일이야? 내가 맞춰볼게. 너도 다른 미대 여자들처럼 그 사람 제자가 되고 싶은 거지?"

그래, 이건 비꼬는 거다. 그런데 미대 여자라니? 내가 대학생이라고 생각하나?

"제자가 됐어."

난 비아냥을 무시하고 당당하게 대답했다. 미대생이든 아니든, 여자든 아니든, 죽은 엄마와 화해해야 하는 나만큼 그의 도움이 절실한 사람은 없으니까. 이건 아주 특별한 경우다.

"제자가 됐다고? 대단하네."

남자는 무척 기뻐 보였다. 다시 그의 시선이 스포트라이트처럼 쏟아졌다. 그날 교회에서 느꼈던 현기증이 도졌다.

"믿을 수 없네, 정말. 그 사람, 제자 안 받은 지 아주아주 오래됐거든."

그 말에 갑자기 불안해졌다. 어쩌면 이 남자 때문에. 콰앙, 콰꽝, 꽝. 이제 갈 때가 됐다. 그러려면 다리를 움직여야겠지. 다리를 움직여, 주드.

"운이 좋았을 뿐이야."

나는 남자의 곁을 지나치면서 발이 꼬이지 않도록 애썼다. 두 손을 윗옷 주머니 깊숙이 찔러 넣고 한 손은 양파를 감싸고, 다른 손은 액막이 약초 주머니를 움켜쥐었다.

"그거 말고 히피티 홉 타고 다녀. 훨씬 안전하니까."

여자들에게, 라고는 덧붙이지 않았다.

"히피티 홉이 뭐야?"

남자가 내 등 뒤에서 물었다. 그 입에서 그 억양으로 뱉은 *히피티 홉*이 말도 안 되게 귀여웠다. 딱히 귀를 잡아끈다는 건 아니지만.

나는 돌아보지 않고 대답했다. "말처럼 타고 뛰어다니는 커다란 고무 공이야. 귀처럼 생긴 손잡이 잡고서."

"아아, 스페이스 호퍼 말이구나. 영국에서는 스페이스 호퍼라고 불러. 나도 초록색 있었어." 그가 웃으며 소리쳤다. "공룡 모양이라서 고질라라고 불렀지. 난 이름 짓는 데 선수거든."

내 것은 보라색 말 모양이라서 포니라고 불렀다. 나도 이름 짓는 데 선수다.

"아무튼, 또 만나서 반가워, 아무개 씨. 네 사진 아주 잘 나왔어. 너 찾으러 몇 번인가 그 교회 갔었는데. 사진 보여주고 싶었거든."

날 찾으러?

나는 돌아보지 않았다. 뺨이 화끈거렸다. *몇 번이나?* 침착하자, 침착해. 나는 그를 등진 상태로 심호흡하고 손만 들어 흔들었다.

남자가 그날 교회에서 했던 작별 인사처럼. 그가 또다시 웃음을 터뜨렸다. 아, 클라크 게이블이시여.

"아, 잠깐만!"

계속 무시하고 싶었지만, 충동을 조절할 수 없었다(내가 뭐라 했는가).

"하나 남은 게 생각나서."

그가 가죽 재킷 주머니에서 오렌지를 꺼내 휙 던졌다.

말도 안 돼. 이거 실화야? *오렌지*라니. 레몬의 철천지원수!

남자가 여자에게 오렌지를 주면 여자의 연심은 배로 늘어난다.

나도 모르게 손바닥을 펼쳐 오렌지를 받았다.

"아, 이건 곤란해." 나는 그걸 도로 남자에게 던지며 말했다.

"희한한 반응이네." 그가 다시 받아들며 말했다. "완전 희한해. 혹시 순서가 잘못됐나? 혹시 오렌지 좋아해? 하나 남은 게 있거든."

"솔직히 오렌지는 내가 *그쪽*한테 주고 싶은데."

내 말에 그가 한쪽 눈썹을 들어 올렸다.

"흠, 그래. 그럴 수도 있지. 근데 이건 네가 줄 수 있는 게 아니라서." 그가 오렌지를 들어 올리며 씩 웃었다. "*내* 오렌지거든."

로스트코브를 통틀어 내가 불편함보다 즐거움을 줄 수 있는 단 두 사람을 찾아낼 가능성은?

"이건 어때? 그쪽이 나한테 주면 내 거니까, 내가 다시 그쪽한테 줄 수 있잖아. 맞지?"

그래, 내가 맞장단을 치고 있다. 다만 필요한 맞장단. 와우, 자전거를 타고 달리는 느낌이다.

"그래, 좋아."

남자가 거리를 좁혀 다가왔다. 마음만 먹으면 손가락으로 뺨의 흉터를 덧그릴 수 있을 만큼 가까이. 터진 솔기를 대충 기운 듯한 흉터였다. 또한 그의 갈색 동공에 녹색이, 녹색 동공에 갈색이 미묘하게 섞였다는 것도 알 수 있었다. 세잔이 그린 듯한 인상파 눈. 속눈썹은 검댕처럼 곱고 새카맸다. 얼마나 가까이 섰는지 내 손가락은 그의 윤기 나는 검은 곱슬머리를 쓸어내리고 눈가의 미세한 주름과 그 옆 관자놀이와 그 아래 수척한 음영을 지나 붉고 매끈한 입술을 쓰다듬을 수도 있었다. 남자 입술이 이렇게 붉은 건 처음 봤다. 어떤 남자의 얼굴도 이렇게 흥미롭고 이렇게 생생하고 이렇게 사연 많고 이렇게 비틀리고 이렇게 의미심장한 음악으로 찰랑이지 않는다.

딱히 눈이 간다는 건 아니고.

그도 내 얼굴을 구석구석 뜯어보고 있었다. 우리는 맞은 편에서 서로를 감상하는 그림들이었다. 분명 전에 본 적 있는 그림이다. 그건 확실했다. 하지만 언제 어디서? 내가 이 남자를 만난 적 있다면 분명 기억했을 것이다. 영화에서 본 배우와 닮았나? 아니면 뮤지션? 아닌 게 아니라 머리가 꼭 뮤지션 같았다. 베이스 연주자 머리.

참고로, 호흡은 과대평가되었다. 뇌는 산소 없이 꼬박 6분을 버틸 수 있다. 그렇게 산소 없이 3분쯤 흘렀을까, 그가 말했다.

"그래, 그럼, 어디 해볼까." 그가 오렌지를 들어 올렸다. "오렌지 하나 드릴까요, 아무개 씨?"

"네, 고마워요." 나는 그것을 받아들고 이어서 말했다. "이제 제가 오렌지를 드리죠, 아무개 씨."

"괜찮아요. 전 또 있거든요." 남자는 얼굴을 일그러뜨리며 웃음을 터뜨리더니 그대로 순식간에 길을 내달려, 계단을 뛰어올라, 스튜디오 안으로 사라졌다.

어어, 그렇게는 안 되지.

나는 그의 오토바이로 다가가 헬멧에 오렌지를 넣었다.

그리고 콧노래를 터뜨리지 않기 위해 자제력을 총동원했다. 날 찾으러 교회에 갔대! 몇 번이나! 아마도 그날 내게 한 말, "넌 그 사람이야"가 무슨 뜻인지 알려주려고. 하지만 발길을 돌리자마자 후회했다. 너무 들떠서 록스타와 *어떤* 관계인지 묻지 않았다. 이름도. 나이도. 제일 좋아하는 사진가도. 아니면—.

정.

신.

차.

려.

나는 우뚝 멈췄다. 잊지 말자. 보이콧은 장난질이 아니다. 기필코 지켜야 하는 일이다. 잊으면 안 된다. 절대. 오늘 같은 기일은 특히 그렇고.

그 어떤 날도.

불행이 자신을 알아본다면 다른 사람이 되어라.

내가 해야 할 일은 작품을 완성해 엄마와 화해하는 것이다.

내가 해야 할 일은 내 두 손으로 소원을 비는 것이다.

내가 해야 할 일은 로스트코브에 있는 모든 레몬을 먹어 치우는 것이다.

*

다음 날 오후, 스튜디오 문을 두드려도 아무 반응이 없길래, 나는 곰팡이 핀 음산한 복도를 잰걸음으로 지나쳤다. 긴장돼서 땀이 났다. 지난 16년이 머릿속을 주마등처럼 스쳤다. 내 겨드랑이 밑에는 깨진 그릇과 덩어리들로 채워진 CSA 포트폴리오가 있다. 이 딴 걸 포트폴리오라고 가지고 있는 유일한 이유는 작품이 만들어지는 과정을 사진으로 남겨야 하는 교칙 때문이다. 내 제작 과정들은 끔찍했다. 지진 발생 뒤의 도자기 상점 보고서에 가까웠다.

우편물실에 들어서기 직전, 영국 억양이 들려왔다. 그러자 가슴속 타악기들이 일제히 난타를 시작했다. 나는 벽에 등을 기대고 쿵쾅거림을 잠재우려 애썼다. 그가 없었으면 했다. 실은 있었으면 했다. 그도 내 마음과 같기를 그만 바랐으면 했다. 하지만 나도 나름대로 대비를 하고 왔다.

다 타버린 양초 토막을 지니고 있으면 애정의 불씨를 꺼뜨릴 수 있다.

(왼쪽 앞주머니.)

거울을 식초에 담갔다 빼면 원치 않는 관심을 피할 수 있다.

(뒷주머니.)

벌집을 머리에 뒤집어쓰면 심장의 기울기를 바로잡을 수 있다.

(이 정도로 절박하지는 않다. 아직은.)

잠깐, 이런 상황에는 대비 못 했는데. 신음. 틀림없이 성관계를 맺는 소리다. 끙끙 앓는 듯한 신음과 외설적인 속삭임. 이래서 노크 소리도 못 들었나? 그때 영국 억양이 내 귀에 꽂혔다.

"음, 이런, 너무 좋아. 맙소사, *와아아아안전* 좋아. 약보다 좋아. 아니, 그 이상이야. *진짜 죽여줘.*"

그리고 긴 신음이 이어졌다.

뒤이은 것은 더 굵은 신음이었다. 기예르모였다. 그야 둘은 연인이니까! 왜 아니겠어. 난 어쩜 이리 멍청하지? 그 영국 남자는 기예르모의 애인인 것이다. 뒤늦게 찾은 아들이 아니라. 하지만 교회에서 내 사진을 찍을 때랑 어제 스튜디오 밖에서 대화할 때는 분명 이성애자처럼 보였는데? 그것도 아주 노련한. 내가 잘못 읽었나? 혹시 양성애자? 그렇다면 기예르모의 극이성애적 작품 세계는?

그리고 딱히 비난할 생각은 없지만, 나이 차가 너무 나지 않나?

모르긴 몰라도 사반세기는 날 텐데.

돌아가야 하나? 이제 신음은 잦아들고 둘만의 밀어를 나누는 듯했다. 나는 귀를 쫑긋 세웠다. 영국 남자는 기예르모에게 오늘 오후 늦게 어떤 사우나에 함께 가자고 권하고 있었다. 확실히 게이다. 좋아. 실은 반가운 소식이다. 보이콧은 절로 유지될 테니. 오렌지든 안 오렌지든.

나는 일부러 바닥에 요란하게 발을 구르고, 목청을 가다듬고, 발을 몇 번 더 구르고 모퉁이를 돌았다.

내 앞에는 옷을 모두 갖춰 입은 기예르모와 옷을 모두 갖춰 입은 영국 남자가 체스판을 사이에 두고 마주 앉아있었다. 방금까지 둘이 격렬한 몸의 언어를 나눈 낌새는 없었다. 각자 손에 반쯤 남은 도넛이 들려있었다.

"너도 호락호락하지 않더라?" 영국 남자가 나를 보고 말했다. "뒤통수를 칠 줄은 몰랐어, 아무개 씨."

그가 도넛을 들지 않은 손으로 옆에 놓인 메신저백을 뒤져 그 오렌지를 꺼냈다. 날아오는 걸 얼떨결에 잡았더니, 남자의 얼굴이 기쁨으로 뒤죽박죽이 되었다.

"나이스 캐치." 그가 의기양양하게 덧붙이고는 도넛을 한 입 베어 물었다. 극적인 신음이 흘러나왔다.

그래. 게이도 아니고 연인도 아니다. 두 사람은 그저 보통 사람보다 도넛을 좋아할 뿐이다. 그럼 난 이제 어떻게 해야 하지? 내 투명 인간 복장도 이 남자한테는 안 통하는 것 같은데. 양초 토막이나 식초에 담갔다 뺀 거울도 마찬가지고.

나는 양파가 있는 주머니에 오렌지를 밀어 넣으며 비니를 끌어 내렸다.

기예르모가 호기심 어린 눈으로 나를 바라봤다. "벌써 여기 상주하는 사이비 교주를 만났어? 오스코어는 평소처럼 나한테 뭘 전도하던 중인데."

오스코어. 남자에게도 이름이 있었다. 아마도 오스카라는 이름. 딱히 귀를 잡아끈다는 건 아니지만, 기예르모가 부르는 방식이 마음에 들기는 했다. *오스코어!*

기예르모가 말을 이었다. "그때그때 다르지. 오늘은 비크람요가였어."

아아, 그 사우나.

"뭔지 아니?" 기예르모가 내게 물었다.

"박테리아가 우글대기 딱 좋은 뜨겁고 습한 방에서 하는 요가죠."

그가 고개를 젖히고 웃었다. "쟨 완전 병균에 미친 애라니까, 오스코어! 글쎄 프리다 칼로가 날 죽일지도 모른대."

그 말에 긴장이 다소 풀렸다. *그가* 날 안심시켰다. 기예르모 가르시아, 조각계의 록스타가 내게 이런 진정 효과를 주리란 걸 누가 알았겠는가? 어쩌면 *그가* 초원일지도 몰라!

오스카는 다소 놀란 표정으로 기예르모와 나를 번갈아 봤다.

"둘은 어떻게 만났어?" 오스카가 물었다.

나는 내 포트폴리오와 가방을 미개봉 우편물이 잔뜩 쌓인 안락의자 위에 내려놓았다.

"화재 대피용 계단에서 몰래 염탐하다가 발각됐지."

잠시 커졌던 오스카의 눈이 곧 체스판으로 돌아갔다. *그*가 말 하나를 움직였다.

"그런데도 아직 정신이 멀쩡하단 말이야? 놀라운데."

오스카가 남은 도넛을 입에 넣고 눈 감은 채 우물거렸다. 황홀한 표정이었다. 아아. 평범한 도넛이 아닌 게 분명하다. 나는 오스카의 얼굴에서 간신히 눈을 뗐다. 쉽지 않았다.

"날 설득했지." 기예르모가 오스카의 움직임을 예의주시하며 말했다. "네가 날 설득한 것처럼, 오스코어. 오래전에." 기예르모의 얼굴이 급격히 어두워졌다. "아, *카브론*." *그*가 (욕처럼 들리는) 스페인어로 중얼거리며 말 하나를 앞으로 밀었다.

"G는 내 생명의 은인이야." 오스카가 애정 어린 말투로 말하더니 불시에 외쳤다. "체크메이트!" 그러고는 의자 등받이에 등을 기대고 의자 뒷다리로만 균형을 잡았다. "저 아래 노인복지관에서 체스 강습을 한다던데요."

기예르모는 처음으로 도넛과 무관한 신음을 흘리며 체스 판을 뒤집었다. 체스 말이 사방으로 날아갔다. "네가 잠든 사이에 죽이겠어." 기예르모의 말에 오스카가 웃음을 터뜨렸다. 기예르모는 흰색 빵 봉투를 집어 나에게 내밀었다.

사양했다. 뭘 먹었다가는 속에서 얹힐 것 같았다.

"탐욕의 길은 지혜의 성전에 이른다. 윌리엄 블레이크." 오스카가 의자 뒷다리로 중심을 잡은 채 부추겼다.

"암, 어렵하겠어. 그게 네 짝퉁 12단계 중 하나지, 오스코어?"

나는 오스카를 보았다. 12단계 규칙? 알코올 중독자야? 저 나이에? 설마 마약 중독자? 그리고 보니 아까 도넛이 약보다 좋다느니 하지 않았던가? 정말 약쟁이야? 하긴 충동 조절 문제도 있다고 했잖아.

"맞아요. 내부자들끼리만 아는 단계죠." 오스카가 씩 웃으며 말했다.

"어떻게 생명의 은인이 됐어요?" 내가 궁금함을 참지 못하고 기예르모에게 물었다. 하지만 대답한 사람은 오스카였다.

"공원에서 약과 술에 절어서 뻗어있는 나를 용케 알아보셨지. 본인 말에 따르면, '오스코어를 사슴처럼 어깨에 짊어지고 슈퍼맨처럼 시내를 이동해 다락에 내려놓았다'지."

오스카는 기예르모 가르시아의 말투와 손짓을 완벽하게 구사했다.

"*내가* 아는 거라곤 깨어 보니 G의 괴물 같은 얼굴이 눈앞에 있었다는 거야." 오스카는 또다시 얼굴을 일그러뜨리며 웃었다. "어쩌다 그렇게 됐는지 전혀 기억 안 나. 혼돈의 도가니였어. 그런데 G가 곧장 명령하는 거야. 씻으라고. 일단 깨끗해지면 여기에 머물러도 된다면서. 그다음에는 모임에 보냈지. '하루에 두 번이야. 알겠어, 오스코어? 오전에는 마약 중독자 모임, 오후에는 알코올 중독자 모임.' 그리고, 아마 내가 영국인이라서 그랬는지 모르겠는데, 윈스턴 처칠의 말을 인용하더라고. '지옥을 겪고 있다면, *계속 나아가*

라. 알겠어, 오스코어?' 그 말을 하루 세 번 반복했지. '지옥을 겪고 있다면 계속 나아가라.' 그래서 그렇게 했어. 덕분에 나는 어느 시궁창에 빠져 죽지 않고 갱생해서 대학에 다녀. 여기까지가 G가 내 생명의 은인이 된 얘기야. 군더더기 쫙 걷어 낸 요약본. *정말이지 지옥이었어.*"

그래서 오스카의 얼굴이 인생 몇 회차처럼 보이는 거다.

그리고 오스카는 대학생이다.

나는 스니커즈를 내려다보며 처칠이 한 말을 떠올렸다. 언젠가 나도 지옥을 겪었는데 용기가 없어서 나아가지 못했다면? 그래서 멈췄다면? 일시 중지를 눌렀다면? 지금도 여전히 중지 상태라면?

"그리고 그 은혜에 보답하려고 매일 체스에서 날 깨부수지." 기예르모가 말했다.

탁자를 사이에 두고 티격태격하는 둘을 바라보면서 깨달았다. 혈연관계가 아닐 뿐, 둘은 찐 부자지간이라는 걸. 나는 이들처럼 가족을 발견하고 서로를 선택할 수 있는지 몰랐다. 그 발상이 마음에 쏙 들었다. 아빠와 노아를 이 둘과 바꾸고 싶었다.

기예르모가 날 향해 빵 봉지를 흔들었다. "첫 번째 가르침. 이 스튜디오의 운영 방식은 민주주의가 아니다. 하나 집어라."

나는 마지못해 다가가 봉지 안을 들여다봤다. 달콤한 냄새에 무릎이 꺾일 뻔했다. 둘은 과장한 게 아니었다. "와우." 나도 모르게 감탄사를 내뱉자 둘은 씩 웃었다. 하나를 집어 들었다. 초콜릿을 입혔다기보다 흠뻑 머금은 모양새였다. 아직 따뜻했다.

"먹으면서 신음 한 번 안 내면 10달러. 눈 감아도 안 돼." 오스카가 날 빤히 바라보며 말했다. 경미한 뇌출혈이 일었다. "아니다, 20달러로 하자. 네가 카메라 앞에서 어땠는지 떠올랐어."

그날 교회에서 내 감정이 티가 났나?

오스카가 내기를 받아들이겠냐는 듯이 한 손을 내밀었다.

나는 얼떨결에 그 손을 잡고 흔들었다. 착각이 아니라면 방금 치사량에 가까운 전기가 내 몸을 관통했다. 큰일이다.

하지만 넋 놓고 있을 때가 아니었다. 기예르모와 오스카가 눈앞의 구경거리, 즉 나를 온전히 주목하고 있었다. 어쩌다 이런 처지가 됐지? 나는 망설이며 도넛을 입으로 가져가 작게 베어 물었다. 그저 눈을 감거나 포르노 음향을 내지만 않으면 된다.

음…… 생각보다 어렵잖아! 좀 더 크게 베어 물자 내 몸의 세포 하나하나가 기쁨에 떨었다. 이런 건 혼자 있을 때 먹어야 한다. 기예르모 같은 인물과 오스카 같은 인물이 팔짱을 낀 채 거만한 표정으로 내려다보고 있을 때가 아니라.

이렇게 쉽게 당할 수는 없지. 그러니까, 내가 떠올릴 수 있는 끔찍한 질병들이 많잖아, 안 그래? 신음을 억누를 만큼 생생하게 상상할 수 있는 질병들. 역시 피부 질환만 한 게 없지.

"이런 병이 있어요." 내가 도넛을 한 입 더 베어 물고 말했다. "퉁기아시스라는 병인데요, 벼룩이 피부 속으로 파고 들어가 알을 까면 그것들이 기어 다니는 게 눈에 보여요. *온몸 구석구석.*"

두 사람이 미간을 잔뜩 찌푸렸다. 하! 세 입 남았다.

"맙소사. 이제 벼룩까지 나왔어." 기예르모가 말했다.

"상태가 심각하네요." 오스카가 덧붙였다.

나는 비장의 무기를 꺼냈다.

"인도네시아의 어떤 어부는 '나무인간'이라고 불리는데요. 사람유 두종 바이러스에 심하게 감염돼서 몸에 각질처럼 자란 굳은살을 5 킬로그램이나 제거해야 했어요."

나는 두 사람과 번갈아 눈을 맞추며 덧붙였다.

"굳은살 5킬로그램."

그 안쓰러운 나무인간의 손발은 정말 울퉁불퉁하고 비틀린 나뭇 가지 같았다. 그 암울한 이미지를 머릿속에 단단히 심어놓으니 자 신감이 샘솟아 도넛을 좀 더 크게 베어 물었다. 실수였다. 진하고 따뜻한 초콜릿이 입 안에 들이닥치며 이성과 함께 날 어떤 경지로 보내버렸다. 나무인간이고 뭐고 나는 허를 찔렸다. 나도 모르게 눈 을 감고 외쳤다. "음, 미친, 이 안에 대체 뭐가 든 거야?" 나는 한 입 더 깨물고 나서 신음을 흘렸다. 내 입에서 그런 음탕한 소리가 나오다니 믿을 수 없었다.

오스카가 웃음을 터뜨렸다. 기예르모도 그와 맞먹게 즐거워했다.

"그럼 그렇지. 정부가 민심을 얻으려면 드와이어스 도넛을 이용 해야 한다니까."

나는 청바지 주머니를 뒤져 구겨진 20달러를 찾았지만, 오스카 는 손을 들고 말했다. "첫판은 공짜야."

기예르모가 날 위해 의자 하나를 끌어오고서 다시 빵 봉지를 내밀었다. 무리의 일원으로 받아들여지는 기분이었다. 우리 셋은 각자 도넛 하나씩을 집어 들고 클라크 게이블의 축복을 누렸다.

잠시 후, 기예르모가 허벅지에 손을 털면서 말했다. "좋아, MJ, 이제 본론으로 들어가자. 오늘 아침에 샌디한테 음성 메시지 남겼다. 네 겨울 학기는 이 스튜디오에서 보내는 것으로 하겠다고." 기예르모가 의자에서 일어났다.

"감사해요. 정말 영광이에요." 나도 일어났다. 가슴이 벌렁거렸다. 실은 오후 내내 둘러앉아 도넛이나 먹고 싶었다.

"그런데 어떻게 제……." 난 어제 이름을 말하지 않았는데.

내 놀란 표정을 보고 기예르모가 미리 답했다.

"아. 샌디가 자동응답기에 메시지를 남겼더라고. 그 낡은 기계를 하도 걷어찼더니 소리가 다 깨져서, MJ란 학생이 돌로 작업하고 싶다는 얘기만 겨우 알아들었어. 며칠 전에 남긴 메시지인데 오늘 아침에야 확인했지."

"MJ." 오스카가 의외라는 듯이 중얼거렸다.

진짜 이름이 뭔지 말할까 하다가 그만두었다. 어쩌면 이번만큼은 '엄마 없이 가엾은' 다이애나 스위트와인의 딸일 필요가 없을지도 모른다.

프리다 칼로가 슬그머니 움직이더니 오스카에게 총총 다가가 다리를 휘감았다. 오스카가 안아 들자 그의 목에 주둥이를 비비며 터빈 소음처럼 가르랑거렸다.

"내가 여성에게 좀 잘 먹히는 편이지."

"난 몰랐는데. 보이콧 중이라."

내 말에 오스카가 녹색과 갈색 세잔 눈을 치켜떴다. 속눈썹이 너무 까매서 물에 젖은 것처럼 보였다.

"보이콧?"

"*보이* 보이콧."

"정말? 도전 정신 생기네." 그가 씩 웃으며 말했다.

사람 살려.

"점잖게 굴어라, 오스코어." 기예르모가 타박했다.

"자, 이제 네가 누군지 확인해 볼까? 준비됐어?" 기예르모가 내게 말했다. 다리에 힘이 빠졌다. 나는 사기꾼이다. 이제 기예르모도 곧 알게 되겠지.

기예르모는 오스카의 어깨에 한 손을 올렸다.

"저 두 시간 후에 소피아 만나기로 했는데, 괜찮아요?" 오스카가 물었다.

소피아? 소피아가 누군데?

딱히 신경 쓰는 건 아니고. 전혀.

그래서 누군데?

그리고 뭐가 괜찮아?

오스카가 옷을 벗기 시작했다.

반복한다. 오스카가 옷을 벗고 있다!

가슴이 쿵쾅거리고 손에 땀이 찼다. 오스카의 보랏빛 셔츠가 의자 등받이에 걸쳐졌다. 가슴은 늘씬하고 아름다우며, 근육은 탄탄

하고 뚜렷하며, 피부는 매끄럽고 보기 좋게 그을렸다. *딱히 눈이 간다는 건 아니고!* 왼쪽 이두박근에 궁수자리를 형상화한 타투가 있고, 프란츠 마르크의 푸른 말처럼 생긴 타투가 오른쪽 어깨에서 목까지 휘감듯 이어졌다.

이제 오스카는 바지 단추를 풀고 있었다.

"*뭐* 하는 거야?" 내가 당황해서 소리쳤다. 초원을 떠올릴 때다. 빌어먹을 초원을 떠올려!

"준비." 그가 무덤덤하게 말했다.

"대체 뭘 준비하는데?" 나는 *맨엉덩이*에 대고 물었다. 오스카는 그때처럼 한여름이 떠오르는 느른한 걸음걸이로 벽으로 가 작업복 옆에 걸린 파란 가운을 집어 들었다. 그것을 어깨 위로 휙 두르더니 통로를 따라 작업실로 향했다.

아, 이런. 그렇구나.

기예르모는 올라가는 입꼬리를 애써 말아 물고 어깨를 으쓱했다.

"모델들은 과시욕이 강해."

그가 대수롭지 않게 말했다. 나는 얼굴을 붉히며 고개를 끄덕였다.

"우리가 참아야 해. 특히 오스코어는 좋은 모델이다. 아주 우아해. 감정도 넘치고." 그가 자기 얼굴을 쓰다듬었다. "함께 그릴 거야. 하지만 우선 네 포트폴리오부터 보자."

어제 스케치북을 가져오라고 했을 때 나는 내가 만들 작품의 스케치를 할 거라고 예상했다. 오스카를, 오스카 앞에서, 기예르모와 *함께* 그리는 게 아니라!

"소묘는 아주 중요해. 이걸 모르는 조각가들이 많지."

그렇군요. 나는 포트폴리오를 들고 그를 따라 통로를 걸었다. 뱃속이 요동쳤다.

벽 고리에 걸린 오스카의 가죽 재킷이 눈에 들어왔다. 좋아. 나는 기예르모 모르게 재킷 주머니에 오렌지를 슬쩍 넣었다.

기예르모는 복도에 늘어선 문 가운데 하나를 열고 불을 켰다. 중앙에 탁자 하나와 의자 두 개가 놓인 감방이었다. 한쪽 구석에는 점토 자루가 켜켜이 쌓여있고, 다른 구석에는 색과 크기가 다양한 돌덩어리들이 있었다. 한 선반에는 공구가 가득했는데 대부분 낯설었다. 그는 내 손에서 포트폴리오를 가져가 케이스 지퍼를 열고 탁자 위에 펼쳤다.

그가 내 작품을 보고 있다고 생각하자 발가락이 곱아들었다.

처음에는 휙휙 넘겼다. 작업 단계별로 찍은 온갖 크고 작은 그릇 사진이었다. 그릇의 마지막은 항상 깨져서 이어 붙인 형태였다. 페이지를 넘길수록 그의 이마에 주름이 하나씩 늘었다. 이윽고 덩어리들. 예외는 없었다. 각 덩어리는 온전하게 빚어졌으나 마지막 사진에서는 여지없이 조각 나서 접착제로 이어 붙인 꼴이었다.

"왜지?" 그가 물었다.

나는 진실을 택했다.

"저희 엄마예요. 제가 만든 걸 다 부수거든요."

기예르모가 기함했다.

"네 엄마가 네 작품을 부순다고?"

난 그가 무슨 생각을 하는지 깨달았다.

"아, 아니요. 절 학대하거나 미친 게 아니고요, 죽은 사람이에요."

그의 동공이 흔들렸다. 내 안전에 대한 걱정은 내 정신 건강에 대한 걱정으로 바뀌었다. 뭐 어쩌겠는가. 달리 설명할 수도 없는데.

"그래. 네 죽은 엄마가 왜 그렇게 하는 거니?" 기예르모가 평정을 되찾고 물었다.

"저한테 화가 났거든요."

"너한테 화가 났다. 그렇게 생각하니?"

"그렇게 알고 있어요."

"너희 가족은 모두 엄청난 힘을 지녔구나. 네 동생과 너는 세상을 나눠 가지고, 네 엄마는 네가 만든 그릇들을 깨려고 저승에서 찾아오고."

나는 어깨를 으쓱했다.

"그럼 네가 만들어야 한다는 그 조각, 네 엄마를 위한 거니? 어제 네가 말했던 사람이 엄마야? 그걸 만들면 엄마가 더는 화를 내지 않고 네 그릇을 깨지 않으리라 생각해서? 그래서 내가 도와주지 않을까 봐 울었던 거야?"

"네."

그는 깎아서 없는 수염을 쓰다듬으며 꽤 오랫동안 날 뜯어보더니 〈깨진 나─덩어리 제6번〉을 다시 살폈다.

"좋아. 하지만 그건 여기서 문제가 안 돼. 네 엄마는 문제가 아니야. 이 작품의 압권은, 가장 흥미로운 지점은 바로 이 파쇄거든."

그가 검지로 마지막 사진을 톡톡 두드렸다. "문제는 여기 *네가* 없다는 거야." 그는 몇몇 덩어리들을 더 살폈다.

"그래서 대답은?"

나는 고개를 들어 그와 시선을 맞췄다. 그가 대답을 기다리고 있는 줄 몰랐다.

무슨 말을 해야 할까.

나는 뒷걸음질 치고 싶은 충동을 눌러 참았다. 당장이라도 따귀를 얻어맞을 것 같았다.

"내 비상계단에 기어 올라온 애가 안 보여. 설탕을 쏟는 게 복을 불러온다고 믿는 애도, 고양이가 치명적이라고 믿는 애도, 내가 도와주지 않을까 봐 우는 애도 안 보여. 나처럼 슬프다고 말한 애도, 죽은 엄마가 화나서 자기 그릇들을 깬다고 말하는 애도 안 보인다. 그런 애는 어딨는 거냐?"

그런 애?

기예르모가 이글거리는 눈으로 날 주시했다. 대답하라는 건가?

"이건 그 애가 만든 작품이 아니야. 이 작품에 그 애가 없는데 왜 너는 네 시간과 여러 사람 시간을 낭비하는 거냐?"

그는 정말이지 돌려 말하지 않았다.

나는 숨을 크게 들이켰다.

"저도 모르겠어요."

"그건 분명하구나. 넌 나와 함께 *그런 애*를 그 작품에 담아내는 거다. 알겠니?" 그가 포트폴리오를 닫았다.

"알겠어요."

대답은 했지만 어쩌라는 건지 감이 안 왔다. 내가 그런 걸 해본 적 있나? 확실히 CSA에서는 없었다. 나는 내 모래 조소를 떠올렸다. 머릿속에 떠오르는 대로 표현하려고 얼마나 애썼던가. 하지만 늘 성에 차지 않았다. 어쩌면 그래서인지도 모른다. 그래서 엄마에게 보여주기가 그토록 두려웠는지도 모른다.

기예르모가 미소 지었다.

"좋아. 그럼 같이 즐겨볼까. 참고로 난 콜롬비아인이다. 흥미로운 유령 이야기에 아주 약하지." 그는 손바닥으로 포트폴리오를 두드렸다. "네가 돌을 다룰 각오가 되었는지 모르겠구나. 흙은 상냥하지. 너는 잘 모르는 것 같지만 뭐든 표현할 수 있어. 그에 반해 돌은 냉담하고 인색하지. 짝사랑처럼."

"돌이라면 엄마가 깨뜨리기 힘들 거예요."

그의 얼굴에 이해한다는 기색이 스쳤다.

"이번에는 뭐로 만들든 깨뜨리지 않을 거다. 그것만큼은 날 믿어라. 너는 우선 연습용 돌에 조각하는 법을 배울 거야. 습작을 보고 그 작품에 가장 적합한 재료를 찾도록 하자. 만들고 싶은 게 엄마니?"

"네. 사실주의는 별로 해본 적 없는데, 그래도……." 그러다가 나도 모르게 말했다. "샌디 선생님이 이 세상에 제 두 손만이 만들어 낼 수 있는 게 있냐고 물었거든요."

나는 침을 꼴깍 삼키고 그와 눈을 맞췄다.

"엄마는 무척 아름다웠어요. 아빠는 엄마가 나무를 쳐다보기만 해도 꽃을 피울 수 있을 거라고 말하곤 했죠."

기예르모가 미소 지었다.

"엄마는 매일 아침 집 뒤편 덱에 서서 바다를 내려다봤어요. 바람에 머리칼이 흩날리고 가운이 물결처럼 펄럭였죠. 마치 배의 키를 잡고 있는 듯했어요. 우릴 데리고 하늘을 항해하는 것 같았죠. 항상 그랬어요. 매번 그렇게 보였죠. 그 이미지가 늘 머릿속 어딘가에 있어요. 늘."

기예르모는 내 말에 완벽히 집중했다. 어쩌면 그는 벽과 함께 그 안에 있는 사람들도 무너뜨리는 존재일지도 모른다. 어제처럼 그에게 자꾸 더 말하고 싶은 걸 보면.

"엄마에게 닿으려고 별짓을 다 했어요. 말 그대로 온갖 짓을요. 저한테 어떤 특이한 책이 있는데요, 그 책을 샅샅이 뒤져서 시도해 볼 만한 건 다 해봤어요. 엄마의 패물을 베개 밑에 두고 자기도 했고요, 한밤중에 해변에 서서 단둘이 찍은 사진을 팔이 떨어지도록 들고 있기도 했어요. 편지를 써서 엄마의 코트 주머니나 빨간 우체통에 넣은 적도 여러 번이고, 폭풍우 속에 쪽지를 날려 보내기도 했죠. 매일 밤 잠들기 전에는 엄마가 제일 좋아하는 시를 읊어요. 그런데 엄마가 하는 일은 제가 만든 걸 부수는 일뿐이죠. 그만큼 화가 났다는 거예요. 만약 엄마가 이것마저 망치면 전 못 살아요."

땀이 나기 시작했다. 입술이 떨렸다. 나는 입을 가리며 덧붙였다.

"이게 제 마지막 수단이에요."

기예르모가 내 어깨에 손을 얹었다. 와락 안기고 싶은 마음을 애써 눌러 참았다.

"망치지 않을 거다. 내가 약속하마. 넌 해낼 수 있어. 네 두 손으로. 내가 도와줄게. 그리고 MJ, 네가 작품에 담아야 하는 게 바로 이런 애다."

나는 고개를 끄덕였다.

그는 선반으로 가 목탄을 몇 개 챙겼다.

"이제 그려보자."

믿기 어렵게도, 옆방에 있는 *벌거벗은* 오스카를 잊고 있었다.

*

우리는 작업실 한쪽으로 걸어갔다. 단상 가까이 의자 하나가 놓여있었다. 마음 한구석이 영 찜찜했다. 학교 상담사에게도 하지 않은 말을 방금 기예르모에게 털어놓았다. 그의 눈에 엄마 잃은 가엾은 애로 비치지 않는 것도 이제 물 건너갔다.

파란 가운을 입은 오스카는 단상에 발을 걸치고 앉아 책을 읽고 있었다. 전공서처럼 보였는데 너무 빨리 덮는 바람에 어떤 책인지는 파악하지 못했다.

기예르모가 다른 의자를 끌고 와서 내게 앉으라고 손짓했다.

"오스코어는 내가 가장 좋아하는 모델이다. 눈치챘을지 모르지만, 얼굴이 아주 기묘하지. 신이 이 녀석을 만들 때 몹시 취해있었나 봐. 이거 조금, 저거 조금, 갈색 눈, 녹색 눈, 비뚤어진 코, 비뚤어진 입, 광기 어린 미소, 깨진 치아. 이 흉터, 저 흉터. 거의 퍼즐이나 다름없지."

청찬인지 욕인지 모를 말에 오스카가 고개를 절레절레했다.

"신을 안 믿으시는 줄 알았는데."

참고로, 나는 남근 공황 발작에 빠진 상태였다.

CSA 누드 크로키 수업에서도 나는 남근에 동요하지 않는 편이었다. 하지만 이 순간은 아니다. 암, 아니고말고.

"네가 잘못 알고 있는 거야. 난 안 믿는 게 없어."

오스카가 가운을 스르륵 벗었다.

"저도요! 제가 믿는 것들을 알면 놀라실 거요." 내가 불쑥 끼어들었다. 내 귀에도 발악처럼 들렸다. 둘의 사담에 끼어들고 싶었다. 그것에 눈이 가지 않도록. 한발 늦었다. 아, 빌어먹을 클라크 게이블이시여. 오스카가 고질라라고 이름 붙인 그 공룡 모양 그게 뭐였더라?

"말해봐." 오스카가 내게 말했다.

하! 내가 지금 무슨 생각하는지는 죽어도 말 못 해.

"MJ 네가 믿는 거 하나만. 우리가 놀랄 만큼."

"좋아."

나는 평정심과 분별력을 어느 정도 회복했다.

"남자가 여자에게 오렌지를 주면 여자의 연심은 배로 늘어난다."

다만 충동을 억누르지 못했다.

오스카가 웃음을 터뜨리며 방금 기예르모가 잡아준 포즈에서 벗어났다.

"아, 네가 그렇게 믿는다는 거 완전 믿어. 아주 맹신한다는 증거
도 있지."

기예르모가 짜증스레 발로 바닥을 탁탁 두드렸다. 오스카가 나에
게 윙크를 하자 내 속은 승강기를 타고 오르락내리락했다.

"다음에 계속." 오스카가 말했다.

다음에 계속…….

잠깐, 그래서 소피아는 누구야? 동생? 고모할머니? 배관공?

"빠른 스케치다, MJ." 기예르모가 말했다. 새로운 긴장감이 덮
쳤다. "3분마다 포즈 바꿔라." 기예르모는 오스카에게 말하고 내
옆 의자에 앉아 스케치를 시작했다. 손이 페이지 위를 날아다녔다.
공기를 휘저었다. 나는 심호흡을 하고 속으로 괜찮다고 중얼거리며
그리기 시작했다. 5분인가 지났다. 오스카의 새 포즈는 매우 아름
다웠다. 등뼈를 활처럼 휘고 고개를 한껏 뒤로 젖힌 자세였다.

"너무 느리다." 기예르모가 나직하게 말했다.

나는 좀 더 빠르게 그리려고 애썼다.

기예르모가 일어나 내 뒤에 서서 스케치를 관찰했다. 그의 눈을
통해보니 내 스케치는 더 끔찍했다.

그가 말했다. "더 빠르게."

이어서,

"광원이 어디에 있는지 봐."

이어서 내 스케치의 한 곳을 짚으며,

"이건 그늘이 아니야. 굴곡이지."

이어서,

"목탄을 너무 세게 쥐었다."

이어서,

"목탄을 종이에서 너무 자주 떼지 마라."

이어서,

"종이에서 눈 떼고 모델을 봐."

이어서,

"오스코어는 네 눈, 네 손, 네 눈, 네 손에 있다. 네 안을 돌아다니고 있어. 알아들어?"

이어서,

"아니, 틀렸어. 전부 다. 그 학교에서 대체 뭘 배운 거냐? 아무것도 안 배웠겠지!"

기예르모가 내 옆에 쪼그려 앉자 그의 냄새가 덮쳐왔다. 적어도 내가 수치심에 사망하지 않았다는 증거였다.

"잘 들어. 그림을 그리는 건 목탄이 아니야. 바로 너야. 네 몸에 이어진 네 손이지. 그 몸 안에 핵심부가 있어. 그래, 너는 아직 준비가 안 됐어."

그는 내 손에서 목탄을 빼앗아 바닥에 던졌다.

"목탄 없이 그려봐. 네 손만으로 보고, 느끼고, 그려. 세 가지가 아니라 하나의 행위야. 모델에게서 눈을 떼지 마. 보고 느끼고 그려. 하나의 동사야. 이제 시작해. 생각하지 마. *너무 많이 생각하*

지 마. 그게 가장 중요해. 피카소가 이렇게 말했지. '우리가 뇌를 끄집어내고 눈만 쓸 수 있다면.' 뇌를 *끄집어내*, MJ. 눈만 써!"

당황스러웠다. '꺼내기' 버튼이 절실했다. 적어도, 자비롭게도, 오스카의 시선은 작업실 저편 구석에 고정되어 있었다. 오스카는 한 번도 우리 쪽을 보지 않았다.

기예르모가 다시 의자에 앉았다.

"오스코어는 신경 쓰지 말고. 저 녀석 때문에 자의식에 빠지지 마."

독심술사야?

"이제 진심을 담아 그려. 어떤 의미가 있는 것처럼. 그게 사실이니까. 알아듣겠지, MJ? 뭔가 의미가 있을 거야. 한밤중에 울타리를 뛰어넘어 화재 대피용 계단으로 올라왔잖아. 너한테 무슨 의미가 있을 거라고!"

기예르모는 내 옆에서 다시 스케치를 시작했다. 그는 종이를 맹렬히 공격했다. 대담하고 확신에 찬 선들이 이어졌다. 페이지를 어찌나 빨리 넘기는지 10초에 한 번씩 넘기는 것 같았다. 우리 학교에서는 주로 30초 스케치를 한다. 하지만 그는 번개였다.

"가, 가!" 기예르모가 외쳤다.

어느새 나는 흰 파도를 향해 패들링하고 있었다. 파도가 몸집을 불리며 날 향해 다가왔다. 곧 거대하고 강력한 힘이 날 휩쓸 터였다. 그때도 지금처럼 카운트다운하곤 했다.

셋, 둘, 하나,

가자. 나는 목탄 없이 맨손으로 그리기 시작했다.

"더 빨리. 더 빨리." 그가 부추겼다.

나는 기예르모처럼 10초마다 페이지를 넘겼다. 아무것도 그리지 않고, 아무것도 신경 쓰지 않고, 내 손에서 오스카가 살아나는 것을 느끼며.

"좀 낫군." 기예르모가 말했다.

"훨씬 낫군." 그가 덧붙였다.

보고 느끼고 그리다. 하나의 동사다.

"좋아. 그거야. 곧 네 두 손으로 보게 될 거야. 내가 장담해. 모순이라고 해도 좋아. 피카소도 그랬어. 언제는 뇌를 끄집어내고 눈만 쓰라더니 또 언제는 회화가 시각장애인의 직업이라고 했지. 또 언제는 눈을 감고 노래하듯이 그려야 한다고 했고. 미켈란젤로도 마찬가지야. 자기는 '눈이 아니라 두뇌로 조각한다'고 했지. 맞아. 모든 게 동시에 진실이야. 삶은 모순덩어리지. 전부 흡수하고 무엇이 가장 효과적인지 찾아야 해. 자, 이제 목탄을 집어 들고 그려."

잠시 후, 기예르모는 목에 두르고 있던 스카프를 풀어 그것으로 내 눈을 가렸다.

"이해했어?"

이해했다.

*

얼마 후, 나는 감방에서 포트폴리오를 챙겨 기예르모를 기다리고 있었다. 그는 잠시 볼 일이 있어 자리를 비운 상태였다. 그때 오스카가 옷을 갖춰 입고 카메라를 든 채 감방 안으로 고개를 내밀었다. 그리고 문틀에 기대어 섰다. 기대는 게 천성인 남자들이 있다. 분명 오스카는 그중 하나다. 제임스 딘도 마찬가지고.

"브라보." 오스카가 말했다.

"오버하지 마." 그렇게 대답했지만 사실 나는 흥분으로 찌릿찌릿한 *각성* 상태였다. CSA에서는 한 번도 이런 기분을 느껴보지 못했다.

"진심인데." 오스카가 카메라를 만지작거렸다. 얼굴을 가린 검은 머리카락을 쓸어넘기고 싶었다.

나는 손을 바쁘게 하려고 포트폴리오 지퍼를 채웠다.

"오스카, 우리 언젠가 만난 적 있나? *너무 낯익어서 그래.*"

그가 눈을 들었다.

"벗은 걸 보고 하는 말이야?"

"어, 이런…… 아니, 그게 아니라…… 그런 뜻 아닌 거 알잖아."

열기가 온몸 구석구석 퍼져나갔다.

"나야 아무래도 좋은데." 그가 즐거운 표정으로 말을 이었다. "하지만 그럴 일 없어. 난 사람 얼굴 안 까먹거든. 특히 너처럼—."

찰칵 소리가 울리고 나서야 내가 찍혔다는 걸 깨달았다. 뷰파인더를 보지도 않고 셔터를 누르다니.

"그날 이후로 그 교회 가본 적 있어?"

나는 고개를 저었다. "아니, 왜?"

"널 위해 남긴 게 있거든. 사진 한 장."

방금 얼굴에 쑥스러운 기색이 스친 건가?

"뒷면에 쪽지도 남겼는데."

숨이 막혔다.

"다시 가보니 없어졌더라. 누가 가져갔나 봐. 잘됐지 뭐. 궁금하지도 않은 정보였을 텐데."

"무슨 정보?" 사람이 기절한 채로 말할 수 있다니 놀라웠다.

오스카는 대답 없이 카메라를 들어 올렸다. "방금처럼 고개 살짝만 기울여 볼래? 좋아, 바로 그거야." 그는 벽에서 떨어져서 무릎을 구부리고 카메라 앵글을 맞췄다. "그래, 딱이야. 맙소사, *빌어먹게* 완벽해."

교회에서의 일이 또다시 벌어지고 있었다.

기후 변화로 빙하에서 분리되어 바다로 떨어져 나온 빙산을 괴상 빙산이라고 한다. 나는 지금 괴상 빙산이다.

"네 눈은 이 세상 것이 아니야. 네 얼굴 전체가. 어젯밤에 네 사진을 한참이나 들여다봤어. 전율이 일더라."

그러는 그쪽은 내게 *지구 온난화*를 일으키고 있어!

하지만 그뿐만이 아니다. 전율과 분리와 지구 온난화를 넘어, 교회에서 처음 만났을 때 느낀 무언가가 있었다. 이 사람과 함께 있으면 내가 뚜렷이 실재하는 느낌이 든다. 카메라 때문만은 아니다. 무엇 때문인지는 나도 모른다.

게다가 내가 아는 남자들과 달리, 오스카는 *흥미진진*하다. 내가 만약 오스카의 조각상을 만든다면 폭발처럼 보이게 만들고 싶다.

'콰앙'처럼.

나는 심호흡하며 내가 마지막으로 남자를 좋아했을 때 어떤 일이 벌어졌는지 되새겼다.

그건 그렇고, **쪽지에 대체 무슨 정보가 있고 무슨 사진인데?**

"그럼 언제 한번 사진 좀 찍어도 될까?" 오스카가 물었다.

"*지금 찍고 있잖아, 오스코어!*" 나는 기예르모처럼 짜증을 담아 윽박질렀다.

오스카가 웃었다.

"여기서 이렇게 말고. 며칠 전 해 질 녘에 해변을 거닐다가 버려진 건물을 발견했거든. 좋은 구상이 떠올랐어." 오스카가 카메라 옆구리를 살펴보며 덧붙였다. "옷 입은 채로는 말고. 공평하게. 어때?" 두 눈이 악마처럼 번뜩였다.

"싫어! 미쳤어? 완전 소름 끼쳐. 연쇄살인범 회피 규칙 제1조, 어떤 경우에도 낯선 사람과 함께 폐건물에 들어가 옷을 벗지 말아라. 말도 안 돼. 그딴 수작이 여자들한테 먹혀?"

"*응. 항상.*"

태연한 대꾸에 나는 참지 못하고 웃음을 터뜨렸다.

"진짜 걸어 다니는 적신호다."

"그 정도면 칭찬이지."

"과연? 공공의 안전을 위해 잡아넣어야 한다고 생각하는데."

"이미 한 번 잡혀 들어갔었어."

나도 모르게 입이 벌어졌다. 진짜 옥살이를 했다고.

태양을 너에게 줄게

충격받은 내 얼굴을 보고 오스카가 덧붙였다. "사실이야. 넌 질 나쁜 무리에 발을 들였어."

다만 느낌은 정반대였다. 완벽한 곳에 거하는 느낌이었다. 이곳의 모든 게 옳았다. 우리 집의 모든 게 잘못된 것처럼.

"뭐 때문에 잡혀갔는데?"

"초대에 응하면 말해줄게."

"토막살인에?"

"좀 더 위험한 삶에."

그 말에 나는 거의 질식할 뻔했다.

"하! 미안하지만 사람 잘못 골랐어."

"*너야*말로 사람 잘못 봤어."

대화가 너무 잘된다. 왜 이렇게 잘되지?

그때 머릿속에서 할머니가 노래하듯이 대답했다. "공기 중에 사랑이 떠돌기 때문이지, 내 눈먼 박쥐야. 이제 그 친구 주머니에 네 머리카락 한 가닥을 넣으렴, 당장."

머리카락 한 타래를 누군가의 몸에 지니게 하면 그 사람 마음속에 머물 수 있다.

(고맙지만 사양할래. 제퍼한테 썼던 방법이거든.)

나는 할머니를 평범한 망자로 대했다. 즉, 침묵했다.

시멘트 바닥에 구두 굽이 또각대는 소리가 울려 퍼졌다. 오스카는 힐끗 문밖을 내다보았다.

"소피아! 여기야."

확실히 배관공은 아니다. 하이힐을 신은 배관공이라면 모를까.

오스카가 나를 돌아봤다. 방해받기 전에 뭔가 말하고 싶은 눈치였다.

"저기, 내가 걸어 다니는 적신호는 맞지만, 낯선 사람은 아니야. 네가 말했잖아. '너무 낯익어서 그래.'" 그가 내 흉내를 냈다. 해변의 해맑은 소녀 버전으로. 그러고는 렌즈 뚜껑을 덮었다. "그날 교회에서 처음 본 게 확실하지만, 내가 널 만난 건 우연이 아니야. 미친놈이라고 생각하지는 마. 예언을 받았으니까."

"예언? 누구한테?"

이게 그 정보인가? 틀림없다.

"우리 엄마한테. 임종 때. 죽기 전에 마지막으로 한 말이 너에 관한 거였어."

누군가가 죽기 전에 자신에게 한 말이 현실이 될 것이다?

*

소피아는 확실히 오스카의 동생도 아니고 고모할머니도 아니다. 소피아는 붉은 머리를 혜성처럼 휘날리며 감방에 들어섰다. 가슴 위를 적도처럼 가로지르는 오프숄더 네크라인의 진분홍 칵테일 드레스 차림이었다. 녹색과 금색으로 빛나는 아이섀도가 옅고 푸른 눈동자 주위를 날개처럼 감싸고 있었다.

클림트의 화폭에서 막 걸어 나온 것처럼 찬란했다.

"안녕, 우리 자기." 소피아는 오스카에게 강한 억양으로 인사했다. 거짓말 하나도 안 보태고 영화 속 드라큘라 백작의 말투와 똑같았다.

소피아는 오스카의 왼쪽, 오른쪽 뺨에 번갈아 입 맞추고 피날레로 오스카의 입술을 지그시 눌렀다. 입술은 길고도 오래 머물렀다. 나는 가슴이 꺼져 들어갔다.

아직도 머물렀다······.

친구들은 이런 식으로 인사하지 않는다. 어떤 상황에서도.

"안녕." 오스카가 다정하게 말했다. 소피아의 빨간 립스틱을 입술에 다 묻히고. 나도 모르게 그 얼룩을 닦을까 봐 내 손을 윗옷 주머니에 찔러 넣었다.

완벽한 곳 어쩌고 했던 말은 다 취소다.

"소피아, 이쪽은 가르시아의 새 제자 MJ야. 전공은 조각."

그러니까 정말 내가 대학생이라고 생각한다 이거지. 자기 또래라고. 그리고 미대에 들어갈 만한 실력을 갖춘 예술가라고.

난 아무것도 정정하지 않았다.

소피아가 다가와 한 손을 내밀며 *네 피를 취하러 왔다*라고 루마니아 억양으로 말했다. 내가 잘못 들었을 수도 있다. 그저 *뛰어난 조각가시겠군요*라고 말했을지도 모른다.

나는 어둠을 양분으로 살아가는 열여섯 살 못난이 괴물이 된 기분으로 뭐라고 횡설수설 대꾸했다.

나와 달리, 불꽃 같은 머리에 쨍한 분홍색 원피스를 입은 소피아는 이국적인 난초 같았다. 물론 오스카는 소피아를 사랑한다. 둘은 한 쌍의 이국적인 난초다. 완벽하다. 완벽한 한 쌍이다. 소피아의 어깨에 걸친 스웨터가 스르륵 떨어지면서 팔 전체를 감싼 화려한 타투가 드러났다. 적황색 불을 뿜는 용이었다. 오스카가 흘러내린 스웨터를 다시 어깨 위로 둘러 주었다. 백 번쯤 해본 일처럼 자연스러웠다. 가슴 속에서 질투가 까맣게 치밀어 올랐다.

예언은 다 뭔데?

"가자." 소피아가 오스카의 손을 잡았다. 둘은 곧 내 앞에서 사라졌다.

두 사람이 건물을 나섰을 때쯤 나는 복도를 전속력으로 달려(고맙게도 기예르모는 아직 돌아오지 않았다) 창밖을 살폈다.

둘은 이미 오토바이에 올랐다. 소피아가 두 팔을 오스카의 허리에 두르자 그 느낌이 고스란히 전해졌다. 오늘 그를 스케치하면서 얻은 감각이었다. 상상해 봤다. 내 두 손으로 오스카의 늘씬한 외복사근을 쓸고, 굴곡 있는 복부를 감싸고, 살갗의 열기를 느끼는 것을.

나는 손바닥을 차가운 유리에 지그시 댔다. 실제로.

오스카가 시동을 걸고 액셀을 밟았다. 이내 둘은 거리를 쌩 내달렸다. 소피아의 붉은 머리카락이 들불처럼 타올랐다. 오토바이가 시속 800킬로미터로, 아주 극단적인 각도로 길모퉁이를 돌자 소피아는 두 손을 번쩍 들고 꺅 소리 질렀다.

그야 겁이 없으니까. *소피아*는 위험한 삶을 사니까. 그 점이 최악이었다.

*

암울한 기분으로 다시 우편물실을 지나 돌아가는데, 분명 아까 빠르게 지나칠 때만 해도 닫혀있던 문이 살짝 열려있었다. 바람이 열었나? 설마 유령이? 나는 내부를 들여다봤다. 물론 내가 아는 유령이 날 이곳으로 이끌었다고 믿기는 어렵지만, 누가 알겠어? 다만 문을 열거나 하는 건 할머니의 일이 아니다. "엄마?" 내가 속삭였다. 시 몇 구절을 읊어봤다. 엄마가 다음 구절을 되돌려 주길 기대하면서. 이번에는 아니었다.

문을 좀 더 열고 들어선 방은 한때 서재였을 공간이었다. 사이클론이 강타하기 전에. 나는 얼른 내 뒤의 문을 닫았다. 발치에 종이와 스케치북과 노트들이 마구 흩어져 있었다. 책상과 다른 가구들 위에서 쓸려 떨어진 듯했다. 한구석에는 담배꽁초가 가득 찬 재떨이, 빈 테킬라 병, 깨진 술병이 있었다. 주먹 자국이 남은 벽들, 깨진 창문도 보였다. 그리고 바닥 한가운데에는 커다란 돌 천사가 등이 부러진 채 바닥에 엎어져 있었다.

분노가 사납게 휘갈긴 방이었다. 어쩌면 내가 여기 처음 왔을 때 벌어진 일일지도 모른다. 가구 던지기 대회를 펼치는 것처럼 들렸던 그때. 나는 기예르모의 뭔지 모를 번민을 물리적으로 구현한 듯한 공간을 둘러봤다. 흥분과 두려움이 섞인 감정이 내 안을 누볐다.

함부로 기웃거려서는 안 된다는 걸 알았지만 호기심이 늘 그렇듯 내 양심을 가볍게 무시했다. 염탐 조절 능력이 망가졌다. 나는 허리를 굽혀 바닥에 떨어진 종이들을 무작위로 훑어보았다. 대부분 오래된 편지들이었다. 디트로이트의 예술학도가 협업을 요청하는 편지, 뉴욕의 어떤 여자가 자신을 제자로 받아준다면 무슨 일이든 (밑줄 세 번) 하겠다고 친필로 쓴 편지(이크), 그 밖에도 여러 갤러리에서 온 위탁 서류, 미술관에서 온 작품 의뢰서, 과거 전시에 대한 신문 기사 등이 있었다. 나는 기예르모가 주머니에 넣고 다니는 것과 비슷한 수첩을 집어 들고 한 장씩 넘겨 보았다. 이 방에서 무슨 일이 있었는지, 그에게 무슨 일이 일어났는지 뭐라도 실마리를 얻을까 해서. 작은 수첩에는 스케치가 가득했다. 어떤 리스트와 메모들도 눈에 띄었는데 모두 스페인어로 적혀있었다. 재료 리스트일까? 조각에 대한 메모? 아이디어? 나는 죄책감을 느끼며 그것을 종이 더미 위로 던졌다. 그러나 어느새 나도 모르게 다른 수첩을 집어 들어 넘기고 있었다. 비슷한 기록들이 이어졌다. 그러다 영어로 적힌 한 페이지가 눈에 들어왔다.

그대에게.

나는 미쳐버렸어. 먹지도 마시지도 못하겠어. 입 안에 남은 그대의 감각이 사라질까 봐. 그대가 없는 곳에서 눈을 뜨고 싶지도 않고, 그대가 내쉬지 않

은 공기를 마시고 싶지도 않아. 그대의 그 아름다운 몸 깊이 머금었던 공기가 아니잖아. 난 기필코

나는 페이지를 넘겼다. 글은 이어지지 않았다. 난 기필코⋯⋯ *다음은 뭔데?* 뒤쪽은 모두 빈 페이지였다. 주변에 흩어진 수첩을 몇 권 더 뒤져보았지만 더 이상 영어로 쓴 문장도, '그대'에게 쓴 글도 없었다. 그 순간 팔의 털들이 곤두섰다. '그대'는 그 여자다. 틀림없다. 그 키스 그림 속 여자. 흙 남자의 가슴을 떨치듯 벗어나는 흙 여자. 여자 거인. 그 모든 여자 거인.

나는 그 편지를 다시 읽었다. 너무 끈적하고, 너무 절박하고, 너무 *로맨틱*했다.

남자가 사랑하는 이에게 쓴 연서를 전하지 않으면 그 사랑은 진실이다.

그에게 일어난 일은 사랑이었다. 비극적이고 불가능한 사랑. 기예르모는 그 사랑의 완벽한 현신이었다. 어떤 여자가 살갗 아래 지진과 해일을 품은 남자를 거부할 수 있겠는가.

오스카도 겉보기엔 살갗 아래 자연재해를 품은 듯했다. 하지만 잘 생각해 보자. 사랑 이야기에 나오는 남자 주인공들은 지고지순하고, 기차를 뒤쫓고, 대륙을 횡단하고, 운명과 왕좌를 포기하고, 인습을 거스르고, 박해받고, 방을 해체하고, 천사의 등허리를 결판내고, 스튜디오 시멘트벽 전체에 사랑하는 사람을 스케치하고, 오

마주로 거인을 조각한다.

그들은 루마니아인 연인을 두고 뻔뻔하게 나 같은 애와 시시덕거리지 않는다. 그런 건 질 나쁜 놈팡이나 하는 짓이다.

나는 그 연애편지를 수첩에서 뜯어내 청바지 주머니에 찔러 넣었다. 그때 스튜디오 현관문이 공포 영화 효과음을 냈다. 아, 안 돼. 발끝으로 걸어가 문 뒤에 바짝 붙었다. 혹시 기예르모가 들이닥쳐도 들키지 않도록. 확실히 나는 여기 있으면 안 된다. 이곳은 극히 개인적인 혼돈의 도가니다. 마음속 내용물이 낭자하게 흩어진 공간. 의자가 바닥에 끌리는 소리와 함께 담배 냄새가 났다. 으. 기예르모는 바로 문 너머에서 담배를 피우고 있었다.

잠자코 기다리다가 사방에 제멋대로 쌓인 미술 서적들을 내려다봤다. 학교에서 본 책들이 상당수 눈에 띄었다. 엄마가 눈에 띄었다. 엄마 얼굴 반쪽이 책 무더기 사이에서 삐져나와 날 올려보고 있었다. 엄마가 쓴 미켈란젤로 전기, 『대리석 안의 천사』 뒷면에 실린 저자 사진이었다. 순간 움찔했지만, 여기 있는 게 당연한 책이었다. 애초에 이곳은 조각가의 서재였다. 나는 쪼그려 앉아 그 책을 조심스럽게 끄집어냈다. 혹시 친필 사인이 담긴 증정본인가 싶어서 속표지를 확인했다. 내 짐작이 맞았다.

기예르모 가르시아 님께.

"나는 대리석 안에 갇힌 천사를 보고 돌을 쪼아 그를 해방했을 뿐이다."

인터뷰 감사드립니다. 대단히 영광이었습니다.

태양을 너에게 줄게

경탄을 담아,
다이애나 스위트와인

엄마. 나는 책을 확 덮었다. 빠르게, 단호하게. 책이 열리지 않도록, 내가 열지 않도록. 얼마나 힘을 줬는지 손가락 마디가 하얘졌다. 엄마는 늘 미켈란젤로의 명언과 함께 서명했다. 엄마가 가장 좋아하던 인용구다. 나는 책을 가슴에 꼭 껴안았다. 껴안다 못해 책 안에 뛰어들고 싶었다.

나는 그것을 청바지 허리춤에 끼워 넣고 옷자락으로 덮었다.

"MJ!" 기예르모가 외쳤다. 발소리가 멀어지고 있었다. 거의 희미해졌다 싶었을 때 나는 살며시 방에서 나와 문을 닫았다. 잽싸게 우편물실을 지나 조용히 감방에 들어갔다. 그리고 엄마의 책을 내 포트폴리오 케이스 안에 감췄다. 그제야 아아, 또, 하고 내가 자제력을 잃었다는 걸 자각했다. 오늘따라 유난히 머릿속 버튼이 날아다녔다. 하지만 이번이 나의 첫 번째 절도 행각은 아니다. 학교 도서실에서도 엄마 책을 몇 권이나 훔쳤다. 그때마다 번번이 새 책으로 교체되었지만. 그리고 동네 도서관도. 몇몇 서점도. 나도 내가 왜 그러는지 모른다. 내가 왜 그 연애편지를 훔쳤는지 모른다. 모르고 저지르는 짓투성이다.

기예르모를 찾아 작업실로 갔다. 그는 쭈그리고 앉아 프리다 칼로의 배를 쓰다듬고 있었다. 프리다는 만족스러운 듯이 가르릉거렸다. '그대'에게 쓴 편지가 내 주머니 속에서 화르르 타올랐다. 나는 좀 더 알고 싶었다. 둘에게 무슨 일이 있었던 걸까?

기예르모가 날 보고 고개를 끄덕였다.

"준비됐니? 인생을 바꿀 준비?" 그가 일어나며 물었다.

"그럼요."

남은 오후는 연습용 돌을 골랐다. 나는 호박색 설화석고에 마음을 빼앗겼다. 그 안에서 불이 타오르는 것처럼 보였다. 어느새 모세로 변한 기예르모가 내 앞에서 조각에 대한 계명을 암송했다.

과감하고 대담하게 행동하라.

기회를 잡아라.

보호 장비를 착용하라. (그야 돌먼지와 석면이 날리니까!)

연습용 돌 안에 뭐가 숨어있는지 섣불리 판단하지 말고 돌이 직접 말해주길 기다려라.

기예르모는 손바닥을 펼쳐 내 명치께에 대고 덧붙였다.

"이 안에 잠들어 있는 게 돌 안에도 잠들어 있다. 알겠니?"

이어서 그는 마지막 계명을 내렸다.

세상을 재창조하라.

몇 시간 동안 조각 연습을 하고(내 실력은 지독히 형편없었다) 집에 돌아와서 보니, 손목이 시큰거리고 엄지에 멍이 들어있었다. 수백 번쯤 잘못 망치질한 결과였다. 방진 마스크를 썼음에도 불구하고 석면 침착증이 폐 구석구석 퍼진 것 같았다. 힘겹게 가방을 열자, 커다란 오렌지 세 개가 날 올려다보고 있었다. 잠시 오스카를 향한 연심에 얼이 빠져있다가 퍼뜩 소피아를 떠올렸다.

완전 이중인격자 아니야! 진심, 얼간이 중의 상얼간이잖아. 노아가 노아였을 때 하던 말처럼.

분명 소피아한테도 엄마의 예언을 들먹였을 것이다.

심지어 엄마를 잃은 적도 없을 것이다.

나는 오렌지를 들고 부엌으로 가 믹서에 넣고 갈아버렸다.

*

오렌지 대학살 이후 재봉 작업을 하려고 방에 돌아오니, 노아가 바닥에 놓인 내 가방 앞에 쪼그려 앉아 조금 전까지 그 안에 들어있던 스케치북을 휙휙 넘기고 있었다. 내가 기예르모의 기록물들을 훔쳐봤다고 우주가 벌써 보복을 하나?

"노아, 뭐해?"

"아, 그냥!" 노아가 펄쩍 뛰며 외쳤다. 두 손이 허리를 짚었다가, 주머니에 들어갔다가, 다시 허리로 돌아왔다. "난 그냥…… 아무것도 아니야. 미안." 노아가 하하 웃더니 두 손을 짝 맞부딪쳤다.

"왜 내 물건 뒤져?"

"그게 아니라……." 노아가 다시 웃음을 흘렸다.

음, 말이 우는 소리에 좀 더 가까웠다.

"그러니까, 내가 그러긴 한 것 같은데……." 노아가 창문을 바라봤다. 당장 뛰어내리고 싶다는 표정으로.

"왜?" 나는 속으로 웃음을 삼키며 물었다. 노아가 이렇게 제대로 별종처럼 구는 건 아주아주 오랜만이었다.

노아가 내 생각을 읽은 것처럼 씩 웃었다. 그러자 가슴이 설명할 수 없이 뭉클해졌다.

"그냥 네가 요즘 무슨 작업을 하나 보고 싶었어."

"정말?" 내가 놀라서 물었다.

"응. 정말." 노아가 발을 앞뒤로 까딱이며 대답했다.

"알았어." 들뜬 목소리가 내 입에서 흘러나왔다.

노아가 스케치북을 가리켰다.

"엄마 스케치한 거 봤어. 조각하려고?"

"응."

나는 노아가 보이는 관심에 들떠서 염탐 따위는 무시했다. 나야말로 한때 노아에게 똑같은 짓을 얼마나 많이 했는가?

"그런데 아직 갈 길이 멀어. 어젯밤에 막 시작했거든."

"점토?" 노아가 물었다.

덜컥 '내가 감히 노아에게 내 작품에 관해 얘기해도 되나?' 하는 마음이 들었다. 하지만 어떤 식으로든 둘만의 공감대가 형성된 게 너무 오랜만이라 나는 계속 말했다.

"아니, 돌. 대리석일지 화강암일지는 아직 몰라. 나 이번에 어떤 끝내주는 조각가랑 같이 작업하게 됐거든. 그 사람 진짜 장난 아니야, 노아."

나는 방 안으로 들어가 바닥에서 스케치북을 집어 들었다. 스케치 가운데 가장 완성도 높은 정면도를 노아에게 내밀었다.

태양을 너에게 줄게

"사실주의로 해보려고. 평소에 만들던 둥글납작한 것들과 전혀 다르게. 우아하고 약간 호리호리하게, 그러면서도 살짝 야성적이었으면 좋겠어. 있지, 엄마처럼. 나는 엄마 머리칼, 엄마 옷이 바람에 나부끼던 모습을 사람들한테 보여주고 싶어. 아, 작품명은 〈떠오르는 드레스〉야. 그 의미는 우리만 알겠지. 혹시 기억나? 엄마가 매일 덱 위에 어떻게 서있었는지—."

노아가 주머니에서 휴대폰을 꺼내기에 나는 말을 멈췄다. 진동이 울린 모양이다.

"어어." 노아는 휴대폰에 대고 무슨 트레킹이니, 몇 마일이니 하는 크로스컨트리 관련어를 늘어놓다가, 나에게 통화가 좀 길어질 것 같으니 양해해 달라는 표정을 지어 보이며 방을 나섰다.

노아가 친구와 얘기하는 걸 듣고 싶어 살금살금 문 쪽으로 갔다. 가끔 나는 노아가 자기 방에서 헤더와 실없는 농담이나 험담을 주고받으며 놀 때 문밖에서 몰래 엿듣곤 한다. 주말에 몇 번인가는 일부러 현관 근처에서 책을 읽기도 했다. 혹시 둘이 동물원이나 시합 끝난 기념으로 팬케이크를 먹으러 가는데 나보고 함께 가자고 할까 봐. 하지만 그런 일은 한 번도 없었다.

복도를 반쯤 지난 노아가 말하다 말고 휴대폰을 다시 주머니에 넣었다. 잠깐, 지금 나한테서 벗어나려고 통화하는 척한 거야? 내가 계속 지껄이는 걸 막으려고? 목구멍이 쪼그라들었다.

우리 사이는 절대 괜찮아지지 않을 것이다. 우리는 다시 우리가 될 수 없을 것이다.

창가로 걸어가 블라인드를 살짝 걷자 바다가 보였다.

바다를 응시했다.

서핑할 때 가끔 파도를 잡고 일어서다가 무게중심을 잃고 그대로 얼굴부터 처박히는 경우가 있다.

이런 느낌이다.

*

다음 날 오후 예정된 시간에 기예르모의 스튜디오에 도착했을 때 (그는 겨울방학이란 걸 신경 쓰지 않는 눈치다), 문에 메모가 붙어 있었다. *곧 돌아오마. GG.*

나는 오전 내내 집에서 오스카 타도용 레몬을 빨면서 저 건너편 동네에 있는 내 연습용 돌이 자기 안에 뭐가 들어있는지 내 귀에 속삭여주길 기다렸다. 여전히 감감무소식이다. 노아와 나 사이처럼. 오늘 아침 노아는 내가 일어나기도 전에 집을 나갔다. 아빠가 두고 간 비상금과 함께.

그러거나 말거나.

명백하고 현존하는 위험으로 돌아가자. 오스카. 이번에는 만반의 준비를 했다. 레몬뿐만이 아니다. 만일의 만남에 대비해 밀린 독서도 할 겸 유독 지저분한 난치 성병을 살펴봤다. 게다가 경전도 좀 들여다봤다.

양쪽 눈 색이 다른 사람은 한 입으로 두말하는 사기꾼이다.

(맞다. 내가 추가한 구절이다.)

오스카 사태는 종결이다.

복도를 빠르게 지나 우편물실에 들어서니 할머니 혼자 날 맞아줘서 뛸 듯이 기뻤다. 할머니의 옷차림은 화려했다. 줄무늬 일자 치마, 빈티지 꽃무늬 스웨터, 빨간 가죽 벨트, 고상하게 목을 감싼 페이즐리 스카프, 검정 펠트 베레모, 존 레넌 선글라스까지. 내가 뿌리채소 룩을 고수하지 않았다면 딱 스튜디오에서 입고 싶은 차림새였다.

"완벽해. 촌스러우면서도 고급져."

"고급지다는 말로 충분하구나. 촌스럽다는 말은 내 감성에 실례야. 비트족보다는 히피족에 가까운 감성이지. 이 모든 예술과 혼란과 무질서에 잘 어울리지 않니? 그 알쏭달쏭한 외국 남자들 덕분에 나는 아주 자유분방하고, 아주 과감하고, 아주 대담하고, 아주—."

나는 픽 웃었다. "알아들었어."

"아니, 못 알아들은 것 같은데. 아주 주드 스위트와인 같은 느낌이 든다고 말하려고 했어. 그 대담무쌍한 여자애 기억나니?" 할머니가 내 주머니를 가리켰다.

나는 양초 토막을 끄집어냈다.

할머니가 혀를 끌끌 찼다. "네 음울한 계획에 내 경전을 이용하지 마."

"그 사람은 애인이 있어."

"아직 확실한 것도 아니잖니. 그 친구는 유럽인이야. 유럽인들은 우리와 풍습이 달라."

"제인 오스틴 소설 안 읽어봤어? 영국인들은 우리보다 *훨씬* 꼬장 꼬장하다고."

"그 친구는 그리 꼬장꼬장해 보이지 않던걸." 할머니가 윙크하려고 오만상을 구겼다. 할머니는 절묘하게 윙크하는 법을 모른다. 절묘한 건 뭐든 젬병이다.

"트리코모나스에 감염됐을 거야." 내가 툴툴거렸다.

"엉터리. 너 말고 아무도 그게 뭔지 몰라."

"나이가 너무 많아."

"나이가 너무 많은 건 나뿐이야."

"그리고, 너무 멋있어. *짜증 나게* 멋있다고. 게다가 자기도 그걸 알아. 어떻게 기대는지 봤어?"

"어떻게 뭘?"

"제임스 딘처럼 벽에 기댄다고. *기대기.*"

나는 벽기둥에 대고 빠르게 시범을 보였다.

"그리고 오토바이를 몰아. 게다가 그 억양이랑 그 짝짝이 눈이랑 ─."

"데이비드 보위도 양쪽 눈 색이 달랐어!" 할머니가 두 손을 번쩍 치켜들며 외쳤다. 할머니는 데이비드 보위라면 사족을 못 쓴다. "그 애 엄마가 너에 대해 예언했다는 건 좋은 징조야." 할머니 얼굴이 한결 부드러워졌다. "게다가 너한테서 전율을 느꼈다고 하지 않았니."

"아마 *애인*한테서도 똑같은 전율을 느꼈을걸."

"함께 피크닉도 즐겨보지 않고 어떻게 사람을 판단하겠니? 바구니를 싸서 적당한 자리를 찾아. 세상에 그토록 간단한 것을." 할머니는 온 세상을 품을 것처럼 양팔을 활짝 벌렸다.

"너무 구식이야."

그때 우편물 더미 위에 있는 기예르모의 수첩이 눈에 들어왔다. 혹시 '그대'에게 쓴 편지가 또 있나 싶어 수첩을 재빨리 훑어보았다. 없었다.

"뛰는 심장을 품고서 어찌 피크닉의 힘을 비웃어? 주드, 기적이 일어나려면 기적을 볼 줄 알아야 해."

할머니가 한때 자주 하던 말이다. 경전에 쓴 첫 구절이기도 하다. 하지만 나는 기적을 보는 사람이 아니다. 할머니가 쓴 마지막 구절은 이거다. *깨진 마음은 열린 마음이다.* 자신이 죽고 난 뒤에 상심할 나를 위로하기 위해 쓴 구절이란 걸 알지만, 딱히 도움이 되지 않았다.

공중에 쌀을 한 움큼 던졌을 때 손바닥에 다시 내려앉는 알갱이의 수가 평생 자신이 사랑할 사람들의 수다.

(할머니는 나에게 재봉 기술을 가르쳐 주려고 가게 문을 일쩍 닫곤 했다. 나는 할머니의 무릎에 앉아 할머니의 꽃향기를 맡으며 재단, 드레이

프, 스티치를 배웠다. 할머니는 "누구에게나 단 한 사람이 있단다. 나한테는 네가 바로 그 사람이야"라고 말했다. 내가 "왜 나야?" 하고 묻자 할머니는 팔꿈치로 내 옆구리를 쿡 찌르며 장난스럽게 말했다. "그야 너처럼 발가락이 긴 사람은 없으니까.")

갑자기 목이 메었다. 나는 천사에게 걸어가 두 번째 소원을 빌고 (소원은 항상 세 가지 아니던가?) 키스 그림을 감상하는 할머니 곁에 섰다. 할머니가 아니라 할머니 유령. 둘은 좀 다르다. 할머니 유령은 자기 삶에 대해 내가 이미 알고 있는 것만 얘기한다. 할아버지에 관해 질문해도 예전처럼 묵묵부답이다(할아버지는 할머니가 아빠를 임신했을 때 집을 나가 평생 돌아오지 않았다고 한다). 많은 의문점이 풀리지 않은 채 남았다. 엄마는 예술작품을 감상할 때 반은 현실이고 반은 꿈꾸는 것 같다고 했다. 이건 유령이 되어서도 마찬가지일 것이다.

"그건 그렇고, 실로 어마어마한 키스구나." 할머니가 말했다.

"동감이야."

할머니와 나는 각자 자기만의 상념에 빠져 한숨을 내쉬었다. 내 상념은, 몹시 곤란하게도, 미성년자 관람 불가 등급으로, 오스카 등급으로 흘러갔다. 진심으로 오스카에 대해 생각하고 싶지 않지만…….

"저렇게 키스하는 건 어떤 느낌이야?" 할머니에게 물었다. 나도 이제껏 여러 남자애와 키스해 봤지만, 그 어떤 키스도 이 그림 같지 않았다.

그러나 내 질문에 대답한 건 할머니가 아니었다.

"원한다면 기꺼이 알려줄 수 있는데. 네가 그 보이콧을 그만두겠다면 말이야. 한번 해보지 뭐. 네가 단단히 미친 사람이더라도."

퍼뜩 손을 입에서 뗐다. 이 손이 언제 내 입술까지 올라왔지? 나는 삐그덕대며 고개를 서서히 돌렸다. 오스카가 내 머릿속에서 튀어나와 완전한 육체의 형태로 다락 공간에 서 있었다. 난간에 기댄 채(이번에는 묘하게 나른한 느낌으로 상체를 구부리고) 나를 향해 카메라의 초점을 맞추고 있었다.

"네가 그 손이랑 진도를 더 빼기 전에 끼어들어야겠다고 판단했지."

안 돼.

나는 고개를 세차게 도리질했다. 갑자기 살가죽이 극도로 갑갑했다.

"아무도 없는 줄 알았는데!"

"그런 것 같더라. 매우매우 그런 것 같았어." 오스카가 웃음을 꾹 누르며 말했다.

이럴 수가. 허공에 대고 지껄이는 내가 얼마나 미친년처럼 보였을까? 열기가 얼굴로 몰렸다. 내 혼잣말을 얼마나 들은 거지? 정확히는 혼잣말이 아니라 대화였지만. 아, 아, 아. 그보다 내가 *내* 손이랑 얼마나 오래 키스했지? 오스카는 내가 자기를 상상하고 있었다는 걸 알까? 자기랑 키스하는 걸?

"내가 운이 좋았지. 이 줌 렌즈는 놓치는 게 없거든. 망할, 오렌지가 이렇게 약발이 좋을지 누가 알았겠어? 향수 몇 통, 분위기 좋은 저녁 식사 외 여러 가지를 아낄 수 있었는데."

다 아는군.

"내가 그쪽을 생각하고 있었다고 여기나 봐?" 내가 말했다.

"그렇고말고."

나는 스스로가 답답해 눈알을 굴렸다.

오스카가 두 손으로 난간을 잡았다.

"대체 누구랑 얘기하고 있었던 거야, MJ?"

"아, 그거."

뭐라고 대답하지? 하지만 나는 나조차 알 수 없는 이유로, 어제 기예르모와 얘기할 때처럼, 진실을 택했다.

"우리 할머니가 잠깐 나타나서."

오스카가 헛기침을 터뜨렸다.

나는 감히 그쪽을 쳐다볼 수 없어서 오스카가 어떤 표정을 짓고 있는지 알 수 없었다.

"세계 인구의 22퍼센트가 유령을 봐." 나는 벽에 대고 해명했다. "드문 일이 아니야. 따지자면 네 명 중 한 명꼴이니까. 그렇다고 내가 유령과 소통하는 사람이라는 건 아니야. 유령 보는 능력을 지닌 것도 아니고. 그냥 우리 할머니와 엄마만 느껴. 다만 우리 엄마는 나한테 말도 안 걸고 눈에 보이지도 않아. 그냥 물건을 깨뜨리기만 해. 요전 날 나한테 시를 읊어준 것 빼고는."

나는 숨을 몰아쉬었다. 두 볼이 홧홧했다. 아무래도 과했다.

"무슨 시?"

예상치 못한 반응이다.

"그냥 시."

방금 죽은 가족과 대화한다고 자백한 주제에 고작 시 하나 알려 주기가 꺼려지다니.

잠시 정적이 흘렀다. 그동안 나는 귀를 쫑긋 세우고 구급차 사이렌 소리를 기다렸다.

"두 분 다 돌아가셨다니, 정말 유감이야, MJ." 오스카의 목소리는 정중하고 진솔했다.

나는 '엄마 없이 가엾은 것' 표정을 예상하며 오스카를 올려다봤다. 예상은 빗나갔다.

오스카가 엄마를 잃었다는 것은 사실인 모양이다. 나는 고개를 돌렸다.

반가운 소식은 오스카가 조금 전까지 내가 내 손과 진한 스킨십을 나누고 있었다는 사실을 잊어버린 눈치라는 것이다. 나쁜 소식은 내가 지금 오스카가 대체 어디까지 들었는지 허겁지겁 되짚고 있다는 것이다. 차라리 연애편지를 써 주는 게 나을 뻔했다. 나는 망연하게 두 손으로 눈을 가렸다. 절박한 때에는 눈 가리고 아웅 하는 게 나을 수도 있다.

"오스카, 어디까지 들었어?"

"아, 그건 걱정하지 마. 별로 못 알아들었거든. 한창 자고 있었는데 네 목소리가 어렴풋이 들려오더라고."

사실을 말하는 건가? 아니면 그냥 배려 차원에서 하는 말인가?

하긴 내가 좀 말이 빠른 편이긴 하다. 눈을 덮은 손가락을 슬쩍 펼쳤다. 마침 오스카가 계단을 느긋하게 내려오고 있었다. 왜 저렇게 느리게 움직이는 거야, 진짜? 도무지 눈을 뗄 수 없었다. 일거수일투족에 눈이 갔다. 제자리에서 기다리는 게 몹시 힘들 만큼…….

오스카가 내 곁으로 다가왔다. 그림자만큼 가까이.

이렇게 되면 오스카 사태가 종결인지 확실치 않다. 이런 근접성은 고려하지 않았다. 그리고 아까 그런 키스가 어떤 느낌인지 자기가 기꺼이 알려줄 수 있다고 하지 않았나? 분명 이렇게 말했다. *한 번 해보지 뭐.*

"그래서 무슨 소원 빌었어? 아까 네가 할머니뿐만 아니라 천사와 교감하는 것도 봤거든." 오스카의 목소리는 낮고 부드럽고 친근해서 나는 또다시 말실수를 저지를 것만 같았다.

오스카는 법으로 금지하거나 특허를 신청해야 할 것 같은 눈빛으로 날 바라보고 있었다. 내 기억력에 심각한 지장을 초래하는, 이를테면 내 이름이나 내 종족이나 내가 보이 보이콧을 하는 온갖 이유를 잊게 만드는 눈빛이었다. 어째서 내가 곧 닥칠지 모르는 불운을 털끝만큼도 신경 쓰지 않는 거지? 지금 내가 바라는 건 오직 내 손가락으로 오스카의 검은 곱슬머리를 쓸어 넘기고 내 손으로 오스카의 목에 새겨진 푸른 말을 감싸고 내 입술을 오스카의 입술에 대고 누르는 것뿐이다. 소피아처럼.

소피아.

소피아를 완전히 잊고 있었다. 오스카도 마찬가지인 듯했다. *아*

직도 그 눈빛으로 나를 바라보고 있었다. 이런 몹쓸 놈. 천하의 악독한 망나니 난봉꾼 바람둥이!

나는 정신을 차리고 말했다.

"그쪽이 내 가방에 심어놓은 오렌지로 주스를 만들었어. 아주 곱게 갈아버렸지."

"어이쿠."

"대체 왜 이러는 거야?"

"뭐가?"

"뭐, 이런 거. 이런 행동. 그런 목소리. 날 이렇게…… 이렇게…… 도넛처럼 보는 거. 이렇게 가까이 다가서는 거. 그러니까, 내가 누군지도 잘 모르면서. 게다가 애인은 어쩌고?"

"난 아무것도 안 했는데." 오스카는 항복하듯 두 손을 들어 올렸다. "일부러 꾸며낸 거 없어. 이게 내 목소리야. 그냥 자다 깨서 그렇지. 그리고 난 널 그 어떤 종류와 형태의 도넛으로도 본 적 없어. 그건 믿어도 돼. 수작 거는 것도 아니야. 난 네 보이콧 존중해."

"다행이네. 왜냐면 관심 없거든."

"다행이네. 난 떳떳하거든." 오스카는 잠시 말을 멈췄다가 다시 입을 열었다. "제인 오스틴 소설 안 읽어봤어? 우리 영국인들은 너희 미국인들보다 훨씬 꼬장꼬장한데. 안 그래?"

윽!

"아무것도 못 들었다며!"

"예의상 한 말이지. 우리 영국인들은 *아주* 신사답잖아. 미안하지만, 다 들은 것 같아."

오스카가 미치광이 같은 미소를 지었다.

"그쪽에 관한 얘기 아니었어."

"아니라고? 그럼 오토바이를 타고 짝짝이 눈에 제임스 딘처럼 기대는 사람이 또 있어? 그나저나 고마워. 기댄 자세를 칭찬해 준 사람은 아무도 없었거든."

이런 순간을 타개하는 방법은 도망치는 것밖에 모른다. 나는 휙 돌아서서 감방으로 향했다.

"그뿐만이 아니야." 오스카가 경쾌하게 웃으며 말을 이었다.

"내가 멋있다고 했지. *너무* 멋있다고. *짜증 나게* 멋있다고. 내가 잘못 들은 게 아니라면."

나는 문을 닫았다. 오스카의 말은 문을 뚫고 이어졌다.

"그리고 나 애인 없어, MJ."

장난쳐?

"소피아도 알아?" 나는 발광하듯 악을 썼다.

"실은, 알아!" 오스카도 똑같이 악을 썼다. "이미 헤어졌거든."

"언제?"

우린 문을 사이에 두고 소리 지르고 있었다.

"아. 2년 전쯤."

2년 전? 하지만 그 입맞춤은? 실제로는 내 생각만큼 그리 오래하지 않았나? 불안이 시공간 감각을 바꿀 수 있다는 건 안다.

"어떤 파티에서 만났는데 아마 닷새쯤 사귀었을걸."

태양을 너에게 줄게

"설마 그게 최장 기록이야?"

"최장은 9일이야. 그런데 네가 그런 잣대를 들이댈 줄 몰랐는데!"

나는 차가운 시멘트 바닥에 누워 오염된 먼지와 미생물과 유독성 검은 곰팡이 포자에 내 몸을 맡겼다. 심장이 너무 빨리 뛰었다. 내가 착각한 게 아니라면, 방금 우린 싸웠다. 나는 엄마 이후로 누구와도 싸운 적 없다. 기분이 그리 나쁘지 않았다.

9일이 최장이랬지. 아, 클라크 게이블이시여. 오스카는 과연 그런 *남자*다.

기예르모는 언제 돌아올까? 나는 정신을 바짝 차리려고 애썼다. 내가 이곳에 있는 이유, 내가 만들어야 할 작품에 집중하려고 애썼다. 내 연습용 돌에 뭐가 숨어있는지 알아내는 일만 신경 쓰려고 애썼다. 오스카와 소피아가 연인 사이가 아니라는 사실 따위가 아니라! 그때 문이 열리고 오스카가 진흙투성이 수건을 흔들며 들어왔다.

오스카는 바닥에 시체처럼 누워있는 날 보고 한쪽 눈썹을 치켜올렸지만, 이유를 묻지는 않았다.

"백기야. 싸우려고 온 거 아냐."

오스카는 백기라고 하기엔 지나치게 시커먼 수건을 들어 올렸다. 나는 팔꿈치로 바닥을 짚고 상체를 일으켰다.

"저기, 네 말이 맞아. 뭐, 다는 아니지만. 꾸며낸 거 *맞아*. 가식 덩어리였지. 평소의 98퍼센트는 그래. 남들 앞에서 떳떳한 적은 극히 드물어. 한번 들통날 때도 됐지."

오스카는 벽으로 걸어갔다.

"보고 있어? 자리를 빛내주신 여러분께 '기대기'를 소개합니다."

오스카는 한쪽 어깨를 벽에 기대고 팔짱을 꼈다. 그대로 고개를 살짝 틀어 눈을 게슴츠레하게 뜨고 제임스 딘 뺨치는 제임스 딘 흉내를 냈다. 웃지 않을 수 없었다. 오스카는 씩 웃었다.

"좋아. 그럼 다음."

오스카는 자세를 풀고 작은 방 안을 법정 변호사처럼 어슬렁거렸다.

"그 오렌지들, *그리고* 네 손목에 감긴 빨간 실, *그리고* 네가 며칠째 들고 다니는 주먹만 한 양파에 관해서 얘기를 좀 하고 싶은데……."

오스카는 *딱 걸렸어,* 하는 표정을 지어 보이고는 자기 청바지 앞주머니에서 이빨 빠진 소라껍데기 하나를 꺼냈다.

"나는 엄마가 준 마법의 조개껍데기 없이는 아무 데도 안 가. 안 그러면 몇 분 안에 죽을지도 모르거든."

나는 다시 웃을 수밖에 없었다. 대체 이 남자의 매력은 어디까지일까? 오스카가 소라껍데기를 내게 휙 던졌다.

"가끔은 꿈에서 엄마랑 대화해. 3년 전에 죽은 사람이랑. 가끔은 오늘처럼 일부러 오후에 낮잠을 자기도 하지. 엄마가 나한테 말을 걸지도 몰라서. 이 얘기는 너한테 처음 하는 거야. 아까 네 말을 엿들은 덕분이지만."

오스카는 내 손에서 다시 조개껍데기를 낚아채고 장난꾸러기처럼 히죽 웃었다.

"탐나는 거 알아. 하지만 안 돼. 내가 가장 아끼는 물건이거든."

오스카는 그것을 도로 주머니에 집어넣고 날 내려다봤다. 반짝이는 눈에 무모하고 저돌적인 미소까지, 도저히 저항할 수 없었다.

주여. 부디. 내. 영혼을. 굳세게. 하소서.

순식간에 오스카가 내 눈높이로 내려오는가 싶더니 내 옆 더러운 바닥에 벌렁 드러누웠다. 아아. 기쁨의 신음이라고밖에 할 수 없는 소리가 내 안에서 흘러나왔다. 오스카는 아까 자기가 들어올 때 내가 그랬던 것처럼 팔짱을 끼고 눈을 감았다.

"나쁘지 않네. 해변에 있는 것 같아."

나도 다시 팔짱을 끼고 눈을 감았다.

"관 속이 아니고? 난 그쪽이 늘 긍정적인 면을 보는 게 마음에 들어. 날 따라 바닥에 누운 것도 마음에 들고." 내가 웃으며 말했다. 나도 오스카를 따라 긍정적인 면을 보고, 느꼈다. 누가 이렇게 나와 함께 바닥에 누워 주겠는가? 누가 죽지 않으려고 조개껍데기를 주머니에 넣고 다니겠는가? 누가 죽은 엄마와 대화하려고 낮잠을 청하겠는가?

편안한 정적이 우리 위로 내려앉았다. 정말로 편안했다. 이미 여러 번의 전생에서 함께 더러운 바닥에 시체처럼 누워있었던 것처럼.

"그 시, 엘리자베스 브라우닝의 시였어." 내가 말했다.

"당신을 얼마나 사랑하냐고요? 헤아려 볼게요." 오스카가 중얼거렸다.

"바로 그거야."

문득 생각했다. 나한테는 *오스카*가 바로 그 사람일지도 모른다고. 어떤 생각들은 한번 떠오르면 좀처럼 머릿속을 떠나지 않는다.

"*진짜* 해변에 있는 것 같기도 하네."

기분이 점점 들뜨는 게 느껴졌다. 나는 옆으로 누워 한 손으로 머리를 받치고 오스카의 뒤죽박죽 얼굴을 몰래 응시했다. 하지만 그것도 잠시, 오스카가 한쪽 눈을 뜨고 자신을 감상하는 날 포착했다. 제대로 걸렸어, 라고 그의 미소가 말했다.

"관심 없다더니."

"없어!" 나는 다시 모래사장에 털썩 드러누웠다. "예술적 호기심일 뿐이야. 얼굴이 워낙 독특하니까."

"네 얼굴은 넋이 빠질 만큼 아름다워."

"못 말리는 바람둥이." 나는 열이 뻗쳤다.

"자주 듣는 말이지."

"또 뭐라고 들어?"

"흠, 글쎄. 안타깝게도 가장 최근에 들은 말은 이거야. 너한테 계속 얼쩡거리다간 거세당할 줄 알라고."

오스카는 벌떡 일어나 앉더니 기예르모처럼 두 손을 휘저었다.

"*거세, 오스코어! 알아들어? 내가 회전 톱 쓰는 거 본 적 있지? 어?*"

오스카는 다시 자신으로 돌아왔다.

"그래서 내가 백기를 들고 찾아온 거야. 나는 걸핏하면 관계를 망치곤 하는데, 이번만큼은 망치고 싶지 않거든. 네 덕분에 G가 몇 년 만에 처음으로 웃었어. 다시 누굴 가르치는 것도 기적이고. 거의 오병이어 수준의 기적이야. MJ 넌 상상도 못 해."

기적?

"마치 네가 그 사람한테 주문을 건 것 같아. G는 네 주위에서, 뭐랄까……, 멀쩡해져. 아주 오랫동안 포악한 맹수처럼 굴었거든."

설마 내가 기예르모의 초원인가? 기예르모가 나의 초원이듯이?

"게다가 둘 다 보이지 않는 존재와 대화하잖아."

오스카가 윙크했다.

"그래서, 너와 G의 요청에 따라, 앞으로는 이렇게 할게."

오스카는 두 손을 맞잡고 말을 이었다.

"내가 너한테 함께 폐건물에 가자고 조르거나, 네 입술에 키스하거나, 네 천상계 눈을 바라보거나, 네 헐렁한 옷들 아래 꼭꼭 감춰진 몸을 상상하거나, 아니면 바로 지금처럼 이 더러운 바닥에서 너와 마구 뒹굴고 싶을 때, 나는 그냥 내 히피티 홉을 타고 꺼질게. 콜?"

오스카가 손을 내밀며 덧붙였다.

"친구. 그냥 친구로 지내자."

오락가락 화법의 최강자다. 오스카는 말하는 롤러코스터나 다름없다.

콜 같은 소리 하고 있네.

"콜." 나는 마음의 소리를 무시하고 오스카가 내민 손을 잡았다. 오로지 그를 만지고 싶어서였다.

찰나와 같은 순간이 계속 이어졌다. 서로 손을 잡은 채. 전기가 찌릿찌릿했다. 오스카가 나를 자기 쪽으로 서서히 끌어당겼다. 방금 자기 입으로 한 말과 달리 내 눈을 뚫어지게 보고 있었다. 배 속에서 열기가 홧홧 치밀어 온몸 구석구석 퍼졌다. 몸이 열리는 기분이었다. 나한테 키스할 건가? 맞나?

"이런. 가야겠다." 오스카가 내 손을 놓으며 말했다.

"아니, 가지 마, 제발." 내 입에서 말이 멋대로 튀어나왔다.

"그럼 이쪽에 앉아있을게. 안전하게." 오스카가 멀찍이 떨어져 앉고서 덧붙였다.

"내가 충동 조절 문제가 있다고 말하지 않았나? 난 지금 유달리 강한 충동을 느끼고 있는데, MJ."

심장 박동수가 폭주했다.

"그냥 얘기나 하자고. 회전 톱 잊었어?"

내 말에 오스카가 온 방을 쩌렁쩌렁 울리며 웃었다. 그러자 또다시 내 입에서 말이 불쑥 튀어 나갔다.

"진짜 기분 좋게 웃는다. 와, 정말—."

"넌 정말 도움이 안 되고 있어. 칭찬은 속으로만 해줘. 아! 그래, 이렇게 하자."

오스카가 다시 가까이 다가오더니 내 비니를 쭉 끌어내려 내 얼굴 전체와 목 절반을 가렸다.

"완벽해. 이제 얘기나 하자."

나는 비니 안에서, 오스카는 바깥에서 웃음을 터뜨렸다. 우리는 함께 어딘가로 휩쓸려가고 있었다. 멀리멀리. 내 인생에 이만큼 행복한 순간이 있었나?

털 비니 안에서 정신없이 웃다 보니 덥고 갑갑해져서 얼마 후 비니를 도로 끌어 올렸다. 오스카는 얼마나 웃었는지 얼굴이 울긋불

굿하고 눈물까지 그렁그렁했다. 친숙하다고밖에 표현할 수 없는 무언가가 내 안을 가득 채웠다. 다만 이번에 낯익은 것은 외양이 아니라 내면이었다.

천생연분을 만나는 것은 가본 적 있는 집에 걸어 들어가는 것과 같다. 가구, 벽에 걸린 그림, 선반에 꽂힌 책, 서랍 안 물건들이 전부 친숙하다. 그래서 어둠 속에서도 방황하지 않을 수 있다.

"평소의 98퍼센트가 가식덩어리라면, 나머지 2퍼센트는 뭔데?"

그 질문이 오스카의 얼굴에 남은 웃음기를 싹 빨아들인 것 같아서, 나는 물어보자마자 미안했다.

"아무도 본 적 없어."

"왜?"

오스카는 고개를 으쓱했다.

"너만 숨어있는 게 아닌가 보지."

"왜 내가 숨어있다고 생각하는데?"

"그냥 그래 보여."

오스카는 잠시 말을 멈췄다가 다시 입을 열었다.

"아마 내가 네 사진들을 꽤 오래 들여다봐서 그런가 봐. 사진만 봐도 많은 걸 알 수 있거든. 하지만 *왜* 숨어 있는지는 네가 말해줘야 알 수 있어." 오스카가 호기심 어린 표정으로 말했다.

나는 그 말을, 오스카를 곱씹었다.

"그러고 보니 이제 우린 친구잖아. *그냥 친구.* 내가 우발적으로 사람을 칼로 찔러 죽였다고 하면 달려와 줄 수 있어?"

내 말에 오스카가 씩 웃었다.

"어. 신고 안 할게. 무슨 일이 있어도."

"믿어."

나는 내가 뱉은 말에, 그리고 오스카의 놀란 표정에 놀랐다. 왜 내가 평소의 98퍼센트가 가식덩어리인 사람을 신뢰하는지 나도 몰랐다.

"나도 신고 안 할게. 무슨 일이 있어도."

"섣부른 판단인데. 내가 지은 죄가 좀 많아야지."

"나도 마찬가지야."

갑자기 오스카에게 몽땅 다 털어놓고 싶었다.

나무에 열린 사과에 지은 죄를 적어라. 사과가 땅에 떨어질 때 마음의 짐도 함께 떨어질 것이다.

(로스트코브에는 사과나무가 없다. 매실, 살구, 아보카도 나무에 시도해 봤는데 마음의 짐은 여전히 무겁기만 하다.)

"글쎄. 위안이 될지 모르겠지만, 내가 한 짓들이 너보다 훨씬 나쁠 거야."

반박하려고 막 입을 뗐는데, 오스카의 불안정한 눈빛에 그대로 침묵할 수밖에 없었다.

태양을 너에게 줄게

"엄마가 아팠을 때, 우린 주간 간병인밖에 고용할 수 없었어." 오스카가 느리게 말했다. "엄마는 더 이상 병원에 안 가려 하고 병원 밖에선 보험 적용이 안 되니까. 그래서 밤마다 내가 병상을 지켰는데, 병간호는커녕 오히려 엄마 진통제를 한 움큼씩 훔쳐 먹었지. 완전히 약에 절어있었어. 밤낮으로 완전히." 오스카의 목소리가 변했다. 딱딱하고 무미건조했다. "집에는 엄마랑 나 둘뿐이었어. 늘. 다른 가족 없이."

오스카는 잠시 말을 멈추고 숨을 몰아쉬었다.

"그런데 어느 날 밤에, 엄마가 침대에서 굴러떨어진 거야. 아마 요강이 필요했던 모양인데, 떨어지고 나서 몸을 일으키지 못했지. 너무 약하고, 너무 아파서."

오스카의 목울대가 위아래로 움직였다. 이마에 땀이 맺혀있었다.

"그렇게 엄마는 장장 열다섯 시간을 찬 바닥에서 추위와 허기, 끔찍한 고통에 떨어야 했어. 옆방에서 완전히 뻗어버린 *나를 계속 부르면서*."

오스카는 숨을 천천히 내쉬었다.

"이건 빙산의 일각이야. 내 만행으로 책 한 권은 쓸 수 있어."

그 빙산의 일각에 오스카는 거의 질식한 것 같았다. 나도 마찬가지였다. 우리 둘 다 호흡이 너무 거칠고 오스카의 절박감이 꼭 내 것처럼 느껴졌다.

"정말 유감이야, 오스카."

학교 상담사가 말한 죄책감이라는 감옥에, 오스카도 갇혀있었다.

"맙소사. 너한테 이런 얘기까지 하다니."

오스카는 손바닥으로 이마를 감쌌다.

"어디서도 한 적 없는 얘기야. 심지어 G한테도. 중독자 모임에서도." 오스카의 얼굴은 평소와 다른 혼란에 빠져있었다. "이제 알겠지? 가식덩어리인 편이 낫다는 걸?"

"아니. 나는 전부 다 알고 싶어. 100퍼센트." 내 말에 오스카의 표정이 한층 더 어두워졌다. 그 표정에 어떤 의미가 있다면 내가 자신을 100퍼센트 아는 게 싫다는 의미였다. 내가 왜 그렇게 말했지? 나는 민망해서 눈을 내리깔았다. 그리고 다시 들었을 때, 오스카는 일어서고 있었다. 내 시선을 회피하며.

"라 룬에 가기 전에 위층에서 과제 좀 해야겠어." 오스카는 이미 문 앞에 있었다. 하지만 말과 달리 좀처럼 발을 떼지 않았다.

"그 카페에서 아르바이트해?" 내가 물었다. 실은 그보다, 이해한다고 말하고 싶었다. 그 상황들이 아니라, 그 수치심을. 나는 헤어나기 힘든 수치심을 이해한다.

오스카는 고개를 끄덕였다. 나는 충동을 억누르지 못하고 물었다.

"나보고 그 사람이라고 했잖아. 저번에 교회에서. 누구를 말한 거야? 그리고 어머니가 어떻게 나에 대해 예언을 했다는 거야?"

하지만 오스카는 그저 고개를 젓고서 방을 빠져나갔다.

그때 문득 내가 아직 기예르모의 편지를 지니고 있다는 사실이 생각났다. 나는 주머니에서 편지를 꺼내 돌돌 말아서 내 행운의 빨간 실로 묶었다. 그러고 나서야 왜 그랬는지 깨달았다.

누군가의 마음을 얻으려면 가장 열렬한 연애편지를 그 사람의 재킷 주머니에 넣어라.

(지금 머릿속으로 대충 휘갈긴 구절이다. 이래도 되나? 내가?)

"오스카, 잠깐." 문밖에서 그를 붙잡아 등허리의 먼지를 털어주었다. "바닥이 너무 더러워서." 나는 그 불덩이 같은 편지를 오스카의 재킷 주머니에 슬쩍 밀어 넣었다. 내 인생의 '재생' 버튼을 눌렀다.

그러고 나서 기예르모가 돌아와 조각을 시작하길 기다렸다. 오스카가 그 편지를 발견하고 내게로 달려오거나 내게서 달아나길 기다렸다. 내 안의 밸브가 느슨해지면서 무언가가 빠져나가고 있었다. 애정의 불씨를 꺼뜨리고자 다 타버린 양초를 주머니에 넣고 이 스튜디오로 걸어 들어온 보이콧 여자애와는 전혀 다른 사람이 된 것 같았다. 문득 학교 상담사의 말이 떠올랐다. 내가 문도 창문도 없는 숲속의 집이라고, 그래서 들어갈 수도 나올 수도 없다고 했던 말. 상담사가 틀렸다. 왜냐면, 벽들이 무너지니까.

그와 동시에 작업실에 있는 내 연습용 돌이 자기 안에 뭐가 숨어 있는지 확성기에 대고 말해주는 것 같았다.

심장에 잠들어 있는 것이 돌 안에도 잠들어 있다.

내가 먼저 만들어야 할 작품이 있다. 엄마 말고.

*

나는 거인들에 둘러싸였다.

야외 작업 공간 중앙에는 기예르모가 만든 거대한 미완성 연인들이, 울타리 근처에는 훨씬 거대한 작품, 〈삼 형제〉가 있었다. 나는 기예르모가 내 연습용 돌에 여러 가지 기술을 선보이는 동안 그돌 삼 형제와 눈을 마주치지 않으려고 애썼다. 그냥 그리 유쾌한 거인들이 아니라고만 해두겠다. 나는 내가 찾을 수 있는 보호 장비란 보호 장비는 다 갖춘 상태였다. 비닐 작업복, 고글, 방진 마스크까지. 어젯밤에 돌 조각이 건강에 미치는 영향을 조사했는데 석조 공예가들의 수명이 서른을 넘기는 게 신기할 따름이었다. 기예르모는 나에게 돌 표면에 흠집을 내지 않는 법, 줄과 끌을 사용하는 법, 격자무늬를 새기는 법, 각 작업에 적합한 끌을 고르고 각도를 조절하는 법을 알려주었다. 그동안 나는 오스카에게 준 훔친 연애편지를 떠올리지 않으려고 노력했지만, 끝내 실패하고 말았다. 아마도 그리 좋은 생각이 아니었다. 편지를 훔친 것도, 그걸 주는 것도. 충동 조절 장애가 분명했다.

나는 기예르모에게 끌 위치와 모형 제작 따위를 물어보면서 그 사이에 은근슬쩍 오스카에 관한 질문을 끼워 넣었다. 그렇게 알아낸 바는 다음과 같다. 오스카는 열아홉 살이다. 영국에서 고등학교를 중퇴하고 이곳에서 검정고시를 치렀으며 지금은 로스트코브 대학교 1학년으로 주로 문학, 미술사, 사진학을 공부한다. 본거지는 기숙사지만 가끔 이곳 다락에서 지낸다.

그러나 내 질문이 생각보다 자연스럽지 않았던 모양이다. 기예르모가 손가락으로 내 턱을 들어 올려 눈을 맞추고 말했다.

"오스코어? 걔는 마치 내……." 그는 말끝을 흐리며 주먹을 가슴에 갖다 댔다.

내 심장? 내 아들?

"오래전에 아주 망가진 채 내 둥지에 떨어졌지. 기댈 사람 하나 없이."

기예르모는 온화한 얼굴로 말했다.

"아주 신기한 녀석이야. 사람이 지긋지긋했을 때 그 녀석만은 질리지 않더라니까. 이유는 모르겠어. 그리고 체스를 너무 잘 둬. *너무너무 잘 둔다고. 돌아버릴 만큼.*" 기예르모는 골치 아프다는 듯이 머리를 부여잡았다. 그러더니 날 똑바로 봤다. "하지만 잘 들어. 만약 나한테 딸이 있었다면 그 녀석하고 최대한 멀리 떨어뜨려 놨을 거야. 무슨 말인지 알아들어?"

아주 분명히요.

"오스코어가 숨을 들이쉬면 여자애들이 사방에서 몰려들고, 내쉬면 말이야……." 기예르모는 손짓으로 그 여자애들이 그야말로 날아가는, 다른 말로 하면 산산이 흩어지는 모습을 표현했다. "그 녀석은 너무 어리고, 너무 멍청하고, 너무 부주의해. 나도 한때는 그랬지. 여자에 대해, 사랑에 대해 아무것도 몰랐어. 훨씬 나중에야 알았지. 무슨 얘긴지 알아듣겠어?"

"알아들었어요." 나는 차오르는 실망감을 애써 삭이며 대답했다. "식초로 목욕하고 날달걀을 삼키고 하루빨리 머리에 뒤집어쓸 벌집을 구할게요."

"그건 또 무슨 소리인지 모르겠구나."

"심장의 기울기를 바로잡으려고요. 대를 이어 전해진 가문의 지혜예요."

기예르모가 웃음을 터뜨렸다.

"거참 좋구나. 우리 가문은 마냥 속앓이만 했는데."

그는 내 작업대 위에 도자기용 점토 한 덩이를 올려놓고, 이제 연습용 돌 안에 뭐가 숨어있는지 알아냈으니 먼저 모형을 만들라고 지시했다.

내 머릿속에 떠오른 작품은 둥그스름하고 초현실적인 한 쌍의 몸이었다. 어깨를 나란히 하고 모든 부분이 빈틈없이 완만하게 이어졌으며, 같은 숨을 품은 가슴이 불룩 튀어나오고 고개를 비스듬히 들어 하늘을 응시하고 있었다. 크기는 가로세로 30센티미터 정도였다. 기예르모가 자리를 뜨자마자 나는 모형 만들기에 착수했다. 머지않아 내 머릿속에는 날숨 병기 오스카가 들려준 가슴 아픈 사연과 아까 내가 감방에서 느낀 감정과 그의 주머니에 몰래 넣은 편지가 사라지고, 마침내 나와 '노아와주드'만 남았다.

이것이 내가 먼저 만들어야 할 작품이다.

몇 시간 뒤 기예르모는 내가 완성한 점토 모형을 검사하고 연필로 내 연습용 돌에 기준점들을 표시했다. 두 '어깨'와 '머리'를 위해 우선 잘라낼 지점들이었다. 그는 노아의 바깥쪽 어깨를 착수 지점으로 지정하고 나머지는 내게 맡겼다.

그때부터였다.

'노아와주드'를 되찾겠다는 일념으로 정에 망치를 내려치는 순간, 내 마음은 노아가 익사할 뻔한 그날로 되돌아갔다.

엄마 무덤의 흙이 마르기도 전이었다. 나는 별세 이후 처음으로 나를 찾아온 할머니와 재봉 작업 중이었다. 원피스의 솔기를 박고 있는데, 별안간 온 방이 뒤흔들렸다. 그렇게밖에 설명이 안 된다. 할머니가 "가"라고 소리쳤는데, 그것은 소리라기보다 날 향해 몰아치는 토네이도 같았다. 나는 벌떡 일어나 창문을 넘어 절벽을 타고 미끄러지듯 내려갔다. 발이 모래사장에 닿은 순간 노아가 수면을 때렸다. 그리고 올라오지 않았다. 올라오지 않으리란 걸 나는 직감으로 알았다. 엄마가 죽었을 때도 그렇게 무섭지 않았다. 혈관 속 액체가 펄펄 끓는 것 같았다.

나는 망치로 끌을 박고 돌의 한 귀퉁이가 떨어져 나가는 걸 지켜보며, 그 겨울날 파도 속으로 돌진하는 내 모습을 지켜봤다. 옷도 벗지 않은 채 상어처럼 빠르게 헤엄쳐 노아가 가라앉은 지점에서 잠수했다. 조류와 이안류와 소용돌이와 아빠에게 배운 것들을 모조리 떠올리며, 물속에서 두 팔을 연신 허우적거렸다. 조류에 몸을 맡긴 채 잠수했다가 올라오고, 또다시 잠수했다가 올라왔을 때, 얼굴을 위로 하고 떠오른 노아를 발견했다. 의식은 없지만, 분명 살아있었다. 나는 노아를 움켜잡고 한쪽 팔로 헤엄치기 시작했다. 자맥질하는 족족 노아의 무게로 가라앉기 일쑤였다. 두 사람분의 생이 내 안에서 쿵쾅거렸다. 그렇게 간신히 뭍으로, 모래사장으로 올라왔을 때, 나는 떨리는 손으로 노아의 흉골을 힘껏 누르고, 겁에 질린 숨을 노아의 차갑고 축축한 입 속에 불어넣었다. 마침내 노아가 의식을 되찾고 괜찮다는 걸 확인하자마자, 나는 힘껏 노아의 뺨을 내리쳤다.

어떻게 이런 짓을 할 수 있어?

어떻게 이곳에 나 혼자 남겨두려고 할 수 있어?

노아는 자살할 생각이 아니었다고 말했지만, 나는 그 말을 믿지 않았다. 그 첫 번째 점프는 그 뒤로 이어진 모든 점프와 달랐다. 노아는 그때 영원히 이 세상을 하직하려고 했다. 나는 안다. 노아는 다 그만두고 떠나기로 했다. 날 떠나기로 마음먹었다. 나한테 끌려 나오지 않았다면 목적을 이뤘을 것이다.

오스카와 대화하는 동안 느슨해졌던 내 안의 밸브가 압력으로 펑하고 터졌다. 끝을 후려치는 힘에 온몸이 진동했다. 온 세상이 진동했다.

노아는 숨을 멈췄었다. 노아 없는 세상에 잠시나마 나 홀로 남겨졌던 것이다.

난생처음이었다. 심지어 우리는 포궁에서조차 떨어져 본 적 없다. 그 느낌은 공포 같은 게 아니다. 분노도, 비통도 아니다. 그 어떤 감정으로도 설명할 수 없다.

노아가 이 세상에 없다는 것. 더는 내 곁에 없다는 것.

작업복 안에 땀이 차기 시작했다. 적절한 각도고 뭐고 기예르모가 방금 가르쳐 준 것들은 깡그리 잊은 채 온 힘을 다해 망치를 내리쳤다. 머릿속에는 그날 이후로도 노아를 향한 분노가 가시지 않았다는 것만 떠올랐다. 분노는 아무리 애써도 사그라지지 않았고 노아를 볼 때마다 한층 심해지는 것 같았다. 절박한 심정으로 할머니의 경전을 뒤졌지만 아무리 들장미 열매를 차에 넣어 마시고 청금석을 베개 밑에 넣어둬도 그 분노를 떨쳐버릴 수 없었다.

다시금 그 감정을 느끼며 바위를 자르고, 노아를 물속에서 끌어내고, 돌을 깨부쉈다. 우리를 끄집어내고 싶었다. 우리를 자유롭게 하고 싶었다. 그 흉악한 물속에서, 이 숨 막히는 돌 속에서.

"그래서 그런 짓을 한 거야?" 할머니와 엄마가 동시에 말했다. 언제 둘이 한 팀이 됐지? 왜 목소리가 코러스로 들리지? 둘은 방금 한 말을 되풀이했다. 비난의 이중주가 내 머릿속을 울렸다. "그래서 그런 거야? 바로 그 직후에 저지른 짓이잖아. 우린 다 봤어. 아무도 못 봤다고 생각했겠지만, 우리는 봤어."

나는 목소리들을 떨쳐버리려고 돌의 다른 쪽에 끌을 대고 망치를 내리쳤다. 무리였다.

"날 좀 내버려 둬." 씩씩거리며 비닐 작업복과 방진 마스크와 고글을 벗어 던졌다. "둘 다 진짜도 아니잖아."

목소리가 따라오지 않길 바라며 허둥지둥 작업실로 들어갔다. 내가 두 사람을 꾸며 낸 건지 뭔지, 아무것도 확신할 수 없었다.

작업실에서 기예르모는 또 다른 점토 조형물에 몰두하고 있었다.

한 남자가 잔뜩 웅크리고 있는 형상이었다.

다만 이쪽도 심상치 않은 분위기가 흘렀다.

기예르모는 웅크린 흙 남자 뒤로 몸을 겹친 채 그대로 손을 뻗어 얼굴을 조형했다. 그는 스페인어로 무어라고 중얼거렸다. 말투가 점점 사나워졌다. 그러더니 별안간 흙 남자의 등에 힘껏 주먹을 내리꽂았다. 내 척추에 구멍이 난 것 같았다. 구타는 계속 이어졌다. *그 사람은 포악한 맹수야*, 라고 오스카가 그랬다. 불현듯 사이클론 방에서 본 주먹 자국 난 벽들, 깨진 창문, 두 동강 난 천사가 떠올랐다. 기예르모는 방금 자신이 가한 피해 상황을 확인하려고 옆으로 비켜서다가 나를 힐끗 보았다. 주먹에 담긴 폭력성은 이제 그의 두 눈으로 옮겨가 나를 향했다. 그는 손을 들어 당장 나가라고 시늉했다.

나는 우편물실로 갔다. 가슴이 쿵쾅거렸다.

CSA에서는 이런 걸 경험한 적 없다.

자기 작품에 전념하는 것이 이런 의미라면, 이런 걸 겪어내야 한다면, 글쎄, 나는 자신이 없다.

*

포악한 기예르모가 죄 없는 흙 남자를 두들겨 패는 작업실로 돌아갈 수도, 포악한 엄마와 할머니가 날 두들겨 패고 싶어 하는 야외로 돌아갈 수도 없었다. 그래서 나는 다락으로 향했다. 한 시간쯤 전에 오토바이가 멀어지는 소리를 듣고 오스카가 떠난 걸 알고 있었다.

태양을 너에게 줄게

다락 공간은 상상했던 것보다 작았다. 그냥 평범한 남자 방이었다. 벽에는 사진이나 포스터를 걸었다 뗀 듯 못과 압정 구멍이 송송했다. 책꽂이는 난장판이었고 벽장 안에는 셔츠 몇 벌이 전부였다. 테이블 위에 컴퓨터와 사진 출력에 쓰는 듯한 프린터가 보였다. 책상도 있었다. 나는 정돈되지 않은 침대로 걸어갔다. 꿈에서 엄마를 만나길 바라며 오스카가 잠을 청했던 자리.

헝클어진 갈색 시트들, 둘둘 말려 한쪽에 처박힌 멕시코산 담요, 빛바랜 베갯잇을 덧입은 슬프고 납작한 베개. 쓸쓸한 침대였다. 더는 버티기 힘들었다. 나는 그 모든 경고와 유령과 위태로운 보이콧과 대재앙급 날숨을 무시하고 그대로 베개에 머리를 대고 누워 희미하게 남은 오스카의 향기를 들이마셨다. 매큼하고, 화창하고, 황홀했다.

오스카는 죽음의 냄새를 풍기지 않는다.

담요를 어깨까지 두르고 눈을 감았다. 오스카의 얼굴이 어른거렸다. 오늘 나에게 엄마 이야기를 할 때의 그 절박한 얼굴이. 그 사연 속 오스카는 너무나 외로웠다. 나는 그가 꿈꾸는 곳에서 아늑하게 감싸인 채 그를 깊이 들이마셨다. 포근함이 나를 짓눌렀다. 나는 오스카가 왜 그리 문을 닫아걸었는지 안다. 모를 수 없다.

눈을 떠 보니 침대 옆 탁자에 사진 액자가 있었다. 긴 잿빛 머리에 챙 넓은 흰 모자를 쓴 여자의 사진이었다. 음료가 든 컵을 들고 정원 의자에 앉아있었다. 유리컵에 물방울이 송골송골했다. 여자의 얼굴은 햇볕에 그을려 불그죽죽하고 오스카가 꽉 들어차 있었다. 웃는 모습을 보니 오스카의 경쾌한 웃음소리가 들리는 듯했다.

"아들을 용서해 주세요." 나는 일어나 앉아 오스카의 엄마에게 말했다. 손가락으로 사진 속 얼굴을 쓰다듬었다. "이제 그만 용서해 주셔야 해요."

오스카의 엄마는 아무 말이 없었다. 나의 죽은 가족들과 달리. 그러고 보니 아까 밖에서 나한테 무슨 일이 일어났던 거지? 내가 조각끌로 내 머리를 쪼았나? 언젠가 학교 상담사는 유령(단어를 강조하듯 양손으로 따옴표를 만들어 까딱거리며)이 종종 죄책감이나 간절한 그리움의 발현이라고 했다. 마음이 머리를 이기는 거라고, 희망이나 두려움이 논리를 뛰어넘는 거라고.

사랑하는 이가 죽으면 그 영혼이 좋은 곳으로 가도록 집 안의 모든 거울을 가려라. 안 그러면 죽은 자의 영혼이 산 자들 사이에 영원히 갇힐 것이다.

(누구에게도 말한 적 없지만, 나는 엄마가 죽었을 때 거울을 가리기는커녕 손거울을 수십 개 사서 집 안 곳곳에 두었다. 엄마의 영혼이 우리에게 들러붙길 간절히 바라며.)

내가 유령들을 꾸며 낸 건지 아닌지는 모르겠지만, 아까 두 사람이 한 말을 떠올리고 싶지 않다는 것만은 분명했다. 그래서 침대 옆에 쌓인 책들을 훑어보았다. 미술사 책이 대부분이고 종교 관련 책과 소설책도 보였다. 그 틈에 리포트 하나가 삐져나와 있었다. 나는 그것을 끄집어냈다. '예술가의 황홀한 충동'이라는 제목이었다. 한 귀퉁이에 다음과 같이 표기되어 있었다.

오스카 랩프

담당교수 헨드릭스

미술사학 105

로스트코브 대학교

나는 그 리포트를 가슴에 꼭 안았다. 엄마도 '미술사학 105'를 가르치곤 했다. 1학년 대상 미술사 입문 강의였다. 엄마가 죽지 않았다면 오스카를 만나 이 과제물을 읽고, 채점하고, 사무실에서 면담도 했을 것이다. 엄마는 '예술가의 황홀한 충동'이라는 주제를 좋아했을 것이다. 노아가 떠오르는 제목이었다. 한때 노아는 정말로 황홀한 충동을 지녔다. 노아는 보는 사람이 다 불안할 정도로 특정 색이나 다람쥐, 심지어 양치 행위에도 넋을 잃곤 했다. 나는 리포트의 마지막 페이지로 넘어갔다. 빨간 동그라미 안에 큼직하게 표시된 A자와 함께 한 줄 평이 적혀있었다. *아주 설득력 있는 주장이네요, 랩프!* 그때 오스카의 성이 내 무의식을 일깨웠다. 오스카 랩프. 성이든 이름이든 무슨 상관이야? 오스카가 랩프인데! *내가 랩프를 찾은 것이다.* 웃음이 터져 나왔다. 이건 계시다. 운명이다. 클라크 게이블의 장난이다. 이게 바로 기적이야, 할머니!

기분이 한결 나아져서(내가 랩프를 찾다니!) 일어났다. 혹시 기예르모가 우편물실에 들어와 내가 이 위에서 혼자 키득거리는 걸 들었을까 봐 난간 너머를 슬쩍 살폈다. 그러고 나서 책상으로 걸어갔다. 의자 등받이에 오스카의 가죽 재킷이 걸려있었기 때문이다. 주머니에 손을 찔러 넣었다. 그런데…… 편지가 없었다. 오스카가 가져갔다는 뜻이다. 속이 울렁거렸다.

나는 재킷을 입어보았다. 오스카의 품 안으로 파고드는 느낌이었다. 그 묵직한 포옹과 향기를 한껏 즐기다가 흘깃 책상 위를 내려다본 순간, *나*를 발견했다. 책상 위 한가득, 사진들이 일렬로 늘어서 있었다. 사진마다 포스트잇이 붙어있었다. 주변 공기가 진동하기 시작했다.

사진들 위에 홀로 떨어진 포스트잇에 한 단어가 적혀있었다. *예언*.

첫 번째 사진은 우리가 처음 만났던 교회의 빈 좌석이었다. 그 위에 붙은 포스트잇에는 다음과 같이 적혀있었다. *엄마는 널 교회에서 만날 거랬어. 물론 나더러 교회에 다니라고 해본 말일지도 몰라. 나는 텅 빈 좌석들을 찍으려고 그 교회에 자주 갔었어.*

두 번째 사진에는 내가 그 좌석에 앉아있었다. 포스트잇이 부연했다. *그런데 어느 날은 빈 좌석이 아닌 거야.* 사진 속 나는 몰라볼 정도로 낯설었다. 뭐랄까, 희망차 보였다. 게다가 오스카에게 이런 식으로 미소 지은 기억이 없다. 내 평생 누군가에게 이런 식으로 웃어본 적이 있나?

다음 사진도 그날 찍힌 것이었다. *엄마는 한눈에 널 알아볼 거랬어. 천사처럼 빛날 테니까. 그래, 엄마는 그때 진통제에 취해 정신이 오락가락했어. 내가 말했듯이 나도 마찬가지였고. 하지만 넌 정말 빛났어. 봐봐.* 나는 오스카가 카메라를 통해 본 나를 바라보았다. 여전히 낯설었다. 내가 보는 것은 아주 매력적인 여자애였다.

이해가 안 갔다. 방금 처음 본 사람에게 이런 얼굴을 하다니.

그 세 번째 사진은 내가 촬영을 수락하기 전에 몰래 찍은 것이었다. 내가 입술에 검지를 대고 쉿, 하며 오스카처럼 불온한 미소를 짓는 순간에. *넌 좀 별날 거랬지.* 문장 끝에 스마일 표시가 있었다. *기분 나쁘라고 하는 말이 아니니 오해는 마. 하지만 넌 정말 기상천외해.*

하! 나에게 영국 스타일로 *악의는 없지만*을 날리다니.

마치 오스카의 카메라가 이 여자애를 찾아낸 것 같았다. 내가 되고 싶은 나를.

그다음 사진은 내가 오늘 우편물실에서 할머니와, 혹은 나 홀로 대화하는 사진이었다. 새삼 그 공간이 얼마나 적막한지, 내가 얼마나 외로운지, 얼마나 고립되어 있는지 고스란히 드러났다. 나는 마른침을 삼켰다.

포스트잇에 적힌 말은 뜻밖이었다. *네가 가족처럼 느껴질 거랬어.*

그러니까 날 아래층에 남겨두고 내 사진을 뽑고 이 쪽지들을 썼다는 거지? 발꿈치에 불이 붙은 것처럼 달아나면서도 나한테 이런 말들을 전하고 싶어서.

목욕하는 꿈을 꾸면 사랑에 빠진다.

계단을 오르다 발을 헛디디면 사랑에 빠진다.

누군가의 방에서 자신의 사진과 거기 딸린 사랑스러운 쪽지들을 발견하면 사랑에 빠진다.

나는 털썩 의자에 앉았다. 전부 남의 얘기 같았다. 오스카가 정말 나를 좋아할지도 모른다니 믿을 수 없었다.

나는 마지막 사진을 집어 들었다. 우리가 키스하는 사진이었다. 그래, 키스. 배경을 흐릿하게 처리하고 우리 주변에 거칠게 소용돌이치는 색을 더하니…… 그 그림 속 연인과 똑같았다! 어떻게 한 거지? 내가 내 손에 키스하는 사진을 이용한 게 분명했다. 그 사진에 자기 사진을 합성한 것이다.

포스트잇에는 이렇게 적혀있었다.

어떤 느낌일지 물었지. 이럴 것 같거야. 난 너와 '그냥 친구'로 지내고 싶지 않아.

나도 마찬가지다.

천생연분을 만나는 것은 정말로 익숙한 집에 걸어 들어가는 것 같다. 나는 *정말로* 모든 걸 알아볼 수 있다. *정말로* 어둠 속에서도 방황하지 않을 수 있다. 경전 만세.

나는 키스 사진을 집어 들었다. 당장 라 룬으로 달려가 나도 '그냥 친구'로 지내고 싶지 않다고 말할 것이다…….

그때 계단을 오르는 발소리가 들렸다. 시끄럽고 서두르는. 웃음 섞인 소리.

"거긴 직원이 남아돌아서 이럴 때 참 좋다니까. 여분 헬멧 이쪽에 있어. 내 재킷도 입어. 오토바이 타면 추울 거야." 오스카가 말했다.

"너랑 드디어 노네."

여자 목소리였다. 루마니아 출신 소피아는 아니었다. 설마. 가슴 한구석이 허물어졌다. 그보다 결정을 내릴 시간이 1초밖에 없었다. 나는 오스카의 워커 부츠가 들이닥치기 직전, 벽장 속에 뛰어들고 문을 닫는 뻔한 영화를 택했다. 여자가 논다고 말한 방식이 마음에 들지 않았다. 하나도. 그 말은 분명히 은어였다. 오스카의 입술, 감은 눈, 흉터, 아름다운 푸른 말 타투에 키스하고 싶다는 뜻의 은어.

"분명 여기다 재킷 뒀는데."

"얜 누구야? 이쁘장하네."

마치 카드를 섞는 듯한 소리가 들렸다. 지금 내 사진들 치우는 거야?

"흐음, 여자친구?"

"아니, 아무도 아냐. 그냥 학교 과제야."

가슴에 칼이 푹 꽂혔다.

"진짜? 무슨 과제길래 한 사람 사진을 이렇게 찍었어?"

"진짜 아무도 아니라니까. 이리 와. 내 무릎 위로."

이리 와, 내 무릎 위로?

방금 내가 칼이랬나? 얼음 깨는 드릴이다.

지금 내 귀에 들리는 끈적한 소리는 확실히 도넛과 관련 없는 소리였다. 소피아의 경우처럼 우정을 로맨스로 헷갈린 것도 아니었다. 이해가 안 됐다. 도저히. 어떻게 내 사진을 찍고 그 쪽지들을 쓴 그 남자가 어떻게 이 문 너머에서 다른 여자와 붙어먹을 수 있지? 오스카는 거친 숨결 사이사이 브룩이라는 이름을 내뱉었다. 지옥이었다. 이는 내가 과거에 들어가서는 안 될 벽장 안에 들어갔던 때에 대한 인과응보였다.

여기서 더는 못 버텨.

'아무도 아닌 자'가 옷장 문을 밀어젖혔다. 그 여자는 놀란 고양이처럼 오스카의 무릎에서 펄쩍 떨어져 나왔다. 길고 구불구불한 갈색 머리에 날 보고 튀어나온 아몬드형 눈이 인상적이었다. 여자는 허겁지겁 셔츠 단추를 채웠다.

"MJ?" 오스카가 외쳤다. 입가와 턱 주변이 온통 립스틱 자국이었다.

"여기서, 아니 그 안에서 뭐 하는 거야?"

정당한 질문이다. 안타깝게도 나는 말하는 능력을 잃었다. 움직이는 능력도 함께 잃은 듯했다. 박제된 곤충처럼 이 끔찍한 순간에 갇혀있는 느낌이었다. 오스카의 시선이 내 가슴께로 떨어졌다. 그제야 내가 키스 사진을 껴안고 있다는 걸 깨달았다.

"봤구나." 오스카가 말했다.

"아무도 아니라더니?" 브룩이라는 여자가 바닥에서 자기 가방을 낚아채 어깨에 홱 둘러멨다. 당장이라도 뛰쳐나갈 태세였다.

"잠깐." 오스카가 그 여자를 불러 세웠지만 시선이 곧장 나에게 돌아왔다. 오스카의 얼굴에 뒤늦은 깨달음이 번졌다. "혹시 G가 쓴 쪽지, 네가 넣어 놓은 거야?"

오스카가 기예르모의 필체를 알아볼 거라는 생각은 못 했다. 그 당연한 것을.

"무슨 쪽지?" 나는 그렇게 되받아치고, 여자에게 말했다. "미안해요, 정말. 저는 그냥, 저도 여기서 뭘 하고 있었는지 모르겠네요. 근데 이 사람이랑 저는 아무 사이 아니에요. 전혀." 나는 간신히 두 발을 움직여 아래층으로 내려갔다.

우편물실을 반쯤 지났을 때 오스카가 위층에서 말했다.

"다른 주머니 확인해 봐!"

나는 고개도 돌리지 않고 그대로 복도를 지나 현관문을 박차고 나가 대로변에 접어들었다. 숨이 차고 속이 메스꺼웠다. 나는 후들거리는 다리를 이끌고 나아갔다. 용케 주저앉지 않았다. 그리고 한 블록쯤 지났을 때, 자존심 따위는 바람에 내맡기고 재킷 주머니들을 뒤지기 시작했다. 필름 통, 사탕 껍질, 펜 외에는 아무것도 나오지 않았다. 그러다 안쪽을 더듬거리자…… 안감에 덧댄 속주머니가 만져졌다. 지퍼를 내리고 그 안에 손을 넣어 반으로 접힌 종이를 끄집어냈다. 꽤 오래 품고 다닌 모양이었다. 펼쳐보니 그날 교회에서 찍은 내 사진 가운데 하나였다. 불온한 미소를 짓고 있는 나. 여태 나를 지니고 다녔다고?

잠깐. 그게 무슨 상관이야? 어차피 다른 사람과 사귀기로 했다면, 그 전에 그 놀라운 쪽지들을 썼다 한들, 그 전에 감방 바닥에서 나와 무언가를 나누었다 한들 상관없는 일이다. 콕 집어 말할 수는 없지만, 우리 사이에 뭔가 있긴 있었다. 뭔가 진실한 것. 그 웃음과 그 뒤에 이어진 아주 강렬한 것들. 그때 나는 어딘가에 어떤 식으로든 우리를 자유롭게 할 수 있는 열쇠가 있다고 느꼈다. 분명히.

그리고 그 후, *아무도 아니야.* 그리고 이어진, *이리 와, 내 무릎 위로.*

오스카가 브룩을, 여자들을 줄줄이 들이마시는 모습을 상상했다. 기예르모가 말한 것처럼, 나에게 한 것처럼. 그러니 이제 숨을 내쉬어 나를 산산조각 낼 차례였다.

너무 멍청했다.

검은 심장을 지닌 여자애를 위한 사랑 이야기도 있긴 있다. 이런 식으로 흘러갈 뿐이다.

사진을 구겨 쥔 채 그 자리에 얼마나 있었는지 모른다. 그때 뒤에서 인기척이 느껴졌다. 분수처럼 솟구치는 기대감에 치를 떨며 뒤돌아본 순간, 눈앞에 있는 사람은 오스카가 아니었다. 노아였다. 거칠게 흔들리는 눈빛, 맹꽁이자물쇠는 온데간데없이 겁에 질린 얼굴이 내게 할 말이 있는 것처럼 보였다.

보이지 않는 미술관

노아
열셋에서 열넷으로

브라이언이 기숙학교로 떠난 다음 날, 나는 주드가 샤워하는 동안 주드의 방에 몰래 들어가 컴퓨터 화면에 띄워진 채팅창을 봤다.

스페이스보이: 니 생각해

라푼젤: 나도

스페이스보이: 지금 당장 이리 와

라푼젤: 순간이동은 아직 서툴러서

스페이스보이: 그럼 내가 한번 해볼게

나는 이 나라를 통째로 날려버렸다. 아무도 눈치채지 못했을 뿐.

둘은 사랑에 빠졌다. 검은 독수리들처럼. 흰개미들처럼. 그렇다. 멧비둘기와 백조만이 평생 짝을 지어 사는 동물은 아니다. 더럽고 징그러운 흰개미와 죽음을 먹는 독수리들도 그렇다.

어떻게 주드가 이럴 수 있지? 어떻게 브라이언이?

24시간 내내 폭발물을 지니고 다니는 기분이었다. 건드리자마자 펑 터질 게 뻔했다. 내가 여태껏 헛다리를 짚었다니 믿을 수 없었다.

내가, 모르긴 몰라도, 착각한 것이다.

아주 단단히.

나는 내가 할 수 있는 일을 했다. 집 주위에서 발견한 주드의 낙서들을 하나하나 살해 현장으로 탈바꿈했다. 그 멍청한 '어떻게 죽을래?' 놀이에서 나온 가장 끔찍한 죽음을 주드가 그린 여자애에게 선사했다. 창밖으로 밀치고, 칼로 찌르고, 익사시키고, 산 채로 묻고, 자기 손으로 목 졸라 죽였다. 디테일을 아끼지 않았다.

주드의 양말에 민달팽이들을 넣었다.

칫솔을 변기 물에 살짝 담갔다. 매일 아침.

침대 옆에 두는 물잔에 식초를 들이부었다.

하지만 어쩌다 한 번씩 사이코패스에서 정상인으로 돌아올 때면 어김없이 헛된 생각이 들었다. 브라이언과 함께할 수 있다면 *내 열 손가락을 다 잃어도 좋다고. 뭐든 포기하겠다고.*

자화상 〈미친 듯이 노를 저어 시간을 거스르는 소년〉

일주일이 지나고, 또 한 주가 흘렀다. 집이 너무 커져서 내 방에서 부엌까지 오가는 데 몇 시간이 걸렸다. 너무나 거대해서 쌍안경으로도 식탁 건너편이나 방에 있는 주드가 보이지 않았다. 이제 다시는 우연히라도 마주칠 것 같지 않았다. 그러다가 주드가 반경 수십 킬로미터나 되는 배신감을 뚫고 나에게 말을 걸려고 하면 나는 음악을 듣는 척 이어폰을 귀에 꽂았다. 끝부분은 주머니 속 손안에 말아쥔 채.

나는 두 번 다시 주드와 말을 섞고 싶지 않았고 그 뜻을 분명히 했다. 네 목소리는 나에게 잡음에 지나지 않는다고. 너는 잡음이라고.

나는 엄마가 우리가 전쟁 중인 걸 눈치채고 늘 그러듯 국제 평화 기구처럼 중재하리라고 생각했다. 하지만 엄마는 그러지 않았다.

인물화 〈점점 사라지는 엄마〉

그러던 어느 날 아침, 방문 너머 복도에서 대화 소리가 들렸다. 아빠가 주드가 아닌 여자애와 이야기하고 있었다. 나는 목소리의 주인을 대번에 파악했다. 헤더였다. 벽장에서 있었던 일 이후로 나는 헤더에게 내 머릿속 공간을 눈곱만큼도 내주지 않았다. 그 끔찍한 거짓 키스. *미안해, 헤더.* 나는 머릿속으로 사과하며 살금살금 창문으로 걸어가 최대한 조용히 창문을 열었다. *미안, 정말 미안.* 창문을 넘어 땅에 안전하게 착지했을 때 아빠가 내 방문을 두드리며 내 이름을 불렀다. 오로지 벗어나야 한다는 생각뿐이었다.

언덕을 반쯤 내려갔을 때 차 한 대가 내 옆을 쌩 지나갔다. 충동적으로 엄지손가락을 치켜들 뻔했다. 진정한 예술가처럼 멕시코나 리오까지 히치하이크하려고. 혹은 코네티컷주까지. 그래. 브라이언이 사는 기숙사에 깜짝 방문하는 것이다. *브라이언이 벗은 남자들에 둘러싸여 샤워하고 있을 때.* 난데없이 튀어나온 상상이 내가 지니고 있던 폭발물을 한꺼번에 터뜨렸다. 벽장 안에서 주드와 키스하는 모습을 상상하는 것보다 나빴다. 아니, 좋았다. 아니, 훨씬 나빴다.

핵폭발 직후의 버섯구름에서 바싹 탄 채로 겨우 빠져나왔을 때, 나는 CSA에 있었다. 내 두 발이 어찌어찌 나를 이곳으로 데려왔다. 여름 학기가 끝난 지 2주가 넘은 시점이라 기숙사에 사는 학생들이 복귀하고 있었다. 그들은 움직이는 그라피티처럼 보였다. 저마다 차 트렁크에서 여행 가방과 포트폴리오와 짐 상자들을 내리고 부모와 포옹하며 작별했다. 부모는 서로 '괜찮으려나 몰라' 하는 눈빛을 주고받았다. 나는 모든 걸 빨아들였다. 파랑, 초록, 빨강, 보라색 머리 여자들이 서로 얼싸안고 꺅꺅거렸다. 키 크고 비리비리한 남자 둘이 벽에 기대어 담배를 피우고 웃으며 멋짐을 뿜어냈다. 어떤 무리는 레게머리에 넝마를 걸쳤는데 이제 막 건조기에서 탈출한 것처럼 보였다. 내 앞을 지나가는 어떤 남자는 콧수염과 턱수염을 좌우로 반씩 밀었다. *진짜 끝내줬다.* 그들은 예술을 만들기만 하는 게 아니었다. *그들이 예술이었다.*

문득 그날 파티에서 벌거벗은 영국인과 나눈 대화가 떠올랐다. 나는 다 타버린 유해를 이끌고 로스트코브 내륙의 주택가로 정찰을 떠나기로 했다. 그곳에 어느 미친 조각가의 스튜디오가 있다고 했다.

얼마 지나지 않아, 아마도 몇 초 후(브라이언을 생각하지 않으려고 초인적인 속도로 걸었기 때문에), 나는 데이스트리트 225번지 앞에 섰다. 큰 창고 건물이었고 문이 반쯤 열려있었으나 그냥 들어갈 엄두는 안 났다. 스케치북이라도 들고 왔다면 모를까. 하지만 그대로 돌아가기는 싫었다. 뭔가 해야 했다. *이를테면 브라이언과의 키스.* 그 생각에 덜미를 잡히자 도통 벗어날 수 없었다. 시도라도 해봤어야 했다. 하지만 그랬다가 내 얼굴에 주먹을 날렸다면? 운석을 날려 내 머리통을 터뜨렸다면? 오우, 그런데 안 그랬다면? 기꺼이 응했다면? 실제로 나는 가끔 한 번씩 나를 빤히 바라보는 브라이언의 시선을 느꼈다. 내가 다른 데 정신이 팔렸다고 생각한 모양인데, 내 온 신경은 브라이언에게 쏠려있었다.

내가 다 망쳤다. 그랬다. 키스했어야 했다. 딱 한 번, 그러면 죽어도 좋을 텐데. 아니, 잠깐. 어림도 없지. 이왕 죽을 거라면 키스보다 더한 것을 원한다. 더, 훨씬 더한 것. 땀이 났다. 그리고 아랫도리가 뻐근했다. 나는 보도 연석에 주저앉아 숨을 골랐다.

돌멩이를 집어 길에 던졌다. 브라이언의 기계적인 손목 놀림을 흉내 내며. 세 번의 한심한 시도 끝에 생각이 뒤바뀌었다. 우리 사이에는 전기 울타리가 있었다. 브라이언이 설치했고, 유지했다. 브라이언은 코트니를 원했다. 그리고 주드를 보자마자 원했다. 나는 그저 그렇게 믿고 싶지 않았을 뿐이다. 브라이언은 여자를 좋아하는 잘나가는 얼간이다. 브라이언은 적색 거성이고 나는 황색 왜성이다. 그뿐이다.

자화상 〈황색 왜성을 제외한 모두가 행복하게 살았답니다〉

나는 생각을 떨쳐버렸다. 전부 다. 중요한 건 내가 창조할 수 있는 세상이지, 내가 살아가야 하는 이 더럽고 끔찍한 세상이 아니다. 내가 창조하는 세상에서는 뭐든 일어날 수 있다. 뭐든. 그리고 내가 만약(반드시) CSA에 들어가면, 내 머릿속에 있는 것들을 반만이라도 화폭에 구현해 내는 법을 배우게 될 것이다.

막 일어서는데, 건물 옆면에 오르기 딱 좋아 보이는 화재 대피용 계단이 눈에 띄었다. 층계참이 벽에 일렬로 늘어선 창가로 이어졌다. 그 너머로 뭐가 보이긴 보일 터였다.

내가 할 일은 그저 아무에게도 들키지 않고 바깥 울타리를 넘는 것뿐이었다. 못할 거 있어? 주드와 나는 말이나 소나 염소를 구경하거나 우리가 다섯 살 때 결혼식을 올린 마드론 나무를 방문하려고(주드가 주례도 봤다) 목장 울타리를 밥 먹듯이 넘었다.

나는 한적한 거리를 두리번거렸다. 멀리서 밝은색 드레스를 입은 나이 든 여자의 뒷모습이 눈에 들어왔다. 꼭……, 허공에 떠다니는 것처럼 보였다. 눈을 감았다 떠도 마찬가지였다. 게다가 무슨 이유에선지 맨발인 것 같았다. 여자는 작은 교회로 들어갔다. 뭐, 아무튼. 여자가 사라지자, 나는 길을 건너 울타리를 가볍게 뛰어넘었다. 좁은 통로를 쏜살같이 지나, 비상계단을 조심스레 올라갔다. 오래된 금속이 삐걱거리는 소리를 내지 않으려고 애쓰는데, 다행히 근처에 무슨 공사가 진행되고 있어서 내가 내는 소리가 완전히 묻혔다. 층계참을 잰걸음으로 이동해 건물 주위를 둘러보니, 내 고막을 뚫을 듯한 그 소음의 진원지는 공사장이 아니라 바로 아래 마당이었다. 나는 지구 종말이 온 줄 알았다. 왜냐하면, 뭐, 외계인들이 지구에 화학적 공격을 감행한 직후의 풍경이었으니까. 마당 곳곳에는 방염복을 입고 마스크와 고글을 착용한 구조대원들이 전기드릴과 회전 톱으로 돌덩이를 공격하며 자욱한 구름 사이로 나타났다 사라지길 반복했다. 그렇다면 이곳은 돌 조각 스튜디오? 이들은 돌 조각가들이고? 미켈란젤로가 봤다면 어떻게 생각할까? 그렇게 한참을 지켜보는데, 먼지가 가라앉자 거대한 세 쌍의 눈이 나를 뚫어지게 쏘아봤다.

덜컥 숨이 멎었다. 마당 끄트머리에서 거대한 돌 야수 셋이 날 노려보고 있었다.

그들은 *살아 숨 쉬었다.* 맹세코.

내 전 누나 주드가 보면 기겁할 것이었다. 엄마도.

좀 더 가까이 다가가야겠다고 생각했다. 그때 키가 큰 검은 머리 남자가 차고 입구처럼 벽이 뻥 뚫린 곳에서 걸어 나왔다. 휴대폰에 대고 독특한 억양으로 말하고 있었다. 남자는 고개를 뒤로 젖히고 더없이 행복한 표정을 지었다. 이제부터 스스로 석양의 색을 고를 수 있게 되었다거나 브라이언이 자기 침대에서 나체로 기다리고 있다거나 하는 소식을 들은 것처럼. 남자는 실제로 휴대폰을 쥐고 덩실거렸다. 그러다가 행복에 겨운 웃음을 터뜨리자 10억 개쯤 되는 풍선이 공중으로 두둥실 떠올랐다. 이 사람이 분명 그 미치광이 조각가다. 그리고 내 건너편에 있는 무시무시한 화강암 괴물들은 틀림없이 이 사람의 미친 작품이다.

"서둘러." 남자의 목소리는 체구만큼 컸다. "서둘러, 내 사랑."

그러더니 자기 손가락 두 개에 입 맞추고 휴대폰을 만지작거리다가 주머니에 집어넣었다. 완전 대왕고래 돌대가리 같은 행동이잖아? 하지만 남자가 하니 느낌이 달랐다. 진심으로. 이제 남자는 마당을 등지고 벽기둥에 이마를 댔다. 그러고는 완전히 나사 풀린 미소를 지었다. 하지만 완벽한 위치 덕분에 그 미소를 본 사람은 나뿐이었다. 남자 역시 열 손가락을 다 내줄 것처럼 보였다. 잠시 후 정신 착란에서 벗어난 그가 몸을 돌리자 얼굴 전체가 선명하게 드러났다. 코는 뒤집힌 배를 닮았고 입은 남들의 세 배 크기에 턱과 광대뼈는 갑옷처럼 두둑하고 두 눈은 다채로웠다. 남자의 얼굴은 거대한 가구로 가득 찬 방이었다. 즉시 그리고 싶은 충동이 들었다. 그는 눈앞에 펼쳐진 종말론적 현장을 살피다가 지휘자처럼 팔을 들었다. 모든 전동 공구가 일제히 침묵했다.

새들도, 지나가는 차들도 마찬가지였다. 아니, 바람 소리, 파리 소리, 말소리 하나도 들리지 않았다. *아무 소리도 들리지 않았다.* 이 남자가 말을 하려고 하니 누군가가 온 세상의 음소거 버튼을 누른 것 같았다.

신인가?

"나는 항상 담력을 강조하지. 조각은 겁쟁이를 위한 예술이 아니야. 겁쟁이들은 찰흙이나 주무르지, 안 그래?" 남자의 말에 구조대원들이 일제히 웃었다.

남자는 잠시 멈춰서 벽기둥에 성냥개비를 휙 그었다. 불꽃이 타올랐다.

"알아 둬. 너희는 내 스튜디오에서 위험을 감수해야 해."

남자가 귀 뒤에서 담배를 빼 들고 불을 붙였다.

"소심하게 굴지 말란 뜻이야. 결단을 내리고, 실수를 저질러. 크고, 끔찍하고, 무모한 실수. 아주 제대로 망쳐 버리라고. 그것만이 유일한 길이야."

확신 어린 중얼거림이었다.

"내가 아무리 이렇게 말해도 아직 내 눈에 너희는 돌을 자르길 두려워하고 있어."

남자는 천천히 걸음을 옮겼다. 한 마리 늑대처럼. 그의 상징 동물이 틀림없다.

"너희가 뭘 하는지 알아. 어제 너희가 떠나고 작업물을 하나하나 살펴봤어. 너희는 람보처럼 톱과 드릴을 휘두르며 소음과 먼지를 거창하게 일으키지만, 자기 조각품의 이만큼도(그는 엄지와 검지를 붙였다) 발견하지 못한 사람이 대다수야. 그 점은 오늘부로 변한다."

남자는 짧은 금발 여자에게 다가갔다.

"내가 좀 봐도 될까, 멜린다?"

"그럼요."

여자가 대답했다. 이 위에서도 얼굴이 얼마나 빨개지는지 보였다. 그에게 홀딱 반한 게 분명했다. 두 사람 주위로 모여든 사람들의 얼굴을 보니 예외는 없었다. 여자든 남자든.

인물화, 풍경화 〈지리적 규모의 남자〉

그는 담배를 한 모금 길게 빨아들이고서 땅바닥에 장초를 내던지고 밟았다. 그리고 멜린다에게 미소 지었다.

"함께 네 여인을 찾아보자, 알았지?"

남자는 큰 바위 옆에 있는 점토 모형을 꼼꼼히 살피더니 눈을 감고 모형을 손가락으로 어루만졌다. 그 옆 바위도 똑같이, 눈을 감은 채 손으로 더듬었다.

"좋아."

그가 테이블에서 전기드릴을 집어 들었다. 학생들의 흥분이 전해졌다. 남자는 아무 망설임 없이 바위에 드릴을 찔러 넣었다. 잠시후 먼지구름이 자욱해서 더 이상 보이지 않았다. 나는 더 가까이 가야 했다. 그러니까, 아주 가까이. 아예 이 남자의 어깨에 앵무새처럼 얹힌 채 살아가야 할 것 같았다.

소음이 그치고 먼지가 걷히자 학생들이 박수갈채를 보냈다. 바위에는 점토 모형과 똑같은 여성의 굽은 등이 있었다. 믿을 수 없었다.

"자자, 각자 작업으로 돌아가."

남자는 멜린다에게 드릴을 넘겨주었다.

"이제 나머지를 찾아봐."

그는 이 학생에서 저 학생으로 옮겨 다녔다. 한마디도 안 할 때도, 칭찬을 퍼부을 때도 있었다.

"그래! 네가 해냈어. 이 가슴 좀 봐. 내가 본 가슴 중에서 가장 아름다워!"

남자가 한 학생에게 외쳤다. 학생이 웃음을 터뜨리자 그는 자랑스러운 아버지처럼 학생의 뒤통수를 툭툭 쳤다. 왠지 가슴 한구석이 조여왔다.

다른 학생에게는 이렇게 말했다.

"아주 잘했다. 이제 내가 방금 한 말은 다 잊어버리고, 천천히 가. 아주 아주 천천히. 돌을 어루만지고, 돌과 사랑을 나눠. 다만 부드럽고, 부드럽고, 부드럽게. 알았어? 끌만 써. 다른 것들은 말고. 한 번 실수하면 모든 걸 망친다. 힘 빼."

그 학생의 머리도 툭툭 쳤다.

이제 자신이 필요 없다고 판단했는지 남자는 건물 안으로 들어갔다. 나는 그를 따라 창문이 있는 반대편 층계참으로 걸어갔다. 들키지 않고 안을 들여다볼 수 있게 창가에 붙어 서서 고개만 빼꼼히 내밀었다. 그 안에는 좀 더 많은 돌 거인들이 있었다. 가장 안쪽에는 벌거벗은 몸에 붉고 얇은 스카프를 두른 여자 셋이 단상 위에서 모델 일을 하고 한 무리의 학생들이 그 앞에서 스케치하고 있었다.

벌거벗은 영국 남자는 없었다.

조각가가 학생들 사이를 돌며 그들의 등 뒤에서 냉철한 시선으로 작업물을 내려다봤다. 나는 그가 내 스케치를 보는 것처럼 긴장했다. 남자는 썩 만족스러운 표정이 아니었다. 그가 손뼉을 한 번 치자 다들 그리던 손을 멈췄다. 창문 너머로 웅얼거리는 소리가 들렸다. 조각가는 점점 격해졌다. 두 손이 말레이시아산 날개구리처럼 이리저리 미끄러지듯 날아다녔다. 나는 그가 무슨 말을 하는지 알고 싶었다. *알아야* 했다.

마침내 학생들은 스케치를 재개했다. 조각가는 테이블에서 연필과 스케치북을 집어 들고 학생들에게 합류했다. 로켓 연료를 가득 실은 듯한 우렁찬 목소리가 창문을 뚫고 전해졌다.

"절박하게 그려. 더는 낭비할 시간도, 잃을 것도 없는 것처럼. 우리는 세상을 재창조하고 있는 거다. 알아듣겠어?"

엄마가 말하는 것 같았다. 그리고 물론, 알아들었다. 심장 박동이 빨라졌다. 나는 *완벽히* 알아들었다.

자화상 〈세상을 재창조하는 소년을 재창조하는 세상〉

조각가는 앉아서 학생들과 함께 스케치하기 시작했다. 내 평생 그런 건 처음 봤다. 손이 스케치북 위를 마구 날아다니고 두 눈은 그 앞에서 포즈를 취한 모델들을 구석구석 빨아들이는 듯했다. 그가 무엇을 하는지, 어떻게 연필을 쥐고 어떻게 연필이 *되는지* 파악하려고 애쓰는 동안 내 속은 목구멍까지 부풀어 올랐다. 그 결과물이 얼마나 천재적일지 굳이 스케치북을 안 봐도 알 수 있었다.

이때까지 나는 한 번도 내 실력이 형편없다고 생각해 본 적 없다. 갈 길이 얼마나 멀었는지도. 어쩌면 정말로 CSA에 못 들어갈 수도 있다. 위자보드가 옳았다.

나는 약간 어지러움을 느끼며 비상계단을 비틀비틀 내려갔다. 찰나의 순간에 내 모든 가능성, 내 모든 꿈, 그리고 정반대의 현실을 보았다.

솟아오른 보도를 미끄러져 내려가면서, 속으로 중얼거렸다. 나는 아직 열네 살도 채 안 됐어. 앞으로 발전할 시간은 많아. 하지만 분명 피카소는 내 나이 때 이미 무진장 뛰어났겠지. 내가 여태 무슨 생각을 하고 산 걸까? 완전 망했어. 나는 CSA에 절대 못 들어갈 거야. 이렇게 나 자신과 끔찍한 대화를 나누는 데 열중한 나머지 길가에 주차된 빨간 차를 지나칠 뻔했다. 엄마 차와 꼭 닮은 차였다. 하지만 그럴 리 없다. 엄마가 뭐하러 이 동네까지 왔겠는가? 번호판을 힐끗 확인했다. *진짜* 엄마 차였다. 나는 몸을 홱 돌렸다. 엄마 차일 뿐 아니라, 엄마가 타고 있었다. 조수석 위로 수그린 채. 뭐 하는 거지?

나는 창문을 두드렸다.

엄마가 펄쩍 몸을 일으켰다. 하지만 나와 달리 날 보고 그리 놀란 것 같지 않았다. 놀란 기색은 전혀 없었다.

"깜짝 놀랐잖아, 노아." 엄마는 창문을 내리고 말했다.

"거기 엎드려서 뭐 해?"

여기서 뭐 하느냐는 게 좀 더 정확한 질문이었다.

"뭘 좀 떨어뜨렸어."

엄마는 좀 이상해 보였다. 두 눈이 희번들하고 코 밑에 땀이 송골송골했다. 옷차림은 웬 점술가 같았다. 반짝이는 자주색 스카프를 목에 두르고 긴 노란 원피스에 빨간 벨트를 맸다. 양 손목에는 색색의 팔찌까지 찼다. 할머니가 만들어 준 〈떠오르는 드레스〉를 입을 때를 제외하면 평소에 엄마는 흑백 영화 속 인물 같았다. 이런 서커스 단원이 아니라.

"뭘?"

"뭐가 뭘?" 엄마가 얼떨떨하게 되물었다.

"뭘 떨어뜨렸냐고."

"아, 귀걸이."

귀걸이는 양쪽 귀에서 달랑거렸다. 엄마는 내 시선을 눈치챘다.

"다른 귀걸이. 바꿔 달고 싶어서."

나는 고개를 끄덕였다. 엄마는 나에게 거짓말을 하고 있었다. 나를 보고 숨었으니 나를 보고 놀라지 않은 것이다. 그런데 왜 나를 보고 숨었을까?

"왜?"

"뭐가 왜?"

"왜 바꿔 달고 싶었는데?"

우리는 통역사가 필요했다. 엄마와 나 사이에 통역사가 필요하다고 느낀 적은 처음이었다.

엄마는 한숨을 내쉬었다. "글쎄다. 그냥 그러고 싶었어. 타렴."

엄마는 마치 날 데리러 오기로 미리 약속했던 것처럼 말했다. 너무 이상했다.

집에 가는 차 안에는 원인 모를 긴장이 가득했다. 나는 두 블록쯤 지나서야 엄마에게 이 동네에서 뭐 하고 있었는지 물어봤다. 엄마는 데이스트리트에 아주 괜찮은 세탁소가 있다고 했다. 세탁소는 우리 집 근처에도 다섯 개쯤 있지만 나는 아무 말도 하지 않았다. 내가 속으로 삼킨 말을 들었는지 엄마가 덧붙였다.

"너희 할머니가 만들어 준 드레스 중에서 내가 제일 아끼는 옷이거든. 최대한 섬세한 손에 맡기고 싶었어. 그 세탁소가 최고야."

나는 엄마가 보통 대시보드에 꽂아두는 분홍색 영수증이 있나 살폈다. 없었다. 지갑에 넣어 놨나? 어쩌면 엄마 말은 사실일 수도 있다.

두 블록을 더 가서야 엄마는 처음 해야 했을 말을 꺼냈다.

"어쩌다 이렇게 멀리까지 왔어?"

나는 산책하다 보니 어느새 여기까지 왔다고 말했다. 울타리를 넘고 비상계단을 올라 어떤 천재를 스토킹했다는 말은 하고 싶지 않았다. 그 천재 때문에 엄마가 내 재능에 대해 잘못 알고 있었다는 사실을 똑똑히 깨달았다는 말도.

엄마는 좀 더 추궁하려는 눈치였다. 하지만 그때 엄마 무릎 위에서 휴대폰이 진동했다. 엄마는 발신 번호를 보고 버튼을 눌러 무시했다.

"일이야." 엄마는 내 쪽을 힐끗 보고 말했다. 엄마가 이렇게 땀을 흘리는 건 처음 봤다. 건설 노동자처럼 겨드랑이가 흠뻑 젖어 노란 천에 어두운 원이 그려졌다.

CSA 스튜디오 건물을 지나면서 엄마는 한 손으로 내 무릎을 꼭 쥐었다. 이제 익숙한 일이었다.

"곧이네." 엄마가 말했다.

그제야 모든 게 명확해졌다. 엄마는 나를 미행했다. 요즘 내가 너무 소라게처럼 굴어서 걱정한 것이다. 그것 말고는 설명이 안 된다. 일부러 몸을 숨기고 세탁소에 대해 거짓말한 것은 사생활을 침해했다며 내가 난리 칠까 봐서였다. 나는 편하게 이해하기로 했다.

그것도 잠시, 엄마는 언덕으로 이어지는 세 번째가 아니라 두 번째 길목에서 좌회전했다. 그리고 언덕마루에 이르자 어떤 진입로로 들어가 차를 세웠다. 나는 엄마가 내리면서 "안 내릴 거야?" 하고 묻는 걸 아연하게 쳐다봤다. 엄마는 집 열쇠를 꺼내 들고 거의 대문까지 가서야 자신이 들어가려는 곳이 다른 가족이 사는 다른 집이라는 걸 깨달았다.

인물화 〈자면서 다른 삶으로 걸어 들어가는 엄마〉

"내 정신 봤니?" 엄마가 다시 차에 타면서 말했다. 웃길 수도 있는 상황이었지만, 그렇지 않았다. 뭔가 이상했다. 뼛속까지 느낄 수 있는데 뭐라고 콕 집어 말할 수 없었다. 엄마도 시동을 걸지 않았다. 우리는 그대로 다른 집 진입로에 머물며 먼바다를 응시했다. 태양이 그리는 반짝이는 길이 수평선까지 이어졌다. 수면에 별이 총총한 것 같았다. 그 위를 거닐고 싶었다. 예수님만 가능한 일이라니 억울했다. 엄마에게 막 그렇게 말하려는데, 어느새 차 안이 아주 무겁고 짙은 슬픔으로 가득 차있었다. 내 슬픔은 아니었다. 나는 엄마가 그렇게 슬픈지 몰랐다. 어쩌면 그래서 엄마는 주드와 내가 이혼한 것도 눈치채지 못했나 보다.

"엄마?" 갑자기 목이 메어 쉰 목소리가 나왔다.

"다 잘 풀릴 거야. 걱정하지 마." 엄마는 빠르고 조용히 말하며 시동을 걸었다.

지난번에 누가 나에게 걱정하지 말라고 했을 때 얼마나 끔찍한 일이 일어났는지 떠올랐지만, 나는 그때처럼 잠자코 고개를 끄덕였다.

세상의 종말은 비와 함께 시작했다.

9월이 씻겨 가고, 10월도 씻겨 갔다. 11월에는 아빠마저 대비하지 못한 상황이 벌어졌다. 그 말은 집 밖은 물론 집 안에도 비가 내린다는 뜻이다. 온갖 냄비와 양동이들이 집 안 곳곳에 자리 잡았다.

"지붕을 갈아야 할 줄 누가 알았겠어?" 아빠가 주문처럼 반복해 투덜거렸다.

인물화 〈집을 머리에 이고 균형을 잡는 아빠〉

이는 평생에 걸친 '손전등이 꺼지기 전에 건전지를 갈아라'와 '불이 나가기 전에 전구를 갈아라' 다음에 오는 말이었다. *준비는 미리 할수록 좋다, 아들아.*

하지만 나는 여러 번 관찰한 끝에 엄마에게는 비가 내리지 않는다는 결론을 내렸다. 엄마는 투명 우산이라도 쓴 것처럼 덱에서 담배를 피우곤 했는데(원래 흡연자가 아니다), 항상 휴대폰을 귀에 댄 채 수화기 너머로 누가 음악이라도 들려주는지 말없이 몸을 살랑살랑 흔들며 미소 짓기만 했다. 가끔은 새 서커스 복장으로 콧노래를 흥얼거리고(원래 흥얼거리지 않는다) 팔찌들을 짤랑거리며(원래 짤랑거리지 않는다) 집 안을 돌아다니고, 길을 걷고, 언덕을 올랐다. 우리가 벽과 가구를 움켜쥐고 비에 쓸려가지 않으려 애쓰는 동안 엄마는 혼자 개인용 햇살에 에워싸여 있었다.

엄마는 컴퓨터 앞에 앉아 글을 쓰는 대신 멍하니 천장을 바라보기도 했다. 마치 별이 가득한 밤하늘을 바라보듯이.

나는 엄마를 찾고 또 찾았지만 *내가 아는 엄마*는 보이지 않았다.

엄마는 내가 세 번쯤 불러야 겨우 반응했다. 서재에 들어서면 주먹으로 벽을 쾅쾅 쳐야 하고 부엌에 들어서면 의자를 발로 툭툭 차야 했다. 그제야 엄마는 누가 들어온 걸 눈치챘다.

문득 불안한 생각이 들었다. 다른 세계에서 흘러왔다면, 다른 세계로 흘러갈 수도 있다는 생각.

엄마를 꺼내오는 유일한 방법은 CSA 포트폴리오에 관해 이야기하는 것이었다. 하지만 엄마와 나는 이미 그래디 선생님과 함께 유화로 채색 중인 그림 다섯 점을 골라놓았기 때문에 대망의 첫 공개까지 딱히 의논할 것이 없었다. 완성 전에는 엄마에게 보여주고 싶지 않았다. 이제 거의 마무리 단계였다. 나는 매일 점심시간과 방과 후에 작업에 매달렸다. 면접 같은 건 따로 없어서, 입학 당락은 오로지 작품을 기준으로 결정되었다. 그런데 그 조각가의 스케치를 보고 난 후로 내 눈이 또 바뀐 것 같았다. 이제 나는 종종 소리를 보았다. 짙은 녹색으로 울부짖는 바람, 진홍색으로 후두두 떨어지는 비. 그리고 침대에 누워 브라이언을 생각할 때면 이 모든 색소리들이 내 방에서 소용돌이쳤다. 브라이언의 이름은, 내가 소리 내어 말하면, 암청색으로 나타났다.

다른 소식으로는, 여름방학 이후로 키가 10센티미터쯤 자랐다. 이제 누가 나를 괴롭히면 지구 밖으로 뺑 차버릴 생각이다. 문제없다. 그리고 내 목소리는 급격히 낮아져서 보통 인간들은 잘 알아듣

지 못했다. 어차피 가끔 헤더와 대화할 때를 빼면 거의 사용하지도
않았다. 헤더가 다른 남자애를 좋아하게 되면서 이제 우리는 다시
그럭저럭 친해졌다. 나는 몇 번인가 헤더의 러너 친구들과 함께 달
리기도 했다. 나쁘지 않았다. 달릴 때는 딱히 말을 하지 않아도 괜
찮으니까.

나는 아주 조용한 킹콩으로 변했다.

오늘은 아주 조용하고도 우울한 킹콩이다. 학교에서 나와 세찬
빗줄기 속에 언덕을 터벅터벅 올라가고 있는데, 문득 한 가지가 마
음에 걸렸다. 크리스마스 휴일에 브라이언이 돌아와서 주드와 함께
지내면 나는 어쩌지?

자화상 〈제 손에서 샘솟는 어둠을 들이마시다〉

집에 돌아오니 평소처럼 아무도 없었다. 주드는 요즘 거의 집에
붙어있지 않았다. 학교가 끝나면 그놈의 꼴통 서퍼들과 함께 빗속
에서 파도를 탔다. 그리고 집에 오면 브라이언, 일명 스페이스보이
와 컴퓨터로 채팅하느라 바빴다. 나는 두 사람의 대화를 두 번인가
더 엿봤다. 그중 한 번은 브라이언이 영화 얘기를 꺼냈다. 나와 함
께 보다가 의자 팔걸이 밑으로 내 손을 잡았던 그 영화! 나는 하마
터면 그 자리에서 토할 뻔했다.

가끔 밤에 주드의 멍청한 재봉틀이 드르륵대는 소리 너머로 브라
이언이 보낸 메시지가 띵 하고 도착하는 소리를 못 듣도록 한쪽 벽
에 찰싹 달라붙은 내 귀를 떼고 싶었다.

인물화 〈단두대에 오른 누나〉

나는 비구름처럼 물을 뚝뚝 흘리며 집 안을 가로질러 주드의 방 근처에 놓인 양동이를 슬쩍 걷어차 엎질렀다. 더러운 물이 주드의 푹신푹신한 하얀 카펫에 스며들어 곰팡이를 피우도록. 그러고 나서 내 방에 들어섰을 때 침대에 앉아있는 아빠를 보고 깜짝 놀랐다.

움츠러들거나 하지는 않았다. 왠지 요즘 아빠는 나를 괴롭히지 않는다. 마법의 물약을 먹은 것처럼. 아니면 내가 먹었나? 어쩌면 내 키가 커져서일지도 모른다. 어쩌면 우리 둘 다 엉망진창이라서 일지도 모른다. 아빠도 엄마가 보이지 않는 것 같았다.

"폭풍우 만났니? 이런 비는 난생처음이구나. 이제 슬슬 방주를 만들 때가 되지 않았어?" 아빠가 말했다.

요즘 학교에서도 자주 듣는 농담이다. 딱히 기분 나쁘지 않았다. 나는 성경 속 노아를 사랑한다. 노아는 거의 950살까지 살았다. 동물들과 함께 온 세상을 처음부터 다시 시작했다. 끝없는 캔버스와 영원히 닳지 않는 물감으로. 빌어먹게 끝내준다.

"다 젖었어요."

나는 책상 의자에 걸려있던 수건을 잡으며 말했다. 머리 길이에 대한 불가피한 지적을 기다리며 머리를 말리는데, 아빠 입에서 의외의 말이 나왔다.

"네가 나보다 커지겠구나."

"그래요?"

나는 그 생각에 단숨에 들떴다. 한 방에서 내가 아빠보다 더 많은 공간을 차지할 것이다.

인물화, 자화상 〈아빠를 어깨에 태우고 대륙을 넘나드는 소년〉

아빠는 고개를 끄덕이며 양 눈썹을 치켜올렸다.

"지금 이 속도라면 확실히 그럴 거야."

아빠는 마치 재고를 파악하듯, 미술관을 관람하듯 내 방을 쓱 둘러보더니(실제로 내 방 벽과 천장은 명화로 도배되어 있다), 나를 돌아보고 자기 허벅지에 손뼉을 짝 쳤다.

"그래서 말인데, 저녁이나 함께 먹자. 부자만의 시간을 보내자고."

내 얼굴에 떠오른 공포를 감지했는지 아빠가 덧붙였다.

"아니. *설교*(손가락 따옴표)는 안 하마. 절대로. 그냥 단둘이 밥 한 끼 먹자는 거야."

"저랑요?"

"그럼 누구랑? 넌 내 아들이야." 아빠는 씩 웃었다. 얼간이 같은 구석은 조금도 없었다.

아빠가 일어나서 문으로 향했다. 나는 아빠가 한 말에서 헤어나오지 못했다. *넌 내 아들이야.* 갑자기 내가 아빠 아들이 된 듯했다.

"재킷 입어야겠다. 함께할 거니?"

아마 정장 재킷을 말하는 거겠지.

"원하신다면요." 나는 어리벙벙하게 대답했다.

내 인생의 첫 데이트가 아빠와의 데이트일 줄 누가 알았겠는가?

다만 내가 가지고 있던 하나뿐인 재킷을 입어보니(마지막으로 입은 날은 할머니의 장례식이었다), 소매가 손목보다 팔꿈치에 더 가까웠다. 맙소사, 나는 진짜 킹콩이다! 나는 거인증에 걸린 증거를 그대로 걸치고 엄마 아빠 방으로 들어갔다.

"아하." 아빠가 빙그레 웃으며 옷장을 열어 짙푸른 블레이저를 꺼냈다. "이거면 될 거다. 나한테 살짝 끼거든." 아빠는 납작하기만 한 배를 두드리며 말했다.

나는 내 재킷을 벗고 아빠가 준 것을 입었다. 딱 맞았다. 입꼬리가 절로 올라갔다.

"내 말 맞지? 이제 레슬링해도 질까 봐 무섭구나, 터프가이."

터프가이.

방문을 나서며 물었다.

"엄마는 어딨어요?"

"모르겠구나."

아빠와 나는 바다가 내려다보이는 레스토랑 창가에 자리를 잡았다. 빗줄기가 시냇물처럼 흐르며 전망을 왜곡했다. 덧그리고 싶어서 손가락이 움찔거렸다. 우리는 스테이크를 먹었다. 아빠는 스카치를 한 잔 마시고 또 한 잔 주문하더니 나에게 조금 마셔보게 했다. 각자 디저트를 골랐다. 아빠는 스포츠나 뻔한 영화나 난해한 재즈에 관해 얘기하지 않았다. 식기세척기에 그릇 좀 잘 넣으라는 잔소리도 없었다. 아빠는 나에 대해 얘기했다. 식사 내내. 엄마가 내 스케치북을 몇 권 보여줬다며, 큰 기대는 안 했는데 막상 보니 정말 감탄했다고 했다. 내가 CSA에 지원하는 것이 너무 기쁘고, 만약 날 떨어뜨리면 그 학교가 꼴통이라고 했다. 자신의 하나뿐인 아들이 이토록 빛나는 재능을 지녔다니 믿을 수 없고 곧 완성될 포트폴리오가 너무 기대된다고 했다. 내가 무척 자랑스럽다고 했다.

이 중에 내가 꾸며낸 말은 하나도 없다.

"엄마가 너희 둘 다 입학은 문제없을 거라고 하더라."

고개를 끄덕이면서도 잘못 들었나 싶었다. 내가 알기로 주드는 지원할 생각이 없다. 역시 잘못 들었나 보다. 게다가 포트폴리오로 뭘 제출하겠는가?

"넌 행운아야. 네 엄마가 예술에 대한 열정이 아주 대단하잖아. 그것도 전염되지 않니?"

아빠가 씩 웃었다. 하지만 그 안에 숨겨진 얼굴은 하나도 웃고 있지 않았다.

"이제 바꿔 먹을까?"

나는 떨떠름하게 내 초콜릿 데카당스를 아빠의 티라미수와 바꾸려고 들어 올렸다.

"아니, 됐다. 그냥 두 개 더 시키자. 이런 날이 어디 흔하니?"

두 번째 디저트를 먹으면서 나는 아빠가 연구하는 기생충과 박테리아와 바이러스도 엄마가 연구하는 예술만큼 멋지다고 말하려고 했다. 하지만 그 말이 얼마나 어쭙잖게 들릴지 뻔했으므로 그냥 케이크에 파고들었다. 주변에서 우리를 보고 '부자간의 오붓한 저녁 식사네. 참 보기 좋지 않아?'라고 말하는 걸 상상하니 뿌듯했다. 아빠와 나. 친구 같은 부자. 아아, 이렇게 날아갈 듯한 기분은 실로 오랜만이었다. 나는 브라이언이 떠나고 처음으로 주저리주저리 떠들기 시작했다. 아빠에게 얼마 전 알아본 바실리스크 도마뱀에 관해 이야기했다. 수면 위를 아주 빠르게 달려서 가라앉지 않고 20미터까지 이동할 수 있다는 얘기였다. 어쨌거나 예수님만 가능한 일은 아니다.

아빠는 송골매가 먹이를 사냥할 때 시속 300킬로미터로 급강하한다고 했다. 나는 예의상 감탄하듯 눈썹을 치켜올렸지만, 저기, 그걸 누가 몰라요?

나는 기린이 하루에 먹는 양이 35킬로그램에 육박하며 자는 시간은 30분밖에 안 된다고 했다. 지구상에서 가장 키가 큰 동물일 뿐 아니라 육지 포유류 중에서 가장 긴 꼬리와 혀를 가진 동물이라는 말도 덧붙였다. 기린의 혓바닥은 무려 50센티미터다.

아빠는 최근에 과학자들이 초소형 동물인 곰벌레를 우주에 보냈다고 했다. 영하 272도, 영상 150도의 온도에서도 살아남고 인간의 방사능 치사량의 1000배를 견딜 수 있으며 바싹 마른 상태에서 10년이 지나고도 되살아나는 생명체라는 게 그 이유였다.

그 순간 나는 테이블을 엎어버리고 싶었다. 브라이언에게 우주 공간에 있는 곰벌레에 대해 말할 수 없어서. 하지만 간신히 그 생각에서 빠져나와 아빠에게 인간에게 가장 치명적인 동물이 뭔지 추측해 보라고 했다. 아빠는 하마, 사자, 악어 등 평범한 동물을 늘어놓으며 쩔쩔맸다. 정답은 말라리아모기였다.

그렇게 동물에 관한 정보를 하나씩 주고받다 보니 계산서가 도착했다. 이제껏 아빠와 함께한 시간 중에서 가장 즐거운 시간이었다.

"아빠도 자연 다큐멘터리를 좋아하는 줄 몰랐어요!" 아빠가 계산

할 때 내가 불쑥 말했다.

"무슨 소리야? 어째서 *너만* 좋아한다고 생각했어? 그건 네가 어릴 때 우리 둘이 자주 보던 거잖아. 기억 안 나?"

안. 난. 다.

내가 기억하는 건 "세상은 가라앉거나 헤엄치거나 둘 중 하나야, 노아"와 "강하게 행동하면 강해진다"다. 내가 기억하는 건 아빠 얼굴에 떠오른 그 모든 오금 저리는 실망, 수치, 당혹이다. 내가 기억하는 건 "만약 네가 주드와 쌍둥이가 아니었다면 너는 단성 생식으로 태어났을 거야"다. 내가 기억하는 건 프로풋볼, 프로농구, 프로야구, 월드컵이다. 자연 다큐멘터리는 기억나지 않는다.

아빠가 차고에 차를 세웠다. 그때까지도 엄마 차는 보이지 않았다. 아빠가 한숨을 쉬었다. 나도 한숨을 쉬었다. 그 한숨의 의미를 이해한다는 듯이.

"어젯밤에 이런 꿈을 꿨어." 아빠가 시동을 끄며 말했다. 차에서 내릴 생각은 없어 보였다. 나도 자리를 지켰다. 우린 이제 동지니까!

"네 엄마가 집 안을 돌아다니는데, 걸음을 뗄 때마다 벽이랑 선반에서 물건들이 떨어지는 거야. 책, 사진, 장식품, 전부 다. 내가 할 수 있는 건 그저 네 엄마를 따라다니며 떨어진 물건들을 제자리에 돌려놓는 일뿐이었지."

"그렇게 했어요?" 내가 물었다. 아빠는 날 보며 혼란스러운 표정을 지었다. 나는 정정했다. "모두 제자리에 돌려놓았냐고요."

"모르겠다. 그러고 깼거든." 아빠는 어깨를 으쓱하고서 손가락으로 운전대의 테두리를 쓸었다.

"인생을 살다 보면 다 안다고, 속속들이 다 안다고 생각했는데 지나고 보면 쥐뿔도 몰랐다는 걸 깨달을 때가 있단다."

"무슨 말인지 완전히 이해해요, 아빠." 나는 브라이언과의 일들을 떠올리며 말했다.

"이해한다고? 벌써?"

나는 고개를 끄덕였다.

"그동안 우리가 대화를 너무 안 했구나."

가슴이 살짝 두근거렸다. 아빠와 내가 친해질 수 있을까? 진짜 아빠와 아들처럼? 그날 내가 주드처럼 아빠 어깨에서 뛰어내려 헤엄쳤다면 그랬을 것처럼?

"랠프는 어딨어? 랠프는 어딨어?"

그 소리에 우리는 피식 웃었다. 이어진 아빠의 말은 놀라웠다.

"대체 랠프가 어딨는지 우리가 알아낼 수 있을 것 같니?"

"그랬으면 좋겠어요."

"나도다."

편안한 침묵이 이어졌다. 아빠가 이렇게 편안하게 굴 수도 있는 사람이었나?

"그래서, 헤더랑은 잘 지내니? 귀여운 애더라."

아빠가 날 팔꿈치로 슬쩍 찌르더니 인정의 표시로 내 어깨를 꽉 쥐었다.

이건 싫다.

"그럭저럭요."

어림없는 대답이란 걸 깨닫고 별수 없이 덧붙였다.

"맞아요. 사귀기로 했어요."

아빠는 '이 엉큼한 녀석' 하는 표정을 지어 보였다.

"남자끼리 얘기 좀 해야겠구나. 안 그래, 아들? 이제 열네 살인데."

아빠가 내 뒤통수를 툭툭 쳤다. 그 조각가가 학생에게 했던 것처럼. 그 손길에 아들이라는 말과 어감이 더해지니…… 그래, 헤더에 대해서는 별수 없었다.

집에 들어가 내 방으로 향했다. 주드가 보복으로 내 방에도 양동이를 엎질러 놓았다. 그러든지 말든지. 나는 물웅덩이 위로 수건을 던지며 책상 위 시계를 힐긋 봤다. 날짜도 표시되는 시계였다.

아.

스케치북을 모조리 뒤졌는데 아빠의 머리가 제대로 붙어있는 그림을 한 점도 찾을 수 없었다. 그래서 내가 가장 아끼는 파스텔들을 꺼내 새 그림을 그렸다. 아빠와 나 둘이서 검은꼬리누를 타고 있는 모습이었다. 그림 하단에는 "생일 축하합니다"라고 썼다. 방에서 나와 보니 아빠는 소파에 파묻혀 대학 축구 경기를 보고 있었다.

아빠가 내 눈을 똑바로 보고 말했다.

"고맙다."

간신히 쥐어짜 낸 말 같았다. 아무도 아빠가 생일인 걸 몰랐다. 심지어 엄마조차도. 도대체 엄마는 뭐가 문제지? 어떻게 아빠 생일마저 깜빡할 수 있지? 어쩌면 엄마는 애초에 초능력자가 아닐지도 모른다.

"엄마는 추수감사절에 칠면조 해동하는 것도 깜빡했어요." 내 나름대로 위로하려고 건넨 말이었는데 아빠를 칠면조에 비교하다니 얼마나 생각이 짧았는지를 깨닫고 말았다.

그래도 아빠는 웃었다. 그나마 다행이었다.

"검은꼬리누야?" 아빠가 그림을 가리키며 물었다.

검은꼬리누에 대한 긴긴 대화가 끝나자 아빠는 소파 옆자리를 툭툭 두드렸다. 나는 그 자리에 앉았다. 아빠는 내 어깨에 한 손을 걸치더니 안정감이 든다는 듯이 그대로 두었다. 우리는 남은 경기를 함께 시청했다. 경기는 꽤 지루했지만, 선수들은, 흠, 알다시피.

헤더와 사귄다고 한 거짓말이 뱃속의 돌처럼 묵직했다.

나는 그걸 무시했다.

아빠의 잊혀버린 생일 일주일 뒤, 장대비가 집을 난타하는 가운데 엄마와 아빠는 차디찬 거실 한구석에 주드와 나를 앉혀놓고 아빠가 잠시 로스트코브 호텔에 머무르기로 했다고 통보했다. 둘은, 정확히 말하면 엄마는, 아빠가 호텔 방을 단기 임대해 두 사람 사이의 문제가 해결될 때까지 그곳에서 지낼 거라고 말했다.

비록 백만 년간 서로 말을 하지 않았지만 나는 주드의 심장이 내 가슴 속에서 내 심장과 함께 쥐었다 펴지는 걸 느낄 수 있었다.

"무슨 문제?"

주드가 물었다. 하지만 빗소리가 너무 시끄러워서 더 이상 누가 무슨 말을 하는지 들리지 않았다. 폭풍우가 곧 벽을 무너뜨릴 것 같았다. 그리고 무너뜨렸다. 아빠가 꿈에서 본 대로였다. 비바람이 선반 위의 모든 물건을 쓸어버렸다. 장식품, 책, 자주색 꽃이 담긴 화병까지. 나 말고는 아무도 눈치채지 못했다. 나는 의자 팔걸이를 꽉 움켜쥐었다.

가족화 〈충격 방지 자세〉

엄마 목소리가 다시 들렸다. 차분해도 너무 차분했다. 이 절체절명의 폭풍우 속에 저 혼자 날개를 파닥이는 노란 새였다.

"우리는 여전히 서로를 많이 사랑해. 둘 다 지금 당장 거리가 필요할 뿐이야. 벤저민?"

엄마가 아빠 이름을 부르자 벽에 걸린 모든 그림, 거울, 가족사진이 떨어져 와장창 깨졌다. 역시 나만 눈치챘다. 나는 주드를 곁눈질했다. 속눈썹에 눈물이 매달려 있었다. 아빠는 뭔가 말할 것처럼 입을 벌렸지만 아무 말도 나오지 않았다. 그저 두 손 위에 고개를 떨궜다. 두 손이 마치 라쿤 앞발처럼 자그마했다. 언제 저렇게 줄어들었지? 그 작은 손들은 아빠 얼굴에 벌어지는 일을, 잔뜩 찡그린 이목구비를 가리지 못했다. 속이 요동쳤다. 부엌의 냄비와 프라이팬들이 찬장에서 와장창 떨어졌다. 눈을 질끈 감자 지붕이 획 뜯겨 하늘로 빙글빙글 날아가는 광경이 보였다.

주드가 폭발했다. "난 아빠 따라갈래."

"나도." 내 입에서 튀어나온 말에 내가 놀랐다.

아빠가 고개를 들었다. 얼굴 구석구석에서 괴로움이 흘러나왔다.

"너희는 엄마 곁에 있어. 잠깐일 거야." 아빠는 가냘픈 목소리로 말했다. 일어나서 떠나는 뒷모습을 보니 어느 틈에 머리숱이 눈에 띄게 줄어있었다.

주드가 벌떡 일어나 엄마 앞에 서서 엄마를 딱정벌레 보듯 내려 다봤다.

"어떻게 그럴 수 있어?" 주드는 이를 악물고 말하더니 아빠를 따라 거실을 나가버렸다. 머리카락이 성난 듯 굽이쳤다. 주드가 아빠를 부르는 소리가 들렸다.

"우리를 떠날 거야?" 나는 일어나면서 생각과 말을 동시에 내뱉었다. 아빠는 지금 떠나지만, 엄마는 진작 떠났다. 몇 달 동안 행방불명이었다. 그걸 아는 나는 엄마를 똑바로 볼 수 없었다.

"절대 안 떠나." 엄마가 내 양어깨를 꽉 잡았다. 그 우악스러운 힘에 놀랐다.

"잘 들어, 노아. 엄마는 너와 주드를 절대 떠나지 않을 거야. 이건 네 아빠와 나 사이의 문제야. 너희와는 전혀 상관없는 일이야."

나는 엄마의 품에 녹아들었다. 배신자처럼.

엄마가 내 머리를 쓰다듬었다. 몹시 기분 좋은 손길이었다.

"내 아들. 내 착한 아들. 내 꿈 같은 아들. 다 잘될 거야."

엄마는 다 잘될 거란 말을 주문처럼 반복했지만 나는 엄마가 그 말을 믿지 않는다는 걸 알 수 있었다. 나도 마찬가지였다.

그날 저녁 늦게 주드와 나는 어깨를 나란히 하고 창가에 붙어있었다. 아빠가 여행 가방을 들고 차로 걸어갔다. 한 걸음 뗄 때마다 비가 더 거세게 울부짖었다.

"저 안에 아무것도 안 들었을 거야." 나는 아빠가 가방을 트렁크 안에 가볍게 던져 넣는 걸 보며 말했다. 깃털만 든 것 같았다.

"아니, 뭐 하나 있더라. 내가 확인했어. 너랑 아빠가 무슨 이상한 동물을 탄 그림. 그것 말고는 없어. 심지어 칫솔도."

우리가 몇 달 만에 처음으로 나눈 대화였다.

나는 아빠가 챙긴 유일한 짐이 나라는 걸 믿을 수 없었다.

그날 밤, 침대에 누워 잠 못 이룬 채 내가 어둠을 응시하는지 어둠이 나를 응시하는지 따져보는데, 주드가 방문을 열고 들어와 내 옆에 파고들었다. 나는 베개가 젖게 될까 봐 뒤집었다. 우리는 등을 맞대고 누웠다.

"내가 바라던 일이야." 내가 몇 시간 내내 날 갉아 먹던 생각을 털어놓았다. "세 번 빌었어. 세 번의 생일에. 아빠가 떠나게 해달라고."

주드가 내 쪽으로 돌아누워 내 팔을 만지작거렸다. "나는 엄마가 죽었으면 좋겠다고 바란 적 있어."

"취소해. 난 제때 취소 못 했으니까." 내가 돌아누우며 말했다. 주드의 숨결이 얼굴에 느껴졌다.

"어떻게 취소해?"

"나도 몰라."

"할머니라면 알 텐데."

"거, 참 큰 도움 되겠네." 내가 말했다. 그러자 우리 둘 다 동시에 빵 터졌다. 웃음이 멎지 않아 숨을 헐떡이고 코를 킁킁대다가 할 수 없이 베개로 우리 얼굴을 막아야 했다. 엄마가 들으면 아빠를 집에서 쫓아낸 것이 우리에게 더없이 재밌는 일이라고 오해할지도 몰랐다.

겨우 진정이 되자 모든 것이 다르게 느껴졌다. 마치 불을 켜면 우리가 곰이 되어있을 것 같았다.

갑자기 눈앞에서 뭔가가 휙 하더니 주드가 내 몸 위에 올라앉아 있었다. 나는 너무 놀라 그대로 굳었다. 주드가 심호흡하고 말했다.

"좋아. 이제 피할 수 없겠지. 준비됐어?"

주드가 엉덩이를 들썩들썩했다.

"떨어져."

주드는 내 말을 무시하고 입을 열었다.

"아무 일도 없었어. 알겠어? 몇 번이나 말하려고 했는데 네가 들을 생각도 안 했잖아."

주드는 다시 강조했다.

"아. 무. 일. 도. 브라이언은 *네* 친구잖아. 나도 알아. 브라이언은 그 벽장에서 무슨 구상성단인가 하는 얘길 했어. 네 그림들이 얼마나 멋진지도! 그래, 엄마 때문에 너한테 욱했던 건 맞아. 내 친구들 *다* 뺏어간 거랑 그 쪽지 버린 것도. 난 네가 버린 거 알아, 노아. 그리고 진짜 속상했어. 왜냐면 그건 내가 엄마한테 보여줘도 괜찮겠다고 생각한 유일한 모래 조소였단 말이야. 그래서 그 파티에서 내가 브라이언 이름을 미리 손에 쥐고 있었던 건 맞는데, **아무 일도 없었어. 알았어? 난 네ー.**"

주드가 잠시 멈추더니 이어 말했다.

"네 절친 뺏어가지 않았다고. 알았어?"

"알았어. 이제 좀 떨어져."

변성기 탓에 내 목소리는 의도한 것보다 거칠게 나왔다. 주드는 꼼짝도 하지 않았다. 나는 새로운 정보에 정신을 차릴 수 없었다. 머릿속이 핑글핑글 돌며 그날 밤을, 지난 몇 달을, 모든 것을 다시 짜 맞췄다. 그동안 주드는 몇 번이나 대화를 시도했지만 그때마다 나는 자리를 피하고, 문을 쾅 닫고, 텔레비전 볼륨을 올리고, 본 척도 들은 척도 안 하고, 심지어 나에게 써 준 카드를 읽지도 않고 찢어버렸다. 결국 주드도 포기했다. 그런데 *아무 일도 없었다.* 둘은 사랑에 빠지지 않았다. 브라이언은 몇 주 뒤에 돌아와 한밤중에 몰래 주드의 방에 들어가지 않을 것이다. 내가 집에 오면 둘이 소파에서 영화를 보고 있지도, 숲에서 운석을 찾지도 않을 것이다. 아무 일도 없었다. 아무 일도 없었어!

자화상 〈혜성을 얻어 타고 날아가는 소년〉

잠깐.

"그럼 스페이스보이는 누구야?"

나는 그게 브라이언이란 걸 믿어 의심치 않았다. 그럼 내가 아는 우주 소년이 또 있겠는가?

"허?"

"스페이스보이. 채팅창에."

"하, 실컷 염탐했어?" 주드가 한숨을 쉬었다. "그건 마이클이야. 제퍼라고. '스페이스보이'는 요즘 빠진 노래 제목이래."

아.

아!

그제야 브라이언과 나 말고 다른 사람(아마 수백만 명쯤)도 그 외계인 침공 영화를 봤으리란 생각이 들었다. 얼마든지 순간이동에 관한 농담을 하고 스페이스보이라는 아이디를 쓸 수 있으리라.

그때 문득 위자보드가 떠올랐다.

"설마 제퍼가 M이야? 너 제퍼 좋아해?"

"아마도. 잘 모르겠어." 주드가 쑥스러운 듯이 대답했다.

이 또한 새로운 소식이지만 '아무 일도 없었어'가 불도저로 밀어버렸다. 나는 주드가 방에 있다는 것도, 내 위에 앉아있다는 것조차 잊어버렸다. 그때 주드가 말했다.

"그래서 너랑 브라이언은 서로 사랑하거나 뭐 그런 사이야?"

"뭐? 아니!" 말이 멋대로 튀어 나갔다. "젠장, 주드. 나도 친구 하나쯤 있으면 안 돼? 나 헤더랑 갈 데까지 갔어. 눈치 못 챘어?" 내가 왜 이런 말을 하는지 몰랐다. 나는 주드를 밀쳐냈다. 뱃속의 돌덩이가 점점 커지고 있었다.

"알았어, 알았다고. 그건 그냥……."

"뭐?"

혹시 제퍼가 그날 숲속에서 있었던 일을 말한 건 아닐까?

"아무것도 아니야."

주드가 다시 내 옆자리에 누웠다. 우리는 다시 어깨를 나란히 하고 한 덩어리가 되었다.

"그러니까 이제 나 미워하지 마." 주드가 나직하게 말했다.

"미워한 적 없어." 순 거짓말이었다. "그리고 주드, 정말⋯⋯."

"나도야. 정말 미안해." 주드가 내 손을 잡았다.

우리는 어둠 속에서 함께 호흡했다.

"주드. 할 말이―."

"너무 많아." 주드가 나 대신 말을 맺었다.

나는 웃었다. 우리의 대화 방식을 잊고 있었다.

"알아, 나도." 주드가 연이어 맞장구치며 키득거렸다.

하지만 다음 말은 아마 예상 못 했을 것이다.

"난 아마 네 모래 작품을 다 봤을 거야."

죄책감에 가슴 한구석이 따끔했다. 지운 사진들을 되살리고 싶었다. 그럼 주드에게 보여줄 수 있을 텐데. 주드는 그걸로 CSA에 들어갈 수 있을 것이다. 작품으로 영원히 간직할 수 있을 것이다. 엄마에게 보여줄 수 있을 것이다. 나는 이 말만큼은 해야 했다.

"정말 환상적이었어."

"노아, 정말?" 주드는 전혀 예상치 못한 말을 들은 듯했다.

주드가 미소 짓고 있다는 걸 알았다. 내가 그랬으니까. 나는 주드가 나보다 뛰어날까 봐 얼마나 두려웠는지 털어놓고 싶었다. 하지만 그 대신 이렇게 말했다.

"바다가 쓸어가 버리다니 너무 아까워."

"하지만 그게 제일 멋진 부분인걸."

나는 파도가 철썩이는 소리에 가만히 귀를 기울였다. 그 놀라운 모래 작품들이 누가 보기 전에 휩쓸려가는 광경을 떠올렸다. 그게 어떻게 제일 멋진 부분일 수 있을까? 그때 주드가 속삭였다.

"고마워."

그러자 내 안의 모든 게 고요하고 평화롭고 가지런해졌다.

우리는 함께 호흡하며 표류했다. 나는 우리가 밤하늘을 가로질러 밝은 달로 헤엄쳐 가는 모습을 상상했다. 잘 기억해 뒀다가 내일 아침에 주드에게 그려 주고 싶었다. 까무룩 잠들려는데 주드가 말했다.

"난 아직도 널 가장 사랑해."

"나도."

하지만 아침이 되자 우리가 실제로 그런 말을 했는지 아니면 나 혼자 생각했는지 아니면 꿈을 꾼 건지 분간이 안 갔다.

아무래도 좋았다.

*

겨울방학이 시작됐다. 다른 말로 하면 '브라이언의 귀환.' 나는 부엌에서 풍겨오는 냄새에 홀린 듯이 책상에서 일어나 복도로 나갔다.

"노아? 이리 좀 와봐." 주드가 자기 방에서 소리쳤다.

방에 들어서니 주드는 침대에서 할머니의 경전을 읽고 있었다. 그 안에서 아빠를 데려올 수 있는 허풍을 찾으려는 것이다.

주드가 웬 스카프를 내밀었다.

"자. 날 침대 기둥에 묶어줘."

"뭐?"

"이 방법뿐이야. 이렇게라도 하지 않으면 나약해져서 내 발로 부엌에 갈 것 같아. 엄마한테 일말의 만족감도 주고 싶지 않아. 왜 갑자기 요리 전문가가 됐대? 너도 엄마가 만드는 거 먹지 마. 어젯밤에 아빠한테 갔다 와서 치킨 포트 파이 먹는 거 다 봤어."

주드가 날 매서운 눈으로 쏘아봤다.

"한 입도 먹지 말기다?"

나는 고개를 끄덕였다. 하지만 지금 온 집 안을 끝내주는 냄새로 가득 채운 음식을 거부할 생각은 추호도 없었다.

"진지하게 하는 말이야, 노아."

"알았어."

"한쪽만 묶어. 페이지 넘겨야 하니까."

내가 주드의 손목을 침대 기둥에 묶는데 주드가 이어서 말했다.

"파이 냄새 같아. 사과나 배. 아니면 턴오버. 아니면 크럼블. 맙소사, 나 크럼블 완전 좋아하는데. 이건 너무 불공평해. 엄마가 베이킹까지 할 줄 누가 알았겠어?"

주드는 할머니의 경전으로 돌아갔다. 문으로 향하는 내 등 뒤에 대고 "나약해지지 마"라고 덧붙였다.

"네, 대장님." 나는 거수경례했다.

아빠가 떠난 이후 나는 이중 첩자가 되었다. 아빠의 우울하기 그지없는 호텔 방에서 주드와 아빠와 포장 음식을 먹고 집에 와서 주드가 자기 방에 처박혀 스페이스보이(브라이언이 아니라 제퍼!)와 채팅 삼매경에 빠지면 나는 부엌으로 가 엄마와 단둘이 만찬을 즐겼다. 그러나 내가 아빠와 함께 자연 다큐멘터리를 보며 아빠가 회색 공기 속에 접이식 의자처럼 찌그러져 있는 걸 애써 모른 척하거나, 미술실에서 그래디 선생님이랑 내 CSA 포트폴리오 그림을 마지막으로 다듬거나, 부엌에서 오븐 속 수플레가 부푸는 동안 엄마한테 살사 춤을 배우거나, 주드가 바느질을 하는 동안 '어떻게 죽을래?' 놀이를 하거나, 내가 진짜로 하는 일은 단 하나였다. 마치 인간 모래시계처럼 브라이언 코넬리가 집에 오기를 기다리고 기다리고 기다리는 것.

매일, 매시, 매분, 매초.

주드 말이 맞았다. 오늘 아침 부엌 조리대에는 정말 황금 지붕을 쓴 애플파이와 턴오버가 한 판씩 놓여있었다.

엄마는 반죽을 치고 있었다. 얼굴에 밀가루가 덕지덕지했다.

"오, 잘됐다. 내 콧잔등 좀 긁어줄래? 가려워 미치는 줄 알았어."

나는 엄마에게 다가가 콧잔등을 긁어주었다.

"더 세게. 됐다. 고마워."

"다른 사람 코를 긁어주는 건 좀 이상하다."

"나중에 부모가 되어봐라."

"보기보다 말랑말랑해."

내 말에 엄마가 미소 지었다. 그러자 따뜻한 여름 바람이 부엌을 휘돌았다.

"엄마는 지금 행복하네." 생각만 하려던 말이 입에서 튀어나왔다. 내 트롬본처럼 낮은 목소리 때문에 본의 아니게 비난조가 되었

다. 어쩌면 비난일 수도 있다. 엄마는 아빠가 떠나고 더 행복할 뿐
아니라 제 자리, 제 몸에 붙어있었다. 은하수에서 돌아온 것이다.
심지어 요전 날 폭우 속에서 주드와 나와 함께 흠뻑 젖기도 했다.

엄마는 반죽을 멈췄다.

"아빠가 있었을 때는 왜 이렇게 요리하지 않았어?"

정말 묻고 싶은 질문은 따로 있었다. 어떻게 아빠가 그립지 않
아? 어째서 아빠가 떠나고 나서야 예전의 엄마로 돌아온 거야?

엄마는 한숨을 쉬었다. "모르겠구나."

엄마는 손가락으로 밀가루 더미에 자기 이름을 쓰기 시작했다.
엄마의 얼굴은 문을 닫았다.

"냄새 진짜 끝내준다." 나는 엄마가 다시 행복해지길 바라며 말했
다. 엄마의 행복이 필요하면서도 싫었다.

엄마는 보일 듯 말 듯 미소 지었다.

"파이랑 턴오버 한 조각씩 먹어. 주드에겐 비밀로 해줄게."

나는 고개를 끄덕이고서 칼로 파이 한 판의 거의 4분의 1을 잘라
접시에 담았다. 턴오버도 마찬가지였다. 킹콩이 된 이후로 먹어도
먹어도 배가 고팠다. 나는 가득 찬 접시를 들고 식탁으로 향했다.
냄새가 너무 좋아서 물구나무서서 걸을 뻔했다. 그때 주드의 어두
운 기운이 흘러들어 왔다.

주드가 리히터 규모 10.5로 눈알을 부라렸다. 역대급이었다. 캘
리포니아 전체가 해일에 휩쓸렸다. 주드는 양 허리께에 손을 얹고
버럭 소리쳤다.

"장난해, 노아?"

"어떻게 풀었어?" 나는 턴오버를 입 안 가득 우물거리며 말했다.

"풀다니?" 엄마가 물었다.

"유혹에 못 이겨 부엌으로 올까 봐 내가 묶어줬거든."

엄마가 소리 내어 웃었다. "주드, 나한테 화난 거 알아. 그렇다고 아침으로 턴오버를 먹을 수 없다는 건 아니야."

"안 먹어!"

주드는 부엌을 가로질러 찬장에서 시리얼 상자를 꺼내 낡은 그릇에 부었다.

"내가 우유를 다 쓴 것 같구나." 엄마가 말했다.

"어련하시겠어!"

주드가 당나귀처럼 시끄럽게 울었다. 그리고 내 옆에 앉아 고행자처럼 마른 시리얼을 와작와작 씹으며 내 접시를 노려봤다. 엄마가 등을 돌리자 나는 포크와 함께 내 접시를 주드 쪽으로 밀었다. 주드는 양 볼이 미어터지도록 파이를 입에 쑤셔 넣고서 다시 접시를 내게 밀었다.

그때 브라이언 코넬리가 문을 열고 등장했다.

"노크했는데." 브라이언이 어색하게 말했다.

좀 더 어른스럽고, 크고, 모자는 없고, 머리가 짧았다. 하얀 모닥불이 사라졌다.

나도 모르게 벌떡 일어났다가, 도로 앉았다가, 다시 벌떡 일어났다. 그게 누군가가 나타났을 때 보통 사람들이 하는 반응 아닌가?

주드가 식탁 밑으로 나를 걷어차며 눈으로 말했다. *별종처럼 굴지 말고 미소나 지어.* 그러는 본인은 정작 입 안 가득 파이를 물고 괴상한 다람쥐 얼굴을 해 보였다. 나는 앉았다 일어났다 하느라 바빠 아무 말도 못 했다.

다행히 엄마가 있었다.

"이게 누구야. 오랜만이네." 엄마는 앞치마에 양손을 문질러 닦으며 걸어와 브라이언과 악수했다.

"고맙습니다. 돌아오니 좋네요." 브라이언이 심호흡하고 다시 입을 열었다. "빵 굽는 냄새가 저희 집까지 흘러들어 오더라고요. 엄마랑 아침 먹으면서도 군침이 돌았어요."

"사양 말고 실컷 먹어. 요즘 내가 베이킹에 좀 빠져있거든. 엄마한테도 좀 갖다드리렴."

브라이언이 조리대 위를 감탄 섞인 눈으로 훑었다.

"네, 나중에요."

브라이언의 시선이 나에게 날아들었다. 브라이언이 아랫입술을 핥았다. 그 익숙한 버릇에 내 심장이 요동쳤다.

나는 앉지도 서지도 않은 엉거주춤한 자세로 양팔을 원숭이처럼 흔들기만 했다. 브라이언의 당황한 표정을 보니 아무래도 비정상처럼 보이는 모양이었다. 나는 일어나기로 했다. 휴, 역시 일어나는 게 옳았어! 나는 이제 서있다. 두 발 달린 인간이니까. 이러라고 달린 발이다. 브라이언은 다섯 걸음쯤 떨어져 있었다. 이제 넷, 셋, 둘……

브라이언이 내 앞에 있다.

브라이언 코넬리가 내 앞에 서있다.

브라이언의 짧은 머리카락은 짙은 버터 색이었다. 그리고 눈. 브라이언의 두 눈. 브라이언의 찡그린 두 눈! 나는 정신이 혼미했다. 이제 그 눈을 가리는 건 아무것도 없었다. 어떻게 브라이언과 한 비행기를 탄 승객들이 이곳까지 따라오지 않았는지 놀라울 따름이었다. 나는 브라이언을 그리고 싶었다. *당장*. 모든 걸 다 하고 싶었다. *당장*.

인물화, 자화상 〈빛으로 달려가는 두 소년〉

나는 브라이언의 얼굴에 새로 생긴 주근깨가 있나 살피며 애써 마음을 가라앉혔다.

"다 쳐다봤어?" 브라이언이 나만 들리게 속삭였다. 장장 몇 달 전에 나에게 건넨 첫마디였다. 브라이언의 입꼬리가 말려 올라가 반쪽 미소를 띠었다. 앞니 계곡 사이에 혀가 걸쳐있었다.

"좀 달라 보여." 내가 말했다. 너무 꿈꾸는 것처럼 들리지 않길 바라며.

"나? 야, 넌 거대해졌잖아. 나보다 큰 것 같아. 어떻게 된 일이야?"

나는 아래를 내려다봤다.

"그러니까. 이제 발가락이 너무 멀어졌어." 요즘 자주 하는 생각이다. 내 발가락은 이제 다른 시간대에 있는 느낌이다.

브라이언이 웃음을 터뜨렸다. 나도 따라 웃었다. 서로의 웃음소리가 섞여 들자마자 우리는 타임머신을 탄 것처럼 지난여름 숲속의 낮과 옥상의 밤으로 되돌아갔다. 지난 5개월간 연락한 적도 없고 이제 둘 다 딴사람처럼 보이지만, 우린 변함없이 똑같았다. 나는 그제야 엄마가 우릴 신기한 듯이, 약간 얼떨떨하게 주시하는 걸 눈치챘다.

브라이언이 주드 쪽을 보았다. 주드는 드디어 입 안의 파이를 다 삼켰다. "안녕." 브라이언이 주드에게 인사했다. 주드는 손을 흔들고 다시 딱딱한 시리얼로 돌아갔다. 사실이었다. 그 벽장 속에서 둘 사이에는 아무 일도 없었다. 아마 낯선 이와 엘리베이터를 탄 상황과 비슷했을 것이다. 그 벽장에서 *내가* 한 짓을 생각하니 가슴 한 구석이 따끔했다.

"랠프는 어딨어? 랠프는 어딨어?"

"우와, 잊고 있었어! 내가 랠프가 어딨는지 생각하지 않고 몇 달을 보냈다니!" 브라이언이 외쳤다.

"앵무새 한 마리가 우리 모두를 실존적 딜레마에 끌어들였구나." 엄마가 브라이언을 보고 씩 웃으며 말했다.

브라이언이 엄마에게 미소로 화답했다. 그리고 나와 눈을 맞췄다.

"준비됐어?" 브라이언이 말했다. 마치 우리가 무슨 약속이라도 한 것처럼.

브라이언은 운석 가방을 들고 있지 않았다. 그리고 밖은 금방이라도 비가 쏟아질 것 같았다. 하지만 우리는 여기서 나가야 했다. 당장.

"운석 찾으러 가자." 내가 말했다. 그것이 겨울 아침에 남들 다 하는 평범한 활동이라는 듯이. 나는 엄마나 주드에게 지난여름 우리가 뭘 하고 돌아다녔는지 한 번도 말하지 않았다. 그 사실이 두 사람의 당황한 얼굴에 고스란히 드러났다. 그래서 우리가 신경이나 썼을까?

아니.

우리는 번개처럼 집을 나가 길 건너 숲으로 뛰어들었다. 아무 이유 없이 달리고, 아무 이유 없이 웃었다. 숨이 가쁘고 정신을 놓을 때쯤 브라이언이 내 옷자락을 잡고 홱 돌려세웠다. 그리고 내 가슴을 세게 떠밀어 나무에 밀어붙이고 키스했다. 그대로 눈앞이 아득해졌다.

*

눈이 먼 지 단 1초 만에 색들이 밀려오기 시작했다. 눈을 통해서가 아니라 바로 내 피부를 뚫고. 피와 뼈와 근육과 정맥을 대체해 내가 빨강주황파랑초록보라노랑빨강주황파랑초록보라노랑이 될 때까지.

브라이언이 몸을 떼어내고 날 바라봤다.

"제기랄. 너무 오래 참았어."

브라이언의 숨결이 얼굴에 닿았다.

"너무 오래. 넌 그냥……." 브라이언은 말을 맺는 대신 손등으로 내 볼을 쓸었다. 나는 그 손길에 화들짝 놀랐다. 너무 예상 밖이고, 너무 *부드러워서*. 날 보는 눈빛도 마찬가지였다. 기쁨에 가슴이 욱신거렸다. 말들이 강물로 첨벙첨벙 뛰어드는 느낌이었다.

"맙소사. 꿈 아니지." 내가 속삭였다.

"응, 아니야."

지구상 모든 생명체의 심장이 내 안에서 펄떡이는 것 같았다.

나는 마침내, 마침내 손을 뻗어 브라이언의 머리카락을 쓸어넘기고 뒤통수를 끌어당겨 입을 맞췄다. 치아가 맞부딪히고, 행성들이 충돌했다. 우리가 여름 내내 하지 않은 모든 키스를 퍼부었다. 브라이언에게 키스하는 법을 나는 완벽하게 알고 있었다. 입술만 깨물어도 온몸이 떨리게 하는 법, 이름을 속삭여 바로 내 입 안에서 탄식하게 하는 법, 머리를 뒤로 젖히고 등을 휘게 하는 법, 잇새로 신음을 터뜨리게 하는 법까지. 나는 그 주제에 한해 모든 것을 통달한 사람 같았다. 그리고 지금 브라이언에게 키스하고 키스하고 키스하고 있어도 여전히 키스하고 싶었다. 더, 더, 더 많이 하고 싶었다. 아무리 해도, 평생 해도 모자랄 것 같았다.

"우리는 그들이야." 나는 생각과 말을 동시에 뱉었다. 잠시 숨을 고르고 삶을 따라잡을 시간이 필요했다. 우리의 입이 서서히 멀어지고 이마가 맞붙었다.

"누구?" 브라이언이 거친 목소리로 물었다. 그 즉시 피가 솟구치는 바람에 그날 파티에서 본 남자들 얘기를 뒤로 미뤄야 했다. 그 대신 손을 브라이언의 티셔츠 안으로 집어넣었다. 이제는 할 수 있었다. 그동안 상상만 했던 모든 것을 할 수 있었다. 나는 브라이언의 배와 가슴과 어깨를 어루만졌다. 브라이언이 한숨 섞인 목소리로 속삭이듯 좋아라고 하자 온몸에 소름이 돋았다. 곧이어 브라이언의 손이 내 티셔츠 안으로 파고들었다. 그 갈구하듯 애타는 손길에 발끝까지 타버릴 것 같았다.

사랑. 머릿속에 그 한 단어가 계속 돌고 돌고 돌았지만 꺼내지 않았다. 꺼내지 마.

꺼내지 마. 브라이언에게 사랑한다고 말하지 마.

하지만 사랑한다. 나는 그 무엇보다 브라이언을 사랑한다.

눈을 감으면 색으로 질식하고, 눈을 뜨면 빛으로 질식했다. 저 하늘에서 수십억 양동이의 빛이 우리 머리 위로 퍼부었다.

이거다. 이게 전부다. 그림이 그림을 그리는 것이다.

그렇게 생각하고 있을 때 소행성이 우리와 충돌했다.

"아무도 알면 안 돼. 평생."

나는 한 발짝 물러나 브라이언을 봤다. 순식간에 브라이언은 경보음이 되고 숲 전체는 침묵에 빠졌다. 숲도 브라이언이 방금 내뱉은 말에서 한 발짝 물러났다.

브라이언은 좀 더 차분하게 말했다.

"그럼 끝이야. 모든 게. 포레스터 고등학교 체육 특기자 장학금도 물 건너가겠지. 나는 지금 학교 대표팀 부주장이야. 그러니까—"

나는 브라이언이 입을 다물고 나에게 돌아왔으면 했다. 브라이언의 얼굴이 조금 전 내가 자신의 배와 가슴을 어루만졌을 때, 자기 손으로 내 뺨을 쓰다듬었을 때로 돌아왔으면 했다. 나는 브라이언의 티셔츠를 걷어 올려 머리 위로 벗겨버렸다. 그리고 내 것도 벗어 던지고 바짝 다가섰다. 우리의 다리와 다리, 살과 살, 맨가슴과 맨가슴이 밀착했다. 브라이언의 숨결이 거칠어졌다. 우리는 서로 꼭 맞았다. 나는 천천히, 그리고 깊게 키스했다. 브라이언은 간신히 내 이름만 내뱉었다.

다시.

또다시.

우리가 두 양초가 되어 하나로 녹아내릴 때까지.

"아무도 모를 거야. 걱정하지 마." 내가 속삭였다. 실은 세상 사람 전부가 안다 해도 상관없었다. 지금 우리 외엔 아무것도 신경 쓰이지 않았다. 천둥이 내려치며 하늘이 갈라지고 비가 우리 머리 위로 후드득 떨어졌다.

*

나는 침대에 등을 기대고 앉아 브라이언을 그렸다. 브라이언은 몇 걸음 떨어진 내 책상에 앉아 요즘 빠진 천문학 사이트에서 유성우 동영상을 보고 있었다. 나는 별과 행성들이 컴퓨터 화면에서 뛰쳐나와 방 안을 가득 채우는 광경을 그렸다. 크리스마스를 포함한 지난 며칠 동안 마음속으로 본 수억 번을 제외하면, 숲에서의 그때 이후로 브라이언을 처음 보는 것이었다. 우리 사이에 일어난 일은 내 뇌세포를 마지막 하나까지 잠식했다. 나는 신발 끈도 간신히 묶었다. 오늘 아침에는 음식 씹는 법도 잊어버렸다.

어쩌면 브라이언이 그대로 내 인생에서 영영 자취를 감출지도 모른다고 생각했다. 하지만 브라이언의 엄마 차가 차고 안으로 들어가는 소리, 즉 두 사람이 윗동네 어느 불교 사찰에서 돌아왔다는 신호를 들은 지 몇 분 지나지 않아 내 방 창가에 브라이언이 서있었다. 나는 브라이언에게 우주와의 합일에 관한 이야기를 들었고 이제 우리는 누구의 크리스마스가 더 나빴는지를 주제로 싸우고 있었다. 브라이언은 우리 사이에 아무 일도 없었다는 듯이 굴었다. 나도 그렇게 했다. 어쨌든 노력은 했다. 내 심장은 대왕고래보다 커져서 전용 주차장이 필요할 정도였다. 내 2.5미터짜리 콘크리트 대가리는 말할 것도 없다. 샤워할 때마다 몇 시간이 걸렸다. 나는 지나치게 깨끗했다. 가뭄 위기가 오면 내 탓이다.

실은 샤워를 생각하니 샤워기 아래 브라이언과 내가 함께 있는 모습이 그려졌다. 뜨거운 물줄기가 우리의 벗은 몸 위를 흐르고, 내가 브라이언을 벽에 밀어붙이고, 내 손을 브라이언의 온몸에 미끄러뜨리고, 브라이언이 고개를 젖히며 숲에서처럼 *좋아*라고 말하는 모습. 그 모든 걸 떠올리는 동안 나는 브라이언에게 차분한 목소리로 크리스마스에 주드와 함께 아빠가 머무는 호텔에서 회색 공기를 마시며 포장한 중국 음식을 먹었다고 얘기했다. 인간이 동시에 얼마나 많은 일을 처리할 수 있는지 놀라웠다. 머릿속에서 펼쳐지는 일이 머릿속에만 머무를 수 있다는 것은 경이로운 일이다.

자화상 〈방해하지 마시오〉

"포기해. 이건 못 이길 거야. 나는 엄마랑 한나절 내내 앉아있다가 돗자리 위에서 자고 크리스마스 저녁으로 역겨운 귀리죽을 먹어야 했어. 크리스마스 선물로는 스님들에게 덕담을 들었지. 평화에 대한 덕담! 다시 말할게. 장장 여덟 시간 동안, 아무 말도 못 하고, 아무것도 못 하고, 가만히 앉아만 있었다고. *내가!* 게다가 그 귀리 죽이랑 덕담까지!"

브라이언은 웃음을 터뜨렸다. 나도 덩달아 웃었다.

"무슨 가운도 입어야 했어. 치렁치렁한 드레스 같은 가운." 돌아앉은 브라이언의 얼굴이 전등처럼 환했다. "그 와중에 제일 힘든 건 머릿속에 자꾸만……."

브라이언이 부르르 떨었다. 오우, 맙소사.

"*너무* 괴로웠어. 다행히 무릎 위에 이상한 베개 같은 걸 올려두고 있어서 아무도 눈치 못 챘으니 망정이지, 끔찍했어." 브라이언이 내 입을 응시했다. "동시에 하나도 끔찍하지 않았고."

브라이언이 컴퓨터 화면 속 별들로 돌아갔다.

브라이언이 다시 몸서리쳤다.

손에 힘이 풀려 연필을 떨어뜨렸다. 브라이언도 줄곧 그걸 생각한 거다.

브라이언이 다시 휙 돌아봤다. "그래서, 네가 말한 '그들'은 누구야?"

몇 초가 지나서야 그 말을 알아들었다.

"그때 그 파티에서 키스하는 남자들을 봤거든."

브라이언이 이맛살을 찌푸렸다. "네가 헤더랑 붙어먹었던 그 파티?"

나는 몇 달 내내 주드와 브라이언 사이에 일어나지도 않은 일로 너무 화가 나있어서, 실제로 일어난 일로 브라이언이 나에게 화가 났을 거라는 생각을 전혀 못 했다. 아직도 화가 나있나? 그래서 한 번도 전화하거나 이메일을 보내지 않았던 건가? 나는 진실을 말해주고 싶었다. 미안하다고 말하고 싶었다. 그게 내 진심이니까. 하지만 나는 쉬운 길을 택했다.

"어, 그 파티. 그 둘은……."

"그 둘은?"

"모르겠어. 놀라웠다고 할까……."

"왜?"

브라이언의 목소리가 숨소리로 바뀌었다. 왜냐고 물으니 할 말이 없었다. 정말로. 단지 남자 둘이 키스하고 있다는 이유만으로 그들은 놀라웠다.

"열 손가락을 다 잃어도 좋다고 생각했어. 만약……."

"만약?" 브라이언이 채근했다.

그걸 어떻게 말로 하냐고 생각한 순간, 그럴 필요가 없었다. 브라이언이 나 대신 말했으니까.

"우리였으면 좋겠다고 생각했지? 나도 그 남자들 봤어."

체온이 섭씨 1000도까지 치솟았다.

"손가락 없이는 그림도 못 그릴 텐데." 브라이언이 덧붙였다.

"어떻게든 그릴 수 있어."

나는 내 안의 흥분을 억누르지 못하고 눈을 감았다. 잠시 후 눈을 떠 보니 브라이언은 낚싯바늘에 걸린 것 같았다. 나라는 낚싯바늘에. 나는 브라이언의 시선을 따라 살짝 말려 올라간 티셔츠 아래 드러난 내 배를 내려다봤다. 그 아래로 차마 억누르지 못한 흥분이 고스란히 드러났다. 브라이언이 나에게 전기총이라도 쐈는지 나는 꼼짝도 할 수 없었다.

브라이언의 목울대가 위아래로 움직였다. 브라이언은 홱 돌아앉아 컴퓨터를 마주했다. 한 손을 마우스 위에 올렸지만 클릭해서 화면보호기를 걷어내지는 않았다. 다른 손이 아래로 내려갔다.

화면을 응시한 채 브라이언이 물었다.

"할래?"

나는 종이컵 안 홍수였다.

"좋아."

뭘 하자는 건지 정확히 알았다. 우리의 두 손이 각자 벨트를 풀었다. 나는 건너편에서 브라이언의 뒷모습을 지켜보았다. 많은 걸볼 수는 없었다. 그때 브라이언이 목을 젖혔다. 얼굴이 보였다. 거칠게 일렁이는 두 눈이 내 눈과 얽혔다. 다시 키스하는 느낌이 들었다. 이렇게 멀찍이 떨어져 있는데도, 숲에서 키스할 때보다 강렬했다. 바지 한 꺼풀의 차이인지도 몰랐다. 눈빛으로 키스할 수 있는지도 몰랐다. 아무것도 몰랐다. 색들이 내 방의 벽들을 허물고, 내안의 벽을—.

그때, 있을 수 없는 일이 벌어졌다.

우리 엄마, 말 그대로 *우리 엄마*가 방문을 벌컥 열고 웬 잡지를 흔들며 들어왔다. 나는 방문을 잠갔다고 생각했다. 맹세코 잠갔는데!

"내가 피카소에 관해 읽어본 평론 중 최고야. 노아 너도—."

엄마의 당황한 시선이 나와 브라이언 사이를 오갔다. 브라이언의 두 손, 내 두 손, 더듬거리고, 밀어 넣고, 지퍼를 채우는 동작을.

"오, 오, 오." 엄마가 중얼거렸다.

문이 닫히고 엄마가 사라졌다. 들어온 적도 없다는 듯이. 아무것도 못 봤다는 듯이.

*

엄마는 없던 일로 해주지 않았다.

브라이언이 창밖으로 몸을 던지듯 달아난 지 한 시간 후, 방문을 두드리는 소리가 났다. 나는 아무 말 없이 책상 등을 켰다. 브라이언이 떠난 후로 줄곧 어둠 속에 앉아있던 걸 들키고 싶지 않았다. 나는 연필을 쥐고 그림을 그리기 시작했다. 하지만 손떨림이 멈추지 않아 선 하나 제대로 긋지 못했다.

"노아, 엄마 들어간다."

문이 서서히 열리자 내 몸 안의 모든 피가 얼굴로 쏠렸다. 죽고 싶었다.

"너랑 이야기를 나누고 싶어서 왔어, 아들."

엄마는 평소와 전혀 다른 말투로 말했다.

어쩌라고. 어쩌라고. *어쩌라고*. 나는 머릿속으로 중얼거리며 스케치북에 연필심을 쑤셔 박았다. 종이 위로 거의 엎드려 있으니 엄마를 볼 필요가 없었다. 숲 전체가 내 안에서 걷잡을 수 없이 타오르고 있었다. 어째서 엄마는 방금 그런 걸 목격하고서 날 50년쯤 내버려 두지 않을까?

엄마 손이 내 어깨에 닿았다. 나는 몸을 움츠렸다.

엄마가 침대로 걸어가 앉았다.

"사랑이란 참 복잡하지, 노아. 안 그러니?"

울컥했다. 왜 그런 말을 하지? 어째서 엄마가 *사랑*이란 단어를 쓰지?

나는 연필을 집어 던졌다.

"네가 느끼는 감정은 잘못된 게 아니야. *자연스러운 거야.*"

*아니*라는 말이 내 안에 쾅쾅 울렸다. 엄마가 내 감정을 어떻게 알아? 어떻게 그렇게 전부 다 알아? 엄마는 모른다. 알 수 없다. 내 가장 은밀한 세계에 불쑥 들어와 그 세계를 구경시켜 주겠다고 할 수는 없다. 꺼져. 나는 엄마에게 소리치고 싶었다. 내 방에서 꺼져. 내 인생에서 꺼져. 내 그림들에서 꺼져. 그냥 좀 꺼져! 당신 구역으로 돌아가서 날 내버려 둬. 어떻게 내가 경험해 보기도 전에 경험할 기회를 빼앗을 수 있어? 나는 이 모든 말을 쏟아내고 싶었지만 아무 말도 할 수 없었다. 숨이 가빴다.

브라이언도 마찬가지였다. 엄마가 방을 나간 직후 브라이언은 과호흡했다. 두 손에 얼굴을 묻고 몸을 일그러뜨리며 같은 말을 되풀이했다. "오 망할! 오 망할! 오 망할!" 나는 브라이언이 "오 망할!" 말고 다른 말을 하기를 바랐지만, 막상 다른 말을 하자 마음이 바뀌었다.

그렇게 흥분한 사람은 처음 봤다. 브라이언은 땀을 뻘뻘 흘리며 방 안을 서성거렸다. 두 손은 머리카락을 온통 쥐어뜯을 기세였다. 벽을, 아니 나를 뜯어 발길 것 같았다. 나는 브라이언이 정말로 나를 죽일지도 모른다고 생각했다.

"예전 학교에서 있었던 일이야. 야구팀에 어떤 애가 있었어. 어쩌면 진작 의심을 샀는지도 몰라. 아무튼, 팀 애들이 걔가 무슨 웹사이트에 접속하는 걸 본 거야."

브라이언의 숨겨진 얼굴은 이제 밖으로 드러나 있었다. 딱딱하게 굳은 채.

"경기도 못 하게 했어. 매일 참신한 방법으로 괴롭혔지. 그러다가 어느 금요일 방과 후에 창고 안에 가둬버렸어."

브라이언은 회상하듯 얼굴을 찌푸렸다. 나는 알았다. 그 순간 알았다.

"밤새, 그리고 그다음 날 내내. 좁고, 어둡고, 공기도 안 통하는 숨 막히는 공간이었어. 걔네 부모는 걔가 원정 경기에 간 줄 알았고, 누군가가 코치들한테 걔가 아프다고 거짓말해서 아무도 걔를 찾지 않았지. 아무도 걔가 그 안에 갇혀있다는 걸 알지 못했어."

브라이언의 가슴이 크게 들썩였다. 돌이켜 보니 브라이언은 밀실 공포증이 없다가 생겼다고 했다.

"잘하는 애였어. 아마 그 팀에서 제일 잘하고, 계속 잘할 수 있었겠지. 심지어 뭘 **한** 것도 아니야. 그냥 어떤 웹사이트를 보는 걸 들켰을 뿐이지. 알아들어? 그게 나한테 어떤 의미인지 알겠어? 난 지금 부주장이야. 내년에 주장이 돼서 일찍 졸업하고 싶어. 들키면 끝장이야. 장학금도, 뭣도 없이. 우리 학교 남자애들은 *진화*(손가락 따옴표)가 덜 된 무리야. 걔네는 캘리포니아 북부 출신이 아니야. 그림이나 끄적이는 애들이 아니라고."

가슴에 단도가 박혔다.

"라커룸에서는 잔인한 일들이 벌어져."

"이번에는 아무도 모를 거야." 내가 말했다.

"모르는 일이야. 지난여름에 내가 대가리를 날려버릴 뻔했던 프라이의 멍청한 사촌 기억나? 유인원처럼 생긴 새끼? 그 새끼 동생이 우리 학교에 다녀. 처음엔 환각을 보는 줄 알았어. 완전 판박이라서." 브라이언이 아랫입술을 핥았다. "누구든 며칠 전 숲에서 우리를 볼 수 있었어, 노아. 프라이라든지, 누구든……. 생각만 해도 난 정말……."

브라이언은 고개를 흔들었다.

"난 팀에서 잘릴 수 없어. 난 체육 특기자 장학금을 꼭 타야 해. 우리 집엔 돈이 없어. 게다가 지금 학교 물리 선생님은 천체물리학자야……. 다 망칠 순 없어. 난 야구 장학금으로 대학에 갈 거야. 그래야만 해."

브라이언이 내가 서있는 곳으로 다가왔다. 얼굴이 시뻘겋고 두 눈이 이글거렸다. 키가 3미터쯤 되는 것 같았다. 그대로 내게 키스할지 주먹을 날릴지 알 수 없었다. 브라이언은 그때처럼 내 옷자락을 잡았다. 다만 이번에는 그저 꼭 말아쥐고 말했다.

"우리는 끝이야. 그래야만 해. 괜찮지?"

나는 고개를 끄덕였다. 내 안의 아주 크고 밝았던 무언가가 순식간에 찌그러져 사라졌다. 분명 내 영혼이었을 것이다.

"다 엄마 탓이야." 나는 짓씹듯이 내뱉었다.

"뭐가 말이니?" 엄마가 깜짝 놀라 물었다.

"전부 다! 모르겠어? 엄마는 아빠를 망가뜨렸어. 나병 환자처럼 추방했잖아. 아빠는 엄마를 사랑한다고! 엄마가 요리 잔치를 벌이고 서커스 옷을 입고 콧노래를 부르며 폭우 속에서 혼자 태양을 두르고 다니는 동안 아빠는 음침한 방에서 회색 공기를 마시고 차갑고 딱딱한 피자를 먹으면서 땅돼지에 관한 다큐멘터리를 봐. 그런 아빠 기분이 어떨지 상상해 봤어?"

엄마가 상처받는 게 느껴졌지만 상관없었다. 엄마는 그래도 쌌다.

"엄마 때문에 아빠 영혼이 남아나긴 하겠어?"

"그건 또 무슨 말이야? 못 알아듣겠어."

"엄마가 그걸 짓밟아 없애버려서 이제 아빠는 텅 비었다고. 거북이 없는 등딱지라고."

엄마는 잠시 멈췄다가 다시 입을 열었다.

"왜 그런 말을 하니? 넌 그렇게 느껴?"

"내 얘기 하는 거 아니야. 그리고 그거 알아? 엄마는 하나도 특별하지 않아. 남들이랑 똑같아. 공중에 떠오르지도 않고 벽을 통과하지도 않아. 죽을 때까지 그럴 거야!"

"노아?"

"난 항상 엄마가 어딘가 멋진 곳에서 온 줄 알았어. 하지만 엄마는 그냥 평범하잖아. 그리고 예전처럼 주변 사람들을 행복하게 하지도 않아. 모두를 비참하게 만들어."

"노아, 말 다 끝났니?"

"그래, 끝났어. 엄마."

엄마라는 단어에 벌레들이 사는 것 같았다.

"잘 들어."

엄격해진 목소리가 귀에 거슬렸다.

"내가 여기 온 건 나와 네 아빠 얘기를 하기 위해서가 아니야. 그 얘기는 언제든 할 수 있어. 약속할게. 하지만 지금은 아니야."

내가 끝내 마주 보지 않으면 엄마는 대화를 중단하고 사라질지도 모른다. 브라이언과 나를 본 사실도 함께 사라질지도 모른다.

"엄마는 아무것도 못 봤어." 나는 자제력을 잃고 소리쳤다. "남자애들은 그래. 원래 그래. 야구팀 전체가 다 그래. 상호 수음이라고 들어봤어?" 나는 두 손에 얼굴을 묻었다. 눈물이 차올랐다.

엄마는 일어나서 걸어오더니 내 턱 아래 손을 넣어 얼굴을 들어올렸다. 나는 강제로 엄마와 눈을 마주해야 했다.

"잘 들어. 자기 자신에게 솔직해지려면 큰 용기가 필요해. 넌 늘 용감했고 엄마는 네가 언제까지나 그러길 바라. 그건 너 스스로 책임져야 해, 노아. 명심해."

　다음 날 새벽, 덜컥 겁에 질려 눈을 떴다. 엄마가 아빠에게 말하면 어떡하지? 엄마한테 약속을 받아내야 했다. 나는 14년 만에 아빠가 생겼고, 그 사실이 마음에 들었다. 실은, *너무* 좋았다. 이제야 아빠가 날 제대로 작동하는 우산으로 본다.

　나는 어두운 집 안을 도둑처럼 살금살금 돌아다녔다. 부엌은 비어 있었다. 발끝으로 엄마 방문으로 다가가 귀를 바싹 붙이고 쪼그리고 앉아 인기척을 기다렸다. 어젯밤 엄마가 내 방을 떠난 건 꽤 늦은 시간이었지만, 어쩌면 벌써 아빠한테 말했을지도 모른다. 엄마가 내 인생을 여기서 더 망칠 수 있을까? 엄마는 브라이언과의 모든 걸 망쳐버렸다. 이제 아빠 차례다.

　어느덧 까무룩 선잠이 들었다. 브라이언의 입술이 내 입술에 닿고 두 손이 내 가슴을, 내 온몸을 쓰다듬었다. 그때 엄마 목소리에 화들짝 깼다. 얼른 환영의 포옹을 떨쳐버렸다. 엄마는 통화 중인 듯했다. 나는 양손을 귓가에 동그랗게 말아 문에 바짝 붙였다. 확실히 더 잘 들렸다. 엄마는 요즘 아빠에게 말할 때처럼 날 선 목소리로 말했다.

　"좀 만나야겠어. 급한 일이야. 밤새 한숨도 못 자고 고민했어. 어제 노아랑 무슨 일이 있었어."

　역시! 말할 작정이다. 그럴 줄 알았어! 수화기 저편에서 아빠가 말하는지 엄마는 잠자코 있다가 대답했다.

"알았어. 거기 말고, 우든 버드에서 봐. 응. 한 시간 후면 적당해."

엄마는 아빠가 머무는 곳에 찾아가 본 적도 없을 것이다. 그저 호텔 방에 썩게 내버려 뒀다.

나는 방문에 노크한 뒤 들어오라는 말을 듣고서 문을 열었다. 엄마는 복숭아색 가운을 입고 휴대폰을 가슴에 안고 있었다. 밤새 울었는지 눈가에 마스카라가 얼룩덜룩했다. 나 때문에? 속이 뒤집힐 것 같았다. 게이 아들은 원치 않아서? 그야 어느 부모든 다 그러니까. 엄마처럼 열려있는 사람조차도. 엄마 얼굴은 무척 나이 들어 보였다. 하룻밤 새 수백 년은 늙은 것 같았다. 내가 이렇게 만들었다. 실망한 피부가 실망한 뼈에 애처롭게 매달려 있었다. 어젯밤에 한 말은 그저 내 기분을 풀어주려고 한 말이었나?

"좋은 아침이구나." 엄마가 가식적으로 말했다. 엄마는 휴대폰을 침대에 휙 던지고 창가로 걸어가 커튼을 열어젖혔다. 하늘은 이제 막 잠에서 깼다. 우중충한 회색빛 아침이었다. 왠지 모르게 내 손가락을 부러뜨리고 싶었다. 하나씩. 엄마 눈앞에서.

"어디 가?" 나는 말을 쥐어짜 냈다.

"병원 예약이 있어."

거짓말쟁이! 게다가 일말의 망설임도 없었다. 설마 평생 나한테 거짓말을 해왔나?

"내가 외출하는 건 어떻게 알았니?"

머리를 굴려, 노아.

"그냥 오늘은 일찍부터 빵을 안 굽길래."

먹혔다. 엄마는 미소 지으며 화장대로 걸어가 거울 앞에 앉았다. 은색 브러시 옆에 읽다가 엎어놓은 칸딘스키 전기가 보였다. 엄마는 눈가에 크림을 문지르고 화장 솜으로 어둠을 닦아냈다.

인물화 〈얼굴을 갈아 끼우는 엄마〉

엄마는 화장을 마치고 머리를 쓸어올려 집게핀으로 고정했다. 그러다 생각이 바뀌었는지 다시 머리를 풀어 헤치고 브러시를 집어 들었다.

"이따가 레드벨벳 케이크를 만들 거야……."

나는 멍하니 서있었다. 어서 말을 해야 한다. 나는 불쑥 말하기 선수다. 왜 갑자기 말이 튀어나오지 않는 거지?

"속상해 보이네, 노아."

엄마가 거울을 통해 날 응시했다.

인물화, 자화상 〈엄마와 함께 거울 속에 갇히다〉

거울에 비친 엄마에게 말하기로 했다. 그편이 쉬워 보였다.

"엄마가 본 거, 아빠한테는 말하지 않았으면 좋겠어. 사실 아무것도 못 봤잖아. 볼 것도 없었으니까. 어차피 아무 의미도 없었고……."

누가 좀 도와줘.

엄마는 브러시를 내려놓았다.

"알았어."

"정말?"

"정말로. 그건 네 사적인 일이야. 내가 못 본 걸 아빠한테 얘기하고 싶다면, 그렇게 해. 내가 못 본 게 실제로 어떤 의미가 있다면, 더더욱 그렇게 하고. 아빠는 보기와 다를 때가 많아. 네가 과소평가해서 그렇지. 예전부터 쭉."

"내가 아빠를 과소평가한다고? 진심? 아빠가 날 과소평가하는 거야."

"아니, 안 그래. 그저 널 좀 어려워하는 것뿐이야. 늘 그랬어."

"날 어려워해? 그래. 아빠가 퍽이나 날 어려워하겠네."

엄마가 대체 뭐라는 거지?

"아빠는 네가 자길 싫어한다고 생각해."

"아빠가 날 싫어하는 거라고!"

그래, 어쩌면 싫어하지 않을지도 모른다. 이제 아빠는 어떤 이유에선지 날 싫어하지 않고 나는 계속 그랬으면 한다.

엄마가 고개를 가로저었다.

"둘은 서로를 이해하게 될 거야. 난 알아."

그럴 수도 있고, 어쩌면 이미 그렇지만, 그것도 엄마가 아빠한테 말하기 전까지다.

"둘은 무척 닮았어. 가끔 뭔가를 아주 깊게, 지나치게 깊게 느끼지."

뭐?

"그런 점에서 주드랑 나는 갑옷을 두르고 있어. 쉽게 뚫을 수 없는 갑옷. 너랑 아빠는 아니야."

이건 몰랐던 소식이다. 이제껏 나는 아빠와 내가 조금도 닮지 않았다고 생각했다. 하지만 엄마 말의 진짜 의미는 우리 둘 다 등신 쪼다라는 것이다. 브라이언도 그렇게 생각한다. 나는 그저 '그림이나 *끄적이는*' 애니까. 게다가 엄마가 자기를 닮은 쪽이 내가 아니라 주드라고 생각한다니 속이 쓰렸다. 어떻게 내가 우리 가족에 대해 알고 있던 게 계속 바뀌지? 어떻게 팀이 계속 바뀌지? 다른 가족들도 이러나? 아니 그보다, 아빠한테 말하지 않겠다는 말을 어떻게 믿지? 엄마는 방금도 병원에 간다고 거짓말했잖아. 말하지 않을 거면 뭐하러 아빠를 만나? 게다가 아까 자기 입으로 똑똑히 말했지. *어젯밤에 노아와 무슨 일이 있었어.*

엄마는 틀림없이 아빠에게 말할 것이다. 그래서 우든 버드에 가는 것이다. 나는 더 이상 엄마를 믿을 수 없었다. 엄마는 옷장으로 걸어갔다.

"이 얘기는 나중에 이어서 하자. 엄만 이제 정말 준비해야 해. 진료 예약이 한 시간도 안 남았어."

꽁무니 빼는 피노키오!

뒤돌아 나가려는데, 엄마가 말했다. "다 잘될 거야, 노아. 걱정하지 마."

"그거 알아?" 나는 주먹을 꽉 말아쥐고 말했다. "그 말 좀 제발 그만했으면 좋겠어, 엄마."

물론 미행할 것이다. 엄마 차가 진입로를 벗어나는 소리를 듣자마자 나는 달려 나갔다. 숲길을 타면 엄마 차만큼 빠르게 우든 버드에 도착할 수 있다.

누가 우든 버드를 만들었는지는 모른다. 어느 익명의 예술가가 거대한 삼나무 그루터기를 조각해 만든 새 조각상이다. 깃털 하나씩 섬세하게. 10년, 어쩌면 20년쯤 걸렸을 것이다. 크기도 어마어마하지만 깃털 하나하나가 생생하다. 지금이야 도로와 통하는 샛길도 생기고 주변에 바다를 바라볼 수 있는 벤치도 놓였지만 작가가 한창 작업할 때는 아무것도 없었다. 누군지 몰라도 주드와 비슷했다. 남이 보든 말든 자기가 좋아하는 일을 한 것이다. 아니면 사람들이 우연히 보고 상상의 나래를 펼치길 바랐는지도 모른다.

나는 수풀 뒤에 숨어있고 엄마는 몇 미터 떨어진 벤치에 앉아 바다를 응시하고 있었다. 태양이 안개에 구멍을 내고 나무들을 빛으로 휘감았다. 더운 날이 될 것이다. 한 번씩 이상하게 따뜻한 겨울날처럼. 아빠는 아직 오지 않았다. 눈을 감으니 브라이언이 보였다. 브라이언은 내 안 구석구석에 있다. 시도 때도 없이 차오른다. 어떻게 브라이언은 이걸 차단하지? 언젠가는 브라이언이 마음을 바꿀까? 주머니에 손을 넣어 돌을 찾는데, 발소리가 들렸다.

나는 아빠를 예상하며 감은 눈을 떴다. 그런데 웬 낯선 남자가 오솔길을 걸어오고 있었다. 그러더니 가로수 옆에 우뚝 서서 엄마를 바라봤다. 엄마는 낯선 이의 존재를 전혀 눈치채지 못한 듯했다. 나는 나뭇가지 하나를 주워들었다. 혹시 미친놈인가? 그때 남자가 고개를 살짝 틀자 나는 그를 알아봤다. 저 지리적 규모의 얼굴. 데이스트리트의 조각가다. 여기서 보다니! 나는 안도하며 무기를 떨궜다. 아마 그는 머릿속으로 엄마를 조각하는 중일 거다. 내가 머릿속으로 그림을 그리듯이. 여기에는 산책하러 온 걸까? 그 순간, 하늘이 와르르 무너져 내렸다. 엄마가 자리를 박차고 일어나더니 그 조각가에게 달려가 품에 덥석 안긴 것이다. 온몸에 불이 붙는 느낌이었다.

나는 고개를 흔들었다. 아, 엄마가 아니었어. 물론이지. 미치광이 조각가에게는 우리 엄마를 닮은 아내가 있는 거야.

하지만 그 품 안에 있는 사람은 *정말* 엄마였다. 내가 아는 나의 엄마.

이게. 무슨. 일이야?

대체. 이게. 무슨. 상황이야?

모든 게 짜 맞춰지기 시작했다. 순식간에. 그날 왜 엄마가 그 스튜디오 앞에 있었는지, 왜 아빠를 내쫓았는지, 엄마의 휴대폰 통화 (조각가의 휴대폰 통화! *서둘러, 내 사랑*), 엄마의 행복, 엄마의 슬픔, 엄마의 명함, 엄마의 요리와 베이킹, 파란 신호에 멈춘 것, 살사 춤, 팔찌와 서커스 복장! 모든 것이 정신없이 제자리에 척척 맞아 들었다. 저 두 사람은 너무나 분명히 *함께*였다.

내 머릿속에 울부짖는 소리가 이렇게 큰데 두 사람에게 들리지 않다니 믿을 수 없었다.

엄마는 바람을 피운다. 아빠를 속이고 양다리를 걸치고 있다. 더럽게 끔찍한 얼간이 거짓말쟁이다. 우리 엄마가! 어떻게 여태 몰랐지? 그야 우리 엄마니까. 엄마는 절대로 이런 짓을 하지 않는다. 엄마는 도로 요금 징수원에게 도넛을 나눠주는 사람이다. 내가 맛본 도넛 중 가장 맛있는 도넛을! 엄마는 불륜을 저지르는 사람이 아니다.

아빠는 알기나 할까?

불륜. 나무들을 향해 나직하게 속삭였더니 나무들이 모조리 달아났다. 엄마가 실제로 배신하는 사람은 아빠였지만, 나를 배신하는 것 같기도 했다. 주드를. 우리가 함께 살아온 하루하루를.

가족화 〈그리고 모두 흩날려 사라지다〉

두 사람은 이제 키스했다. 나는 도저히 눈을 뗄 수 없었다. 엄마와 아빠가 저런 식으로 키스하는 것은 한 번도 본 적이 없다. 원래 부모는 저런 식으로 키스하지 않는다! 이제 엄마는 조각가의 손을 잡고 절벽 가장자리로 이끌었다. 엄마의 몹시 행복한 얼굴이 내 심장을 갈가리 찢었다. 낯선 이의 품에 안겨 빙빙 도는 저 여자가 누군지 알 수 없었다. 두 사람은 어떤 진부한 영화 속 커플처럼 빙글빙글 돌다 발이 꼬여 바닥에 넘어졌다.

인물화 〈두 눈을 어지럽히는 색 안에 갇힌 엄마〉

아까 엄마가 뭐라고 했지? 쉽게 뚫을 수 없는 갑옷이라고 했다. 저 남자는 엄마의 갑옷을 뚫었다.

나는 다시 나뭇가지를 집어 들었다. 아빠를 보호해야 한다. 저 미치광이 예술가와 싸워야 한다. 머리에 운석을 날려야 한다. 절벽 아래로 떠밀어야 한다. 그야 나의 불쌍한 아티초크 아빠에게는 이제 기회가 없으니까. 그 사실을 아빠도 안다. 이제야 무엇이 아빠를 그토록 찌그러지게 했는지, 무엇이 아빠 주변의 공기를 그토록 암울한 회색으로 바꾸었는지 이해했다. 패배감이었다.

아빠는 고장 난 우산이다. 언제부터 그랬을까? 우리는 고장 난 우산 부자다. 부전자전이다.

나도 그 마음을 알기 때문이다. 나에게도 기회가 없었다. *우리는 끝이야. 그래야만 해. 괜찮지?*

아니, 괜찮지 않아. 아무것도 안 괜찮아! 두 사람은 다시 키스했다. 나는 눈구멍에서 두 눈을 뽑고 어깨에서 두 팔을 뽑고 몸통에서 두 다리를 뽑고 싶었다. 뭘 해야 할지, 뭘 어찌해야 좋을지 알 수 없었다. 뭐라도 해야 했다.

그래서 뒤돌아 달렸다.

달리고 달리고 달리고 달리고 달렸다. 그렇게 숲길에서 우리 동네로 이어지는 마지막 굽잇길에 다다랐을 때였다. 눈앞에 브라이언이 코트니와 나란히 걷고 있었다.

브라이언은 운석 가방을 어깨에 걸친 채 코트니와 등.뒤에서 서로 팔을 교차하고 있었다. 브라이언의 손은 코트니의 청바지 뒷주머니에, 코트니의 손은 브라이언의 뒷주머니에 있었다. 꼭 사귀는 사이처럼. 그때 브라이언 입가의 선명한 얼룩이 눈에 띄었다. 잠시 멍하니 바라보다가 깨달았다. 코트니의 립스틱 자국이라는 걸. 그야 둘은 키스했으니까.

브라이언이 코트니에게 키스했다.

가슴 깊은 곳에서 시작된 미약한 떨림이 이내 마구 흔들리는 진동으로 바뀌더니, 방금 우든 버드에서 벌어진 일, 어젯밤 내 방에서 벌어진 일, 지금 눈앞에 벌어지는 일이 한데 뒤섞여 울컥 솟구쳤다. 모든 분노와 혼란과 상처와 무력감과 배신감이 내 안에서 화산처럼 터져 나왔다.

"걔는 게이야, 코트니! 브라이언 코넬리는 게이라고!"

그 말은 공기를 스치며 날아갔다. 그 즉시 되돌리고 싶었다.

브라이언의 얼굴이 허물어지고 그 아래 증오가 드러났다. 코트니의 입이 떡 벌어졌다. 코트니는 내 말을 한 번에 알아들었다. 브라이언에게서 몇 발짝 물러났다.

"진짜야, 브라이언? 난 설마……." 코트니는 말을 잇지 못했다. 브라이언의 표정을 봤기 때문이다.

홀로 그 창고에 갇혀 몇 시간이 흘렀을 때 분명 저 표정이었을 것이다. 가진 꿈이 모조리 빨려 나갈 때 짓는 표정.

내가 브라이언에게 똑같은 짓을 저질렀다. 바로 내가.

더는 나를 증오하는 브라이언의 얼굴을 볼 수 없어서 나는 쏜살같이 내달렸다. 내 말을 취소하고 내 안에 있는 안전한 침묵의 금고에 넣을 수만 있다면 뭐든 할 텐데. 뭐든. 뱃속을 손톱이 마구 할퀴는 것 같았다. 어떻게 브라이언에게 그런 얘기를 듣고 나서 내가 그런 짓을 할 수 있지?

우든 버드에서 있었던 일도 못 본 일로 할 수 있다면 뭐든 할 것이다.

집에 도착하자마자 곧장 내 방으로 가서 스케치북을 열고 그림을 그리기 시작했다. 급한 일부터 해야 했다. 엄마를 막아야 하는데 내가 아는 방법은 하나뿐이었다. 제대로 표현하기까지 시간이 꽤 걸렸지만 결국 해냈다.

완성한 그림을 엄마 침대에 올려두고 주드를 찾아 나섰다. 주드가 필요했다.

프라이가 제퍼와 주드가 함께 사라졌다고 했다. 하지만 어디에서도 그 둘을 찾을 수 없었다.

브라이언도 찾을 수 없었다.

언제나처럼 랠프를 부르짖는 프로핏뿐이었다.

나는 목청껏 소리쳤다. "랠프는 없어, 이 멍청한 새야! 랠프 따위는 존재하지도 않는다고!"

*

집에 돌아오니 엄마가 내 방에서 기다리고 있었다. 무릎 위에 내가 그린 그림을 올려놓고서. 우든 버드에서 조각가와 키스하는 엄마를 전경으로, 아빠와 주드와 나를 흐릿한 배경으로 처리한 그림.

엄마의 마스카라가 검은 눈물을 자아냈다.

"따라왔었구나, 노아. 정말 안 봤으면 했는데. 정말 미안해. 네가 보면 안 되는 거였어."

"그런 짓을 하지 말았어야지!"

엄마는 고개를 떨궜다. "알아. 그래서 내가—."

"아빠한테 내 얘길 하러 가는 줄 알았어. 그래서 따라갔던 거야."

"얘기 안 한다고 했잖아."

"전화로 어젯밤 노아랑 무슨 일이 있었다고 말하는 거 들었어. 아빠에게 하는 말인 줄 알았지. *애인*이 아니라."

마지막 말에 엄마 얼굴이 굳었다.

"내가 그렇게 말한 건, 어젯밤에 너한테 자기 자신에게 솔직해져야 한다고 말하면서 깨달았기 때문이야. 내가 그동안 위선자였고, 나부터 자기 마음에 책임을 져야 한다는 걸. 내 아들처럼 용감하게."

잠깐. 자기 배신행위를 정당화하는 데 날 이용한 거야?

엄마는 일어서서 나에게 그림을 건넸다.

"노아, 엄마는 아빠에게 이혼하자고 할 거야. 오늘. 그리고 주드에게도 직접 말하고 싶어."

이혼. 오늘. 당장.

"안 돼!"

이건 내 잘못이다. 내가 엄마를 미행하지 않았더라면. 두 사람을 보지 않았더라면. 그림을 그리지 않았더라면.

"우릴 사랑하지 않아?"

아빠를 사랑하지 않느냐고 물어야 했는데 말이 다르게 나왔다.

"내가 이 세상에 너랑 주드보다 더 사랑하는 건 없어. 아무것도. 그리고 네 아빠는 정말 멋진 사람이지만……."

하지만 나는 엄마가 하는 말에 집중할 수 없었다. 한 가지 생각이 뇌 전체를 잠식했다.

"그 사람 여기서 살 거야?" 나는 엄마 말을 끊고 물었다. "앞으로 그 남자가 우리랑 살아? 아빠가 자던 자리에서 자고, 아빠가 쓰던 컵으로 커피를 마시고, 아빠가 보던 거울 앞에서 면도해? 그래? 그 남자랑 결혼할 거야? 그러려고 아빠랑 이혼하는 거야?"

"노아……."

엄마는 날 진정시키려고 내 어깨를 만졌다. 나는 멀찍이 물러섰다. 내 생애 처음으로 엄마가 증오스러웠다. 생생히 살아 날뛰는 증오.

"맞네. 엄마는 그 남자랑 결혼할 거지? 그걸 원하지?"

엄마는 아니라고 하지 않았다. 두 눈이 그렇다고 말했다. 믿을 수 없었다.

"그럼 아빠는 그냥 잊어버리게? 아빠와의 추억을 모두 없던 일로 하려고?"

브라이언이 나에게 한 것처럼.

"아빠 못 견딜 거야, 엄마. 그 호텔에 아빠 보러 간 적 없지? 아빠는 예전 같지 않아. 완전 망가졌다고."

나도 마찬가지였다. 그리고 이제 내가 역으로 브라이언을 망가뜨렸다면? 어떻게 사랑이 그런 무자비한 레킹 볼이 될 수 있지?

"우리도 노력했어. 네 아빠랑 나. 오랜 세월 아주 열심히. 내가 너희를 위해 원했던 단 하나는 내가 자랄 때 누리지 못한 안정감이었어. 나도 결코 이런 상황이 찾아오길 원치 않았어." 엄마는 침대에 도로 앉았다. "하지만 다른 사람과 사랑에 빠져버렸지."

엄마 얼굴이 한 꺼풀 벗겨졌다(오늘 제 얼굴을 유지하는 사람이 없다). 그 아래 얼굴은 절박했다.

"그렇게 됐어. 상황이 달랐다면 좋겠지만 그렇지 않아. 거짓된 삶을 사는 건 옳지 않아, 노아. 절대로." 엄마는 애원하는 듯한 목소리로 말했다. "넌 사랑하는 사람을 선택할 수 있니?"

그 말에 내 안의 폭동이 잠시 수그러들었다. 선택할 수 없다. 그건 분명하다. 갑자기 엄마한테 모두 털어놓고 싶었다. 나도 사랑에 빠졌다고. 나도 어쩔 수 없었다고. 그런데 방금 아주 끔찍한 짓을 저지르고 말았다고. 어떻게 내가 그럴 수 있는지, 얼마나 간절히 되돌리고 싶은지 모르겠다고.

하지만 그 대신 나는 방을 나가버렸다.

행운의 역사

주드

열여섯

잠을 이루지 못하고 침대에서 뒤척이며 생각했다. 오스카가 갈색 머리 브룩과 키스하는 동안 벽장 안에서 썩어가며 업보를 치른 일, 할머니 유령과 엄마 유령이 합세하여 날 몰아세운 일, 무엇보다 노아. 오늘 기예르모의 스튜디오 근처에서 뭘 하고 있었던 거지? 왜 그리 겁먹은, 걱정스러운 얼굴을 하고 있었지? 노아는 달리기 훈련 중이었고 자신은 멀쩡하며 우리가 데이스트리트에서 마주친 건 우연이라고 했다. 하지만 나는 노아를 믿지 않았다. 기예르모 관련 북마크가 통째로 날아간 것에 대해 모르는 일이라고 잡아뗄 때도 믿지 않았듯이. 노아는 날 미행한 게 틀림없다. 하지만 왜? 나에게 뭔가 할 말이 있다는 느낌이 강하게 들었다. 그런데 너무 두려워서 말할 수 없다는 느낌.

나한테 숨기는 게 있나?

지난번에는 *왜* 내 물건을 뒤졌지? 호기심 때문만은 아니었을 것이다. 게다가 그 비상금. 노아가 그걸 어디에 썼을까? 저녁에 노아가 외출했을 때 방 안을 구석구석 뒤졌지만 딱히 특별한 건 발견하지 못했다.

그때 수상한 소리에 벌떡 일어나 앉았다. 도끼 살인마. 놈들은 아빠가 학회에 가서 집을 비울 때마다 한밤중에 몰래 침입하려 한다. 나는 이불을 걷어내고 침대에서 일어나 그 아래 미리 준비해 둔 야구방망이를 집어 들고 집 안을 빠르게 살폈다. 노아와 내가 또 하루를 살도록. 나는 엄마 아빠 방을 마지막으로 들여다보며 순찰을 끝냈다. 늘 하는 생각이지만, 이 방은 아직도 엄마가 돌아오기를 기다리고 있다.

화장대에는 빈티지 오토마이저 향수, 프랑스제 향수, 아이섀도를 모아놓은 조가비 모양 그릇, 립스틱, 아이라이너들이 그대로였다. 은색 헤어브러시에는 아직도 검은 머리카락이 엉켜있고, 그 옆에 엎어놓은 바실리 칸딘스키의 전기는 엄마가 집어 들어 읽기만 기다리는 듯했다.

하지만 오늘 내 눈길을 잡아끈 것은 사진이었다. 아빠가 침대 옆 탁자에 놓아둔 사진. 아마 잠에서 깨면 가장 먼저 보는 것이리라. 노아도 나도 엄마가 죽고 나서 처음 본 엄마, 아빠 사진인데, 봐도 봐도 질리지 않았다. 지금까지도. 엄마는 홀치기 염색한 오렌지색 히피 드레스를 입고 있었다. 검은 머리칼이 얼굴로 흩날렸다. 클레오파트라처럼 시커멓게 화장한 두 눈은 아마도 아빠를 보고 웃는 듯했다. 아빠는 엄마 옆에서 외발자전거를 타고 두 팔을 펼쳐 균형을 잡고 있었다. 아빠의 미소는 유쾌했다. 괴상한 검정 모자 아래 햇볕에 탈색된 금발이 등허리까지 내려왔다(그 머리를 보고 노아와 아빠 사이에 무언의 눈빛이 오갔다. 아, 클라크 게이블이시여). 앞으로 멘 가방 안에는 레코드판이 가득했다. 결혼반지가 두 사람의 그을린 손에서 반짝였다. 엄마는 엄마와 꼭 닮았지만 아빠는 완전히 딴사람처럼 보였다. 실제로 할머니 스위트와인의 손에 길러졌을 것 같은 사람이었다. 언젠가 들었는데, 이 외발자전거 괴짜는 엄마를 만난 지 단 사흘 만에 청혼했다. 둘 다 대학원생이었고 아빠는 열한 살 연상이었다. 엄마를 놓치는 위험을 감수할 수 없었다고 아빠는 말했다. 다른 어떤 여자도 자신이 살아있다는 걸 그토록 행복하게 느끼게 한 적 없었다며.

엄마는 그 어떤 남자도 아빠만큼 안전하게 느껴지지 않았다고 했다. 이 괴짜가 엄마에게 안정감을 줬다니!

나는 사진을 내려놓았다. 엄마가 그날 죽지 않고 약속대로 아빠를 데려왔다면 어땠을까? 내가 알던 엄마는 딱히 안전에 관심이 없었다. 차 글러브 박스에는 속도위반 딱지가 가득했고, 과장과 열정으로 강의실의 모든 학생을 휘어잡았다. 비평가들은 엄마의 글이 대담하고 파격적이라고 평했다. 엄마는 망토를 즐겨 입었다! 마흔 살이 된 기념으로 스카이다이빙을 했다! 그리고 이게 대박이다. 엄마는 비밀리에 정기적으로 전 세계 도시로 가는 항공편을 한 좌석씩 예약하고(통화를 엿들었다) 결제 기한이 만료되도록 그냥 내버려 뒀다. 왜일까? 게다가 엄마는 아무도 안 본다고 생각할 때 담력을 시험하듯 가스레인지 불꽃 위에 손을 얼마나 오래 얹을 수 있나 확인하곤 했다.

언젠가 노아는 엄마 안에서 말들이 질주하는 소리를 들을 수 있다고 했다. 그럴듯했다.

하지만 나는 엄마의 결혼 전 삶에 대해 거의 모른다. 자칭 골칫덩어리여서 위탁 가정의 불행한 환경을 전전했다는 것밖에는. 그러다가 동네 도서관의 미술책들이 자기를 구원하고 꿈을 꾸게 하고 대학에 가고 싶게 만들었다고 했다. 그게 다였다. 엄마는 늘 내가 좀더 나이가 들면 모든 걸 말해주겠노라고 약속했다.

이제 좀 더 나이가 들었으니 엄마가 나에게 모든 걸 말해줬으면 했다.

나는 나무 테를 두른 긴 타원형 거울 앞에 앉았다. 아빠와 나는 엄마의 옷을 모두 상자에 정리했지만 둘 다 화장대만큼은 건드리지 않았다. 왠지 신성모독처럼 느껴졌다. 이곳은 엄마를 기리는 제단이니까.

거울을 통해 누군가에게 말을 걸면 서로의 영혼이 바뀐다.

엄마 향수를 목과 손목에 톡톡 찍어 두드렸다. 열세 살 때 나는 학교 가기 전에 이곳에 앉아 엄마 화장품을 하나씩 발랐다. 학교에서 금지하는 것만 골라서. 엄마가 '은밀한 포옹'이라 부르던 짙은 빨강 립스틱, 검댕처럼 까만 아이라이너, 밝은 파랑과 초록 아이새도, 은은하게 반짝이는 파우더까지. 그때 나는 엄마와 전쟁 중이었다. 더는 엄마와 노아와 함께 미술관에 가지 않겠다고 선언한 직후였다. 내 뒤로 다가온 엄마는 화를 내는 대신 은장 헤어브러시를 집어 들고 내가 어릴 때처럼 머리를 빗겨주기 시작했다. 우리는 함께 거울 안에 갇혔다. 우리 머리카락이 빗살에 한데 엉켜 들었다. 빛과 어둠, 어둠과 빛. 나는 거울을 통해 엄마를, 엄마는 나를 보았다.

"네가 그토록 내 모습을 떠올리게 하지 않았다면 우리 관계는 더 쉽고 난 덜 걱정스러웠을 거야, 주드."

나는 3년 전 그날 엄마가 사용했던 브러시를 집어 들고 머리를 빗었다. 모든 엉킴과 꼬임이 풀릴 때까지, 빗살에 내 머리카락이 엄마 머리카락만큼 남을 때까지.

머리빗 안에 두 사람의 머리카락이 엉켜있으면 두 사람의 삶도 영원히 엉켜있을 것이다.

지나간 일이 얼마나 지나갔는지, 언제쯤 사라지는지는 아무도 알려주지 않는다.

*

내 방에 돌아와서, 야구방망이를 마구 휘두르고 싶은 마음을 애써 다스려야 했다. 상실은 정말이지 끔찍하다. 경전에 실제로 도움이 되는 구절이 있었더라면. 그날 엄마 차가 뒤집히지 않았더라면(목격자에 의하면 다섯 번 굴렀다). 앞 유리가 깨지지 않았더라면. 가드레일을 들이받지 않았더라면. 바퀴가 돌아가지 않았더라면. 도로가 미끄럽지 않았더라면. 목등뼈 일곱 개를 포함해 스물두 개의 뼈가 부러지지 않았더라면. 폐가 찌그러지지 않았더라면. 심장이 멈추지 않았더라면. 빛나는 두뇌가 출혈을 일으키지 않았더라면.

하지만 현실은 반대다.

부질없는 바람이다.

멍청하고 쓸모없는 경전을 멍청하고 쓸모없는 클라크 게이블에게 던져버리고 싶었다.

그 대신 나는 노아의 방과 마주한 벽에 귀를 갖다 댔다. 엄마가 죽고 몇 달간 노아는 자면서 울곤 했다. 그 소리가 나면 나는 자다가도 벌떡 일어나 노아 방에 가서 침대 끄트머리에 앉아 노아의 흐느낌이 멎을 때까지 기다렸다. 노아가 깨어나 어둠 속에 앉아있는 나를 발견한 적은 한 번도 없다.

나는 두 손을 벽에 대고 밀어 넘어뜨리고 싶었다.

그때 어떤 생각이 떠올랐다. 너무 당연한 생각이라 이제야 떠오른 게 믿기지 않았다. 나는 책상에 앉아 노트북을 켰다.

곧바로 로스트커넥션닷컴에 접속했다.

노아가 쓴 글을 찾았다. 늘 똑같은, 브라이언을 향한 간청.

열 손가락, 두 팔을 다 잃어도 좋아. 뭐든 포기하겠어. 미안해. 정말 미안해. 목요일 오후 5시에 그곳에서 만나. 어딘지 알지. 내 남은 인생 매주 그 시간에 그곳에 있을 거야.

댓글은 없었다.

하지만 댓글이 달린다면? 맥박이 빨라졌다. 왜 진작 이 생각을 못 했을까? 나는 신탁을 구했다. *만약 내가 브라이언 코넬리에게 연락한다면?*

놀랍게도 점괘는 풍성했다. 브라이언과 관련된 링크가 연이어 나타났다.

포레스터 사립학교 게이 투수 '도끼', 3라운드 드래프트 픽 유력.

코넬리, 지명권 포기하고 스탠퍼드 카디널 투수로 직행 선택.

나는 *야구 역사상 가장 용감한 선수는 17세 소년*을 클릭했다.

다른 링크들은 브라이언의 학교 신문이나 지역 신문에서 다룬 기사였지만 내가 클릭한 것은 여기저기 널리 퍼져있는 기사였다.

나는 그 기사를 세 번이나 읽었다. 기사에 따르면 '도끼' 브라이언은 10학년 봄, 포레스터 고등학교 펩 렐리 행사 도중 전교생 앞에서 커밍아웃했다. 그 당시 야구팀은 연승 행진을 이어가고 있었다. 브라이언은 두 번의 노히터를 기록했으며 직구는 꾸준히 140킬로미터를 웃돌았다. 경기장 안에서는 모든 게 순조로웠지만, 경기장 밖에서는 브라이언의 성적 성향에 대해 질 나쁜 소문이 나돌았고 라커룸은 전쟁터나 다름없었다. 브라이언에게는 두 가지 선택지밖에 없었다. 비슷한 상황에 부닥쳤던 중학생 때처럼 팀을 그만두거나 당장 다른 수를 떠올리는 것. 브라이언은 펩 랠리 도중 전교생 앞에서 편견과 차별 때문에 경기장에서 쫓겨났던 과거의 경험과 현재 상황을 떳떳하게 밝히고 그 자리에서 기립박수를 받았다. 핵심 팀원들이 브라이언을 지지했고 이윽고 괴롭힘은 사그라들었다. 포레스터 타이거즈는 그해 봄 리그 우승을 차지했고 브라이언은 11학년에 팀 주장이 되었다. 그해 말 마이너리그 계약을 제안받았는데 이를 거절하고 스탠퍼드 대학교에 야구 장학금을 받아 입학했다. 기사는 이제 미국 야구계가 공개적으로 게이 선수들을 영입하려 한다면서 이는 역사가 만들어지고 있다는 신호라고 주장하며 끝을 맺었다.

클라크 빌어먹을 게이블! 그러나 놀라운 건 하나도 없었다. 내가 이미 알고 있던 사실을 확인했을 뿐이다. 브라이언은 끝내주게 멋진 놈이고 내 동생과 사랑하는 사이였다.

브라이언이 역사를 바꿀지도 모른다는 사실 다음으로 이 기사에서 가장 획기적인 정보는 브라이언이 스탠퍼드에 있다는 사실이었다. 지금. 여기서 차로 두 시간도 안 걸리는 곳에! 이는 고등학교 마지막 학년을 건너뛰었다는 의미지만, 브라이언이 아무도 못 알아듣는 과학 지식을 떠들어대던 것을 생각하면 아주 무리는 아니었다. 나는 스탠퍼드대학 온라인 신문에서 브라이언의 이름을 검색했다. 아무것도 나오지 않았다. '도끼'로 재검색해도 결과는 마찬가지였다. 나는 아까 그 기사로 돌아갔다. 혹시 브라이언이 조기 입학

한 게 아니라 내년 가을에 입학한다는 걸 잘못 읽었나? 아니, 잘못 읽지 않았다. 하긴 야구는 봄맞이 스포츠잖아! 아직 시즌이 시작되지 않아서 그렇다. 그래서 신문에 나오지 않은 것이다. 나는 스탠퍼드 대학교 웹사이트로 가서 학부생 명부를 샅샅이 뒤져 브라이언의 이메일 주소를 찾아냈다. 이래도 되나? 이래도 될까? 내가 끼어들면 안 되는 걸까?

아니. 이건 노아를 위해서다.

나는 마음이 바뀌기 전에 로스트커넥션닷컴에 있는 노아의 게시물 주소를 복사해 익명의 이메일 계정으로 브라이언 코넬리에게 전송했다.

이제 나머지는 브라이언에게 달렸다. 노아의 게시물에 응답하고 싶다면 할 수 있다. 적어도 그 글을 볼 것이다. 어쩌면 이미 봤는지도 모르지만. 나는 둘 사이가 안 좋게 끝났다는 것을 안다. 나와는 상관없이. 브라이언은 엄마의 장례식에서 노아를 곁눈으로도 보지 않았다. 장례식이 끝나고 찾아오지도 않았다. 단 한 번도. 하지만 그 웹사이트에서 몇 년째 사과하고 있는 사람은 노아였다. 그 기사는 브라이언이 10학년 봄에 펩 랠리에 참가했다고 했다. 이곳에서 마지막 겨울방학을 보낸 직후였다. 그 후 브라이언의 엄마가 좀 더 북쪽으로 이사했고 브라이언은 한 번도 이곳을 찾지 않았다. 타이밍이 의심스러웠다. 그 소문은 그럼 노아와 관련된 소문이었나? 그게 두 사람이 끝난 이유인가? 노아가 소문을 냈나? 그래서 사과하는 걸까? 뭐, 누가 알겠어?

나는 침대로 돌아갔다. 노아가 마침내 게시물에 응답을 받게 되면 얼마나 행복해할까? 아주 오랜만에 처음으로 마음이 가벼워졌다. 곧바로 잠에 빠져들었다.

꿈에 새가 나왔다.

새 꿈을 꾸면 인생에 큰 변화가 생긴다.

*

다음 날 아침에 일어나 브라이언이 노아의 게시물에 응답했는지 확인(×)하고 노아가 어제처럼 일찍 나갔는지 확인(○)했다. 그러고 나서 날숨 병기 오스카를 향한 뼈저린 실망감과 포악한 맹수 기예르모와 유령 자경단을 향한 껄끄러움을 떨치고 집을 나섰다.

나는 '노아와주드'를 바위에서 꺼내야 한다.

스튜디오 복도에 막 들어서는데 우편물실에서 날 선 목소리가 들렸다. 기예르모와 오스카가 언성을 높여 싸우고 있었다.

오스카가 외쳤다. "당신은 죽어도 이해 못 하겠죠! 어떻게 하겠어요?"

이에 기예르모가 낯설고 딱딱한 목소리로 받아쳤다. "이해하고말고. 넌 그 오토바이로 목숨을 건 도박이나 하지, 실은 질긴 가죽 재킷을 걸친 겁쟁이야, 오스코어. 넌 네 엄마가 죽은 후로 아무도 받아들이지 않았지. 상처받기 전에 스스로 상처 내기나 하고. 그림자 따위에 지레 겁먹어서."

나는 휙 돌아서서 다시 문밖으로 나가려고 했다.

"*당신*을 받아들였잖아요, G. 당신은······, 내 아버지나 마찬가지예요······. 유일한 부모라고요."

오스카의 목소리에 담긴 무언가가 내 발목을 잡고 그대로 마비시켰다.

차가운 벽에 이마를 댔다. 두 사람의 음성은 이제 가라앉아 잘 들리지 않았다. 나도 나를 이해할 수 없었다. 어제 브룩과 얽힌 그 모든 일에도 불구하고 어째서 그림자 따위에 겁먹은, 엄마 없는 옆방 남자에게 달려가고만 싶은지.

물론 그렇게 하지 않았다.

*

그 대신 교회에 갔다. 한 시간쯤 뒤에 스튜디오로 돌아오니 말소리는 들리지 않았다. 교회에서는 게이블 씨와 함께 내 안의 연민을 다스리려고 애썼다. 질긴 가죽 재킷을 걸친 겁에 질리고 슬픔에 잠긴 남자를 생각하지 않으려고 애썼다. 딱히 어렵지 않았다. 나는 오스카와 처음 만났던 그 자리에 앉아 주문을 반복했다. *이리 와, 내 무릎 위로.* 무한반복.

우편물실에서 기예르모가 안전 고글을 쓴 채 나를 맞이했다. 표정을 보니 내가 오기 전에 오스카에게 회전 톱을 휘두른 것 같지는 않았다. 하지만 뭔가 달라 보이긴 했다. 검은 머리에 흰 가루가 그득해 흡사 벤저민 프랭클린처럼 보였다. 목에 칭칭 두른 커다란 페이즐리 스카프도 가루투성이였다. 작업하고 있었나? 나는 다락을 힐끗했다. 오스카의 기척은 없었다. 떠난 게 분명하다. 예상했던 바다. 기예르모는 확실히 오냐오냐하는 어른이 아니다. 나는 아빠가 노아나 나에게 마지막으로 언성을 높인 게 언제인지, 아빠가 진짜 아빠였던 게 언제인지 기억도 안 난다.

"우리 때문에 아주 도망간 줄 알고 걱정했다."

기예르모가 내 얼굴을 지나치게 꼼꼼히 살피며 말했다. 그 눈빛과 '우리'라는 말에 혹시 오스카가 어제 일을 얘기했나 싶었다. 그렇다면 혹시 아까 내가 엿들은 말도 나와 관련된 얘기인가?

"오스코어가 어제 네가 단단히 화가 난 채 떠났다고 하더구나."

나는 어깨를 으쓱했다. 얼굴에 열이 몰렸다.

"이미 경고하셨던 일이죠."

기예르모가 고개를 끄덕였다.

"심장이 이성을 따르면 좀 좋겠니?" 기예르모가 내 어깨에 한쪽 팔을 둘렀다. "가자. 심장에 나쁜 것은 예술에 좋다. 예술가인 우리 삶의 끔찍한 아이러니지."

예술가인 *우리* 삶. 내가 기예르모를 보고 미소 짓자 그는 오스카에게 하듯이 내 어깨를 힘주어 꽉 쥐었다. 그 즉시 기분이 나아졌다. 내가 어떻게 이 사람을 찾아냈을까? 어떻게 내가 이렇게 *운이 좋았지?*

나는 돌 천사를 지나치며 손을 뻗어 천사의 손을 만졌다.

"바위들이 또 나를 부른다. 오늘은 너랑 같이 밖에 있으마." 기예르모가 작업복에 묻은 가루를 털면서 말했다. 작업복이 새삼 거무칙칙하고 우중충해 보였다. 스튜디오 여기저기 걸린 다른 작업복도 마찬가지였다. 하나 만들어 줘야겠다고 생각했다. 그에게 어울리는 화려한 색으로. 〈떠오르는 작업복〉.

작업실을 지나면서 보니 어제 흠씬 두들겨 맞던 흙 남자가 살아 있었다. 살아남은 게 다가 아니었다. 떡이 되어 찌그러졌던 몸이 나뭇잎처럼 펼쳐져 있었다. 완성되어 건조까지 마친 남자는 아름다웠다.

"어젯밤에 네 연습용 돌과 모형을 좀 봤다. 이제 전기를 쓸 때가 된 것 같아. 너와 동생을 찾을 때까지 제거해야 할 돌이 많아, 그렇지? 오늘 오후에 전동 공구 쓰는 법을 알려주마. 조심히 다뤄야 해. 아주아주. 끌은 인생과 마찬가지로 재도전의 기회가 있지만 톱과 드릴은 그렇지 않을 때가 더 많거든."

나는 걸음을 멈췄다.

"그걸 믿으세요? 인생에 재도전의 기회가 있다고요?"

「오프라 윈프리 쇼」의 단골 멘트처럼 들리는 말이지만, 정말 알고 싶었다. 왜냐하면 내게 인생이란 엉뚱한 기차를 타고 잘못된 방향으로 질주하는데 내가 할 수 있는 건 아무것도 없다는 사실을 깨우치는 느낌에 가까우니까.

"물론이지. 없을 건 뭐지? 심지어 신도 세상을 재창조했는데."

기예르모가 두 손을 하늘 위로 뻗었다. "세상을 처음 만들고 보니 너무 형편없어서 홍수로 쓸어버리고 다시 만들었지. 아예 처음부터 —."

"노아와 함께 말이죠." 내가 말을 대신 맺었다.

"그래. 신도 재도전하는데 우리는 왜 안 되겠니? 두 번이 아니라 세 번, 삼백 번도 시도할 수 있지." 기예르모가 낮게 웃고서 자기 턱을 쓰다듬었다. "두고 봐. 오직 다이아몬드날 회전 톱만이 단 한 번의 기회를 주니까. 하지만 그 한 번의 기회에서도 대실수를 저지를 수 있어. 조각을 망친 걸 보면 혀를 깨물고 싶어져. 그런데 그 실수를 저질러서 상상도 못 했던 놀라운 결과가 나오기도 해. 내가 돌을 사랑하는 이유지. 흙으로 만들면 왠지 부정행위를 하는 것 같아. 흙은 너무 쉬워. 자기 의지랄 게 없어. 반면에 돌은 만만치 않아. 저항하지. 정정당당한 한판 대결이야. 네가 이길 때도 있고, 그들이 이길 때도 있지. 때로는 그들이 이길 때 너도 이기는 결과가 나오기도 해."

마당에는 지구 곳곳에서 모여든 햇빛이 펼쳐져 있었다. 아름다운 날이었다.

기예르모는 사다리를 타고 여자 거인의 얼굴로 다가갔다. 그 자리에 잠시 멈춰 자기 이마를 그 광활한 돌 이마에 대고 누르더니 거인의 머리 너머로 올라섰다. 안전 고글을 내려 쓰고 스카프를 들어 올려 입을 가렸다(아무렴. 방진 마스크까지 쓰기에는 너무 멋진 예술가시니까). 그러고는 사다리 꼭대기에 걸려있던 다이아몬드날 회전톱을 집어 들고 전깃줄은 한쪽 어깨에 둘렀다. 거대 드릴처럼 시끄러운 소리가 허공을 가득 메우는가 싶더니 이내 화강암이 날카로운 비명을 질러댔다. 기예르모는 일말의 망설임도 없이 자신에게 주어진 단 한 번의 기회로 '그대'의 머리를 가르며 먼지구름 속으로 사라졌다.

오늘 마당은 좀 북적였다. 기예르모와 미완성 연인 외에도 오금 저리는 〈삼 형제〉와 나, 웬일인지 오스카의 오토바이도 있었다. 또한 할머니와 엄마가 끼어들 틈을 호시탐탐 노리는 게 느껴졌다. 그리고 화재 대피용 계단에서 누군가가 지켜보는 것 같았지만 고개를 들어 확인할 때마다 프리다 칼로만이 나른하게 햇볕을 쬐고 있었다.

나는 '노아와주드'를 꺼내는 일 외에는 전부 무시했다.

천천히 돌을 쪼고, 쪼고, 쪼았다. 그러다 보니 어제처럼 시간이 다시 되감기기 시작했다. 평소에 감히 떠올리지 않았던 생각들이 물밀듯이 밀려왔다. 엄마가 아빠와 재결합하기 위해 떠난 그날 오후 나는 집에 없었다. 엄마가 다시 한 가족이 되자고 말했을 때 나는 그 자리에 없었다.

제퍼와 함께였으니까.

엄마는 내가 자길 미워한다고 믿는 상태로 죽었다. 그야 아빠를 쫓아낸 이후로 내가 엄마에게 한 말은 그것뿐이었으니까. 아니, 그 전부터.

나는 홈에 끌을 박고 망치로 힘껏 내려쳐서 돌 한 조각을 떼어내고, 또 한 조각을 떼어냈다. 그날 오후 내가 집에 있었더라면, 불운을 몰고 오는 제퍼와 함께하지 않았더라면, 분명 모든 것이 달라졌을 것이다.

또 한 조각, 한쪽 귀퉁이 전체가 떨어져 나갔다. 그 타격에 돌 알갱이들이 내 고글과 노출된 뺨 위로 확 튀었다. 나는 다른 쪽 모서리도 공격했다. 내려치고 내려치다 보니 손가락에 빗맞기도 했다. 그렇게 내려치고 빗맞히며 돌을, 손가락을 난도질했다. 어느새 아빠가 사고 소식을 전하던 순간이 떠올랐다. 나는 두 손을 날려 노아의 귀를 막았다. 내가 듣고 있는 말을 듣지 못하도록. 그게 내 첫 반응이었다. 내 귀도 아닌 노아의 귀를 막았다. 내가 그랬다는 걸 여태 잊고 있었다. 어떻게 그런 걸 잊고 있었지?

노아를 보호하려던 본능은 어떻게 된 걸까? 어디로 갔을까?

나는 망치를 들어 끝에 내려쳤다.

노아를 여기서 꺼내야 한다.

이 빌어먹을 돌에서 우리를 꺼내야 한다.

나는 돌을 깨부수고 깨부수며, 노아의 슬픔이 온 집 안, 온 구석, 온 틈새를 어떻게 메웠는지 떠올렸다. 아빠나 내가 머물 자리도 없었다. 어쩌면 그래서 아빠가 산책을 시작했는지도 모른다. 노아의 슬픔이 미치지 않는 곳을 찾으려고. 자기 방에 처박혀 웅크린 노아에게 다가가 위로하려고 하면 노아는 내가 이해하지 못한다는 말만 되풀이했다. 내가 자기만큼 엄마를 알지 못한다는 듯이. 자기가 느끼는 감정을 조금도 헤아릴 수 없다는 듯이. 엄마를 잃은 사람이 자기뿐이라는 듯이! 어떻게 나한테 그따위로 말할 수 있지? 나는 이제 돌을 때려 부수며 벗겨내고 있었다. 믿고 싶지 않았다. 노아가 살아생전의 엄마도 모자라 죽은 엄마마저 독차지하려 하다니. 나는 슬퍼할 권리도, 그리워할 권리도, 사랑할 권리도 없다고 믿게 만들다니. 문제는 내가 실제로 그렇게 믿었다는 것이다. 어쩌면 그래서 내가 끝끝내 울지 않았는지도 모른다. 그럴 자격이 없다고 느껴서.

그러다가 노아는 데빌스드롭에서 몸을 던져 정말 죽을 뻔했고, 그날부로 노아를 향한 나의 분노는 거칠고 사납고 거대하고 위험해졌다.

맞아. 나는 머릿속으로 엄마와 할머니에게 외쳤다. *어쩌면 그래서 그랬는지도 몰라.*

이제 나는 돌멩이를 마구 두드리고, 깨부수고, 까발리고 있었다.

온통 까발리고 있었다.

엄마가 죽기 일주일 전부터 노아의 CSA 입학 지원서는 부엌 조리대 위에서 재능의 광채를 발산하고 있었다. 엄마와 노아는 행운을 빌며 함께 봉투를 봉인했다. 두 사람은 내가 문가에서 지켜보는 줄도 몰랐다.

엄마의 사고 3주 뒤, 노아가 절벽에서 뛰어내린 지 일주일 후, CSA 원서 접수일 전날 밤, 나는 지원서를 써서 드레스 도안 두어 장을 첨부해 샘플 드레스 두 벌과 함께 포장했다. 달리 뭘 제출할 수 있겠는가? 내 모래 여자들은 싹 씻겨 나갔는데.

아빠가 우리를 우체국까지 태워다 주었다. 주차할 곳이 마땅치 않아서 아빠와 노아가 차에서 기다리는 동안 나 혼자 우체국에 들어갔다. 그때 저질렀다. 그냥 그렇게.

나는 내 것만 보냈다.

나는 내 동생이 이 세상에서 가장 원하던 바를 빼앗았다. 누가 그런 짓을 해?

이제 와서 소용없는 얘기지만, 다음 날 한달음에 다시 우체국까지 뛰어갔다. 쓰레기통은 비어있었다. 노아의 모든 꿈은 쓰레기와 함께 사라져 버리고, 내 꿈은 CSA로 직행했다.

노아와 아빠에게 이실직고하려고 몇 번이나 마음먹었다. 아침 먹을 때, 방과 후에, 저녁 식사 때, 내일, 이번 주 수요일. 노아가 다시 지원할 수 있게끔 너무 늦지 않게 말하려고 했다. 하지만 그렇게 하지 않았다. 너무 수치스러웠다. 숨이 막힐 정도로. 시간을 끌수록 수치심은 더욱 커졌고 내가 한 짓을 인정하기가 어려워졌다. 죄책감이 질병처럼, 이 세상 모든 질병처럼 자라났다. 아빠의 의학지도 그 가짓수를 감당하기에 모자랄 만큼. 며칠이 지나고, 몇 주가 흘렀다. 그러다 너무 늦어버렸다. 아빠와 노아를 영영 잃을까 봐 겁이 나서 끝내 잘못을 시인하고 바로잡지 못했다.

그래서 엄마가 내가 만드는 걸 모두 파괴하는 것이다. 그래서 나를 용서할 수 없는 것이다.

CSA가 웹사이트에 입학생 명단을 발표했을 때 노아의 이름은 없었다. 내 이름은 있었다. 합격 통지서가 왔을 때 나는 노아가 자기 불합격 통지서는 어딨는지 물어보길 기다렸다. 하지만 노아는 물어보지 않았다. 이미 자기 작품을 모두 망가뜨린 후였다. 그리고 틀림없이 그 전에 내 모래 조소 사진을 발송해 날 합격시켰을 것이다.

세상이 깜깜해졌다. 기예르모가 내 앞에 서서 태양을 가리고 있었다. 그는 오래전에 조각을 멈춘 내 손에서 망치와 끌을 거둬갔다. 스카프를 벗어 탈탈 털고 내 비니와 고글 사이 드러난 좁다란 이마를 쓱 닦아주었다.

"괜찮니? 가끔 사람이 돌을 조각하는지, 돌이 사람을 조각하는지 모를 때가 있지. 오늘은 돌이 앞선 것 같구나."

나는 마스크를 끌어 내리고 말했다. "이 안에 잠들어 있는 게 돌 안에도 잠들어 있다고 한 게 이런 뜻이었어요?" 나는 가슴팍에 손을 대고 다른 손으로 돌을 어루만졌다.

"그런 뜻이었지. 커피 한잔하겠니?"

"아뇨." 나는 단숨에 거절하고서 덧붙였다. "감사하지만 이대로 계속할래요."

나는 그 말대로 했다. 몇 시간 내내 강박적으로, 미친 듯이 작업에 몰두했다. 돌을 쪼개는 일을 멈출 수 없었다. 한번 쪼갤 때마다 할머니와 엄마가 나에게 외쳤다. *넌 걔 꿈을 망쳤어. 넌 걔 꿈을 망쳤어. 넌 걔 꿈을 망쳤어.* 엄마는 죽은 뒤 처음으로 실체가 되어 내 눈앞에 서있었다. 머리카락은 검은 불꽃이 되어 일렁이고 두 눈은 나를 저주했다.

"엄마는 내 꿈을 망쳤고!" 머릿속으로 악을 쓰자 엄마는 다시 허공으로 사라졌다.

그 또한 사실 아닌가? 내가 매번, 매일 원했던 바는 엄마가 나를 제대로 봐주는 것뿐이었다. 미술관에 데려온 것도 까먹고 나만 두고 집에 돌아가지 않는 것, 내 그림을 보기도 전에 내 패배를 확신하고 경연을 중단하지 않는 것, 노아의 안에 손을 뻗어 불을 환하게 밝히는 동시에 내 안의 불을 끄려고 하지 않는 것뿐이었다. 내가 그저 *그런 애*라는 이름의 헤프고 멍청한 여자애인 것처럼, 특별한 구석이라고는 눈 씻고 봐도 없는 것처럼!

하지만 내가 엄마의 허락, 엄마의 인정, 엄마의 칭찬이 필요 없다면? 어떤 사람이 되고 뭘 할지 내가 선택한다면? 내 안의 빌어먹을 전등 스위치를 내 힘으로 켠다면?

공구를 내려놓고 고글과 마스크와 비닐 작업복을 벗었다. 비니까지 벗어 테이블 위로 던졌다. 이제 투명 인간은 지긋지긋하다. 햇살이 득달같이 달려와 머리카락 속을 파고들었다. 후드 집업을 벗자 다시 두 팔이 생겨났다. 산들바람이 반기듯 불어와 내 살갗을 쓸고 머리카락을 흩날리고 드러난 모든 구석을 찰싹찰싹 깨웠다. 내가 노아의 원서를 버린 일이 노아와의 문제가 아니라 엄마와의 문제였다면?

영혼을 깨우려면 잔잔한 물에 비친 자신의 모습에 돌을 던져라.

(나는 노아와 내가 하나의 영혼을 나눠 가졌다는, 즉 내 영혼이 잎에 불 붙은 나무의 반쪽이라는 노아의 말을 한 번도 믿은 적 없다. 내 영혼이 어떤 형상이라고 느껴본 적 없다. 오히려 어떤 움직임처럼 느껴졌다. 뭔가 박차고 나아가는 듯한 움직임. 수평선을 향해 헤엄치거나 절벽에서 뛰어

내리거나 모래로 *하늘을 나는 여자들*을 만들어 내는 움직임.)

　잠시 눈을 감았다. 그 순간 돌이 아닌 *내*가 깊은 잠에서 깨어난 것 같았다. 누군가가 화강암에서 나를 꺼낸 것 같았다. 뭔가를 깨우쳤기 때문이다. 노아가 나를 미워하든 용서하지 않든 상관없다. 노아와 아빠를 영영 잃어도 상관없다. 나는 노아의 꿈을 되살려야 한다. 중요한 건 그게 전부다.

　스튜디오로 돌아가 다락으로 올라갔다. 오스카의 컴퓨터를 켜고 내 계정에 로그인해 샌디 선생님에게 이메일을 썼다. 개학 첫날인 수요일 수업 전에 만날 수 있냐고 묻는 내용이었다. 급한 일이며 동생과 함께 방문할 거라고 했다. 깜짝 놀랄 만한 회화 작품들을 들고.

　나는 내 자리를 양보할 것이다. 지난 2년간 매일 해야 했던 일이다. '전송' 버튼을 누를 때 확신했다. 나는 자유다.

　나는 이제 *나*다.

　나는 노아에게 문자메시지를 보냈다.

얘기 좀 해. 중요한 일이야!

　이제 노아는 그림을 그려야 한다. 나흘 안에 포트폴리오를 꾸려야 한다. 나는 의자에 등을 기댔다. 어두컴컴한 동굴에서 막 햇빛이 쏟아지는 곳으로 나온 기분이었다. 그제야 다락 공간이 시야에 들어왔다. 오스카의 침대, 책, 옷가지……. 실망이 나를 사로잡았다. 하지만 어쩔 수 없다. 질긴 가죽 재킷을 걸친 겁쟁이는 투명인간 복장을 한 겁쟁이를 어떻게 생각하는지 분명히 밝혔다.

일어나 나가려는데 내가 오스카에게 준 기예르모의 편지가 눈에 걸렸다. 침대 옆 탁자 위 어머니 사진 옆에 놓여있었다. 나는 그 편지를 들고 아래층으로 내려가 기예르모의 사이클론 방 안에 있는 수첩에 도로 끼워 넣었다. 그러고서 마당으로 나가 기예르모에게 다이아몬드날 회전 톱 사용법을 가르쳐 달라고 했다. 그는 그렇게 했다.

재도전의 기회를 잡을 시간이다. 세상을 재창조할 시간이다.

이 공구가 주는 기회는 단 한 번뿐이라고 되새기며 나는 전깃줄을 한쪽 어깨에 두르고, 회전 톱의 톱날을 노아의 어깨와 내 어깨 사이에 위치하고, 전원을 켰다. 공구가 맹렬히 울부짖었다. 이윽고 돌이 둘로 쪼개지자 온몸에 전기가 흐르는 듯한 전율이 일었다.

이제 '노아와주드'는 노아와 주드가 되었다.

"죽였어?" 기예르모가 믿을 수 없다는 듯이 물었다.

"아니요, 살렸어요."

드디어.

*

달빛을 받으며 집으로 걸어갔다. 기분이 끝내줬다. 마치 공원이나 강가에서 가장 멋진 구두를 신고 서있는 느낌이었다. 노아의 CSA 건에 대해 노아와 아빠에게 말해야 한다는 과제가 남았지만, 상관없다. 무슨 일이 있어도 노아는 다시 그림을 그리게 될 테니까. 나는 안다. 노아는 다시 노아가 될 것이다. 그리고 나는 비로소 거울, 스튜디오, 떠오르는 드레스, 건강한 몸, 사랑 이야기, 이 세상 안에 떳떳하게 존재하게 될 것이다. 그런데 왜 노아가 답장을 안 하지? 나는 메시지를 몇 개 더 보냈다. 보낼 때마다 느낌표를 추가해 긴박감을 더 실었다. 보통 노아는 재깍재깍 답장하는 편이다. 만약 집에도 없으면 올 때까지 기다려야지.

나는 휘영청 밝은 달을 향해 두 팔을 쳐들었다. 지난 몇 시간 동안 말기 질환을 앓지 않았다. 유령 자경단은 잠잠하기만 했다. 이 두 가지가 얼마나 큰 위안인지 새삼 느끼고 있는데 헤더에게서 문자메시지가 왔다.

지금 아지트야. 노아가 취해서 제정신이 아니야. 데드맨즈에서 뛰어내리겠대! 난 5분 후에 떠나야 해. 당장 와! 대체 뭐가 문제인지 모르겠어. 걱정돼.

＊

나는 내 동생을 찾아 세상 끝자락에 와있다.

소금기를 머금은 바람이 달아오른 얼굴과 몸을 후려쳤다. 발아래 바다가 내 머릿속처럼 사납게 둥둥거렸다. 언덕길을 전력 질주하느라 땀에 흠뻑 젖었다. 보름달은 얼핏 낮이라고 착각할 만큼 환한 빛을 퍼부었다. 고개를 들어 데빌스드롭과 데드맨즈다이브를 살폈다. 두 지점 모두 텅 비어있었다. 클라크 게이블에게 감사하다고 연신 중얼거리고 숨을 골랐다. 그러고 나서 헤더와 노아에게 메시지를 보냈다. 헤더가 떠날 때 노아도 정신을 차린 것이라고 애써 나 자신을 설득했다. 무리였다.

느낌이 좋지 않았다.

너무 늦게 온 것이다.

발걸음을 돌려 난장판으로 향했다. 사방에 공립 및 사립 고등학교와 로스트코브 대학교에서 온 시끄러운 파티족이 가득했다. 맥주통, 모닥불, 간이 테이블, 드럼통, 차 보닛 주위에 끼리끼리 모여있었다. 온갖 종류의 음악이 온갖 종류의 차 안에서 뿜어져 나왔다.

달빛이 터보 출력하는 토요일 밤의 아지트에 오신 것을 환영합니다.

주차장 끝자락으로 돌아갈 때쯤에야 낯익은 얼굴을 발견했다. 프랭클린 프라이, 그 비대한 몸집의 아지트 상주 얼간이가 하이드어웨이힐에 사는 서퍼들과 함께 있었다. 모두 고등학교를 졸업한 지 1년은 넘은, 제퍼의 패거리였다. 프라이의 트럭 짐칸에 둘러앉은 모습이 핼러윈 호박 등 같은 헤드라이트 불빛을 등지고 으스스하게 비쳤다.

적어도 제퍼의 햇볕에 탈색된 치렁치렁한 서퍼 머리카락은 눈에 띄지 않았다.

투명인간용 후드 집업과 비니를 꺼내 뒤집어쓰고 싶었지만 그렇게 하지 않았다. 손목의 빨간 실이 나를 보호해 줄 거라고 믿고 싶었지만 그렇게 하지 않았다. '어떻게 살래?'가 아닌 '어떻게 죽을래?'를 고민하고 싶었지만 그렇게 하지 않았다. 겁쟁이 짓은 이제 끝이다. 더는 일시정지해 있기도, 묻히고 가려져 있기도 싫었다. 돌처럼 굳은 상태는 두 가지 의미에서 모두 지긋지긋했다.

나는 초원을 상상하기 싫다. 초원을 뛰어다니고 싶다.

적에게 다가갔다. 프랭클린 프라이와 나는 악감정이 있다.

내 전략은 어색한 인사 따위는 집어치우고 혹시 노아를 봤는지 차분하게 물어보는 것이었다.

프라이의 전략은 비틀스의 곡 「헤이, 주드」의 첫 소절을 부르는 것이었다(왜 우리 부모는 내 이름을 지을 때 이런 상황을 고려하지 않았을까?). 프라이의 시선이 나를 아래위로, 위아래로 끈적하게 더듬었다. 온몸을 구석구석 훑은 눈길이 가슴 언저리에서 멈췄다. 그렇지. 내가 괜히 투명인간 복장을 하고 다니는 게 아니었다.

"쫄쫄 굶고 다녔어?"

프라이가 내 가슴을 응시하며 말했다. 그러고는 맥주를 한 모금 들이켜고 손등으로 입을 쓱 닦았다. 노아의 말이 옳다. 놈은 하마를 똑 닮았다.

"드디어 사과하러 온 거야? 오래 걸렸네."

사과? 장난해?

"내 동생 봤냐고?" 이번에는 좀 더 크게 물었다. 말뜻을 못 알아듣느냐는 듯이 한 자 한 자 명확하게.

"이미 갔어."

그 순간 모든 음악과 음성, 바람과 바다가 침묵했다. 한때 나를 서프보드 위에서 녹아내리게 했던 그 바싹 마른 사포 같은 목소리. 마이클 레이븐스, 일명 제퍼가 내 뒤에 서있었다.

적어도 노아는 뛰어내리지 않았다. 나는 자신을 타이르고 나서 돌아봤다.

실로 오랜만이었다. 트럭 후미등이 눈을 찌르자 제퍼는 그 위로 손차양을 했다. 좋아. 나는 제퍼의 가늘게 째진 녹색 매 눈을 보고 싶지 않았다. 머릿속으로도 충분히 잘 보였다.

2년 전 제퍼에게 동정을 잃은 직후의 일이다. 나는 일어나 앉아 무릎을 당겨 안고 짠 공기를 마시며 최대한 조용히 숨을 헐떡였다. 엄마 생각이 났다. 엄마의 실망이 내 안에 검은 꽃처럼 피어났다. 눈시울이 달아올랐다. 눈물을 참으려 했으나 실패했다. 나는 모래 투성이였다. 제퍼가 비키니 하의를 건네주었다. 그걸 보자마자 제퍼의 목구멍에 쑤셔 넣고 싶었다. 바위에 달라붙은 피 묻은 콘돔이 눈에 들어왔다. 그때 생각했다. 저게 나다. 역겨웠다. 나는 제퍼가 콘돔을 끼는 줄도 몰랐다. 콘돔 따위는 생각도 못 했다! 뱃속이 울컥 치밀어 올랐지만, 그 역시 눌러 참았다. 나는 몸이 덜덜 떨리는 걸 애써 감추며 수영복을 입었다. 제퍼가 별일 아니라는 듯이 나를 보고 미소 지었다. 마치 방금 일어난 일이 전부 **괜찮다**는 듯이! 나도 그런 척하며 미소를 돌려주었다. 내가 몇 살인지는 아나? 그렇게 생각했다. 내 나이를 잊었던 게 틀림없다고 생각했다.

그 후 제퍼와 함께 해변을 걷는데 프라이가 우릴 보고 다가왔다.

어느새 비가 부슬부슬 내리고 있었다. 잠수복을 껴입고 싶었다. 천 벌쯤 껴입고 싶었다. 어깨에 둘린 납덩이 같은 제퍼의 팔이 나를 자꾸 모래 속에 밀어 넣었다. 전날 밤 나를 데려간 파티에서 제퍼는 모두에게 내가 끝내주는 서퍼에다가 데블스드롭에서 점프도 아닌 다이빙을 하는 강심장이라고 추켜세웠다. 내가 아주 *거침없는* 애라고 했다. 나도 그런 애가 된 기분이었다.

그 후로 24시간도 채 안 돼 벌어진 일이었다.

프라이는 어쩐지 우리가 뭘 했는지 아는 눈치였다. 내 곁으로 다가와 팔을 잡아끌더니 귀에 대고 제퍼가 못 듣게 속삭였다.

"다음은 내 차례야. 그다음은 버지, 그다음은 마이크, 그다음은 라이더, 알지? 원래 그런 거야. 설마 제퍼가 널 진짜 좋아한다고 생각한 건 아니지?"

정확히 그렇게 생각했었다. 나는 내 귀에서 프라이의 말을 닦아내야 했다. 더러운 침으로 범벅된 그 말들을. 그러고 나서 놈의 손아귀를 떨쳐내고 소리 질렀다.

"싫어!"

그 당연한 말을 그제야, 너무 늦게, 해변 한복판에서 내뱉었다. 나는 프랭클린 프라이의 가랑이를 무릎으로 힘껏 찍어 올렸다. 아빠가 위급할 때 써먹으라고 가르쳐 준 기술이었다.

그러고 나서 미친 듯이 집을 향해 달렸다. 눈물에 볼이 욱신거리고, 피부가 간지럽고, 위가 뒤틀렸다. 나는 엄마를 찾아 달렸다. 내 인생에서 가장 큰 실수를 저지르고 난 뒤였다.

엄마가 필요했다.

엄마가 필요했다.

사고가 있었어. 그게 내가 현관문을 열어젖히자마자 아빠가 한 말이었다.

사고가 있었어.

내가 두 손을 날려 노아의 귀를 막은 것은 그때였다.

아빠가 그 손을 떼어 내 꽉 쥐었다.

경찰관이 우리에게 감히 상상도 못 했던, 세상이 뒤집히는 소식을 전하는 동안에도 나는 방금 내가 저지른 실수에서 헤어나지 못했다. 그것은 내 몸의 모든 모공 속에 모래와 함께 박혀있었다. 그 끔찍하게 잘못된 냄새가 내 머리카락, 피부, 코점막에 들러붙었다. 그래서 숨을 쉴 때마다 내 안 깊숙이 파고들었다. 그 후 몇 주 동안 아무리 샤워를 해도, 아무리 벅벅 문질러도, 그 어떤 비누를 써도 (라벤더, 자몽, 인동초, 장미 향을 시도했다) 그 냄새를, 제퍼를 벗겨낼 수 없었다. 한번은 백화점에 가서 진열대에 있는 시향용 향수를 하나씩 다 뿌려보기도 했지만 소용없었다. 냄새는 사라지지 않았다. *그대로였다.* 제퍼와 보낸 그날 오후의 냄새는 엄마의 죽음과 동일한 냄새를 풍겼다.

제퍼가 트럭 헤드라이트의 환한 빛에서 몇 발짝 물러섰다. 내가 생각하던 모습 그대로였다. 이름대로 큰까마귀(Raven). 죽음과 파멸의 전조. 인간 흉조. 금발의 거대한 어둠 기둥. 제퍼 레이븐스는 태양을 가리는 존재다. 개기 일식이다.

"집으로 갔어? 얼마나 됐어?" 내가 물었다.

제퍼는 고개를 저었다. "아니, 집 말고, 저 위로 갔어, 주드."

제퍼는 절벽 맨 꼭대기를 가리켰다. 이름조차 붙지 않은 곳. 감히 누가 도전하겠는가? 간혹 행글라이더들이 이륙 지점으로 이용할 뿐이었다. 뛰어내리기엔 너무 높았다. 아마 데드맨즈의 두 배쯤될 것이다. 게다가 그 밑에는 불쑥 튀어나온 암붕이 있어서 충분히멀리 뛰지 않으면 수면보다 먼저 부딪힐 게 뻔했다. 단 한 번 어떤애가 뛰어내린 적 있다고 소문으로만 들었다. 끝이 좋지 않았다.

내 안의 장기들이 하나씩 멈춰 뚝뚝 떨어졌다.

제퍼가 말했다. "방금 연락받았어. 저 위에서 술 게임을 벌이나봐. 지는 사람이 뛰어내리기로 했다는데 아마 네 동생은 일부러 질생각인 것 같아. 지금 막으러 가려던 참이야."

나는 앞뒤 따지지 않고 군중 속으로 냅다 뛰어들었다. 술을 엎지르고 사람들을 밀치며 절벽 꼭대기에 가장 빨리 이를 수 있는 오솔길을 탔다. 등 뒤에서 할머니의 음성이 바람처럼 불어왔다. 할머니는 바로 뒤에 있었다. 나무검불이 짓밟히는 소리와 함께 할머니의거친 발소리가 내 뒤에 바짝 따라붙었다. 문득 할머니는 발소리가나지 않는다는 사실이 떠올랐다. 내가 멈춰 서자 제퍼가 쏜살같이달려들어 땅에 처박히려는 내 어깨를 움켜쥐었다.

"씨발."

나는 제퍼의 손아귀를 재빨리 떨쳐냈다. 또다시 가까워진 냄새로부터 멀찌감치 떨어졌다.

"아, 이런, 미안."

"따라오지 마, 제퍼. 돌아가, 제발." 내 목소리는 내 심정만큼이나 절박했다. 지금 그 누구보다 멀리 떨어져 있어야 할 사람이 제퍼였다.

"매일 다니는 길이야. 내가 아주 잘—."

"누군 몰라?"

"도움이 필요할 거야."

틀린 말은 아니지만, 제퍼의 도움은 사절이다. 제퍼만큼은. 그러나 이미 늦었다. 제퍼는 이미 날 지나쳐 달빛 비치는 밤 속으로 달려가고 있었다.

엄마가 죽은 뒤 제퍼가 몇 번인가 서핑하자고 찾아왔다. 하지만 나에게 바다는 이미 말라붙어 있었다. 제퍼는 나를 위로한답시고 다시 내 곁에 얼쩡거렸다. 순 핑계였다. 제퍼뿐만이 아니었다. 프라이와 라이더와 버지와 그 외 모두가 그랬다. 다만 놈들은 제퍼처럼 위로를 가장하긴커녕 대놓고 괴롭히기만 했다. 다들 하루아침에 쓰레기처럼 굴었다. 특히 열받은 프라이는 하이드어웨이 자유 게시판에 나에 관한 음담패설을 올리고 해변 화장실에 '대걸레 스위트와인'이라고 낙서해 놓았다. 누군가가(노아?) 지워버릴 때마다 다시 써놓기 일쑤였다.

너 정말 *그런 애*가 되고 싶어? 엄마는 그해 여름부터 가을에 걸쳐 거듭 물었다. 치마가 점점 짧아지고, 구두 굽이 점점 높아지고, 립스틱이 점점 진해지고, 엄마를 향한 미움도 점점 자라났다. 너 정말 *그런 애*가 되고 싶어? 엄마는 죽기 전날 밤, 내가 제퍼와 함께 파티에 가려고 입은 옷을 보고 또다시 물었다(물론 엄마는 내가 제퍼와 파티에 가는지 몰랐다). 그게 나에게 한 마지막 말이었다.

엄마는 죽었고 나는 실제로 *그런 애*였다.

제퍼는 빠르게 달렸다. 나는 숨이 턱까지 차올랐다. 우리는 침묵 속에서 오르막길을 오르고 또 올랐다.

앞서가던 제퍼가 말했다. "너랑 약속한 대로 아직 걔 뒤를 봐주고 있어."

언젠가, 그 일이 있기 한참 전에, 나는 제퍼에게 노아의 뒤를 봐달라고 부탁했다. 하이드어웨이힐은 소설 『파리 대왕』 속 상황이 펼쳐지기 딱 좋은 곳이었고, 7학년이던 내 눈에 제퍼는 동네 보안관처럼 보였다. 그래서 감시를 부탁했었다.

"주드 너도 마찬가지고."

무시하려 했으나 참을 수 없었다. 화살처럼 날카로운 비난이 내 입에서 튀어나왔다.

"그때 난 너무 어렸어!"

숨을 집어삼키는 소리가 들린 것 같았지만 분명치 않았다. 파도가 요란하고 가차 없이 바위에 부딪치고 땅을 긁어댔다.

나도 마찬가지였다. 흙을 걷어차고, 땅을 걷어차고, 대륙을 한 발 한 발 지르밟았다. 나는 8학년이었고 제퍼는 11학년이었다. 지금 내 나이보다도 꼬박 한 살 많았다. 나이도 나이지만 상대를 그딴 식으로, 걸레짝처럼 취급하면 안 된다. 불현듯 머릿속에 번개처럼 깨달음이 찾아왔다. 제퍼 레이븐스는 흉조 같은 게 아니다. 화를 부르는 존재가 아니다. 그저 구제 불능 얼간이 찌질이 새끼다. 물론 *악의는 있다.*

그리고 우리가 한 짓은 불행을 몰고 오지 않았다. 그저 *끝없는* 구역질과 *후회와 분노와*—.

나는 제퍼에게 침을 뱉었다. 말 그대로였다. 제퍼의 등과 엉덩이에. 그리고 개 같은 뒤통수에도 한 발 날렸다. 제퍼는 머리에 벌레가 붙었다고 생각했는지 손으로 휘이 쫓는 시늉을 했다. 나는 한 발 더 명중시켰다. 제퍼가 뒤돌아봤다.

"이게 뭔—? 너 나한테 침 뱉은 거야?" 제퍼가 황당하다는 듯이 물으며 뒤통수를 쓸었다.

"다시는 그딴 짓 하지 마. 아무에게도."

"주드, 난 항상 널—."

"네가 예전에 날 어떻게 생각했고 지금 어떻게 생각하는지 관심 없어. 그냥 다시는 그딴 짓거리 하지 마."

나는 제퍼를 지나쳐 속도를 두 배로 올렸다. 비로소 거침없는 애가 된 것 같았다. 아주 고맙게도.

어쩌면 엄마는 *그런 애*에 대해 잘못 알고 있었는지도 모른다. 왜냐하면 *그런 애*는 자길 막 대한 남자에게 침을 뱉을 줄 아니까. 어쩌면 이제껏 숨어있던 애가 *그런 애*인지도 모른다. 돌을 깨부숴 자기를 해방한 애가 *그런 애*인지도 모른다. 그 직전에 이 얼간이와 무슨 짓을 했건 엄마 차가 제동력을 잃은 게 내 잘못이 아니라는 사실을 아는 애가 *그런 애*인지도 모른다. 나는 우리 가족에게 불행을 몰고 오지 않았다. 아무리 그렇게 느껴지더라도. 그건 우연이다. 우연한 사고였다.

그리고 어쩌면 이제 용기를 내 노아에게 진실을 털어놓으려는 애가 *그런 애*인지도 모른다.

노아가 아직 죽지 않았다면.

꼭대기에 가까워지면서 이상한 소리가 들렸다. 처음에는 바람이 나무 사이를 휘돌며 윙윙대는 소리인 줄 알았는데, 알고 보니 사람이 내는 소리였다. 노래를 부르나? 구호를 외치나? 얼마 지나지 않아 그 구호가 내 성이라는 걸 깨닫고 심장이 몸 밖으로 튀어 나갔다. 제퍼도 나와 동시에 깨달은 듯했다. 둘 다 전속력으로 달리기 시작했으니까.

스위트와인! 스위트와인! 스위트와인!

제발, 제발, 제발. 마침내 산마루터기에 이르러 평평한 모래 지대에 발을 디뎠을 때, 한 무리의 사람들이 무슨 경기를 관전하듯 반원으로 모여있었다. 제퍼와 나는 사람들 사이를 밀치며 파고들었다. 관중을 뚫고 맨 앞에 도착하니 눈앞에는 자살 게임이 한창이었다. 맹렬히 타오르는 모닥불 앞에 한 남자가 손에 테킬라 병을 든 채 갈대처럼 흐느적거리고 있었다. 약 5미터 뒤로는 낭떠러지였다. 그 맞은편에 노아가 있었다. 낭떠러지에서 고작 3미터쯤 떨어진 곳에. 관중은 노아가 생을 끝내길 원하고 있었다. 노아 발치에 반쯤 빈 술병이 보였다. 노아는 양팔을 날개처럼 펼치고 제자리에

서 두 번 돌았다. 바람이 옷에 잔물결을 일으키고 모닥불 불빛이 노아를 불사조처럼 보이게 했다.

뛰어내리고 싶은 노아의 욕망이 느껴졌다. 흡사 내 안의 욕망처럼.

"좋아, 5라운드! 시작합니다!" 근처 바위 위에서 한 남자애가 외쳤다. 게임의 진행자였다. 출전자들만큼이나 취한 듯했다.

"넌 노아를 잡아. 난 재러드를 맡을게. 둘 다 잔뜩 취했어. 쉬울 거야." 제퍼는 사적인 감정을 배제하고 진지하게 말했다. 어쨌든 도움이 되긴 했다.

내가 말했다. "하나, 둘, 셋."

우리는 원형 경기장 한복판에 뛰어들었다. 바위 위에서 진행자가 혀 꼬인 발음으로 외쳤다. "어이, 데스 매치에 그렇게 끼어들면 못써."

분노가 치밀었다.

"쇼를 망쳐서 미안. 그럼 다음번엔 내 동생 대신 *네* 동생을 술 처먹이고 낭떠러지에 떠미는 거 어때?" 내가 쏘아붙였다. 와우. *그런 애*는 쓸모가 많았다. 진작 좀 써먹을걸. 다시는 그런 실수를 반복하지 않으리라.

나는 노아의 팔을 힘껏 잡아끌었다. 저항할 줄 알았는데 노아는 의외로 순순히 안기며 말했다. "울지 마. 뛰어내릴 생각 없었어."

내가 울고 있었나?

"거짓말하지 마." 나는 노아의 활짝 핀 얼굴을 바라보며 말했다. 너무 많은 사랑이 내 가슴을 채웠다. 당장 터질지도 몰랐다.

"맞아." 노아가 웃으며 딸꾹질했다. "순 거짓말이야. 미안, 주드."

얼마나 취했는지를 생각하면 상상도 할 수 없는 몸놀림으로, 노아가 내 품에서 휙 빠져나가면서 나를 뒤로 내동댕이쳤다.

"안 돼!" 내가 재빨리 손을 뻗었지만, 노아는 낭떠러지로 달려가며 두 팔을 펼쳐 들었다.

그게 내 머리가 땅을 치고 관중이 일제히 숨을 멈추기 직전에 내가 마지막으로 본 장면이었다.

*

낭떠러지는 텅 비어있었다. 하지만 아무도 해변으로 가는 지름길인 벼랑길로 몰려가지 않았다. 심지어 노아가 살았는지 확인하려고 절벽 끝에 엎드린 사람도 없었다. 군중은 한 덩어리가 되어 큰길로 빠져나가고 있었다.

그리고 나는 환각을 떨쳐내야 했다.

뒤통수를 땅에 찧으며 뇌에 충격이 간 걸까. 아무리 눈을 깜빡이고 고개를 흔들어도 환영이 사라지지 않았다.

몇 걸음 떨어진 곳에 내 동생의 배를 깔고 앉아있는 사람은 오스카였다.

노아가 절벽 끝에 다다르기 전에 난데없이 튀어나와 덮친 사람이 오스카였다.

"어, 형이네요." 노아가 놀란 목소리로 말하자 오스카는 몸을 굴려 땅에 벌렁 드러누웠다. 그러고는 방금 막 에베레스트산을 등정한 사람처럼 숨을 몰아쉬었다. 오토바이 부츠가 눈에 들어왔다. 두 팔을 펼치고 널브러진 오스카의 머리카락은 땀범벅이었다. 달빛과 모닥불 덕분에 내 환영은 고화질로 펼쳐졌다. 노아는 상체를 일으켜 앉아 오스카를 내려다봤다.

"피카소?" 오스카가 헐떡이며 말했다. 누군가가 노아를 그렇게 부른 것은 실로 오랜만이었다.

"완전 다 컸네. 까까머리도 하고."

둘은 주먹을 맞부딪쳤다. 그래, 노아와 오스카. 내 주변 인물 가운데 가장 주먹 인사를 할 것 같지 않은 두 사람. 역시 내가 상상하고 있는 것이다. 오스카는 일어나 앉아 노아의 어깨를 잡았다.

"방금 무슨 짓이야, 친구? 술까지 마시고? 내 길을 따르려는 거야? 이건 너답지 않아, 피카소."

오스카가 노아를 훈계하고 있어?

노아가 노아답지 않은지는 어떻게 알아?

"내가 아니니까요. 나는 더 이상 내가 아니거든요."

"그 느낌 알지." 오스카가 대답하더니 여전히 앉은 채로, 나를 향해 한 손을 들어 보였다.

"어떻게 여기—." 내가 막 물으려는데, 노아가 자기한테 하는 말인 줄 알고 끼어들었다.

"나한테 계속 메시지 보냈잖아. 네가 다 알아낸 줄 알고 계속 술 마시다가……."

"뭘 알아내? 이게 다 내가 보낸 메시지 때문이라고?" 내가 뭐라고 보냈는지 기억을 더듬었다. 그저 급히 할 얘기가 있다는 것뿐이었다. 내가 무슨 얘길 할 거라고 생각한 걸까? 분명 나에게 숨기는 게 있다.

"뭘 알아내?" 내가 재차 물었다.

노아는 한 손으로 허공을 휘저으며 나를 보고 멍청하게 웃었다. "뭘 알아내"라고 천치처럼 되풀이했다. 그래, 취해서 아주 맛이 갔구나. 평생 맥주 한두 잔 이상 마셔본 적 없는 것 같은데.

"우리 누나예요." 노아가 오스카에게 말했다. "한때 머리카락이 빛의 강물처럼 따라오곤 했죠."

적어도 나는 그렇게 알아들었다. 노아는 스와힐리어를 하고 있었다.

"네 누나라고!" 오스카가 외치더니 다시 벌러덩 누웠다.

노아도 그 옆에 풀썩 드러누웠다. 얼빠진 미소와 함께.

"끝내주네. 너희 아빠는 누구야? 대천사 가브리엘? 그리고 머리카락이 뭐? 빛의 강물 같았다고?" 오스카가 고개만 들어 나를 쳐다봤다. "넌 괜찮아? 많이 놀란 표정인데. 그나저나 그 비니랑 채소 가득한 웃옷 벗으니까 색다르다. 멋지긴 한데 좀 춥겠어. 내 가죽 재킷이라도 빌려주고 싶은데 이를 어쩌나. 누가 훔쳐 가버렸지 뭐야." 오스카의 목소리는 오늘 아침과 달리 쌩쌩하고 여유로웠다. 하지만 나는 이미 오스카의 비밀 일기장을 훔쳐본 느낌이었다.

그래도.

"수작 부리지 마. 난 그쪽 매력에 면역이 됐으니까. 어장 관리 전문가한테 예방접종을 너무 많이 받아서."

게다가 *그런 애가* 화려하게 부활했으니까.

재치 있는 말로 응수할 줄 알았는데, 오스카는 제대로 허를 찔린 표정으로 날 바라봤다.

"어제 일은 정말 미안해. 이루 말할 수 없이."

나는 당황해서 눈만 끔뻑거렸다. 오스카가 무엇 때문에 사과하는지 나도 헷갈렸다. 그런 걸 보게 해서? 아니면 그런 일을 저질러서?

"내 동생 구해줘서 고마워." 나는 일단 사과를 무시하고 말했다. 그리고 진심이었다. 뒤늦게 감사가 차올랐다. 그야, 세상에 이런 일이! "어쩜 이렇게 때마침, 슈퍼히어로처럼 나타났는지 내 눈으로 보고도 못 믿겠어. 게다가 둘은 어떻게 아는 사이인지……."

오스카가 팔꿈치로 땅을 짚고 몸을 일으켰다.

"내가 너희 둘을 위해 옷을 벗었다니 뿌듯하네."

이건 또 무슨 소리야? 언제 오스카가 노아 앞에서 모델을 섰지? 노아도 상체를 일으켜 팔꿈치로 지탱했다. 오스카와 함께 '대장 따라 하기 놀이'라도 하는 모양이었다. 노아는 얼굴이 벌겠다.

"두 눈은 그대로인데, 그 흉터들은 처음 보네요." 노아가 오스카에게 말했다.

"아, 이거. '내가 더 많이 때렸어'라고 말하고 싶은데, 실은 5번 고속도로에서 굴렀어."

두 사람은 다시 드러누워 떠들어댔다. 빛나는 밤하늘을 바라보며, 영어와 스와힐리어를 주거니 받거니 했다. 웃음이 입술을 비집고 나왔다. 오스카와 내가 감방 바닥에 누워있었을 때와 똑같았다. 나는 그 포스트잇을 떠올렸다. *네가 가족처럼 느껴질 거랬어.* 왜 지금 오스카가 그렇게 느껴지는 거지? 그리고 아까 그 사과는 뭐지? 무슨 의미지? 목소리에 진심이 담겨있었다. 되는대로 지껄인 사과는 아니었다.

담배 냄새가 나서 돌아봤다. 제퍼와 재러드라고 했던 갈대 소년, 그리고 몇몇 인원이 떠나면서 담배를 피우고 있었다. 다들 큰길 쪽으로 걸어갔다. 아마 아지트로 돌아가는 듯했다. 새삼 얼마나 다행인지. 오스카가 하늘에서 뚝 떨어지지 않았다면 노아는 죽었을 것이다. 이를 증명하듯 아래에서 파도가 해안을 부술 듯이 요란하게 때렸다. 기적일지도 모른다. 아니, 기적이어야 한다. 어쩌면 할머니가 옳았다. *기적이 일어나려면 기적을 볼 줄 알아야 해.* 어쩌면 나는 내가 사는 이 세상을 너무 끔찍하게 보고 몸을 사리느라 아주 많은 것을 놓쳤는지도 모른다.

"오스카가 네 목숨을 구한 거 알아? 이 절벽이 얼마나 높은지 알기나 해?" 내가 노아에게 말했다.

"오스카." 노아가 되풀이하더니 비척비척 일어나 앉아 나를 가리키며 말했다. "오스카가 내 목숨을 구한 것도 아니고, 얼마나 높은지도 상관없어." 노아는 취기가 오르는지 점점 혀가 꼬부라졌다. "날 자꾸 높은 곳에 오르게 하는 건 엄마야. 등에 낙하산이 달린 느낌이야. 실제로 날 수 있는 것처럼." 노아가 한 손으로 바람을 쑥 갈랐다. "믿을 수 없을 만큼 느리게 낙하하지. 매번 그래."

내 입이 떡 벌어졌다. 그래, 그거. 내 눈으로 봤거든.

그래서 계속 뛰어내렸나? 엄마가 받쳐주니까? 이건 내가 '엄마 없이 가엾은 것' 표정을 볼 때마다 했던 생각 아닌가? 비행기에서 낙하산도 없이 떠밀린 애를 보는 표정이라고. *엄마라는 존재가 바로 낙하산*이니까. 얼마 전에 노아가 데블스드롭에서 점프하던 모습이 떠올랐다. 노아는 허공에서 그대로 멈춘 것 같았다. 그 상태로 손톱 손질도 할 수 있을 것 같았다.

오스카가 일어나 앉았다. "헛소리." 오스카가 쏘아붙였다. "너 미쳤어? 지금 상태로 절벽에서 뛰어내리면 끝장이야. 저승에서 누가 널 돕는지는 상관없어. 피카소, 내가 장담하는데 너희 엄마는 네가 목숨을 가지고 장난질하기보다 제대로 살아가길 원하실 거야."

오스카 입에서 저런 말이 나올 줄 몰랐다. 혹시 오늘 아침 기예르모가 한 말이 아닐까?

노아는 눈을 내리깔고 들릴 듯 말듯 중얼거렸다. "하지만 오직 그 순간만 날 용서해 주는걸."

엄마가 *노아*를 용서해?

"뭘 용서해?" 내가 물었다.

노아의 얼굴이 침통했다.

"다 새빨간 거짓말이야."

"뭐가?" 내가 다시 물었다. 여자를 좋아한다고 말한 거? 예술을 그만둔 거? 불꽃을 내지 않는 거? 아니면 다른 거? 그게 뭐든 밤에 술을 진탕 마시고 절벽에서 뛰어내리게 했다. 내 문자메시지를 읽고 내가 알아냈다고 생각해서.

노아가 망연자실한 표정으로 고개를 들었다. 생각이 아닌 말을 하고 있었다는 사실을 뒤늦게 깨달은 것처럼. 나도 이참에 CSA와 관련된 진실을 털어놓고 싶은데, 그럴 수는 없었다. 노아는 제정신일 때 그 얘기를 들어야 한다.

"엄마는 다 이해할 거야. 내가 장담해. 모든 게 제자리를 찾을 거야."

노아는 고개를 흔들었다. "아니, 더 나빠질 거야. 네가 아직 몰라서 그래."

간담이 서늘해졌다. 무슨 말이야? 더 추궁하려는데 노아가 두 발로 일어서려다가 고꾸라졌다.

"집까지 데려다줄게." 오스카가 얼른 노아의 한쪽 팔을 붙들고 말했다. "어디야? 태워주고 싶지만 걸어서 가야 해. 오늘 밤 내가 술 마실 걸 알고 G가 내 오토바이를 압수했거든. 덕분에 오늘 아침에 큰 소란을 피웠지."

그래서 오토바이가 마당에 있었구나. 내가 본의 아니게 그 소란을 좀 엿들었다고 말해야 할 것 같은데, 지금은 그럴 때가 아니었다.

"G?" 노아가 중얼거렸지만 곧바로 정신이 흐려진 듯했다.

"여기서 안 멀어. 고마워. 정말로, 고마워." 내가 오스카에게 말했다.

오스카는 씩 웃었다. "달려와 준다니까. 기억 안 나? 우발적 흉기 살인이라도."

"가족처럼 느껴질 거랬지." 뱉고 나서 아차 했다. 속으로 삼켜야 했을 말인데. 한심하긴.

하지만 오스카는 이번에도 내 예상과 다르게 반응했다. 여태껏 본 것 중 가장 진심 어린 미소를 지어 보였다. 눈꼬리에서 시작해 온 얼굴 구석구석 퍼져나가는 미소였다.

"정말 그래."

오스카와 노아가 이인삼각 경기를 하듯 영차영차 걸어가는 동안 나는 머릿속 뇌우를 잠재우려고 애썼다. *정말 그래.* 문득 오스카가 재킷 안에 내 사진을 지니고 다녔다는 사실이 떠올랐다. 그리고 두 팔 가득 브룩을 안고 있었지. 정신 차려, 주드. 그래, 노아의 목숨을 구해준 사람일 뿐이야. 그런데 아까 한 말은? *이루 말할 수 없이 미안해.* 오늘 아침에 기예르모와 다툰 게 정말 나 때문이라면? 나랑 사귀는 사이도 아니면서. 아 이런. 거품, 헹굼, 반복.

대로에 접어들자 노아는 오스카의 팔을 떨쳐내고 우리보다 앞서 갔다. 혼자 비틀거리며 걸어가는 노아의 뒷모습을 주시했다.

오스카와 나는 나란히 걸었다. 몇 번인가 손이 스쳤다. 혹시 일부러 그랬나? 아니면 내가 그랬나?

집까지 반쯤 왔을 때 오스카가 입을 열었다. "어떻게 된 일인지 궁금하겠지. 난 아지트에 있었어. 기분이 너무 안 좋았지. G가 지독한 말들을 했거든. 가끔 거울을 든 것처럼 내 민낯을 까 보일 때가 있는데, 역시 끔찍하더라고. 그저 잔뜩 취해서 고주망태가 되고 싶다는 생각뿐이었어. 234일 하고 열 시간 만에 술을 입에 댈 참이었지. 실제로 손목시계를 보고 얼마 만인지 계산하고 있는데, 너랑 똑 닮은 누군가가 난데없이 달려들어 내가 들고 있던 병을 쳐서 날려버리는 거야. 어안이 벙벙했어. 계시? 예언? 기적? 뭔지 모르겠어. 다만 그 순간엔 그게 무슨 절묘한 우연이라거나 신의 가호라는 생각도 못 했어. 제대로 된 사고가 멎어버렸거든. 네가 어떤 북유럽 거인에게 쫓겨 숲속으로 달아나고 있는 것만 같아서. 이제 물어볼게. 누가 누구를 구한 걸까?"

나는 하늘에 굴러다니는 은화를 닮은 달을 올려다보며 지금 내가 기적을 보고 있나 생각했다.

오스카가 주머니에서 무언가를 꺼내 들었다. 달빛 덕에 그것이 오스카의 어머니가 준 조개껍데기라는 걸 알아볼 수 있었다. 그런데 빨간 실이 달려있었다. 내가 기예르모의 편지를 감았던 것과 같은 실. 어느 틈엔가 오스카가 온몸이 맞닿을 정도로 바짝 다가와 있었다. 그것을 내 목에 둘러 묶느라고.

"몇 분 안에 죽으면 어쩌려고." 내가 속삭였다.

"그래도 네가 지녔으면 해."

울컥해서 아무 말도 할 수 없었다.

우리는 계속 걸었다. 또다시 손이 스쳤을 때, 나는 그 손을 꽉 잡았다.

*

나는 지금 책상에 앉아 엄마 조각상을 위한 스케치를 마무리하고 있다. 닮게 그리려고 무진 애를 썼다. 내일 기예르모에게 보여줄 것이다. 노아는 곯아떨어졌고 오스카는 진작 떠났다. 마법의 조개껍데기(본인이 가장 아끼는 물건이라 했던!)는 내 목둘레에서 기쁨을 발산했다. 문득 피시에게 전화를 걸고 싶었다. 누군가에게, 이번만큼은 살아있는 존재에게 이 조개껍데기에 대해, 사진과 포스트잇들에 대해, 지금 나에게 벌어지고 있는 일들에 대해 전부 이야기하고 싶었다. 하지만 생각해 보니 지금은 겨울방학이고 기숙사는 문을 닫았으며(나는 기숙사에서 지내지 않는 소수의 학생 중 하나다) 한밤중이다. 무엇보다 피시와 나는 딱히 친하지 않다. 어쩌면 앞으로 친해지는 게 좋을지도 모르겠다. 어쩌면 나는 살아있는 친구가 절실히 필요한지도 모른다(미안, 할머니). 방금과 같은 일을 상담할 누군가. 오스카와 나는 우리 집 현관 앞에 단둘이 서있었다. 서로의 숨결과 맥박이 느껴질 만큼 가까웠다. 오스카가 키스할 거라고 확신했는데, 그러지 않았다. 이유는 나도 모른다. 집 안으로 들어오려고 하지도 않았다. 차라리 다행이었다. 집 안을 둘러봤다면 내가 아직 고등학생이라는 사실을 눈치챘을지도 모른다. 오스카는 내가 집에서 지낸다는 걸 알고 놀란 눈치였다.

"어, 캠퍼스에 사는 줄 알았는데. 어머니 돌아가시고 동생 돌보느라 집에 남은 거야?"

나는 화제를 돌렸다. 물론 사실을 말해야 하고, 말할 생각이었다. 기예르모와 다투는 걸 일부 엿들었다는 말도 해야 했다. 더 이상 어떤 비밀도 남겨놓지 않을 것이다. 조만간.

　스케치가 썩 마음에 들게 나와서 스케치북을 덮고 재봉 작업대에 앉았다. 잘 생각은 추호도 없었다. 오늘 하루 동안 오스카와, 노아와, 제퍼와, 유령들과 있었던 모든 일을 뒤로하고 잠들 수는 없었다. 어쨌든 어서 기예르모를 위한 작업복을 만들고 싶었다. 〈떠오르는 드레스〉를 짓고 남은 자투리들을 이용할 생각이었다. 가방을 뒤져 기예르모의 낡은 작업복을 꺼냈다. 패턴을 따려고 챙겨온 것이다. 작업복을 작업대 위에 펼쳐 선을 따기 시작했다. 그러고 보니 앞주머니가 두둑했다. 손을 넣어 꺼내 보니 수첩 두 권이었다. 한 권을 휙휙 넘겨봤다. 스페인어로 휘갈긴 메모와 리스트, 스케치 등 특별한 건 없었다. 영어로 쓴 '그대'를 위한 메시지는 없었다. 남은 수첩도 대충 훑어봤다. 비슷한 것들이 이어지더니 정말 영어로 쓴 글이 나왔다. '그대'를 위한 편지가 분명했다. 같은 내용을 약간씩 고쳐서 세 번이나 다시 쓴 걸 보니 실제로 전할 생각이었던 듯했다. 이메일로 전송하거나 카드에 옮겨 적거나 혹은 검정 벨벳 케이스에 담긴 반지와 함께.

　마지막 초고는 다음과 같았다.

더는 못 참겠어. 대답을 듣고 싶 들어야겠어. 나는 당신 없이 살 수 없어. 반쪽짜리 남자야. 반쪽짜리 몸, 반쪽짜리 심장, 반쪽짜리 마음, 반쪽짜리 영혼이야. 답은 하나뿐이잖아. 당신도 지금쯤이면 알겠지. 어떻게 모르겠어? 결혼해 줘, 내 사랑. 승낙해 줘.

태양을 너에게 줄게

나는 의자에 털썩 앉았다. 기예르모는 거절당한 것이다. 어쩌면 끝내 청혼하지 않았는지도 모른다. 어느 쪽이든 안쓰러웠다. 오늘 그가 뭐라고 했지? *심장에 나쁜 것은 예술에 좋다.* 실연은 분명 그의 심장에 너무 나빴고 예술에 너무 좋았다. 그렇다면 나는 가장 아름다운 작업복을 만들어 그의 예술혼에 바치리라. 나는 자투리 자루를 뒤적여 빨강, 주황, 보라색을 골라냈다. 심장의 색들.

나는 천 조각들을 박음질하기 시작했다.

한참 낯선 소음이 들리기에 재봉틀이 오래돼서 말썽을 부리는 줄 알았는데 알고 보니 누군가가 창문을 두드리고 있었다. 언제부터였는지 감도 안 왔다. 오스카? 불 켜진 유일한 창문에 감히 도박을? 오스카가 틀림없었다. 나는 벌떡 일어나 거울 앞에 서서 머리카락이 들뜨도록 마구 헝클어뜨리고, 화장대 맨 위 서랍을 열어 내가 가진 가장 빨간 립스틱을 꺼내 발랐다. 그래, 그러고 싶었다. 또한 벽에 걸린 드레스 중 가장 자랑할 만한 작품(〈중력을 거스르는 드레스〉랄까?)을 꺼내 입었다. 그래, 내가 정말로 그러고 있었다.

"잠깐만!" 나는 창문을 향해 외쳤다.

"분부대로." 오스카가 대답했다.

분부대로!

나는 〈중력을 거스르는 드레스〉 차림으로 전신 거울 앞에 섰다. 〈떠오르는 드레스〉에 대한 나만의 해석. 몸에 딱 붙는 머메이드라인으로 밑단이 퍼지는 살구색 드레스였다. 지난 몇 년간 나를 포함해서 아무도 내가 만든 드레스를 입은 나를 본 적 없다. 늘 내 치수

437

에 맞게 만들지만 줄곧 다른 여자가 입은 모습을 상상했다. 만약 낯선 이가 내 옷장을 열면 이 방에 두 사람이 사는 줄 알 것이다. 그리고 오직 한쪽과 친구가 되고 싶겠지.

오랜만이야, 하고 생각한 순간 깨달았다. 나도 모르게 그 애를 위한 드레스를 지어온 것이다. 내가 할머니처럼 독자적인 드레스라인을 갖고 있다면 이렇게 부를 것이다. *그런 애.*

나는 방을 가로질러 커튼을 걷고 창문을 열었다.

오스카는 한 박자 늦게 반응했다.

"우와. 이게 누구야. 기절할 만큼 근사하네. 한밤중에 혼자 있을 때 이런 차림으로 있는 거야? 대낮에는 감자 포대 같은 걸 두르고 다니면서?" 오스카가 특유의 광기 어린 미소를 지었다. "넌 내가 만난 사람 중에서 가장 기상천외해." 오스카가 창턱에 두 손을 얹고 덧붙였다. "하지만 그 말 하려고 온 건 아니야. 반쯤 가다가 중요한 얘기를 깜빡한 게 생각나서 다시 돌아왔어."

오스카가 다가오라는 듯이 검지를 까딱였다. 나는 고개를 수그려 창밖의 밤을 향해 얼굴을 내밀었다. 상쾌한 바람이 머리카락을 파고들었다.

오스카의 표정이 진지해졌다.

"무슨 얘긴데?"

"이거."

미처 반응할 틈도 없이 오스카가 두 손으로 내 머리를 감싸고 입술을 부딪쳤다.

나는 순간적으로 몸을 확 뒤로 물렸다. 이 남자를 믿어도 되나 싶어서. 왜냐면 믿고 싶어 돌아 버리겠으니까. 그런데 그냥 믿으면? 까짓것 믿어버리면 어때서? 그래, 오스카의 날숨에 산산이 흩어져 버린다면, 그러라지, 뭐······.

바로 그때였다. 어쩌면 흘러내리는 달빛에 오스카의 이목구비가 찬연하게 드러나서인지도 모른다. 혹은 내 방 불빛이 그런 효과를 만들어냈을 수도 있다. 아니면 우리가 처음 만났을 때 못 본 것을 내가 마침내 볼 준비가 되어서인지도 모른다.

오스카는 노아를 위해 모델을 섰다.

오스카가 그림 속 남자다.

그 사람.

내가 늘 상상했던 모습 그대로.

나는 다시금 밤을 향해 몸을 기울였다.

"내가 그쪽을 갖고 싶어서 거의 온 세상을 포기했어." 나만의 사랑 이야기 정문을 통과하며 말했다. "태양, 별, 바다, 나무, 전부 다 포기했어."

당황했던 오스카의 얼굴에 이내 기쁨이 밀어닥쳤다. 곧이어 내 손이 오스카를 끌어당겼다. *오스카가 그 사람이니까.* 이제껏 일부러 눈 돌리고, 행동하지 않고, *살지 않은* 모든 세월이 그 순간 댐을 뚫고 터져 나왔다. 나는 허겁지겁 오스카에게 키스했다. 몸을 어루만지고 싶어 두 손을 뻗었다. 오스카도 손가락으로 내 머리카락을 움켜쥐었다. 정신 차리고 보니 어느새 창밖으로 빠져나가 오스카를 땅바닥에 쓰러뜨린 후였다.

"여기 사람이 물에 빠졌어요."

오스카가 중얼거리며 나를 두 팔로 감쌌다. 함께 웃다가 이내 웃음기가 가셨다. 키스가 이럴 수도 있다는 걸 누가 알았을까? 내 안의 지형을 바꾸고, 바다를 뒤집고, 강물이 산을 오르게 하고, 내린 빗물이 올라가게 한다는 걸. 오스카가 날 껴안은 채 몸을 굴려 나를 내리눌렀다. 그 무게에 불현듯 지난날의 무게가 떠올랐다. 제퍼가 우리 둘 사이를 팔꿈치로 비집고 들어왔다. 일시에 온몸의 근육이 긴장했다. 눈에 초점을 잃은 낯선 이를 마주할까 봐 두려워하며 눈을 떴다. 낯선 이는 없었다. 오스카였다. 지금, 여기, 나를 애틋하게 보는 오스카. 그제야 오스카를 믿을 수 있었다. 사랑은 눈에 보인다. 바로 이 얼굴처럼 생겼다. 나에게 사랑은 언제나 이 광란의 뒤죽박죽 얼굴처럼 보였다.

오스카가 엄지로 내 볼을 쓸며 말했다.

"괜찮아."

과거에 무슨 일이 있었는지 아는 것처럼.

"정말?"

주변에서 나무들이 부드럽게 바스락거렸다.

"100퍼센트. 약속할게."

밤은 포근하고 조심스럽게, 살갗을 건드리지도 않고, 우리를 뒤덮고 휘감았다. 오스카가 나에게 천천히, 부드럽게 키스했다. 그러자 심장이 끼익 열리고, 끔찍하고 지독했던 그날 해변의 모든 순간이 스르륵 씻겨 내려갔다. 그렇게, 그저 그렇게, 보이콧은 막을 내렸다.

*

오스카가 내 방에 있는 상황에 집중하기는 무척 어려웠다. 그야, 오스카가 내 방에 있으니까! 오스카, 그 초상화 속 남자가! 오스카는 벽에 걸린 드레스들과 내가 입은 드레스가 내 작품이라는 걸 알고 한바탕 호들갑을 떨더니 이번에는 사진 액자를 집어 들었다. 내가 서핑하는 사진이었다. 오스카는 망치와 끌만 들지 않았을 뿐 나를 발굴하고 있었다.

"영국 사내아이들이 보면 눈이 뒤집히겠어." 오스카가 날 향해 액자를 흔들었다.

"서핑 안 한 지 몇 년 됐어."

"아쉽네." 오스카는 내 『의사 처방 편람』을 손끝으로 두드렸다. "이건 예상했고." 이번에는 다른 사진을 집어 들었다. 데블스드롭에서 뛰어내리는 모습이 담긴 사진이었다. 오스카는 사진을 자세히 들여다봤다. "예전에는 이렇게 대담무쌍했구나?"

"아마도. 딱히 그렇다고 생각한 적은 없어. 그냥 그땐 그런 걸 즐겼어."

오스카가 고개를 들었다. 내가 뭔가 더 말하길 기대하는 표정이었다.

"엄마가 죽고 나서…… 몰라. 겁이 났어. 모든 것에."

오스카는 이해한다는 듯 고개를 끄덕였다.

"어떤 손이 목을 움켜쥐고 있는 것 같지 않아? 한 치 앞도 알 수 없는 느낌. 내 심장 박동조차도."

이해 그 이상이었다. 오스카는 재봉 작업대 의자에 앉아 다시 사진을 들여다봤다.

"다만 나는 그 반대 극단으로 갔지. 그 모든 공포를 분풀이 대상으로 이용했어. 거의 매일 나 자신을 죽음으로 내몰았지." 오스카는 얼굴을 찡그리며 사진을 내려놓았다. "G랑 싸운 것도 부분적으로는 그 때문이야. G 생각엔 내가 예나 지금이나 약이나 오토바이로 무모한 짓이나 일삼지 실제로는—." 오스카가 내 얼굴을 보고 말을 멈췄다. "왜?"

"오스카, 실은 오늘 아침에 살짝 들었어. 둘이 싸우는 거 알고 바로 자리를 뜨긴 했는데……." 나는 자백을 억눌렀다. 왠지 오스카의 기세가 심상치 않아서.

무슨 일이 일어나는지는 모르겠지만, 오스카가 일어나서 전혀 '오스카답지 않은' 속도로 내 앞에 불쑥 다가왔다는 것만은 분명했다.

"그럼 너도 알겠네, MJ."

"뭘?"

오스카가 내 두 팔을 잡았다.

"내가 널 몹시 두려워한다는 거. 다른 사람들처럼 밀어낼 수 없을 것만 같아서. 네가 날 처참하게 무너뜨릴 것 같아서."

우리의 호흡이 거칠게 섞여들었다.

"몰랐어."

속삭이듯 말을 뱉기 무섭게 오스카의 입술이 들이닥쳤다. 그 입술에서 억눌리지 않은 감정이 느껴졌다. 그것이 내 안의 무언가를 끄집어냈다. 무언가 대담하고 과감하고 날개 달린 것.

콰앙.

"난 이제 죽었어. 끝장이야." 오스카가 내 머리카락에, 내 목덜미에 입술을 묻고 중얼거리더니 몸을 떼어냈다. 두 눈이 반짝였다. "넌 날 박살 내겠지? 난 알아."

오스카가 웃었다. 평상시보다 훨씬 더 와르르 무너져 내리는 듯한 웃음이었다. 그 사이로 얼핏 새로운 것이 보였다. 진솔함. 어쩌면 자유.

"이미 그랬는지도 몰라. 날 봐. 이놈은 대체 누구야? 이런 만신창이는 아무도 본 적 없어. *나조차도* 초면이야. 게다가 방금 내가 한 말은 G와 싸운 일과는 아무 상관도 없어! 그냥, 너에게 말해야 했어. 네가 알아줬으면 해서. 나는 여태껏 한 번도(한 손을 휘저으며), 뚜껑을 연 적 없어. 꽁꽁 닫아놓고 시도조차 해본 적 없다고."

여태껏 사랑에 빠져본 적 없다는 뜻인가? 기예르모는 오스카가 상처받기 전에 스스로 상처 낸다고, 아무도 받아들이지 않는다고 했다. 그런 오스카가 나를 밀어낼 수 없을까 봐 두렵다고 했다.

"오스카."

오스카는 손바닥으로 내 양 볼을 감쌌다.

"네가 떠나고 나서 브룩과 아무 일도 없었어. 정말로. 너한테 엄마 얘기를 하고 기겁해서 개망나니처럼 굴었지. 그래, 겁쟁이. 오늘 아침에 G의 입으로 들었는지 모르겠지만, 아주 정확한 찬사야. 내가 이번에도 역시 망쳤구나 싶었어……."

나는 오스카의 시선을 따라 창밖을, 까만 세상을 응시했다.

"너에게 내 추한 내면을, 본모습을 보였으니, 아마 네가—."

"아니, 그 반대야. 그래서 더 가깝게 느껴졌어. 나도 공감해. 만약 사람들이 내 본모습을 안다면 아마 절대—."

"*난 안 그래.*"

숨이 빠져나가고, 빛이 쏟아져 들어왔다.

그와 동시에 우리는 손을 뻗어 서로를 끌어당겼다. 몸이 겹쳐지고, 맞물렸다. 하지만 이번에는 키스도 하지 않고, 꼼짝도 하지 않고 그저 꽉 껴안고만 있었다. 그대로 시간이 흐르고 또 흘렀다. 서로에게 필사적으로, 아니, *필생적으로* 매달린 채. 살고자 하는 의지로.

"이제 조개껍데기를 네가 가졌으니 이 정도 거리를 벗어나면 생명이 위험해질 것 같은데."

"*그래서 줬구나!*"

"내 음흉한 속셈이었지."

불가능할 줄 알았는데, 오스카가 나를 더욱 꼭 끌어안았다.

"우리는 브랑쿠시의 〈키스〉야." 내가 속삭였다. 미술사상 가장 로맨틱한 조각품 중 하나. 꼭 맞물려 하나가 된 남녀.

"맞아! 딱 그거야." 오스카가 한 발짝 물러나 내 얼굴에서 머리카락 한 올을 걷어내고 덧붙였다. "잃어버린 반쪽을 만난 것처럼."

"잃어버린 반쪽?"

오스카의 얼굴이 환해졌다.

"플라톤의 설화에 의하면 원래 인간은 머리 둘, 팔 넷, 다리 넷이었는데, 워낙 강하고 자아도취가 심해서 제우스가 모두 반으로 갈라 전 세계에 흩어놓았대. 결국 인간은 평생 자신의 다른 반쪽, 즉 영혼을 나눠 가진 이를 찾아 헤매는 운명이 되었지. 가장 운 좋은 인간들만이 자신의 잃어버린 반쪽을 찾아내는 거야. 지금 보다시피."

나는 기예르모의 편지를 떠올렸다. 자신이 반쪽짜리 영혼, 반쪽짜리 마음을 지닌 반쪽짜리 남자라고 했던⋯⋯.

"실은 기예르모가 쓴 편지를 또 하나 발견했어. 항상 들고 다니는 수첩 중 하나에 있었는데, 청혼이었어."

"아아, 난 묵비권을 행사할 수밖에 없어. 너희 미국인들이 자주 쓰는 말이지? 분명 언젠가 본인 입으로 다 말해줄 거야. 미안하지만 나는—."

나는 고개를 끄덕였다. "이해해."

"하지만 그 잃어버린 반쪽 얘기는 틀림없어." 오스카가 내 손목을 찾아 쥐었다. "좋은 생각이 있어."

오스카의 얼굴에 감정이 휘몰아쳤다. 단 1퍼센트의 가식도 남아 있지 않았다.

"같이 해보자. 같이 망할 뚜껑을 뒤집자. 남은 말도 지금 다 해버릴게. 내가 아지트에 간 건 G랑 싸우고 속상해서가 아니라, 너랑

다 끝났다고 생각해서야. G가 너한테 얼쩡거리지 말라고 해도, 그 야만스러운 형벌 리스트에 참수형을 추가한다고 해도 상관없어. 나는 우리 엄마 예언이 사실이라고 믿어. 이제껏 많은 곳을 돌아다니고 많은 사람을 만나고 많은 사진을 찍었어. 그런데도 널 딱 알아봤어. 그 오랜 시간 동안 오직 너만."

오스카가 역대급 뒤죽박죽 미소를 지었다.

"어때? 같이 히피티 홉을 타고 뛰어다니자. 유령에게 말을 걸자. 흔한 감기여도 에볼라 바이러스라고 의심하자. 양파가 싹을 틔울 때까지 주머니에 넣고 다니자. 우리 엄마들을 그리워하자. 아름다운 것들을 만들고―."

나는 그 말들에 현혹되어 불쑥 끼어들었다.

"오토바이를 타고 돌아다니자. 버려진 건물에 가서 옷을 벗어 던지자. 어쩌면 어느 영국 사내아이에게 서핑을 가르쳐 줄 수도 있고. 이런 말을 하는 게 도대체 누군지 모르겠지만."

"난 알아."

"너무 행복해." 내가 벅차서 내뱉었다. "보여줄 게 있어."

나는 오스카의 손을 놓고 침대 밑 비닐봉지로 손을 뻗었다.

"내 동생 앞에서 모델을 섰댔지. 어쩌다 그랬는지는 모르겠지만―."

"모른다고? 예전에 그 예술고등학교 창밖에 숨어 모델들을 그리곤 했는데."

나는 떡 벌어진 입을 손으로 막았다.

"왜? 내가 말실수한 거야?"

나는 고개를 저으며 CSA 교실 안을 훔쳐보는 노아의 모습을 머릿속에서 지웠다. 노아는 그 자리가 절실해서 뭐든 했을 것이다. 나는 심호흡하고 속으로 괜찮다며 나 자신을 타일렀다. 다음 주면 노아가 CSA에 있을 테니까. 애써 침착하며 비닐봉지를 찾아 꺼냈다.

그것을 무릎 위에 올리고 오스카 옆에 앉았다.

"좋아. 옛날 옛적에, 나는 내 동생이 그린 이 입체파 초상화를 보자마자 달라고 했어." 나는 오스카를 보고 말했다. "반드시 가져야했어. 첫눈에 사랑에 빠졌거든."

오스카가 미소 지었다.

"우리가 어릴 때 하던 내기가 있어. 우주의 지배권을 걸고 세상의 각 요소를 뺏고 뺏기곤 했지. 만만치 않았어. 우리는 뭐랄까……, 좋게 말하면 경쟁심이 강하거든. 어쨌든, 노아는 그 그림을 순순히 넘기지 않더라고. 그래서 나는 거의 모든 걸 포기해야 했어. 하지만 그럴 만한 가치가 있었지. 바로 여기 걸어 놨어." 나는 침대 옆에 그림을 걸었던 자리를 가리켰다. "바라보고 또 바라보면서 이 사람이 진짜였으면 좋겠다고, 내 방 창문에 나타났으면 좋겠다고 상상했어. 바로 오늘 밤처럼."

오스카가 웃음을 터뜨렸다.

"세상에! 우린 무조건 서로의 잃어버린 반쪽이야."

"나는 내가 잃어버린 반쪽을 원하는지 모르겠어. 온전한 나만의 영혼을 더 원하는 것 같아." 나는 솔직하게 말했다.

"인정해. 그럼 특별한 경우에만 서로의 반쪽이 되면 어떨까. 예를 들면 이런 경우."

오스카의 손가락이 내 목선을 천천히 쓸어내리더니 빗장뼈를 가로질러 아래로, 아래로 내려갔다. 내가 어쩌자고 네크라인이 이렇게 깊이 파인 드레스를 입었을까? 이대로 호흡 부족으로 기절해도 좋았다. 아무래도 좋았다.

"그런데 왜 날 갈가리 찢어 봉지에 담은 거야?"

"아, 내 동생이 그랬어. 나한테 화가 났었거든. 다시 짜 맞추려고 여러 번 시도했는데 무리였어."

"고마워."

그때 방 안의 무언가가 오스카의 눈길을 끌었다. 오스카는 벌떡 일어나 화장대 앞으로 걸어갔다. 우리 가족 사진을 집어 들더니 유심히 들여다봤다. 나는 거울을 통해 오스카를 살폈다. 얼굴이 창백했다. 어째서? 오스카가 뒤돌아 날 뚫어지게 바라봤다.

"그냥 누나가 아니었구나. 쌍둥이였어."

오스카가 혼잣말처럼 중얼거렸다. 머릿속이 빙빙 돌아가는 게 보였다. 노아가 몇 살인지 알았던 게 분명하다. 그래서 내가 지금 몇 살인지 알아낸 거다.

"말하려고 했어. 그런데 내심 겁이 나서. 혹시라도—."

"맙소사. 기예르모는 몰라."

오스카가 창문으로 달려가 창틀을 뛰어넘었다. 나는 뭐가 어떻게 되는 건지 몰랐다.

"잠깐, 기다려, 오스카. 기예르모는 당연히 알아. 그런데 왜 그걸 신경 쓰겠어? 그게 대체 어쨌다고?" 나는 창문으로 달려가 소리쳤다. "우리 아빠는 엄마보다 열한 살이나 많아! 그런 건 중요하지 않아!" 그러나 오스카는 이미 사라진 뒤였다.

나는 화장대로 가서 사진을 집어 들었다. 내가 가장 아끼는 가족 사진. 노아와 나는 여덟 살쯤이고 우스꽝스러운 선원 복장을 맞춰 입었다. 하지만 내가 이 사진을 좋아하는 이유는 우리 부모님 때문이다.

엄마와 아빠는 엄청난 비밀을 공유한 사이처럼 서로를 응시하고 있었다.

보이지 않는 미술관

노아

열넷

하나씩, 물감 튜브를 세탁실 개수대에 짜 넣었다.

색이 필요했다. 짙고, 선명하고, 씨발, 미친, 좆같은 색깔이 무더기로 필요했다. 새 물감의 빛깔이 필요했다. 연초록, 자홍, 청록, 진노랑에 내 손가락을, 내 손을 담가야 했다. 먹을 수 있다면 먹고 싶었다. 내 온몸을 빠뜨리고 싶었다. 그게 내가 원하는 바였다. 초록, 보라, 갈색이 되어 빙글빙글 소용돌이치는 차갑고 미끌미끌한 빛깔의 늪 속으로 내 두 손을, 두 팔을 집어넣는 것. 내 두 눈이 춤출 때까지.

한 시간 전, 나는 창문으로 엄마가 차에 오르는 모습을 지켜봤다.

엄마가 시동을 걸자마자 나는 집 밖으로 뛰쳐나갔다. 부슬비가 내리고 있었다.

나는 토하듯 악을 썼다. *꺼져. 꼴도 보기 싫어.*

엄마는 충격받아 커다래진 눈으로 날 바라봤다. 눈물이 볼을 타고 흘러내렸다. 엄마는 입 모양으로 말했다. *사랑해.* 그러고는 손을 가슴에 댔다가 날 가리켰다. 청각장애인에게 고백하듯이.

곧 엄마는 진입로를 빠져나갔다. 다른 남자랑 결혼할 수 있게 아빠에게 이혼해 달라고 말하려고.

"상관없어."

듣는 사람 하나 없이 말했다. 엄마 아빠가 어떻게 되든, 브라이언과 코트니가 어떻게 되든, 심지어 CSA 입학이 어떻게 되든 상관없어. 나에게 중요한 건 색뿐이야. 색과 빛 외에는 다 필요 없어. 나는 색의 산더미에 파스텔 블루를 추가했다…….

그때 전화벨이 울렸다.

울리고 또 울렸다.

엄마가 자동응답기를 켜두는 걸 깜빡한 모양이었다. 전화벨은 줄기차게 울렸다. 나는 거실에 나가 전화기를 들었다. 옷자락에 손을 닦았는데도 전화기에 물감이 덕지덕지 묻었다.

굵고 무뚝뚝한 남자 음성이 들렸다. "다이애나 스위트와인씨 댁입니까?"

"저희 엄만데요."

"아버지 집에 계시니, 아들?"

"아니요. 지금 여기 안 살아요."

머리부터 발끝까지 전류가 흘렀다. 뭔가 잘못되었다. 상대의 목소리로 알 수 있었다.

"누구세요?" 실은 묻기도 전에 경찰이란 걸 알았다. 어찌 된 영문인지 그 순간 나는 모든 걸 알았다.

자화상 〈숨을 멈춘 소년 안의 소년〉

그는 나에게 사고가 있었다고 말하지 않았다. 1번 고속도로에서 차가 통제에서 벗어나 회전했다고 말하지 않았다. 그 무엇도 말해주지 않았지만, 나는 알았다.

"우리 엄마 괜찮아요?" 나는 창문으로 달려가며 물었다. 수화기 너머로 경찰 무전기가 지직거리는 소음이 들렸다. 바다에는 몇몇 서퍼가 패들링하고 있었지만 주드는 보이지 않았다. 어디 간 거지? 아까 프라이는 주드가 제퍼와 함께 사라졌다고 했다. 대체 어디로?

"무슨 일인데요?"

서서히 바다가 사라지고 수평선이 지워졌다.

"제발 말해주세요."

엄마는 출발할 때 슬픔에 잠겨있었다. 나 때문에. 내가 꼴도 보기 싫다고 해서. 내가 우든 버드에 따라가서. 내가 그 그림을 그려서. 갑자기 엄마를 향한 무한한 사랑이 분수처럼 솟구쳤다.

"우리 엄마 괜찮아요? 괜찮죠? 맞죠?" 내가 재차 물었다.

"아버지 휴대폰 번호 좀 알려주겠니, 아들?"

그가 *아들*이란 말 좀 그만했으면 했다. 그저 엄마가 괜찮다고 말해줬으면 했다. 주드가 집에 있었으면 했다.

나는 아빠 휴대폰 번호를 알려줬다.

"몇 살이니? 주변에 어른 안 계시니?"

"저 혼자예요. 열네 살이고요." 공포가 밀어닥쳤다. "저희 엄마는 괜찮은 거예요? 무슨 일인지 말 좀 해주세요." 그렇게 말한 순간, 아무 말도 듣고 싶지 않았다. 아무것도 알고 싶지 않았다. 이제 보니 온 바닥에 색색의 피처럼 물감이 떨어져 있었다. 바닥뿐만이 아니었다. 창문, 소파, 커튼, 램프, 곳곳에 손자국이 얼룩덜룩했다.

"아버지께 연락드려 보마." 그가 나직하게 말하더니 전화를 끊었다.

엄마 휴대폰에 전화해 보기 겁났다. 아빠에게 전화했다. 곧바로 음성사서함으로 넘어갔다. 경찰과 통화 중인 듯했다. 내가 듣지 못한 자초지종을 듣고 있을 것이다. 나는 쌍안경을 들고 옥상으로 올라갔다. 밖은 아직도 비가 부슬부슬 내렸다. 그리고 지나치게 더웠다. 모든 게 잘못되었다. 해변, 거리, 절벽 어디에도 주드는 보이지 않았다. 주드와 제퍼는 어디 갔을까? 나는 주드에게 당장 집에 오라고 텔레파시를 보냈다.

브라이언의 집을 건너봤다. 브라이언이 옥상에 있었으면 했다. 내가 얼마나 미안해하는지 알고 우리 집에 와서 행성 궤도와 태양 표면 폭발에 관해 얘기해 줬으면 했다. 나는 주머니에 손을 넣어 돌을 감싸 쥐었다. 그때 차가 진입로로 미끄러져 들어오는 날카로운 소리가 들렸다. 옥상 반대편으로 달려가 내려다봤다. 아빠였다. 아빠는 결코 저렇게 거칠게 운전하지 않는다. 그 뒤로 경찰차가 따라왔다. 살가죽이 떨어졌다. 나는 떨어졌다.

자화상 〈세상 밖으로 떨어져 나가는 소년〉

벽면의 사다리를 타고 내려가 미닫이문을 열고 거실로 들어섰다. 아빠가 열쇠로 현관문을 열고 들어왔을 때 나는 통로에 동상처럼 서있었다.

아빠는 한마디도 할 필요가 없었다. 우리는 동시에 맞부딪치고 떨어지며 무릎을 꿇었다. 아빠는 두 손으로 내 머리를 잡아 가슴에 끌어안았다.

"아아, 노아. 정말 미안하다. 맙소사, 노아. 주드를 데려와야 해. 이건 말도 안 돼. 말도 안 되는 일이야. 오, 주여."

그때 내 입에서 나온 말은 계획한 게 아니었다. 아빠에게서 흘러나온 공포가 나에게 스며들고, 나에게서 흘러나온 공포가 아빠에게 스며들었을 때, 말이 제멋대로 터져 나왔다.

"아빠에게 가던 길이었어요. 집에 돌아오라고, 다시 가족이 되자고요. 엄마는 그 말을 하러 가고 있었어요."

아빠는 몸을 떼어내고 내 터질 듯한 얼굴을 들여다봤다.

"엄마가 그랬다고?"

나는 고개를 끄덕였다.

"아빠가 자기 평생의 사랑이랬어요."

*

해야 할 일이 있다. 집 안은 여전히 조문객과 침통함과 음식으로 넘쳐났다. 많은 양의 음식들이 조리대와 테이블 위에서 상해갔다. 장례식은 어제였다. 나는 눈이 빨개진 사람들 사이를 빠져나갔다. 구부러지는 벽과 칙칙해지는 벽지와 쓰러져 가는 가구와 어두워지는 창문과 좀먹어 가는 공기를 벗어났다. 거울을 지나치면서 보니 나는 울고 있었다. 어떻게 멈추는지 몰랐다. 우는 게 숨 쉬는 것처럼 당연한 일이 되어버렸다. 아빠에게 잠깐 나갔다 온다고 했다. 주드(머리를 싹둑 잘라 딴사람 같았다)가 따라나서려고 했지만 거부했다. 주드는 내가 눈에 안 보이면 불안해했다. 엄마처럼 나도 죽을까 봐 겁이 나는 눈치였다. 어젯밤엔 내 침대에 웬 흙 묻은 식물 뿌리를 숨겨놓더니 오늘 묘지에서 돌아오는 차 안에서는 내가 기침 한 번 했다고 아빠에게 당장 응급실로 가자며 성화를 부렸다. 내가 백일해에 걸렸을지도 모른다고 했다. 그게 대체 뭔지 모르겠지만, 질병 전문가인 아빠가 주드를 진정시켰다.

어찌어찌 조각가의 스튜디오 앞에 도착했다. 보도 연석에 앉아 아스팔트 위로 돌멩이를 던지며 기다렸다. 언젠가는 밖으로 나올 것이다. 적어도 그는 장례식에 오지 않을 만큼의 염치는 있었다. 나는 장례식 내내 그가 나타날까 봐 촉각을 곤두세웠다.

브라이언은 참석했다. 마지막 줄에 자기 엄마, 코트니, 헤더와 함께 앉아있었다. 장례식이 끝난 뒤 나를 찾아오진 않았다.

무슨 상관이야? 색들은 다 없어졌다. 지금도 하늘에서 어둠이 쏟아져 내려와 만물을 검게 물들이고 있었다.

얼마나 오래 기다렸을까, 조각가가 비틀거리며 입구에서 걸어 나와 우편함 앞에 섰다. 작은 문을 열고 그 안에서 우편물 뭉치를 꺼냈다. 얼굴 전체가 울고 있었다.

그가 나를 발견했다.

우리는 서로 뚫어지게 응시했다. 날 바라보는 눈빛에서 그가 엄마를 얼마나 사랑하는지 느껴졌다. 휘몰아치는 감정이 전해졌다. 상관없다.

"엄마와 꼭 닮았구나. 네 머리."

요 며칠 내 머릿속에는 한 가지 생각이 떠나지 않았다. *엄마는 이 남자 때문에 죽은 거야.*

나는 일어섰지만 너무 오랫동안 웅크리고 앉아있던 탓에 곧 다리의 힘이 풀렸다.

"이런."

그가 냉큼 내 팔을 붙잡아 다시 연석 위로 앉히고 내 옆에 털썩 주저앉았다. 살갗의 열기와 함께 강한 남자 냄새가 훅 끼쳤다. 어디선가 통곡이 들렸다. 자칼이 울부짖는 듯한 그 소리는 알고 보니 내게서 나오는 소리였다. 정신을 차리고 보니 그의 두 팔이 나를 감싸고 있었다. 나는 그가, 우리 둘 다 떨고 있음을 느꼈다. 극한 기온에 노출된 사람들처럼. 그가 나를 끌어당겨 자기 무릎 위에 앉히고 꼭 껴안았다. 그의 흐느낌이 내 목에, 내 흐느낌이 그의 가슴팍에 스며들었다. 나는 그의 목구멍으로 기어들어 가고 싶었다. 그의 작업복 주머니에서 살고 싶었다. 그가 영원히 나를 이렇게 어린애처럼, 세상에서 가장 작은 아이처럼 달래줬으면 했다. 그는 방법을 알았다. 그의 내면에 있는 엄마가 나를 달래는 법을 알려주고 있었다. 어째서 이 사람만이 그 방법을 아는 걸까? 어째서 엄마가 오직 이 사람 안에 있는 걸까?

아니야.

새들이 나무 위에서 날카롭게 우짖었다.

이건 옳지 않아.

난 이러려고 여기 온 게 아니야. 이건 내가 온 목적과 정반대야. 이 남자가 이렇게 우리가 같은 처지라는 듯이, 동질감을 느낀다는 듯이 나를 안을 수는 없어. 이 남자는 내 아빠가 아니야. 내 동지가 아니야.

엄마는 이 남자 때문에 죽은 거야.

그의 품 안에서 꿈틀거리며 빠져나와 다시 내 크기와 나이로 돌아갔다. 추악한 비밀과 혐오와 증오를 회복했다. 나는 그를 내려다보며 말했다.

"엄마가 죽은 건 당신 때문이야."

그의 표정에 금이 갔다.

"당신 탓이야."

나는 레킹 볼로 변신했다.

"엄마는 당신을 사랑하지 않았어. 엄마 입으로 직접 들은 말이야."

그를 부수고 또 부쉈다. 상관없다.

"엄마는 당신과 결혼할 마음이 없었어."

나는 한 마디 한 마디에 무게를 실어 천천히 말했다.

"엄마는 아빠를 집에 데려오러 가던 중이었어."

그리고 나서 나는 내 안 깊은 참호에 들어가 셔터를 닫았다. 다시 나오지 않을 테니까. 영원히.

자화상 〈무제〉

행운의 역사

주드

열여섯

아침에 눈을 떴을 때 노아는 없었다. 요즘 늘 그렇듯이. 그래서 해야 할 말을 할 수도, 묻고 싶은 것들을 물을 수도 없었다. 내 삶의 아이러니는 여전했다. 내가 원하는 바는 오직 CSA에 관해 자백하는 것뿐인데, 할 수가 없었다. 나는 로스트커넥션닷컴을 확인했다. 아직 브라이언에게서 온 응답은 없었다. 잠시 후 오스카의 가죽 재킷과 내 스케치북을 챙겨 들고 언덕 아래로 향했다.

스튜디오에 도착하고 얼마 뒤, 나는 발끝으로 바닥을 초조하게 두드리고 있었다. 기예르모가 작업실 중앙에 놓인 크고 하얀 제도대 위에 내 스케치북을 펼쳤다. 엄마의 조각상을 위한 스케치가 그의 마음에 들었으면 했다. 그것을 돌로, 이왕이면 대리석이나 화강암으로 만드는 일에 동의해 주었으면 했다. 기예르모는 앞쪽에 있던 후면도 여러 장을 빠르게 넘겼다. 표정을 봐도 무슨 생각을 하는지 도통 알 수 없었다. 곧이어 전면도가 나오자 그가 헛숨을 들이키며 한 손을 입으로 가져갔다. 그렇게 별로야? 멈춰있던 그의 손가락이 우리 엄마 얼굴을 덧그렸다. 아아, 그렇지. 둘은 이미 만난 적이 있다. 이는 내가 유사성을 제대로 표현했다는 뜻이다. 기예르모가 고개를 돌려 나를 봤다. 그 순간 나는 주춤 뒤로 물러났다.

"다이애나가 네 엄마구나."

진의를 파악하기엔 부족한 말이었다.

"네."

기예르모의 가슴이 거칠게 들썩였다. 뭐가 어떻게 돌아가는 건지 몰랐다. 그가 시선을 돌려 다시 스케치를 만지작거리는데, 이제는 찢어버릴 듯이 흉흉한 기세였다.

"그래." 기예르모의 왼쪽 눈 밑이 계속 움찔거렸다.

"네?" 혼란스럽고 점점 겁이 났다.

기예르모가 스케치북을 덮었다.

"난 널 도와줄 수 없겠구나. 샌디에게 전화해 다른 사람을 추천하마."

"뭐라고요?"

"미안하다. 마음의 여유가 없어. 내가 생각이 짧았다. 사람이 자꾸 드나드니까 작업에 집중이 안 돼." 그가 처음 듣는 차갑고 단호한 목소리로 말했다. 내 얼굴을 보지도 않았다.

"선생님?" 심장이 가슴 안에서 요동쳤다.

"미안. 이제 나가주렴. 당장. 난 할 일이 많아."

너무 놀라서 따질 수도 없었다. 나는 스케치북을 집어 들고 문을 향해 발걸음을 돌렸다.

"다시는 내 스튜디오에 오지 마라."

홱 뒤돌아보니 기예르모는 다른 방향을 보고 있었다. 그때 나도 모르게 눈을 들어 창문을 봤다. 어제 야외에서 작업할 때처럼 누가 지켜보는 듯한 느낌에. 내 직감이 맞았다. 누군가가 지켜보고 있었다.

한 손을 유리에 댄 채 우리를 내려다보는 사람은 노아였다.

기예르모가 내 시선을 따라 창문으로 눈을 돌렸다. 내가 다시 기예르모와 눈이 마주쳤을 때 오스카가 작업실 안으로 걸어 들어왔다. 얼굴에 공포가 선명했다.

잠시 후 노아가 심지에 불붙은 다이너마이트처럼 작업실 안으로 뛰쳐 들어오더니, 내부를 둘러보고 우뚝 굳었다. 기예르모의 얼굴은 몰라볼 만큼 낯설었다. 겁을 먹은 듯했다. *기예르모가 겁을 먹었다.* 아니, *모두가* 겁을 먹었다. 우리는 사각형의 네 꼭짓점이고 그중 셋은 겁에 질려 어쩔 줄 모르는 눈으로 날 바라보고 있었다. 아무도 말 한마디 꺼내지 않았다. 셋 다 내가 모르는 사실을 알고 있는 게 분명했다. 표정만 보면 그게 뭔지 알고 싶지 않았다. 나는 너무 당황해서 세 사람을 번갈아 쳐다봤다. 왜냐면 그들이 두려워하는 무언가가, 아니 더 정확히는 누군가가, 바로 나였기 때문이다.

"왜 그러는데요?" 마침내 내가 물었다. "무슨 일이에요? 누가 말 좀 해봐요. 노아? 엄마랑 관련된 일이야?"

혼란의 도가니였다.

*

"저 사람이 엄마를 죽였어." 노아의 손가락이 기예르모를 가리켰
다. 목소리가 분노로 떨렸다. "저 사람이 아니었다면 엄마는 지금
우리 곁에 있을 거야."

딛고 선 바닥이 진동하고, 흔들리고, 뒤집히기 시작했다.

오스카가 노아를 쏘아봤다. "죽이다니, 미쳤어? 주위를 둘러봐.
어떤 남자가 한 여자를 이토록 절절히 그리워하겠어."

"오스코어, 입 다물어라." 기예르모가 나직하게 말했다.

스튜디오는 정말로 흔들리고 있었다. 전후좌우로. 그래서 나는
가까이 있는 물체를 더듬어 잡고 몸을 지탱했다. 한 거인의 다리였
다. 하지만 그 즉시 휘청했다. 맹세코 그것이 몸서리쳤다. *살아 움
직였다.* 눈으로도 보였다. 거인들이 발을 구르며 씩씩대더니 서로
의 품 안으로 그 거대한 몸을 내던졌다. 더는 심장이 원하는 바를
코앞에 두고 영원히 굳어있을 수 없다는 듯이. 그 모든 잃어버린 반
쪽들은 이제 하나로 합쳐졌다. 각 연인은 서로 팔짱을 끼고 바닥 위
를 빙글빙글 돌았다. 그러자 내 안에 파동이 일면서 의문이 풀리기
시작했다. 어젯밤 오스카가 기겁한 것은 내 나이 때문이 아니었다.
전혀. 가족사진 때문이었다. 기예르모가 술 취한 이고르가 되었던

것은 엄마의 기일이 가까워서였다.

엄마가 바로 '그대'니까.

나는 노아를 향해 입을 열었다. "하지만 네가 분명……." 말이 목에 걸려 나오지 않았다. "아니, 그러니까 그때……." 다시 시도해도 여전히 문장을 완성할 수 없었다. "노아?"

그동안 나한테 숨겨왔던 게 이거였다.

"미안해, 주드." 노아가 흐느꼈다. 그러더니 마치 정말로, 진정으로 돌을 깨고 나오는 듯했다. 등을 젖히고 두 팔로 허리를 짚자, 갇혀있던 영혼이 떨쳐 일어나는 것 같았다.

"그날 엄마는 아빠한테 이혼을 요구하러 가던 길이었어……." 노아가 고개를 돌려 기예르모와 눈을 맞췄다. "당신과 결혼하려고."

기예르모의 입이 벌어졌다. 그 입에서 내가 하려던 말이 흘러나왔다. "하지만, 노아, 그때 네가……." 기예르모의 눈빛은 화강암도 뚫어버릴 기세였다. "네가 나한테 한 말은……."

아, 노아. 무슨 짓을 한 거야? 나는 기예르모의 얼굴을 보고 그가 애써 심중에서 부풀어 오르는 감정을 눌러 감추려 하는 걸 알아챘다. 어쨌든 그 감정은 밖으로 새어 나오고 있었다. 그것은 기쁨이었다. 아무리 늦었다고 해도.

청혼의 답은 승낙이었다.

일단 여기서 나가야 해. 모두에게서 벗어나야 해. 이건 감당하기 너무 벅차. 너무, 너무. 엄마가 '그대'다. 엄마가 흙 남자의 가슴에서 벗어나는 흙 여자다. 엄마가 키스 그림 속 색채에 휩쓸린 얼굴

없는 여자다. 어느새 엄마의 얼굴 없는 몸이 굴곡과 아치를 그리며 스튜디오의 모든 벽을 구불구불 뒤덮었다. 두 사람은 사랑하는 사이였다. 잃어버린 반쪽들이었다! 엄마는 아빠에게 집에 돌아오라고 할 생각이 없었다. 우리가 다시 가족이 될 가망은 애초에 없었다. 그리고 노아는 그 사실을 알고 있었다. 아빠는 모르고! 그제야 풀리지 않는 난제에 사로잡힌 듯했던 아빠의 표정이 이해가 갔다. 풀리지 않는 게 당연했다. 수년 동안 아빠는 오류가 있는 수학 문제를 계산하려고 고군분투해 온 것이다. 그러니 신발 밑창이 닳도록 방황할 수밖에!

나는 비틀거리며 보도로 나섰다. 햇빛에 눈이 멀 것 같았지만, 길가의 자동차와 전봇대를 손으로 짚어 가며 발걸음을 재촉했다. 날 쫓아오는 진실로부터, 폭주하는 감정으로부터 달아나야 했다. 어떻게 엄마가 아빠에게 그럴 수 있지? 우리에게? 엄마는 불륜을 저질렀다. *엄마야말로* 그런 애였다! 최악으로 거침없는! 그러다 문득 생각났다. 엄마가 떠난 뒤 노아는 내가 자기만큼 엄마를 알지 못한다는 듯이, 자기가 느끼는 감정을 이해 못 할 거란 말을 되풀이했다. 이제 알았다. 노아가 옳았다. 나는 엄마가 어떤 사람인지 전혀 몰랐다. 노아는 잔인하게 군 게 아니었다. 엄마를 독차지한 게 아니었다. 엄마를 보호한 것이다. 아빠와 나를, 우리 가족을 보호한 것이다.

다급하고 필사적인 발소리가 가까워졌다. 나는 홱 돌아섰다. 발소리만으로도 누군지 알았다.

"우리를 보호하려고 한 거야? 그래서 거짓말한 거야?"

노아는 손을 뻗었으나 나를 건드리지 않았다. 두 손이 벌벌 떠는 새 같았다.

"나도 내가 왜 그랬는지 모르겠어. 너랑 아빠를 보호하고 싶었을 수도 있고, 그냥 이런 식이 되길 원치 않았는지도 몰라. 엄마가 그런 존재가 되길 원치 않았어." 노아의 얼굴은 벌겠다. 검은 눈동자가 거칠게 일렁였다. "엄마는 내가 거짓말하길 원치 않았을 거야. 나도 알아. 진실을 말하길 원했겠지. 하지만 그럴 수 없었어. *그 어떤 진실도 말할 수 없었어.*" 노아가 너무나 미안하다는 얼굴로 날 바라봤다. "그래서 일부러 널 멀리했던 거야, 주드."

어떻게 우리가 이렇게 비밀과 거짓에 꼭꼭 갇혀 있었을까?

"남들과 섞이는 편이 훨씬 쉬웠으니까. 나 자신을 직면하는 것보다. 내가……." 노아는 말을 멈췄지만 분명 이어질 말이 있고 그 말을 끌어 올리고 있었다. 노아는 아까 스튜디오에서처럼 다시 돌을 깨부수고 나오고 있었다. 탈옥이었다.

"내가 거짓말한 건, 나 때문이란 걸 인정하기 싫어서였어. 그날 두 사람이 함께 있는 걸 봤어. 엄마를 몰래 따라가서 봤지. 그래서 엄마가 차에 올라탄 거야. 그래서였어." 노아는 울기 시작했다. "가르시아 탓이 아니야. 인정하기 싫어서 그 사람 탓으로 돌리려고 했는데, 난 내 탓이란 걸 *알아.*" 노아는 두 손으로 머리를 감쌌다. 폭발을 막으려는 듯이. "엄마가 떠나기 직전에 내가 꼴도 보기 싫다고 했어, 주드. 엄마는 울고 있었어. 운전할 상태가 아니었어. 나는 엄마한테 너무 화가 나서—."

나는 노아의 어깨를 감쌌다.

"노아. 그건 네 잘못이 아니야. 절대로."

나는 노아가 내 말을 듣고, 믿을 때까지 그 말을 되풀이했다.

"누구의 잘못도 아니야. 그냥 사고였어. 엄마에게 끔찍한 일이 닥쳤을 뿐이야. 우리에게 그런 끔찍한 일이 닥쳤을 뿐이야."

이번에는 내 차례였다. 나는 앞으로 떠밀리고 살갗 밖으로 내몰려, 얼마나 끔찍했는지 돌아보았다. 내가 엄마를 가장 필요로 하는 순간에 엄마가 내 인생에서 뜯겨 나갔다. 나를 끝까지 품고 보호해 줄, 조건 없는 사랑이 송두리째 뽑혀 나갔다. 나는 그 끔찍함을 고스란히 마주하고, 마침내 도망치지 않고 굴복했다. 엄마의 죽음이 노아뿐만 아니라 나에게도 끔찍했음을, 그래서 온갖 미신과 건강염려증에 매몰되었음을, 옷을 겹겹이 껴입어 스스로 미라처럼 감쌌음을 시인했다. 그러자 지난 2년간 묻어둔 슬픔이 밀어닥쳤다. 바다의 몇 곱절이나 되는 슬픔이 내 안에 쳐들어왔다……

내버려 뒀다. 심장이 부서지도록 내버려 뒀다.

노아가 곁에 있었다. 강하고 단단하게, 날 붙잡아 지탱했다. 내가 그 해일을 통과하고 안전하다고 느낄 때까지.

*

우리는 길고 구불구불한 숲길을 타고 집으로 향했다. 내 눈에서는 눈물이 흘러내리고, 노아의 입에서는 말이 흘러나왔다. 할머니 말이 옳았다. 깨진 마음은 열린 마음이다.

"그때 너무 많은 일이 벌어지고 있었어." 노아는 스튜디오 방향을 손짓했다. "그 일도 그렇지만…… 나 개인적으로도."

"브라이언?" 내가 묻자 노아가 날 바라봤다.

"응."

처음으로 인정했다.

"엄마한테 들켰거든……."

어떻게 우리에게 그 많은 일이 일주일 안에, 하루 안에 일어났을까?

"엄마는 괜찮다고 했지? 아니야?" 내가 물었다.

"맞아. 엄마는 분명 괜찮다고 했어. 나한테 거의 마지막에 한 말이 거짓된 삶을 사는 건 옳지 않다는 말이었어. 내 마음에 솔직한 건 내 책임이라고. 그런데 나는 엄마의 삶을 거짓으로 만들어 버렸지. 내 삶도." 노아는 땅에서 나뭇가지 하나를 집어 뚝 부러뜨렸다. "그리고 브라이언의 삶도 완전 망쳐버렸어."

"아니, 넌 안 그랬어."

"무슨 뜻이야?"

"구글링이라고 들어봤어?"

"나도 검색해 봤어. 두 번이나."

"언제?"

두 번이라니. 아, 클라크 게이블이시여. 노아 같은 애가 또 있을까? 아마 페이스북은 접속해 본 적도 없을 것이다.

노아는 어깨를 으쓱했다. "아무것도 없던데."

"음, 이제 있거든."

노아는 눈을 크게 떴으나 무얼 발견했냐고 묻지 않았다. 스스로 찾아보고 싶다는 걸 눈치채고 나도 알려주지 않았다. 다만 노아의 발걸음이 다소 빨라졌다. 그래, 노아가 지금 신탁을 구하러 달려가고 있다.

나는 걸음을 멈췄다. "노아, 나도 할 말이 있어."

노아가 돌아보자 나는 말문을 열었다. 그게 유일한 방법이었다.

"이 말을 하면 네가 두 번 다시 나를 안 보려고 할지도 몰라. 그러니까 미안하다는 말 먼저 할게. 오래전에 말했어야 하는데, 널 영영 잃게 될까 봐 너무 두려웠어. 나는 아직도 너를 가장 사랑해. 언제나 그럴 거야."

나는 눈을 내리깔았다.

"뭔데?" 노아가 물었다.

나는 내 아우를 지키는 자다. 속으로 그렇게 중얼거리고 말을 꺼냈다.

"넌 CSA에 불합격한 게 아니야. 무슨 뜻이냐면, 너는 그날 지원하지 않았어." 나는 숨을 들이마시고 내 안 가장 어두운 곳에서 끌어올린 말을 내뱉었다. "내가 네 지원서를 보내지 않았어."

노아가 눈을 깜빡였다. 또 깜빡였다. 이어서 몇 번 더 깜빡였다. 얼굴이 백지 같아서 그 안에서 무슨 일이 벌어지는지 알 수 없었다.

그러다가 갑자기 노아가 두 팔을 쳐들고 펄쩍펄쩍 뛰었다. 어느새 노아의 얼굴에 기쁨, 아니, 환희가 넘쳐흘렀다. 환희의 절정이었다.

"내 말 제대로 들은 거야?"

"어!" 노아가 외쳤다. 그러더니 걷잡을 수 없이 웃었다. 나는 노아가 머릿속 버튼을 죄다 잃고 날뛰는 줄 알았다. 그때였다. "내 그림이 형편없는 줄 알았어! 너무 오랫동안. 엄마 눈에만 뛰어나 보이는 줄 알았어." 노아가 고개를 뒤로 젖혔다. "그러고 나서……, 깨달았지. 그건 상관없다고."

"뭐가 상관없어?"

아무리 뜯어봐도 노아의 얼굴에는 분노나 증오가 없었다. 배신이 아예 입력되지 않은 듯했다. 노아는 마냥 행복해할 뿐이었다.

"따라와." 노아가 말했다.

15분쯤 뒤, 우리는 어느 버려진 공사장에서 허물어져 가는 시멘트벽을 바라보고 있었다. 정확히는 벽화였다. 그 몰아치는 색채의 향연 속에…… *모든 것*이 있었다.

어깨를 나란히 한 '노아와주드'의 뒷모습부터 시작이었다. 우리의 머리카락이 한데 꼬여 빛과 어둠의 강물이 되어 벽화 전체를 에둘렀다. 하늘에서 브라이언이 여행 가방을 열어 별을 쏟아냈다. 우든버드에서 엄마와 기예르모가 키스하며 색채의 토네이도가 되었다. 아빠가 태양신처럼 바다에서 떠올라 재로 만든 몸으로 변했다. 투명 인간 복장을 한 내가 벽과 한 몸이 되었다. 노아가 제 몸 안 작은 공간에 웅크리고 있었다. 엄마가 탄 차가 불길에 휩싸여 하늘로 치솟았다. 헤더와 노아가 기린을 타고 있었다. 노아와 브라이언이 끝없는 사다리를 타고 올라갔다. 웃통을 벗고 입 맞추는 두 소년 위로 빛이 양동이째 퍼부었다. 크고 새빨간 우산 아래 아빠와 노아가 함께 폭풍우를 기다렸다. 노아와 내가 태양이 해수면에 그린 길 위를 반대 방향으로 걸었다. 노아가 상공에 떠있고 그 아래 거인 엄마의 손바닥이 받치고 있었다. 이미 내가 기예르모의 돌 거인들에 둘러싸여 '노아와주드'를 작업하는 모습도 있었다.

눈앞에 재창조된 세상이 있었다.

나는 휴대폰을 꺼내 사진을 찍기 시작했다.

"진짜 끝내줘, 노아. 너무너무 멋져. 이걸로 넌 CSA 직행이야! 너한테 내 자리를 넘길 거야. 이미 샌디 선생님에게 이메일을 보내놨어. 수요일 오전에 셋이서 미팅하자. 아마 선생님은 뒤로 자빠질 걸. 이건 스프레이 페인트처럼 보이지도 않아. 굉장하다는 말밖에는 표현할 말이 없어. 너무, 너무 굉장해……."

"아니." 노아가 내 휴대폰을 쥐고 내려놓게 했다. "난 네 자리 원하지 않아. CSA에 가고 싶지도 않고."

"진짜?"

노아가 고개를 가로저었다.

"언제부터?"

"아마 이 순간부터."

"노아?"

노아가 땅을 발로 툭 찼다.

"어떤 바보 같은 예술학교에 들어갈 만큼 내 실력이 출중한지, 충분한지 신경 쓰느라 그리는 게 얼마나 끝내주는 일인지 잊고 있었어. 아니, 진짜로, *그따위 게 대체 뭐라고?*"

태양이 노아의 얼굴에 부딪쳤다. 노아는 선명하고, 침착하고, 성숙해 보였다. 그 순간 왠지 모르게 우리 사이가 괜찮아질 거라는 예감이 들었다.

"그딴 건 전혀 상관없어. 어차피 *마법* 같은 일이거든. 내가 어떻게 그걸 잊고 있었을까?"

노아는 어젯밤 술 취했을 때처럼 은은하게 웃었다. 어떻게 날 보고 이렇게 웃지? 왜 나한테 화내지 않는 거지?

"네가 가르시아의 스튜디오에 다니는 걸 알았을 때……."

그래서 그날 내 스케치북을 훔쳐본 건가?

"곧 전부 탄로 날 걸 알았어. 내가 한 거짓말 모두. 꼭 *내가* 다 망친 것 같았지. *마침내.* 그 순간부터 더는 머릿속으로만 그림을 그릴 수 없었어."

아하!

"어딘가에, 어떻게든, 진실을 털어놓아야 했어. 그날 엄마 말이 안 들리는 척하지 말았어야 했어. 엄마에게 사과했어야 해. 브라이언에게, 너와 아빠에게, 심지어 가르시아에게도. 그래서 아빠가 두고 간 비상금으로 이 스프레이 페인트를 샀어. 이 벽은 달리기 훈련 중에 발견했고. 스프레이 페인팅 관련 영상을 모조리 찾아봤어. 처음에는 영 어설퍼서 페인트를 덧칠하고 덧칠했는데―. 주드……."

노아가 내 소매를 잡아당기며 말했다. "너한테 화 안 났어. 앞으로도 안 낼 거야."

믿을 수 없었다.

"어째서? 화내야지, 어떻게 안 내?"

노아는 어깨를 으쓱했다.

"몰라. 그냥 안 나."

노아가 내 두 손을 잡아 쥐었다. 우리의 시선이 만나 얽혔다. 그러자 세상이 물러나고 시간이 달아났다. 지난 세월이 러그처럼 돌돌 말렸다. 우리에게 벌어진 모든 일이 없던 일이 되었다. 잠시나마, 우리는 다시 우리가 되었다. 둘보다 하나에 가까운.

"와우. 주드 링거." 노아가 속삭였다.

"맞아."

내 세포들도 노아의 마력을 빨아들였다. 내 얼굴에 미소가 번졌다. 그 모든 빛의 샤워, 어둠의 샤워, 돌멩이 줍기, 떠돌이별 찾기, 수천 개의 주머니를 지니고 순간들을 사과처럼 채집하며 울타리를 뛰어넘어 영원으로 달려가던 나날들이 떠올랐다.

"*이걸 잊고 있었어.*"

기억이 실제로 내 발을 땅에서 떠오르게 했다. 우리 둘 다 떠올랐다.

우리가. 공중에. 떠올랐다.

나는 고개를 들었다. 공기가 빛으로 반짝였다. 세상이 반짝였다. 아니면 내가 상상하는 것이다. 물론 상상하고 있다.

"느껴져?" 노아가 물었다.

엄마라는 존재가 낙하산이다.

이건 상상한 게 아니다.

참고로, 야호! 예술뿐만이 아니라 삶 자체가 *마법*이다.

"가자." 노아가 말했다.

우리는 어릴 때처럼 숲속으로 달렸다. 노아가 그릴 그림이 벌써 보였다. 삼나무들이 고개 숙여 인사하고, 꽃들이 이리 들어오라며 잎을 벌리고, 색색의 시냇물이 우리 뒤를 굽이굽이 따라오는 그림. 우리 발은 땅에서 살짝 떠있다.

아니면 이렇게 그릴 수도 있다. 흐릿한 초록 숲을 배경으로 우리가 땅에 드러누워 가위바위보를 하는 그림.

노아는 바위를 내고 나는 가위를 냈다.

나는 보를 내고 노아는 가위를 냈다.

노아는 바위를 내고 나는 보를 냈다.

우리는 기껍게 포기했다. 바야흐로 새로운 시대다.

노아가 하늘을 바라봤다.

"너한테 화가 나지 않은 건, 나도 충분히 그럴 수 있었기 때문이야. *실제로 그랬지.* 좀 더 소극적이었을 뿐, 몇 번이나 그랬어. 엄마랑 미술관 견학하던 주말마다 네가 어떤 기분이었을지 알아. 항상 네가 소외감을 느끼는 걸 알고 있었어. 게다가 나는 엄마가 네 모래 작품을 보는 걸 원치 않았지. 기어코 못 보게 했어. 난 항상 네가 나보다 뛰어날까 봐, 그걸 엄마가 알아챌까 봐 두려웠거든.

우린 둘 *다* 엉망이었어." 노아가 한숨을 내쉬었다.

"그래도, CSA는 네가—."

노아가 내 말을 끊었다. "가끔 우리 둘에게 엄마 하나는 부족하다는 느낌이 들었어."

나는 입을 다물고 노아의 말을 곱씹었다. 우리는 한참이나 말없이 유칼립투스 향을 들이마시며 주위의 나뭇잎이 바람에 흔들리는 정경을 바라보았다. 엄마는 노아에게 자기 마음에 솔직한 게 자기 책임이라고 했다. 여태껏 우리 둘 다 그러지 못했다. 그게 왜 그리 어려울까? 진실을 직면하기가 왜 그토록 어려울까?

"헤더도 네가 남자 좋아하는 거 알아?" 내가 물었다.

"응. 헤더만."

나는 옆으로 누워 노아와 얼굴을 마주했다.

"내가 이렇게 이상해지고 네가 이렇게 평범해졌다는 게 믿어져?"

"경악스럽지."

노아의 대답에 함께 빵 터졌다.

"나는 계속 잠복해 있는 느낌으로 지냈어."

"나도야." 나는 나뭇가지 하나를 집어 흙을 파며 이렇게 덧붙였다. "아니면 한 사람 안에 여러 자아가 있을 수도 있고. 우리는 늘 새로운 자아를 축적하고 있는지도 몰라."

우리는 그들을 이끌고 선택하고, 실수하고, 나아가고, 정신을 잃고, 정신을 찾고, 무너지고, 사랑에 빠지고. 슬퍼하고, 성장하고, 세상에서 도망치고, 세상 속에 뛰어들고. 무언가를 만들고, 무언가를 부수며 살아간다.

노아가 피식 웃었다. "새 자아를 어깨에 겹겹이 태워서 나중에는 우리 다 장대처럼 휘청거리는 거 아니야?"

나는 기쁨에 목이 멨다. "그래, 맞아! 우리는 다 장대인간이야!"

어느덧 해가 기울고 있었다. 하늘은 분홍색 실구름이 가득했다. 슬슬 집에 가야 했다. 아빠가 오늘 밤에 돌아온다. 집에 가자고 말하려는데 노아가 뜻밖의 얘기를 꺼냈다.

"그 스튜디오 홀에 있는 그림 말이야. 키스 그림. 얼핏 봤는데, 엄마가 그린 것 같아."

"진짜? 난 엄마가 그림을 그리는 줄 몰랐는데."

"나도 몰랐어."

비밀이었나? 엄마의 또 다른 비밀?

"엄마가 너처럼 그림을……." 그렇게 말하는 순간 무언가가 제자리에 딱 맞아 들었다. 엄마에게 노아는 *영감의 원천*이었다. 확신이 들었다. 놀랍게도 시샘이나 질투는 조금도 없이 이해가 갔다.

나는 다시 털썩 드러누웠다. 손가락이 기름진 흙을 파고들었다. 엄마가 그 놀라운 유화를 그리는 모습을 상상했다. 사랑에 빠져서 자신의 두 손으로 소원을 비는 모습을. 어떻게 내가 엄마에게 화를 낼 수 있겠는가? 자신의 잃어버린 반쪽을 찾아 함께하길 원했다는 이유로? 기예르모가 말했듯이, 심장은 이성을 따르지 않는다. 법칙이나 관습이나 주변의 기대를 따르지 않는다. 적어도 엄마는 죽을 때 자기 마음에 솔직했다. 자기 삶에 충실했다. 곧 떠나야 했지만, 삶의 이음새를 뜯고 질주하는 말들을 내보냈다.

아니, 아니다.

안타깝지만.

어떻게 엄마가 아빠를 그토록 비참하게 만들 수 있었을까? 아빠에게 한 모든 약속을 저버릴 수 있었을까? 우리 가족을 저버릴 수 있었을까? 하긴, 자기 마음에 솔직할 수 없다면 그 또한 옳지 않았으리라. 아아. 옳고도 옳지 않은 일이었다. 사랑은 양날의 검이다. 찾은 쪽이 기쁨이라면 잃은 쪽은 슬픔일 수밖에 없다.

엄마의 행복은 아빠의 불행이었다. 원래 사랑은 그렇게 불공평한 것이다.

하지만 아빠에게는 아직 더 많은 행복으로 채울 수 있는 나날이 있다.

"노아, 아빠한테 얘기해야 해. 당장."

"뭘 말이니?"

우리의 '발소리 미약한' 아빠가 우리를 내려다보고 있었다.

"그나저나, 보기만 해도 피로와 여독이 가시는구나. 택시 타고 지나가다가 너희 둘이 손잡고 숲속으로 뛰어 들어가는 걸 봤어. 순간 과거로 돌아간 줄 알았지."

아빠가 우리를 따라 땅바닥에 드러누웠다. 나는 노아의 손을 잡았다.

"뭔데, 아들? 나한테 할 얘기가 뭐야?"

내 심장에 사랑이 넘쳐흘렀다.

그날 밤, 노아와 아빠가 늦은 저녁 식사를 준비하려고 부엌을 휘 젓고 다니는 동안 나는 식탁 의자에 앉아있었다. 두 사람은 내가 아 무리 경전에서 손 뗐다고 해도 식사 준비를 거들지 못하게 했다. 노아와 나는 거래를 했다. 내가 오늘부로 경전 맹신과 의학 연구를 모두 중단하면 노아도 더 이상 절벽에서 뛰어내리지 않겠다고 했 다. 나는 경전의 모든 페이지로 거대한 *하늘을 나는 여자*를 만들 생 각이다. 할머니가 아주 좋아할 것이다. 내가 CSA에 입학한 이래 줄곧 가지고 다니던 텅 빈 아이디어 수첩에 적은 첫 번째 아이디어 다. 작품명은 미리 지어 놓았다. 〈행운의 역사〉.

노아는 몇 시간 전 숲에서 아빠에게 엄마와 기예르모에 관한 진 실을 털어놓았다. 아빠는 "역시, 그랬구나. 그게 더 말이 돼"라고 대답할 뿐이었다. 노아처럼 화강암을 뚫고 나오거나 나처럼 해일이 심장을 휩쓸지는 않았지만, 얼굴의 폭풍우가 한결 잠잠해졌다. 아 빠는 과학자이고 풀리지 않던 문제가 풀렸다. 드디어 이치에 맞는 다. 이치는 아빠에게 전부다.

그렇게 생각했다.

"얘들아, 내가 생각을 좀 해봤는데." 아빠가 토마토를 썰다가 고 개를 들고 말했다. "우리 이사 가는 거 어떠니? 로스트코브를 벗어 나지 않고, 다른 집으로. 그게, 그냥 평범한 집이 아니라……."

아빠의 미소가 묘했다. 이어질 말이 뭔지 짐작도 안 갔다.

"선상 가옥."

나는 어느 쪽이 더 놀라운지 판단할 수 없었다. 아빠 입에서 나온 말인지, 아빠 얼굴에 떠오른 표정인지. 아빠는 외발자전거 괴짜처럼 보였다.

"모험이 좀 필요할 것 같아. 우리 세 사람에게."

"배에서 살자는 거야?" 내가 물었다.

"아빠는 방주에서 살자는 거야." 노아가 놀란 목소리로 말했다.

"맞아! 정확히 그거야. 내 오랜 꿈이지." 아빠가 껄껄 웃으며 말했다.

정말? 처음 듣는 소식인데. 흠, 이 아저씨는 대체 누구지?

"내가 좀 알아봤는데, 항구 근처에 나온 매물이 아주 기가 막혀."

아빠가 서류 가방을 가져오더니 인터넷에서 뽑은 듯한 사진들을 꺼냈다.

"오우, 와우."

보트가 아니라 정말 방주였다.

"어느 건축가가 소유했었대. 그 사람이 선체를 전부 개조했지. 목제와 스테인드글라스 작업까지. 놀랍지 않니? 2층이야. 침실 세 칸, 욕실 두 칸에 멋진 주방까지 있지. 게다가 천장에 창을 내서 내부에서도 하늘이 보이고, 두 층 모두 갑판이 둘러싸고 있어. 그야말로 떠다니는 낙원이라고."

나는 그 떠다니는 낙원의 이름을 확인했다. 노아도 나와 동시에 발견한 게 분명했다. 우리 둘 다 엄마 흉내를 내며 소리쳤기 때문이다.

"불가사의를 받아들이세요, 교수님!"

선상 가옥의 이름은 바로 *불가사의*였다.

"그래. 너희가 눈치채지 않았으면 했지만. 그리고 맞아. 내가 주드였다면 이게 무슨 계시라고 확신했겠지."

"계시 *맞아*. 난 찬성이야. 그리고 수상생활에서 발생할 수 있는 수천 가지 잠재적 위험 요소는 일절 발설하지 않겠어."

"제가 반대하면 노아가 아니겠죠?"

"때가 됐다." 아빠가 우리를 향해 고개를 끄덕이며 말했다.

그러고 나서, 놀랍게도, 아빠는 재즈를 틀었다. 노아와 아빠가 계속해서 음식 재료를 썰고 다지는 사이 뚜렷한 흥분이 주방을 채웠다. 노아가 머릿속으로 그림을 그리는 동안 아빠는 선상 가옥을 찬미했다. 갑판에서 다이빙해 수영하면 얼마나 좋을지, 예술적 성향이 있는 가족 구성원에게 얼마나 영감을 주는 주거 환경일지.

어쩐지 우리는 다시 우리가 되었다. 휘청거리는 인간 장대들에 낯선 자아가 좀 더 추가되었지만, 우리였다. 우리를 사칭하던 것들은 이제 이야기에서 퇴장했다.

아까 숲에서 막 돌아왔을 때, 나는 서재로 향해 아빠에게 노아의 CSA 지원서에 관해 털어놓았다. 이렇게만 말해두겠다. 그때 아빠의 표정을 다시 보느니 내 여생을 중세의 고문실에서 보내겠다고. 머리를 으깨고 무릎을 쪼개고 사지를 찢는다고 해도 그편을 택하겠다고. 아빠가 날 절대 용서하지 않으리라고 확신했는데, 한 시간쯤 뒤, 노아와 대화를 마친 아빠가 나에게 수영하러 가자고 했다. 몇 년 만에 처음으로. 석양빛에 반짝이는 윤슬을 가르며 나란히 헤엄 치다가 어느 지점에서 아빠가 내 어깨를 꽉 쥐었다. 그대로 물속에 처박는 줄 알았는데, 그저 멈춰 세운 것이었다.

바다 한가운데서 선헤엄을 치며 아빠가 말했다. "내가 그동안 너 희 곁에 너무 없었지……."

"아니야, 아빠." 나는 아빠가 그 무엇도 사과하지 않으면 했다.

"이 말만은 하게 해주렴, 주드. 내가 더 잘했어야 해. 한참을 방 황한 것 같아. 한 10년 정도." 아빠는 짠 바닷물을 뱉어가며 웃더 니 이어서 말했다. "인생에서 한 번 미끄러지면 다시 돌아갈 방법을 찾기가 어려운가 봐. 하지만 너희가 바로 내가 다시 돌아갈 방법이 었어."

아빠의 미소는 슬픔이 가득했다.

"네가 얼마나 충격을 받았는지 알아. 그리고 CSA 일은…… 글쎄 다, 때로는 좋은 사람도 나쁜 결정을 내리곤 해."

그 말은 은혜처럼 느껴졌다.

돌아갈 방법처럼 느껴졌다.

왜냐하면, 진부한 이야기처럼 들릴지 모르지만, 내가 이왕 휘청 이는 장대인간이라면 세상에 기쁨을 주려고 애쓰는 쪽이 되고 싶기 때문이다. 기쁨을 앗아가는 쪽이 아니라.

아빠와 나는 그 자리에 부표처럼 동동 떠서 많은 이야기를, 어려 운 이야기를 나눴다. 그 후 함께 머나먼 수평선을 향해 헤엄쳤다.

태양을 너에게 줄게

"나도 거들래. 맹세코 경전에 나오는 비법은 하나도 첨가하지 않을게." 나는 요리사들에게 졸랐다.

아빠가 노아에게 눈빛을 보냈다.

노아가 나에게 후추를 던졌다.

하지만 내가 요리에 기여한 바는 후추 치기가 처음이자 마지막이었다. 검정 가죽 재킷을 입은 오스카가 부엌으로 걸어 들어왔기 때문이다. 머리카락이 평소보다 제멋대로 뻗치고 얼굴이 세찬 바람을 맞은 듯 거칠었다.

"불쑥 들어와서 죄송해요. 문은 열려있는데 노크를 해도 반응이 없어서……."

나는 데자뷔를 겪고 있었다. 엄마가 파이를 구울 때 브라이언이 걸어 들어왔던 순간과 겹쳐 보였다. 노아를 보니 나와 같은 현상을 겪고 있는 듯했다. 브라이언은 아직 응답하지 않았다. 다만 노아는 해가 지도록 신탁에 매달려 있었고, 이제 브라이언이 스탠퍼드 대학에 있다는 사실을 안다. 노아 안에 넘실거리는 그 모든 소식이, 희망이 느껴졌다.

"괜찮아. 원래 우린 누가 와도 잘 못 들어."

내가 오스카에게 다가가 팔을 잡았다. 내 손길에 오스카가 살짝 굳었다. 아니면 내가 상상했나?

"아빠, 이쪽은 오스카예요."

오스카를 쓱 훑어보는 아빠의 눈빛은 미묘하지도 관대하지도 않았다.

"처음 뵙겠습니다, 스위트와인 박사님. 오스카 랠프라고 합니다."

오스카는 어느 틈에 영국 신사로 변해 정중히 악수를 청했다. 아빠가 오스카의 손을 잡고 흔들며 등을 툭툭 두드렸다.

"아주 훤칠한 사내로구먼." 아빠는 1950년대 말투로 말했다. "내가 *사내*를 강조하는 건 다분히 고의적이야."

노아가 손등으로 입을 가리고 기침하는 척 웃음을 삭였다. 이런. 아빠가 돌아왔다. 보시다시피.

"그래서 말인데." 오스카가 날 바라봤다. "얘기 좀 할 수 있을까?"

이건 상상한 게 아니었다.

현관까지 갔을 때 뭔가 목 졸린 듯한 이상한 소리가 나서 뒤돌아봤다. 아빠와 노아가 조리대 뒤에서 웅크리고 웃고 있었다.

"왜?" 내가 물었다.

"네가 랠프를 찾았잖아!" 노아가 숨넘어갈 듯 내뱉고는 다시 웃음을 터뜨렸다. 아빠는 웃다 못해 바닥에 쓰러져 낑낑거렸다.

나는 오스카가 곧 할 얘기를 듣느니 내 방주 동료들에게 동참하고 싶은 마음이 굴뚝같았다.

*

평소답지 않게 비장한 오스카를 따라 현관문을 나섰다.

당장 껴안고 싶었으나 감히 그럴 수 없었다. 오스카는 작별 인사를 하러 온 것이다. 온 얼굴에 그렇게 쓰여있었다. 오스카가 현관

계단에 걸터앉고 옆에 앉으라는 손짓을 했다. 나는 앉고 싶지도, 얘기를 듣고 싶지도 않았다.

"절벽 쪽으로 가자." 아빠와 노아가 훔쳐보길 원하지도 않았다.

오스카는 나를 따라 집 뒤편으로 왔다. 우리는 한 뼘 정도 떨어져 앉았다.

바다는 잠잠했다. 파도가 해안을 우유부단하게 오락가락했다.

"저기." 오스카가 조심스럽게 미소 지었다. 어울리지 않았다. "이런 얘기를 해도 되나 모르겠어. 그러니까 아니다 싶으면 네가 멈춰 줘."

무슨 말을 하려는지 몰라 고개만 살짝 끄덕였다.

"나는 너희 엄마를 잘 알았어. 그분과 G가……." 오스카가 말꼬리를 흐리며 내 표정을 살폈다.

"괜찮아, 오스카. 알고 싶어."

"내가 한창 금단현상에 시달려 제정신이 아닐 때 너희 엄마를 자주 봤어. 그때 나는 스튜디오를 벗어나기가 두려웠지. 약물에 다시 손을 댈까 봐. 술과 약으로 덮지 않으면 슬픔이 날 쓸어버릴 것 같았거든. 그 당시 스튜디오는 지금과 달랐어. G에게 배우는 제자가 아주 많았지. 그곳에서 너희 엄마가 그림을 그릴 때 내가 모델을 섰어. 그러면서 대화도 나눴고."

노아 말이 맞았다. 엄마는 은밀한 화가였다.

"엄마도 기예르모의 제자였어?"

오스카는 숨을 천천히 내쉬었다.

"아니, 제자는 절대 아니었지."

"둘은 엄마가 인터뷰하러 가서 처음 만난 거지?" 내가 물었다. 오스카는 고개를 끄덕일 뿐 입을 다물고 있었다. "계속 얘기해."

"괜찮겠어?"

"응, 어서."

오스카가 진정 뒤죽박죽인 미소를 지었다.

"나는 너희 엄마를 참 좋아했어. 내가 사진 찍기에 빠진 건 G보다 그분 영향이 더 커. 희한한 건 우리가 처음 만난 교회에서 네가 앉아있던 그 자리, 실은 내가 너희 엄마랑 자주 앉아서 얘기하던 자리야. 그래서 가끔 너희 엄마 생각이 나면 그 교회에 갔었지."

팔뚝에 오소소 소름이 돋았다.

"너희 엄마는 그 자리에서 쌍둥이 아이들 얘기를 끊임없이 했어. 그야말로 *줄기차게*. 특히 너에 대해서." 오스카가 웃으며 말했다.

"정말?"

"정말이고말고. 내가 너에 대해 얼마나 많이 아는지 넌 상상도 못할걸. 물론 내 머릿속에서 그 둘을 연결 짓는 건 쉽지 않았지. 그분이 얘기하던 아이와 내가 사랑에 빠진 MJ를."

마지막 말이 내 심장을 잡아챘다.

"너희 엄마는 항상 농담으로 내가 약을 끊고 3년이 되기 전까지, 그리고 네가 스물다섯이 되기 전까지 우릴 만나게 하지 않을 거라고 했어. 왜냐면 우리가 서로에게 푹 빠질 거라고 확신했거든. 우리가 서로 닮은꼴이라고 했지." 오스카가 내 손을 잡고 손등에 입 맞추고서 다시 내 무릎 위에 놓았다. "너희 엄마 말이 맞아."

"하지만 뭐? '하지만'이 나올 차례잖아, 오스카."

오스카가 고개를 돌렸다. "우리가 만날 때가 아니야. 아직은."

"아니, 맞아. 우리가 만날 때가 더없이 확실해. 그렇다는 거 알잖아. 기예르모 때문에 이러는 거지?"

"아니야. *너희 엄마* 때문이야."

"나보다 몇 살 많지도 않잖아."

"너보다 세 살 많지. 지금은 차이가 크지만, 점점 줄어들 거야."

오스카와 나 사이의 3년은 내가 열네 살이었을 때 제퍼와의 나이 차보다 한참 적게 느껴졌다. 나는 오스카와 동갑처럼 느꼈다.

"금방 다른 사람한테 빠질 거면서."

"그럴 가능성은 네가 더 클 것 같은데."

"설마. 내가 초상화 속 그 남자를 두고?"

"넌 예언 속 그 여자인걸."

"그러고 보니 *우리 엄마* 예언이기도 하잖아." 나는 오스카의 팔을 잡으며 말했다. 생각해 보니 참 기묘했다. 기예르모가 엄마를 생각하며 쓴 편지를 내가 오스카에게 주다니. 꼭 그 밀어들이 시간을 건너뛰어서 우리에게 와닿은 것 같았다. 마치 축복처럼.

"넌 아직 고등학생이야. 나도 어젯밤에 G가 수백 번 지적하기 전까지는 생각도 못 했어. 우리는 좋은 친구로 지낼 수 있을 거야. 히피티 홉을 타고 뛰어다니든, 체스를 두든, 뭘 하든." 오스카가 못내 안타깝다는 듯이 말하더니 이내 빙그레 웃었다. "기다릴게. 동굴에서 살게. 몇 년간 수도승처럼 지낼게. 승려복도 입고 머리도 밀고. 나 정말 떳떳하게 널 만나고 싶거든."

이건 아니야. 만약 '재생' 버튼을 눌러야 할 순간이 있다면, 바로 지금이다. 갑자기 내 입에서 말들이 튀어나오기 시작했다.

"일생일대가 될지 모르는 사랑 이야기를 앞두고 등 돌리는 게 떳 떳한 거야? 운명을 부정하고, 수년간 우리를 끌어당겨 기어코 만나게 한 그 모든 인력을 거부하는 게? 그건 아니야."

이 세상에 먼저 다녀간 스위트와인가 두 여자의 영혼이 내 안에서 떨쳐 일어나는 게 느껴졌다. 말들이 대를 이어 질주하는 소리가 들렸다.

"사랑을 위해 인생을 뒤집으려 했던 우리 엄마, 신을 클라크 게이블이라고 부르는 우리 할머니는 우리가 달아나기보다 사랑을 향해 달려가길 원해." 기예르모를 본받아 내 두 손이 열정적으로 독백을 거들었다. "내가 누굴 위해 보이콧을 끝냈는데? 누굴 위해 거의 온 세상을 포기했는데? 참고로 정신 연령은 여성이 훨씬 높아. 더군다나 오스카, *악의는 없지만*, 그쪽은 심각하게 철이 없어."

오스카가 웃음을 터뜨렸다. 나는 그 틈에 오스카를 냅다 밀치고 배 위에 올라탔다. 두 손을 머리 위로 고정해 꼼짝도 못 하게 했다.

"주드."

"내 이름 아네." 내가 미소 지었다.

"주드는 내가 제일 좋아하는 성인이야. 절망에 빠진 이들의 수호성인. 모든 희망이 사라졌을 때 부르는 자. 기적을 책임지는 자."

"농담이지?" 나는 두 손을 놓아주며 말했다.

"전혀."

배신의 대명사 유다(Jude)보다는 훨씬 낫다.

"그럼 내 새 롤모델로 삼아야겠네."

오스카가 대답 없이 내 티셔츠를 살짝 걷어 올렸다. 집에서 새어 나오는 불빛 덕에 오스카는 내 아기 천사를 볼 수 있었다. 오스카의 손가락이 타투를 덧그렸다. 오스카는 내 눈을 들여다보며 자기 손길에 내가 어떻게 반응하는지 살폈다. 절벽에서 떨어지는 느낌이었다. 내 호흡이 빨라지자 오스카의 눈빛이 물결처럼 일렁였다.

"충동 조절 문제가 있는 걸로 아는데." 내가 속삭였다.

"지금은 완벽히 조절하고 있어."

"아, 그러셔?"

나는 두 손을 오스카의 셔츠 아래로 집어넣어 맨살을 쓰다듬었다. 오스카는 부르르 떨며 눈을 감았다.

"이런, 너 정말……."

오스카가 한 손으로 내 등을 받치고 상체를 휙 일으키며 나에게 키스했다. 나는 기쁨을 느끼고 욕망을 느끼고 사랑을 느끼고, 느끼고, 느끼고—.

"너 때문에 미치겠어." 오스카가 헐떡이며 말했다. 얼굴의 광기가 역대 최고치였다.

"나도."

"앞으로도 아주 오랫동안 미쳐있을 것 같아."

"나도."

"다른 사람에게 말하기 두려운 걸 너에게 말할 수도 있어."

"나도."

오스카가 몸을 뒤로 물리고 웃더니 내 코를 건드리며 장난스럽게 말했다. "나는 오스카가 내가 만난 사람 중 가장 멋진 사람이라고 생각해. 외모는 말할 것도 없고, 그렇게 멋있게 기대는 사람은 처음 봤어."

"나도."

"랠프는 어딨어?" 프로핏이 꽥꽥거렸다.

바로 여기.

*

노아와 나는 기예르모의 스튜디오 앞에 섰다. 따라오겠다고 나선 노아는 막상 도착하니 안절부절못했다.

"아빠를 배신하는 것 같아."

"아빠도 괜찮다고 했잖아."

"알아. 그런데 왠지 아빠의 명예를 위해 가르시아에게 결투를 신청해야 할 것 같아."

"그러면 진짜 웃기겠다."

"그러니까." 노아가 씩 웃으며 어깨로 내 어깨를 쳤다.

이해는 한다. 기예르모를 향한 내 감정도 변화무쌍했다. 한편으로는 미웠다. 우리 가정을 망치고 아빠 마음을 아프게 하고 엄마와 결혼하려고 했으니까. (그랬다면 어떻게 되었을까? 그가 우리와 함께 살았을까? 나는 아빠와 살기를 택했을까?) 그러면서도 다른 한편으로는 안쓰러웠다. 처음 만났을 때 자기가 안 괜찮다고 말하던 술 취한 이고르가 떠올랐다. 왠지 엄마가 살아 있더라도 나는 기예르모와 오스카를 만났을 거라는 생각이 자꾸 들었다. 우리는 모두 충돌이 불가피한 길로 나아가고 있었다. 어쩌면 어떤 사람들은 애초에 같은 이야기 속에 있을 운명인지도 모른다.

문을 두드려도 반응이 없어서, 노아와 나는 직접 문을 열고 복도를 걸어갔다. 왠지 평소와 다른 느낌이 들었는데, 우편물실에 들어서고 나서야 그 정체를 알았다. 바닥이 물걸레질한 듯 깨끗했다. 놀랍게도 우편물이 싹 치워져 있었다. 사이클론 방의 문이 열려있어서 다가가 들여다보니 다시 서재로 변해있었다. 중앙에 등 부러진 천사가 똑바로 서있었다. 날개 아랫부분을 지그재그로 가로지르는 균열이 두 눈을 사로잡았다. 기예르모가 내 포트폴리오를 보며 했던 말이 떠올랐다. 내 작품의 압권이자 가장 흥미로운 지점이 바로 파쇄라고. 어쩌면 인생도 마찬가지일지도 모른다. 깨짐과 부서짐이 오히려 완성도를 더하는지도 모른다.

나는 먼지와 우편물 없는 공간을 둘러봤다. 혹시 기예르모가 스튜디오에 다시 학생들을 받을 계획인가? 노아는 키스 그림 앞에 서 있었다.

"그날 내가 두 사람을 본 장소야." 노아가 어둡게 처리된 부분을 쓰다듬었다. "우든 버드. 알아보겠어? 둘이 여기서 자주 만났나 봐."

"그랬지." 기예르모가 빗자루와 쓰레받기를 들고 다락에서 내려오며 말했다.

"이 그림 우리 엄마가 그린 거죠." 노아가 기예르모에게 확신 어린 목소리로 말했다.

"맞아." 기예르모가 대답했다.

"실력이 좋았네요." 노아가 그림에서 눈을 떼지 않고 말했다.

기예르모가 빗자루와 쓰레받기를 내려놓았다. "그랬지."

"엄마가 화가를 꿈꿨나요?"

"그래. 아마 마음속 깊은 곳에서."

"왜 우리에게 말 안 했을까요? 왜 아무것도 안 보여 줬을까요?" 노아가 돌아섰다. 두 눈에 눈물이 그렁그렁했다.

"말하려고 했어. 그저 자기 그림에 만족을 못 했지. 너희에게 뭔가 보여주고 싶어 했어. 아마, 글쎄, 완벽한 작품을." 기예르모가 팔짱을 끼고 날 살폈다. "네가 네 모래 작품을 엄마에게 보여주지 않은 이유와 비슷할지도 모르겠구나."

"제 모래 여자들이요?"

"너에게 보여주려고 집에서 가져왔다." 기예르모는 노트북이 놓여있는 테이블로 걸어갔다. 마우스를 클릭하자 화면에 사진이 펼쳐졌다.

나는 화면 앞으로 갔다. 정말이었다. 몇 년 전 파도에 씻겨 사라진, *하늘을 나는 모래 여자*들이 내 눈앞에 있었다. 어떻게? 나는 기예르모의 얼굴을 보고 놀라운 사실을 깨달았다.

"선생님이에요? CSA에 사진들을 보낸 게?"

기예르모가 고개를 끄덕였다.

"익명으로 보냈지. 그렇게 하기를 네 엄마가 바라는 게 느껴졌거든. 네가 지원하지 않을까 봐 전전긍긍했지. 자기가 보낸다고 하는 걸 내가 대신 보냈다."

기예르모는 화면을 가리켰다.

"네 엄마는 이 여인들에 푹 빠졌었어. 아주 자유롭고 거침없다며. 나도 공감한다."

"엄마가 직접 찍은 거예요?"

"아니, 내가 찍은 거야. 엄마가 아빠 카메라에서 발견하고 내려받았나 봐. 내가 싹 지우기 전에." 노아가 날 보고 덧붙였다. "그날 밤 코트니네 파티에서 돌아와서."

나는 이 모든 사실을 받아들이려고 애썼다. 무엇보다도 엄마가 내 내면의 무언가를 알아봤다는 사실이 놀라웠다. 다시 무중력 상태가 되는 기분이었다. 시선을 내려 보니 발은 여전히 바닥에 붙어 있었다. 문득 사람이 죽는다고 그 사람과의 관계도 끝나는 것은 아니라는 생각이 들었다. 그 관계는 계속 이어지며 시시각각 변한다.

생각에 골몰한 사이 기예르모가 말하고 있었다.

"너희 엄마는 너희를 무척 자랑스러워했다. 그토록 자식을 뿌듯해하는 사람은 처음 봤어."

나는 스튜디오를 둘러보고 엄마의 존재감을 뚜렷이 느끼며 이게 엄마가 원하던 바라고 확신했다. 엄마는 우리가 각자 이야기의 중요한 부분을 담당하고 그것을 공유해야 한다는 걸 알았다. 엄마는 자신이 나의 모래 여인들을 봤다는 사실을 내가 기예르모의 입으로 듣기를 원했다. 엄마는 아빠와 기예르모가 노아에게 진실을 듣기를 원했다. 엄마는 내가 노아에게 CSA에 관해 털어놓기를 원했다. 그리고 만약 내가 기예르모를 찾지 않았다면, 끌과 망치를 들지 않았다면 끝내 용기를 내지 못했을 것이다. 엄마는 우리가 기예르모의 삶에, 기예르모가 우리의 삶에 끼어들기를 원했다. 왜냐하면, 우리가 각자 서로에게 어쩌면 영원히 잠겨 있었을지 모를 문을 여는 열쇠이기 때문이다.

나는 애초에 나를 이곳으로 이끈 이미지를 떠올렸다. 배의 키를 잡고 우리를 데리고 하늘을 가로지르는 엄마. 어떻게 보면, 엄마는 정말로 그랬다.

"그럼 난 뭐야. 찬밥신세냐?"

할머니!

"그럴 리가." 나는 입술을 움직이지 않고 말했다. 할머니가 돌아와서, 내가 알던 할머니로 돌아와서 몹시 기뻤다. "할머니가 최고야."

"암, 그렇고말고. 그리고 이건 네가 툭하면 덧붙이는 말이지만, *참고로*, 너 주제넘게 날 없는 존재 취급하지 말아라. 어디서 그런 배은망덕한 버릇을 들였는지 모르겠지만."

"나도 모르겠어, 할머니."

기예르모는 노아에게 캔버스와 물감들을 떠안기며 그림을 그리게 하고서(노아는 거부하지 못했다) 한참 뒤 내가 있는 마당으로 나왔다. 나는 엄마 조각상을 위한 점토 모형을 빚는 중이었다.

"노아처럼 그리는 애는 살면서 처음 봤다. 올림픽에 나가도 될 정도야. 입 벌리고 지켜봤어. 피카소는 한때 한 달에 화폭을 40개쯤 채웠지. 노아는 하루면 충분할지도 몰라. 마치 이미 완성된 그림을 그대로 옮기는 것 같더라."

"제 동생은 황홀한 충동을 지녔죠." 나는 오스카의 에세이를 떠올리며 말했다.

"내 생각에는 네 동생이 황홀한 충동 *자체*인 것 같다."

기예르모가 작업대에 기대섰다.

"너희가 이만했을 때 사진을 몇 장 봤어." 기예르모가 손바닥을 바닥으로 향하게 내렸다. "그리고 다이애나는 주드가 자기와 달리 금발이라고 몇 번이나 얘기했지. 하지만 나는 그게 너일 줄은 상상도 못 했어……."

기예르모가 고개를 가로저었다.

"하지만 이제 와 돌이켜 보니 네가 다이애나 딸이 아닐 리 없어. 노아는 그 사람과 똑 닮았지. 보기만 해도 가슴이 아플 만큼. 하지만 너는, 너는 닮은 구석이 전혀 없어. 하지만 그와 동시에 몹시, 엄청나게 닮았지. 다들 나에게 쉽게 다가오지 못하는데 네 엄마는 아니었어. 너도 아니었고. 둘 다 여기로 뛰어들었지." 기예르모가 가슴을 쓸었다. "처음 비상계단에 있는 널 발견하고, 네가 그 날아오는 벽돌 얘기를 하는 순간부터 왠지 마음이 편해졌어."

기예르모가 잠시 눈가를 덮었던 손을 들어 올리자 눈언저리가 벌겠다.

"하지만 주드, 만약⋯⋯." 감정에 북받치는 듯 목소리가 갈라지고 얼굴이 잔뜩 흐려졌다. "나는 네가 나와 함께 계속 작업했으면 하지만, 네가 원하지 않거나 네 아버지가 원하지 않는다고 해도 이해한다."

"당신은 제 양아버지가 될 뻔했어요, 기예르모. 그랬다면 저 때문에 삶이 아주 괴로워졌을 거예요." 그 말은 곧 내 대답이었다.

기예르모가 고개를 젖혀 껄껄 웃었다.

"그래, 안 봐도 알겠다. 내 삶을 공포로 몰아넣었겠지."

나는 씩 웃었다. 비록 아빠 때문에 약간 죄책감이 들지만, 지금 우리 관계는 너무 자연스러웠다. 나는 점토 모형으로 돌아가서 엄마의 어깨와 위팔을 어루만지듯 빚어냈다.

"제 일부는 알고 있었던 것 같아요." 나는 엄마의 팔꿈치 안쪽을 작업하며 말했다. "잘은 모르겠지만, 여기가 제가 있어야 할 곳 같았어요. 선생님 덕분에 저도 마음이 편해졌거든요. 엄청나게 많이요. 저는 그동안 너무 갇혀 있었어요."

"어쩌면 다이애나는 널 돌 조각가에게 보내려고 네 그릇들을 부쉈는지도 몰라."

"저도 그렇게 생각해요." 목덜미에 소름이 돋았다.

누가 알겠는가? 누가, 혹은 무엇이, 어떤 방식으로 우리를 조종하는지? 어쩌면 운명이라는 것은 자기 인생 이야기를 스스로 써나가는 방법 아닐까? 어떤 아들은 엄마의 마지막 말을 예언으로 듣지 않았을 수도 있다. 그저 약 기운에 횡설수설하는 소리로 여기고 잊어버렸을 수도 있다. 어떤 여자애는 동생이 그린 그림을 보고 자기만의 사랑 이야기를 쓰지 않았을 수도 있다. 그러고 보면, 할머니가 정말 봄의 첫 수선화가 행운이라고 생각했는지, 아니면 그저 숲속을 거닐고 싶었는지 누가 알겠는가? 할머니가 정말 자신의 경전을 믿었는지, 아니면 그저 희망과 믿음과 상상력이 논리를 능가하는 세상을 더 좋아했는지 누가 알겠는가? 유령이 정말 존재하는지(미안, 할머니), 아니면 그저 소중한 사람과의 생생한 추억이 자꾸 말을 걸고 어떻게든 관심을 끌려고 애쓰는지 누가 알겠는가? 도대체 랠프가 어디 있는지(미안, 오스카) 누가 알겠는가? 아무도 모른다.

우리는 각자의 방식으로 불가사의와 씨름하는 것이다.

그리고 어떤 사람들은 그것을 타고 떠다니며 집이라고 부르기도 한다. 오늘 아침에 우리 가족은 '불가사의'를 방문했다. 아빠는 방주의 소유주인 멜라니와 죽이 잘 맞았다. 그러니까, *정말로* 잘 맞았다. 두 사람은 오늘 저녁 방주 갑판에서 한잔하기로 했다. 계약에 대해 논의할 거라고, 아빠는 애써 괴짜 미소를 숨기며 덧붙였다.

나는 근처에 놓인 수건에 손을 닦고 가방 안에서 엄마의 책을 꺼냈다. 엄마가 기예르모에게 준 미켈란젤로 전기였다.

"제가 훔쳐 갔었어요. 저도 왜 그랬는지 모르겠어요. 죄송해요."

기예르모는 책을 받아 들고 엄마의 사진을 내려다봤다.

"다이애나는 그날 차에서 나에게 전화했어. 아주, 몹시 속상한 목소리였지. 급히 만나서 할 말이 있다고 했어. 그리고 며칠 뒤 노아가 찾아와서……, 그게 다이애나가 나에게 하려던 말인 줄 알았어. 내게서 마음을 돌렸다고."

집에 돌아가는 길에 나는 천사에게 들러 마지막 소원을 빌었다. 노아와 브라이언을 위해.

뭐든 많이 걸수록 좋아.

*

2주 후 목요일, 아빠와 나는 현관 계단에 서서 잠수복을 벗었다. 아빠는 수영을, 나는 서핑을 했다. 말이 서핑이지, 실은 파도에 연거푸 휩쓸려 헝겊 인형처럼 나뒹군 것에 가까웠다. 하지만 기분은 끝내줬다. 나는 몸을 말리면서 길 건너 숲길 초입에서 시선을 떼지 않았다. 노아와 브라이언의 오후 5시 밀회 장소가 그해 여름을 함께 보낸 숲이라는 느낌이 강하게 들었기 때문이다.

노아는 브라이언의 이메일 주소를 찾아내 자기가 (밤낮으로 미친 듯이 매달려) 그린 그림 연작 〈보이지 않는 미술관〉을 보냈다. 그리고 며칠 뒤, 노아의 로스트커넥션닷컴 게시물에 답글이 달렸다. *거기서 봐.*

지난주, 노아는 내가 찍은 벽화 사진을 매개로 CSA에 방문해 달라는 초청장을 받았다. 나는 샌디 선생님에게 내 자리를 양보하겠다고 했지만 그럴 필요 없다는 대답이 돌아왔다. 노아는 아직 진로를 정하지 않았다.

일몰이 하늘에 색의 향연을 펼칠 무렵, 숲에서 노아와 브라이언이 걸어 나왔다. 손을 맞잡은 채. 브라이언이 아빠와 나를 발견하고 손을 뿌리치자, 노아가 그 손을 다시 찾아 쥐었다. 이에 브라이언은 눈을 찡그리며 활짝, 가슴이 미어지도록 웃었다. 노아는 브라이언 곁에서 늘 그랬듯이 머리도 제대로 가누지 못했다. 너무 행복해서.

"오." 아빠가 말했다. "그래, 그렇구나. 이제 알겠네. 헤더라니. 이게 더 말이 돼."

"그렇지."

그때 무당벌레가 내 손 위에 앉았다.

지금이야, 소원을 빌자.

기회를 (두 번이고, 세 번이고, 네 번이고) 잡자.

세상을 재창조하자.

옮긴이의 글

만약 잰디 넬슨의 전작 《하늘은 어디에나 있어》를 읽은 눈썰미 좋은 독자분이라면 이 책 《태양을 너에게 줄게》와의 연관성을 여럿 발견했을 것이다. 나는 운 좋게 보석 같은 두 작품을 연달아 옮기면서 여러 흥미로운 생각을 해볼 수 있었다.

우선 가장 눈에 띄는 유사점은 주인공들의 엄마가 얼마간 베일에 싸인 존재라는 점이다. 《하늘은 어디에나 있어》 레니의 엄마는 방랑벽을 타고나 16년째 행방불명이고, 《태양을 너에게 줄게》 주드와 노아의 엄마는 업둥이로 자라 어떤 비밀을 품고 세상을 떠난다. 두 엄마 모두 자기만의 날씨를 두르고 다니며 한곳에 정착하지 못하는 자유로운 영혼이다. 특히 노아는 엄마가 다른 세계에서 온 존재라 믿는데, 이 지점에서 나는 '혹시 두 책의 세계관이 같다면? 두 엄마가 동일 인물은 아닐까?' 하는 흥미로운 상상을 해보기도 했다. 혹시 레니의 엄마가 방랑에 지쳐 과거를 싹 지우고 안전하기 그지없어 보이는 상대를 만나 주드와 노아를 낳았다면? 그렇다면 엄마의 과거사만으로 장편소설 한 권이 뚝딱 나올 것이다. 그렇게 비범한 설계자 잰디 넬슨의 삼부작이 완성되면 이 글은 성지가 되고…… 상상이 점점 망상이 되어갔다. 하지만 망상마저 즐거웠다.

또 다른 유사점으로는 '애도는 끝이 없으며 관계는 계속 변한다'는 관점이다. 고정불변이라 여겼던 가족 관계, 심지어 죽은 이와의 관계까지도. 인생에는 단 하나의 진실만 있는 것이 아니라 수많은 진실이 뒤엉키고 부딪친다. 이 책의 표현을 빌리자면 "각자의 방식으로 불가사의와 씨름하는" 것이다. 나아가 전작에 나오는 "슬픔과 사랑은 한 몸이라 어느 한쪽만 취할 수 없다"라는 구절은 이 책의 "사랑은 양날의 검이다. 찾은 쪽이 기쁨이라면 잃은 쪽은 슬픔일 수밖에 없다"라는 구절과 맞물린다. 또한 "음악이 찢어진 가슴에서 탈출한 것이라면?"이라는 구절은 "깨진 마음은 열린 마음이다"라는 희망스러운 구절로 연결된다. 이처럼 슬픔을 창문처럼 긍정적으로 묘사하는 것도 두 작품을 잇는 통찰이다.

마지막으로, 죽음의 슬픔과 삶의 환희를 아우르는 말 '하늘은 어디에나 있어'처럼 이 책의 제목 '태양을 너에게 줄게'도 중의적인 의미를 담고 있다. 주드가 노아에게 오스카의 초상화를 주면 태양을 넘기겠다고 하는 대목은 주드에게 오스카가 강한 운명의 상대라는 점을 암시한다. 마찬가지로 노아는 늘 당당하고 빛나는 브라이언의 영혼을 태양으로 묘사한다. 그런가 하면 열세 살의 노아는 주드를 빛, 자신을 어둠이라 여기고 3년 뒤 주드는 그와 반대로 생각한다. 빛과 어둠은 분리될 수 없듯이 지난 3년의 냉각기는 쌍둥이에게 불완전한 세계였고 진실과 진심을 짜 맞추며 비로소 온전한 세계를 되찾는다. 따라서 '태양을 너에게 줄게'는 서로가 서로에게 빛이 되고자 하는, 사랑과 우애를 동시에 상징하는 말이 아닐까? 어쩌면 '사랑해'의 한껏 찬란하고 따사로운 표현이 아닐지.

아무튼, 역자의 번지르르한 해몽과 상관없이 독자분들은 그저 이야기에 푹 빠져 즐기고 각자의 태양을 한 번씩 떠올려 보셨으면 좋겠다.

2022년 이민희

태양을 너에게 줄게